Reading Crime and Punishment in Russian, by Mark R. Pettus, PhD

© 2020 Mark R. Pettus. All rights reserved.
ISBN 979-8-570-52041-7

Learn more about this and other titles at:
www.russianthroughpropaganda.com

Cover art: Isaac Levitan, "March" (Март), 1895.
Now in the Tretyakov Gallery in Moscow.

Dostoevsky's grave, at the Alexander Nevsky Monastery (**Лавра Александра Невского**) in St. Petersburg. The epitaph, in Church Slavonic, is John 12:24.

Reading Crime and Punishment in Russian

A Parallel-Text Russian Reader

Volume 2 in the "Reading Russian" series

by Mark R. Pettus, Ph.D.

Reading Crime and Punishment in Russian

Dostoevsky's Crime and Punishment is one of the most gripping novels in the Russian canon. Often described as a murder mystery in search of a motive, it follows a former student in St. Petersburg, Rodion Raskolnikov, as he commits a grisly murder — a murder he justifies by both a peculiar sort of "arithmetic" and by a theory about the right of "extraordinary" people to wade through blood on their path to power. Yet his crime itself suggests that he is far from extraordinary — at least, not in the sense he had hoped. As he seeks out the real motivation behind his crime, he is confronted with life's deepest questions: what it means to have a self that one cannot be rid of, and to have an existence one did not ask for and cannot rationally understand. Is life an unfathomable gift, to be affirmed in defiance of any objective measure? Or is it an empty, meaningless joke? And, perhaps most importantly: when life seems over, can we dare to believe that a new life is possible? While locked in psychological warfare with the lead investigator, Porfiry Petrovich, and tempted by the depraved Svidrigailov to embrace his darkest inclinations, Raskolnikov must choose whether to end his life, or to confess, and try to begin again. Along the way, he strikes up an unlikely acquaintance with Sonya, a prostitute, who reveals a kind of existence previously unknown to him.

This volume contains a condensed but otherwise unedited and unsimplified version of the novel that follows the novel's main plot line — from the opening lines to the epilogue — allowing students of Russian to delve into Dostoevsky's text in considerable depth. Facing the original Russian text is a new English translation, made specifically for this purpose. Also included are original photographs of many of the locations in the novel, allowing you to follow Raskolnikov's footsteps through St. Petersburg. Designed to help students of Russian begin to enjoy real Russian literature in the original without constantly reaching for a dictionary, this parallel-text edition features detailed Russian vocabulary notes, including all the important forms you need (especially aspectual pairs and conjugation types for all verbs); the text and notes are also marked for stress. The book also features comprehensive grammar tables for reference, with everything from conjugation patterns, to case endings, to verbs of motion and participles.

About the Author...

Originally from Franklin, Tennessee, Mark Pettus holds a PhD in Slavic Languages and Literatures from Princeton University. Altogether, he's spent around six years living, studying, and working in Russia. Today he is a lecturer in Slavic Languages and Literatures at Princeton. Mark is the author of the *Russian Through Propaganda* textbook series (Books 1 and 2), and its continuation, *Russian Through Poems and Paintings* (Books 3 and 4). He is now working on additional books for students of Russian, including the *Reading Russian* series of which the present volume is a part.

Check out **www.russianthroughpropaganda.com** for a variety of resources for students of Russian language, literature, and culture.

Contents

How to Read the Vocab Notes	p. ii
How Repulsive!	p. 1
There's Nowhere Left to Turn	p. 17
Thy Kingdom Come!	p. 27
Or Reject Life Altogether!	p. 37
It's None of Our Business	p. 49
A Chance Encounter	p. 59
Arithmetic	p. 69
Everything's Gone Wrong	p. 79
When Reason Fails, the Devil Helps!	p. 89
Am I Losing My Mind?	p. 105
The Killer Was Just Here	p. 115
Are You Sick or Something?	p. 125
A Few Square Feet of Space	p. 141
Merciful, but Not to Us!	p. 153
To Wade Through Blood	p. 169
Nothing But Spiders	p. 185
The Resurrection of Lazarus	p. 197
Have You Guessed?	p. 211
Tell Everyone: "I Have Killed!"	p. 221
No, You Won't Flee	p. 233
I'm Bound for Foreign Realms	p. 247
"I'm the One..."	p. 259
Epilogue	p. 271
Grammar tables (for reference)	p. 288

How to Read the Vocab Notes

This volume, designed for intermediate to advanced Russian learners who are ready to finally enjoy Russian literature in Russian, features a new English translation facing the original text, as well as extensive vocabulary notes, to allow you to refer quickly to basic forms of new words you encounter without constantly reaching for a dictionary. I have tended to err on the side of "too many" notes, assuming that all but the most basic vocabulary may be unfamiliar. I also tend to provide glosses even when words are repeated — both for ease of reference, and in the knowledge that, as the saying goes, "Повторение — мать учения" (Repetition is the mother of learning).

As you work through the texts and notes, you can also develop a good sense of what to watch out for in Russian vocabulary, particularly when it comes to verbs. All verbs are cited using their full **aspectual pair** (assuming a pair exists), and all infinitives are marked by **conjugation type** using the system from my textbook series, *Russian Through Propaganda*. A full table of these types, with major forms, is provided for reference in the back of the book. Familiarity with these patterns will equip you to work with any verb in the language (except for a very few truly irregular verbs, many of which you've probably already learned). Where space allows, I've included some basic conjugated forms for particularly difficult verbs in the glosses themselves.

So, before you begin reading, I'd recommend looking over this conjugation table, and all the reference tables that follow, which include a complete guide to **motion verbs**, to **deverbals** (verbal adverbs, adjectives, and nouns), **case endings**, and many other forms. Of course, general familiarity with this grammar must be assumed at the intermediate to advanced level, and this extends to the notes in this book. For example, deverbal forms in the text are typically cited using the aspectual pair they come from; it's up to the student, with the translation's help, to interpret the particular form. With practice, this will allow you to get comfortable with the full range of verbal forms, instead of simply being fed a one-word translation of a particular participle, etc.

Stress is marked by underlining the vowel in the stressed syllable. Of course, stress would not be marked in an actual Russian text. The **letter "ё"** is also printed here wherever it occurs. Also note that the **patronymics** are often printed in a "contracted" form common in speech; my translation gives their full forms. For example, instead of the contracted form "Дмитрич" in the original Russian, the translation will give "Dmitrievich" (not Dmitrich).

I have tried to make these **new translations** as readable and enjoyable as possible, while sticking very closely to the original Russian. In some cases, this may make for slightly strained syntax in the English; but, after all, the translation is here first and foremost as a learning aid.

Before we start reading, here are a few notes on how to read the notes, with actual examples of the issues that may arise.

1. Nouns are cited by their nominative singular; in cases where the gender is not clear from the nominative singular, the **genitive ending** is also given. This is especially important for nouns ending in a soft sign:

бин<u>о</u>кль, я: binoculars   (the genitive ending **я** marks this as a soft masculine noun)
ж<u>и</u>знь, и: life   (the genitive ending **и** marks this as a feminine "и-noun")

2. For some masculine nouns, the genitive ending is also included to indicate that the noun shows **end-stress**; that is, any ending added to it will be stressed!

муж<u>и</u>к, <u>a</u>: peasant   (the full genitive form is мужик<u>а</u>, the nom. pl. мужик<u>и</u>, etc.)

3. For masculine nouns, parentheses indicate a **mobile vowel**, which would drop out when any ending is added. In some cases I include the full genitive singular form, especially when spelling might be confusing:

плат<u>о</u>ч(е)к: handkerchief   (the full genitive form is плат<u>о</u>чка)
п<u>а</u>л(е)ц, п<u>а</u>льца: finger   (the full genitive form is written out: п<u>а</u>льца)

4. **Diminutive forms** are listed as "dim." and followed by the non-dimunitive form:

н<u>я</u>нька: dim. of н<u>я</u>ня: nanny   (н<u>я</u>нька is a diminutive of н<u>я</u>ня)

5. Nouns used in the **singular or plural only** are marked as follows; plural only forms are often followed by the full genitive form (which is also plural, of course):

карт<u>о</u>шка (sing. only): potatoes
с<u>а</u>нки, с<u>а</u>нок (pl.): sled
пот<u>ё</u>мки, пот<u>ё</u>мок (pl.): darkness

6. **Irregular nominative plurals** will usually be given, in parentheses:

к<u>о</u>локол (pl. колокол<u>а</u>): bell   (колокол<u>а</u> is the nominative plural)

7. **Adjectives** will be usually cited using the related noun, if any. In the example below, a more basic adjective, also related to that noun, is given. Adjectives cited in this fashion are often best thought of as meaning — to use this example — "desert-like" or "desert-related," although in English the adjectival form will often coincide with the noun form (as in, "the desert landscape").

пуст<u>ы</u>нный: adj. from пуст<u>ы</u>ня: desert, wilderness (пуст<u>о</u>й: empty)

8. Many adjectives that occur in a negated form will be listed with the **не** in parentheses, to make clear that the adjective can appear with or without it.

(не)у̲ю̲тный: (un)comfortable   (у̲ю̲тный means "comfortable")

9. For prepositions, verbs, and other constructions **requiring a certain case**, that case is indicated using the appropriate case form of the pronouns **что** and **кто** (these important forms are found on page 309, if you need to to review them). Of course, we assume that verbs will take objects in the accusative case unless otherwise noted.

вокру̲г чего: around   (takes the genitive)
шевел_и_ть И^{shift} / **шевельн_у_ть** НУ чем: to move, wriggle   (takes the instrumental)

10. Watch out for **subjectless** verbs and other constructions. To make sense of these tricky expressions (for which there is no real equivalent in English), keep two things in mind: 1) they have **no subject** — which, in Russian, means **no nominative** case; some other case, usually the dative, must be used instead; 2) any **verb** form that appears in a subjectless expression must be in the **neuter singular**; it will never change to, say, masculine, feminine, or plural, because it has no masculine, feminine, or plural subject to agree with!)

нел_о_вко кому (subjectless): it's embarrassing, awkward   (takes the dative)
н_е_когда кому + inf (subjectless): someone has no time to   (takes the dative)
приход_и_ться / **прийт_и_сь** кому +inf (subjectless): someone has to   (takes the dative)

11. Verbs are cited with their **aspectual pair** (assuming one exists). If only one aspectual form is given (either because no pair exists at all, or because the other form is extremely rare, etc.), it is marked as "imperf." or "perf." All regular verbs are tagged according to **conjugation type**, following the table in the back of the book. In cases of ambiguity, the **stress pattern** (stem, end, or shift) is also included in the tag. Remember that, for most verb types, if the infinitive is not stressed on the final syllable, we can be sure that the verb is stem-stressed throughout its conjugated forms. Here are few examples:

встреч_а_ть АЙ / **встр_е_тить** И: to meet
гляд_е_ть E^{end} / **погляд_е_ть** E: to look
надев_а_ть АЙ / **над_е_ть** H^{stem}: to put on
шевел_и_ть И^{shift} / **шевельн_у_ть** НУ чем: to move, wiggle

Recall that a "stem-stressed" verbs is stressed on a given syllable within its stem throughout the conjugated forms; an "end-stressed" verbs is stressed on its endings. A "shifting-stress" verb is stressed on the ending in its я form, but on the stem in all remaining forms. That is, for regular verbs, there is only one "shifting" pattern.

v

12. Unprefixed motion verbs are cited with all three infinitives (see chart in the back).

кат<u>а</u>ться АЙ - **кат<u>и</u>ться** И^{shift} / **покат<u>и</u>ться** И: to roll; to go for a ride

13. **Iteratives** are special imperfective verbs meaning to do something repeatedly and intermittently — "from time to time," "now and again," etc. They are cited with the more basic verb (pair) from which they're derived:

пом<u>у</u>чивать АЙ: iterative of м<u>у</u>чить И: to torment, torture
погл<u>я</u>дывать АЙ: iterative of гляд<u>е</u>ть E^{end}: to look, glance
пош<u>а</u>тываться АЙ: iterative of шат<u>а</u>ться АЙ / шатн<u>у</u>ться НУ: to stagger

14. **Transitivity** and the use of the **reflexive particle ся** (сь) can be a confusing topic, especially because Russian often makes distinctions where English doesn't. For example, the English verb "to break" can be transitive — that is, it can take a direct object ("I broke the plate"); but the very same verb can also be used intransitively — that is, with no direct object possible ("The plate broke"). In Russian, this distinction is clearly made using the reflexive particle: **разбив<u>а</u>ть** АЙ / **разб<u>и</u>ть** Ь: to break (transitive — "Я разбил тарелку") versus **разбив<u>а</u>ться** АЙ / **разб<u>и</u>ться** Ь: to break (intransitive — "Тарелка разбилась"). Of course, we could understand the latter in a passive fashion: "to be broken" (The plate was broken).

In short, many Russian verbs can be used **with or without** the reflexive particle; in those cases, I will often cite the aspectual pair without the particle, or put the particle in parentheses. It's up to you to analyze why the particle is being used in the text. For example, the text may include a form of "**серд<u>и</u>ться**," which is glossed as: **серд<u>и</u>ть** И^{shift} / **рассерд<u>и</u>ть**И: to make angry. We could then interpret the form "сердиться" in a **passive** sense: "to be made angry," or "to get angry." Or, the text may include a form like "**извин<u>и</u>ться**," glossed as **извин<u>я</u>ть** АЙ / **извин<u>и</u>ть** И: to excuse. We could interpret извиниться in a **reflexive** sense: "to excuse oneself." Understanding such meanings of the reflexive particle is an extremely important skill in reading Russian. Consider a few more examples:

пуг<u>а</u>ть АЙ / **испуг<u>а</u>ть** АЙ: to frighten   (the text has испуг<u>а</u>ться)
успок<u>а</u>ивать АЙ / **успок<u>о</u>ить** И: to calm down   (the text has успок<u>о</u>илась)
отрыв<u>а</u>ть АЙ / **оторв<u>а</u>ть** n/sA^{end}: to tear off, loose   (the text has оторвал<u>о</u>сь)

One more: without the reflexive particle, the verb below would mean "to continue *something* — transitive," but with it, it would mean "to be continued, to go on — intransitive." Compare the sentences: "Мы прод<u>о</u>лжили наш ур<u>о</u>к" versus "Жизнь продолж<u>а</u>ется."

продолж<u>а</u>ть(ся) АЙ / **прод<u>о</u>лжить(ся)** И: to go on, continue

15. When it comes to verb forms, we should also pay special attention to **deverbals**: adverbs, adjectives, and nouns formed from verbs. These are **everywhere** in formal, written Russian. It is assumed that students using this book are generally familiar with those forms (they are covered extensively in Book 3 of my textbook series); see the extensive reference tables in the back of the book if you need to review. Deverbal adverbs and adjectives will typically be cited by the **aspectual pair** from which they were derived. It is up to the reader (with the translation's help) to interpret the meaning of the particular deverbal form. For example:

окружа́ть АЙ / **окружи́ть** И^{end}: to surround (the text has окружа́ющий)
напряга́ть АЙ / **напря́чь** Г: to strain (the text has напряжённый)

The first deverbal means "surrounding," while the second means "strained." I'd refer to the former as a "present active verbal adjective," and to the second as a past passive verbal adjective, or "PPP" (past passive participle) for short.

16. Of course, there are other, less frequently encountered irregularities, many of which involve spelling variations, or antiquated (or at least highly unusual) vocabulary. In such cases, I typically cite the word actually used (or, for a verb, its infinitive), followed by an equal sign, followed by the most common modern-day equivalent. For example:

конча́ть АЙ / **ко́нчить** И = зака́нчивать АЙ / зако́нчить И: to finish
вопроша́ть АЙ = спра́шивать АЙ: to question, inquire

For spelling variations, I may sometimes cite the spelling used, followed by the more typical spelling (as below), or I may simply gloss the form in the text using its usual spelling.

чиха́нье = **чиха́ние**: sneezing

Finally, note that I generally give one or two of the **most basic meanings** of the words encountered — the English translations that would work in the widest variety of contexts. Certainly, these suggestions will not always capture the full range of meanings, and students may think of other English words that might work in a particular context; indeed, in the translation, I may on occasion opt for an English word not used in the gloss. Of course, the real point of this exercise is to get a sense of the meaning of the original Russian by referring to both the translation and the notes.

Students of Russian endure much suffering before they begin to reap its rewards — and enjoying Russian literature in the original is truly rewarding. So, enjoy!

Notes on this edition of the text

The Russian text presented here is, of course, a condensed version of Dostoevsky's novel. While the text has been shortened, it has not been otherwise edited or simplified in any way (in some cases, long paragraphs have been broken up for visual convenience). Needless to say, much content has been left out, but I believe that this condensed text provides a reasonably coherent account of the novel's main plot line that, I hope, can be enjoyed in its own right, with or without knowledge of the entirety of the novel. In my view, most of the key scenes and exchanges are included, and give a full sense of Raskolnikov's psychological and spiritual trajectory over the course of the novel.

Among the major side plots that do not figure here are Dunya's rejection of Luzhin and her confrontation with Svidrigailov, Luzhin's attempt to disgrace Sonya, Svidrigailov's eavesdropping on Raskolnikov and Sonya, the relationship between Razumikhin and Dunya (alluded to late in this edition), and the fate of Katerina Ivanovna and her children (it is mentioned very briefly in this edition that she does indeed die). Important episodes in the investigation, and the confrontation between Porfiry Petrovich and Raskolnikov (like the mysterious man who directly accuses Raskolnikov), are also omitted. Sadly, some of the missing scenes (especially Marmeladov's funeral feast) are among the funniest in the novel; indeed, while Dostoevsky has a reputation for being unrelentingly serious and somber (an impression seemingly justified by the present edition!), he is in fact an outstanding comic writer.

In short, anyone intrigued after reading this shortened edition should certainly read the work in its entirety. My hope is that, having worked through this reader, any student of Russian will be well prepared to read the whole work in the original Russian!

Finally, the chapters, and of course the chapter titles, are not present in the original text; they have been introduced here for convenience.

The English translation is my own, as are the photos of St. Petersburg.

Mark Pettus

Raskolnikov's building in Petersburg, not far from Hay Market Square (**Сенная площадь**).
He is renting a tiny top-floor room looking into the building's inner courtyard.

Как это отвратительно!
How Repulsive!

In early July, in a time of sweltering heat, near evening, a certain young man emerged from the hovel of a room he was renting from residents on S. Lane, stepped out onto the street, and slowly, as if plagued by indecision, set out for K. bridge.	В начале июля, в чрезвычайно жаркое время, под вечер, один молодой человек вышел из своей каморки, которую нанимал от жильцов в С—м переулке, на улицу и медленно, как бы в нерешимости, отправился к К—ну мосту.

начало: beginning • **июль, я**: July • **чрезвычайный**: extraordinary • **жаркий**: hot • **время, времени**: time • **под вечер**: near evening • **выходить** И^{shift} / **выйти**: to walk out • **каморка**: a tiny, squalid room • **нанимать** АЙ / **нанять** Й/М^{end}: to rent • **жил(е)ц**: resident • **переул(о)к**: lane (here referred to by first letter only — a novelistic convention suggesting that these are actual places, although left unnamed; this is indeed a real street in Petersburg, Столярный переулок; the locations in the novel are real and can be seen today) • **улица**: street ("on the street" can often be read as "outside," i.e. not indoors) • **медленный**: slow • **как бы**: as if, as it were • **нерешимость**: indecisiveness • **отправляться** АЙ / **отправиться** И к чему: to head for • (Кокушкин) **мост**: (Kokushkin) bridge

He successfully avoided running into his landlady in the stairwell. His room was situated beneath the very roof of a tall five-story building, and looked more like a closet than an apartment. His landlady, from	Он благополучно избегнул встречи с своею хозяйкой на лестнице. Каморка его приходилась под самою кровлей высокого пятиэтажного дома и походила более на шкаф, чем на квартиру. Квартирная же хозяйка его,

whom he rented the room with board and service, lived one flight of stairs further down, in a separate apartment; and every time he ventured outside, he inevitably had to pass by the landlady's kitchen, whose door was almost always wide open, right on the stairwell. And each time he passed by it, the young man felt a morbid and cowardly sensation, of which he was ashamed, and which made him knit his brow in distress. He was up to his ears in debt to the landlady and feared meeting her.

у кот*о*рой он нанима́л *э*ту камо́рку с об*е*дом и прислу́гой, помеща́лась одно́ю ле́стницей ни́же, в отде́льной кварти́ре, и ка́ждый раз, при в*ы*ходе на у́лицу, ему́ непреме́нно на́до бы́ло проходи́ть ми́мо хозя́йкиной ку́хни, почти́ всегда́ насте́жь отворённой на ле́стницу. И ка́ждый раз молодо́й челов*е*к, проходя́ ми́мо, чу́вствовал како́е-то боле́зненное и трусли́вое ощуще́ние, кото́рого стыди́лся и от кото́рого мо́рщился. Он был до́лжен круго́м хозя́йке и боя́лся с не́ю встр*е*титься.

благополу́чно: successfully • **избе́гнул** = избежа́л (избега́ть АЙ / избежа́ть чего: to avoid) • **встре́ча**: meeting, encounter • **хозя́йка**: landlady • **ле́стница**: stairwell • **приходи́лась** = находи́лась (находи́ться И^shift / найти́сь: to be found, to be located) • **са́мый**: the very... • **кро́вля**: roof • **высо́кий**: tall • **пятиэта́жный**: five-floor, five-story (эта́ж, а: floor of a building) • **походи́ть** И^shift **на** что: to resemble • **бо́лее**: more, sooner • **шкаф**: wardrobe, closet • **кварти́рный**: adj. from кварти́ра: apartment • **хозя́йка**: landlady, mistress of a house • **нанима́ть** АЙ / **наня́ть** Й/М^end: to rent • **камо́рка**: tiny room • **обе́д**: dinner (i.e. board) • **прислу́га**: service (Raskolnikov has a maid, Nastasya) • **помеща́ться** АЙ / **помести́ться** И^shift: to be situated • **ни́же**: lower • **отде́льный**: separate • **непреме́нно**: unavoidably, absolutely • **ми́мо** чего: past • **хозя́йкин**: possessive of хозя́йка • **ку́хня**: kitchen • **насте́жь**: wide open • **отворя́ть** АЙ / **отвори́ть** И^end = открыва́ть АЙ / откры́ть ОЙ: to open • **чу́вствовать** ОВА / **почу́вствовать** ОВА: to feel • **боле́зненный**: painful, pathological • **трусли́вый**: cowardly • **ощуще́ние**: feeling • **стыди́ться** И чего: to be ashamed of • **мо́рщиться** И / **смо́рщиться** И: to wince, wrinkle one's brow/face • **до́лжен** кому: in debt to • **круго́м**: "all around" • **боя́ться** ЖА^end чего or + inf.: to fear, be afraid (to) • **встреча́ться** АЙ / **встре́титься** И с кем: to meet with, encounter

It wasn't that he was really so cowardly and downtrodden — quite the opposite, even; but for a certain time now he had been in an irritable and tense state akin to hypochondria. He had withdrawn so deeply into himself, so isolated himself from others, that he feared running into anyone at all — not only the landlady. He was crushed by poverty; but even his tight circumstances had recently ceased to trouble him. He had completely stopped concerning himself with his daily affairs; nor did he wish to concern himself with them.

Не то чтоб он был так трусли́в и заби́т, совс*е*м да́же напро́тив; но с не́которого вре́мени он был в раздражи́тельном и напряжённом состоя́нии, похо́жем на ипохо́ндрию. Он до того́ углуби́лся в себя́ и уедини́лся от всех, что боя́лся да́же вся́кой встре́чи, не то́лько встре́чи с хозя́йкой. Он был зада́влен бе́дностью; но да́же стеснённое положе́ние переста́ло в после́днее вре́мя тяготи́ть его́. Насу́щными дела́ми свои́ми он совс*е*м переста́л и не хоте́л занима́ться.

трусли́вый: craven, faint-hearted • **заби́тый**: downtrodden • **совс*е*м**: completely •

Reading Crime and Punishment in Russian / **Преступление и наказание**

Кокушкин мост, looking back in the direction of Raskolnikov's building. He crosses this bridge, walking toward us, then turns right on his way to visit the pawnbroker.

даже: even • **напротив**: quite the opposite, on the contrary • **некоторый**: (a) certain • **раздражительный**: irritable • **напрягать** АЙ / **напрячь** Г^end (напрягу, напряжёшь, напрягут; напряг, напрягла): to strain, make tense • **состояние**: state • **похожий** на что: similar to • **ипохондрия**: hypochondria • **до того**: to such an extent • **углубляться** АЙ / **углубиться** И^end куда: to sink into • **уединяться** АЙ / **уединиться** И^end: to isolate oneself • **всякий**: any • **встреча**: encounter • **давить** И^shift / **задавить** И: to crush • **бедность**: poverty • **стеснять** АЙ / **стеснить** И^end: to constrain, make cramped or tight • **положение**: situation • **переставать** АВАЙ / **перестать** H^stem + inf.: to stop, cease • **в последнее время**: recently, of late • **тяготить** И^end: to weigh down, oppress • **насущный**: daily • **заниматься** АЙ / **заняться** Й/М (займусь, займёшься) чем: to occupy oneself, busy oneself with

It must be said that on this occasion the fear of meeting the woman he owed money to struck even him with amazement, as he stepped out onto the street.

Впрочем, на этот раз страх встречи с своею кредиторшей даже его самого поразил по выходе на улицу.

впрочем: by the way, it must be said • **страх**: fear • **кредиторша**: creditor (f.) • **его самого**: he himself • **поражать** АЙ / **поразить** И^end: to strike • **выход**: exit; a stepping out

"What an endeavor I want to have a go at — and yet, at the same time, what trifles I'm afraid of!" he thought with a strange smile. "Hm… yes… everything is right a man's grasp, and yet he lets everything slip right past his nose, out of sheer cowardice… That's axiomatic… It's curious: what are people most afraid of? A new step, a new word of their very own — that's what they're most afraid of… But then again, I'm blathering too much. The blathering is what keeps me from *doing* anything. Or I suppose it could be the other way around: I'm blathering because I'm not *doing* anything. It's during this last month that I've learned to blather, lying around in my corner for days on end and thinking… about Tsar Pea, from the fairy tales. Well, and why am I headed there now? Am I really capable of *that*? Is this really serious? Yes, I'm just indulging myself, for fantasy's sake — mere playthings! Yes, I suppose it's all playthings!"

"На какое дело хочу покуситься и в то же время каких пустяков боюсь! — подумал он с странною улыбкой. — Гм… да… всё в руках человека, и всё-то он мимо носу проносит, единственно от одной трусости… это уж аксиома… Любопытно, чего люди больше всего боятся? Нового шага, нового собственного слова они всего больше боятся… А впрочем, я слишком много болтаю. Оттого и ничего не делаю, что болтаю. Пожалуй, впрочем, и так: оттого болтаю, что ничего не делаю. Это я в этот последний месяц выучился болтать, лёжа по целым суткам в углу и думая… о царе Горохе. Ну зачем я теперь иду? Разве я способен на это? Разве это серьёзно? Совсем не серьёзно. Так, ради фантазии сам себя тешу; игрушки! Да, пожалуй что и игрушки!"

дело: matter, business • **покушаться** АЙ / **покуситься** И^end: to try, have a go at, attempt • **пустяк**, а: trifle • **странный**: strange • **улыбка**: smile • **-то**: emphatic particle (like же) • **мимо** чего: past • **нос**: nose • **проносить** И^shift / **пронести** С^end (пронесу, пронесёшь; пронёс, пронесла): to "carry past" • **единственный**: sole • **от** чего: due to, out of •

Having turned right past the bridge, Raskolnikov heads down the embankment of the Griboyedov Canal (**канал Грибоедова**).

Reading Crime and Punishment in Russian / **Преступление и наказание**

тру́сость: cowardice • **аксио́ма**: axiom • **любопы́тный**: curious • **бо́льше всего́**: more than anything • **шаг**: step • **со́бственный**: one's own • **сло́во**: word • **впро́чем**: by the way, then again • **болта́ть** АЙ: to ramble, babble, talk nonsense • **отто́го**: for that reason • **пожа́луй**: perhaps, it may well be, I suppose • **после́дний**: last, most recent • **учи́ться** И[shift] / **вы́учиться** И + inf: to learn to • **лёжа**: while lying • **це́лый**: entire • **су́тки** (pl.): a 24-hr period • **у́гол**: corner • **о царе́ Горо́хе**: about nonsense ("about Tsar Pea") • **заче́м**: why? what on earth for? (more emphatic than почему) • **ра́зве**: can it really be? • **спосо́бный** на что: capable of • **совсе́м не**: not at all • **ра́ди** чего: for the sake of • **фанта́зия**: fantasy • **те́шить** И: to amuse, indulge • **игру́шка**: toy

The heat outside was terrible, and, on top of that, it was stuffy and crowded, and everywhere there was lime, scaffolding, bricks, dust, and that peculiar summer stench so familiar to every Petersburger who hadn't the means to rent a countryside dacha — all of this, combined, unpleasantly shook the young man's already unsettled nerves. The unbearable stench from the taverns, of which there are an especially large number in that of the city, and the drunks constantly crossing one's path despite it being working hours, topped off the repulsive and somber palette of the painting. A feeling of profoundest disgust flashed across the young man's delicate features.	На у́лице жара́ стоя́ла стра́шная, к тому́ же духота́, толкотня́, всю́ду извёстка, леса́, кирпи́ч, пыль и та осо́бенная ле́тняя вонь, столь изве́стная ка́ждому петербу́ржцу, не име́ющему возмо́жности наня́ть да́чу, — всё э́то ра́зом неприя́тно потрясло́ и без того́ уже́ расстро́енные не́рвы ю́ноши. Нестерпи́мая же вонь из распиво́чных, кото́рых в э́той ча́сти го́рода осо́бенное мно́жество, и пья́ные, помину́тно попада́вшиеся, несмотря́ на бу́днее вре́мя, доверши́ли отврати́тельный и гру́стный колори́т карти́ны. Чу́вство глубоча́йшего омерзе́ния мелькну́ло на миг в то́нких черта́х молодо́го челове́ка.

жара́: great heat • **стоя́ть** ЖА (стою́, стои́шь): to be in a standing position; or, to persist (of weather) • **стра́шный**: terrible • **к тому́ же**: on top of that • **духота́**: stuffiness • **толкотня́**: pushing and shoving (толка́ть АЙ / толкну́ть НУ: to shove) • **всю́ду** – везде́: everywhere • **извёстка**: lime • **леса́** (pl): construction scaffolding • **кирпи́ч**: brick(s) • **пыль**, и: dust • **осо́бенный**: peculiar • **ле́тний**: adj. from ле́то: summer • **вонь**, и: stench • **столь**: so • **петербу́рж(е)ц**: Petersburger • **возмо́жность**, и: possibility • **нанима́ть** АЙ / **наня́ть** Й/М[end]: to rent • **ра́зом**: at once • **неприя́тный**: unpleasant • **потряса́ть** АЙ / **потрясти́** C[end] (потрясу́, потрясёшь; потря́с, потрясла́): to shake • **и без того́**: anyway • **растра́ивать** АЙ / **расстро́ить** И: to upset • **нерв**: nerve • **ю́ноша**: young man • **нестерпи́мый**: unbearable • **распиво́чная**: tavern • **часть**, и: part • **мно́жество**: a large number • **помину́тно**: every minute • **попада́ться** АЙ / **попа́сться** Д: to turn up, be encountered • **несмотря́ на** что: despite • **бу́днее вре́мя**: working hours • **доверша́ть** АЙ / **доверши́ть** И[end]: to crown, top off • **отврати́тельный**: repulsive • : sad • **колори́т**: palette • **карти́на**: picture • **чу́вство**: feeling • **глубоча́йший**: profoundest • **омерзе́ние**: repulsion • **мелька́ть** АЙ / **мелькну́ть** НУ: to flash, glimmer • **на миг**: for a moment • **то́нкий**: thin, delicate • **черта́**: trait, (facial) feature

By the way, he was remarkably handsome, with beautiful dark eyes and dark blonde hair, above average in height, slender and well-proportioned. In any	Кста́ти, он был замеча́тельно хоро́ш собо́ю, с прекра́сными тёмными глаза́ми, тёмно-ру́с, ро́стом вы́ше сре́днего, то́нок и стро́ен. Но

Reading Crime and Punishment in Russian / **Преступление и наказание**

event, he soon fell, as it were, into deep contemplation, or even, to put it more accurately, a kind of unconsciousness; and went on, no longer noticing the things around him, nor wanting to notice them. Only occasionally would be mumble something to himself, out of his penchant for monologues, which he had admitted to himself just now. At that same time, he himself was aware that his thoughts sometimes grew confused, and that he was very weak; it was the second day now that he'd hardly eaten anything.

скоро он впал как бы в глубокую задумчивость, даже, вернее сказать, как бы в какое-то забытьё, и пошёл, уже не замечая окружающего, да и не желая его замечать. Изредка только бормотал он что-то про себя, от своей привычки к монологам, в которой он сейчас сам себе признался. В эту же минуту он и сам сознавал, что мысли его порою мешаются и что он очень слаб: второй день как уж он почти совсем ничего не ел.

кстати: by the way • **замечательный**: remarkable • **хорош(а) собой**: good-looking • **тёмный**: dark • **глаз** (pl. глаза): eye • **тёмно-русый**: dark blonde • **рост**: height • **среднее**: the average • **тонкий**: thin • **стройный**: slender • **впадать** АЙ / **впасть** Дend: to fall into • **глубокий**: deep • **задумчивость**, и: contemplation • **вернее**: more accurately • **забытьё**: obliviousness, unconsciousness • **замечать** АЙ / **заметить** И: to notice • **окружать** АЙ / **окружить** Иend: to surround (окружающее: that which surrounds one) • **желать** АЙ: to wish • **изредка**: from time to time • **бормотать** А / **пробормотать** А: to mutter • **про себя**: to oneself • **привычка** к чему: habit of • **монолог**: monologue • **признаваться** АВАЙ / **признаться** АЙ в чём: to admit • **сознавать** АВАЙ / **сознать** АЙ: to be aware • **мысль**, и: thought • **порою** = **порой**: at times • **мешать** АЙ / **смешать** АЙ: to mix up, confuse • **слабый**: weak • **почти**: almost • **есть** / **съесть**: to eat

He was so poorly dressed that many a person, even one accustomed to such things, would think twice about venturing out in such rags. But so much spiteful disdain had built up in the young man's soul that despite all his sensitivity — sometimes of a very immature sort — wearing his rags outside was the least of his embarrassments. It was quite a different matter when he ran into people he knew, or his former friends, whom he didn't at all wish to encounter... And yet, when a certain drunkard, who was being hauled down the street — who knows why or where to — in a huge wagon hitched to a giant draught horse, suddenly shouted at him as he rode past: "Hey you, German hatmaker!" and shouted at the top of his lungs, pointing at him, the young man

Он был до того худо одет, что иной, даже и привычный человек, посовестился бы днём выходить в таких лохмотьях на улицу... Но столько злобного презрения уже накопилось в душе молодого человека, что, несмотря на всю свою, иногда очень молодую, щекотливость, он менее всего совестился своих лохмотьев на улице. Другое дело при встрече с иными знакомыми или с прежними товарищами, с которыми вообще он не любил встречаться... А между тем, когда один пьяный, которого неизвестно почему и куда провозили в это время по улице в огромной телеге, запряжённой огромною ломовою лошадью, крикнул ему вдруг, проезжая: "Эй ты, немецкий шляпник!" — и заорал во всё горло, указывая на него рукой, — молодой человек

suddenly stopped and convulsively clutched at his hat. This hat of his was tall, round… but completely worn out already… with holes and stains all over…

вдруг остановился и судорожно схватился за свою шляпу. Шляпа эта была высокая, круглая… но вся уже изношенная… вся в дырах и пятнах..

до того: to such an extent, so • **худо** = плохо • **одевать** АЙ / **одеть** H^stem: to dress • **иной**: many a person • **привычный**: accustomed • **совеститься** И / **посовеститься** И чего or + inf: to be conscientious about, embarrassed to • **лохмотья** (pl): rags • **столько**: so much • **злобный**: spiteful • **презрение**: disdain • **копить** И^shift / **накопить** И: to accumulate • **душа**: soul • **несмотря** на что: despite • **щекотливость**: sensitivity, "ticklishness" • **менее всего**: least of all • **знакомый**: acquaintance • **прежний**: previous, former • **товарищ**: comrade, friend • **между тем**: meanwhile • **неизвестно**: unknown, who knows • **огромный**: huge • **телега**: cart • **запрягать** АЙ / **запрячь** Г^end (запрягу, запряжёшь, запрягут; запряг, запрягла): to harness • **ломовая лощадь**: draught horse • **кричать** ЖА / **крикнуть** НУ: to shout • **проезжать** АЙ / **проехать**: to drive, ride past • **шляпник**: hatter • **орать** Р / **заорать** Р: to shout • **во всё горло**: at the top of one's voice (lit. throat) • **указывать** АЙ / **указать** А: to point out • **останавливаться** АЙ / **остановиться** И^shift: to stop • **судорожный**: convulsive (adj. from судорога: convulsion) • **хвататься** АЙ / **схватиться** И^shift за что: to grab at • **шляпа**: hat • **круглый**: round • **изнашивать** АЙ / **износить** И^shift: to wear out • **дыра**: hole • **пятно**: stain

And yet it wasn't shame, but a completely different feeling, similar even to fright, that seized him.

Но не стыд, а совсем другое чувство, похожее даже на испуг, охватило его.

"I knew it!" he muttered in dismay, "Exactly as I thought! And that's the most disgraceful thing of all! It's precisely this kind of idiotic blunder, the most vulgar little detail imaginable, that could ruin the entire plan! Yes, the hat is way too noticeable… It's silly-looking, and that's why it's noticeable… To better match these rags of mine, I'd certainly need a peaked cap, even some old pancake of a hat — anything but this freak. No one wears hats like this; they'll notice it from a mile away, and they'll remember it… that's the main thing: they'll remember it later, and behold — there's your clue. You've got to be as inconspicuous as possible here… The little details, the little details are the main thing!.. It's precisely these little details that always ruin everything…"

"Я так и знал! — бормотал он в смущении, — я так и думал! Это уж всего сквернее! Вот эдакая какая-нибудь глупость, какая-нибудь пошлейшая мелочь, весь замысел может испортить! Да, слишком приметная шляпа… Смешная, потому и приметная… К моим лохмотьям непременно нужна фуражка, хотя бы старый блин какой-нибудь, а не этот урод. Никто таких не носит, за версту заметят, запомнят… главное, потом запомнят, ан и улика. Тут нужно быть как можно неприметнее… Мелочи, мелочи главное!.. Вот эти-то мелочи и губят всегда и всё…"

стыд, а: shame • **чувство**: feeling • **охватывать** АЙ / **охватить** И: to seize, grab hold of • **бормотать** A^shift / **пробормотать** A: to mutter • **смущение**: embarrassment • **сквернее**: comparative of скверный: repulsive, nasty • **эдакий** = такой • **глупость**, и: stupidity •

Reading Crime and Punishment in Russian / **Преступление и наказание**

пошлый: vulgar, crude • **мелочь**, и: detail, trifle • **замыс(е)л**: idea, plan • **портить** И / **испортить** И: to ruin • **слишком**: too • **приметный**: noticeable • **смешной**: funny, weird • **лохмоть** (pl.): rags, tattered clothing • **непременно**: without fail, most certainly • **нужный**: necessary • **фуражка**: peaked cap • **блин**, -а: pancake • **урод**: freak • **за версту**: from a верста away (1.6 km) • **замечать** АЙ / **заметить** И: to notice • **запоминать** АЙ / **запомнить** И: to remember, register • **ан**: and there you have it, and isn't that a • **улика**: clue • **как можно** + comparative: as x as possible • **неприметный**: unnoticeable, inconspicuous • **главное**: the main thing (**главный**: main) • **губить** И[shift] / **погубить** И: to ruin

He didn't have far to go; he even knew how many steps it was from his building's gate: exactly seven hundred and thirty. He'd happened to count them once, when he really got to day-dreaming. At that time, he himself didn't yet believe these dreams of his; he'd merely rile himself up with their hideous yet alluring audacity. But now, a month later, he was already beginning to look at things differently, and, despite all of the taunting monologues about his own impotence and indecisiveness, he had somehow — even against his will — grown accustomed to considering his "hideous" dream to be an actual undertaking, even though he still refused to believe he was serious. Even now he was on his way to conduct a trial run of his undertaking, and with every step his agitation rose, with ever-growing intensity.

Идти ему было немного; он даже знал, сколько шагов от ворот его дома: ровно семьсот тридцать. Как-то раз он их сосчитал, когда уж очень размечтался. В то время он и сам ещё не верил этим мечтам своим и только раздражал себя их безобразною, но соблазнительною дерзостью. Теперь же, месяц спустя, он уже начинал смотреть иначе и, несмотря на все поддразнивающие монологи о собственном бессилии и нерешимости, "безобразную" мечту как-то даже поневоле привык считать уже предприятием, хотя всё ещё сам себе не верил. Он даже шёл теперь делать пробу своему предприятию, и с каждым шагом волнение его возрастало всё сильнее и сильнее.

даже: even • **шаг** (pl. шаги): step • **ворота** (pl): gateway • **ровно**: precisely • **считать** АЙ / **сосчитать** АЙ: to count • **размечтаться** АЙ (perf.): to get carried away with daydreaming • **верить** И / **поверить** И чему: to believe • **мечта**: (day)dream • **раздражать** АЙ / **раздражить** И[end]: to irritate, agitate • **безобразный**: hideous • **соблазнительный**: captivating, tempting • **дерзость**, и: audacity, brazenness • **спустя**: later • **начинать** АЙ / **начать** /Н + inf.: to begin to • **иначе**: differently • **поддразнивать** АЙ / **поддразнить** И[shift]: to tease, provoke • **монолог**: monologue • **собственный**: one's own • **бессилие**: powerlessness (a lack of силы) • **нерешимость**: indecisiveness • **поневоле**: against his will, inadvertently • **привыкать** АЙ / **привыкнуть** (НУ) к чему or + inf: to get used to • **считать** АЙ что чем: to consider • **предприятие**: enterprise • **хотя**: although • **всё ещё**: still, even now • **проба**: trial, test run • **шаг**: step • **волнение**: agitation • **возрастать** АЙ / **возрасти** Т[end]: to grow, rise, increase • **сильнее**: comparative of сильный: strong, powerful, intense

With his heart skipping a beat, and with a nervous shudder, he approached a gigantic building whose one wall faced the canal; the other

С замиранием сердца и нервною дрожью подошёл он к преогромнейшему дому, выходившему одною стеной на канаву, а другою

The old pawnbroker's building (known as the **Дом старухи-процентщицы**), seen from the canal; the entrance to its inner yard is from the street around the corner, to the right. On his trial run, Raskolnikov approaches the building on that street, from the opposite direction.

faced — Street. This building consisted entirely of small apartments and was populated by craftsmen of all kinds — tailors, metalworkers, cooks, various Germans, single women who supported themselves, petty clerks, etc. People scurried in and out beneath the building's two archways and two inner courtyards. Three or four janitors worked there. The young man was quite satisfied not to have met any of them, and now slipped unnoticed from the archway and onto the staircase to the right. The stairs were dark and narrow, a "back" staircase — but he knew all this already; he'd studied it thoroughly, and he liked this entire arrangement: in darkness like this even a curious gaze was without danger. "If I'm so afraid this time around, then what state would I be in if I were somehow to carry out this enterprise for real?.." he thought involuntarily as he made his way to the fourth floor.

в —ю улицу. Этот дом стоял весь в мелких квартирах и заселён был всякими промышленниками — портными, слесарями, кухарками, разными немцами, девицами, живущими от себя, мелким чиновничеством и проч. Входящие и выходящие так и шмыгали под обоими воротами и на обоих дворах дома. Тут служили три или четыре дворника. Молодой человек был очень доволен, не встретив ни которого из них, и неприметно проскользнул сейчас же из ворот направо на лестницу. Лестница была тёмная и узкая, "чёрная", но он всё уже это знал и изучил, и ему вся эта обстановка нравилась: в такой темноте даже и любопытный взгляд был неопасен. "Если о сю пору я так боюсь, что же было бы, если б и действительно как-нибудь случилось до самого дела дойти?.." — подумал он невольно, проходя в четвёртый этаж.

замирание: a dying away, fading, falling quiet • **сердце**: heart • **нервный**: nervous, adj. from нерв: nerve • **дрожь**, и: shiver, trembling • **подходить** И / **подойти** к чему: to approach (on foot) • **пре**-: adjectival prefix, "exceedingly..." • **огромнейший**: extremely огромный: huge • **стена**: wall • **канава** = канал: canal • **—ая улица**: Средняя Подьяческая улица • **мелкий**: small, petty • **заселять** АЙ / **заселить** И[shift]: to settle, inhabit • **всякий**: all kinds of • **промышленник**: craftsman • **портной**: tailor • **слесарь**, я (pl. слесаря): metalworker, locksmith • **кухарка**: cook (f.), kitchen maid • **девица**: unmarried young woman • **жить** В[end]: to live • **чиновничество**: collective noun from чиновник: a government clerk • **и проч.** = и прочие: etc., et al. • **шымгать** АЙ / **шмыгнуть** НУ: to scurry, scamper • **оба**, обе: both (works like два, две) • **ворота**, ворот: gate, arched entryway • **направо**: toward the right • **лестница**: staircase, stairs • **тёмный**: dark • **узкий**: narrow • **чёрная лестница**: a "back" or "service" staircase, as opposed to a парадная лестница: an elegant "front" staircase • **изучать** АЙ / **изучить** И: to study • **обстановка**: setting • **нравиться** И / **понравиться** И кому: to be pleasing to • **темнота**: darkness • **любопытный**: curious • **взгляд**: gaze • **опасный**: dangerous • **о сю пору** = в этот раз: this time • **бояться** ЖА[end] чего: to fear • **действительно**: actually, really • **случаться** АЙ / **случиться** И[end]: to happen • **дело**: deed, action, matter • **доходить** И[shift] / **дойти** до чего: to reach, get to • **невольный**: involuntary

Here his way was blocked by some retired soldiers, now working as porters, who were carrying furniture out of an apartment. He already knew that this apartment was inhabited by a certain

Здесь загородили ему дорогу отставные солдаты-носильщики, выносившие из одной квартиры мебель. Он уже прежде знал, что в этой квартире жил один семейный

German clerk, with his family: "So, this German must be moving out now, which means that on the fourth floor, in this stairwell and on this landing, the only apartment left occupied, for a certain time, will be the old woman's. That's good... just in case..." he thought again, and rang the old woman's doorbell. The bell gave out a weak ring, as if made of tin and not of bronze... A short time later the door opened just a bit, to a tiny little slit: the woman who lived there was examining her visitor from that slit, with obvious mistrust; all one could see were her little eyes glimmering from the darkness. But, having seen many people on the staircase, she took heart and fully opened the door.

немец, чиновник: "Стало быть, этот немец теперь выезжает, и, стало быть, в четвёртом этаже, по этой лестнице и на этой площадке, остаётся, на некоторое время, только одна старухина квартира занятая. Это хорошо... на всякой случай..." — подумал он опять и позвонил в старухину квартиру. Звонок брякнул слабо, как будто был сделан из жести, а не из меди... Немного спустя дверь приотворилась на крошечную щёлочку: жилица оглядывала из щели пришедшего с видимым недоверием, и только виднелись её сверкавшие из темноты глазки. Но увидав на площадке много народу, она ободрилась и отворила совсем.

загорождать АЙ / **загородить** И^{end/shift}: to block • **дорога**: road, way • **отставной**: retired • **солдат**: soldier • **носильщик**: porter • **мебель**, и: furniture • **прежде**: previously • **семейный**: having a семья: family; or, family-related • **нем(е)ц**: German • **чиновник**: clerk, official • **стало быть**: therefore • **выезжать** АЙ / **выехать**: here: to move out • **площадка**: landing • **оставаться** АВАЙ / **остаться** Н: to remain • **некоторый**: a certain • **старухин**: old woman's; possessive adjective from старуха (these forms decline like last names in -ин / -ина; see старухину a few lines down) • **занимать** АЙ / **занять** Й/М: to occupy • **случай**: case • **звонить** И^{end} / **позвонить** И: to ring • **звон(о)к**: bell; a ringing sound • **брякать** АЙ / **брякнуть** НУ: to jingle • **слабый**: weak • **жесть**, и: tin • **медь**, и: bronze • **спустя**: later • **приотворять** АЙ / **приотворить** И^{end} = приоткрывать АЙ / приоткрыть ОЙ: to open slightly • **крошечный**: tiny • **щёлочка**: щёлка: щель, и: gap, slit • **жилица**: fem. for жил(е)ц: resident • **оглядывать** АЙ / **оглядеть** Е: to look over, examine • **видимый**: visible • **недоверие**: mistrust • **виднеться** ЕЙ: to be visible • **сверкать** АЙ / **сверкнуть** НУ: to flash, glimmer • **глазки**: dim. of глаза: eyes • **увидав** = увидев • **ободрять** АЙ / **ободрить** И^{end}: to cheer up, encourage • **отворять** АЙ / **отворить** И^{end} = открывать АЙ / открыть ОЙ: to open

The young man stepped across the threshold into a dark entryway, walled off by a partition, behind which there was a tiny kitchen. The old woman stood before him in silence, and looked at him inquisitively. She was a tiny, dried-up little old woman, around sixty years old, with sharp, malignant little eyes... The young man must have looked at her in some sort of peculiar way, because in her eyes, too, suddenly flashed, once again, her

Молодой человек переступил через порог в тёмную прихожую, разгороженную перегородкой, за которою была крошечная кухня. Старуха стояла перед ним молча и вопросительно на него глядела. Это была крошечная, сухая старушонка, лет шестидесяти, с вострыми и злыми глазками... Должно быть, молодой человек взглянул на неё каким-нибудь особенным взглядом, потому что и в её глазах мелькнула

previous mistrust.	вдруг опять прежняя недоверчивость.
"Raskolnikov, the student… I visited you a month ago," the young man hastily muttered, with a half-bow, having remembered that he should show some courtesy.	— Раскольников, студент, был у вас назад тому месяц, — поспешил пробормотать молодой человек с полупоклоном, вспомнив, что надо быть любезнее.

переступать АЙ / **переступить** И^{shift}: to step across • **порог**: threshold • **прихожая**: entryway • **разгораживать** АЙ / **разгородить** И: to divide, wall off • **перегородка**: partition • **крошечный**: tiny • **кухня**: kitchen • **старуха**: old woman • **молча**: silently • **вопросительно**: inquisitively • **глядеть** Е = смотреть • **сухой**: dry, dried-up • **старушонка**: dim. of старуха • **вострый** = острый: sharp • **злой**: evil, hateful • **глазки**: глаза: eyes • **должно быть**: it must have been, probably • **взглядывать** АЙ / **взглянуть** НУ: to glance, look at • **особенный**: particular, peculiar • **взгляд**: glance, gaze • **мелькать** АЙ / **мелькнуть** НУ: to glimmer • **прежний**: previous • **недоверчивость**: distrust • (месяц) **тому назад**: a (month) ago • **спешить** И^{end} / **поспешить** И: to hurry • **бормотать** А^{shift} / **пробормотать** А: to mutter • (полу)**поклон**: a (half)bow • **вспоминать** АЙ / **вспомнить** И: to recall • **любезный**: friendly, nice

"I've brought a pledge — here it is!" And he took from his pocket an old, commonplace silver pocketwatch. On its back plate, a globe was depicted. The chain was made of steel.	— Заклад принёс, вот-с! — И он вынул из кармана старые плоские серебряные часы. На оборотной дощечке их был изображён глобус. Цепочка была стальная.
"And one of these days, Alyona Ivanovna, I might bring you another item… a silver one… a good one… a cigarette case… as soon as I get it back from a friend of mine…" He grew perplexed, and fell silent…	— Я вам, Алёна Ивановна, может быть, на днях, ещё одну вещь принесу… серебряную… хорошую… папиросочницу одну… вот как от приятеля ворочу… — Он смутился и замолчал.
"Well, we'll talk at that point, sir."	— Ну тогда и будем говорить, батюшка.

заклад: a pledge, an item to pawn • **вынимать** АЙ / **вынуть** НУ: to take out • **карман**: pocket • **плоский**: flat; dull, lackluster • **серебряный**: silver, adj. from серебро • **часы**, часов (pl.): clock; watch • **оборотный**: back, rear, reverse • **дощечка**: dim. of доска: board, plank, plate • **изображать** АЙ / **изобразить** И: to depict • **глобус**: globe • **цепочка**: dim. of цепь, и: chain • **стальной**: steel, adj. from сталь, и • **на днях**: a few days ago / from now, any day now • **вещь**, и: thing • **папиросочница**: cigarette holder • **приятель** = друг • **воротить** И = вернуть НУ: here, to get back • **смущаться** АЙ / **смутиться** И: to become upset • **замолчать** ЖА: to fall silent • **батюшка**: old boy, sir

"Goodbye, ma'am… Are you always sitting around at home alone — your sister's not here?" he asked, as nonchalantly as he could,	— Прощайте-с… А вы всё дома одни сидите, сестрицы-то нет? — спросил он как можно

as he was stepping out into the entryway.	развя́знее, выходя́ в пере́днюю.
"And what business is she of yours, sir?"	— А вам како́е до неё, ба́тюшка, де́ло?
"Oh, nothing in particular. I was just asking. Seeing as how right now you're... Goodbye, Alyona Ivanovna!"	— Да ничего́ осо́бенного. Я так спроси́л. Уж вы сейча́с... Проща́йте, Алёна Ива́новна!

проща́й: farewell • **сестри́ца**: dim. of сестра́: sister (her name is Лизаве́та, as we'll learn later) • **развя́зный**: "untied," casual, nonchalant • **пере́дняя**: entryway • **како́е** кому́ **де́ло до**: what matter is it to you • **осо́бенный**: special, particular

Raskolnikov departed with an overwhelming sense of bewilderment. This bewilderment kept growing and growing. Descending the stairwell, he even stopped several times, as if suddenly struck by something. And finally, once on the street, he exclaimed:	Раско́льников вы́шел в реши́тельном смуще́нии. Смуще́ние это всё бо́лее и бо́лее увели́чивалось. Сходя́ по ле́стнице, он не́сколько раз да́же остана́вливался, как бу́дто чем-то внеза́пно поражённый. И наконе́ц, уже́ на у́лице, он воскли́кнул:

реши́тельный: decisive, definite • **смуще́ние**: agitation • **увели́чивать** АЙ / **увели́чить** И: to increase • **остана́вливать**(ся) АЙ / **останови́ть**(ся) И[shift]: to stop • **как бу́дто**: as if • **внеза́пно**: suddenly • **поража́ть** АЙ / **порази́ть** И[end]: to strike, dumbfound, amaze • **восклица́ть** АЙ / **воскли́кнуть** НУ: to exclaim

"Oh God! how repulsive this all is! And could I really, could I really... No, it's nonsense, it's ridiculous!" he added decisively. "And could something so horrible really enter my head? What filth my heart is capable of, I must say! That's the main thing: it's filthy, foul, disgusting, disgusting!... And here I was, for an entire month..."	"О Бо́же! как э́то всё отврати́тельно! И неуже́ли, неуже́ли я... нет, э́то вздор, э́то неле́пость! — приба́вил он реши́тельно. — И неуже́ли тако́й у́жас мог прийти́ мне в го́лову? На каку́ю грязь спосо́бно, одна́ко, мое́ се́рдце! Гла́вное: гря́зно, па́костно, га́дко, га́дко!.. И я, це́лый ме́сяц..."

отврати́тельный: repulsive • **неуже́ли**: can it really be...? • **вздор**: nonsense • **неле́пость**: absurdity • **прибавля́ть** АЙ / **приба́вить** И: to add • **реши́тельный**: decisive • **у́жас**: (a) horror • **грязь**, и: dirt, filth • **спосо́бный** на что: capable of • **одна́ко**: however; here, expresses displeasure • **се́рдце**: heart • **гла́вное**: the main thing • **гря́зный**: dirty • **па́костный**: filthy, base • **га́дкий**: disgusting

Reading Crime and Punishment in Russian / **Преступление и наказание**

Некуда больше идти

There's Nowhere Left to Turn

Raskolnikov wasn't accustomed to crowds, and, as has already been said, avoided company of any kind, especially of late. But now, suddenly, something drew him to people. Something new, as it were, was taking place inside of him, and along with it a kind of thirst for people was felt. He had grown so tired of an entire month of this focused anxiety, this somber agitation of his, that he felt like taking a breath, if only for a moment, in a different world, no matter what kind; and, regardless of all the filth of the surroundings, he was pleased now to remain in the tavern.

Раскольников не привык к толпе и, как уже сказано, бежал всякого общества, особенно в последнее время. Но теперь его вдруг что-то потянуло к людям. Что-то совершалось в нём как бы новое, и вместе с тем ощутилась какая-то жажда людей. Он так устал от целого месяца этой сосредоточенной тоски своей и мрачного возбуждения, что хотя одну минуту хотелось ему вздохнуть в другом мире, хоть бы в каком бы то ни было, и, несмотря на всю грязь обстановки, он с удовольствием оставался теперь в распивочной.

привыкать АЙ / **привыкнуть** НУ к чему: to get used to • **толпа**: crowd • **бежать** = избегать АЙ / избежать чего: to flee, avoid • **всякий**: any (and all) • **общество**: society • **особенно**: especially • **в последнее время**: recently, lately • **тянуть** НУ[shift] / **потянуть** НУ к чему: to draw, pull • **совершаться** АЙ / **совершиться** И[end]: to take place, happen • **как бы**: as if • **вместе с тем**: at the same time • **ощущать** АЙ / **ощутить** И[end]: to sense, feel • **жажда** чего: thirst for • **уставать** АВАЙ / **устать** Н[stem]: to grow tired • **сосредоточивать** АЙ / **сосредоточить** И: to focus • **тоска**: longing • **мрачный**: somber,

gloomy • **возбуждение**: agitation **вздыхать** АЙ / **вздохнуть** НУ: to sigh • (какой) **бы то ни было**: no matter (what kind); other question words can be used here as well • **грязь**, и: filth • **обстановка**: situation, surroundings • **удовольствие**: satisfaction • **оставаться** АВАЙ / **остаться** Н: to remain • **распивочная**: tavern (arch.)

Fom time to time, certain encounters take place — even with people who are total strangers to us — which arouse our interest from the very first glance, somehow suddenly, all at once, before we say even a word. Precisely such an impression was made on Raskolnikov by the guest who was sitting at some distance from him, and resembled a retired government clerk...	Бывают иные встречи, совершенно даже с незнакомыми нам людьми, которыми мы начинаем интересоваться с первого взгляда, как-то вдруг, внезапно, прежде чем скажем слово. Такое точно впечатление произвёл на Раскольникова тот гость, который сидел поодаль и походил на отставного чиновника…

бывать АЙ: to happen (from time to time) • **иной**: certain, many a... (sometimes "other") • **встреча**: encounter, meeting • **совершенно**: completely • **начинать** АЙ / **начать** /H^end + inf.: to begin • **интересоваться** ОВА / **заинтересоваться** ОВА чем: to be interested by • **с первого взгляда**: at first sight (взгляд) • **внезапный**: sudden • **прежде чем**: before (conjunction) • **производить** И / **произвести** Д^end на кого **впечатление**: to make an impression on someone • **гость**, я: guest • **поодаль**: in the distance, a bit away • **походить** И на кого: to resemble • **отставной**: retired • **чиновник**: government clerk

"My dear sir," [the clerk] began, almost with an air of triumphant solemnity, "being poor is no vice, it's true. Nor, as I well know, is drunkenness a virtue — far from it. But abject poverty, my dear sir, poverty is a vice... Might I ask you — for no particular reason, or at least out of simple curiosity: have you ever deigned to spend the night on the Neva river, on the hay barges?	— Милостивый государь, — начал [чиновник] почти с торжественностью, — бедность не порок, это истина. Знаю я, что и пьянство не добродетель, и это тем паче. Но нищета, милостивый государь, нищета — порок-с... Позвольте вас спросить, так, хотя бы в виде простого любопытства: изволили вы ночевать на Неве, на сенных барках?
"No, I haven't had the occasion," answered Raskolnikov. "What are you talking about?"	— Нет, не случалось, — отвечал Раскольников. — Это что такое?
"Well, I've just come from there, and it's the fifth night already…"	— Ну-с, а я оттуда, и уже пятую ночь-с…

милостивый государь: dear sir • **почти**: almost • **торжественность**: solemnity, ceremoniousness, triumph • **бедность**: poverty • **порок**: vice • **истина**: truth • **пьянство**: drunkenness • **добродетель**, и: virtue • **тем паче**: all the more so • **нищета**: poverty • **-с**: sir (сударь); this contrated form of the honorific was quite common in 19th-century speech; it can quickly slide from respectfulness into obsequiousness • **позволять** АЙ / **позволить** И: to

permit • **вид**: form • **простой**: simple • **любопытство**: curiosity • **изволить** И: to "deign to" (common in polite speech in 19th-century literature) • **ночевать** ОВА / **переночевать** ОВА: spend the night • **Нева**: the Neva river • **сенная барка**: hay barge (сено: hay) • **случаться** АЙ / **случиться** И[end]: to happen, have occasion • **отвечать** АЙ / **ответить** И: to answer

"Young man," he continued, raising his head again, "In your face, I can read a certain sorrow. I read it the moment you walked in, and that's why I turned to you right away. For, in telling you the story of my life, my desire is not to make a public spectacle of myself in front of these idlers, who already know everything anyway; rather, I'm looking for a sensitive and educated man. Know, then, that my spouse was educated in a provincial institute for nobility, and danced at graduation, with a shawl, in the presence of the governor and other dignitaries — for which she recieved a gold medal and a certificate of distinction.	— Молодой человек, — продолжал он, восклоняясь опять, — в лице вашем я читаю как бы некую скорбь. Как вошли, я прочёл её, а потому тотчас же и обратился к вам. Ибо, сообщая вам историю жизни моей, не на позорище себя выставлять хочу перед сими празднолюбцами, которым и без того всё известно, а чувствительного и образованного человека ищу. Знайте же, что супруга моя в благородном губернском дворянском институте воспитывалась и при выпуске с шалью танцевала при губернаторе и при прочих лицах, за что золотую медаль и похвальный лист получила.

продолжать АЙ / **продолжить** И: to continue • **восклоняться** АЙ: to look up, raise head • **лицо**: face • **некий**: a certain • **скробь**, и: grief, sorrow • **прочесть** /Т (прочту, прочтёшь; прочёл, прочла) = прочитать • **тотчас**: right away, straight • **обращаться** АЙ / **обратиться** И к кому: to address, turn to • **ибо**: for • **сообщать** АЙ / **сообщить** И[end]: to convey, share • **жизнь**, и: life • **позорище**: позор: a disgraceful public spectacle • **выставлять** АЙ / **выставить** И: to set out, exhibit • **празднолюб(е)ц**: idler • **известно** кому: known to • **чувствительный**: sensitive • **образованный**: educated • **искать** А[shift] (ищу, ищешь): to search for • **благородный**: noble • **губернский дворянский институт**: a provincial educational establishment for the nobility (дворянство) • **воспитывать** АЙ / **воспитать** АЙ: to educate; raise • **выпуск**: graduation • **шаль**, и: shawl • **танцевать** ОВА: to dance • **при чём, ком**: in the presence of • **губернатор**: governor • **прочий**: other • **лицо**: person (also, face) • **медаль**, и: medal • **похвальный лист**: certificate • **получать** АЙ / **получить** И[shift]: to receive

"The medal... well, the medal got sold... a long time ago now... hmm... the certificate is still lying in a chest, and just recently she was showing it to our landlady. And even though she and the landlady are constantly at odds, she felt the urge to show some pride in front of someone — nevermind who — and tell about her happy days of old. And I don't condemn her for it, I don't — for this remains in her memories, while everything else has gone to the devil! Yes, yes, she's	Медаль... ну медаль-то продали... уж давно... гм... похвальный лист до сих пор у ней в сундуке лежит, и ещё недавно его хозяйке показывала. И хотя с хозяйкой у ней наибеспрерывнейшие раздоры, но хоть перед кем-нибудь погордиться захотелось и сообщить о счастливых минувших днях. И я не осуждаю, не осуждаю, ибо сие последнее у ней и осталось в воспоминаниях

a fiery woman, proud and unbendable. She washes the floor herself and eats a humble diet of black bread, but she won't stand for disrespect... When I married her, she was already a widow, with three kids, one smaller than the other.

её, а про́чее всё пошло́ пра́хом! Да, да; да́ма горя́чая, го́рдая и непрекло́нная. Пол сама́ мо́ет и на чёрном хле́бе сиди́т, а неуваже́ния к себе́ не допу́стит... Вдово́й уже́ взял её, с тро́ими детьми́, мал мала́ ме́ньше.

продава́ть АВАЙ / **прода́ть**: to sell • **до сих пор**: to this day, even now • **у ней** = у неё • **сунду́к, а́**: chest (for storing things) • **хозя́йка**: landlady • **пока́зывать** АЙ / **показа́ть** A[shift]: to show • **беспреры́вный**: constant (наи-е́йший: an alternate form for superlative adjectives, no longer very common) • **раздо́р**: disputes, discord • **хоть** = хотя́ (бы): at least • **горди́ться** И[end] / **погорди́ться** И чем перед кем: to be proud • **сообща́ть** АЙ / **сообщи́ть** И: to tell, inform • **мину́вший**: past • **осужда́ть** АЙ / **осуди́ть** И[shift]: to condemn, judge • **сие́**: это (a Church Slavonicism, among many to follow in Marmeladov's tirade!) • **воспомина́ние**: recollection • **всё про́чее**: everything else • **пойти́ пра́хом** (прах: dust): to go to ruin • **горя́чий**: hot-headed • **го́рдый**: proud • **непрекло́нный**: intransigent • **пол**: floor • **мыть** ОЙ[stem]: to wash • **сиде́ть на чёрном хле́бе**: to eat black bread, live a humble life • **(не)уваже́ние** к кому́: (dis)respect toward • **допуска́ть** АЙ / **допусти́ть** И[shift]: to allow • **вдова́**: widow • **взять**: here, to marry • **мал мала́ ме́ньше**: said of small children ("one smaller than the other")

"She married her first husband, an infantry officer, out of love, and eloped with him from her father's home. She loved her husband immeasurably, but he took to playing cards, got hauled into court, and promptly died. He would beat her, near the end; and though she didn't forgive him this — I know this most reliably, based on documents — she remembers him, to this very day, with tears in her eyes, and reproaches me with his example; and I'm glad, glad — for at least in her imaginings she sees herself as having been happy, once upon a time... So, he left her with three young kids, in that remote and beastly province where I too found myself; and she was left in such hopeless poverty that I'm in no state to even describe it, even though I've seen my share of various misadventures. Her entire family, meanwhile, refused to help. And she was proud, proud to a fault...

Вы́шла за́муж за пе́рвого му́жа, за офице́ра пехо́тного, по любви́, и с ним бежа́ла из до́му роди́тельского. Му́жа люби́ла чрезме́рно, но в карти́шки пусти́лся, под суд попа́л, с тем и по́мер. Бива́л он её под коне́ц; а она́ хоть и не спуска́ла ему́, о чём мне доподли́нно и по докуме́нтам изве́стно, но до сих пор вспомина́ет его́ со слеза́ми и меня́ им кори́т, и я рад, я рад, и́бо хотя́ в воображе́ниях свои́х зрит себя́ когда́-то счастли́вой... И оста́лась она́ по́сле него́ с тремя́ малоле́тними детьми́ в уе́зде далёком и зве́рском, где и я тогда́ находи́лся, и оста́лась в тако́й нищете́ безнадёжной, что я хотя́ и мно́го вида́л приключе́ний разли́чных, но да́же и описа́ть не в состоя́нии. Родны́е же все отказа́лись. Да и горда́ была́, чересчу́р горда́...

выходи́ть И[shift] / **вы́йти за́муж** за кого́: to marry (said of a woman) • **муж**: husband • **пехо́тный офице́р**: infantry officer • **по любви́**: out of love (любо́вь, любви́) •

Reading Crime and Punishment in Russian / Преступление и наказание

родительский: adj. from родитель: parent • **чрезмерный**: extreme, excessive (мера: measure) • **картишка**: dim. of карта: card • **пускаться** АЙ / **пуститься** И: to launch into • **суд**, а́: court • **попадать** АЙ / **попасть** Д[end]: to wind up, end up • **помирать** АЙ / **помереть** /Р: to die • **бивать**: iterative of бить Ь: to beat • **под конец**: near the end • **спускать** АЙ / **спустить** И[shift] кому: here, to forgive • **доподлинно**: for sure • **по** чему: based on • **вспоминать** АЙ / **вспомнить** И: to recall • **слеза**, pl слёзы: tear • **корить** И[end] кого кем: to reproach (with someone as an example) • **воображение**: imagination • **зреть** Е = видеть: to see • **малолетний**: young • **уезд**: regional district • **далёкий**: distant • **зверский**: beastly, savage (зверь, я: beast) • **безнадёжный**: hopeless (надежда: hope) • **хотя и**: although • **видать** = видеть • **приключение**: adventure • **различный**: various • **быть в состоянии** + inf: to be in a condition to • **родной**: here, a relative • **отказываться** АЙ / **отказаться** А[shift] от чего: to refuse, reject • **гордый**: proud • **чересчур**: excessively

"And it was at that point, dear sir, it was at that point that I — also a widower, and with a fourteen-year-old daughter from my first wife — offered her my hand in marriage, for I couldn't bear to look upon such suffering. From this you can judge the extent of her tribulations — from the fact that she — educated, well-bred, and with a prominent family name — agreed to marry me! But marry me she did! Crying and weeping, and wringing her hands — yet marry me she did! For there was nowhere left to turn. Do you understand — do you understand, dear sir, what it means when there's nowhere left to turn? No! You don't yet understand that

И тогда-то, милостивый государь, тогда я, тоже вдовец, и от первой жены четырнадцатилетнюю дочь имея, руку свою предложил, ибо не мог смотреть на такое страдание. Можете судить потому, до какой степени её бедствия доходили, что она, образованная и воспитанная и фамилии известной, за меня согласилась пойти! Но пошла! Плача и рыдая, и руки ломая — пошла! Ибо некуда было идти. Понимаете ли, понимаете ли вы, милостивый государь, что значит, когда уже некуда больше идти? Нет! Этого вы ещё не понимаете...

тогда: then, at that time • **вдов(е)ц**: widower • **жена**: wife • **четырнадцатилетний**: 14-year-old • **иметь** ЕЙ: to have • **предлагать** АЙ / **предложить** И[shift]: to offer (propose) • **ибо**: for, because • **страдание**: suffering • **судить** И[shift]: to judge • **потому**: by this, based on this • **степень**, и: step • **бедствие**: misfortune • **доходить** И / **дойти** до чего: to reach • **фамилия**: family name • **известный**: known, famous • **образовывать** АЙ / **образовать** ОВА: to educate, form • **воспитывать** АЙ / **воспитать** АЙ: to raise, bring up • **соглашаться** АЙ / **согласиться** И[end] + inf: to consent to • **плакать** А: to cry • **рыдать** АЙ: to weep • **ломать** АЙ / **сломать** АЙ: to break (ломать руки: to wring hands out of despair) • **значить** И: to mean

"And for an entire year I carried out my obligations honorably and sacredly, and didn't touch this stuff (he poked his finger against the vodka bottle), for I possess feeling. But even by this I could win no favor; I lost my job — due not to my own fault, but to staffing changes — and it was at that point that

И целый год я обязанность свою исполнял благочестиво и свято и не касался сего (он ткнул пальцем на полуштоф), ибо чувство имею. Но и сим не мог угодить; а тут места лишился, и тоже не по вине, а по изменению в штатах, и тогда прикоснулся!.. Полтора года

I did indeeed touch this stuff!.. It was a year and a half ago now that we finally found ourselves — after long wanderings and numerous misfortunes — in this magnificent capital city, adorned with its many monuments. And here I found a job... Found it, and lost it again. Understand? This time I lost it by my own fault...

уже будет назад, как очутились мы наконец, после странствий и многочисленных бедствий, в сей великолепной и украшенной многочисленными памятниками столице. И здесь я место достал... Достал и опять потерял. Понимаете-с? Тут уже по собственной вине потерял...

обязанность: obligation • **исполнять** АЙ / **исполнить** И: to fulfill • **благочестиво**: honorably (честь, и: honor) • **свято**: sacredly, dutifully • **касаться** АЙ / **коснуться** НУ чего: to touch • **сего** = этого • **тыкать** А / **ткнуть** НУ: to poke (at) • **пал(е)ц**, пальца: finger • **полуштоф**: a serving of vodka (a bottle / decanter) • **чувство**: feeling • **сим** = этим • **угождать** АЙ / **угодить** И кому: to please • **лишаться** АЙ / **лишиться** И^end чего: to be stripped of, deprived of • **вина**: blame, guilt • **изменение**: change • **штат**: staff • **прикасаться** АЙ / **прикоснуться** НУ: to touch • **полтора года**: a year and a half • **очутиться** И^shift где (perf.): to find oneself • **странствие**: wandering • **многочисленный**: numerous • **бедствие**: misfortune • **сей** = этой • **великолепный**: magnificent • **украшать** АЙ / **украсить** И: to decorate • **памятник**: monument • **столица**: capital city • **доставать** АВАЙ / **достать** H^stem: to get, obtain • **терять** АЙ / **потерять** АЙ: to lose • **собственный**: own • **вина**: blame, guilt

"So, we live here in a corner, with the landlady Amalia Fyodorovna Lippewechsel — and what we live on, and what we pay her with, I have no idea. A lot of people live there, besides us... A veritable Sodom, sir, absolutely hideous... hmm... indeed... And in the meantime my daughter from my first marriage has grown up; and as for what she endured — my daughter — from her stepmother, as she was growing up — well, I'll pass over that in silence.

Проживаем же теперь в угле, у хозяйки Амалии Фёдоровны Липпевехзель, а чем живём и чем платим, не ведаю. Живут же там многие и кроме нас... Содом-с, безобразнейший... гм... да... А тем временем возросла и дочка моя, от первого брака, и что только вытерпела она, дочка моя, от мачехи своей, возрастая, о том я умалчиваю.

проживать АЙ / **прожить** B^end: to reside • **угол**: corner • **платить** И^shift / **заплатить** И: to pay • **ведать** АЙ = знать • **кроме** чего: besides • **Содом**: Sodom • **безобразный**: hideous (-**нейший**: exceedingly...; an alternate form for comparative adjectives) • **тем временем**: meanwhile, in the meantime • **возрастать** АЙ / **возрасти** Т: to grow • **дочка**: dim. of дочь, дочери: daughter (this is Sonya, a major character in the novel) • **брак**: marriage • **терпеть** ЕЙ / **вытерпеть** ЕЙ: to bear, suffer • **мачеха**: stepmother • **умалчивать** АЙ: to remain silent

"And now I turn to you, my dear sir, on my own account, with a private question: in your opinion, can a poor but honest girl earn much by honest labor?.. Why, she won't earn fifteen kopecks a day, sir, if she's honest and doesn't have

Теперь же обращусь к вам, милостивый государь мой, сам от себя с вопросом приватным: много ли может, по-вашему, бедная, но честная девица честным трудом заработать?.. Пятнадцать копеек в

any particular talents —and even then by working without a moment's rest!.. And meanwhile there are hungry kids... And Katerina Ivanovna, wringing her hands, pacing abround the room — with red blotches appearing on her cheeks, as always happens with the illness she has — and saying: 'You're living with us, you freeloader, eating and drinking and enjoying our warmth,' and what are you doing eating and drinking when even the kids don't see a crust of bread for three days at a time!

день, сударь, не зараб*о*тает, если честн*а* и не им*е*ет ос*о*бых тал*а*нтов, да и то рук не поклад*а* работавши!... А тут ребятишки гол*о*дные... А тут Катер*и*на Ив*а*новна, р*у*ки лом*а*я, по к*о*мнате х*о*дит, да кр*а*сные пятна у ней на щек*а*х выступают, — что в болезни *э*той и всегда быв*а*ет: "Жив*ё*шь, д*е*скать, ты, дарм*о*едка, у нас, ешь и пьёшь, и тепл*о*м п*о*льзуешься", а что тут пьёшь и ешь, когд*а* и ребят*и*шки-то по три дня к*о*рки не в*и*дят!

обращ*а*ться АЙ / **обрат*и*ться** И^{end} к кому: to turn to, address • **сам от себ*я*** : on my own behalf • **прив*а*тный** : private • **по-в*а*шему** = по в*а*шему мн*е*нию: in your opinion • **б*е*дный** : poor • **ч*е*стный** : honest • **дев*и*ца** : girl, maiden, unmarried young woman • **ч*е*стный** : honest • **труд** : labor • **зараб*а*тывать** АЙ / **зараб*о*тать** АЙ: to earn • **коп*е*йка** : kopeck • **ос*о*бый** : particular, special • **тал*а*нт** : talent • **не поклад*а*я рук** : tirelessly • **раб*о*тавши** = раб*о*тав • **ребят*и*шки** = д*е*ти • **гол*о*дный** : hungry • **р*у*ки лом*а*ть** АЙ: to wring one's hands • **пятн*о*** , pl. п*я*тна: spot, fleck • **у ней** = у неё • **щек*а*** , pl. щёки: cheek • **выступ*а*ть** АЙ / **в*ы*ступить** И: to appear • **бол*е*знь** , и: illness (Katerina Ivanovna suffers from consumption (чах*о*тка) — that is, pulmonary tuberculosis, a breathing disorder that often ended in death) • **д*е*скать** : marks reported speech • **дармо*е*д**(ка): someone who eats without working • **тепл*о*** : warmth, heat • **п*о*льзоваться** ОВА / **восп*о*льзоваться** ОВА чем: to use, avail oneself of • **к*о*рка** (хл*е*ба): crust of bread

"I was lying around when it happened... well, and what of It! I was lying there drunk, sir, and I hear my Sonya say (she's submissive, and her little voice is so meek... she's blonde, and her little face is always pale and thin)... she says: 'What then, Katerina Ivanovna, am I really to embark on something like that?'

Леж*а*л я тогд*а*... ну, да уж что! леж*а*л пьян*е*нькой-с, и сл*ы*шу, говор*и*т моя С*о*ня (безотв*е*тная она, и голос*о*к у ней так*о*й кр*о*ткий... белокур*е*нькая, л*и*чико всегда бл*е*дненькое, худ*е*нькое), говор*и*т: "Что ж, Катер*и*на Ив*а*новна, неуж*е*ли же мне на так*о*е д*е*ло пойт*и*?"

леж*а*ть ЖА^{end}: to be in a lying position • **пьян*е*нький** : dim. of пь*я*ный: drunk • **безотв*е*тный** : meek, one who "doesn't give an отв*е*т") • **голос(о)к** : dim. of г*о*лос: voice • **кр*о*ткий** : humble, meek • **белокур*е*нький** : dim. of белок*у*рый: blonde • **л*и*чико** : dim. of лиц*о*: face • **бл*е*дненький** : dim. of бл*е*дный: pale • **худ*е*нький** : dim. of худ*о*й: thin • **неуж*е*ли** : can it really be true...? • **на так*о*е д*е*ло пойт*и*** : to set out on such business (i.e. prostitution)

"'Well,' answers Katerina Ivanovna, mockingly, 'what exactly are you trying to protect? Some treasure you've got there!' But don't blame her, don't blame her, my dear sir, don't blame her! This

"А что ж, — отвеч*а*ет Катер*и*на Ив*а*новна, в пересм*е*шку, — чего бер*е*чь? Эко сокр*о*вище!" Но не вин*и*те, не вин*и*те, м*и*лостивый госуд*а*рь, не вин*и*те! Не в здр*а*вом

wasn't said in her right mind, but amidst agitated feelings, and illness, and the crying of children who hadn't eaten; and anyway, it was said more for the sake of giving insult than in any literal sense… For such is Katerina Ivanovna's character; and when the kids start crying, even when it's due to hunger, she starts beating them straight away. And around five o'clock or so I saw Sonyechka get up, put on her cloak, and leave the apartment; and, sometime after eight, she came back.

рассудке сие сказано было, а при взволнованных чувствах, в болезни и при плаче детей не евших, да и сказано более ради оскорбления, чем в точном смысле… Ибо Катерина Ивановна такого уж характера, и как расплачутся дети, хоть бы и с голоду, тотчас же их бить начинает. И вижу я, эдак часу в шестом, Сонечка встала, надела платочек, надела бурнусик и с квартиры отправилась, а в девятом часу и назад обратно пришла.

в пересмешку: mockingly • **беречь** Г (берегу, бережёшь, берегут; берёг, берегла) / **сберечь** Г: to save, preserve • **экий**: what a…! (expressing amazement, mockery, etc.) • **сокровище**: treasure • **винить** И^{end}: to blame • **здравый рассуд(о)к**: sound mind, "healthy reason" • **сие** = это • **волновать** ОВА / **взволновать** ОВА: to upset, agitate • **при чём**: moreover, on top of that • **плач**: weeping • **более**: rather, more • **ради** чего: for the sake of • **оскорбление**: offense, insult • **точный**: precise, exact • **смысл**: sense, meaning • **такого характера**: of such a character • **расплакаться** А: to break out crying • **с голоду**: of hunger • **бить** Ь: to beat • **эдак часу в шестом**: somewhere around (6 o'clock) • **надевать** АЙ / **надеть** Н^{stem}: to put on • **платоч(е)к**: dim. of плат(о)к: kerchief, shawl • **бурнусик**: dim. of бурнус: a loose cloak • **отправляться** АЙ / **отправиться** И: to head out • **назад** / **обратно**: back (again)

"She came back, and went straight to Katerina Ivanovna, and silently, onto the table in front of her, she laid out thirty silver roubles. In doing so, she said not a word, didn't even look up; instead, she simply took our big green *drap de dames* shawl (we have such a shawl, that we share, made of *drap de dames*), completely covered her head, her face with it, and lay on the bed, her face to the wall; only her shoulders and body kept trembling… Meanwhile I was lying around, in the same state as before, sir… And then I saw, young man — I saw how next Katerina Ivanovna, she too not saying a word, walked up to Sonyechka's bed, knelt beside it, and remained there all evening; she kissed her feet, she refused to get up; and later they both fell asleep together… both of them, both of them… yes indeed, sir…

Пришла, и прямо к Катерине Ивановне, и на стол перед ней тридцать целковых молча выложила. Ни словечка при этом не вымолвила, хоть бы взглянула, а взяла только наш большой драдедамовый зелёный платок (общий такой у нас платок есть, драдедамовый), накрыла им совсем голову и лицо и легла на кровать, лицом к стенке, только плечики да тело всё вздрагивают… А я, как и давеча, в том же виде лежал-с… И видел я тогда, молодой человек, видел я, как затем Катерина Ивановна, также ни слова не говоря, подошла к Сонечкиной постельке и весь вечер в ногах у ней на коленках простояла, ноги ей целовала, встать не хотела, а потом так обе и заснули вместе, обнявшись… обе… обе…

while I... just lay there, drunk." | да-с... а я... лежал пьяненькой-с.

прямо: straight • **целковый** (рубль): silver rouble (banknotes) • **молча**: silently • **выкладывать** АЙ / **выложить** И: to lay out • **словечко**: dim. of слово: word • **вымолвить** И = сказать • **взгядывать** АЙ/ **взглянуть** НУ[shift]: to look, glance • **драдедамовый**: made of *drap de dames*, a light woolen fabric • **общий**: general, shared, common • **накрывать** АЙ / **накрыть** ОЙ[stem]: to cover • **совсем**: completely • **стенка**: dim. of стена: wall • **плечик**: dim. of плечо: shoulder • **тело**, pl. тела: body • **вздрагивать** АЙ / **вздрогнуть** НУ: to tremble, shudder • **давеча**: earlier, previously • **вид**: form, fashion, way • **ни слова**: not (even) a word • **Сонечкин**: "Sonya's" (a possessive adjective, declines like last names in -ин) • **постелька**: dim. of постель, и: bed • **коленки**: dim. of колени: knees • **простаивать** АЙ / **простоять** ЖА[end]: to stand ("stand through" a certain period of time) • **целовать** ОВА / **поцеловать** ОВА: to kiss • **оба**, обе: both (works like два, две) • **засыпать** АЙ / **заснуть** НУ: to fall asleep • **обнимать** АЙ / **обнять** НИМ[shift]: to embrace, hug • **лежать** ЖА[end]: to be in a lying position • **пьяненький**: dim. of пьяный: drunk

Да при_и_дет Ц_а_рствие тво_е_!

Thy Kingdom Come!

"It happened, my kind sir, five weeks or so ago. Yes... As soon as they both found out — Katerina Ivanovna and Sonyechka — Lord, it was as if I'd been transported to the kingdom of God. Before, it was always 'lie there, like a beast,' nothing but abuse! But now: they're walking around on tiptoes, quieting the children: 'Semyon Zacharovich is tired from work, he's trying to rest, shh!' They serve me coffee before work, they boil cream for it! They started getting real cream, you hear? And how they scraped together the eleven roubles and fifty kopecks to buy me a decent uniform, I have no idea!"

— Б_ы_ло же _э_то, государ_ь_ мой, наз_а_д пять нед_е_ль. Да... Т_о_лько что узн_а_ли он_и_ _о_бе, Кат_е_рина Ив_а_новна и С_о_нечка, г_о_споди, т_о_чно я в ц_а_рство б_о_жие пересел_и_лся. Быв_а_ло, леж_и_, как скот, т_о_лько брань! А н_ы_не: на цып_о_чках х_о_дят, дет_е_й уним_а_ют: "Сем_ё_н Зах_а_рыч на сл_у_жбе уст_а_л, отдых_а_ет, тш!" К_о_феем мен_я_ п_е_ред сл_у_жбой по_я_т, сл_и_вки кипят_я_т! Сл_и_вок насто_я_щих достав_а_ть н_а_чали, сл_ы_шите! И отк_у_да он_и_ сколот_и_лись мне на обмундир_о_вку прил_и_чную, одинн_а_дцать рубл_е_й пятьдес_я_т коп_е_ек, не поним_а_ю?

узнав_а_ть АВАЙ / **узн_а_ть** АЙ: to find out (that Marmeladov had won back his job) • **т_о_чно**: it was just as if • **ц_а_рствие Б_о_жие**: Kingdom of God (Б_о_жий: God's) • **пересел_я_ться** АЙ / **пересел_и_ться** И^end: to resettle, move into • **леж_а_ть** ЖА^end: to be in a lying position • **скот**: cattle; an animal • **брань, и**: verbal abuse • **н_ы_не**: теперь • **на цып_о_чках**: on tip-toes • **уним_а_ть** АЙ / **ун_я_ть** Й/М^end: to calm s.o. down • **сл_у_жба**: service, work • **устав_а_ть** АВАЙ / **уст_а_ть** Н^stem: to grow tired • **отдых_а_ть** АЙ / **отдохн_у_ть** НУ^end: to relax • **к_о_фей, я** = кофе • **по_и_ть** И: to give to drink, make drink • **сл_и_вки** (pl), сливок: cream • **насто_я_щий**:

real • **кипятить** И^end / **вскипятить** И: to boil (transitive) • **настоящий**: real • **доставать** АВАЙ / **достать** Н^stem: to get, obtain • **сколачивать** АЙ / **сколотить** И^shift на что: to scrape ("hammer") together • **обмундировка**: uniform • **приличный**: decent • **рубль, я**: rouble • **копейка**: kopeck • **понимать** АЙ / **понять** Й/М^end (пойму, поймёшь): to understand

"I came home after lunch to take a nap, and what do you think — of course, Katerina Ivanovna couldn't help herself: just a week ago she'd had a total falling-out with the landlady, Amalia Fyodorovna, but now she'd gone and invited her for a cup of coffee. They sat there for two hours, and kept whispering: 'Semyon Zacharovich is back at work now and drawing a salary, and has reported directly to His Excellency; His Excellency himself walked out and ordered everyone to wait, and led Semyon Zacharovich by the hand, past everyone, into his office.' You hear, you hear?... And when, six days ago, I brought my full salary home — twenty-three roubles and forty kopecks — she called me her little darling: 'You little darling, you!' she says. And when it was just the two of us... understand? Of course, you'd think — what's so great about me, what kind of a spouse am I? But no, she pinched my cheek, and said: 'You little darling you!'"	Пришёл я после обеда заснуть, так что ж бы вы думали, ведь не вытерпела Катерина Ивановна: за неделю ещё с хозяйкой, с Амалией Фёдоровной, последним образом перессорились, а тут на чашку кофею позвала. Два часа просидели и всё шептались: "Дескать, как теперь Семён Захарыч на службе и жалование получает, и к его превосходительству сам являлся, и его превосходительство сам вышел, всем ждать велел, а Семёна Захарыча мимо всех за руку в кабинет провёл". Слышите, слышите?.. Когда же, шесть дней назад, я первое жалованье моё — двадцать три рубля сорок копеек — сполна принёс, малявочкой меня назвала: "Малявочка, говорит, ты эдакая!" И наедине-с, понимаете ли? Ну уж что, кажется, во мне за краса, и какой я супруг? Нет, ущипнула за щёку: "Малявочка ты эдакая!" — говорит.

засыпать АЙ / **заснуть** НУ^end: to fall asleep • **вытерпеть** Е (perf.): to bear, suffer • **за неделю**: a week previously • **последним образом**: once and for all (образ: fashion, way) • **сориться** И / **посориться** И: to argue (перессориться: have a serious falling-out) • **чашка**: cup • **звать** n/sA^end (зову, зовёшь) / **позвать**: to invite • **просиживать** АЙ / **просидеть** Е^end: to sit (for a period of time) • **шептаться** А^shift: to whisper (back and forth) • **жалованье**: salary • **получать** АЙ / **получить** И^shift: to receive • **являться** АЙ / **явиться** И^shift: to appear, report • **его превосходительство**: his Excellency (Marmeladov's boss) • **велеть** Е^end / **повелеть** Е: to order • **мимо всех**: past everyone • **кабинет**: office • **за руку**: by the hand/arm • **проводить** И / **провести** Д^end: to lead (through, past) • **сполна**: in full • **малявочка**: малявка: little fellow (affectionate) • **называть** АЙ / **назвать** n/sA^end (назову, назовёшь) кого кем: to call • **эдакий** = такой • **наедине**: alone, just the two of us • **краса**: beauty • **супруг**: spouse, husband • **щипать** А^shift (щиплю, щиплешь) / **ущипнуть** НУ: to pinch • **щека**: cheek

Marmeladov stopped; he was on the verge of smiling, but suddenly his chin began to tremble. But, it must be said,	Мармеладов остановился, хотел было улыбнуться, но вдруг подбородок его запрыгал. Он,

he regained his composure. This tavern, his depraved appearance, the five nights on the hay barges, and the vodka bottle, and along with all this his pathological love for his wife and family were proving disconcerting for his listener. Raskolnikov listened intently, but with a morbid sensation. He was annoyed that he'd come here.

впрочем, удержался. Этот кабак, развращённый вид, пять ночей на сенных барках и штоф, а вместе с тем эта болезненная любовь к жене и семье сбивали его слушателя с толку. Раскольников слушал напряжённо, но с ощущением болезненным. Он досадовал, что зашёл сюда.

останавливаться АЙ / **остановиться** И^{shift}: to stop • **хотел было**: was about to... • **улыбаться** АЙ / **улыбнуться** НУ: to smile • **подбород(о)к**: chin • **запрыгать** АЙ: to begin to jump (tremble) — an inceptive perfective from прыгать • **удерживать** АЙ / **удержать** ЖА: to restrain, hold back • **кабак**, **а**: tavern • **развращать** АЙ / **развратить** И^{end}: to debauch • **вид**: appearance, form • **сенная барка**: hay barge • **штоф**: a serving of vodka • **вместе с тем**: meanwhile • **болезненный**: morbid, unhealthy • **любовь** к кому: love for • **сбивать** АЙ / **сбить** Ь кого с толку: to disorient, "knock off (track)" • **слушатель, я**: listener • **напрягать** АЙ / **напрячь** Г^{end}: to strain • **ощущение**: sensation • **досадовать** ОВА: to be annoyed

"My dear sir, my dear sir!" exclaimed Marmeladov, having pulled himself together, "Oh, sir, perhaps you find all this an occasion for laughter, just like everyone else, and I'm just bothering you with the stupidity of all these miserable details of my domestic life — but *I* don't find it an occasion for laughter! Because *I'm* capable of feeling all of this... And that whole, heavenly day of my life — and that entire evening — I myself spent lost in fleeting daydreams: that is, about how I'll fix everything, and clothe the kids, and give my wife some peace, and return my only begotten daughter from dishonor and back to the bosom of her family... And lots of other things, lots of them... I was well within my rights, sir. Well, sir (Marmeladov suddenly shuddered, as it were, raised his head, and looked fixedly at his listener); well, sir, the very next day, after all of these daydreams (that is, precisely five days ago), near evening, I, by a clever ruse, like a thief in the night, stole Katerina Ivanovna's key to the chest, removed what was left of the pay I'd brought home — I don't remember

— Милостивый государь, милостивый государь! — воскликнул Мармеладов, оправившись, — о государь мой, вам, может быть, всё это в смех, как и прочим, и только беспокою я вас глупостию всех этих мизерных подробностей домашней жизни моей, ну а мне не в смех! Ибо я всё это могу чувствовать... И в продолжение всего того райского дня моей жизни и всего того вечера я и сам в мечтаниях летучих препровождал: и то есть как я это всё устрою, и ребятишек одену, и ей спокой дам, и дочь мою единородную от бесчестья в лоно семьи возвращу... И многое, многое... Позволительно, сударь. Ну-с, государь ты мой (Мармеладов вдруг как будто вздрогнул, поднял голову и в упор посмотрел на своего слушателя), ну-с, а на другой же день, после всех сих мечтаний (то есть это будет ровно пять суток назад тому), к вечеру, я хитрым обманом, как тать в нощи, похитил у Катерины Ивановны от сундука её ключ, вынул что осталось из

anymore how much — and behold, just look at me now — it's all over! It's the fifth day since I left home, and they're searching for me there, and my job's finished, and my uniform is lying, pawned, in the tavern by the Egyptian Bridge, in exchange for which I received the clothing you see now... and it's all over!"

принесённого жалованья, сколько всего уж не помню, и вот-с, глядите на меня, всё! Пятый день из дома, и там меня ищут, и службе конец, и вицмундир в распивочной у Египетского моста лежит, взамен чего и получил сие одеяние… и всему конец!

восклицать АЙ / **воскликнуть** НУ: to exclaim • **оправляться** АЙ / **оправиться** И: here, to regain one's composure • **в смех** кому: worthy of laughter, laughable • **прочие**: others • **беспокоить** И / **обеспокоить** И: to trouble, bother • **глупость**, и: stupidity • **мизерный**: wretched, pathetic • **подробность**, и: detail • **домашний**: domestic • **в продолжение** чего: throughout • **райский**: heavenly, wonderful (adj. from рай: paradise) • **мечтание**: (day)dreaming • **летучий**: flying, fleeting • **препровождать** = проводить: to spend (time) • **устраивать** АЙ / **устроить** И: to arrange • **ребятишка** = ребёнок • **одевать** АЙ / **одеть** H^stem: to dress • **спокой**: peace • **единородный**: only (-born) • **бесчестье**: dishonor, disgrace • **лоно**: "bosom" • **возвратить** И = вернуть НУ: to return, bring back • **позволительно**: permissible, excusable • **вздрагивать** АЙ / **вздрогнуть** НУ: to shudder • **поднимать** АЙ / **поднять** НИМ^shift: to raise • **в упор**: right at, point-blank • **слушатель, я**: listener • **сих** = этих • **ровно**: exactly • **сутки, суток** (pl.): a day, 24-hr period • **тому назад**: ago • **хитрый**: clever • **обман**: deceit • **как тать в нощи**: "like a thief in the night" (Church Slavonic) • **похищать** АЙ / **похитить** И: to steal • **сундук, а**: chest • **ключ, а**: key • **вынимать** АЙ / **вынуть** НУ: to take out • **оставаться** АВАЙ / **остаться** H^stem: to remain, be left • **глядеть** E^end: to look • **искать** A^shift (ищу, ищешь): to look for • **служба**: service • **кон(е)ц** чему: that's the end of • **вицмундир**: uniform • **распивочная**: tavern • **Египетский мост**: the Egyptian Bridge, in Petersburg • **взамен** чего: in exchange for which • **одеяние** = одежда

Marmeladov beat his fist against his brow, clenched his teeth, closed his eyes, and firmly planted his elbow on the table. But a minute later his face suddenly changed, and with a kind of contrived slyness and fabricated churlishness, he looked at Raskolnikov, burst out laughing, and said:

Мармеладов стукнул себя кулаком по лбу, стиснул зубы, закрыл глаза и крепко опёрся локтем на стол. Но через минуту лицо его вдруг изменилось, и с каким-то напускным лукавством и выделанным нахальством взглянул на Раскольникова, засмеялся и проговорил:

"And today I paid Sonya a visit: I went to ask her for hangover money! Ha ha!"

— А сегодня у Сони был, на похмелье ходил просить! Хе-хе-хе!

"Did she really give it to you?" shouted, off to the side, one of the men who had entered — shouted, and then began laughing loudly, at the top of his lungs.

— Неужели дала? — крикнул кто-то со стороны из вошедших, крикнул и захохотал во всю глотку.

стучать ЖА^end / **стукнуть** НУ: to knock • **кулак, а**: fist • **лоб, лба**: brow • **стискивать** АЙ / **стиснуть** НУ: to clench • **зуб**: tooth • **крепко**: firmly • **опираться** АЙ / **опереться** /P^end:

to lean • **локоть**, л_о_ктя: elbow • **изменять** АЙ / **изменить** И[shift]: to change • **напускн_о_й**: for show • **лук_а_вство**: cunning • **в_ы_деланный**: fabricated • **нах_а_льство**: impudence • **взгл_я_дывать** АЙ / **взглян_у_ть** НУ[shift]: to glance • **проговор_и_л** = сказ_а_л • **на похм_е_лье**: i.e. money to help recover from a hangover (похм_е_лье: that which comes after хмель, я: hops / intoxication) • **неуж_е_ли**: can it really be? (disbelief) • **крич_а_ть** ЖА[end] / **кр_и_кнуть** НУ: to shout • **кто-то из вош_е_дших**: one of those who had come in • **хох_о_тать** А[shift] / **захох_о_тать** А: to guffaw, laugh loudly • **во всю гл_о_тку**: full-throatedly

"I bought this very bottle with her money," proclaimed Marmeladov, addressing Raskolnikov exclusively. "She brought out thirty kopecks, with her very own hands — the last that she had, I saw it myself... She didn't say anything, she just looked at me in silence... And here I am drinking! Indeed, I've already drunk it all, sir!.. So who, then, will take pity on a man such as I, eh? Do you pity me right now, sir, or not? Speak, sir: do you pity me, or not? Ha ha ha!"	— Вот этот с_а_мый полушт_о_ф-с на её д_е_ньги и к_у_плен, — произнёс Мармел_а_дов, исключ_и_тельно обращ_а_ясь к Раск_о_льникову. — Тр_и_дцать коп_е_ек в_ы_несла, сво_и_ми рук_а_ми, посл_е_дние, всё что б_ы_ло, сам в_и_дел... Ничег_о_ не сказ_а_ла, т_о_лько м_о_лча на мен_я_ посмотр_е_ла... И пью-с! И уж проп_и_л-с!.. Ну, кто же так_о_го, как я, пожал_е_ет? ась? Жаль вам теп_е_рь мен_я_, суд_а_рь, аль нет? Говор_и_те, суд_а_рь, жаль _а_ли нет? Хе-хе-хе-хе!

полушт_о_ф: serving of vodka • **произнос_и_ть** И / **произнест_и_** С[end]: to pronounce, utter • **исключ_и_тельно**: exclusively • **обращ_а_ться** АЙ / **обрат_и_ться** И[end] к кому: to turn to, address • **посл_е_дний**: last, final • **м_о_лча**: silently • **пить** Ь / **в_ы_пить** Ь: to drink • **пропив_а_ть** АЙ / **проп_и_ть** Ь: to "drink through" one's money • **жал_е_ть** ЕЙ / **пожал_е_ть** ЕЙ: to take pity on • **ась**? emphatic interrogative marker • **жаль** кого: one feels sorry for, pities s.o. • **_а_ли** = или

He wanted to pour himself some more, but there was nothing left to pour. The bottle was empty.	Он хот_е_л было нал_и_ть, но уж_е_ н_е_чего было. Полушт_о_ф был пуст_о_й.
"And why exactly should you be pitied?" shouted the tavern-keeper, who again happened to be nearby.	— Да чег_о_ теб_я_ жал_е_ть-то? — кр_и_кнул хоз_я_ин, очут_и_вшийся оп_я_ть п_о_дле них.
Laughter rang out, and even some curses. Those who were listening and those who weren't both laughed and cursed at the very sight of the retired clerk.	Разд_а_лся смех и даже руг_а_тельства. Сме_я_лись и руг_а_лись сл_у_шавшие и неслушавшие, так, гл_я_дя т_о_лько на одн_у_ фиг_у_ру отставн_о_го чин_о_вника.

налив_а_ть АЙ / **нал_и_ть** Ь (нал_ь_ю, нальёшь): to pour • **пуст_о_й**: empty • **чег_о_** = почему • **крич_а_ть** ЖА[end] / **кр_и_кнуть** НУ: to shout • **хоз_я_ин**: master; tavernkeeper • **очут_и_ться** И (perf.): to wind up, appear • **п_о_дле** чего: near • **раздав_а_ться** АВАЙ / **разд_а_ться**: to sound, ring out • **смех**: laughter • **руг_а_тельство**: cursing, abuse • **руг_а_ться** АЙ / **в_ы_ругаться** АЙ: to curse • **гляд_е_ть** Е: to look • **фиг_у_ра**: figure • **отставн_о_й**: retired • **чин_о_вник**: clerk

"Pity! Why am I to be pitied?" Marmeladov suddenly cried out, standing up with his arm stretched forward, in total inspiration, as if he had been waiting for precisely these words. "Why am I to be pitied, you say? Indeed! There's no reason to pity me! I should be crucified, crucified on a cross, not pitied! But crucify me, O Judge! Crucify me, and, having crucified, show pity! And in that case I'll go myself to be crucified, for it's not revelry I thirst for, but sorrow and tears!.. Do you think, barkeeper, that I found sweetness in this bottle of yours? It was sorrow, sorrow that I sought at its bottom, sorrow and tears; and I tasted them, I found them; and we will be shown pity by He who took pity on everyone, and who understands all people and all things; He alone will pity us, and so too is He the Judge.

— Жалеть! зачем меня жалеть! — вдруг возопил Мармеладов, вставая с протянутою вперёд рукой, в решительном вдохновении, как будто только и ждал этих слов. — Зачем жалеть, говоришь ты? Да! меня жалеть не за что! Меня распять надо, распять на кресте, а не жалеть! Но распни, судия, распни и, распяв, пожалей его! И тогда я сам к тебе пойду на пропятие, ибо не веселья жажду, а скорби и слёз!.. Думаешь ли ты, продавец, что этот полуштоф твой мне в сласть пошёл? Скорби, скорби искал я на дне его, скорби и слёз, и вкусил, и обрёл; а пожалеет нас тот, кто всех пожалел и кто всех и вся понимал, он единый, он и судия.

возопить И (perf.): to cry out • **протягивать** АЙ / **протянуть** НУ^shift: to extend, reach • **вперёд**: ahead • **решительный**: decisive; here: total • **вдохновение**: inspiration • **ждать** n/sA (жду, ждёшь) чего: to wait for, await • **жалеть** ЕЙ кого за что: to pity on o.s. for s.t. • **распинать** АЙ / **распять** /Н (разопну, разопнёшь): to crucify • **крест**, а: cross • **судия**: Church Slavonic for судья: judge • **пропятие** = распятие: crucifixion • **жаждать** (жажду, жаждешь) чего: to thirst for • **скорбь**, и: sorrow • **слеза**: tear • **продав(е)ц**: seller • **сласть**: "sweetness," relish (в сласть пошёл: i.e. do you think I enjoyed this?) • **искать** А чего: to search for • **дно**: bottom • **вкушать** АЙ / **вкусить** И^shift: to taste • **обретать** АЙ / **обрести** T^end: to find • **всех и вся**: everyone without exception • **единый**: sole

"He will come on that day and ask: 'Where is the daughter who gave herself away for her evil, consumptive stepmother, for another woman's children — her little children? Where is the daughter who took pity on her earthly father, a good-for-nothing drunkard, without taking fright at his beastly deeds?' And He'll say, 'Come! I have forgiven you once… Forgiven you once… Now too are your many sins forgiven, for you loved much…' And He'll forgive my Sonya, He'll forgive her; I know most certainly that He'll forgive her… I felt it before in my heart, when I paid her that visit!.. And He will judge and forgive everyone — the

Приидет в тот день и спросит: "А где дщерь, что мачехе злой и чахоточной, что детям чужим и малолетним себя предала? Где дщерь, что отца своего земного, пьяницу непотребного, не ужасаясь зверства его, пожалела?" И скажет: "Прииди! Я уже простил тебя раз… Простил тебя раз… Прощаются же и теперь грехи твои мнози, за то, что возлюбила много…" И простит мою Соню, простит, я уж знаю, что простит… Я это давеча, как у ней был, в моём сердце почувствовал!.. И всех рассудит и простит, и добрых и злых, и премудрых и

good and the evil, the wise and the meek... And when He completes His judgment of everyone, he will say to us as well: 'You too,' He'll say, 'come forth!' And we'll all come forth, unashamed, and stand before Him. And He'll say, 'You are pigs! You are of the form of the beast, and of his seal; but you too, come!' And the wise will cry out, the sensible will cry out: 'Lord! Why do You receive men such as these?' And He will say: 'I receive them, O wise men; I receive them, O sensible men, because not one among them considered himself worthy of this...' And He will reach out His arms to us, and will will fall on our faces, and weep... and we will understand everything! At that time we will understand everything!.. And everyone will understand... Katerina Ivanovna too... she too will understand... O Lord, thy Kingdom come!"

смирных... И когда уже кончит над всеми, тогда возглаголет и нам: "Выходите, скажет, и вы! Выходите пьяненькие, выходите слабенькие, выходите соромники!" И мы выйдем все, не стыдясь, и станем. И скажет: "Свиньи вы! образа звериного и печати его; но приидите и вы!" И возглаголят премудрые, возглаголят разумные: "Господи! почто сих приемлеши?" И скажет: "Потому их приемлю, премудрые, потому приемлю, разумные, что ни единый из сих сам не считал себя достойным сего..." И прострёт к нам руце свои, и мы припадём... и заплачем... и всё поймём! Тогда всё поймём!.. и все поймут... и Катерина Ивановна... и она поймёт... Господи, да приидет Царствие твое!

приидет = придёт (one of many Church Slavonicisms to follow) • **в тот день**: "on that day" (i.e. judgment day) • **дщерь** = дочь • **мачеха**: stepmother • **чахоточный**: consumptive • **чужой**: someone else's, unrelated • **малолетний**: young • **предавать** АВАЙ / **предать**: to betray, sacrifice, give over • **земной**: earthly • **пьяница**: drunkard • **непотребный**: unworthy, useless • **ужасаться** АЙ чего: to be horrified at • **зверство**: beastliness • **приди!** = приди! come! • **прощать** АЙ / **простить** И[end] кого: to forgive • **раз**: once • **грех**: sin • **мнози** = многие • **за то, что**: because (in exchange for, as reward for the fact that...) • **возлюбить** И[shift]: to love • **давеча**: before, earlier • **чувствовать** ОВА / **почувствовать** ОВА: to feel • **рассудить** И[shift]: to judge • **премудрый**: exceedingly мудрый: wise • **смирный**: meek, humble • **кончит**: i.e. finishes judging • **возглаголет** = скажет • **пьяненький**: dim. of пьяный: drunk • **слабенький**: dim. of слабый: weak • **соромник**: shameful person (срам: shame, disgrace) • **стыдиться** И[end]: to be ashamed • **становиться** И[shift] / **стать** H[stem]: to stand • **свинья**: pig, swine • **образ звериный**: image of the beast — not the divine image (образ: image, form; icon) • **печать**, и: seal • **разумный**: reasonable, wise • **почто**: why? • **приемлеши** = принимаешь • **приемлю** = принимаю (принимать АЙ / принять Й/М: to accept, receive) • **ни единый**: not a single one • **считать** АЙ кого чем: to consider s.o. s.t. • **достойный** чего: worthy of • **сего** = этого простирать АЙ / **простереть** /Р: to extend • **руце** = руки • **припадать** АЙ / **припасть** Д: to fall down • **плакать** А / **заплакать** А: to weep • **понимать** АЙ / **понять** Й/М[end]: to understand • **Господи!** Lord! • **да приидет царствие твое**: thy kingdom come! (from the Lord's prayer, here in Church Slavonic)

And he sank back onto his bench, exhausted and overcome, and looking at no one, as if having forgotten about his surroundings, and fallen deep in contemplation. His words had made a

И он опустился на лавку, истощённый и обессиленный, ни на кого не смотря, как бы забыв окружающее и глубоко задумавшись. Слова его произвели некоторое

certain impression; silence reigned for a moment, but soon the same old laughter and cursing rang out:

"So much for his judgment!"

"He's talked himself silly!"

"There's a government clerk for you!"

And so on, and so on.

"Let's go, sir," Marmeladov suddenly said, raising his head and turning to Raskolnikov, "Lead me on... Kozel's Building, entrance from the yard. It's time... to go see Katerina Ivanovna."

впечатление; на минуту воцарилось молчание, но вскоре раздались прежний смех и ругательства:

— Рассудил!

— Заврался!

— Чиновник!

И проч., и проч.

— Пойдёмте, сударь, — сказал вдруг Мармеладов, поднимая голову и обращаясь к Раскольникову, — доведите меня... Дом Козеля, на дворе. Пора... к Катерине Ивановне...

опускаться АЙ / **опуститься** И[shift]: to sink down • **лавка**: bench • **истощённый**: exhausted • **обессиленный**: overcome • **окружать** АЙ / **окружить** И[end]: to surround • **задумываться** АЙ / **задуматься** АЙ: to be deep in thought • **производить** И / **произвезти** Д • **впечатление**: to make an impression • **воцаряться** АЙ / **воцариться** И: to reign • **молчание**: silence • **вскоре**: soon • **раздаваться** АВАЙ / **раздаться**: to ring out, sound • **ругательство**: cursing, verbal abuse • **рассуждать** АЙ / **рассудить** И[shift]: to judge (said mockingly here) • **врать** n/sA: to lie, talk nonsense[1] • **чиновник**: clerk • **и проч.**: и прочее: etc. • **поднимать** АЙ / **поднять** НИМ[shift] (подниму, поднимешь): to lift, raise • **обращаться** АЙ / **обратиться** И[end] к кому: to turn to, address • **Дом Козеля**: the name of the building in which Marmeladov is a tenant

Или отказаться от жизни совсем!

Or Reject Life Altogether!

It was already late when he woke the next day, after a troubled sleep; but sleep had failed to strengthen him. He woke up bilious, irritable, spiteful, and looked around his room with hatred. It was a tiny little cage, six steps in length, and with a most pitiful appearance — with its yellow, dusty wallpaper, peeling back everywhere from the wall — and with such a low ceiling that anyone even the slightest bit tall felt ill at ease in it; it seemed that at any moment you'd bump your head against the ceiling.

Он проснулся на другой день уже поздно, после тревожного сна, но сон не подкрепил его. Проснулся он жёлчный, раздражительный, злой и с ненавистью посмотрел на свою каморку. Это была крошечная клетушка, шагов в шесть длиной, имевшая самый жалкий вид с своими жёлтенькими, пыльными и всюду отставшими от стены обоями, и до того низкая, что чуть-чуть высокому человеку становилось в ней жутко, и всё казалось, что вот-вот стукнешься головой о потолок.

просыпаться АЙ / **проснуться** НУ: to wake up • **тревожный**: troubled • **подкреплять** АЙ / **подкрепить** И^end: to strengthen • **жёлчный**: spiteful, bilious • **раздражительный**: irritable • **злой**: angry, mad • **ненависть**, и: hatred • **каморка**: a tiny room • **крошечный**: tiny • **клетушка**: клетка: case • **шаг**: step • **длина**: length • **жалкий**: pitiful • **вид**: form, appearance • **жёлтенький**: жёлтый • **пыльный**: dusty (пыль, и: dust) • **всюду**: везде • **отставать** АВАЙ / **отстать** H^stem от чего: to stand away from (here, to be loose, peeling) • **обои**, обоев pl): wallpaper • **до того**: to such an extent • **низкий**: low (with a low ceiling) • **чуть-чуть**: just a bit • **высокий**: tall; high • **становиться** И / **стать** H^stem: to become • **жутко**: bad, weird, uncanny • **всё** = всё время • **казаться** А / **показаться** А: to seem • **стукаться** АЙ / **стукнуться** НУ **головой** о что: to bump one's head against • **потол(о)к**: ceiling

It would have been difficult to sink any lower, to grow any more slovenly; but Raskolnikov even found this pleasant in his current spiritual state. He had decisively retreated from everyone, like a turtle into its shell; and even the face of his maid — who was obligated to serve him, and peeked into his room from time to time — aroused bile and convulsions in him. So it goes with many a monomaniac who has come to focus excessively on something. His landlady had stopped sending him food two weeks ago, and he still hadn't given a thought to going downstairs and working things out with her, even though he was sitting with no meals. Nastasya, the kitchen maid and the landlady's only servant, was, in part, happy to see this resident in such a mood, and had completely stopped cleaning and sweeping in his room; only once per week or so, as if accidentally, she'd take up her broom. And it was she who woke him now.

"Get up, what are you sleeping for!" she shouted, standing over him, "It's after nine. I've brought you some tea; wanna bit of tea? I reckon you're famished!…"

Трудно было более опуститься и обнеряшиться; но Раскольникову это было даже приятно в его теперешнем состоянии духа. Он решительно ушёл от всех, как черепаха в свою скорлупу, и даже лицо служанки, обязанной ему прислуживать и заглядывавшей иногда в его комнату, возбуждало в нём жёлчь и конвульсии. Так бывает у иных мономанов, слишком на чём-нибудь сосредоточившихся. Квартирная хозяйка его две недели как уже перестала ему отпускать кушанье, и он не подумал ещё до сих пор сходить объясниться с нею, хотя и сидел без обеда. Настасья, кухарка и единственная служанка хозяйкина, отчасти была рада такому настроению жильца и совсем перестала у него убирать и мести, так только в неделю раз, нечаянно, бралась иногда за веник. Она же и разбудила его теперь.

— Вставай, чего спишь! — закричала она над ним, — десятый час. Я тебе чай принесла; хошь чайку-то? Поди отощал?...

опускаться АЙ / **опуститься** И^{shift}: to sink, "let oneself go" • **обнеряшиться** И (perf.): to become slovenly, become a неряха: slob • **приятный**: pleasant • **теперешний**: current, adj. from теперь • **состояние**: state • **дух**: spirit • **решительно**: decisively, completely • **черепаха**: turtle • **скорлупа**: shell • **служанка**: servant (that is, Настася) • **обязанный**: obligated • **прислуживать** АЙ кому: to serve • **заглядывать** АЙ / **заглянуть** Ну^{shift}: to glance • **возбуждать** АЙ / **возбудить** И^{end}: to arouse • **жёлчь**, и: bile • **конвульсия**: convulsion • **мономан**: monomaniac • **слишком**: too much • **сосредоточиваться** АЙ / **сосредоточиться** И на чём: to concentrate on • **переставать** АВАЙ / **перестать** Н^{stem} + inf: to stop • **отпускать** АЙ / **отпустить** И^{end}: to release, let go • **кушанье** = еда: food • **объясняться** АЙ / **объясниться** И с кем: to explain, reach an agreement with • **хотя**: although • **кухарка**: cook • **единственный**: only • **хозяйкин**: possessive adjective from хозяйка • **отчасти**: in part • **рад** чему: happy about • **настроение**: mood • **жил(е)ц**: resident, renter • **убирать** АЙ / **убрать** n/sA: to clean up • **мести** Т^{end} (мету, метёшь): to sweep • **нечаянно**: (as if) by accident • **браться** n/sA (берусь, берёшься) / **взяться** (возьмусь, возьмёшься) за что: to take up (a task, etc.) • **веник**: broom • **будить** И^{shift} / **разбудить** И: to wake up • **чего** = почему (emphatic) • **хошь** = хочешь • **чайку**: partitive gen. of чаёк: dim. of чай : tea • **поди**: perhaps, I suppose? **тощать** АЙ / **отощать** АЙ: to grow thin, emaciated

Reading Crime and Punishment in Russian / **Преступление и наказание**

"Praskovya Pavlovna intends to file a complaint against you with the police," she said.

"With the police? What does she want?"

"You're not paying her, and you won't leave the flat. It's obvious what she wants... What are you doing?"

"Work..."

"What kind of work?"

"Thinking," he answered, in all seriousness, having fallen silent for a bit.

"Have you thought up much money?.. Oh, I forgot! A letter arrived for you yesterday while you weren't here."

The letter shook in his hands; he didn't want to unseal it in her presence — he wanted to be left alone with this letter. Once Nastasya had stepped out, he quickly raised it to his lips and kissed it; then, for a long while, he peered at the handwriting in the address — at the familiar, dear, small and crooked handwriting of his mother, who at some point had learned to read and write. He was delaying; it was almost as if he were afraid of something.

— Прасковья-то Павловна в полицу на тебя хочет жалиться, — сказала она.

— В полицию? Что ей надо?

— Денег не платишь и с фатеры не сходишь. Известно, что надо... Что делаешь?

— Работу...

— Какую работу?

— Думаю, — серьёзно отвечал он, помолчав.

— Денег-то много, что ль, надумал?.. Да, забыла! К тебе ведь письмо вчера без тебя пришло.

Письмо дрожало в руках его; он не хотел распечатывать при ней: ему хотелось остаться наедине с этим письмом. Когда Настасья вышла, он быстро поднёс его к губам и поцеловал; потом долго ещё вглядывался в почерк адреса, в знакомый и милый ему мелкий и косенький почерк его матери, учившей его когда-то читать и писать. Он медлил; он даже как будто боялся чего-то.

полицу = полицию (Nastasya mangles certain words — especially words foreign in origin — in a way typical of lower classes in 19th-century Russia • **жалиться** = жаловаться ОВА на кого: to complain about • **платить** И[shift] / **заплатить** И: to pay • **фатера** = квартира • **отвечать** АЙ / **ответить** И: to answer • **помолчать** ЖА: to be silent for a bit (perf.), from молчать ЖА • **надумывать** АЙ / **надумать** АЙ чего: to think up (a certain quantity of something, in the genitive — a fairly common meaning of the prefix на-) • **забывать** АЙ / **забыть**: to forget • **дрожать** ЖА[end]: to shake, tremble • **распечатывать** АЙ / **распечатать** АЙ: to unseal • **оставаться** АВАЙ / **остаться** Н[stem]: to remain, be left • **наедине**: alone • **подносить** И[shift] / **поднести** С[end]: to raise, lift • **губа**: lip • **целовать** ОВА / **поцеловать** ОВА: to kiss • **вглядываться** АЙ / **вглядеться** Е во что: to look at intently • **почерк**: handwriting • **адрес**: address • **милый**: dear • **мелкий**: small • **косенький**: dim. of косой: slanted, off-kilter • **медлить** И / **помедлить** И: to delay, drag one's feet • **бояться** ЖА[end] чего: to fear

"My dear Rodya," his mother wrote, "It's been a bit over two months now that I haven't conversed with you in writing, from which I myself have suffered and have even been unable to sleep many a night, from thinking. But, in all likelihood, you won't blame me for this unwilling silence of mine. You know how I love you; you're the only one we have, Dunya and I; you are our everything, all our hope, all our expectation. I was in such a state when I found out that you'd left the university, several months ago already, for lack of money to support yourself, and that your tutoring and other funds had ceased! How could I have helped you, with my hundred and twenty roubles in annual pension?…

"Милый мой Родя, — писала мать, — вот уже два месяца с лишком как я не беседовала с тобой письменно, от чего сама страдала и даже иную ночь не спала, думая. Но, наверно, ты не обвинишь меня в этом невольном моём молчании. Ты знаешь, как я люблю тебя; ты один у нас, у меня и у Дуни, ты наше всё, вся надежда, упование наше. Что было со мною, когда я узнала, что ты уже несколько месяцев оставил университет, за неимением чем содержать себя, и что уроки и прочие средства твои прекратились! Чем могла я с моими ста двадцатью рублями в год пенсиона помочь тебе? …

месяц: month • **с лишком**: a little over • **беседовать** ОВА: to converse • **письменный**: written • **страдать** АЙ от чего: to suffer from • **иную ночь**: many a night • **обвинять** АЙ / **обвинить** И кого в чём: to blame s.o. for • **невольный**: against one's will (воля) • **молчание**: silence • **надежда**: hope • **упование**: expectancy, hope • **оставлять** АЙ / **оставить** И: to leave • **за неимением**: for lack of • **содержать** ЖА^{shift} себя: to support o.s. • **урок**: private lessons, tutoring (to earn extra money) • **прочий**: other • **средство**: means • **прекращаться** АЙ / **прекратиться** И^{end}: to cease, to run out • **пенсион**: pension, allowance

"But now, thank God, I am able, it seems, to send you some more; and indeed, generally speaking, we can now boast of good fortune, concerning which I hasten to inform you. And, first of all, can you guess, dear Rodya, that your sister has been living with me for a month and a half now — and we will never be parted again in the future? Praise be to God, her torments have come to an end; but I'll tell you everything in order, so that you might learn how everything was — everything that we've concealed from you until now. When you wrote me two months ago that you'd heard from someone how Dunya was supposedly suffering greatly from the crudity in the Svidrigailov household, and asked me to explain matters more precisely — what could I have written you in response?.. I myself didn't even know

Но теперь, слава Богу, я, кажется, могу тебе ещё выслать, да и вообще мы можем теперь даже похвалиться фортуной, о чём и спешу сообщить тебе. И, во-первых, угадываешь ли ты, милый Родя, что сестра твоя вот уже полтора месяца как живёт со мною, и мы уже больше не разлучимся и впредь. Слава тебе Господи, кончились её истязания, но расскажу тебе всё по порядку, чтобы ты узнал, как всё было, и что мы от тебя до сих пор скрывали. Когда ты писал мне, тому назад два месяца, что слышал от кого-то, будто Дуня терпит много от грубости в доме господ Свидригайловых, и спрашивал от меня точных объяснений, — что могла я тогда написать тебе в ответ?… Я и сама-то

Reading Crime and Punishment in Russian / **Преступление и наказание**

the whole truth at the time. | всей правды тогда не знала.

казаться А^{shift} / **показаться** А: to seem • **высылать** АЙ / **выслать** А: to send • **хвалиться** И^{shift} / **похвалиться** И чем: to boast of • **фортуна**: (good) fortune • **спешить** И^{end} + inf: to hurry to • **сообщать** АЙ / **сообщить** И^{end}: to convey, communicate • **угадывать** АЙ / **угадать** АЙ: to guess • **полтора** + gen. sing: one and a half • **во-первых**: first of all • **разлучаться** АЙ / **разлучиться** И^{end}: to be separated • **впредь**: in the future, from now on • **кончаться** АЙ / **кончиться** И: to come to an end; run out • **истязание**: torment • **по порядку**: in order (поряд(о)к) • **до сих пор**: until now • **скрывать** АЙ / **скрыть** ОЙ^{stem}: to hide, conceal • **тому назад**: ago • **терпеть** Е^{shift}: to suffer • **грубость**, и: coarseness, rudeness • **Свидригайловы**: Dunya has been employed as a governess in the home of a certain Svidrigailov, who made unwelcome advances on her; in the meantime, his wife, Marfa Petrovna, has died under somewhat mysterious circumstances) • **точный**: precise • **объяснение**: explanation • **в ответ**: in response • **правда**: truth • **тогда**: then, at that time

"Know, my dear Rodya, that Dunya has been proposed to, and that she's already managed to give her consent, concerning which I hurry to inform you as quickly as possible... He's already a court counselor, named Pyotr Petrovich Luzhin; he's a distant relative of Marfa Petrovna, who was instrumental in many aspects of this matter... He's a dependable, well-off man, who serves in two departments and has already amassed some capital. True, he's already forty-five, but he's quite pleasant in appearance and is still capable of being pleasing to women — and, generally speaking, he's quite respectable and decent, though just a bit sullen and somehow haughty. But perhaps this only seems to be the case, at first glance. And I warn you, my dear Rodya: when you see him in Petersburg, which will happen very soon, don't judge him too hastily or zealously, as is your wont, if at first glance you don't like something about him.

Узнай, милый Родя, что к Дуне посватался жених и что она успела уже дать своё согласие, о чём и спешу уведомить тебя поскорее... Он уже надворный советник, Пётр Петрович Лужин, и дальний родственник Марфы Петровны, которая многому в этом способствовала... Человек он благонадёжный и обеспеченный, служит в двух местах и уже имеет свой капитал. Правда, ему уже сорок пять лет, но он довольно приятной наружности и ещё может нравиться женщинам, да и вообще человек он весьма солидный и приличный, немного только угрюмый и как бы высокомерный. Но это, может быть, только так кажется с первого взгляда. Да и предупреждаю тебя, милый Родя, как увидишься с ним в Петербурге, что произойдёт в очень скором времени, то не суди слишком быстро и пылко, как это и свойственно тебе, если на первый взгляд тебе что-нибудь в нём не покажется.

узнавать АВАЙ / **узнать** АЙ: to learn, find out • **свататься** АЙ / **посвататься** АЙ к кому: to court, propose to • **жених**, а: fiancé, groom • **успевать** АЙ / **успеть** ЕЙ: to manage (in time) • **согласие**: consent • **спешить** И^{end} / **поспешить** И: to hurry • **уведомлять** АЙ / **уведомить** И: to inform • **(по)скорее**: more quickly, as quickly as possible • **надворный советник**: court counselor, a civil service rank • **дальний**: distant, remote • **родственник**: relative • **способствовать** ОВА чему: to promote, facilitate • **(благо)надёжный**: dependable • **обеспечивать** АЙ / **обеспечить** И: to provide for, secure • **служить** И^{shift}: to serve

иметь ЕЙ: to have, possess • **капит<u>а</u>л**: capital • **нар<u>у</u>жность**, и: external appearance • **нр<u>а</u>виться** И / **понр<u>а</u>виться** И кому: to be pleasing to • **ж<u>е</u>нщина**: woman • **сол<u>и</u>дный**: solid, respectable • **прил<u>и</u>чный**: decent, upstanding • **угр<u>ю</u>мый**: gloomy, sullen • **высоком<u>е</u>рный**: haughty • **взгляд**: glance, gaze • **предупрежд<u>а</u>ть** АЙ / **предупред<u>и</u>ть** И кого: to warn • **происход<u>и</u>ть** И / **произойт<u>и</u>**: to happen • **суд<u>и</u>ть** И^{shift} / **пос<u>у</u>дить** И: to judge • **п<u>ы</u>лкий**: ardent, zealous • **св<u>о</u>йственный** кому: characteristic of

"I've saved the most pleasant stuff for the end of my letter: know, my dear, that very soon, perhaps, we'll all be reunited again, and all three of us will embrace after a separation of almost three years! It's already been decided, for certain, that Dunya and I are departing for Petersburg; when exactly, I don't know, but in any case very, very soon; even a week from now, perhaps. But for now, my inestimable Rodya, I embrace you, until our coming reunion, and bless you with my maternal blessing. Love your sister Dunya, Rodya; love her, as she loves you, and know that she loves you boundlessly, more than she loves herself.

С<u>а</u>мое-то при<u>я</u>тное я приберегл<u>а</u> к концу письма: узн<u>а</u>й же, м<u>и</u>лый друг мой, что, м<u>о</u>жет быть, <u>о</u>чень ск<u>о</u>ро мы сойдёмся все вм<u>е</u>сте оп<u>я</u>ть и обн<u>и</u>мемся все тр<u>о</u>е п<u>о</u>сле почт<u>и</u> трёхл<u>е</u>тней разл<u>у</u>ки! Уж<u>е</u> нав<u>е</u>рно решен<u>о</u>, что я и Д<u>у</u>ня выезж<u>а</u>ем в Петерб<u>у</u>рг, когд<u>а</u> <u>и</u>менно, не зн<u>а</u>ю, но, во вс<u>я</u>ком сл<u>у</u>чае, <u>о</u>чень, <u>о</u>чень ск<u>о</u>ро, д<u>а</u>же, м<u>о</u>жет быть, ч<u>е</u>рез нед<u>е</u>лю. А теп<u>е</u>рь, бесц<u>е</u>нный мой Р<u>о</u>дя, обним<u>а</u>ю теб<u>я</u> до бл<u>и</u>зкого свид<u>а</u>ния н<u>а</u>шего и благословл<u>я</u>ю теб<u>я</u> матер<u>и</u>нским благослов<u>е</u>нием мо<u>и</u>м. Люб<u>и</u> Д<u>у</u>ню, сво<u>ю</u> сестр<u>у</u>, Р<u>о</u>дя; люб<u>и</u> так, как он<u>а</u> теб<u>я</u> л<u>ю</u>бит, и знай, что он<u>а</u> теб<u>я</u> беспред<u>е</u>льно, б<u>о</u>льше себ<u>я</u> сам<u>о</u>й л<u>ю</u>бит.

при<u>я</u>тный: pleasant, nice • **прибер<u>е</u>чь** Г (perf.): to save • **сход<u>и</u>ться** И / **сойт<u>и</u>сь**: to come together • **обним<u>а</u>ть** АЙ / **обн<u>я</u>ть** НИМ^{shift}: to embrace • **трёхл<u>е</u>тний**: three-year-long • **разл<u>у</u>ка**: separation • **реш<u>а</u>ть** АЙ / **реш<u>и</u>ть** И^{end}: to decide, resolve • **<u>и</u>менно**: precisely, namely • **во вс<u>я</u>ком сл<u>у</u>чае**: in any case • **д<u>а</u>же**: even • **бесц<u>е</u>нный**: "priceless," precious, dear • **бл<u>и</u>зкий**: near, soon-to-be • **свид<u>а</u>ние**: reunion • **благословл<u>я</u>ть** АЙ / **благослов<u>и</u>ть** И^{end}: to bless • **матер<u>и</u>нский**: motherly • **благослов<u>е</u>ние**: blessing • **беспред<u>е</u>льно**: boundlessly (without **пред<u>е</u>л**: limit)

"She is an angel; and you, Rodya, you are our everything — all our hope, all our expectation. If only you might be happy, then we too will be happy. Do you pray to God as you did before, Rodya, and do you believe in the goodness of our Creator and Redeemer? I fear in my heart that you too may have been visited by the unbelief so fashionable of late. If that is true, then I pray for you. Remember, my dear, how, when still a child, when your father was still alive, you prattled your prayers, sitting in my lap —

Он<u>а</u> <u>а</u>нгел, а ты, Р<u>о</u>дя, ты у нас всё — вся над<u>е</u>жда н<u>а</u>ша и всё упов<u>а</u>ние. Был бы т<u>о</u>лько ты сч<u>а</u>стлив, и мы б<u>у</u>дем сч<u>а</u>стливы. М<u>о</u>лишься ли ты Б<u>о</u>гу, Р<u>о</u>дя, по-пр<u>е</u>жнему и в<u>е</u>ришь ли в бл<u>а</u>гость Творц<u>а</u> и Искуп<u>и</u>теля н<u>а</u>шего? Бо<u>ю</u>сь я, в с<u>е</u>рдце своём, не посет<u>и</u>ло ли и теб<u>я</u> нов<u>е</u>йшее м<u>о</u>дное безв<u>е</u>рие? <u>Е</u>сли так, то я за теб<u>я</u> мол<u>ю</u>сь. Всп<u>о</u>мни, м<u>и</u>лый, как ещё в д<u>е</u>тстве своём, при ж<u>и</u>зни твоег<u>о</u> отц<u>а</u>, ты лепет<u>а</u>л мол<u>и</u>твы

Reading Crime and Punishment in Russian / **Преступление и наказание**   43

and how happy we all were back then! Farewell — or, more precisely, see you later! I send you a tight, tight hug and a countless number of kisses.

Yours unto the grave,
Pulcheria Raskolnikova"

свои у меня на коленях и как мы все тогда были счастливы! Прощай, или, лучше, до свидания! Обнимаю тебя крепко-крепко и целую бессчётно.

Твоя до гроба,
Пульхерия Раскольникова.

молиться И^shift: to pray • **по-прежнему**: still, as before • **верить** И / **поверить** И чему / во что: to believe • **благость**, и: goodness • **твор(е)ц**: creator • **искупитель**, я: redeemer • **посещать** АЙ / **посетить** И: to visit • **новейший**: recent • **модный**: fashionable • **безверие**: lack of faith (вера) • **молиться** И^shift / **помолиться** И за кого: to pray for • **вспоминать** АЙ / **вспомнить** И: to recall, remember • **детство**: childhood • **лепетать** А^shift: to prattle (talk like a child) • **молитва**: prayer • **колено**, pl. колени: knees (here, lap) • **крепко**: strongly, firmly • **целовать** ОВА / **поцеловать** ОВА: to kiss • **бессчётно**: a countless number of times • **гроб**: grave

He found his mother's letter excruciating. But regarding its main point, its most important point, he had no doubts — not for a moment, even as he was reading the letter. The crux of the matter had already been decided in his head, and decided once and for all: "This marriage will not happen, not while I'm alive; and Mr. Luzhin can go to the devil!"

But suddenly he came to his senses, and paused.

Письмо матери его измучило. Но относительно главнейшего, капитального пункта сомнений в нём не было ни на минуту, даже в то ещё время, как он читал письмо. Главнейшая суть дела была решена в его голове и решена окончательно: "Не бывать этому браку, пока я жив, и к чёрту господина Лужина!"

Он вдруг очнулся и остановился.

мучить И / **измучить** И: to torment • **относительно** чего: regarding • **главнейший** = главный: main • **капитальный**: main, most important • **пункт**: point • **сомнение**: doubt • **ни на минуту**: not for a minute • **суть**, и: essence • **дело**: matter • **решать** АЙ / **решить** И^end: to decide • **окончательно**: once and for all • **не бывать** чему: s.t. will never take place, it is not to be • **брак**: marriage • **пока**: while, as long as • **чёрт**: devil (к чёрту кого: to hell with...) • **очнуться** НУ (perf.): to come to one's senses • **останавливаться** АЙ / **остановиться** И: to stop

"It won't happen? And what exactly will you do to keep it from happening? Forbid it outright? And what right do you have? What can you promise them in your turn, in order to have such a right? Will you devote your entire fate, your entire future to them, when you graduate and find a position? We've heard all that before,

"Не бывать? А что же ты сделаешь, чтоб этому не бывать? Запретишь? А право какое имеешь? Что ты им можешь обещать в свою очередь, чтобы право такое иметь? Всю судьбу свою, всю будущность им посвятить, когда кончишь курс и место достанешь? Слышали мы

but that's nonsense, after all; what about *now*? I mean, something must be done *now*, do you understand that? And what are you doing *now*? You yourself are picking them clean... And ten years from now? Why, in ten years mother will have managed to go blind from knitting scarves, and, quite likely, from crying; she'll waste away from fasting; and what about your sister? Well, just think: what will become of your sister ten years from now, or even within ten years? Have you guessed?"

это, да ведь это буки, а теперь? Ведь тут надо теперь же что-нибудь сделать, понимаешь ты это? А ты что теперь делаешь? Обираешь их же... Через десять-то лет? Да в десять-то лет мать успеет ослепнуть от косынок, а пожалуй что и от слёз; от поста исчахнет; а сестра? Ну, придумай-ка, что может быть с сестрой через десять лет али в эти десять лет? Догадался?"

запрещать АЙ / **запретить** И^end: to prohibit • **право**: right • **обещать** АЙ: to promise • **в свою очередь**: in turn (очередь, и: turn, line) • **судьба**: fate • **будущность**: future • **посвящать** АЙ / **посвятить** И^end: to dedicate • **доставать** АВАЙ / **достать** H^stem: to get, obtain • **буки**: nonsense, lies (name of Ch. Slav. letter "б") • **обирать** АЙ: to rob, pick someone clean • **успевать** АЙ / **успеть** ЕЙ: to manage (fine the time to) • **слепнуть** АЙ / **ослепнуть** (НУ): to go blind • **косынка**: triangular scarf • **пожалуй что**: I suppose, perhaps • **пост**: fast • **чахнуть** НУ / **исчахнуть** НУ: to dry up, wither • **придумывать** АЙ / **придумать** АЙ: to think • **али** = или • **догадываться** АЙ / **догадаться** АЙ: to guess

Thus did he torment and tease himself with these questions — even with a kind of delight. It must be said that all these questions were not new ones, not sudden ones, but rather old ones, painful ones, longstanding ones. They'd long since begun to distress him, and had utterly harrowed his heart. Long ago had this present anguish arisen within him, grown, accumulated, and — just recently — ripened, condensed, having assumed the form of a terrible, savage, and fantastical question that had tormented his heart and mind, irresistibly demanding resolution. Now, his mother's letter had suddenly struck him like a bolt of lightning. It was clear that what was needed now was not to wallow in anguish, not to suffer passively with mere ratiocinations concerning the fact that these questions were irresolvable — but rather to do something, *anything*, without fail, and *now*, as soon as possible. Come what may, he had to make up his mind to do *something*, or...

Так мучил он себя и поддразнивал этими вопросами, даже с каким-то наслаждением. Впрочем, все эти вопросы были не новые, не внезапные, а старые, наболевшие, давнишние. Давно уже как они начали его терзать и истерзали ему сердце. Давным-давно как зародилась в нем вся эта теперешняя тоска, нарастала, накоплялась и в последнее время созрела и концентрировалась, приняв форму ужасного, дикого и фантастического вопроса, который замучил его сердце и ум, неотразимо требуя разрешения. Теперь же письмо матери вдруг как громом в него ударило. Ясно, что теперь надо было не тосковать, не страдать пассивно, одними рассуждениями о том, что вопросы неразрешимы, а непременно что-нибудь сделать, и сейчас же, и поскорее. Во что бы то ни стало надо решиться, хоть на что-нибудь, или...

мучить И: to torment • **поддразнивать** АЙ /**поддразнить** И^shift: to tease • **наслаждение**: relish, delight • **впрочем**: by the way • **внезапный**: sudden • **наболевший**: sore, burning • **давнишний**: old, long-standing • **терзать** АЙ / **истерзать** АЙ: to torment • **давным-давно**: long ago; for a very long time • **зарождаться** АЙ / **зародиться** И^end: to be born • **тоска**: longing • **нарастать** АЙ / **нарасти** Т: to grow, rise • **накопляться** АЙ / **накопиться** И^shift: to accumulate • **в последнее время**: recently, lately • **созревать** АЙ / **созреть** ЕЙ: to ripen • **принимать** АЙ / **принять** Й/М^shift: to take on, assume • **дикий**: wild, savage • **замучить** И: to torment (completely, to exhaustion) • **неотразимо**: irresistable • **требовать** ОВА / **потребовать** ОВА чего: to demand • **разрешение**: resolution • **гром**: thunder • **ударять** АЙ / **ударить** И: to strike • **тосковать** ОВА: to long • **страдать** АЙ чем: to suffer • **пассивный**: passive • **рассуждение**: reasoning • **неразрушимый**: indestructible • **непременно**: without fail • **поскорее**: as soon as possible • **решаться** АЙ / **решиться** И^end: to make up one's mind

"Or reject life altogether!" he suddenly shouted, in a frenzy, "Submissively accept my fate, as it is, once and for all, and stifle everything within myself, having renounced every right to act, to live, and to love!

"'Do you understand, do you understand, dear sir, what it means when there's nowhere left to turn?'" — Marmladov's question from yesterday suddenly arose in his memory. "For everyone needs somewhere to turn, wherever that might be...'"

"Или отказаться от жизни совсем! — вскричал он вдруг в исступлении, — послушно принять судьбу, как она есть, раз навсегда, и задушить в себе всё, отказавшись от всякого права действовать, жить и любить!"

"Понимаете ли, понимаете ли вы, милостивый государь, что значит, когда уже некуда больше идти? — вдруг припомнился ему вчерашний вопрос Мармеладова, — ибо надо, чтобы всякому человеку хоть куда-нибудь можно было пойти..."

отказываться АЙ / **отказаться** А^shift от чего: to refuse, renounce • **вскричать** АЙ: to shout • **исступление**: ecstasy, frenzy, rage • **послушный**: submissive, obedient • **принимать** АЙ / **принять** Й/М^shift: to accept • **душить** И^shift / **задушить** И: to smother, stifle • **всякий**: any and all • **право**: right • **действовать** ОВА: to act, take action • **припомниться** И: to be remembered, recalled • **вчерашний**: yesterday's • **всякий** = каждый • **хоть куда-нибудь**: at least somewhere

Suddenly he shuddered: a certain thought, also from yesterday, flashed through his head once again. But he hadn't shuddered at the thought's appearance. After all, he'd known, he'd anticipated that it would, without fail, "flash through," and was already expecting it; and, in fact, this thought didn't date from yesterday at all. The difference was that a month ago, and even just yesterday, it was only a daydream; but now... now it had suddenly appeared not as a

Вдруг он вздрогнул: одна, тоже вчерашняя, мысль опять пронеслась в его голове. Но вздрогнул он не оттого, что пронеслась эта мысль. Он ведь знал, он предчувствовал, что она непременно "пронесётся", и уже ждал её; да и мысль эта была совсем не вчерашняя. Но разница была в том, что месяц назад, и даже вчера ещё, она была только мечтой, а теперь... теперь

| daydream, but in some new and terrible form, completely unfamiliar to him, and he himself had suddenly acknowledged this fact... | явилась вдруг не мечтой, а в каком-то новом, грозном и совсем незнакомом ему виде, и он вдруг сам сознал это... |

вздрагивать АЙ / **взрогнуть** НУ: to shudder • **вчерашний**: of yesterday, adj. from вчера • **проноситься** И / **пронестись** C^{end}: to flash past, race past • **оттого**, что: because of the fact that • **ведь**: after all, certainly • **предчувствовать** ОВА: to "fore-feel," anticipate • **непременно**: without fail • **разница** (в чём): different (consists in) • **мечта**: dream • **являться** АЙ / **явиться** И^{shift}: to appear • **грозный**: terrible • **вид**: form • **сознавать** АВАЙ / **сознать** АЙ: to be aware of, realize

Razumikhin's flat (along with the university) are on Vasilievsky Island (**Вас_и_льевский _о_стров**), whose eastern tip, the **Стр_е_лка**, is visible above, with the two columns; the **Стр_е_лка** marks the point where the "Little Neva" (**М_а_лая Нев_а_**), seen in the foreground, forks off from the main river, seen in the distance. Raskolnikov crosses the **М_а_лая Нев_а_** via the Tuchkov Bridge, and enters the "Islands" (**Остров_а_**), a cluster of islands north of the city that still today feature plenty of green space. Here, he falls asleep beneath a tree, and has a dream. In this photo, on the far bank of the Neva, on the left, we see the Winter Palace.

Не наше дело

It's None of Our Business

Raskolnikov had a terrible dream. He dreamed of his childhood, back in their little town. He's seven years old, and strolling on a holiday, near evening, with his father, outside of town. Things were gray, the day was muggy, and the surroundings were just as they had remained in his memory: yet even in his memory things had grown blurred, much more so than they now appeared in his dream. The little town stands there openly, as if on one's palm, and not even a willow tree around; somewhere very far away, right on the horizon, a forest looms black. A few steps from the town's last garden stands a tavern, a big tavern that had always made an unpleasant impression on him, arousing even fear, when he'd walked past it while strolling with his father. There was always such a crowd there — and how they'd scream, laugh, curse — how hideously and hoarsely they'd sing, and how they'd brawl; such drunken and terrible faces were constantly hanging about the tav-

Страшный сон приснился Раскольникову. Приснилось ему его детство, ещё в их городке. Он лет семи и гуляет в праздничный день, под вечер, с своим отцом за городом. Время сероватое, день удушливый, местность совершенно такая же, как уцелела в его памяти: даже в памяти его она гораздо более изгладилась, чем представлялась теперь во сне. Городок стоит открыто, как на ладони, кругом ни ветлы; где-то очень далеко, на самом краю неба, чернеется лесок. В нескольких шагах от последнего городского огорода стоит кабак, большой кабак, всегда производивший на него неприятнейшее впечатление и даже страх, когда он проходил мимо его, гуляя с отцом. Там всегда была такая толпа, так орали, хохотали, ругались, так безобразно и сипло пели и так часто дрались; кругом кабака шлялись всегда

ern... Whenever he'd encounter them, he'd press tightly against his father, and tremble from head to toe...

такие пьяные и страшные рожи... Встречаясь с ними, он тесно прижимался к отцу и весь дрожал.

страшный сон: nightmare • **сниться** И / **присниться** И кому: to appear in a dream to someone • **детство**: childhood • **город(о)к**: город: city, town • **гулять** АЙ: to stroll • **праздничный день** = праздник: holiday • **за городом**: outside the city • **серенький**: серый: gray • **удушливый**: stuffy • **местность**, и: area • **совершенно**: completely • **такой же**: the same (kind of) • **уцелеть** ЕЙ: to remain, survive intact • **память**, и: memory • **изгладиться** И: to be erased, smoothed over • **представлять** АЙ / **представить** И: to imagine • **ладонь**, и: palm of hand • **ветла**: willow tree • **край**: edge • **небо**: sky • **чернеть**(ся) ЕЙ: to appear, loom black • **лес(о)к**: лес: forest • **шаг**: step • **городской**: adj. from город: city • **огород**: garden • **кабак**: tavern • **производить** И / **произвести** Д на кого **впечатление**: to make an impression • **неприятный**: unpleasant • **страх**: fear • **толпа**: crowd • **орать** (ору, орёшь): to scream • **хохотать** А: to guffaw • **ругаться** АЙ: to curse, abuse verbally • **безобразный**: horrible, "formless" • **сиплый**: hoarse • **петь** ОЙ / **спеть** ОЙ: to sing • **драться** n/sA (дерусь, дерёшься): to fight • **кругом** = вокруг чего: around • **шляться** АЙ: to loiter about • **рожа**: mug (an ugly, brutish face) • **тесно**: tight • **прижиматься** АЙ / **прижаться** /М к кому: to press against • **дрожать** ЖА^end: to tremble

And behold his dream: he and his father are walking along the path to the cemetery, and passing by the tavern; he's holding his father's hand, and looking back fearfully at the tavern. A peculiar circumstance draws his attention: a kind of celebration seems to be going on there this time — a crowd of dolled-up townswomen and peasant women, their husbands, and rabble of all kinds. Everyone's drunk, everyone's singing songs, and near the tavern porch stands a wagon — a strange one. It's one of those big wagons to which they harness big draught horses, for transporting wares and wine barrels. He'd always loved to look at those huge draught horses — long-maned, with thick legs — walking calmly, at an even pace, and pulling behind them a veritable mountain without the slightest over-exertion, as if it were easier for them with a wagon than without one.

И вот снится ему: они идут с отцом по дороге к кладбищу и проходят мимо кабака; он держит отца за руку и со страхом оглядывается на кабак. Особенное обстоятельство привлекает его внимание: на этот раз тут как будто гулянье, толпа разодетых мещанок, баб, их мужей и всякого сброду. Все пьяны, все поют песни, а подле кабачного крыльца стоит телега, но странная телега. Это одна из тех больших телег, в которые впрягают больших ломовых лошадей и перевозят в них товары и винные бочки. Он всегда любил смотреть на этих огромных ломовых коней, долгогривых, с толстыми ногами, идущих спокойно, мерным шагом и везущих за собою какую-нибудь целую гору, нисколько не надсаждаясь, как будто им с возами даже легче, чем без возов.

кладбище: cemetery (where Raskolnikov's brother, who died at 6 months old, is buried) • **держать** ЖА^shift за (руку): to hold by (the hand) • **оглядываться** АЙ / **оглянуться** НУ^shift: to around, back (over one's shoulder) • **особенный**: particular • **обстоятельство**: circumstance • **привлекать** АЙ / **привлечь** К^end (привлеку, привлечёшь, привлекут; привлёк,

Reading Crime and Punishment in Russian / **Преступление и наказание**

привлекла): to attract • **внимание**: attention • **на этот раз**: this time • **гулянье**: strolling, a walk • **разодевать** АЙ / **разодеть** H^stem: to dress fancily • **мещанка, мещанин**: bourgeois, town-dweller • **баба**: woman **муж**: husband • **всякий**: all sorts of • **сброд**: rabble • **песня**: song • **по́дле** чего: near • **крыльцо**: porch • **телега**: wagon, cart • **впрягать** АЙ / **впрячь** Г^end во что: to harness to • **ломовая лошадь**: draught horse (for pulling loads) • **перевозить** И^shift / **перевезти** З^end: to transport • **винный**: adj. from вино • **бочка**: barrel • **огромный**: huge • **долгогривый**: long-maned (**грива**: mane) • **конь, я**: horse • **спокойно**: calmly • **мерный**: measured, steady • **шаг**: step, pace, gait • **за** чем: behind • **гора**: mountain • **нисколько**: not in the least • **надсаждаться** АЙ: to overexert oneself • **воз**: wagon, cart

But now — strange to say — to such a large wagon had been harnessed a small, emaciated, peasant's roan horse, the kind that — he'd seen it often — struggle, many a time, to pull some towering pile of firewood or hay, especially if the wagon gets stuck in some mud, or in a rut — and, in the process, they're always so painfully, painfully whipped by the peasants, often right on their muzzle, right in their eyes; and he was so, so grieved to look upon this that he'd almost cry, and his mom would always, on such occassions, lead him away from the window. But now, suddenly, things grow very noisy; from the tavern emerge — with shouts, with songs, with balalaikas — some blind-drunk peasants in red and dark-blue shirts, with overcoats flung over their shoulders. "Get in, everyone get in!" one of them shouts — still young, with a thick neck, and with a face meaty and red like a carrot — "I'll drive all of you there, all aboard!" But immediately laughter and exclamations ring out:

Но теперь, странное дело, в большую такую телегу впряжена была маленькая, тощая, саврасая крестьянская клячонка, одна из тех, которые — он часто это видел — надрываются иной раз с высоким каким-нибудь возом дров или сена, особенно коли воз застрянет в грязи или в колее, и при этом их так больно, так больно бьют всегда мужики кнутами, иной раз даже по самой морде и по глазам, а ему так жалко, так жалко на это смотреть, что он чуть не плачет, а мамаша всегда, бывало, отводит его от окошка. Но вот вдруг становится очень шумно: из кабака выходят с криками, с песнями, с балалайками пьяные-препьяные большие такие мужики в красных и синих рубашках, с армяками внакидку. "Садись, все садись! — кричит один, ещё молодой, с толстою такою шеей и с мясистым, красным, как морковь, лицом, — всех довезу, садись!" Но тотчас же раздаётся смех и восклицанья:

дело: matter, thing • **впрягать** АЙ / **впрячь** Г (впрягу, впряжёшь, впрягут; впряг, впрягла): to harness • **тощий**: emaciated • **саврасый**: roan horse (usually light-brown coat with dark tail and mane) • **крестьянский**: adj. from крестьянин: peasant • **клячонка**: dim. of кляча: nag • **надрываться** АЙ / **надорваться** n/sA: to (over)exert oneself • **воз**: wagon, cart • **дрова** (pl): firewood • **сено**: hay • **коли** = если • **застревать** АЙ / **застрять** H^stem: to get stuck • **грязь, и**: dirt, mud • **колея**: rut • **при этом**: meanwhile, in so doing • **больно**: painful • **мужик**: peasant man • **кнут, а**: whip • **морда**: muzzle, snout, an animal's "face" • **глаз**, pl. глаза: eye • **жалко**: one feels sorry • **чуть не**: almost • **плакать** А: to cry • **мамаша**: мама • **отводить** И^shift / **отвести** Д^end: to lead away • **окошко**: dim. of окно • **становиться** И / **стать** H^stem: to become • **шумный**: noisy • **крик**: shout • **песня**: song • **балалайка**: balalaika (folk stringed

instrument) • **препьяный**: exceedingly drunk • **рубашка**: shirt • **армяк**: peasant's overcoat • **внакидку**: over one's shoulders • **садиться** И / **сесть** (сяду, сядешь): to assume a seated position • **кричать** ЖА[end] / **крикнуть** НУ: to shout • **шея**: neck • **мясистый**: meaty (мясо: meat) • **морковь**, и: carrot • **довозить** И / **довезти** З: to convey to the destination • **раздаваться** АВАЙ / **раздаться**: to ring out, sound • **смех**: laughter • **восклицание**: exclamation

"A nag like that'll pull us!"

"Come on, Mikolka, are you in your right mind? You harnessed a little mare like that to a wagon like this?"

"I say, that roan has got to be twenty years old already, brothers!"

"Get in, I'll take you all!" Mikolka shouts again, jumping into the wagon, the first aboard; the takes the reins and assumes his position in the front, standing at full height. "The chestnut horse left with Matvei earlier," he shouts from the wagon, "but this little mare, brothers, is killing my soul: I swear, I oughta kill her, she's not earning her feed. Get in, I tell you! I'll have her at a full gallop! She'll set off at a full gallop!" And he takes the whip in hand, preparing, with relish, to whip the roan horse.

— Этака кляча да повезёт!

— Да ты, Миколка, в уме, что ли: этаку кобылёнку в таку телегу запрёг!

— А ведь савраске-то беспременно лет двадцать уж будет, братцы!

— Садись, всех довезу! — опять кричит Миколка, прыгая первый в телегу, берёт вожжи и становится на передке во весь рост. — Гнедой даве с Матвеем ушёл, — кричит он с телеги, — а кобылёнка этта, братцы, только сердце моё надрывает: так бы, кажись, ее и убил, даром хлеб ест. Говорю садись! Вскачь пущу! Вскачь пойдёт! — И он берёт в руки кнут, с наслаждением готовясь сечь савраску.

этака = такая • **кляча**: nag • **в (своём) уме**: in one's right mind • **кобылёнка**: dim. of кобыла: mare • **телега**: wagon • **запрягать** АЙ / **запрячь** Г: to harness (запрёг = запряг) • **ведь**: after all • **савраска**: roan horse • **беспременно**: without fail, certainly • **брат(е)ц** = брат • **кричать** ЖА[end] / **крикнуть** НУ: to shout • **прыгать** АЙ / **прыгнуть** НУ: to jump • **вожжи** (pl.): reins • **становиться** И / **стать** H[stem]: to assume a standing position • **перед(о)к**: the front (of the wagon) • **во весь рост**: at full height • **гнедой**: chestnut horse • **даве** = давеча: earlier, before • **этта** = эта • **надрывать** АЙ: to cut • **кажись**: looks like • **убивать** АЙ / **убить** Ь: to kill • **даром**: for nothing (without working) • **вскачь**: at a gallop • **пускать** АЙ / **пустить** И: to launch • **наслаждение**: delight • **готовиться** И / **приготовиться** И: prepare, get ready • **сечь** К (секу, сечёшь, секут; сек / сёк, секла / секла): to whip

"Well, get in then, why not!" people laugh in the crowd.

"Hear that? It'll go at a gallop!"

"It hasn't jumped at a gallop in ten years

— Да садись, чего! — хохочут в толпе.

— Слышь, вскачь пойдёт!

— Она вскачь-то уж десять лет,

now, I'll bet!"

"Oh, it'll start jumping now!"

"Don't hold back, brothers; everyone grab a whip, get ready!"

"Here we go! Whip her!"

Everyone climbs into Mikolka's wagon, with loud laughter and witty remarks. Six people or so have climbed in, and there's still room to seat more… The laughter in the wagon and in the crowd grows twice as loud, but Mikolka is getting angry, and, enraged, he whips the mare, with more frequent blows, as if truly supposing that she'd set off at a gallop.

поди, не прыгала.

— Запрыгает!

— Не жалей, братцы, бери всяк кнуты, зготовляй!

— И то! Секи её!

Все лезут в Миколкину телегу с хохотом и остротами. Налезло человек шесть, и ещё можно посадить… Смех в телеге и в толпе удвоивается, но Миколка сердится и в ярости сечёт учащёнными ударами кобылёнку, точно и впрямь полагает, что она вскачь пойдёт.

чего: why not? • **хохотать** A^{shift}: to guffaw • **толпа**: crowd • **слышь**: did you hear that? how about that! • **поди**: probably, I'll bet • **прыгать** АЙ / **прыгнуть** НУ: to jump • **запрыгать** АЙ: to begin jumping • **жалеть** ЕЙ: here, to spare, hold back, show mercy • **всяк**: each • **зготовлять** = изготовлять: to ready, prepare • **секи**: imperative of сечь K: to whip • **лазить** И - **лезть** 3^{stem} / **полезть** 3: to climb • **Миколин**: possessive adj. from Микола • **хохот**: loud laughter • **острота**: witty remark • **садить** И^{shift} / **посадить** И: to seat • **удваиваться** АЙ / **удвоиться** И: to be doubled • **сердиться** И^{shift} / **рассердиться** И: to get angry • **ярость**, и: rage • **учащать** АЙ / **участить** И^{end}: to make more frequent • **удар**: blow • **точно**: as if • **и впрямь**: indeed • **полагать** АЙ: to suppose

"Papa, papa," he shouts to his father, "Papa, what are they doing? Papa, they're beating the poor horse!"

He runs near the horse; he runs in front of her, he sees them whipping her about the eyes, about her very eyes! He's crying. His heart is rising in his chest, his tears are flowing. One of the people doing the whipping catches him in the face; he doesn't feel it; he wrings his hands, screams, throws himself at a gray-haired old man, with a gray beard, who is shaking his head and condemning the whole scene. A certain woman takes him by the hand and wants to lead him away,

— Папочка, папочка, — кричит он отцу, — папочка, что они делают? Папочка, бедную лошадку бьют!

Он бежит подле лошадки, он забегает вперёд, он видит, как её секут по глазам, по самым глазам! Он плачет. Сердце в нём поднимается, слёзы текут. Один из секущих задевает его по лицу; он не чувствует, он ломает свои руки, кричит, бросается к седому старику с седою бородой, который качает головой и осуждает всё это. Одна баба берёт его за руку и хочет увести; но он вырывается

but he tears free and runs back to the horse. She's ready to collapse, yet she begins once again to kick about.

и опять бежит к лошадке. Та уже при последних усилиях, но ещё раз начинает лягаться.

бедный: poor • **лошадка**: dim. of лошадь, и: horse • **подле** чего: near • **забегать** АЙ / **забежать вперёд**: to run ahead, forward • **по самым глазам**: right on / around its eyes, on its very eyes • **поднимать** АЙ / **поднять** НИМ[shift]: to lift, raise • **течь** К: to flow • **сечь** К: to whip • **задевать** АЙ / **задеть** Н[stem]: to hit, catch • **чувствовать** ОВА: to feel • **ломать** АЙ **руки**: to wring hands (in despair) • **бросать** АЙ / **бросить** И: to throw • **седой**: gray-haired • **старик**, а: old man • **борода**: beard • **качать** АЙ **головой**: to shake one's head • **осуждать** АЙ / **осудить** И[shift]: to condemn • **уводить** И[shift] / **увести** Д[end]: to lead away (увесть = увести) • **вырываться** АЙ / **вырваться** n/sA: to tear oneself out/free • **усилие**: effort • **лягаться** АЙ: to kick about

"The forest demon take you!" Mikolka screams in a rage. He tosses the whip aside, stoops, and pulls from the wagon bed a long, thick shaft, grips it at one end, with both hands, and, with some effort, raises it above the roan horse.

— А чтобы те леший! — вскрикивает в ярости Миколка. Он бросает кнут, нагибается и вытаскивает со дна телеги длинную и толстую оглоблю, берёт её за конец в обе руки и с усилием размахивается над савраской.

"He'll strike her dead!" people shout all around.

— Разразит! — кричат кругом.

"He'll kill her!"

— Убьёт!

"It's my property!" shouts Mikolka, and, with a full wind-up, lowers the shaft. A heavy blow rings out.

— Моё добро! — кричит Миколка и со всего размаху опускает оглоблю. Раздаётся тяжёлый удар.

"Whip her, whip her! What are you just standing there for?" shout voices from the crowd.

— Секи её, секи! Что стали! — кричат голоса из толпы.

а чтобы те леший: may the forest demon (take) you! (леший: a hostile forest spirit) • **вскрикивать** АЙ / **вскрикнуть** НУ: to exclaim • **ярость**: rage • **нагибаться** АЙ / **нагнуться** НУ: to bend over • **вытаскивать** АЙ / **вытащить** И: to pull out • **дно**: bottom • **оглобля**: shaft (from wagon) • **кон(е)ц**: end • **усилие**: effort **размахиваться** АЙ / **размахнуться** НУ[end]: to wind up • **разразить** И (perf.): to strike with great force • **добро**: goods, property* • **со всего размаху**: with (literally, "from") a размах: wind-up • **опускать** АЙ / **опустить** И: to lower • **раздаваться** АВАЙ / **раздаться**: to ring out • **тяжёлый**: heavy • **удар**: blow • **становиться** И / **стать** Н[stem]: to assume a standing position • **голос**, pl. голоса: voice • **толпа**: crowd

Meanwhile, Mikolka raises the shaft a second time, and a second blow

А Миколка намахивается в другой раз, и другой удар со всего размаху

Reading Crime and Punishment in Russian / **Преступление и наказание**

lands, with full force, on the back of the wretched nag. She sinks back on her haunches, but jumps up and jerks, jerks in various directions with the last of her strength, trying to get the wagon moving; but she's met with six whips, on all sides; and the shaft rises again, and falls for a third time; then a fourth — at a measured pace, with a full wind-up. Mikolka is furious that he can't kill her with a single blow.

"She's a tough one!" people shout all around.

"She'll fall now for sure, brothers, she's done for!" a certain aficionado shouts from the crowd.

ложится на спину несчастной клячи. Она вся оседает всем задом, но вспрыгивает и дёргает, дёргает из всех последних сил в разные стороны, чтобы вывезти; но со всех сторон принимают её в шесть кнутов, а оглобля снова вздымается и падает в третий раз, потом в четвёртый, мерно, с размаха. Миколка в бешенстве, что не может с одного удара убить.

— Живуча! — кричат кругом.

— Сейчас беспременно падёт, братцы, тут ей и конец! — кричит из толпы один любитель.

намахиваться АЙ / **намахнуться** НУ^end: to wind up, swing upward • **удар**: blow • **ложиться** И^end / **лечь** Г^stem (лягу, ляжет, лягут; лёг, легла): to assume a lying position • **спина**: back • **несчастный**: unfortunate • **кляча**: nag • **оседать** АЙ / **осесть** Д: to fall down, become prostrate • **зад**: rear • **вспрыгивать** АЙ / **вспрыгнуть** НУ: to jump up • **дёргать** АЙ: to jerk about • **из всех сил**: with all its strength (сила) • **сторона**: side, direction • **вывозить** И / **вывезти** З: to haul off, get started hauling • **со всех сторон**: from all sides • **кнут**: whip • **вздыматься** АЙ (imperf.): to be raised • **падать** АЙ / **упасть** Д^end: to fall • **мерно**: with measured pace • **с размаха**: with a wind-up • **бешенство**: rage (related to бес: demon) • **с одного удара**: with a single удар: blow • **убивать** АЙ / **убить** Ь: to kill • **живучий**: enduring, tough • **беспременно**: without fail • **падёт** = упадёт: will fall • **кон(е)ц кому**: that's the end of • **любитель**, я: aficianado, admirer

"Come on, give her the axe! Finish her off all at once," shouts a third.

"May mosquitoes eat you! Step aside!" Mikolka shouts furiously; he tosses the shaft aside, reaches into the wagon again, and pulls out an iron crowbar. "Look out!" he shouts, and, with all his strength, blindsides his poor horse. The blow has fallen; the mare staggers, slumps; she wants to give a tug, but again the crowbar lands on her back, with full force, and she sinks to the ground, as if all four legs had been cut out from under her at once.

— Топором её, чего! Покончить с ней разом, — кричит третий.

— Эх, ешь те комары! Расступись! — неистово вскрикивает Миколка, бросает оглоблю, снова нагибается в телегу и вытаскивает железный лом. — Берегись! — кричит он и что есть силы огорошивает с размаху свою бедную лошадёнку. Удар рухнул; кобылёнка зашаталась, осела, хотела было дёрнуть, но лом снова со всего размаху ложится ей на спину, и она падает на землю, точно ей подсекли все четыре ноги разом.

топо́р, а́: axe • поко́нчить И с чем (perf): to put an end to, finish off • тре́тий: a third person • кома́р, а́: mosquito • расступа́ться АЙ / расступи́ться И^shift: to step aside, apart • неи́стово: furiously • вскри́кивать АЙ / вскри́кнуть НУ: to shout • желе́зный лом: iron bar, crowbar • бере́чься Г: watch out, "protect oneself" • что есть си́лы: with all the strength in him • огоро́шивать АЙ / огоро́шить И: to blindside, strike dumb • ру́хнуть НУ (perf.): to crash down • шата́ться АЙ: to stagger, teeter • оседа́ть АЙ / осе́сть: to fall down, sit • хоте́ла бы́ло: was about to, tried to • дёргать АЙ / дёрнуть НУ: to jerk, tug • сно́ва: again • подсека́ть АЙ / подсе́чь К: to cut (the legs out from) under • ра́зом: at once

"Finish her off!" shouts Mikolka, and, as if out of his mind, jumps from the wagon. Several guys, also red-faced and drunk, grab whatever they can get their hands on — whips, sticks, the shaft — and run toward the expiring mare. Mikolka takes up a position at her side and begins striking her blindly up and down her back with the crowbar. The mare stretches out her head, takes a heavy breath, and dies.

"He took care of her!" they shout in the crowd.

"Well, why wouldn't she gallop!"

"It's my property!" shouts Mikolka, with the crowbar in his hands and with bloodshot eyes. He stands there as if sorry that there was no one left to beat.

— Добива́й! — кричи́т Мико́лка и вска́кивает, сло́вно себя́ не по́мня, с теле́ги. Не́сколько парне́й, то́же кра́сных и пья́ных, схва́тывают что попа́ло — кнуты́, па́лки, огло́блю, и бегу́т к издыха́ющей кобылёнке. Мико́лка стано́вится сбо́ку и начина́ет бить ло́мом зря по спине́. Кля́ча протя́гивает мо́рду, тяжело́ вздыха́ет и умира́ет.

— Докона́л! — крича́т в толпе́.

— А заче́м вскачь не шла!

— Моё добро́! — кричи́т Мико́лка, с ло́мом в рука́х и с нали́тыми кро́вью глаза́ми. Он стои́т бу́дто жале́я, что уж не́кого бо́льше бить.

добива́ть АЙ / доби́ть Ь: to finish off • вска́кивать АЙ / вскочи́ть И^shift: to hop up • не по́мнить себя́: lit. to not remember oneself, be blind with rage • пар(е)нь, парня́: guy, fellow схва́тывать АЙ / схвати́ть И^shift: to grab • что попа́ло: whatever was at hand • па́лка: stick • издыха́ть АЙ / ихдо́хнуть НУ: to expire • сбо́ку: from the side • зря: for no reason, to no end протя́гивать АЙ / протяну́ть НУ: to extend, stretch • вздыха́ть АЙ / вздохну́ть НУ^end: to sigh • докона́ывать АЙ / докона́ть АЙ: to finish off • нали́тый: poured full of, inundated with • кровь, и: blood • бу́дто: as if • жале́ть ЕЙ / пожале́ть ЕЙ: to regret, be sorry

"It's clear, indeed, that there's no cross around your neck!" many voices shout now from the crowd.

The poor boy, meanwhile, is now completely beside himself. With a shout, he forces his way through the crowd, to the roan horse, grabs her dead, blood-covered muzzle, and kisses her — kisses

— Ну и впрямь, знать, креста́ на тебе́ нет! — крича́т из толпы́ уже́ мно́гие голоса́.

Но бе́дный ма́льчик уже́ не по́мнит себя́. С кри́ком пробива́ется он сквозь толпу́ к савра́ске, обхва́тывает её мёртвую, окрова́вленную мо́рду и целу́ет её,

her eyes, her mouth… Then he suddenly jumps up and, in a frenzy, lunges at Mikolka, with his tiny fists. At that moment, his father, who has been chasing after him for some time now, finally grabs him and carries him out of the crowd.	целует её в глаза, в губы… Потом вдруг вскакивает и в исступлении бросается с своими кулачонками на Миколку. В этот миг отец, уже долго гонявшийся за ним, схватывает его наконец и выносит из толпы.

впрямь: truly, indeed • **креста на тебе нет**: "there's no cross on you" (Orthodox Christians typically wear a cross on their necks; the saying here means that the person is clearly no Christian) • **не помнит себя**: "doesn't remember himself," is beside himself • **крик**: shout • **пробиваться** АЙ / **пробиться** Ь: to force one's way through • **сквозь** что: through (with difficulty) • **толпа**: crowd • **обхватывать** АЙ / **обхватить** И: to embrace • **окровавленный**: blood-covered • **морда**: animal's snout/face • **целовать** ОВА / **поцеловать** ОВА: to kiss • **губа**: lip • **исступление**: indignation, rage • **кулачонок**: кулак: fist • **миг**: moment • **гонять** АЙ - **гнать** (гоню, гонишь) / **погнать**: to chase • **схватывать** АЙ / **схватить** И[shift]: to grab

"Let's go, let's go!" he tells him, "Let's go home!"	— Пойдём! пойдём! — говорит он ему, — домой пойдём!
"Papa! Why did they… the poor horse… what did they kill her for?" he sobs, but he's gasping for breath, and the words are torn from his constricted chest in a series of shouts.	— Папочка! За что они… бедную лошадку… убили! — всхлипывает он, но дыханье ему захватывает, и слова криками вырываются из его стеснённой груди.
"They're drunk, they're misbehaving; it's none of our business, let's go!" his father says. He clutches his father with both arms, but his chest is very, very tight. He wants to catch his breath, to shout — and he wakes up.	— Пьяные, шалят, не наше дело, пойдём! — говорит отец. Он обхватывает отца руками, но грудь ему теснит, теснит. Он хочет перевести дыхание, вскрикнуть, и просыпается.

всхлипывать АЙ (imperf.): to sob, snivel • **ему захватывает дыхание**: he is short of breath (дыхание: breath) • **вырываться** АЙ / **вырваться** n/sA: to tear free, to be torn out • **стеснять** АЙ / **стеснить** И: to tighten, squeeze, constrict • **грудь**, и: chest • **шалить** И[end]: to be mischevious, play pranks • **не наше дело**: it's none of our business • **обхватывать** АЙ / **обхватить** И[shift]: to embrace • **переводить** И / **перевести** Д **дыхание**: to catch breath • **вскрикивать** АЙ / **вскрикнуть** НУ: to shout • **просыпаться** АЙ / **проснуться** НУ[end]: to wake up

Случайная встреча
A Chance Encounter

He woke up covered in sweat; his hair was wet with it; struggling for breath, he sat upright, in horror.

"Thank God, it was only a dream!" he said, sitting now beneath the tree and taking deep breaths. "But what is this? Am I coming down with a fever? What a hideous dream!"

It was as if his entire body had been broken; his soul felt turbid and dark. He placed his elbows on his knees and propped up his head with both hands.

Он проснулся весь в поту, с мокрыми от поту волосами, задыхаясь, и приподнялся в ужасе.

"Слава Богу, это только сон! — сказал он, садясь под деревом и глубоко переводя дыхание. — Но что это? Уж не горячка ли во мне начинается: такой безобразный сон!"

Всё тело его было как бы разбито; смутно и темно на душе. Он положил локти на колена и подпёр обеими руками голову.

весь в поту: covered in sweat, "all in sweat" (пот: sweat) • **мокрый**: wet • **задыхаться** АЙ / **заходнуться** НУ^end: to struggle for breath, suffocate • **приподнимать** АЙ / **приподнять** НИМ^shift: to raise slightly • **садиться** И / **сесть** Д: to assume a seated position • **переводить** И / **перевести** Д **дыхание**: to catch breath • **горячка**: fever • **безобразный**: horrible, hideous • **тело**: body • **как бы**: as if • **смутный**: obscure, murky • **тёмный**: dark • **душа**: soul • **лок(о)ть, я**: elbow • **колена** = колени: knees **подпирать** АЙ / **подпереть** /Р: to prop up

"God!" he exclaimed, "Could I possibly, could I possibly, in reality, take an

"Боже! — воскликнул он, — да неужели ж, неужели ж я в самом

axe, go an strike her in the head, bash her skull in... Could I slip about in that sticky, warm blood, break open the lock, steal, and tremble with fear; hide, covered in blood... with the axe... Lord, could I possibly do it?"

He trembled like a leaf as he said this.

деле возьму топор, стану бить по голове, размозжу ей череп... буду скользить в липкой, тёплой крови, взламывать замок, красть и дрожать; прятаться, весь залитый кровью... с топором... Господи, неужели?"

Он дрожал как лист, говоря это.

восклицать АЙ / **воскликнуть** НУ: to exclaim • **неужели**: can it really be? • **топор**, а: axe • **становиться** И^{shift} / **стать** Н^{stem} + inf: to begin to • **размозжать** АЙ / **размозжить** И^{end}: to crush (мозг: brain) • **череп**: skull • **скользить** И^{end} / **скользнуть** НУ: to slip • **липкий**: sticky • **кровь**, и: blood **взламывать** АЙ / **взломать** АЙ: to break • **зам(о)к**: lock • **красть** Д^{end} / **украсть** Д: steal • **дрожать** ЖА: to shake • **прятать**(ся) А / **спрятать**(ся) А: to hide (oneself) • **залитый** чем: covered, poured over with • **лист**, pl. листья: leaf

"What was I even thinking!" he continued, looking up again, and somehow in profound amazement. "After all, I knew full well that I'd never pull it off, so why have I been torturing myself this whole time? I mean, just yesterday — yesterday, when I went on that... trial run; even yesterday I understood completely that I wouldn't be able to endure it... So what am I thinking now? How could I have doubted up to now? After all, just yesterday, going down the stairs, I myself said that it was base, nasty, vile, vile... I mean, the very thought of it, even while awake, made me sick, plunged me into terror...

"Да что же это я! — продолжал он, восклоняясь опять и как бы в глубоком изумлении, — ведь я знал же, что я этого не вынесу, так чего ж я до сих пор себя мучил? Ведь ещё вчера, вчера, когда я пошёл делать эту... пробу, ведь я вчера же понял совершенно, что не вытерплю... Чего ж я теперь-то? Чего ж я ещё до сих пор сомневался? Ведь вчера же, сходя с лестницы, я сам сказал, что это подло, гадко, низко, низко... ведь меня от одной мысли наяву стошнило и в ужас бросило...

продолжать АЙ / **продолжить** И: to continue • **восклоняться** АЙ / **восклониться** И^{shift}: to look up, raise one's head • **изумление**: surprise, amazement • **ведь**: after all, of course • **выносить** И^{shift} / **вынести** С: to bear, stand • **чего**: почему • **до сих пор**: up to now, still • **мучить** И / **измучить** И: to torment • **проба**: test, trial run • **совершенно**: completely • **терпеть** Е^{shift} / **вытерпеть** Е: to stand, endure • **сомневаться** АЙ: to doubt • **лестница**: staircase • **подлый**: base, despicable • **гадкий**: disgusting, repulsive • **низкий**: low, mean • **мысль**, и: thought • **наяву**: while awake, in reality (i.e. not во сне: in dreams) • **тошнить** И^{end} / **стошнить** И кого (impers.): to nauseate • **бросать** АЙ / **бросить** И: to throw, hurl

"No, I won't be able to take it, I won't! Even if there's no room for doubt in all of my calculations — even if everything I've decided during this month were as clear as day, as correct as arithmetic. Lord!

Нет, я не вытерплю, не вытерплю! Пусть, пусть даже нет никаких сомнений во всех этих расчётах, будь это всё, что решено в этот месяц, ясно как день, справедливо

Reading Crime and Punishment in Russian / **Преступление и наказание**

Even then, I still won't find the resolve! I won't be able to endure it, I won't! So why, why on earth, this entire time…"

как арифме́тика. Го́споди! Ведь я всё же равно́ не решу́сь! Я ведь не вы́терплю, не вы́терплю!.. Чего́ же, чего́ же и до сих пор…"

пусть: let, may, granted • **сомне́ние**: doubt • **расчёт**: calculation • **реша́ть** АЙ / **реши́ть** И^end: to decide • **я́сный**: clear, bright • **справедли́вый**: just • **всё равно́**: anyway, all the same • **реша́ться** АЙ / **реши́ться** И^end + inf.: to make up one's mind, resolve to • **терпе́ть** Е^shift / **вы́терпеть** Е: to stand, bear

He stood up, looked around him in surprise — as if amazed at the fact that he'd somehow wound up here — and set off toward the T. Bridge. He was pale; his eyes were burning, he felt exhaustion in all his limbs, but suddenly, it seemed, he could breathe more easily. He felt that he had thrown off a terrible burden, one that had been crushing him for such a long time; and suddenly his soul felt light, and at peace. "Lord!" he prayed, "Show me Your way, and I will renounce this cursed… daydream of mine!"

Он встал на́ ноги, в удивле́нии осмотре́лся круго́м, как бы дивя́сь и тому́, что зашёл сюда́, и пошёл на Т—в мост. Он был бле́ден, глаза́ его́ горе́ли, изнеможе́ние бы́ло во всех его́ чле́нах, но ему́ вдруг ста́ло дыша́ть как бы ле́гче. Он почу́вствовал, что уже́ сбро́сил с себя́ это стра́шное бре́мя, дави́вшее его́ так до́лго, и на душе́ его́ ста́ло вдруг легко́ и ми́рно. "Го́споди! — моли́л он, — покажи́ мне путь мой, а я отрека́юсь от э́той прокля́той… мечты́ мое́й!"

удивле́ние: surprise • **осма́триваться** АЙ / **осмотре́ться** Е: to look around • **диви́ться** И чему: to be amazed at • **Т-в мост**: Тучко́в мост (across the Malaya Neva to Vasilievsky Ostrov) • **бле́дный**: pale • **горе́ть** Е^end: to blaze, burn • **изнеможе́ние**: exhaustion • **член**: limb • **дыша́ть** ЖА^shift: to breathe • **сбра́сывать** АЙ / **сбро́сить** И: to throw off, down • **бре́мя**, **бре́мени**: burden • **дави́ть** И^shift / **задави́ть** И: to crush • **душа́**: soul • **ми́рный**: calm, peaceful • **моли́ть** И^shift: to pray • **путь**, и (m!): path **отрека́ться** АЙ / **отре́чься** К^end от чего: to disavow • **прокля́тый**: cursed (проклина́ть АЙ / прокля́сть Н^end: to curse) • **мечта́**: dream

Crossing the bridge, he looked quietly and calmly at the Neva River, at the brilliant setting of the bright red sun. Despite his weakness, he didn't even feel weariness within himself. It was as if a boil that had been swelling for an entire month had suddenly burst. Freedom, freedom! He was free now from these charms, this sorcery, this fascination, this illusion!

Проходя́ чрез мост, он ти́хо и споко́йно смотре́л на Неву́, на я́ркий закат я́ркого, кра́сного со́лнца. Несмотря́ на сла́бость свою́, он да́же не ощуща́л в себе́ уста́лости. То́чно нары́в на се́рдце его́, нарыва́вший весь ме́сяц, вдруг прорва́лся. Свобо́да, свобо́да! Он свобо́ден тепе́рь от э́тих чар, от колдовства́, обая́ния, от наважде́ния!

Нева́: the Neva river • **я́ркий**: bright, brilliant • **закат**: sunset • **со́лнце**: sun • **несмотря́ на что**: despite • **сла́бость**, и: weakness • **ощуща́ть** АЙ / **ощути́ть** И^end: to feel, sense •

уст_а_лость, и: tiredness • **т_о_чно**: just as if • **нар_ы_в**: a boil, sore • **нарыв_а_ть** АЙ / **нарв_а_ть** n/sA: to come to a head • **прорыв_а_ться** АЙ / **прорв_а_ться** n/sA: to burst • **своб_о_да**: freedom • **ч_а_ры**: charms • **колдовств_о_**: sorcery, witchcraft • **оба_я_ние**: spell, fascination • **наважд_е_ние**: illusion

Subsequently, when he'd come to recall this time and everything that happened to him during these days, minute by minute, point by point, detail by detail, he was always struck to the point of superstition by one circumstance; although in essence it wasn't very unusual, it always seemed to him, in retrospect, like some predestination of his fate.	Впосл_е_дствии, когда он припомин_а_л _э_то вр_е_мя и всё, что случ_и_лось с ним в _э_ти дни, мин_у_ту за мин_у_той, пункт за п_у_нктом, черт_у_ за черт_о_й, ег_о_ до суев_е_рия пораж_а_ло всегд_а_ одн_о_ обсто_я_тельство, хот_я_ в с_у_щности и не _о_чень необыч_а_йное, но кот_о_рое посто_я_нно каз_а_лось ему пот_о_м как бы как_и_м-то предопредел_е_нием судьб_ы_ ег_о_.

впосл_е_дствии: later, subsequently • **припомин_а_ть** АЙ / **припо_м_нить** И: to recall • **случ_а_ться** АЙ / **случ_и_ться** И^end: to happen • **черт_а_**: line (also, trait, feature) • **до суев_е_рия**: to the point of суев_е_рие: superstition) • **пораж_а_ть** АЙ / **пораз_и_ть** И^end: to strike, amaze • **обсто_я_тельство**: circumstance • **с_у_щность**: essence • **необыч_а_йный**: unusual • **посто_я_нно**: constantly • **каз_а_ться** A^shift / **показ_а_ться** A: to seem • **предопредел_е_ние**: predetermination • **судьб_а_**: fate

Namely: he was never able to comprehend, or explain to himself, why he — tired, completely worn out — he, for whom it would have been most advantageous to return home by the shortest, most direct path — headed home via Hay Market Square, where he had absolutely no reason to go. The detour wasn't a big one, but an obvious one, and completely unnecessary. Of course, he had happened dozens of times to make his way home with no idea of the route he took to get there. But why on earth, he always asked himself — why had such an important, such a decisive, and at the same time such a pronouncedly random encounter on Hay Market Square (which he had no business even walking across) happened to occur just then, of all times, at such a moment in his life, precisely when he was feeling the way he was, and precisely under circumstances in which it — this encounter — might have	_И_менно: он ник_а_к не мог пон_я_ть и объясн_и_ть себ_е_, почем_у_ он, уст_а_лый, изм_у_ченный, кот_о_рому б_ы_ло бы всег_о_ выг_о_днее возврат_и_ться дом_о_й с_а_мым кратч_а_йшим и прям_ы_м пут_ё_м, ворот_и_лся дом_о_й через Сенн_у_ю пл_о_щадь, на кот_о_рую ему б_ы_ло совс_е_м л_и_шнее идт_и_. Крюк был небольш_о_й, но очев_и_дный и соверш_е_нно нен_у_жный. Кон_е_чно, д_е_сятки раз случ_а_лось ему возвращ_а_ться дом_о_й, не п_о_мня _у_лиц, по кот_о_рым он шёл. Но зач_е_м же, спр_а_шивал он всегд_а_, зач_е_м же так_а_я в_а_жная, так_а_я реш_и_тельная для нег_о_ и в то же вр_е_мя так_а_я в в_ы_сшей ст_е_пени случ_а_йная встр_е_ча на Сенн_о_й (по кот_о_рой д_а_же и идт_и_ ему н_е_зачем) подошл_а_ как раз теп_е_рь к так_о_му ч_а_су, к так_о_й мин_у_те в ег_о_ ж_и_зни, _и_менно к так_о_му настро_е_нию ег_о_ д_у_ха и к так_и_м _и_менно обсто_я_тельствам, при кот_о_рых т_о_лько и могл_а_ он_а_, _э_та встр_е_ча, произвест_и_ с_а_мое

| the most decisive and most definitive impact on his entire fate? It was as if it had been lying in wait for him! | реш__и__тельное и с__а__мое оконч__а__тельное д__е__йствие на всю судьб__у__ ег__о__? Т__о__чно тут нар__о__чно поджид__а__ла ег__о__! |

и__менно__: namely • **объясн__я__ть** АЙ / **объясн__и__ть** И^{end} кому: to explain • **уст__а__лый**: tired • **изм__у__ченный**: tortured • **всег__о__ в__ы__годнее**: most advantageous, more advantageous than everything (**в__ы__годный**: advantageous) • **возврат__и__ться** И (perf.) = верн__у__ться НУ: to return • **кратч__а__йший**: comparative of к__о__роткий: short • **прям__о__й**: straight, direct • **путь**, и: path, route • **ворот__и__ться** И (perf.) = верн__у__ться: to return • **Сенн__а__я пл__о__щадь**, и: Hay Market (Square) • **л__и__шний**: superfluous, "extra" • **крюк**: detour (lit. "hook") • **очев__и__дный**: obvious • **соверш__е__нно**: completely • **нен__у__жный**: unnecessary • **дес__я__т(о)к**: a ten (often used in the plural to express a large but vague number, like the English "dozens") • **не п__о__мня**: not remembering, oblivious to • **зач__е__м**: why • **в__а__жный**: important • **реш__и__тельный**: decisive • **в в__ы__сшей степени**: in the highest degree (**степень**, и: degree) • **сл__у__чайный**: accidental, chance • **встр__е__ча**: meeting, encounter • **подход__и__ть** И^{shift} / **подойт__и__**: to turn up, happen • **как раз**: just, precisely • **настро__е__ние**: mood • **дух**: spirit • **обсто__я__тельство**: circumstance • **производ__и__ть** И^{shift} / **произвест__и__** Д **д__е__йствие**: to have an effect • **реш__и__тельный**: decisive • **оконч__а__тельный**: conclusive, final • **судьб__а__**: fate • **т__о__чно**: just as if • **тут** = здесь • **нар__о__чно**: on purpose, deliberately • **поджид__а__ть** АЙ / **подожд__а__ть** n/sA: to lie in wait for

| It was around nine o'clock when he crossed the Square. All the traders, at their tables, their stands, stalls and shops, were locking up their establishments, or taking down and putting away their wares, and going their separate ways home, as were their customers. Near the eateries in the lower floors, and in the dirty and stinking courtyards of the buildings on Hay Market Square, all kinds of craftsmen and rag dealers were crowding about. Raskolnikov especially preferred these places, along with all the nearby sidestreets, whenever he would step out onto the street with no particular destination in mind. Here his rags didn't attract anyone's contemptuous attention, and one could walk around looking however one liked, without scandalizing anyone. Right at K. Lane, on the corner, a townsman and a woman, his wife, were selling goods from two tables: threads, strings, chintz kerchiefs, etc. They had also gotten up to go home, but had lingered there to chat with a woman they knew who had just walked up. | Б__ы__ло __о__коло девят__и__ час__о__в, когд__а__ он проход__и__л по Сенн__о__й. Все торговц__ы__ на стол__а__х, на л__о__тках, в л__а__вках и в л__а__вочках запир__а__ли сво__и__ завед__е__ния, или снима__ли__ и прибира__ли__ свой тов__а__р, и расход__и__лись по дом__а__м, равн__о__ как и их покуп__а__тели. __О__коло харч__е__вен в н__и__жних этаж__а__х, на гр__я__зных и вон__ю__чих двор__а__х дом__о__в Сенн__о__й пл__о__щади, а наиб__о__лее у распив__о__чных, толп__и__лось мн__о__го р__а__зного и вс__я__кого с__о__рта пром__ы__шленников и лохм__о__тников. Раск__о__льников преим__у__щественно люб__и__л __э__ти мест__а__, равн__о__ как и все близлеж__а__щие переу__л__ки, когд__а__ выход__и__л без ц__е__ли на __у__лицу. Тут лохм__о__тья ег__о__ не обращ__а__ли на себ__я__ ничьег__о__ высок__о__мерного внимания, и м__о__жно б__ы__ло ход__и__ть в как__о__м уг__о__дно в__и__де, никог__о__ не скандализ__и__руя. У с__а__мого К—ного переу__л__ка, на углу__, мещан__и__н и б__а__ба, жен__а__ ег__о__, торгов__а__ли с двух стол__о__в тов__а__ром: н__и__тками, тесёмками, платк__а__ми с__и__тцевыми и т. п. Он__и__ т__о__же поднима__лись__ дом__о__й, но замеш__а__кались, разгов__а__ривая с подош__е__дшею знак__о__мой. |

торгов(е)ц: tradesman, seller • **лотка**: hawker's stand • **лавочка** = лавка: stall (today, shop) • **запирать** АЙ / **запереть** /Р: to lock up • **заведение**: establishment • **снимать** АЙ / **снять** НИМ[shift]: to take down • **прибирать** АЙ / **прибрать**: to gather • **товар**: goods, wares **равно как и**: just like, just as • **покупатель**, я: buyer, customer • **харчевня**: catery • **нижний**: lower • **грязный**: dirty • **вонючий**: stinking • **двор**: courtyard • **наиболее**: most of all • **распивочная**: tavern • **толпиться** И[end] / **столпиться** И: to crowd, gather • **сорт**: sort, kind • **промышленник**: someone engaged in a промысел: a trade/craft • **лохмотник**: someone who sells лохмотья: rags • **преимущественно**: mainly, predominantly • **близлежащий**: nearby • **переул(о)к**: lane • **цель**, и: goal, destination • **лохмотья**: rags • **обращать** АЙ / **обратить** И **внимание** на что: to pay attention to • **ничей**: no one's • **высокомерный**: haughty • **какой угодно**: any at all, any old • **вид**: appearance • **скандализовать** ОВА: to scandalize • **у самого К—ного переулка**: right at "K lane" (Конный переулок, today Переулок Гривцова) • **угол**: corner • **мещанин**: a bourgeois • **баба**: (peasant) woman • **торговать** ОВА чем: to trade in, sell • **товар**: goods • **нитка**: нить, и: string • **тесёмка**: tie-string • **плат(о)к**: kerchief • **ситцевый**: chintz, calico • **и т. п.**: и тому подобное: and so forth • **подниматься** АЙ / **подняться** НИМ[shift]: to get up • **замешкаться** АЙ: to be delayed

This acquaintance of theirs was Lizaveta Ivanovna — or simply Lizaveta, as everyone called her — the younger sister of that very same old woman, Alyona Ivanovna, the widow of collegiate registrar and the pawnbroker, whom Raskolnikov had visited yesterday, to pawn his watch with her and conduct his "trial run"... He'd long known all about this Lizaveta, and even she knew him a bit. She was a tall, awkward, timid, and submissive lass, almost an idiot; thirty-five years old, she was kept in total slavery by her sister, working for her day and night, trembling before her and even enduring beatings from her. She was standing in contemplation in front of the townsman and the woman, and listening to them attentively. They were explaining something to her with particular fervour. When Raskolnikov suddenly caught sight of her, some strange sensation, something like a profound sense of astonishment, seized him, even though there was nothing astonishing about this encounter.

Знакомая эта была Лизавета Ивановна, или просто, как все звали её, Лизавета, младшая сестра той самой старухи Алёны Ивановны, коллежской регистраторши и процентщицы, у которой вчера был Раскольников, приходивший закладывать ей часы и делать свою пробу... Он давно уже знал всё про эту Лизавету, и даже та его знала немного. Это была высокая, неуклюжая, робкая и смиренная девка, чуть не идиотка, тридцати пяти лет, бывшая в полном рабстве у сестры своей, работавшая на неё день и ночь, трепетавшая перед ней и терпевшая от неё даже побои. Она стояла в раздумье с узлом перед мещанином и бабой и внимательно слушала их. Те что-то ей с особенным жаром толковали. Когда Раскольников вдруг увидел её, какое-то странное ощущение, похожее на глубочайшее изумление, охватило его, хотя во встрече этой не было ничего изумительного.

звать n/sA[end]: to call • **старуха**: old woman • **коллежская регистраторша**: wife of a collegiate registrar (the lowest civil rank on the Table of Ranks) • **процентщица**: pawn-broker • **закладывать** АЙ / **заложить** И[shift]: to pawn, pledge • **часы**: watch • **проба**: test, trial run • **та** = она • **высокий**: tall • **неуклюжий**: awkward • **робкий**: meek • **смиренный**: humble,

submissive • **девка**: maid, woman • **чуть не**: almost • **идиотка**: a simple-minded woman • **полный**: full, total • **рабство**: servitude, slavery • **работать** АЙ на кого: to work for someone's benefit • **трепетать** A[shift] перед кем: to tremble before • **терпеть** E[shift]: to suffer, endure • **побои**: a beating • **раздумье**: contemplation, thought • **уз(е)л**: a bundle • **мещанин**: a bourgeois • **внимательный**: attentive, careful • **особенный**: particular • **жар**: ardor, zeal, "heat" • **толковать** ОВА: to tell, explain • **ощущение**: sensation, feeling • **глубочайший**: exceedingly **глубокий**: deep • **изумление**: surprise • **охватывать** АЙ / **охватить** И[shift]: to encompass, seize • **хотя**: although • **встреча**: meeting, encounter • **изумительный**: amazing, surprising

"Lizaveta Ivanovna, you should decide for yourself," the man said loudly. "Come tomorrow, after six. They'll be there too."

"Tomorrow?" said Lizaveta, in a drawn-out and thoughtful fashion, as if unable to make up her mind.

"My, has that Alyona Ivanovna got you spooked!" jabbered the trader's wife, who was a lively woman. "As I look at you, why, you're just like a little child. And she's not even your sister by blood, but your step-sister, yet just look at what liberties she allows herself."

— Вы бы, Лизавета Ивановна, и порешили самолично, — громко говорил мещанин. — Приходите-тко завтра, часу в семом-с. И те прибудут.

— Завтра? — протяжно и задумчиво сказала Лизавета, как будто не решаясь.

— Эк ведь вам Алёна-то Ивановна страху задала! — затараторила жена торговца, бойкая бабёнка. — Посмотрю я на вас, совсем-то вы как робёнок малый. И сестра она вам не родная, а сведённая, а вот какую волю взяла.

бы: here making a suggestion, "you might well" • **порешили** – решили • **самолично**. yourself • **-тко**: emphatic particle (rare) • **семом** = седьмом • **те**: they (someone else involved in the transaction under discussion) • **прибывать** АЙ / **прибыть**: to arrive • **протяжно**: in a drawn-out fashion • **задумчивый**: thoughtful • **решаться** АЙ / **решиться** И[end]: to make up one's mind • **вам страху задала**: she's got you spooked, scared • **тараторить** И: to chatter, jabber • **бойкий**: brisk, lively • **бабёнка**: баба: woman • **робён(о)к** = ребёнок • **малый** = маленький • **родной**: here: kin by blood • **сведённый** = сводный: step-, half- (sibling) • **воля**: freedom, liberties

"Well, this time, don't tell Alyona Ivanovna anything," interrupted the husband. "That's my advice; come by our place without asking. It's a good deal. Your sister can think it over herself later.

"Hmm, should I stop by then?"

"After six, tomorrow; some of their

— Да вы на сей раз Алёне Ивановне ничего не говорите-с, — перебил муж, — вот мой совет-с, а зайдите к нам не просясь. Оно дело выгодное-с. Потом и сестрица сами могут сообразить.

— Аль зайти?

— В семом часу, завтра; и от

people will be there too; you can decide for yourself."

"We'll even fire up the samovar," added his wife.

"Alright, I'll come," said Lizaveta, still thinking things over; and she slowly began to move away.

тех прибу́дут-с; самоли́чно и пореши́те-с.

— И самова́рчик поста́вим, — приба́вила жена́.

— Хорошо́, приду́, — проговори́ла Лизаве́та, всё ещё разду́мывая, и ме́дленно ста́ла с ме́ста тро́гаться.

на сей раз: в э́тот раз: this time • **перебива́ть** АЙ / **переби́ть** Ь: to interrupt • **сове́т**: advice • **проси́ться** И^shift / **попроси́ться** И: to ask (permission) • **вы́годный**: advantageous, profitable • **сестри́ца**: сестра́ • **сообража́ть** АЙ / **сообрази́ть** И^end: to think over, deduce, realize • **аль** = а́ли: expresses doubt • **от тех**: "from them," from those people (someone else involved in the transaction being discussed) • **ста́вить** И / **поста́вить** И **самова́р**: to put on the samovar • **прибавля́ть** АЙ / **приба́вить** И: to add • **проговори́ла** = сказа́ла • **разду́мывать** АЙ / **разду́мать** АЙ: to think over • **станови́ться** И^shift / **стать** H^stem + inf: to begin to • **ме́сто**: place, spot • **тро́гаться** АЙ / **тро́нуться** НУ: to head off, get going

At this point Raskolnikov had already walked past, and heard nothing more. He passed by slowly, unnoticeably, trying not to miss a single word. His initial astonishment slowly gave way to terror, as if a chill had passed down his spine. He had learned — he had suddenly, all at once, and completely unexpectedly learned — that tomorrow, at precisely seven o'clock in the evening, Lizaveta, the old woman's sister and sole cohabitant, would not be at home, and that, therefore, the old woman, at precisely seven o'clock in the evening, would be left home alone.

Раско́льников тут уже́ прошёл и не слыха́л бо́льше. Он проходи́л ти́хо, незаме́тно, стара́ясь не пророни́ть ни еди́ного сло́ва. Первонача́льное изумле́ние его́ ма́ло-пома́лу смени́лось у́жасом, как бу́дто моро́з прошёл по спине́ его́. Он узна́л, он вдруг, внеза́пно и соверше́нно неожи́данно узна́л, что за́втра, ро́вно в семь часо́в ве́чера, Лизаве́ты, стару́хиной сестры́ и еди́нственной ее сожи́тельницы, до́ма не бу́дет и что, ста́ло быть, стару́ха, ро́вно в семь часо́в ве́чера, оста́нется до́ма одна́.

слыха́ть = слы́шать • **незаме́тный**: unnoticeable • **стара́ться** АЙ / **постара́ться** АЙ + inf: to try to • **пороня́ть** АЙ / **пророни́ть** И^shift: to drop, miss • **еди́ный**: a single • **первонача́льный**: initial • **изумле́ние**: amazement • **ма́ло-пома́лу**: gradually, bit by bit • **сменя́ться** АЙ / **смени́ться** И^shift: to be replaced by, give way to • **моро́з**: frost, a chill • **спина́**: back • **внеза́пный**: sudden • **неожи́данный**: unexpected • **ро́вно**: precisely • **стару́хин**: possessive adj. of стару́ха: old woman • **еди́нственный**: sole • **сожи́тель**, **сожи́тельница**: cohabitant, roommate • **ста́ло быть**: so, this means • **остава́ться** АВАЙ / **оста́ться** H^stem: to remain

Only a few steps remained to his apartment. He entered his room like a man

До его́ кварти́ры остава́лось то́лько не́сколько шаго́в. Он вошёл

condemned to death. He didn't reflect on anything; he was completely incapable of reflection; but with his entire being he suddenly felt that he no longer had any freedom of reasoning, nor freedom of will, and that everything had been decided once and for all.	к себе, как приговорённый к смерти. Ни о чём он не рассуждал и совершенно не мог рассуждать; но всем существом своим вдруг почувствовал, что нет у него более ни свободы рассудка, ни воли и что всё вдруг решено окончательно.

оставаться АВАЙ / **остаться** Hstem: to remain, to be left • **шаг**: step • **приговаривать** АЙ / **приговорить** И к чему: to condemn to **смерть**, и: death • **рассуждать** АЙ / **рассудить** Иshift: to think, contemplate • **существо**: being • **чувствовать** ОВА / **почувствовать** ОВА: to feel • **более**: any more • **свобода**: freedom • **рассуд(о)к**: reason, intellect • **воля**: will • **решать** АЙ / **решить** Иend: to decide • **окончательно**: once and for all

Арифме́тика

Arithmetic

Raskolnikov had become superstitious of late. Traces of this superstition remained in him long afterward, almost indelibly. And in this entire affair, he was always inclined, in retrospect, to see a certain strangeness, as it were — a certain mysteriousness — something like the presence of certain peculiar influences and coincidences. Just that winter, a student he knew, Pokoryev, as he was leaving for Kharkov, happened to tell him, in the course of a conversation, the address of an old woman, Alyona Ivanovna, just in case he might need to pawn something. He didn't go see her for a long time, because he was tutoring, and getting by somehow. A month and half or so ago he'd suddenly recalled her address; he had two things good for pawning: his father's old silver watch, and a small gold ring with three red gemstones of some sort that his sister had given him upon their parting, to remember her by. He decided to take the ring; having tracked down

Раско́льников в после́днее вре́мя стал суеве́рен. Следы́ суеве́рия остава́лись в нем ещё до́лго спустя́, почти́ неизглади́мо. И во всём э́том де́ле он всегда́ пото́м накло́нен был ви́деть не́которую как бы стра́нность, таи́нственность, как бу́дто прису́тствие каки́х-то осо́бых влия́ний и совпаде́ний. Ещё зимо́й оди́н знако́мый ему́ студе́нт, По́корев, уезжа́я в Ха́рьков, сообщи́л ему́ как-то в разгово́ре а́дрес стару́хи Алёны Ива́новны, е́сли бы на слу́чай пришло́сь ему́ что заложи́ть. До́лго он не ходи́л к ней, потому́ что уро́ки бы́ли и как-нибу́дь да пробива́лся. Ме́сяца полтора́ наза́д он вспо́мнил про а́дрес; у него́ бы́ли две ве́щи, го́дные к закла́ду: ста́рые отцо́вские сере́бряные часы́ и ма́ленькое золото́е коле́чко с тремя́ каки́ми-то кра́сными ка́мешками, пода́ренное ему́ при проща́нии сестро́й, на па́мять. Он реши́л отнести́ коле́чко; разыска́в стару́ху,

the old woman, he felt — from the very first glance, not yet knowing anything in particular about her — an unsurmountable revulsion; he took two "tickets" from her, and, on the way back, stopped by a dingy little tavern. He ordered some tea, sat down, and fell deep into thought. A strange thought was beginning to hatch in his head, like a chick from its egg; and he found it very, very interesting.

с пе́рвого же взгля́да, ещё ничего́ не зна́я о ней осо́бенного, почу́вствовал к ней непреодоли́мое отвраще́ние, взял у неё два "биле́тика" и по доро́ге зашёл в оди́н плохо́нький трактири́шко. Он спроси́л ча́ю, сел и кре́пко заду́мался. Стра́нная мысль наклёвывалась в его́ голове́, как из яйца́ цыплёнок, и о́чень, о́чень занима́ла его́.

суеве́рный: superstitious • **след**: trace, trail • **остава́ться** АВАЙ / **оста́ться** Hstem: to remain • **до́лго спустя́**: long afterward • **неизглади́мый**: indelible • **наклонен** + inf: inclined to • **не́который**: a certain • **стра́нность**, и: strangeness • **таи́нственность**, и: mysteriousness • **прису́тствие**: presence • **осо́бый**: special, peculiar • **влия́ние**: influence • **совпаде́ние**: coincidence • **сообща́ть** АЙ / **сообщи́ть** Иend: to notify, inform, tell • **стару́ха**: old woman • **на слу́чай**: by chance • **приходи́ться** Иshift / **прийти́сь** кому + inf (impers.): to have to • **что** = что-нибудь • **закла́дывать** АЙ / **заложи́ть** Иshift: to pawn • **уро́к**: private lesson (i.e. as a tutor) • **пробива́ться** АЙ / **проби́ться** Ь: to get by, squeeze by (lit. "beat one's way though") • **полтора́**: one and a half • **вспомина́ть** АЙ / **вспо́мнить** И: to recall • **го́дный** к чему: good for • **закла́д**: pawned item, pawning • **отцо́вский**: paternal, father's • **сере́бряный**: silver • **коле́чко**: dim. of кольцо́: ring • **ка́меш(е)к**: ка́м(е)нь, я: stone (here, jewel) • **дари́ть** Иshift / **подари́ть** И: to give • **проща́ние**: parting, saying goodbye • **на па́мять**: for memory's sake, as a souvenir • **разы́скивать** АЙ / **разыска́ть** Аshift: to seek out • **с пе́рвого взгля́да**: from first glance, at first sight • **осо́бенный**: peculiar • **непреодоли́мый**: insurmountable, irresistable • **отвраще́ние**: revulsion • **биле́тик**: биле́т: ticket (receipt) • **плохо́нький**: dim. of плохо́й • **трактири́шко**: dim. of тракти́р: tavern • **ча́ю**: partitive gen. of чай • **заду́мываться** АЙ / **заду́маться** АЙ: to fall deep into thought • **наклёвываться** АЙ / **наклева́ться** ОВА: to hatch • **яйцо́**: egg • **цыплён(о)к**: chick • **занима́ть** АЙ / **заня́ть** Й/Мshift: to occupy, interest

Almost right next to him, at another table, sat a student, whom he didn't know at all, nor remember seeing, and a young officer. They'd played a game of pool and had begun to drink tea.

Почти́ ря́дом с ним на друго́м сто́лике сиде́л студе́нт, кото́рого он совсе́м не знал и не по́мнил, и молодо́й офице́р. Они́ сыгра́ли на биллиа́рде и ста́ли пить чай.

Suddenly he heard that the student was telling the officer about the pawnbroker, Alyona Ivanovna, the collegiate secretary's widow, and telling him her address. This alone struck Raskolnikov as somehow strange: he'd just come from there, and here they were talking about her, of all people. Of course, it was merely a random occurrence, but now he couldn't break free from a certain highly unusual impression; and at precisely that moment

Вдруг он услы́шал, что студе́нт говори́т офице́ру про проце́нтщицу, Алёну Ива́новну, колле́жскую секрета́ршу, и сообща́ет ему́ её а́дрес. Это уже́ одно́ показа́лось Раско́льникову ка́к-то стра́нным: он сейча́с отту́да, а тут как раз про неё же. Коне́чно, случа́йность, но он вот не мо́жет отвяза́ться тепе́рь от одного́ весьма́ необыкнове́нного впечатле́ния, а тут как раз ему́ как

it seemed that someone was doing his bidding: the student suddenly began to share various details about this Alyona Ivanovna with his comrade...

бу́дто кто́-то подслу́живается: студе́нт вдруг начина́ет сообща́ть това́рищу об э́той Алёне Ива́новне ра́зные подро́бности.

ря́дом: next to • **сто́лик**: стол • **игра́ть** АЙ / **сыгра́ть** АЙ: to play • **билли́ард** = билья́рд: pool, billiards • **слы́шать** ЖА / **услы́шать** ЖА: to hear • **проце́нтщица**: pawn broker • **колле́жская секрета́рша**: wife (widow) of a collegiate secretary (in Table of Ranks) • **сообща́ть** АЙ / **сообщи́ть** И[end]: to tell, share • **э́то одно́**: that alone • **каза́ться** A[shift] / **показа́ться** А кому́ чем: to seem to • **отту́да**: i.e. he'd just come from the pawnbroker's apartment • **как раз**: precisely (expressing coincidence) • **случа́йность**, и: chance occurrence • **отвя́зываться** АЙ / **отвяза́ться** A[shift] от чего́: to break free from, shake off • **весьма́**: дово́льно: quite • **необыкнове́нный**: unusual • **впечатле́ние**: impression • **подслу́живаться** АЙ кому́: to come to the aid, service of • **това́рищ**: comrade, friend • **начина́ть** АЙ / **нача́ть** /H[end]: to begin • **ра́зный**: various • **подро́бность**: detail

And he began to tell how nasty she was, how capricious — that all it takes is to be one day late on a pawned item for it to be gone forever. She gives four times less than an item is worth, yet charges five or even seven percent interest per month, etc. The student's lips loosened up, and he told, in addition to all this, that the old woman has a sister, Lizaveta, whom she — such a tiny, nasty little thing — beats constantly, and keeps in total servitude, like a little child, even though Lizaveta is at least eight *vyershki* tall...

"Quite the phenomenon, she is!" shouted the student, and began laughing loudly.

И он стал расска́зывать, кака́я она́ зла́я, капри́зная, что сто́ит то́лько одни́м днём просро́чить закла́д, и пропа́ла вещь. Даёт вче́тверо ме́ньше, чем сто́ит вещь, а проце́нтов по пяти́ и да́же по семи́ берёт в ме́сяц и т. д. Студе́нт разболта́лся и сообщи́л, кро́ме того́, что у стару́хи есть сестра́, Лизаве́та, кото́рую она́, така́я ма́ленькая и га́денькая, бьёт помину́тно и де́ржит в соверше́нном порабоще́нии, как ма́ленького ребёнка, тогда́ как Лизаве́та, по кра́йней ме́ре, восьми́ вершко́в ро́сту...

— Вот ведь то́же феноме́н! — вскрича́л студе́нт и захохота́л.

расска́зывать АЙ / **рассказа́ть** A[shift]: to tell • **злой**: evil, mean, vicious, nasty • **капри́зный**: capricious • **сто́ит** + inf: all it takes is... (**сто́ить** И: to be worth) • **просро́чить** И: to go overdue, to miss one's срок: deadline • **закла́д**: pawned item • **прспада́ть** АЙ / **пропа́сть** Д[end]: to be gone, vanish • **вещь**: thing • **вче́тверо ме́ньше**: four times less • **сто́ить** И: to be worth, to cost • **проце́нты**: interest • **разболта́ться** АЙ to "get to babbling," begin talking without reservation • **га́денький**: dim. of га́дкий: repulsive, disgusting • **помину́тно**: constantly, by the minute • **держа́ть** ЖА[shift]: to hold • **соверше́нный**: total • **порабоще́ние**: servitude, enslavement • **по кра́йней ме́ре**: at least • **верш(о́)к**: old Russian unit of length (1.7 inches); height was stated by giving the number of *vyershki* by which the person exceeded 2 *arshiny*; an arshin equalled 28 inches, making Lizaveta (by my math!) around 5 feet 9 inches • **ро́сту**: gen. of рост: height, stature (lit. growth) • **ведь**: of course • **феноме́н**: a phenomenon • **вскрича́ть** ЖА (perf.): to exclaim • **хохота́ть** A[shift] / **захохота́ть** A: to guffaw

They began to talk about Lizaveta… She worked for her sister day and night; she did the work of a kitchen maid and washerwoman, and, on top of all that, sewed things for sale; she was even hired out to wash floors — and gave all the proceeds to her sister. She didn't dare accept any order or job without the old woman's permission. Meanwhile, the old woman had already written her will, as was known to Lizaveta herself, who received not a penny under it, aside from movable property — chairs and the like; the money, on the other hand, was all going to a certain monastery in the governorate of N., so that her soul might be prayed for in perpetuity. For her part, Lizaveta was a townswoman, and not married to any official; she was a spinstress — terribly awkward in appearance, remarkably tall, with big, long feet that were somehow turned outward, always in worn goatskin shoes, though she did try to look tidy. The main thing, though — what amazed the student, and caused him to laugh — was the fact that Lizaveta was constantly pregnant….

Они ст<u>а</u>ли говор<u>и</u>ть о Лизав<u>е</u>те… Он<u>а</u> раб<u>о</u>тала на сестр<u>у</u> д<u>е</u>нь и ночь, был<u>а</u> в д<u>о</u>ме вм<u>е</u>сто кух<u>а</u>рки и пр<u>а</u>чки и, кр<u>о</u>ме тог<u>о</u>, шил<u>а</u> на прод<u>а</u>жу, д<u>а</u>же пол<u>ы</u> мыть нанима<u>лась, и всё сестре отдавала. Никак<u>о</u>го зак<u>а</u>зу и никак<u>о</u>й раб<u>о</u>ты не см<u>е</u>ла взять на себ<u>я</u> без позвол<u>е</u>ния стар<u>у</u>хи. Стар<u>у</u>ха же уж<u>е</u> сд<u>е</u>лала своё завещ<u>а</u>ние, что изв<u>е</u>стно б<u>ы</u>ло сам<u>о</u>й Лизав<u>е</u>те, кот<u>о</u>рой по завещ<u>а</u>нию не достав<u>а</u>лось ни грош<u>а</u>, кр<u>о</u>ме дв<u>и</u>жимости, ст<u>у</u>льев и пр<u>о</u>чего; д<u>е</u>ньги же все назнач<u>а</u>лись в од<u>и</u>н монаст<u>ы</u>рь в Н - й губ<u>е</u>рнии, на в<u>е</u>чный пом<u>и</u>н душ<u>и</u>. Был<u>а</u> же Лизав<u>е</u>та мещ<u>а</u>нка, а не чин<u>о</u>вница, д<u>е</u>вица, и соб<u>о</u>й уж<u>а</u>сно нескл<u>а</u>дная, р<u>о</u>сту замеч<u>а</u>тельно выс<u>о</u>кого, с дл<u>и</u>нными, как б<u>у</u>дто в<u>ы</u>вернутыми нож<u>и</u>щами, всегд<u>а</u> в ст<u>о</u>птанных козл<u>о</u>вых башмак<u>а</u>х, и держ<u>а</u>ла себ<u>я</u> чистопл<u>о</u>тно. Гл<u>а</u>вное же, чем<u>у</u> удивл<u>я</u>лся и сме<u>я</u>лся студ<u>е</u>нт, б<u>ы</u>ло то, что Лизав<u>е</u>та помин<u>у</u>тно был<u>а</u> берем<u>е</u>нна…

Лизав<u>е</u>та: the pawnbroker's half-sister • **раб<u>о</u>тать** АЙ на кого: to work for (someone else's benefit) • **вм<u>е</u>сто** чего: instead of • **кух<u>а</u>рка**: cook (female) • **пр<u>а</u>чка**: washerwoman • **шить** Ь: to sew **прод<u>а</u>жа**: sale • **пол**: floor • **нанима<u>ть</u>ся** АЙ / **нан<u>я</u>ться** Й/М^{end}: to be hired • **отдав<u>а</u>ть** АВАЙ / **отд<u>а</u>ть**: to give away, hand over • **зак<u>а</u>з**: order, a commission • **сметь** ЕЙ + inf: to dare to • **позвол<u>е</u>ние**: permission • **завещ<u>а</u>ние**: will and testament **изв<u>е</u>стный** кому: known to • **достав<u>а</u>ться** АВАЙ / **дост<u>а</u>ться** Н^{stem} кому: to be left to • **ни грош<u>а</u>**: грош: a "penny" • **дв<u>и</u>жимость**: movable assets (furniture, etc.) • **стул**, pl. ст<u>у</u>лья: chair • **пр<u>о</u>чее**: etc., the like • **назнач<u>а</u>ть** АЙ / **назн<u>а</u>чить** И: to earmark, designate **монаст<u>ы</u>рь**: monastery • **губ<u>е</u>рния**: governate (a provincial district) • **на в<u>е</u>чный пом<u>и</u>н душ<u>и</u>**: "for eternal memory of the soul" (she will donate to a monastery to be prayed for as long as the church stands) • **мещ<u>а</u>нка**: bourgeoise • **чин<u>о</u>вница**: a clerk's wife • **д<u>е</u>вица**: maiden, unmarried young woman • **нескл<u>а</u>дный соб<u>о</u>й**: awkward • **замеч<u>а</u>тельно**: remarkably • **вывор<u>а</u>чивать** АЙ / **в<u>ы</u>вернуть** НУ: to turn out (inside out), the wrong way • **нож<u>и</u>ща**: ног<u>а</u>: foot • **ст<u>а</u>птывать** АЙ / **стопт<u>а</u>ть** А: to wear out (shoes) • **козл<u>о</u>вый**: goatskin • **башм<u>а</u>к, <u>а</u>**: shoe • **держ<u>а</u>ть** ЖА^{shift} себ<u>я</u>: to behave, "hold oneself" • **чистопл<u>о</u>тно**: fastidiously • **гл<u>а</u>вное**: the main thing • **удивл<u>я</u>ться** АЙ / **удив<u>и</u>ться** И^{end} чему: to be surprised at • **сме<u>я</u>ться** А чему: to laugh at • **берем<u>е</u>нная**: pregnant

"But you say she's a freak, right?" observed the officer.

— Да ведь ты говор<u>и</u>шь, она ур<u>о</u>д? — зам<u>е</u>тил офиц<u>е</u>р.

Reading Crime and Punishment in Russian / **Преступление и наказание**

"Yeah, she's a swarthy one, like a soldier in women's clothing; but you know, she's not really a freak at all. She's got such a nice face, and eyes. Very nice, even. And to prove it — a lot of men like her. She's quiet, meek, submissive — and *willing*, willing to do anything. And her smile is very nice indeed."

"Ha, even you like her?" the officer began to laugh.

— Да, смуглая такая, точно солдат переряженный, но знаешь, совсем не урод. У неё такое доброе лицо и глаза. Очень даже. Доказательство — многим нравится. Тихая такая, кроткая, безответная, согласная, на всё согласная. А улыбка у ней даже очень хороша.

— Да ведь она и тебе нравится? — засмеялся офицер.

урод: a freak, a monster • **замечать** АЙ / **заметить** И: to remark, observe • **смуглый**: swarthy, dark-complexioned • **переряженный**: dressed up (as a woman) • **совсем не**: not at all • **доказательство**: proof, evidence • **тихий**: quiet • **кроткий**: meek • **безответный**: quiet, unassuming • **согласный** на что: ready for, consenting to • **улыбка**: smile • **засмеяться** A^end: to begin laughing

"On account of her strangeness. No, here's what I'll tell you. I'd kill that damned old woman, and steal her money — and I'd do so, I assure you, without any pangs of conscience," the student added zealously.

The officer again began laughing loudly; meanwhile, Raskolnikov shuddered. How strange this was!

— Из странности. Нет, вот что я тебе скажу. Я бы эту проклятую старуху убил и ограбил, и уверяю тебя, что без всякого зазору совести, — с жаром прибавил студент.

Офицер опять захохотал, а Раскольников вздрогнул. Как это было странно!

из чего: out of, due to • **странность, и**: strangeness • **проклятый**: cursed, damned • **грабить** И / **ограбить** И кого: to rob • **уверять** АЙ / **уверить** И кого: to assure • **зазор совести**: pang of совесть, и: conscience • **жар**: zeal, ardor • **прибавлять** АЙ / **прибавить** И: to add • **хохотать** A^shift / **захохотать** A: to laugh loudly / to begin laughing loudly • **вздрагивать** АЙ / **вздрогнуть** НУ: to shiver, shudder

"If you'll allow me, I'd like to ask you a serious question," said the student, all worked up. "I was joking just now, of course, but look: on the one hand, we have a stupid, senseless, insignificant, evil, sick little old woman who's of use to no one — indeed, who does nothing but harm to everyone — who doesn't know herself what she's living for, and who'll die tomorrow of her own accord. Understand? Understand?"

— Позволь, я тебе серьёзный вопрос задать хочу, — загорячился студент. — Я сейчас, конечно, пошутил, но смотри: с одной стороны, глупая, бессмысленная, ничтожная, злая, больная старушонка, никому не нужная и, напротив, всем вредная, которая сама не знает, для чего живёт, и которая завтра же сама собой умрёт. Понимаешь? Понимаешь?

73

"I suppose I understand," answered the officer, staring attentively at his over-excited comrade.

— Ну, понимаю, — отвечал офицер, внимательно уставясь в горячившегося товарища.

позволять АЙ / **позволить** И: to allow, permit • **задавать** АВАЙ / **задать**: to pose (a question) • **горячиться** И: to get (over)excited • **шутить** И^shift / **пошутить** И: to joke • **с одной стороны** / **с другой стороны**: on the one hand / on the other • **бессмысленный**: senseless • **ничтожный**: insignificant • **старушонка**: dim. of старуха: old woman • **нужный** кому: needed by • **вредный**: harmful, pernicious, vicious (вред, а: harm) • **сама собой**: herself, on her own accord • **умирать** АЙ / **умереть** /Р: to die • **внимательно**: attentively • **уставиться** И в кого: to fix (with one's stare) • **товарищ**: comrade, buddy

"Now, hear me out. On the other hand, we have young, fresh forces, wasting away in vain, for lack of support — and these by the thousands, everywhere! A hundred, a thousand good deeds and undertakings that one could arrange and set right with the old woman's money, doomed to a monastery! Hundreds — thousands, perhaps — of existences, given a fresh start in life; dozens of families saved from poverty, from decay, from ruin, from debauchery, from venereal hospitals — and all of this with her money. Kill her and take her money, in order, with its help, to dedicate yourself to the service of all of humanity, to the common cause; what do you think: wouldn't a single, tiny little crime be smoothed over by thousands of good deeds? In exchange for one life — thousands of lives, saved from decay and decomposition. One death, and a hundred lives in exchange — I mean, it's pure arithmetic! And, after all, what does the life of that consumptive, stupid, evil old woman mean on the universal scales of justice? No more than the life of a louse, of a cockroach — and she's not even worth that, because the old woman is vicious. She's eating away at other people's lives: the other day she bit Lizaveta's finger, out of spite; they almost had to amputate it!

— Слушай дальше. С другой стороны, молодые, свежие силы, пропадающие даром без поддержки, и это тысячами, и это всюду! Сто, тысячу добрых дел и начинаний, которые можно устроить и поправить на старухины деньги, обречённые в монастырь! Сотни, тысячи, может быть, существований, направленных на дорогу; десятки семейств, спасённых от нищеты, от разложения, от гибели, от разврата, от венерических больниц, — и всё это на ее деньги. Убей ее и возьми ее деньги, с тем чтобы с их помощью посвятить потом себя на служение всему человечеству и общему делу: как ты думаешь, не загладится ли одно, крошечное преступленьице тысячами добрых дел? За одну жизнь — тысячи жизней, спасённых от гниения и разложения. Одна смерть и сто жизней взамен — да ведь тут арифметика! Да и что значит на общих весах жизнь этой чахоточной, глупой и злой старушонки? Не более как жизнь вши, таракана, да и того не стоит, потому что старушонка вредна. Она чужую жизнь заедает: она намедни Лизавете палец со зла укусила; чуть-чуть не отрезали!

Reading Crime and Punishment in Russian / **Преступление и наказание**

свежий: fresh • **сила**: strength, force • **пропадать** АЙ / **пропасть** Дᵉⁿᵈ: to be wasted, lost • **даром**: in vain • **поддержка**: support • **тысячами**: by the thousands • **всюду**: везде: everywhere • **доброе дело**: a good deed • **начинание**: undertaking • **устраивать** АЙ / **устроить** И: to arrange, set up • **поправлять** АЙ / **поправить** И: to fix, put straight • **старухин**: possessive adj. froom старуха • **обречённый**: doomed • **сотня**: a hundred • **тысяча**: a thousand • **существование**: existence (i.e. life) • **направлять** АЙ / **направить** И: to direct, send • **семейство**: семья • **спасать** АЙ / **спасти** Сᵉⁿᵈ (спасу, спасёшь; спас, спасла): to save • **нищета**: poverty • **разложение**: decay, rot • **гибель**, и: ruin • **разврат**: debauchery • **венерическая больница**: hospital to treat veneral disease • **помощию** = помощью • **посвящать** АЙ / **посвятить** Иᵉⁿᵈ: to dedicate • **служение** кому: service to • **человечество**: humanity • **общее дело**: the common cause, good • **заглаживать** АЙ / **загладить** И: to iron out, smoother over, efface • **крошечный**: tiny • **преступленьице**: dim. of преступление • **за** что: in exchange for • **гниение**: rot • **разложение**: decay, decomposition • **взамен**: in exchange • **арифметика**: arithmetic • **весы** (pl.): scales (for weighing) • **чахоточный**: consumptive, suffering from tuberculosis • **вошь**, и: louse • **таракан**: cockroach • **и того не стоит**: she's not even worth that (a louse) • **вредный**: harmful • **чужой**: other people's, not one's own • **заедать** АЙ / **заесть**: to eat away at, torment • **намедни**: recently • **пал(е)ц**: finger • **зло**: evil, spite • **кусать** АЙ / **укусить** Иˢʰⁱᶠᵗ: to bite • **чуть-чуть**: here: almost • **отрезать** АЙ / **отрезать** А: to cut off

"Of course, she doesn't deserve to live," remarked the officer, "But such is the natural order of things, after all."	— Конечно, она недостойна жить, — заметил офицер, — но ведь тут природа.
"Come on, brother — people rectify and steer the natural order of things; if it weren't for that, we'd be forced to drown in prejudices. If it weren't for that, there would never have been a single great man. 'Duty, conscience,' they say; I don't wish to say anything against duty and conscience — but, after all, how do we understand them? But hold on, let me ask you another question. Listen!"	— Эх, брат, да ведь природу поправляют и направляют, а без этого пришлось бы потонуть в предрассудках. Без этого ни одного бы великого человека не было. Говорят: "долг, совесть", — я ничего не хочу говорить против долга и совести, — но ведь как мы их понимаем? Стой, я тебе ещё задам один вопрос. Слушай!

(не)**достойный** + inf: not worthy (to...) • **замечать** АЙ / **заметить** И: to observe, remark • **природа**: nature • **поправлять** АЙ / **поправить** И: to fix, put straight, adjust • **направлять** АЙ / **направить** И: to direct, steer • **тонуть** НУˢʰⁱᶠᵗ / **потонуть** НУ: to drown • **предрассуд(о)к**: prejudice • **великий**: great • **долг**: duty (also, debt) • **совесть**, и: conscience • **против** чего: against • **стоять** ЖАᵉⁿᵈ: to stand (here, the imperative means "wait") • **задавать** АВАЙ / **задать** вопрос: to pose a question

"No, *you* hold on; I'll ask *you* a question. Listen!"	— Нет, ты стой; я тебе задам вопрос. Слушай!
"Well?"	— Ну!
"Here you are, talking and playing the	— Вот ты теперь говоришь и

orator, but tell me this: will *you* kill the old woman, or not?"

"Of course not! I'm speaking in the interest of justice... This has nothing to do with me..."

"And yet, in my opinion, if you yourself can't make up your mind to do it, then there's no justice in it! Now, let's go play another round!"

— ораторствуешь, а скажи ты мне: убьёшь ты сам старуху или нет?

— Разумеется, нет! Я для справедливости... Не во мне тут и дело...

— А по-моему, коль ты сам не решаешься, так нет тут никако́й и справедливости! Пойдём ещё па́ртию!

ора́торствовать ОВА: to "play the orator," be full of hot air • **сам**: yourself • **разуме́ется**: of course • **справедли́вость**: justice • **де́ло в чём**: "in what" is the matter, the point, the deal • **коль**: е́сли • **реша́ться** АЙ / **реши́ться** И: to make up one's mind, resolve to • **па́ртия**: a round of billiards

Raskolnikov was extremely worked up. Of course, all this was the most banal, most frequently heard — heard by him on multiple occasions, only in other forms and concerning other topics — conversation and thoughts of the young. But why did he happen, precisely now, to hear precisely such a conversation, precisely such thoughts, when in his own head had just been born... thoughts of exactly the same kind? And why precisely now — when he had just borne the embryo of this thought of his from his visit to the old woman — had he hit upon this conversation about her?.. This coincidence always struck him as strange. This trifling tavern conversation had an extraordinary influence on him throughout the subsequent development of the matter — as if there truly were, in all this, some kind of predestination, some signpost showing him the way...

Раско́льников был в чрезвыча́йном волне́нии. Коне́чно, всё это бы́ли са́мые обыкнове́нные и са́мые ча́стые, не раз уже́ слы́шанные им, в други́х только фо́рмах и на други́е те́мы, молоды́е разгово́ры и мы́сли. Но почему́ и́менно тепе́рь пришло́сь ему вы́слушать и́менно тако́й разгово́р и таки́е мы́сли, когда в со́бственной голове́ его то́лько что зароди́лись... таки́е же то́чно мы́сли? И почему́ и́менно сейча́с, как то́лько он вы́нес заро́дыш свое́й мы́сли от стару́хи, как раз и попада́ет он на разгово́р о стару́хе?.. Стра́нным всегда́ каза́лось ему это совпаде́ние. Этот ничто́жный, тракти́рный разгово́р име́л чрезвыча́йное на него́ влия́ние при дальне́йшем разви́тии де́ла: как бу́дто действи́тельно бы́ло тут како́е-то предопределе́ние, указа́ние...

чрезвыча́йный: extreme • **волне́ние**: agitation • **обыкнове́нный**: ordinary • **ча́стый**: frequent • **не раз**: more than once, many a time • **фо́рма**: form • **те́ма**: theme, topic (на те́му: on the topic of, concerning) • **мысль**, и: thought • **приходи́ться** И / **прийти́сь** кому + inf: someone has to, has occasion to • **выслу́шивать** АЙ / **вы́слушать** АЙ: to hear • **со́бственный**: one's own • **зарожда́ться** АЙ / **зароди́ться** Иend: to be born, hatched •

зар_о_дыш: embryo, germ • **попад_а_ть** АЙ / **поп_а_сть** Д^end: to hit upon, wind up • **совпад_е_ние**: coincidence • **ничт_о_жный**: insignificant, trifling, paltry • **такт_и_рный**: adj. from трактир: tavern • **чрезвыч_а_йный**: extreme • **вли_я_ние**: influence • **дальн_е_йший**: further, subsequent • **разв_и_тие**: development • **действ_и_тельно**: indeed • **предопредел_е_ние**: predetermination • **указ_а_ние**: indication, something "pointing the way"

Всё вышло не так

Everything's Gone Wrong

He ate a bit, without appetite — three or four spoonfulls — mechanically, as it were. His head was hurting less. Having eaten, he stretched out again on his sofa, but couldn't fall asleep anymore, so he lay there motionlessly, face down, his head buried in the pillow. He kept daydreaming — always the strangest of daydreams: most often he imagined that he was somewhere in Africa, in Egypt, at some kind of oasis. The caravan is resting, the camels are lying about peacefully; palm trees are growing in a circle, all around; everyone is eating. But he, meanwhile, keeps drinking water, right from a stream that is flowing and babbling off the side. And it's so cool — such wondrously, woundrously blue water, cold water, trickling along stones of various colors, and along such pure sand, sparkling here and there with specks of gold... Suddenly he heard a clock striking. He shuddered, raised his head, looked out the window, realized what time it was, and suddenly jumped

Он съел немного, без аппетита, ложки три-четыре, как бы машинально. Голова болела меньше. Пообедав, протянулся он опять на диван, но заснуть уже не мог, а лежал без движения, ничком, уткнув лицо в подушку. Ему всё грезилось, и всё странные такие были грёзы: всего чаще представлялось ему, что он где-то в Африке, в Египте, в каком-то оазисе. Караван отдыхает, смирно лежат верблюды; кругом пальмы растут целым кругом; все обедают. Он же всё пьет воду, прямо из ручья, который тут же, у бока, течёт и журчит. И прохладно так, и чудесная-чудесная такая голубая вода, холодная, бежит по разноцветным камням и по такому чистому с золотыми блёстками песку... Вдруг он ясно услышал, что бьют часы. Он вздрогнул, очнулся, приподнял голову, посмотрел в окно, сообразил время и вдруг

up, having fully come to his senses, as if someone had pulled him off the sofa. He approached the door on tiptoes, opened it slightly, and began to listen for noise down the stairwell. His heart was pounding terribly.

вскочил, совершенно опомнившись, как будто кто его сорвал с дивана. На цыпочках подошёл он к двери, приотворил ее тихонько и стал прислушиваться вниз на лестницу. Сердце его страшно билось.

есть / съесть: to eat • **ложка**: spoon • **машинально**: mechanically, without thinking • **болеть** E[end]: to hurt • **протягиваться** АЙ / **протянуться** НУ: to stretch oneself out • **засыпать** АЙ / **заснуть** НУ[end]: to fall asleep • **движение**: movement • **ничком**: face-down • **утыкать** АЙ / **уткнуть** НУ: to stick, thrust • **подушка**: pillow • **грезиться** И кому: to appear to someone in a (day)dream • **грёза**: daydream • **всего чаще**: most often • **представляться** АЙ / **представиться** И кому: to appear, "present itself" to someone, be imagined • **оазис**: oasis • **караван**: caravan • **отдыхать** АЙ / **отдохнуть** НУ: to relax • **смирный**: serene • **верблюд**: camel • **кругом**: around • **пальма**: palm tree • **расти** (расту, растёшь; рос, росла): to grow • **круг**: circle • **ручей**: stream • **бок**: side • **течь** К: to flow • **журчать** ЖА[end]: to babble (like a brook) • **прохладный**: cool • **чудесный**: wondrous • **разноцветный**: multicolored • **кам(е)нь**, камня: stone • **блёстка**: spangle, sparkle • **пес(о)к**: sand • **бить** ь: to strike (here, like a clock) • **вздрагивать** АЙ / **вздрогнуть** НУ: to shudder • **очнуться** НУ: to regain consciousness • **приподнимать** АЙ / **приподнять** НИМ[shift]: to raise slightly • **соображать** АЙ / **сообразить** И[end]: to think over, realize • **вскакивать** АЙ / **вскочить** И[shift]: to hop up • **опоминаться** АЙ / **опомниться** И: to come to one's senses • **срывать** АЙ / **сорвать**: to tear off • **цыпочки**: tiptoes • **приотворять** АЙ / **приотворить** И[shift]: to open slightly • **тихонько**: тихо • **прислушиваться** АЙ / **прислушаться** АЙ: to listen • **вниз**: downward • **лестница**: staircase

But all was quiet on the stairs, as if everyone were asleep... It seemed wild and odd to him that he'd been able to sleep, in such total oblivion, since yesterday, and hadn't done anything yet, hadn't gotten anything ready... And, meanwhile, perhaps the clock had already struck six... And an unusual, fevered, somehow hapless fluster overcame him suddenly, taking the place of sleep and stupor. The preparations, it must be said, were few. He strained all his energy to think everything over, and forget nothing; meanwhile, his heart kept beating, pounding to such a degree that it became hard for him to breathe. First off, he needed to fashion a loop and sew it to his coat — a minute's work. He reached beneath his pillow and found, amidst the linens stuffed beneath it, an old shirt of his — tattered, old, unwashed. He tore, from

Но на лестнице было всё тихо, точно все спали... Дико и чудно показалось ему, что он мог проспать в таком забытьи со вчерашнего дня и ничего ещё не сделал, ничего не приготовил... А меж тем, может, и шесть часов било... И необыкновенная лихорадочная и какая-то растерявшаяся суета охватила его вдруг, вместо сна и отупения. Приготовлений, впрочем, было немного. Он напрягал все усилия, чтобы всё сообразить и ничего не забыть; а сердце всё билось, стукало так, что ему дышать стало тяжело. Во-первых, надо было петлю сделать и к пальто пришить — дело минуты. Он полез под подушку и отыскал в напиханном под неё белье одну, совершенно развалившуюся, старую, немытую свою рубашку. Из лохмотьев её он

Reading Crime and Punishment in Russian / **Преступление и наказание**

these rags, a narrow strip of fabric, one *vyershok* in width and eight in length. And this strip he folded in two; he took off his broad, heavy summer coat, made from thick cloth of some kind (his only piece of outerwear), and began to sew both ends of the strip beneath the left armhole, on the inside.	выдрал тесьму, в вершок шириной и вершков в восемь длиной. Эту тесьму сложил он вдвое, снял с себя своё широкое, крепкое, из какой-то толстой бумажной материи летнее пальто (единственное его верхнее платье) и стал пришивать оба конца тесьмы под левую мышку изнутри.

точно: as if • **дикий**: wild, crazy • **чудный**: strange • **просыпать** АЙ / **проспать**: to sleep (through) • **забытьё**: forgetfulness, oblivion • **готовить** И / **приготовить** И: to prepare • **меж тем**: meanwhile • **необыкновенный**: unusual • **лихорадочный**: feverish • **растеряться** АЙ: to become completely lost, adrift • **суета**: fuss • **охватывать** АЙ / **охватить** И[shift]: to seize, overtake, grab • **вместо** чего: instead of • **сон**: sleep • **отупение**: dullness, bluntness • **приготовление**: preparation • **напрягать** АЙ / **напрячь** Г[end]: to strain • **усилие**: effort • **соображать** АЙ / **сообразить** И[end]: to think over, grasp • **стукать** АЙ / **стукнуть** НУ: to knock, pound • **дышать** ЖА[shift]: to breathe • **тяжело**: трудно • **во-первых**: first of all • **петля**: noose, loop of fabric • **пришивать** АЙ / **пришить** Ь: to sew onto • **дело**: matter • **лазить** И - **лезть** З[stem] (лезу, лезешь; лез, лезла) / **полезть** З: to climb (reach) • **подушка**: pillow • **отыскивать** АЙ / **отыскать** А[shift] (отыщу, отыщешь): to search out • **напихивать** АЙ / **напихать** АЙ: to stuff • **бельё**: laundry, undergarments • **разваливаться** АЙ / **развалиться** И[shift]: to fall apart • **рубашка**: shirt • **лохмотья**: rags • **выдирать** АЙ / **выдрать** n/sA: to tear out • **тесьма**: strip • **верш(о)к шириной**: a vyershok (4.4 cm) in width (**ширина**: width) • **длина**: length • **складывать** АЙ / **сложить** И[shift]: to fold • **вдвое**: in two • **крепкий**: strong • **бумажная материя**: cloth (lit. paper material) • **единственный**: single • **платье**: clothing • **конец**: end • **мышка**: armpit, underarm • **изнутри**: from, on the inside

As for the loop, this was his own invention, a very clever one: the loop was meant to hold the axe. After all, you couldn't just walk down the street carrying an axe. And yet if you were to hide it beneath your coat, you'd still have to support it with your hand, which would be noticeable. Now, with the loop, all you had to do was insert the blade of the axe into it, and it would hang there, no problem, beneath the armhole, inside, the entire way. And, having reached his hand into the side pocket of his coat, he could steady the end of the axe handle, to keep it from swinging back and forth; and since the coat was very wide — a real sack — it wouldn't be noticeable, from the outside, that he was holding something up with his hand through the pocket. He'd thought up this loop, too, a couple of weeks ago already.	Что же касается петли, то это была очень ловкая его собственная выдумка: петля назначалась для топора. Нельзя же было по улице нести топор в руках. А если под пальто спрятать, то всё-таки надо было рукой придерживать, что было бы приметно. Теперь же, с петлёй, стоит только вложить в неё лезвие топора, и он будет висеть спокойно, под мышкой изнутри, всю дорогу. Запустив же руку в боковой карман пальто, он мог и конец топорной ручки придерживать, чтоб она не болталась; а так как пальто было очень широкое, настоящий мешок, то и не могло быть приметно снаружи, что он что-то рукой, через карман, придерживает. Эту петлю он тоже уже две недели назад придумал.

касаться АЙ чего: to regard (lit. touch) • **петля**: noose • **ловкий**: skilled • **собственный**: own • **выдумка**: invention • **назначать** АЙ / **назначить** И: to intend, designate • **топор**: axe • **прятать** А / **спрятать** А: to hide • **всё-таки**: anyway, all the same • **придерживать** АЙ / **придержать** ЖА[shift]: to hold up, support a bit • **приметный**: noticeable • **стоит только** + inf: all one has to do is **вкладывать** АЙ / **вложить** И[shift]: to insert, place into • **лезвие**: blade **висеть** Е: to hang • **изнутри**: from, on the inside **запускать** АЙ / **запустить** И[shift]: to reach, plunge into • **боковой**: side • **карман**: pocket • **(топорная) ручка**: (axe) handle • **болтаться** АЙ: to swing around, dangle • **настоящий**: real, true • **мешок**: sack • **снаружи**: from, on the outside • **через** что: through • **придумывать** АЙ / **придумать** АЙ: to think up, invent

Having finished with this, he stuck his fingers into the small gap between his "Turkish" sofa and the floor, groped about in the corner to the left, and pulled out the "pledge," prepared long in advance and hidden there. This pledge was, by the way, not a pledge at all, but simply a small wooden board, shaved smooth, no larger or thicker than a silver cigarette case might be. He'd found this board by accident, during one of his strolls, in a certain courtyard where a workshop of some kind was situated in a wing of the building. Later, he'd added a smooth, thin iron band to the board — a piece broken off of something, more than likely — which he'd also found on the street, around the same time. Having placed both parts together — the iron one was smaller than the wooden one — he tied them tightly together, crosswise, with some thread; then, he neatly, and even rather smartly, wrapped them in some clean white paper, and tied them about with a thin string, also crosswise, and arranged the bundle in such a way that untying it would be no easy matter. This was in order to distract the old woman's attention for a moment, when she'd begin fussing with the bundle — thereby winning himself a moment's time. The iron plate was added for weight, so that the old woman, at least in that first moment, wouldn't guess that the "item" was made of wood. All this he'd kept

Покончив с этим, он просунул пальцы в маленькую щель, между его "турецким" диваном и полом, пошарил около левого угла и вытащил давно уже приготовленный и спрятанный там заклад. Этот заклад был, впрочем, вовсе не заклад, а просто деревянная, гладко оструганная дощечка, величиной и толщиной не более, как могла бы быть серебряная папиросочница. Эту дощечку он случайно нашёл, в одну из своих прогулок, на одном дворе, где, во флигеле, помещалась какая-то мастерская. Потом уже он прибавил к дощечке гладкую и тоненькую железную полоску, — вероятно, от чего-нибудь отломок, — которую тоже нашёл на улице тогда же. Сложив обе дощечки, из коих железная была меньше деревянной, он связал их вместе накрепко, крест-накрест, ниткой; потом аккуратно и щеголевато увертел их в чистую белую бумагу и обвязал тоненькою тесёмочкой, тоже накрест, а узелок приладил так, чтобы помудренее было развязать. Это для того, чтобы на время отвлечь внимание старухи, когда она начнёт возиться с узелком, и улучить таким образом минуту. Железная же пластинка прибавлена была для весу, чтобы старуха хоть в первую минуту не догадалась, что "вещь" деревянная.

Reading Crime and Punishment in Russian / **Преступление и наказание**

stored away beneath his sofa, until the time came. As soon as he'd retrieved the pledge, someone's shout suddenly rang out in the yard:

Всё это хранилось у него до времени под диваном. Только что он достал заклад, как вдруг где-то на дворе раздался чей-то крик:

покончить И с чем: to finish with • **просовывать** АЙ / **просунуть** НУ: to stick through • **пал(е)ц**: finger • **щель**, и: gap, slit • **турецкий**: Turkish • **пол**: floor • **шарить** И: to grope around • **уг(о)л**, угла: corner • **прятать** А / **спрятать** А: to hide • **заклад**: a pledge, an item to pawn • **впрочем**: by the way • **вовсе не**: not at all • **деревянный**: wooden • **гладкий**: smooth • **обстругивать** АЙ / **обстругать** АЙ: to shave, carve down • **дощечка**: dim. of доска: board • **величина**: size • **толщина**: thickness • **серебряный**: silver • **папиросочница**: cigarette box, from папироса: cigarette • **случайно**: by chance • **прогулка**: stroll • **двор, а**: courtyard • **флигель, я**: wing (of building) • **помещаться** АЙ: to be located • **мастерская**: a workshop • **прибавлять** АЙ / **прибавить** И: to add • **гладкий**: smooth • **тоненький**: dim. of тонкий: thin • **железный**: iron • **полоска**: dim. of полоса: strip, band • **вероятно**: probably • **отлом(о)к**: scrap • **тогда же**: just then • **складывать** АЙ / **сложить** И^shift: to lay together (also, to fold) • **из коих**: из которых • **деревянный**: wooden • **связывать** АЙ / **связать** А^shift: to tie together • **накрепко**: tightly • **крест-накрест**: criss-cross • **нитка**: dim. of нить, и: string • **щеголеватый**: stylish, rakish • **увертеть** Е^shift (perf.): to wrap • **бумага**: paper • **обвязывать** АЙ / **обвязать** А^shift: to tie around • **тесёмочка**: dim. of тесьма: strip • **узел(о)к**: уз(е)л: knot • **прилаживать** АЙ / **приладить** И: to arrange • **мудрёный**: tricky, hard • **развязать** АЙ / **развязать** А^shift: to untie • **отвлекать** АЙ / **отвлечь** К^end: to distract • **внимание**: attention • **возиться** И^shift с чем: to fuss with • **улучать** АЙ / **улучить** И: to gain, take advantage of (time) • **таким образом**: thus • **пластинка**: plate • **прибавлять** АЙ / **прибавить** И: to add • **вес**: weight • **хоть**: хотя: at least • **догадываться** АЙ / **догадаться** АЙ: to guess • **деревянный**: wooden • **хранить** И: to store • **до времени**: for the time being • **доставать** АВАЙ / **достать** Н^stem: to get • **раздаваться** АВАЙ / **раздаться**: to ring out, sound • **крик**: shout

"It's long past six!"

— Семой час давно!

"Long past! My God!"

— Давно! Боже мой!

He lunged toward the door, listened for a moment, grabbed his hat, and began descending his thirteen steps, carefully, inaudibly, like a cat. The most important thing still lay ahead: stealing the axe from the kitchen.

Он бросился к двери, прислушался, схватил шляпу и стал сходить вниз свои тринадцать ступеней, осторожно, неслышно, как кошка. Предстояло самое важное дело — украсть из кухни топор.

Let us, by the way, note a certain peculiarity with regard to all of the final decisions he'd made in this affair. They all had the same strange quality: the more final they became, the more hideous, the more ridiculous they immediately became in his eyes.

Заметим кстати одну особенность по поводу всех окончательных решений, уже принятых им в этом деле. Они имели одно странное свойство: чем окончательнее они становились, тем безобразнее, нелепее, тотчас же становились и в его глазах. Несмотря

Despite all his excruciating inner struggle, he was never able — not for a single moment — to believe that his intentions could really be carried out, this entire time.

на всю мучительную внутреннюю борьбу свою, он никогда, ни на одно мгновение не мог уверовать в исполнимость своих замыслов, во всё это время.

семой = седьмой • **бросать** АЙ / **бросить** И: to throw, hurl • **схватывать** АЙ / **схватить** И[shift]: to grab • **шляпа**: hat • **становиться** И[shift] / **стать** H[stem] + inf: to begin to • **ступень**, и: step • **осторожный**: careful • **неслышный**: inaudible • **предстоять** ЖА[end]: to await, be ahead • **важный**: important • **красть** Д[end] / **украсть** Д: to steal • **топор**, а: axe • **замечать** АЙ / **заметить** И: to remark, note • **особенность**: peculiarity, feature • **по поводу** чего: with regard to • **принимать** АЙ / **принять** Й/М[shift] **решение**: to take a decision • **свойство**: quality • **становиться** И[shift] / **стать** H[stem]: to become • **безобразный**: horrible, hideous • **нелепый**: ridiculous • **несмотря** на что: regardless of what • **мучительный**: tortuous • **внутренний**: internal, inner • **борьба**: struggle • **мгновение**: moment • **уверовать** ОВА: to come to believe in • **исполнимость**, и: feasibility ("fulfill-ability," "carry-out-ability" — related to исполнять АЙ / исполнить И: to carry out, perform, execute) • **замыс(е)л**: plan

From the beginning — even long beforehand, it must be said — there was one question that occupied him: why are almost all crimes so easily uncovered; why are the footprints of almost all criminals so clearly discerned? He gradually arrived at highly varied and curious conclusions; and, in his opinion, the main reason lay not so much in the material impossibility of concealing a crime, but rather in the criminal himself: namely, the criminal himself — almost any criminal — is, in the moment of committing the crime, subject to some kind of collapse of willpower and reason, which, conversely, are replaced by a phenomenal, childish thoughtlessness — and all this precisely at that moment when reason and caution are most needed. He was convinced that this eclipse of reason and collapse of willpower seized a person like an illness, gradually intensified, and reached their apex not long before the commission of the crime; and persisted, in the same way, during the crime and for a certain time afterward, depending on the individual;

Сначала — впрочем, давно уже прежде — его занимал один вопрос: почему так легко отыскиваются и выдаются почти все преступления и так явно обозначаются следы почти всех преступников? Он пришёл мало-помалу к многообразным и любопытным заключениям, и, по его мнению, главнейшая причина заключается не столько в материальной невозможности скрыть преступление, как в самом преступнике: сам же преступник, и почти всякий, в момент преступления подвергается какому-то упадку воли и рассудка, сменяемых, напротив того, детским феноменальным легкомыслием, и именно в тот момент, когда наиболее необходимы рассудок и осторожность. По убеждению его, выходило, что это затмение рассудка и упадок воли охватывают человека подобно болезни, развиваются постепенно и доходят до высшего своего момента незадолго до совершения преступления; продолжаются в том же виде в самый момент преступления и ещё несколько времени после него, судя по

Reading Crime and Punishment in Russian / **Преступление и наказание**

and then they passed, like any illness passes. But here's the question: is it this illness that gives birth to the crime itself, or is it the crime that — in accordance, somehow, with its own peculiar nature — is always accompanied by something like an illness? He didn't yet feel capable of resolving this question.	индивидууму; затем проходят так же, как проходит всякая болезнь. Вопрос же: болезнь ли порождает самое преступление или само преступление, как-нибудь по особенной натуре своей, всегда сопровождается чем-то вроде болезни? — он ещё не чувствовал себя в силах разрешить.

• **занимать** АЙ / **занять** Й/М^end: to occupy • **отыскивать** АЙ / **отыскать** A^shift: to search out • **выдаваться** АВАЙ / **выдаться**: to "be given away," be exposed • **преступление**: crime • **обозначать** АЙ / **обозначить** И: to identify • **след**: trail • **преступник**: criminal • **прийти к заключению**: to reach a conclusion • **мало-помалу**: gradually • **многообразый**: various • **любопытный**: curious • **мнение**: opinion • **главный**: main, primary • **причина**: reason • **заключаться** АЙ: to consist in • **не столько.. как**: not so much... as... • **материальный**: material, physical • **невозможность**: impossibility • **скрывать** АЙ / **скрыть** ОЙ^stem: to conceal • **всякий**: every, any • **подвергаться** АЙ / **подвергнуться** НУ: to be subject to • **упад(о)к**: fall, drop, collapse • **воля**: will(power) • **рассуд(о)к**: reason • **сменять** АЙ / **сменить** И^shift: to replace • **напротив того**: on the contrary • **детский**: childish • **феноменальный**: phenomenal • **легкомыслие**: thoughtlessness • **необходимый**: necessary • **осторожность**: caution • **убеждение**: conviction • **выходить** И^shift / **выйти**: here: to follow • **затмение**: eclipse, obscuring • **охватывать** АЙ / **охватить** И^shift: to seize • **подобный** чему: similar to • **болезнь**, и: illness • **развиваться** АЙ / **развиться** Ь (разовьюсь, разовьёшься): to develop (intransitive) • **постепенно**: gradually • **высший**: highest • **(не)задолго до** чего: (not) long before • **совершение**: commission • **продолжаться** АЙ / **продолжиться** И: to continue (intransitive) • **вид**: form, manner • **судя по** чему: depending on / judging by (судить И: to judge) **порождать** АЙ / **породить** И^end: to give birth, rise to • **самое преступление**: the crime itself • **особенный**: special, peculiar • **натура**: nature • **сопровождать** АЙ: to accompany • **вроде** чего: like • **в силах** + inf: capable of • **разрешать** АЙ / **разрешить** И^end: to resolve

Having reached these conclusions, he decided that with him personally, in his little affair, there could be no such pathological upheavals — that reason and will would remain with him, inalienably, throughout the commission of that which he had conceived — and this for the sole reason that what he had conceived "was not a crime…"	Дойдя до таких выводов, он решил, что с ним лично, в его деле, не может быть подобных болезненных переворотов, что рассудок и воля останутся при нём, неотъемлемо, во всё время исполнения задуманного, единственно по той причине, что задуманное им — "не преступление"…

• **вывод**: conclusion • **лично**: personally • **подобный**: similar, such • **болезненный**: sickly, frail • **переворот**: upheaval • **рассудок**: reason • **воля**: will • **оставаться** АВАЙ / **остаться** H^stem: to remain • **неотъемлемый**: inalienable • **исполнение**: performance, completion • **задуманное**: "that which has been conceived, planned" • **единственно**: solely • **по той причине, что**: for the reason that

One trifling circumstance left him at a	Одно ничтожнейшее обстоятельство

dead end even before he'd descended the staircase. Having drawn even with the landlady's kitchen, wide open as always, he cautiously cast a sideways glance at it, to look things over in advance: was the landlady herself there, in Nastasya's absence? And, if not, were the doors leading to her room shut tightly, such that she wouldn't happen to glance, from inside, when he entered to fetch the axe? But what was his surprise when he suddenly saw that not only was Nastasya at home this time, right there in the kitchen, but, on top of that, she was busy with work — removing laundry from a basket and hanging it on ropes! Having caught sight of him, she stopped her hanging, turned toward him, and kept looking at him as he walked past. He looked away and went by as if noticing nothing. But it was all over: he had no axe! He felt terribly jolted.

поставило его в тупик, ещё прежде чем он сошёл с лестницы. Поровнявшись с хозяйкиною кухней, как и всегда отворённою настежь, он осторожно покосился в неё глазами, чтоб оглядеть предварительно: нет ли там, в отсутствие Настасьи, самой хозяйки, а если нет, то хорошо ли заперты двери в её комнате, чтоб она тоже как-нибудь оттуда не выглянула, когда он за топором войдёт? Но каково же было его изумление, когда он вдруг увидал, что Настасья не только на этот раз дома, у себя в кухне, но ещё занимается делом: вынимает из корзины бельё и развешивает на верёвках! Увидев его, она перестала развешивать, обернулась к нему и всё время смотрела на него, пока он проходил. Он отвёл глаза и прошёл, как будто ничего не замечая. Но дело было кончено: нет топора! Он был поражён ужасно.

ничтожный: trifling • **обстоятельство**: circumstance • **тупик**, а: dead end, impasse • **прежде чем**: before • **поровняться** АЙ / **поровниться** И^{end} с чем: to draw even with, reach • **хозяйкин**: the landlady's • **отворять** АЙ / **отворить** И^{end}: to open • **настежь**: wide open • **осторожно**: carefully • **коситься** И^{end} / **покоситься** И на что: to look askance at • **оглядывать** АЙ / **оглядеть** Е^{end}: to look over • **предварительный**: preliminary • **в отсутствие** кого: in the absence of • **запирать** АЙ / **запереть** /Р (запру, запрёшь; запер, заперла, заперли): to lock shut • **выглядывать** АЙ / **выглянуть** НУ: to look out, peek out • **за** чем: for (to be after, i.e. to fetch s.t.) • **каково**: of what sort, what... • **изумление**: surprise • **увидал**: увидел • **на этот раз**: в этот раз: this time • **вынимать** АЙ / **вынуть** НУ: to take out • **корзина**: basket • **бельё**: laundry • **развешивать** АЙ / **развесить** И: to hang about • **верёвка**: rope • **переставать** АВАЙ / **перестать** Н^{stem} + inf: to stop • **оборачиваться** АЙ / **обернуться** НУ^{end}: to turn around • **отводить** И^{shift} / **отвести** Д^{end} **глаза**: to avert one's gaze, look away • **как будто**: as if • **замечать** АЙ / **заметить** И: to notice кончено: over, finished • **поражать** АЙ / **поразить** И^{end}: to strike

"And where did I get the idea," he thought, stepping beneath the archway that led to the street. "Where did I get the idea that she wouldn't be home at this particular moment? Why, why, why had I decided this with such certainty?" He was crushed, even humiliated, somehow. He wanted to

"И с чего взял я, — думал он, сходя под ворота, с чего взял я, что ее непременно в эту минуту не будет дома? Почему, почему, почему я так наверно это решил?" Он был раздавлен, даже как-то унижен. Ему хотелось смеяться

| laugh at himself, out of spite… A blunt and beastly malice began boiling inside him. | над собою со злости… Тупая, зверская злоба закипела в нём. |

с чего я взял: "from what did I take," how did I conclude • **ворота**: gate (pl.) • **непременно**: without fail, for certain • **наверно**: for certain • **раздавливать** АЙ / **раздавить** И[shift]: to crush • **унижать** АЙ / **унизить** И: to humiliate • **со злости**: out of spite, anger • **тупой**: blunt • **зверский**: beastly • **злоба**: anger, rage • **кипеть** E[end]: to boil

The archway or gateway (**подворо́тня**, or the area "**под воро́тами**") between the street and the courtyard of Raskolnikov's building, looking from the street into the inner courtyard (**двор**). This layout is typical of older Petersburg buildings.

Не рассудок, так бес!

When Reason Fails, the Devil Helps!

He stopped, deep in thought, beneath the archway. To continue onto the street — just for appearance's sake, to stroll about — was repulsive to him; to return home, even more so. "And what an opportunity I've lost forever!" he muttered, standing there aimlessly beneath the archway, straight across from the janitor's dark little room, also open. Suddenly, he shuddered. From the janitor's room, just two steps away from him, from beneath a bench to the right, something flashed in his eyes... He looked around — no one. On tiptoes, he approached the janitor's lodge, descended its two steps, and, with a faint voice, called for the janitor. "And so it is, he's not home! He's somewhere close by, certainly, in the yard; that's why the door is wide open." He lunged, headlong, for the axe (indeed, it was an axe), and pulled it from beneath the bench, where it was lying between a couple of logs; and right there, without stepping out, he fixed it in the loop, stuck both

Он остановился в раздумье под воротами. Идти на улицу, так, для виду, гулять, ему было противно; воротиться домой — ещё противнее. "И какой случай навсегда потерял!" пробормотал он, бесцельно стоя под воротами, прямо против тёмной каморки дворника, тоже отворённой. Вдруг он вздрогнул. Из каморки дворника, бывшей от него в двух шагах, из-под лавки направо что-то блеснуло ему в глаза... Он осмотрелся кругом — никого. На цыпочках подошёл он к дворницкой, сошёл вниз по двум ступенькам и слабым голосом окликнул дворника. "Так и есть, нет дома! Где-нибудь близко, впрочем, на дворе, потому что дверь отперта настежь". Он бросился стремглав на топор (это был топор) и вытащил его из-под лавки, где он лежал между двумя поленами; тут же, не выходя, прикрепил его к петле, обе

hands in his pockets, and emerged from the janitor's lodge; no one had noticed! "When reason fails, the devil helps!" he thought, snickering strangely. This random occurence cheered him greatly.

руки засунул в карманы и вышел из дворницкой; никто не заметил! "Не рассудок, так бес!" — подумал он, странно усмехаясь. Этот случай ободрил его чрезвычайно.

останавливаться АЙ / **остановиться** И[shift]: to stop • **раздумье**: contemplation, deep thought • **ворота**: gate • **для виду**: for appearance's sake • **гулять** АЙ: to stroll • **противно**: repulsive • **воротиться** = вернуться (perf.): to return • **случай**: here, chance, opportunity • **терять** АЙ / **потерять** АЙ: to lose • **бормотать** А[shift] / **пробормотать** А: to mutter • **бесцельно**: aimlessly (цель: aim, purpose) • **каморка**: little room • **дворник**: janitor, yard-keeper • **отворять** АЙ / **отворить** И[end]: to open • **вздрагивать** АЙ / **вздрогнуть** НУ: to shudder • **в двух шагах**: "two steps" away, very close by • **лавка**: bench • **блескать** АЙ / **блеснуть** НУ[end]: to flash • **осматриваться** АЙ / **осмотреться** Е[shift]: to look around • **цыпочки**: tiptoes • **дворницкая**: janitor's lodge • **спуденька**: ступень, и: step, stair • **окликать** АЙ / **окликнуть** НУ: to call out for • **отпирать** АЙ / **отпереть** Р: to unlock, open • **настежь**: wide open • **стремглав**: precipitously • **вытаскивать** АЙ / **вытащить** И: to pull out • **лавка**: bench • **между** чем: between • **полено**: log • **прикреплять** АЙ / **прикрепить** И[end]: to fasten, attach • **петля**: noose, loop of fabric • **оба**, **обе**: both • **засовывать** АЙ / **засунуть** НУ: to shove into • **карман**: pocket • **замечать** АЙ / **заметить** И: to notice • **усмехаться** АЙ: to grin **ободрять** АЙ / **ободрить** И[end]: to cheer • **чрезвычайный**: extreme

He went on his way, slowly and steadily, not hurrying, to avoid giving rise to any suspicion. He didn't look much at the passersby; he even tried not to look them in the face at all, and to be as inconspicuous as possible. And here he remembered his hat. "My God! And I had money the day before yesterday, yet I didn't swap it for a peaked cap!" He blurted out a curse, from the depths of his soul.

Он шёл дорогой тихо и степенно, не торопясь, чтобы не подать каких подозрений. Мало глядел он на прохожих, даже старался совсем не глядеть на лица и быть как можно неприметнее. Тут вспомнилась ему его шляпа. "Боже мой! И деньги были третьего дня, и не мог переменить на фуражку!" Проклятие вырвалось из души его.

Having glanced inadvertently, with one eye, into a shop, he saw that a clock on the wall there already showed ten past seven. He needed to hurry, while also making a detour — to approach the building in a roundabout way, from the opposite direction...

Заглянув случайно, одним глазом, в лавочку, он увидел, что там, на стенных часах, уже десять минут восьмого. Надо было и торопиться, и в то же время сделать крюк: подойти к дому в обход, с другой стороны...

степенно: gravely, steadily • **торопиться** И[shift] / **поторопиться** И: to hurry • **подавать** АВАЙ / **подать**: to give, serve up • **каких** = каких-нибудь • **подозрение**: suspicion • **глядеть** Е: to look • **прохожий**: passerby • **стараться** АЙ / **постараться** АЙ + inf: to try • **неприметный**: inconspicuous, unnoticeable • **вспоминать** АЙ / **вспомнить** И: to recall • **шляпа**: hat • **третьего дня**: the other day, two days ago • **переменять** АЙ / **переменить** И[shift] что на что: to exchange, replace • **фуражка**: a peaked cap • **проклятие**: a curse • **вырываться** АЙ / **вырваться** n/sA: to burst out, be torn out • **душа**: soul • **заглядывать**

АЙ / **заглян́уть** НУ^shift: to glance, peek (into) • **глаз**: eye • **лавочка**: stall, shop • **стенные часы**: wall clock • **тороп́иться** И^shift / **потороп́иться** И: to hurry • **крюк**: detour (a "hook") • **в обх́од**: taking a detour, i.e. walking around and approaching from the opposite direction

Before, when he happened to picture all this in his imagination, he sometimes thought that he'd be very afraid. But now he wasn't very afraid; he wasn't even afraid at all. Some random thoughts even occupied him, although not for long. Walking past the Yusupov Garden, he even grew intensely occupied with the thought of installing some tall fountains, of how nicely they might freshen the air in all the city squares. He gradually arrived at the conviction that if the Summer Garden were to be expanded to include all of Mars Field and even combined with the garden of the Mikhailovsky Palace, then the result would be a wonderful and highly salubrious thing for the city. And here he suddenly became interested: why is it exactly that in all large cities, people — not so much out of sheer necessity — are inclined to live and settle down precisely in those parts of the city where there are neither gardens, nor fountains, where it's dirty and stinky, and filthy in every way. Here he remembered his own strolls around Hay Market Square, and for a moment he came to his senses. "What nonsense," he thought. "No, better not to think of anything at all!"

Прежде, когда случалось ему представлять всё это в воображении, он иногда думал, что очень будет бояться. Но он не очень теперь боялся, даже не боялся совсем. Занимали его в это мгновение даже какие-то посторонние мысли, только всё ненадолго. Проходя мимо Юсупова сада, он даже очень было занялся мыслию об устройстве высоких фонтанов и о том, как бы они хорошо освежали воздух на всех площадях. Мало-помалу он перешёл к убеждению, что если бы распространить Летний сад на всё Марсово поле и даже соединить с дворцовым Михайловским садом, то была бы прекрасная и полезнейшая для города вещь. Тут заинтересовало его вдруг: почему именно, во всех больших городах, человек не то что по одной необходимости, но как-то особенно наклонен жить и селиться именно в таких частях города, где нет ни садов, ни фонтанов, где грязь и вонь, и всякая гадость. Тут ему вспомнились его собственные прогулки по Сенной, и он на минуту очнулся. "Что за вздор, — подумал он. — Нет, лучше совсем ничего не думать!"

случ́аться АЙ / **случ́иться** И^end кому + inf: s.o. happened to (impers.) • **представл́ять** АЙ / **предст́авить** И: to imagine • **воображ́ение**: imagination • **бо́яться** ЖА^end: to fear • **занимать** АЙ / **зан́ять** Й/М^end: to occupy • **мгнов́ение**: moment • **посторонний**: random, unrelated • **мысль**, и: thought • **ненадолго**: not for long • **мимо** чего: past • **Юсупов(ский) сад**: Yusupov Garden • **устройство**: arranging, setting up • **фонт́ан**: fountain • **освеж́ать** АЙ / **освеж́ить** И^end: to freshen up (св́ежий: fresh) • **в́оздух**: air • **пл́ощадь**: square • **м́ало-пом́алу**: gradually • **убежд́ение**: conviction • **распростран́ять** АЙ / **распростран́ить** И^end: to expand, spread • **Летний сад**: the Summer Garden • **Марсово поле**: Mars Field, a parade ground adjacent to the Summer Garden • **соедин́ять** АЙ / **соедин́ить** И: combine • **дворц́овый Миха́йловский сад**: the garden behind what is now the Russian Museum, adjacent to Mars Field • **прекр́асный**: wonderful • **пол́езный**: beneficial, healthy • **интересов́ать**

Passing the Yusupov Garden, Raskolnikov daydreams of unifying the Summer Garden (**Л_етний сад**, shown here) with the Mars Field and Mikhailovsky Palace Garden.

ОВА / **заинтересова́ть** ОВА кого́: to interest • **и́менно**: namely, precisely • **по одно́й необходи́мости**: out of necessity alone • **осо́бенно**: particularly • **накло́нен** + inf: inclined to • **сели́ться** И: to settle • **часть**, и: part, area • **сад**: garden • **фонта́н**: fountain • **грязь**, и: dirt • **вонь**, и: stench • **га́дость**: filth, something disgusting • **вспомина́ться** АЙ / **вспо́мниться** И: to be recalled • **со́бственный**: one's own • **прогу́лка**: stroll • **Сенна́я** = Сенна́я пло́щадь: Hay Market Square • **очну́ться** НУ[end]: to come to one's senses • **вздор**: nonsense (что за...: What...!)

"In this way, surely, do men being led to their execution find their thoughts clinging to everything they encounter on the way," the thought flashed in his head — but merely flashed, like lightning; he himself hastened to extinguish this thought... But now, behold, he was close; there's the building, and there's the gate. Somewhere a clock suddenly struck, once. "What's that — is it really seven thirty? It can't be, the clock must be running fast!"

"Так, ве́рно, те, кото́рых веду́т на казнь, прилепля́ются мы́слями ко всем предме́там, кото́рые им встреча́ются на доро́ге", — мелькну́ло у него́ в голове́, но то́лько мелькну́ло как мо́лния; он сам поскоре́й погаси́л э́ту мысль... Но вот уже́ и бли́зко, вот и дом, вот и воро́та. Где́-то вдруг часы́ проби́ли оди́н уда́р. "Что э́то, неуже́ли полови́на восьмо́го? Быть не мо́жет, ве́рно, бегу́т!"

води́ть Д[shift] - **вести́** Д[end] / **повести́** Д: to lead • **казнь**, и: execution • **прилепля́ться** АЙ / **прилепи́ться** И[shift]: to "stick to," cling to • **предме́т**: object • **встреча́ться** АЙ / **встре́титься** И: to be encountered • **мелька́ть** АЙ / **мелькну́ть** НУ[end]: to flash by, glimmer • **мо́лния**: lightning • **поскоре́й**: as soon as possible • **гаси́ть** И[shift] / **погаси́ть** И: to extinguish • **часы́**: clock • **проби́л уда́р**: that is, a clock struck (one blow) • **неуже́ли**: can it really be? • **полови́на**: half • **бегу́т**: a clock is "running" (too fast)

And here's the fourth floor; here's the door, and there the apartment opposite, the empty one... "Am I not pale... too pale?" it occurred to him. "Do I not seem particularly anxious? She's prone to suspicion... Should I wait a bit more... until my heart stops racing?.."

Но вот и четвёртый эта́ж, вот и дверь, вот и кварти́ра напро́тив; та, пуста́я... "Не бле́ден ли я... о́чень? — ду́малось ему́, — не в осо́бенном ли я волне́нии? Она́ недове́рчива... Не подожда́ть ли ещё... пока́ се́рдце переста́нет?.."

But his heart didn't stop racing. Quite the opposite: as luck would have it, it kept pounding harder, harder, harder... He couldn't take it anymore; he slowly reached for the bell and rang it. Half a minute later he rang again, this time a bit more loudly.

Но се́рдце не переста́вало. Напро́тив, как наро́чно, стуча́ло сильне́й, сильне́й, сильне́й... Он не вы́держал, ме́дленно протяну́л ру́ку к колоко́льчику и позвони́л. Че́рез полмину́ты ещё раз позвони́л, погро́мче.

дверь, и: door • **напро́тив**: opposite, across the way • **пусто́й**: empty • **бле́дный**: pale • **осо́бенный**: special, particular • **волне́ние**: agitation, anxiety • **(не)дове́рчивый**: (dis)trustful • **ждать** n/sA / **подожда́ть** n/sA: to wait / to wait a bit • **перестава́ть** АВАЙ / **переста́ть**

Н_stem_: to stop • **как нарочно**: as luck would have it, "as if on purpose" • **стучать** ЖА_end_: to knock, to pound • **сильней**: comparative of сильно: powerfully • **выдерживать** АЙ / **выдержать** ЖА: to endure, bear • **протягивать** АЙ / **протянуть** НУ: to extend, reach out • **колокольчик**: dim. of колокол: bell • **звонить** И / **позвонить** И: to ring • **полминуты**: half a minute (пол- combines with a noun in the gen.) • **(по)громче**: comparative of громко: loudly

No response. The old woman was home, of course, but she was suspicious, and alone. He knew her habits, to some degree... and again he pressed his ear right up against the door. Whether his senses were so keen (an unlikely assumption), or whether it truly was audible — in any case, he suddenly made out what seemed to be the cautious brush of a hand near doorhandle, and the rustling of a dress right against the door. Someone was standing, imperceptibly, right beside the lock, and — just as he on the outside — was listening on the inside, stock-still, having also, it seemed, pressed an ear right up to the door...

Нет ответа. Старуха, разумеется, была дома, но она подозрительна и одна. Он отчасти знал её привычки... и ещё раз плотно приложил ухо к двери. Чувства ли его были так изощрены (что вообще трудно предположить), или действительно было очень слышно, но вдруг он различил как бы осторожный шорох рукой у замочной ручки и как бы шелест платья о самую дверь. Кто-то неприметно стоял у самого замка и точно так же, как он здесь, снаружи, прислушивался, притаясь изнутри и, кажется, тоже приложа ухо к двери...

разумеется: of course • **подозрительный**: suspicious • **отчасти**: in part • **привычка**: habit • **плотно**: right up against • **прикладывать** АЙ / **приложить** И_shift_: to "lay near," place against • **ухо** (pl. уши): ear • **чувство**: feeling, sense • **изощрённый**: higly refined • **предполагать** АЙ / **предположить** И: to suppose, assume • **действительно**: truly, indeed • **слышно**: audible • **различать** АЙ / **различить** И_end_: to discern, make out, distinguish • **осторожный**: careful • **шорох**: a light sound of movement or touching • **замочный**: adj. from зам(о)к: lock • **ручка**: handle • **шелест**: rustling or swishing sound • **платье**: dress • **неприметный**: unnoticeable • **стоять** ЖА_end_: to be in a standing position • **снаружи**: on / from the outside • **изнутри**: on / from the inside • **прислушиваться** АЙ / **прислушаться** АЙ: to listen up, listen intently

He moved a bit, deliberately, and muttered something rather loudly, to dispel any impression that he was hiding; he then rang a third time — but slowly, sedately, and with no impatience. When he recalled his moment later — it remained forever etched inside him — he couldn't understand where he found such guile, particularly since his mind grew dim, as it were, from one moment to another, and he could barely even feel his body... A bit later, he could hear the latch being unfastened.

Он нарочно пошевелился и что-то погромче пробормотал, чтоб и виду не подать, что прячется; потом позвонил в третий раз, но тихо, солидно и без всякого нетерпения. Вспоминая об этом после, ярко, ясно, — эта минута отчеканилась в нём навеки, — он понять не мог, откуда он взял столько хитрости, тем более что ум его как бы померкал мгновениями, а тела своего он почти и не чувствовал на себе... Мгновение спустя послышалось, что снимают запор.

Reading Crime and Punishment in Russian / **Преступление и наказание**

наро́чно: on purpose • **шевели́ться** И[end/shift] / **пошевели́ться** И: to move (intransitive) • **бормота́ть** А[shift] / **пробормота́ть** А: to mutter • **вид**: appearance, semblance • **подава́ть** АВАЙ / **пода́ть**: to give, serve • **пря́тать** А / **спря́тать** А: to hide • **ти́хо**: quietly or slowly • **соли́дный**: solid, stately • **вся́кий**: any (at all) • **(не)терпе́ние**: (im)patience • **вспомина́ть** АЙ / **вспо́мнить** И: to recall • **я́ркий**: bright, vivid • **я́сный**: clear • **чека́нить** И / **отчека́нить**: to stamp • **наве́ки**: forever • **понима́ть** АЙ / **поня́ть** Й/М[end]: to understand • **хи́трость**, и: cleverness • **померка́ть** АЙ / **поме́ркнуть** (НУ): to go dark, be dimmed • **мгнове́ние**: moment • **те́ло**: body • **чу́вствовать** ОВА / **почу́вствовать** ОВА: to feel • **спустя́**: later • **снима́ть** АЙ / **снять** НИМ[shift]: to take off, remove • **запо́р**: latch

The door, just like the time before, opened to just a tiny slit, and again two sharp and distrustful eyes fixed their gaze upon him from the darkness. Here Raskolnikov lost his composure, and almost made a grave mistake.

Afraid that the old woman might be frightened by the fact that they were alone, and not hoping for the sight of him to change her mind, he grabbed the door and pulled it toward himself, lest the old woman somehow take it into her head to lock herself in again. Having seen this, she didn't jerk the door back toward herself, but nor did she let go of the handle, such that he almost pulled her out onto the stairwell, along with the door. Seeing that she was standing right in the doorway, blocking it, and not allowing him to pass, he went straight toward her. She jumped back in fright, was on the verge off saying something, but somehow couldn't, and looked at him glaringly.

Дверь, как и тогда, отвори́лась на кро́шечную щёлочку, и опя́ть два во́стрые и недове́рчивые взгля́да уста́вились на него́ из темноты́. Тут Раско́льников потеря́лся и сде́лал бы́ло ва́жную оши́бку.

Опаса́ясь, что стару́ха испуга́ется того́, что они́ одни́, и не наде́ясь, что вид его́ её разуве́рит, он взя́лся за дверь и потяну́л её к себе́, что́бы стару́ха как-нибу́дь не взду́мала опя́ть запере́ться. Уви́дя это, она́ не рвану́ла дверь к себе́ обра́тно, но не вы́пустила и ру́чку замка́, так что он чуть не вы́тащил ее, вме́сте с две́рью, на ле́стницу. Ви́дя же, что она́ стои́т в дверя́х поперёк и не даёт ему́ пройти́, он пошёл пря́мо на неё. Та отскочи́ла в испу́ге, хоте́ла бы́ло что-то сказа́ть, но как бу́дто не смогла́ и смотре́ла на него́ во все глаза́.

отворя́ть АЙ / **отвори́ть** И[shift]: to open • **кро́шечный**: tiny • **щёлочка**: dim. of щель, и: gap • **во́стрый**: о́стрый: sharp • **недове́рчивый**: distrustful • **взгляд**: gaze • **уставля́ться** АЙ / **уста́виться** И: to stare fixedly at • **темнота́**: darkness • **теря́ться** АЙ / **потеря́ться** АЙ: to become disconcerted • **ва́жный**: important • **опаса́ться** АЙ чего: to fear • **пуга́ться** АЙ / **испуга́ться** АЙ чего: to be frightened • **наде́яться** А: to hope • **разуверя́ть** АЙ / **разуве́рить** И кого: to change s.o.'s mind • **бра́ться** n/sA / **взя́ться** за что: to grab • **тяну́ть** НУ[shift] / **потяну́ть** НУ: to pull • **взду́мывать** АЙ / **взду́мать** АЙ + inf: to take it into one's head to • **запира́ть** АЙ / **запере́ть** /Р (запру́, запрёшь; за́пер, заперла́, за́перли): to lock • **рвану́ть** НУ: to jerk at (once) • **обра́тно**: back(ward) • **выпуска́ть** АЙ / **вы́пустить** И: to let go • **ру́чка**: handle • **зам(о́)к**: lock • **выта́скивать** АЙ / **вы́тащить** И: to pull out • **вме́сте с** чем: along with • **поперёк**: across (blocking the doorway) • **пря́мо**: straight • **отска́кивать** АЙ / **отскочи́ть** И[shift]: to jump aside • **мочь** Г / **смочь** Г: to be able • **испу́г**: fright • **во все глаза́**: intensely (глаз, pl. -а́: eye)

"Greetings, Alyona Ivanovna," he began, as nonchalantly as he could — but his voice did not obey him; it broke off, and became unsteady — "I've... brought you an item... here, let's go over here... toward the light..." And, abandoning her, he headed, without being invited, straight into the room. The old woman ran off after him; her tongue finally came untied.

"Good Lord! What do you want?.. Who on earth are you? What do you want?"

"Pardon me, Alyona Ivanovna... You know me... Raskolnikov... Here, I've brought the pledge that I promised the other day..." And he held the pledge out to her.

— Здравствуйте, Алёна Ивановна, — начал он как можно развязнее, но голос не послушался его, прервался и задрожал, — я вам... вещь принёс... да вот лучше пойдёмте сюда... к свету... — И, бросив её, он прямо, без приглашения, прошёл в комнату. Старуха побежала за ним; язык её развязался.

— Господи! Да чего вам?.. Кто такой? Что вам угодно?

— Помилуйте, Алёна Ивановна... знакомый ваш... Раскольников... вот, заклад принёс, что обещался намедни... — И он протягивал ей заклад

как можно развязнее: as casually as possible (**развязный**: casual, nonchalant) • **слушаться** АЙ / **послушаться** АЙ кого: to obey • **прерываться** АЙ / **прерваться** n/sA: to be interrupted, break off • **дрожать** ЖА(end): to shake • **пойдёмте**: let's go • **свет**: light • **бросать** АЙ / **бросить** И: to throw, leave, abandon • **приглашение**: invitation • **развязывать** АЙ / **развязать** А(shift): to untie, loosen • **чего вам**: what do you want? • **Что вам угодно**: what do you want? • **помилуйте**: please • **знакомый**: acquaintance • **заклад**: an item to pawn • **обещался**: обещал: promised • **намедни**: the other day • **протягивать** АЙ / **протянуть** НУ(shift): to reach out, extend

The old woman was about to look at the pledge when suddenly she fixed her eyes right on her uninvited guest. She looked at him attentively, maliciously, and mistrustfully. A minute or so passed; it even seemed to him that her eyes showed something like a smirk, as if she'd already figured out everything. He felt that he was becoming disconcerted, that he was almost afraid — so afraid that, it seemed, if she were to look at him like that for another half-minute, without saying a word, he'd run from her.

Старуха взглянула было на заклад, но тотчас же уставилась глазами прямо в глаза незваному гостю. Она смотрела внимательно, злобно и недоверчиво. Прошло с минуту; ему показалось даже в её глазах что-то вроде насмешки, как будто она уже обо всём догадалась. Он чувствовал, что теряется, что ему почти страшно, до того страшно, что кажется, смотри она так, не говори ни слова ещё с полминуты, то он бы убежал от неё.

взглядывать АЙ / **взглянуть** НУ(shift): to glance • **уставляться** АЙ / **уставиться** И: to fix eyes on, stare intently • **прямо**: straight • **незваный гость**, я: uninvited guest • **внимательный**: attentive • **злобный**: spiteful, malicious **недоверчивый**: distrustful • **с минуту**: about a minute (с + acc.) • **казаться** А(shift) / **показаться** А кому: to seem to • **вроде**

Reading Crime and Punishment in Russian / **Преступление и наказание**

чего: like **насмешка**: smirk • **догадываться** АЙ / **догадаться** АЙ: to guess • **теряться** АЙ / **потеряться** АЙ: to become disconcerted • **до того**: to such a degree that, so • **смотри... не говори...**: imperative, used here as a conditional (if...) • **ни слова**: not a word • **полминуты**: half a minute

"What are you looking at me like that for, as if you don't recognize me?" he said suddenly, with animosity. "If you want it, take it; if not, I'll go to someone else; I don't have time for this."

— Да что вы так смотрите, точно не узнали? — проговорил он вдруг тоже со злобой. — Хотите берите, а нет — я к другим пойду, мне некогда

He didn't even think to say these things; they came out somehow of their own accord.

Он и не думал это сказать, а так, само вдруг выговорилось.

The old woman came to her senses; her guest's decisive tone had reassured her, it seemed.

Старуха опомнилась, и решительный тон гостя её, видимо, ободрил.

точно: just as if • **проговорил** = сказал • **злоба**: spite, malice • **хотите берите**: if you want it take it • **выговариваться** АЙ / **выговориться** И: to be uttered, blurted out • **опоминаться** АЙ / **опомниться** И: to come to one's senses • **решительный**: decisive • **ободрять** АЙ / **ободрить** И^end: to cheer

"What on earth, sir — why so all of a sudden like this... what is it?" she asked, looking at the pledge.

— Да чего же ты, батюшка, так вдруг... что такое? — спросила она, смотря на заклад.

"A silver cigarette case; I told you about it last time, you know."

— Серебряная папиросочница: ведь я говорил прошлый раз.

She held out her hand.

Она протянула руку.

"Why are you so pale? Look, your hands are shaking too! Have you been for a bath, sir, or what?"

— Да чтой-то вы какой бледный? Вот и руки дрожат! Искупался, что ль, батюшка?

чего: почему, что (expressing surprise, reproach) • **серебряная папиросочница**: a silver cigarette case • **прошлый раз** = в прошлый раз: last time • **протягивать** АЙ / **протянуть** НУ^shift: to reach out, extend • **чтой-то**: что-то • **бледный**: pale • **дрожать** ЖА^end: to tremble, shake • **купаться** АЙ / **искупаться** АЙ: to bathe, have a swim

"It's a fever," he answered brusquely. "You can't help getting pale... when there's nothing to eat," he added,

— Лихорадка, — отвечал он отрывисто. — Поневоле станешь бледный... коли есть нечего, —

just barely articulating the words. His strength was again abandoning him. But the response seemed plausible; the old woman took the pledge.

"What is it?" she asked, having again looked Raskolnikov over, closely, and weighing the pledge in her hand.

"An item... a cigarette case... silver... take a look."

"Somehow it doesn't seem made of silver... Just look how he's wrapped it all up!"

прибавил он, едва выговаривая слова. Силы опять покидали его. Но ответ показался правдоподобным; старуха взяла заклад.

— Что такое? — спросила она, ещё раз пристально оглядев Раскольникова и взвешивая заклад на руке.

— Вещь... папиросочница... серебряная... посмотрите.

— Да чтой-то, как будто и не серебряная... Ишь навертел.

лихорадка: fever • **отрывистый**: brusque, choppy • **поневоле**: like it or not, against one's will • **коли**: если • **прибавлять** АЙ / **прибавить** И: to add • **выговаривать** АЙ / **выговорить** И: to utter • **покидать** АЙ / **покинуть** НУ: to leave, abandon • **правдоподобный**: plausible, believable • **пристально**: fixedly, intently • **оглядывать** АЙ / **оглядеть** E[end]: to look over • **взвешивать** АЙ / **взвесить** И[shift]: to weigh • **ишь навертел**: just look how you've wrapped it all up

In trying to untie the string, and having turned toward the window, toward the light (all the windows were shut, despite the stuffiness), she abandoned him completely for a few seconds, and turned her back to him. He unbuttoned his coat and freed up the axe from its loop — but he hadn't yet removed it completely; rather, he merely held it up, with his right hand, beneath his clothing. His arms were terribly weak; he himself could feel how, with every moment, they grew more and more numb, more stiff. He was afraid he'd let go of the axe and drop it... suddenly it was as if his head had begun to spin.

Стараясь развязать снурок и оборотясь к окну, к свету (все окна у ней были заперты, несмотря на духоту), она на несколько секунд совсем его оставила и стала к нему задом. Он расстегнул пальто и высвободил топор из петли, но ещё не вынул совсем, а только придерживал правою рукой под одеждой. Руки его были ужасно слабы; самому ему слышалось, как они, с каждым мгновением, всё более немели и деревенели. Он боялся, что выпустит и уронит топор... вдруг голова его как бы закружилась.

стараться АЙ / **постараться** АЙ + inf: to try to • **развязывать** АЙ / **развязать** А[shift]: to untie • **снурок** = шнурок: cord • **оборачиваться** АЙ / **оборотиться** = обернуться НУ: to turn (around) • **свет**: light • **запирать** АЙ / **запереть** /Р: shut • **духота**: stuffiness • **секунда**: second • **оставлять** АЙ / **оставить** И: to leave • **стать к нему задом**: assumes standing position with her back to him • **расстёгивать** АЙ / **расстегнуть** НУ: to unbutton

высвобождать АЙ / **высвободить** И: to free up • **петля**: loop **вынимать** АЙ / **вынуть** НУ: to take out • **придерживать** АЙ / **придержать** ЖА[shift]: to support • **одежда**: clothing • **слабый**: weak **мгновение**: moment • **неметь** ЕЙ: to go numb • **деревенеть** ЕЙ: grow stiff, numb (like wood) • **выпускать** АЙ / **выпустить** И: to release • **ронять** АЙ / **уронить** И[shift]: to drop • **кружиться** И[shift]: to spin

| "Why on earth did he wrap it all up like this!" shouted the old woman with annoyance, and made a move in his direction. | — Да что он тут навертел! — с досадой вскричала старуха и пошевелилась в его сторону. |

There was not another moment to lose. He removed the axe fully, raised it with both hands, barely feeling himself, and — almost without effort, almost mechanically — he lowered it onto her head, with the blunt side facing down. It was as if his own strength were not even involved. But as soon as he'd lowered the axe once, strength was born inside him.

Ни одного мига нельзя было терять более. Он вынул топор совсем, взмахнул его обеими руками, едва себя чувствуя, и почти без усилия, почти машинально, опустил на голову обухом. Силы его тут как бы не было. Но как только он раз опустил топор, тут и родилась в нём сила.

досада: annoyance • **вскрикивать** АЙ / **вскричать** АЙ = вскрикнуть НУ: to shout • **шевелиться** И[end/shift] / **пошевелиться** И: to move (intransitive) • **сторона**: direction • **миг**: moment • **терять** АЙ / **потерять** АЙ: to lose • **взмахивать** АЙ / **взмахнуть** НУ[end]: to swing upward • **едва**: barely • **чувствовать** ОВА: to feel • **усилие**: effort • **машинально**: mechanically, unfeelingly and without intentionality • **опускать** АЙ / **опустить** И[shift]: to lower, let fall • **обух**: the blunt edge (not the blade) • **сила**: strength, force • **как только**: as soon as • **рождаться** АЙ / **родиться** И[end]: to be born

The old woman was, as always, bare-headed. Her hair — light blond, but graying, thin, and, as usual, greasily smeared with oil — was braided into a rat's tail and gathered beneath a fragment of a comb, made of horn, that protruded from the back of her head. The blow landed right on the top of the head — quite naturally, given how short she was. She screamed, but very faintly, and abruptly crumpled to the floor, although she did still manage to raise both hands toward her head. In one hand, she continued to hold the "pledge." At this point, with all his strength, he struck her a second time, and a third — each time with the blunt edge, on the top of her head. The blood poured out, as from an overturned glass, and the body tumbled over, face-up. He stepped

Старуха, как и всегда, была простоволосая. Светлые с проседью, жиденькие волосы её, по обыкновению жирно смазанные маслом, были заплетены в крысиную косичку и подобраны под осколок роговой гребёнки, торчавшей на её затылке. Удар пришёлся в самое темя, чему способствовал её малый рост. Она вскрикнула, но очень слабо, и вдруг вся осела к полу, хотя и успела ещё поднять обе руки к голове. В одной руке ещё продолжала держать "заклад". Тут он изо всей силы ударил раз и другой, всё обухом и всё по темени. Кровь хлынула, как из опрокинутого стакана, и тело

aside, let her fall, and immediately knelt beside her face; she was already dead. Her eyes were bulging, as if wanting to jump from their sockets, and her forehead and entire face were wrinkled and contorted by convulsions.

повалилось навзничь. Он отступил, дал упасть и тотчас же нагнулся к её лицу; она была уже мёртвая. Глаза были вытаращены, как будто хотели выпрыгнуть, а лоб и всё лицо были сморщены и искажены судорогой.

простоволо́сый: bare-headed • **све́тлый**: bright, fair • **про́седь, и**: graying hair • **жи́денький**: жи́дкий: greasy • **по обыкнове́нию**: as usual • **жи́рно**: greasily, thickly • **сма́зывать** АЙ / **сма́зать** А: smeared, greased • **ма́сло**: oil • **заплета́ть** АЙ / **заплести́** Tend куда́: woven/braided • **кры́син**: possessive adj. from кры́са: rat • **коси́чка**: dim. of коса́: braid • **подбира́ть** АЙ / **подобра́ть**: to gather • **оско́лок**: fragment, piece **рогово́й**: made of рог, horn • **гребёнка**: dim. of греб(е)нь, я: comb • **торча́ть** ЖАend: to stick out, protrude • **заты́л(о)к**: back of head • **уда́р**: blow • **приходи́ться** И / **прийти́сь**: here: to land • **в са́мое те́мя**: right on the crown of her head (те́мя, те́мени) • **спосо́бствовать** ОВА чему́: to contribute to • **ма́лый рост**: small stature • **вскри́кивать** АЙ / **вскри́чать** ЖАend: to shout • **оседа́ть** АЙ / **осе́сть**: Д: to crumple to the ground (with a "sitting" motion) • **пол**: floor • **успева́ть** АЙ / **успе́ть** ЕЙ: to manage (in time) • **поднима́ть** АЙ / **подня́ть** НИМshift: to raise • **продолжа́ть** АЙ / **продо́лжить** И + inf: to continue to • **изо всей си́лы**: with all one's might • **ударя́ть** АЙ / **уда́рить** И: to strike • **раз и друго́й** (раз): once and yet again • **о́бух**: blunt edge • **кровь, и**: blood • **хлы́нуть** НУ: to pour, gush • **опроки́дывать** АЙ / **опроки́нуть** НУ: to overturn • **стака́н**: cup • **те́ло**: body • **валя́ться** АЙ - **вали́ться** И / **повали́ться** И: to tumble • **на́взничь**: face-up • **отступа́ть** АЙ / **отступи́ть** Иshift: to step away • **па́дать** АЙ / **упа́сть** Д: to fall • **тотча́с же**: right away • **нагиба́ться** АЙ / **нагну́ться** НУ: to stoop • **мёртвый**: dead **вы́таращить** И: to bulge out • **выпры́гивать** АЙ / **вы́прыгнуть** НУ: to jump out • **лоб, лба**: forehead • **мо́рщить** И / **смо́рщить** И: to wrinkle, frown • **искажа́ть** АЙ / **искази́ть** Иend: to contort, distort • **су́дорога**: convulsion

He lay the axe on the floor, beside the dead woman, and immediately reached into her pocket, trying to avoid smearing himself with the still-flowing blood — the same pocket from which she'd taken her keys the time before. He had his reason about him; there was no longer any sense of derangement or dizziness, but his hands were stitll shaking. Later, he'd recall that he was even very attentive, cautious, still trying to avoid the blood... He took the keys out right away; just as before, they were all in a single bundle, on a steel ring. He immediately ran off with them into the bedroom.

Он положил топор на пол, подле мёртвой, и тотчас же полез ей в карман, стараясь не замараться текущею кровию, — в тот самый правый карман, из которого она в прошлый раз вынимала ключи. Он был в полном уме, затмений и головокружений уже не было, но руки всё ещё дрожали. Он вспомнил потом, что был даже очень внимателен, осторожен, старался всё не запачкаться... Ключи он тотчас же вынул; все, как и тогда, были в одной связке, на одном стальном обручке. Тотчас же он побежал с ними в спальню.

класть Дend / **положи́ть** Иshift: to put into a lying position; to lay • **пол**: floor • **по́дле** чего́: near, beside • **мёртвый**: dead; a dead person • **ла́зить** И - **лезть** 3stem / **поле́зть** З: to climb; to reach • **карма́н**: pocket • **стара́ться** АЙ / **постара́ться** АЙ + inf.: to try to • **мара́ть**

Reading Crime and Punishment in Russian / **Преступление и наказание**

АЙ / **зам**а**рать** АЙ: to stain, smear • **течь** К: to flow • **кровь**, и: blood • **правый**: right • **вынимать** АЙ / **вынуть** НУ: to take out • **ключ**, а: key • **полный**: full • **ум**, а: mind, intellect • **затмение**: eclipse, derangement • **головокружение**: dizziness, "head-spinning" • **дрожать** ЖА^end / **дрогнуть** НУ: to shake, tremble • **вспоминать** АЙ / **вспомнить** И: to recall • **внимательный**: attentive • **осторожный**: careful • **пачкать** АЙ / **запачкать** АЙ: to get dirty • **связка**: a bunch, something tied; keychain (dim. of связь, и: tie, connection) • **стальной**: steel • **обруч(о)к**: dim. of обруч: ring • **бегать** АЙ - **бежать** / **побежать**: to run • **спальня**: bedroom

It was a rather small room, with a huge icon case. Near the opposite wall stood a large bed, quite clean, with a silk patchwork quilt, with wadding. Near the third wall stood a dresser. Strange — the moment he began trying to fit the keys to the dresser, the moment he heard them jangling, it was as if a convulsion raced through him. He suddenly felt like abandoning everything and leaving. But this was only for a moment; and anyway, it was too late to simply leave. He even smirked at himself — when suddenly another anxious thought entered his head. He suddenly imagined that the old woman might well still be alive, and could still regain consciousness. Having abandoned the keys and the dresser, he ran back to the body, grabbed the axe, and raised it yet again above the old woman — but didn't lower it. There was no doubt: she was dead.	Это была очень небольшая комната, с огромным киотом образов. У другой стены стояла большая постель, весьма чистая, с шёлковым, наборным из лоскутков, ватным одеялом. У третьей стены был комод. Странное дело: только что он начал прилаживать ключи к комоду, только что услышал их звяканье, как будто судорога прошла по нём. Ему вдруг опять захотелось бросить всё и уйти. Но это было только мгновение; уходить было поздно. Он даже усмехнулся на себя, как вдруг другая тревожная мысль ударила ему в голову. Ему вдруг почудилось, что старуха, пожалуй, ещё жива и ещё может очнуться. Бросив ключи, и комод, он побежал назад, к телу, схватил топор и намахнулся ещё раз над старухой, но не опустил. Сомнения не было, что она мёртвая.

огромный: huge • **киот**: (icon) case • **образ**: image; icon (plurals: образы = images; образа = icons) • **стена**: wall • **стоять** ЖА: to be in a standing position • **постель**, и: bed • **весьма**: quite • **чистый**: clean • **шёлковый**: made of шёлк: silk • **наборный**: made from many parts; here: quilted • **лоскут(о)к**: dim. of лоскут (pl. лоскутья): shred, scrap • **ватный**: adj. from вата: cotton • **одеяло**: cover, blanket • **комод**: dresser • **начинать** АЙ / **начать** /H^end: to begin • **прилаживать** АЙ / **приладить** И: here: to try to fit a key • **звяканье**: ringing, jangling sound • **судорога**: convulsion • **бросать** АЙ / **бросить** И: to throw; to abandon, quit • **мгновение**: moment • **усмехаться** АЙ / **усмехнуться** НУ: to smirk • **тревожный**: alarmed, anxious • **мысль**, и: thought • **ударять** АЙ / **ударить** И: to strike • **чудиться** И / **почудиться** И кому: to "be imagined" to someone; to imagine • **пожалуй**: I suppose, it may well be • **очнуться** НУ (perf.): to regain consciousness • **хватать** АЙ / **схватить** И^shift: to grab • **намахнуться** НУ (perf.): to raise • **опускать** АЙ / **опустить** И^shift: to lower • **сомнение**: doubt

Having stooped, and again examining her	Нагнувшись и рассматривая её

more closely, he clearly saw that her skull had been fractured, and even dislocated a bit, to one side. He went to touch her with a finger, but jerked his hand away; everything was obvious anyway. In the meantime, an entire pool of blood had accumulated. Suddenly, he noticed a string around her neck; he tugged at it, but the string was strong and didn't snap free — and, on top of that, it was soaked in blood. He tried to pull it out from the front, from underneath her dress, but something prevented him; it was snagged.

опять ближе, он увидел ясно, что череп был раздроблен и даже сворочен чуть-чуть на сторону. Он было хотел пощупать пальцем, но отдёрнул руку; да и без того было видно. Крови между тем натекла уже целая лужа. Вдруг он заметил на её шее снурок, дёрнул его, но снурок был крепок и не срывался; к тому же намок в крови. Он попробовал было вытащить так, из-за пазухи, но что-то мешало, застряло.

нагибаться АЙ / **нагнуться** НУ[end]: to crouch, stoop • **рассматривать** АЙ / **рассмотреть** Е[shift]: to examine, look over • **ближе**: comparative of близко: closely • **ясный**: clear • **череп**: skull • **раздроблять** АЙ / **раздробить** И[end]: to smash, fracture • **сворачивать** АЙ / **своротить** И[shift]: to turn, shift, dislodge • **чуть-чуть**: a bit • **сторона**: (the) side • **щупать** АЙ / **пощупать** АЙ: to feel, grope • **пал(е)ц**: finger • **отдёргивать** АЙ / **отдёрнуть** НУ: to pull, jerk away • **и без того**: anyway, "even without that" • **видный**: visible • **кровь**, и: blood • **между тем**: meanwhile • **натекать** АЙ / **натечь** К[end] (натечёт; натёк, натекла): to accumulate by flowing (used with the genitive to tell "of what" the accumulated quantity consists) • **лужа**: puddle • **замечать** АЙ / **заметить** И: to notice • **снур(о)к** = шнур(о)к: dim. of шнур, а: cord, string • **дёргать** АЙ / **дёрнуть** НУ: to jerk, tug / to give one jerk, tug • **крепкий**: strong, tough • **срываться** АЙ / **сорваться**: to be torn free, snap off • **намокать** АЙ / **намокнуть** (НУ): to become soaked • **пробовать** ОВА / **попробовать** ОВА: to try • **вытаскивать** АЙ / **вытащить** И: to pull out, extract • **пазуха**: "bosom;" the front part of a dress • **мешать** АЙ / **помешать** АЙ: to hinder, prevent; bother • **застревать** АЙ / **застрять** Н[stem] (застряну, застрянешь): to be / get stuck

In his impatience, he went to raise the axe again, to hack at the string at the top, from above, right against the body; but he didn't have the nerve — and, with difficulty, and having smeared his hands and the axe in the process, he cut through the string after two minutes of fumbling with it, and without touching the body with the axe — and removed it; he hadn't been mistaken — it was a money-purse. On the string were two crosses, one of cypress and one of copper, and, in addition, a miniature enamel icon; and right alongside them hung a small, suede, greasy purse with a steel rim and ring. The purse was stuffed full; Raskolnikov stuck it in his pocket without examining it, tossed the crosses onto the old woman's chest, and, having this time

В нетерпении он взмахнул было опять топором, чтобы рубнуть по снурку тут же, по телу, сверху, но не посмел, и с трудом, испачкав руки и топор, после двухминутной возни, разрезал снурок, не касаясь топором тела, и снял; он не ошибся — кошелёк. На снурке были два креста, кипарисный и медный, и, кроме того, финифтяный образок; и тут же вместе с ними висел небольшой, замшевый, засаленный кошелёк, с стальным ободком и колечком. Кошелёк был очень туго набит; Раскольников сунул его в карман, не осматривая, кресты сбросил старухе на грудь и, захватив

grabbed the axe, rushed back into the bedroom.	на этот раз и топор, бросился обратно в спальню.

(не)терпение: (im)patience • **взмахивать** АЙ / **взмахнуть** НУ[end]: to swing upward • **рубить** И[shift] / **рубнуть** НУ: to chop, hew / to chop once • **сверху**: from above • **сметь** ЕЙ / **посметь** ЕЙ: to dare • **труд**, а: work, labor • **пачкать** АЙ / **испачкать** АЙ: to get dirty (transitive) • **двухминутный**: two minutes' • **возня**: "fussing," "messing with" something • **разрезать** АЙ / **разрезать** А: to cut in two • **касаться** АЙ / **коснуться** НУ[end] чего: to touch • **снимать** АЙ / **снять** НИМ[shift]: to take off • **ошибаться** АЙ / **ошибиться** (ошибусь, ошибёшься; ошибся, ошиблась): to be wrong • **кошел(ё)к**: purse, pouch • **крест**, а: cross • **кипарисный**: adj. from кипарис: cypress tree / wood • **медный**: adj. from медь, и: copper; bronze • **финифтяный**: adj. from финифть: style of ornament made from silver and painted enamel • **образ(о)к**: dim. of образ: icon; form, image • **висеть** Е: to be in a hanging position • **замшевый**: adj. from замша: suede • **засаленный**: greasy • **стальной**: adj. from сталь, и: steel • **обод(о)к**: dim. of обод: rim • **колечко**: dim. of кольцо: ring • **тугой**: tight, taught • **набивать** АЙ / **набить** Ь: to stuff full • **совать** ОВА / **сунуть** НУ: to shove, stick • **карман**: pocket • **осматривать** АЙ / **осмотреть** Е[shift]: to look over, examine • **сбрасывать** АЙ / **сбросить** И: to throw down • **грудь**, и: chest • **захватывать** АЙ / **захватить** И[shift]: to grab • **спальня**: bedroom

С ума, что ли, я сжожу?
Am I Losing My Mind?

He was in a terrible hurry; he snatched at the keys and again begin fumbling about with them. But somehow it never worked: they wouldn't fit the locks. It wasn't so much that this hands were shaking; rather, he keep bungling things: he sees, for example, that the key is wrong, it doesn't fit — and yet he keeps trying to shove it in. Suddenly he came to his senses and realized that this large key, with big notches, dangling around alongside other, smaller keys, certainly couldn't match the dresser... but rather a chest of some sort, and that it was in that chest, perhaps, that everything was hidden. He abandoned the dresser and immediately reached beneath the bed, knowing that old women usually keep chests beneath their beds. And so it was: a sizeable chest, a bit over one *arshin* in length, with a rounded lid, lined with red goatskin upholstered with steel tacks. The notched key fit it and unlocked it. On top, beneath a white

Он спешил ужасно, схватился за ключи и опять начал возиться с ними. Но как-то всё неудачно: не вкладывались они в замки. Не то чтобы руки его так дрожали, но он всё ошибался: и видит, например, что ключ не тот, не подходит, а всё суёт. Вдруг он припомнил и сообразил, что этот большой ключ, с зубчатою бородкой, который тут же болтается с другими маленькими, непременно должен быть вовсе не от комода... а от какой-нибудь укладки, и что в этой-то укладке, может быть, всё и припрятано. Он бросил комод и тотчас же полез под кровать, зная, что укладки обыкновенно ставятся у старух под кроватями. Так и есть: стояла значительная укладка, побольше аршина в длину, с выпуклою крышей, обитая красным сафьяном, с утыканными по нём стальными гвоздиками. Зубчатый ключ как раз пришёлся и отпер. Сверху, под белою простынёй,

sheet, lay a fur coat, made of rabbit covered with a red brocade; benath it was a silk dress, then a shawl; and further, deeper, there seemed to be nothing but rags. First and foremost, he went to wipe his blood-stained hands with the red brocade. "It's red — against red the blood will be harder to spot," it occurred to him, quite rationally — but suddenly he came to his senses: "Lord! Am I losing my mind?" he thought in fright.

лежала заячья шубка, крытая красным гарнитуром; под нею было шёлковое платье, затем шаль, и туда, вглубь, казалось всё лежало одно тряпьё. Прежде всего он принялся было вытирать об красный гарнитур свои запачканные в крови руки. "Красное, ну а на красном кровь неприметнее", — рассудилось было ему, и вдруг он опомнился: "Господи! С ума, что ли, я схожу?" — подумал он в испуге.

спешить И: to hurry • хвататься АЙ / схватиться И[shift] за что: to grab, clutch at • ключ, а: key • возиться И с чем: to fuss with, fumble around with • неудачный: unsuccessful • вкладывать АЙ / вложить И[shift]: to insert, fit into • зам(о)к: lock • дрожать ЖА[end]: to tremble • ошибаться АЙ / ошибиться (ошибусь, ошибёшься; ошибся, ошиблась): to be mistaken • не тот (ключ): the wrong (key) • подходить И / подойти: to fit • совать ОВА / сунуть НУ: to stick • припоминать АЙ / припомнить И: to recall • соображать АЙ / сообразить И[end]: to think over, realize • зубчатый: notched, jagged • бородка: the bit, literally "beard" — that is, the incisions, of a key • болтаться АЙ: to dangle • непременно: without fail, certainly ключ от чего: key to s.t. • комод: chest of drawers • приходить И / прийти кому на ум: to occur to s.o. • укладка: case, chest • припрятать А (perf.): to hide away, put out of sight • лазить И - лезть З / полезть З: to climb, reach • кровать, и: bed • ставить / поставить И: to put • значительный: significant, sizeable • аршин: an arshin, about 28 inches • длина: length • выпуклый: curved • крыша: top • обитый чем: lined with • сафьян: goatskin • утыканный: stuck with, studded with • стальной: steel • гвоздик: гвоздь, я: nail • зубчатый: key with large notches ("teeth") • приходиться И / прийтись: to fit • отпирать АЙ / отпереть /Р: to unlock • сверху: from, on the top • простыня: bedsheet • заячий: from заяц: hare, rabbit • шубка: шуба: fur • крытый чем: covered with • гарнитур: brocade, a rich patterned fabric • шёлковый: made of шёлк: silk • затем: then • шаль, и: shawl • вглубь: deep • одно тряпьё: nothing but rags • приниматься АЙ / приняться Й/М[shift] + inf: to begin to, go about • вытирать АЙ / вытереть /Р: to wipe off, dry off • запачкивать АЙ / запачкать АЙ: to stain • неприметный: unnoticeable, inconspicuous • рассуждать АЙ / рассудить И[shift]: to reason • опоминаться АЙ / опомниться И: to come to one's senses • сходить И[shift] / сойти с ума: to go mad • испуг: fright

But the moment he rifled through the rags a bit, a golden watch suddenly slid out from underneath the fur. He hastened to overturn everything. Indeed, in between the rags, items made of gold were interspersed — all pledges, most likely, redeemed and unredeemed — bracelets, chains, earrings, pins, and so forth.

Но только что он пошевелил это тряпьё, как вдруг, из-под шубки, выскользнули золотые часы. Он бросился всё перевёртывать. Действительно, между тряпьём были перемешаны золотые вещи — вероятно, всё заклады, выкупленные и невыкупленные, — браслеты, цепочки, серьги, булавки и проч.

Some were in cases, others were

Иные были в футлярах, другие

Reading Crime and Punishment in Russian / **Преступление и наказание**

simply wrapped in newspaper — but neatly and carefully, double-wrapped and tied about with string. Without further ado, he began stuffing them into the pockets of his pants and coat, indiscriminately, and without opening the bundles and cases; but he didn't manage to gather much...

просто обёрнуты в газетную бумагу, но аккуратно и бережно, в двойные листы, и кругом обвязаны тесёмками. Нимало не медля, он стал набивать ими карманы панталон и пальто, не разбирая и не раскрывая свёртков и футляров; но он не успел много набрать...

только что: as soon as • **шевелить** И^(shift/end) / **пошевелить** И: to move • **тряпьё**: rags • **из-под** чего: from beneath • **шубка**: fur • **выскальзывать** АЙ / **выскользнуть** НУ: to slip out • **перевёртывать** / **перевертеть** Е^(shift): to turn over • **действительно**: indeed • **перемешивать** АЙ / **перемешать** АЙ: to mix • **вероятно**: probably **выкупать** АЙ / **выкупить** И: to buy back • **браслет**: bracelet • **цепочка**: dim. of цепь, и: chain • **серьга**, pl. **серьги**: earring • **булавка**: pin • **и проч**.: и прочее: and so forth • **иные... другие**: some... others... • **футляр**: case • **оборачивать** АЙ / **обернуть** НУ^(end) во что: to wrap in • **аккуратно**: neatly • **бережно**: carefully • **двойной**: double • **лист**, **а**: sheet (of paper) • **обвязывать** АЙ / **обвязать** А^(shift): to tie around • **тесёмка**: tie-string • **медлить** И: to delay • **набивать** АЙ / **набить** Ь: to stuff • **карман**: pocket • **панталоны** (pl.): trousers • **разбирать** АЙ / **разобрать** Ь: to take apart, open • **раскрывать** АЙ / **раскрыть** ОЙ: to unfold, open • **свёрт(о)к**: bundle, parcel • **успевать** АЙ / **успеть** ЕЙ: to manage (in time) • **набирать** АЙ / **набрать** n/sA: to acquire, accumulate

He suddenly heard footsteps in the room where the old woman was. He stopped, and froze as if dead. But everything was quiet — he must have been hearing things. Suddenly a faint shout was clearly heard; or rather it was as if someone had quietly and abruptly moaned, then fallen silent. Then, once again — dead quiet, for a minute or two. He sat there on his haunches, beside the chest, and waited, barely breathing; suddenly he jumped up, grabbed the axe, and ran out of the bedroom.

Вдруг послышалось, что в комнате, где была старуха, ходят. Он остановился и притих, как мёртвый. Но всё было тихо, стало быть, померещилось. Вдруг явственно послышался лёгкий крик, или как будто кто-то тихо и отрывисто простонал и замолчал. Затем опять мёртвая тишина, с минуту или две. Он сидел на корточках у сундука и ждал едва переводя дух, но вдруг вскочил, схватил топор и выбежал из спальни.

слышаться ЖА / **послышаться** ЖА: to be heard • **ходят**: "they are walking around" (i.e. someone is walking) • **останавливаться** АЙ / **остановиться** И^(shift): to stop • **притихать** АЙ / **притихнуть** (НУ): to fall quiet • **мёртвый**: dead • **мерещиться** И / **померещиться** И кому: to dream of, appear as an illusion • **явственно**: clearly • **лёгкий**: light, faint • **крик**: shout • **как будто**: as if • **отрывисто**: abruptly, disconnected • **стонать** А^(shift) / **простонать** А: to groan, moan • **замолчать** ЖА^(end): to fall silent **тишина**: silence • **с минуту**: for about a minute • **на корточках**: on haunches, squatting • **сундук**: chest • **едва**: barely • **переводить** И **дух**: to catch breath • **вскакивать** АЙ / **вскочить** И^(shift): to jump up • **схватывать** АЙ / **схватить** И^(shift): to grab • **спальня**: bedroom

In the middle of the room stood Liza-

Среди комнаты стояла Лизавета, с

veta, with a large bundle in her arms, and looked, petrified, at her murdered sister; she was white as a sheet and seemingly unable to scream. Having seen him, once he ran out, she began trembling like a leaf, with a slight shiver, and convulsions spread across her entire face; she raised one arm, and went to open her mouth, yet still she didn't scream; slowly, walking backwards, she began to move away from him, into the corner, her eyes fixed upon him — but still not screaming, as if she lacked the air to scream. He lunged toward her with the axe; her lips went askew — pitifully, as happens with small children who, when fear sets in, fix their gaze upon the thing they fear, and prepare to scream. Yet this wretched Lizaveta was so simple-minded, so brow-beaten and intimidated, once and for all, that she didn't even raise her arm to shield her face, although this was the most urgent, the most natural gesture at that moment — for the axe was now raised directly above her face. She simply raised her left hand — slightly, nowhere close to her face, and slowly extended it foreward, toward him, as if trying to keep him at bay. The blow fell directly on her skull, with the sharp edge forward, and immediately cut through the entire upper portion of her brow, almost to the crown of her head. She simply collapsed. Raskolnikov was on the verge of completely losing his composure; he grabbed her bundle, dropped it again, and ran off into the entryway.

большим узлом в руках, и смотрела в оцепенении на убитую сестру, вся белая как полотно и как бы не в силах крикнуть. Увидав его выбежавшего, она задрожала как лист, мелкою дрожью, и по всему лицу её побежали судороги; приподняла руку, раскрыла было рот, но всё-таки не вскрикнула и медленно, задом, стала отодвигаться от него в угол, пристально, в упор, смотря на него, но всё не крича, точно ей воздуху недоставало, чтобы крикнуть. Он бросился на неё с топором; губы её перекосились так жалобно, как у очень маленьких детей, когда они начинают чего-нибудь пугаться, пристально смотрят на пугающий их предмет и собираются закричать. И до того эта несчастная Лизавета была проста, забита и напугана раз навсегда, что даже руки не подняла защитить себе лицо, хотя это был самый необходимо-естественный жест в эту минуту, потому что топор был прямо поднят над её лицом. Она только чуть-чуть приподняла свою свободную левую руку, далеко не до лица, и медленно протянула ее к нему вперед, как бы отстраняя его. Удар пришёлся прямо по черепу, остриём, и сразу прорубил всю верхнюю часть лба, почти до темени. Она так и рухнулась. Раскольников совсем было потерялся, схватил её узел, бросил его опять и побежал в прихожую.

среди чего: in the middle of • **уз(е)л**: bundle • **оцепенение**: torpor, stupefaction (цепь, и: chain) • **полотно**: cloth, canvas • **не в силах** + inf: unable to • **кричать** ЖА[end] / **крикнуть** НУ: to shout • **увидав** = увидев • **дрожать** ЖА[end]: to shake • **лист**, а́: leaf • **мелкий**: small, slight • **дрожь**, и: trembling, shiver **судорога**: convulsion • **приподнимать** АЙ / **приподнять** НИМ[shift]: to raise slightly • **раскрывать** АЙ / **раскрыть** ОЙ[stem]: to open • **р(о)т**: mouth • **всё-таки**: still, nevertheless • **задом**: backwards • **отодвигаться** АЙ / **отодвинуться** НУ: to move away • **уг(о)л**, угла: corner • **пристально**: fixedly • **в упор**: point-blank, straight • **кричать** ЖА[end] / **крикнуть** НУ: to shout • **недоставать** АВАЙ /

Reading Crime and Punishment in Russian / Преступление и наказание

недоста́ть H^{stem} кому чего: to be lacking • **губа́**: lip • **перека́шиваться** АЙ / **перекоси́ться** И^{shift}: to go askew • **жа́лобный**: mournful, plaintive • **пуга́ть** АЙ / **испуга́ть** АЙ: to frighten • **предме́т**: here: thing, object • **собира́ться** АЙ / **собра́ться** + inf: to get ready to • **до того́**: to such an extent, so • **несча́стный**: unhappy, wretched • **просто́й**: simple • **заби́тый**: cowed, browbeaten • **раз навсегда́**: once and for all • **защища́ть** АЙ / **защити́ть** И^{end}: to defend, protect, shield • **необходи́мый**: necessary • **есте́ственный**: natural • **жест**: gesture • **поднима́ть** АЙ / **подня́ть** НИМ^{shift}: to raise • **чуть-чу́ть**: just a bit • **приподнима́ть** АЙ / **приподня́ть** НИМ^{shift}: to raise slightly **свобо́дный**: free • **протя́гивать** АЙ / **протяну́ть** НУ^{shift}: to extend • **отстраня́ть** АЙ / **отстрани́ть** И^{end}: to move away, push aside • **уда́р**: blow • **че́реп**: skull • **острие́**: sharp edge • **сра́зу**: right away • **проруба́ть** АЙ / **проруби́ть** И^{shift}: to chop through • **ве́рхний**: upper • **часть**, и: part • **л(о)б**: brow, forehead • **те́мя**, те́мени: crown of head • **ру́хнуться** НУ (perf.): to collapse • **теря́ться** АЙ / **потеря́ться** АЙ: to become disconcerted • **схва́тывать** АЙ / **схвати́ть** И^{shift}: to grab • **уз(е)л**: bundle • **прихо́жая**: entryway

Fear was increasingly seizing him, especially after this second and completely unexpected murder. He wanted to get out of there as quickly as possible. And if at that moment he had been in any condition to see and reason correctly; if he had only been able to consider all the difficulties of his predicament, all of its desperation, its hideousness, its ridiculousness — all while comprehending how many troubles, and, perhaps, misdeeds still remained to overcome, or commit, in order to tear free from that place and make it home — then he might well have abandoned everything and gone that very moment to hand himself in — and not out of fear for himself, but out of sheer horror and revulsion at what he'd just done.	Страх охва́тывал его́ всё бо́льше и бо́льше, осо́бенно по́сле э́того второ́го, совсе́м неожи́данного уби́йства. Ему́ хоте́лось поскоре́е убежа́ть отсю́да. И е́сли бы в ту мину́ту он в состоя́нии был пра́вильнее ви́деть и рассужда́ть; е́сли бы то́лько мог сообрази́ть все тру́дности своего́ положе́ния, всё отча́яние, всё безобра́зие и всю неле́пость его́, поня́ть при э́том, ско́лько затрудне́ний, а мо́жет быть, и злоде́йств ещё остаётся ему́ преодоле́ть и соверши́ть, что́бы вы́рваться отсю́да и добра́ться домо́й, то о́чень мо́жет быть, что он бро́сил бы всё и тотча́с пошёл бы сам на себя́ объяви́ть, и не от стра́ху да́же за себя́, а от одного́ то́лько у́жаса и отвраще́ния к тому́, что он сде́лал.

охва́тывать АЙ / **охвати́ть** И^{shift}: to seize, take over, envelop • **осо́бенно**: especially • **всё бо́льше**: more and more, ever more • **неожи́данный**: unexpected • **уби́йство**: murder • **поскоре́е**: as soon as possible • **быть с состоя́нии** + inf: to be in a condition to • **пра́вильный**: correct • **рассужда́ть** АЙ: to reason • **сообража́ть** АЙ / **сообрази́ть** И^{end}: to think over, realize • **тру́дность**, и: difficulty • **положе́ние**: situation • **отча́яние**: despair, desperation • **безобра́зие**: hideousness • **неле́пость**, и: ridiculousness • **при э́том**: moreover, on top of that • **затрудне́ние**: difficulty • **злоде́йство**: crime, misdeed • **остава́ться** АВАЙ / **оста́ться** H^{stem}: to remain • **преодолева́ть** АЙ / **преодоле́ть** ЕЙ: to overcome • **соверша́ть** АЙ / **соверши́ть** И: to commit • **вырыва́ться** АЙ / **вы́рваться** И: to "tear" oneself out, get away • **добира́ться** АЙ / **добра́ться** куда: to make it somewhere • **броса́ть** АЙ / **бро́сить** И: to throw, abandon • **объявля́ть** АЙ / **объяви́ть** И^{shift} **на себя́**: to turn oneself in • **от стра́ха за себя́**: out of fear for oneself • **отвраще́ние**: repulsion

But a certain sense of distraction, or even thoughtfulness, began to slowly gain control of him: at moments it was as if he forgot himself, or, more precisely, forgot the big picture and became fixated on trifles. It must be said that, having glanced into the kitchen and spotted a bucket on a bench, half full of water, he had enough wits about him to wash off his hands, and the axe. His hands were covered in blood, and were sticky. He lowered the axe, blade-down, straight into the water, grabbed a bit of soap that was lying by a small window on a cracked saucer, and began, right there in the bucket, to wash his hands. Having finished with that, he pulled out the axe, washed the iron blade, and — for a long time, a good three minutes — washed the wooden handle where it was spotted with blood, even working over the blood directly with the soap. Next, he wiped off everything with the linens that were drying right there on a rope stretched across the kitchen; and then, for a long time, he attentively examined the axe, beside the window. No traces remained; the handle was still damp, that was all. He carefully placed the axe into its loop, under his coat. Then, as much as the dim light in the kitchen allowed, he examined his coat, his pants, his boots. At first glance, on the outside, it looked as if nothing had happened; but, there were spots on the boots. He moistened a rag and wiped off the boots. He knew, by the way, that his perception was off, that, perhaps, there was something totally obvious that he wasn't noticing. He stood in the middle of the room, thinking. A dark and agonizing thought was rising within him: the thought that he was mad, and that, at that moment, he hadn't the power to reason, nor to defend himself; that indeed, perhaps, he shouldn't be doing what he was doing now... "My	Но какая-то рассеянность, как будто даже задумчивость, стала понемногу овладевать им: минутами он как будто забывался или, лучше сказать, забывал о главном и прилеплялся к мелочам. Впрочем, заглянув на кухню и увидав на лавке ведро, наполовину полное воды, он догадался вымыть себе руки и топор. Руки его были в крови и липли. Топор он опустил лезвием прямо в воду, схватил лежавший на окошке, на расколотом блюдечке, кусочек мыла и стал, прямо в ведре, отмывать себе руки. Отмыв их, он вытащил и топор, вымыл железо, и долго, минуты с три, отмывал дерево, где закровянилось, пробуя кровь даже мылом. Затем всё оттёр бельём, которое тут же сушилось на верёвке, протянутой через кухню, и потом долго, со вниманием, осматривал топор у окна. Следов не осталось, только древко ещё было сырое. Тщательно вложил он топор в петлю, под пальто. Затем, сколько позволял свет в тусклой кухне, осмотрел пальто, панталоны, сапоги. Снаружи, с первого взгляда, как будто ничего не было; только на сапогах были пятна. Он помочил тряпку и оттёр сапоги. Он знал, впрочем, что нехорошо разглядывает, что, может быть, есть что-нибудь в глаза бросающееся, чего он не замечает. В раздумье стал он среди комнаты. Мучительная, тёмная мысль поднималась в нём, — мысль, что он сумасшествует и что в эту минуту не в силах ни рассудить, ни себя защитить, что вовсе, может быть, не то надо делать, что он теперь делает...

God! I should run, run!" he muttered, and rushed into the entryway. But here a horror awaited him that was certainly unlike anything he'd ever experienced.	"Боже мой! Надо бежа́ть, бежа́ть!" — пробормота́л он и бро́сился в пере́днюю. Но здесь ожида́л его́ тако́й у́жас, како́го, коне́чно, он ещё ни ра́зу не испы́тывал.

рассе́янность: distraction, absent-mindedness • **заду́мчивость**, и: contemplativeness, deep reflection • **понемно́гу**: bit by bit • **овладева́ть** АЙ / **овладе́ть** ЕЙ кем/чем: to gain control of • **прилепля́ться** АЙ / **прилепи́ться** И shift к чему: to stick, cling to • **ме́лочь**, и: a trifle • **загля́дывать** АЙ / **загляну́ть** НУ shift: to glance into • **ла́вка**: bench • **ведро́**, pl. вёдра: bucket • **наполови́ну**: halfway • **по́лный** чего: full of • **дога́дываться** АЙ / **догада́ться** АЙ: to guess, get the idea to • **ли́пнуть** (НУ): to stick • **опуска́ть** АЙ / **опусти́ть** И shift: to lower **ле́звие**: blade • **око́шко**: окно • **раска́лывать** АЙ / **расколо́ть** О shift: to split, crack • **блю́дечко**: блю́до: plate • **кусо́ч(е)к**: dim. of кус(о́)к: piece • **мы́ло**: soap • **отмыва́ть** АЙ / **отмы́ть** ОЙ stem: to wash off • **выта́скивать** АЙ / **вы́тащить** И: to pull out • **желе́зо**: iron • **закрови́ниться** И end (perf.): to become stained with blood • **про́бовать** ОВА: to try, test • **оттира́ть** АЙ / **оттере́ть** /Р: to wipe off • **суши́ть** И shift / **вы́сушить** И to dry (trans.) • **верёвка**: rope • **протя́гивать** АЙ / **протяну́ть** НУ shift: to stretch, reach, extend • **внима́ние**: attention • **осма́тривать** АЙ / **осмотре́ть** Е shift: to look over • **дре́вко**: wooden handle • **сыро́й**: damp • **тща́тельный**: careful • **вкла́дывать** АЙ / **вложи́ть** И shift: to insert • **позволя́ть** АЙ / **позво́лить** И: to allow, permit • **ту́склый**: dim • **пантало́ны**: trousers • **сапо́г**: boot • **снару́жи**: outside • **взгляд**: glance • **пятно́**: a spot, stain • **мочи́ть** И shift / **помочи́ть** И: to dampen • **тря́пка**: rag • **оттира́ть** АЙ / **оттере́ть** /Р: to wipe off • **разгля́дывать** АЙ / **разгляде́ть** Е end: to make out, see (something hard to see) • **броса́ться в глаза́**: lit. "throws itself in the eyes," is obvious • **замеча́ть** АЙ / **заме́тить** И: to notice • **разду́мье**: thought, contemplation • **среди́** чего: in the middle of • **мучи́тельный**: tortuous • **поднима́ться** АЙ / **подня́ться** НИМ shift: to rise, arise **сумасше́ствовать** = сходи́ть с ума́ • **рассужда́ть** АЙ / **рассуди́ть** И shift: to reason • **защища́ть** АЙ / **защити́ть** И end: to defend • **во́все не**: not at all • **бормота́ть** А shift / **пробормота́ть** А: to mutter • **пере́дняя**: entryway • **ожида́ть** АЙ: to expect • **испы́тывать** АЙ / **испыта́ть** АЙ: to experience

He stood there, looked, and couldn't believe his eyes: the door, the outside door from the entryway onto the stairwell — the same one he'd rung at earlier, and entered by — stood unlocked, and even open to a palm's width; no lock, no latch — this whole time, this whole time! The old woman hadn't locked it behind him, perhaps out of caution. But God! He'd certainly seen Lizaveta, later! And how, how could he not have realized that she came in from somewhere, after all! Not though the wall, for heaven's sake!	Он стоя́л, смотре́л и не ве́рил глаза́м свои́м: дверь, нару́жная дверь, из прихо́жей на ле́стницу, та са́мая, в кото́рую он дави́ча звони́л и вошёл, стоя́ла отпе́ртая, да́же на це́лую ладо́нь приотворённая: ни замка́, ни запо́ра, всё вре́мя, во всё э́то вре́мя! Стару́ха не заперла́ за ним, мо́жет быть, из осторо́жности. Но Бо́же! Ведь ви́дел же он пото́м Лизаве́ту! И как мог, как мог он не догада́ться, что ведь вошла́ же она́ отку́да-нибу́дь! Не сквозь сте́ну же.

ве́рить И / **пове́рить** И чему: to believe • **нару́жный**: outside, exterior • **прихо́жая**: entryway • **дави́ча**: earlier, before • **звони́ть** И end / **позвони́ть** И: to ring • **отпира́ть** АЙ / **отпере́ть** /Р: to unlock, open • **це́лый**: entire • **ладо́нь**, и: a palm (a palm's width) • **приотворя́ть** АЙ / **приотвори́ть** И shift: to open slightly • **зам(о́)к**: lock • **запо́р**: bolt •

запирать АЙ / **запереть** /P: to lock, close • **из** чего: out of, due to • **осторожность**, и: care, caution • **догадываться** АЙ / **догадаться** АЙ: to guess, realize • **ведь**: after all • **сквозь** что: through (with difficulty) • **стена**: wall

He lunged toward the door and fastened the latch.

"No, again the wrong thing! I've got to go, to go…"

He unfastened the latch, opened the door, and began to listen for sounds on the stairwell.

He listened for a long time. Somewhere far below — beneath the archway, probably — two voices were shouting loudly and shrilly; they were arguing and cursing. "What are they up to?.." He waited patiently. Finally, all at once, everything fell completely quiet; the people had gone their separate ways. He was ready to step out, but suddenly, one floor down, a door to the stairwell opened loudly, and someone began to descend, humming a tune. "Why are these people constantly making noise!" flashed through his head. He again shut the door behind him, and waited for the commotion to pass. Finally everything fell silent — not a soul about. He was about to take the first step down the stairs when suddenly some new footsteps were heard.

Он кинулся к дверям и наложил запор.

"Но нет, опять не то! Надо идти, идти…"

Он снял запор, отворил дверь и стал слушать на лестницу.

Долго он выслушивал. Где-то далеко, внизу, вероятно под воротами, громко и визгливо кричали чьи-то два голоса, спорили и бранились. "Что они?.." Он ждал терпеливо. Наконец разом всё утихло, как отрезало; разошлись. Он уже хотел выйти, но вдруг этажом ниже с шумом растворилась дверь на лестницу, и кто-то стал сходить вниз, напевая какой-то мотив. "Как это они так всё шумят!" — мелькнуло в его голове. Он опять притворил за собою дверь и переждал. Наконец всё умолкло, ни души. Он уже ступил было шаг на лестницу, как вдруг опять послышались чьи-то новые шаги.

кидать АЙ / **кинуть** НУ: to throw, hurl • **накладывать** АЙ / **наложить** И^shift: to put into place • **запор**: bolt • **снимать** АЙ / **снять** НИМ^shift: to take off, remove • **отворять** АЙ / **отворить** И^shift: to open • **выслушивать** АЙ: to listen • **внизу**: at the bottom, downstairs **вероятно**: probably • **визгливый**: shrill • **кричать** ЖА^end / **крикнуть** НУ: to shout • **спорить** И: to argue • **бранить** И^end: to verbally abuse • **терпеливый**: patient • **утихать** АЙ / **утихнуть** (НУ): to fall silent • **как отрезало**: abruptly, all of a sudden (отрезать А: to cut off) • **шум**: noise • **растворять** АЙ / **растворить** И^shift: to open • **сходить** И^shift / **сойти**: to go down • **напевать** АЙ / **напеть** ОЙ: to sing • **мотив**: motif, tune • **шуметь** Е: to make noise • **мелькать** АЙ / **мелькнуть** НУ^end: to flash past, glimmer • **притворять** АЙ / **притворить** И^end: to close • **пережидать** АЙ / **переждать**: to wait a bit • **умолкать** АЙ / **умолкнуть** (НУ): to fall silent • **ни души**: not a soul • **ступать** АЙ / **ступить** И^shift: to step

Reading Crime and Punishment in Russian / **Преступление и наказание** 113

The footsteps resounded from very far away, from the very bottom of the stairwell; yet he remembered very well, very distinctly, how right away, from the very first sound, he'd begun to suspect, for some reason, that they were headed precisely toward him, to the fourth floor, to the old woman's. Why? Were the sounds peculiar somehow, remarkable? The steps were heavy, evenly paced, unhurried. Whoever it was had already passed the first floor, and had continued to climb, ever more audibly! The intruder's labored breathing could be heard. And now he'd reached the third floor... He's coming here! And suddenly it seemed to him that he was completely petrified, that things were just like in a dream, when you dream you're being chased — they're getting close, they want to kill you — yet you yourself feel glued to the ground and can't even move your arms.

Эти шаги послышались очень далеко, ещё в самом начале лестницы, но он очень хорошо и отчётливо помнил, что с первого же звука, тогда же стал подозревать почему-то, что это непременно сюда, в четвёртый этаж, к старухе. Почему? Звуки, что ли, были такие особенные, знаменательные? Шаги были тяжёлые, ровные, неспешные. Вот уж он прошёл первый этаж, вот поднялся ещё; всё слышней и слышней! Послышалась тяжёлая одышка входившего. Вот уж и третий начался... Сюда! И вдруг показалось ему, что он точно окостенел, что это точно во сне, когда снится, что догоняют, близко, убить хотят, а сам точно прирос к месту и руками пошевелить нельзя.

шаг: step • **начало**: beginning • **отчётливый**: clear, distinct • **звук**: sound • **подозревать** АЙ: to suspect • **непременно**: certainly, without fail, for certain • **особенный**: particular, special • **знаменательный**: remarkable • **тяжёлый**: heavy, ponderous • **ровный**: even, measured, steady **неспешный**: unhurried • **подниматься** АЙ / **подняться** НИМ[shift]: to rise (to go up stairs) • **слышный**: audible • **всё слышней**: ever more audibly, ever louder • **одышка**: shortness of breath, wheezing • **костенеть** ЕЙ / **окостенеть** ЕЙ: to grow stiff (like bone) • **во сне**: in a dream • **сниться** И / **присниться** И кому: to appear to so. in a dream • **догонять** АЙ / **догнать** (-гоню, -гонишь): to catch up with **прирастать** АЙ / **прирасти** (прирасту, прирастёшь; прирос, приросла, приросло) к чему: to grow onto, become attached to • **место**: place • **шевелить** И[shift/end] / **пошевелить** И чем: to move (transitive)

Тут только что был убийца

The Killer Was Just Here

And it was only when, at last, the guest began to climb toward the fourth floor, that Raskolnikov sprang to life, and somehow managed to slip, quickly and adroitly, from the entryway into the apartment, and to close the door behind him. He then grabbed the latch and slowly, inaudibly, lowered it into its ring. His instincts helped. Having finished everything, he lay low, not breathing, right behind the door. The uninvited guest had already reached the door as well. They now stood there, across from one another, just as he had stood before with the old woman, when only the door had separated them, and he stood listening.

И наконец, когда уже гость стал подниматься в четвёртый этаж, тут только [Раскольников] весь вдруг встрепенулся и успел-таки быстро и ловко проскользнуть назад из сеней в квартиру и притворить за собой дверь. Затем схватил запор и тихо, неслышно, насадил его на петлю. Инстинкт помогал. Кончив всё, он притаился не дыша, прямо сейчас у двери. Незваный гость был уже тоже у дверей. Они стояли теперь друг против друга, как давеча он со старухой, когда дверь разделяла их, а он прислушивался.

гость, я: guest, visitor • **подниматься** АЙ / **подняться** НИМˢʰⁱᶠᵗ: to go up (stairs) • **весь**: entire(ly) • **встрепенуться** НУ (perf.): to shudder, start • **успевать** АЙ / **успеть** ЕЙ: to manage • **-таки**: after all, in the end, still • **ловкий**: skilled, deft • **проскальзывать** АЙ / **проскользнуть** НУᵉⁿᵈ: to slip past • **сени**: entryway • **притворять** АЙ / **притворить** Иᵉⁿᵈ: to close • **схватывать** АЙ / **схватить** И: to grab • **запор**: bolt, hook (of lock) • **(не)слышный**: (in-)audible • **насаждать** АЙ / **насадить** Иˢʰⁱᶠᵗ: to implant, put into place • **петля**: loop (holding the bolt) • **помогать** АЙ / **помочь** Г: to help • **притаиваться** АЙ / **притаиться** Иᵉⁿᵈ: to lie quiet, hide • **дышать** ЖАˢʰⁱᶠᵗ: to breathe • **незваный**: uninvited • **против** чего: opposite,

across from • **давеча**: earlier • **старуха**: old woman • **разделять** АЙ / **разделить** И^{shift}: to separate • **прислушиваться** АЙ / **прислушаться** АЙ: to listen

The guest took a few deep breaths, with difficulty. "A big, fat guy, most likely," thought Raskolnikov, squeezing the axe in his hand. Indeed, it was as though he were dreaming it all. The guest grabbed the doorbell and rang it loudly.

The moment the tinny sound of the doorbell rang out, it suddenly seemed to him that someone had moved in the room. For a few seconds, he even listened up, in all seriousness. The stranger rang again, waited a bit more, and suddenly, impatiently, began to jerk at the door with all his might. Raskolnikov watched in horror as the latch jumped around in its ring, and waited, with a dull fear, for it to jump free at any moment. Indeed, it seemed fully possible, so powerfully was the door being jerked. He was about to hold the latch down with his hand — but the man might notice. It was as if his head had begun to spin again. "I'm about to fall!" he thought, in a flash; but then the stranger began to talk, and immediately he came to his senses.

Гость несколько раз тяжело отдыхнулся. "Толстый и большой, должно быть", — подумал Раскольников, сжимая топор в руке. В самом деле, точно всё это снилось. Гость схватился за колокольчик и крепко позвонил.

Как только звякнул жестяной звук колокольчика, ему вдруг как будто почудилось, что в комнате пошевелились. Несколько секунд он даже серьёзно прислушивался. Незнакомец звякнул ещё раз, ещё подождал и вдруг, в нетерпении, изо всей силы стал дёргать ручку у дверей. В ужасе смотрел Раскольников на прыгавший в петле крюк запора и с тупым страхом ждал, что вот-вот и запор сейчас выскочит. Действительно, это казалось возможным: так сильно дёргали. Он было вздумал придержать запор рукой, но тот мог догадаться. Голова его как будто опять начинала кружиться. "Вот упаду!" — промелькнуло в нём, но незнакомец заговорил, и он тотчас же опомнился.

тяжёлый: heavy • **отдыхаться** АЙ / **отдыхнуться** НУ: to take deep breaths (here, from overexertion) • **должно быть**: probably, must be • **сжимать** АЙ / **сжать** /М (сожму, сожмёшь): to squeeze • **сниться** И / **присниться** И кому: to appear to someone in a dream • **хвататься** / **схватиться** И за что: to grab at • **колокольчик**: dim. of колокол: bell • **крепкий**: firm, strong • **звонить** И^{end} / **позвонить** И: to ring • **как только**: as soon as • **звякать** АЙ / **звякнуть** НУ: to ring • **жестяной**: tin, tinny • **звук**: sound • **чудиться** И / **почудиться** И кому: to seem (in an illusory fashion) • **шевелиться** И^{shift/end} / **пошевелиться** И: to move (intransitive) • **секунда**: second • **незнаком(е)ц**: a stranger • **подождать**: to wait a bit • **нетерпение**: impatience • **изо всей силы**: with all one's strength • **дёргать** АЙ / **дёрнуть** НУ: to jerk, tug at • **ручка**: handle • **прыгать** АЙ: to jump • **крюк**: hook (on lock) • **тупой**: blunt, dull, obtuse • **страх**: fear • **вот-вот**: any second now • **выскакивать** АЙ / **выскочить** И: to jump out • **действительно**: indeed • **казаться** А^{shift} / **показаться** А чем: to seem to be • **возможный**: possible • **вздумывать** АЙ / **вздумать** АЙ: to take it into one's head to • **придерживать** АЙ / **придержать** ЖА^{shift}: to support, hold up • **догадываться** АЙ

Reading Crime and Punishment in Russian / **Преступление и наказание**

/ **догадаться** АЙ: to guess • **кружиться** И^{shift}: to spin • **падать** АЙ / **упасть** Д^{end}: to fall • **промелькнуть** НУ^{end}: to flash by, glimmer • **незнакомец**: a stranger • **опомниться** И: to come to one's senses

"What are they up to in there, dozing off? Or did someone strangle them both? D-d-damn them!" he bellowed, as if from a barrel. "Hey, Alyona Ivanovna, you old witch! Lizaveta Ivanovna, you indescribable beauty! Open up! Ugh, damned women — are they asleep or something?"

— Да что они там, дрыхнут или передушил их кто? Тррреклятые! — заревел он как из бочки. — Эй, Алёна Ивановна, старая ведьма! Лизавета Ивановна, красота неописанная! Отворяйте! У, треклятые, спят они, что ли?

And once again, enraged, he pulled the bell a good ten times, right in a row, with all his might. This was most certainly a domineering man, and no stranger to this apartment.

И снова, остервенясь, он раз десять сразу, из всей мочи, дёрнул в колокольчик. Уж, конечно, это был человек властный и короткий в доме.

дрыхнуть НУ: to doze • **(пере)душить** И^{shift}: to strangle • **треклятый** = **проклятый**: cursed, damned • **реветь** (реву, ревёшь): to howl • **бочка**: barrel • **ведьма**: witch • **красота**: beauty • **неописанный**: "undescribed," extraordinary • **отворять** АЙ / **отворить** И^{end}: to open • **стервениться** И^{end} / **остервениться** И: to become angry, enraged • **мочь**, и: power • **дёргать** АЙ / **дёрнуть** НУ: to jerk, tug at • **властный**: overbearing, domineering • **короткий**: short; here: familiar, close, a frequent visitor

Suddenly, at that very moment, some hurried steps were heard on the stairs, not far away. Someone else was approaching. Raskolnikov couldn't quite make things out at first.

В самую эту минуту вдруг мелкие, поспешные шаги послышались недалеко на лестнице. Подходил ещё кто-то. Раскольников и не расслышал сначала.

"Is there really no one home?" shouted the man who had approached, resoundingly and merrily, directly addressing the first visitor, who continued tugging at the bell. "Hello there, Koch!"

— Неужели нет никого? — звонко и весело закричал подошедший, прямо обращаясь к первому посетителю, всё ещё продолжавшему дёргать звонок. — Здравствуйте, Кох!

"Judging by his voice, he must be very young," thought Raskolnikov suddenly.

"Судя по голосу, должно быть, очень молодой", — подумал вдруг Раскольников.

в самую эту минуту: at that very moment • **мелкий**: small, slight (here, hurried, frequent) • **поспешный**: hurried • **шаг**: step • **лестница**: staircase • **расслышать** ЖА: to hear (with difficulty), make out • **звонкий**: resonant, ringing • **кричать** АЙ^{end} / **крикнуть** НУ: to shout • **прямо**: straight, directly • **обращаться** АЙ / **обратиться** И^{end} к кому: to address, turn to •

посети́тель, я: visitor • **продолжа́ть** АЙ / **продо́лжить** И + inf: to continue to • **звон(о́)к**: doorbell • **суди́ть** И^shift по: to judge by

"The devil knows what they're up to, I've almost broken the doorbell," answered Koch. "How do you know me, by the way?"	— Да чёрт их зна́ет, замо́к чуть не разлома́л, — отвеча́л Кох. — А вы как меня́ изво́лите знать?
"Oh, come now! The other day, at 'Gambrinus,' I beat you three games in a row at pool!"	— Ну вот! А тре́тьего-то дня, в "Гамбри́нусе", три па́ртии сря́ду взял у вас на билиа́рде!
"Ahh..."	— А-а-а...
"So they're not home? That's odd. Terribly stupid, I must say. Where could the old woman be off to? I've got business to discuss."	— Так нет их-то? Стра́нно. Глу́по, впро́чем, ужа́сно. Куда́ бы стару́хе уйти́? У меня́ де́ло.
"Well, I've got business too, my fine sir!"	— Да и у меня́, ба́тюшка, де́ло!
"Well, what can you do? Head back, I suppose. Ugh! I thought I'd get some money!" exclaimed the young man.	— Ну, что же де́лать? Зна́чит, наза́д. Э-эх! А я бы́ло ду́мал де́нег доста́ть! — вскрича́л молодо́й челове́к.

чёрт их зна́ет: literally, "the devil knows them" • **разла́мывать** АЙ / **разлома́ть** АЙ: to break • **изво́лить** И + inf.: to "deign" to; common in polite 19th-cent. speech • **тре́тьего дня**: the other day • **Гамбри́нус**: a tavern (Gambrinus is a legendary "king of beer"; cf. the Czech beer bearing the same name) • **па́ртия**: round, game • **сря́ду**: in a row • **впро́чем**: by the way • **де́ло**: matter, business • **наза́д**: back (i.e. to go back, leave) • **достава́ть** АВАЙ / **доста́ть** Н^stem: to get, obtain • **вскри́кивать** АЙ / **вскрича́ть** ЖА^end: to shout

"Time to head back, of course — but why make an appointment? The witch named the time herself. I went out of my way to come here. And where the devil is she lounging about, I'd like to know? The witch sits here the whole year round, souring — her legs hurt — and here all of a sudden it's time to gallivant!"	— Коне́чно, наза́д, да заче́м назнача́ть? Сама́ мне, ве́дьма, час назна́чила. Мне ведь крюк. Да и куда́ к чёрту ей шля́ться, не понима́ю? Кру́глый год сиди́т ве́дьма, ки́снет, но́ги боля́т, а тут вдруг и на гуля́нье!
"Wait!" the young man shouted suddenly. "Look! See how the door gives a bit when you jerk it?"	— Сто́йте! — закрича́л вдруг молодо́й челове́к, — смотри́те: ви́дите, как дверь отстаёт, е́сли дёргать?

"So what?"	— Ну?
"That means it's latched shut, not locked — it's on a hook, I mean! Hear how the latch jingles?"	— Значит, она не на замке, а на запоре, на крючке то есть! Слышите, как запор брякает?
"So what?"	— Ну?
"Don't you get it? It means one of them is home. If everyone had left, then they'd have locked it with the key, from outside, not with the latch, from the inside. And look — hear how the latch jingles! But to lock yourself in with the latch, you've got to be home, get it? So they're sitting there at home and refusing to open!"	— Да как же вы не понимаете? Значит, кто-нибудь из них дома. Если бы все ушли, так снаружи бы ключом заперли, а не на запор изнутри. А тут, — слышите, как запор брякает? А чтобы затвориться на запор изнутри, надо быть дома, понимаете? Стало быть, дома сидят, да не отпирают!

назначать АЙ / **назначить** И: to designate; here: to schedule an appointment • **крюк**: detour (i.e. he's gone out of his way) • **к чёрту**: to the devil with it, damn it • **шляться** АЙ: to idle around • **круглый**: round; here: the "whole year round" • **киснуть** НУ: to grow sour (from sitting around) • **болеть** Е: to hurt • **гулянье**: strolling about, carousing • **дворник**: janitor, yardkeeper • **отставать** АВАЙ / **отстать** H^{stem}: to "stand back from," to "give" a bit • **дёргать** АЙ / **дёрнуть** НУ: to jerk at • **замок**: lock • **крюч(о)к**: крюк: hook, latch • **брякать** АЙ / **брякнуть** НУ: to clink, jingle • **запирать** АЙ / **запереть** /Р (запру, запрёшь, запер, заперла, заперли): to lock • **изнутри**: from the inside, on the inside • **затворяться** АЙ / **затвориться** И^{end}: to close, lock (oneself in) • **отпирать** АЙ / **отпереть** /Р: to open, unlock

"Why, I never! You're right!" shouted Koch, amazed. "What are they doing in there then!" And he began jerking at the door furiously.	— Ба! Да и в самом деле! — закричал удивившийся Кох. — Так что ж они там! — И он неистово начал дёргать дверь.
"Wait!" the young man shouted again. "Stop jerking at it! Something's not right here… I mean, you've rung, pulled at the door, and they're not opening; so, either they've both fainted, or…"	— Стойте! — закричал опять молодой человек, — не дёргайте! Тут что-нибудь да не так… вы ведь звонили, дёргали — не отпирают; значит, или они обе в обмороке, или…
"Or what?"	— Что?
"Here's what: let's go fetch the janitor; let him rouse them himself."	— А вот что: пойдёмте-ка за дворником; пусть он их сам разбудит.

удивлять АЙ / **удивить** И^{end} кому: to surprise s.o. • **неистовый**: furious • **начинать**

АЙ / **начать** /H_end + inf: to begin • **стой**: stop! wait! • **не так**: wrong, not as it should be • **обморок**: a fainting spell • **пойдёмте**: let's go • **за** кем: to fetch s.o. • **дворник**: janitor • **будить** И^shift / **разбудить** И: to wake up

"It's a deal!" And both began heading down the stairs.

— Дело! — Оба двинулись вниз.

"Wait! Why don't you stay here, and I'll run down and fetch the janitor."

— Стойте! Останьтесь-ка вы здесь, а я сбегаю вниз за дворником.

"Why stay here?"

— Зачем оставаться?

"Just in case..."

— А мало ли что?..

Koch remained; he moved the bell once more, ever so slightly, and it rang out again; then, slowly, as if contemplating and examining things, he began moving the door handle, pulling it slightly then letting it go, as if to make sure, yet again, that it was on the latch alone. Then, breathing heavily, he squatted and began looking through the keyhole; but the key was stuck there from the inside, so nothing could be seen.

Кох остался, пошевелил ещё раз тихонько звонком, и тот звякнул один удар; потом тихо, как бы размышляя и осматривая, стал шевелить ручку двери, притягивая и опуская её, чтоб убедиться ещё раз, что она на одном запоре. Потом пыхтя нагнулся и стал смотреть в замочную скважину; но в ней изнутри торчал ключ и, стало быть, ничего не могло быть видно.

дело: here: agreed! • **двигаться** АЙ / **двинуться** НУ: to move • **оставаться** АВАЙ / **остаться** H^stem: to stay, remain behind • **сбегать** АЙ: to run after, make a quick round trip • **зачем**? why? what for? • **а мало ли** (что): "who knows what may happen," "just in case" • **шевелить** И / **пошевелить** И чем: to move • **тихонько**: dim. of тихо: quietly • **звякать** АЙ / **звякнуть** НУ: to ring • **удар**: a blow • **размышлять** АЙ: to think over • **осматривать** АЙ / **осмотреть** E^shift: to inspect • **ручка**: handle • **притягивать** АЙ / **притянуть** НУ^shift: to pull toward • **опускать** АЙ / **опустить** И^shift: to drop, let fall • **убеждаться** АЙ / **убедиться** И^end: to make sure • **на одном запоре**: only on the latch/hook • **пыхтеть** E^end: to pant • **нагибаться** АЙ / **нагнуться** НУ: to stoop • **замочная скважина**: keyhole • **торчать** ЖА: to protrude, stick • **ключ**: key • **стало быть**: therefore • **видный**: visible

Raskolnikov stood and squeezed the axe. He was practically delirious. He was even prepared to fight them when they entered. As they were knocking and talking things over, the thought came to him, several times, of ending it all at once, and shouting at them from behind the door. At times he felt like beginning to curse them, to taunt them, until they

Раскольников стоял и сжимал топор. Он был точно в бреду. Он готовился даже драться с ними, когда они войдут. Когда стучались и сговаривались, ему несколько раз вдруг приходила мысль кончить всё разом и крикнуть им из-за дверей. Порой хотелось ему начать ругаться с ними, дразнить их, покамест не

managed to open the door. "If only to get it over with!" flashed through his head. Time kept passing — one minute, another — and no one came. Koch began to stir.	отперли. "Поскор<u>е</u>й бы уж"! — мелькн<u>у</u>ло в ег<u>о</u> голов<u>е</u>… Время проход<u>и</u>ло, мин<u>у</u>та, друг<u>а</u>я — никт<u>о</u> не шёл. Кох стал шевел<u>и</u>ться.

сжима**ть** АЙ / **сжать** /М: to squeeze • **т**о**чно**: as if, just like • **бред**: delirium • **др**а**ться** n/sA (дер<u>у</u>сь, дерёшься) / **подр**а**ться** с кем: to fight with • **стуч**а**ться** ЖА^{end} / **постуч**а**ться** ЖА to knock on door • **сгов**а**риваться** АЙ / **сговор**и**ться** АЙ: to reach an agreement, discuss • **мысль**, и: thought, idea • **р**а**зом**: at once • **крич**а**ть** ЖА / **кр**и**кнуть** НУ: to shout • **начин**а**ть** АЙ / **нач**а**ть** / Н^{end}: to begin to • **руг**а**ться** АЙ с кем: to verbally abuse • **дразн**и**ть** И^{shift} ког<u>о</u>: to tease • **пок**а**мест не** = пок<u>а</u> не: until **поскор**е**й бы уж**: the sooner the better! • **мельк**а**ть** АЙ / **мелькн**у**ть** НУ^{end}: to glimmer, flash • **шевел**и**ться** И^{shift/end} / **пошевел**и**ться** И: to move

"The devil take it!.." he shouted suddenly, losing patience — and, having abandoned his watch, he too headed down the stairs, hurrying, and pounding the stairs with his boots. Then the footsteps faded. "Lord, what should I do?" Raskolnikov unfastened the latch, opened the door a bit — nothing could be heard, and he suddenly, no longer even thinking at all, stepped out, shut the door as tightly as he could behind him, and headed down the stairs.	— Однако чёрт!.. — закрич<u>а</u>л он вдруг и в нетерп<u>е</u>нии, бр<u>о</u>сив свой кара<u>у</u>л, отпр<u>а</u>вился т<u>о</u>же вниз, торопясь и стуч<u>а</u> по л<u>е</u>стнице сапог<u>а</u>ми. Ш<u>а</u>ги ст<u>и</u>хли. — Г<u>о</u>споди, что же д<u>е</u>лать! Раск<u>о</u>льников снял зап<u>о</u>р, приотвор<u>и</u>л дверь — ничег<u>о</u> не сл<u>ы</u>шно, и вдруг, соверш<u>е</u>нно уж<u>е</u> не д<u>у</u>мая, в<u>ы</u>шел, притвор<u>и</u>л как мог плотн<u>е</u>е дверь за соб<u>о</u>й и пуст<u>и</u>лся вниз.

(не)терпе**ние**: impatience • **брос**а**ть** АЙ / **бр**о**сить** И: to throw; abandon • **кара**у**л**: guard • **отправл**я**ться** АЙ / **отпр**а**виться** И: to head off • **тороп**и**ться** И / **потороп**и**ться** И: to hurry • **стуч**а**ть** ЖА^{end} / **ст**у**кнуть** НУ: to knock • **сап**о**г**: boot • **стих**а**ть** АЙ / **ст**и**хнуть** (НУ): to fall silent • **снима**т**ь** АЙ / **снять** НИМ^{shift}: to remove, take off • **зап**о**р**: latch • **приотвор**я**ть** АЙ / **приотвор**и**ть** И^{end}: to open a bit • **сл**ы**шный**: audible • **пл**о**тно**: solidly, firmly (как мог плотн<u>е</u>е: as tightly as possible) • **пуск**а**ться** АЙ / **пуст**и**ться** И^{shift}: to rush off, head off

He'd already descended three flights of stairs when suddenly he heard a loud noise down below — where was he to go! There was nowhere to hide. He was on the verge of running backwards, back to the apartment… Below, someone burst out of some apart-	Он уж<u>е</u> сошёл три л<u>е</u>стницы, как вдруг посл<u>ы</u>шался с<u>и</u>льный шум н<u>и</u>же, — куд<u>а</u> дев<u>а</u>ться! Никуд<u>а</u>-то нельз<u>я</u> б<u>ы</u>ло спр<u>я</u>таться. Он побеж<u>а</u>л б<u>ы</u>ло наз<u>а</u>д, оп<u>я</u>ть в кварт<u>и</u>ру… С кр<u>и</u>ком в<u>ы</u>рвался кт<u>о</u>-то внизу

ment, with a shout, and didn't so much run as plunge down the stairs, screaming at the top of his lungs:

"Mitka! Mitka! Mitka! Mitka! Mitka! Damn you-u-u!"

из какой-то квартиры и не то что побежал, а точно упал вниз, по лестнице, крича во всю глотку:

— Митька! Митька! Митька! Митька! Митька! Шут те дери-и-и!

слышаться ЖА / **послышаться** ЖА: to be heard • **сильный**: strong (loud) • **шум**: noise • **деваться** АЙ / **деться** H^{stem}: lit. "to put oneself," get to, go away, hide • **побежал было**: he was about to run off, he thought to run off • **прятать** А / **спрятать** А: to hide • **крик**: a shout • **вырываться** АЙ / **вырваться** n/sA: to rush out, "tear oneself out" • **внизу**: below • **не то что... а...**: not so much... but rather... • **падать** АЙ / **упасть** Д: to fall • **кричать** ЖА^{end} / **крикнуть** НУ: to shout • **во всю глотку**: at the top of one's lungs (lit. throat) • **шут те(бя) дери**: damn you, "may the jester flay you"

The yelling ended with a shriek; the final sounds were heard from the yard, and everything fell quiet. But at that very moment several people, speaking loudly and frequently, began noisily climbing the stairs. There were three or four of them. He could make out the resounding voice of the young man. "It's them!"

Крик закончился взвизгом; последние звуки послышались уже на дворе; всё затихло. Но в то же самое мгновение несколько человек, громко и часто говоривших, стали шумно подниматься на лестницу. Их было трое или четверо. Он расслышал звонкий голос молодого. "Они!"

In total despair, he set off straight toward them — come what may! If they stop him, it'll all be over; if they let him pass, it's still all over — they'll remember him. The distance between them was dwindling; all that remained was a single flight of stairs — and then, suddenly, salvation! Just a few steps away, to the right, stood an empty apartment, its door wide open — the very same second-floor apartment where some workers had been painting; and now, as if by design, they'd left. It was they, most likely, who'd run out just now, shouting so loudly. The floors had just been painted; in the middle of the room stood a bucket and a container with some paint and a paintbrush. In a flash, he slipped through the open door and hid on the other side of the wall — and it was high time: they were already right on the landing. Then

В полном отчаянии пошёл он им прямо навстречу: будь что будет! Остановят, всё пропало, пропустят, тоже всё пропало: запомнят. Они уже сходились; между ними оставалась всего одна только лестница — и вдруг спасение! В нескольких ступеньках от него, направо, пустая и настежь отпертая квартира, та самая квартира второго этажа, в которой красили рабочие, а теперь, как нарочно, ушли. Они-то, верно, и выбежали сейчас с таким криком. Полы только что окрашены, среди комнаты стоят кадочка и черепок с краской и с мазилкой. В одно мгновение прошмыгнул он в отворённую дверь и притаился за стеной, и было время: они уже стояли на самой площадке. Затем повернули вверх

Reading Crime and Punishment in Russian / **Преступление и наказание**

they turned to continue upward, and went past, toward the fourth floor, conversing loudly. He waited for them to pass, emerged on tiptoe, and ran off down the stairs.	и прошли мимо, четвёртый этаж, громко разговаривая. Он выждал, вышел на цыпочках и побежал вниз.

взвизг: shriek • **затихать** АЙ / **затихнуть** (НУ): to fall silent • **мгновение**: moment • **шумный**: noisy • **подниматься** АЙ / **подняться** НИМ[shift]: to go up (stairs) • **расслышать** ЖА: to hear (make out with some difficulty) • **звонкий**: resonant • **отчаяние**: despair, desperation • **(идти) кому навстречу**: to go toward, meet (halfway) • **будь что будет**: come what may, "be what will be" • **останавливать** АЙ / **остановить** И[shift]: to stop • **пропускать** АЙ / **пропустить** И[shift]: to let pass • **пропадать** АЙ / **пропасть** Д[end]: to be wasted, be in vain, be lost • **всего**: just • **запоминать** АЙ / **запомнить** И: to notice, commit to memory • **сходиться** И / **сойтись**: to approach each other, converge • **оставаться** АВАЙ / **остаться** Н[stem]: to be left • **спасение**: salvation, safety • **ступенька**: dim. of ступень, и: step • **пустой**: empty • **настежь отпертый**: wide open • **тот (же) самый, та самая**: the same • **красить** И / **покрасить** И: to paint • **рабочий**: worker • **пол**: floor • **окрасить** И (perf.): to paint • **кадочка**: kind of barrel, bucket • **череп(о)к**: crock, container • **краска**: paint • **мазилка**: brush • **мгновение**: moment • **прошмыгивать** АЙ / **прошмыгнуть** НУ: to slip past • **притаиться** И[end]: to hide • **стена**: wall • **и было время**: and it was just in time • **на самой площадке**: right on the landing (лестничная площадка) • **поворачивать** АЙ / **повернуть** НУ[end]: to turn • **вверх**: upward, up the stairs • **разговаривать** АЙ: to converse, talk • **выжидать** АЙ / **выждать** n/sА: to wait • **цыпочки**: tiptoes

There was no one on the stairs! Nor beneath the archway. He passed through it quickly and turned right, onto the street.	Никого на лестнице! Под воротами тоже. Быстро прошёл он подворотню и повернул налево по улице.
He knew — he knew perfectly well — that at that moment they were already in the apartment, that they'd been quite surprised to see it open, when just a moment ago it'd been closed; that they were looking at the bodies, and that no more than a minute would pass before they guessed what had happened, and fully realized that the killer was just here...	Он очень хорошо знал, он отлично хорошо знал, что они, в это мгновение, уже в квартире, что очень удивились, видя, что она отперта, тогда как сейчас была заперта, что они уже смотрят на тела и что пройдёт не больше минуты, как они догадаются и совершенно сообразят, что тут только что был убийца...

ворота (pl): gate (here, the entry from the street into the courtyard) • **подворотня**: gateway • **поворачивать** АЙ / **повернуть** НУ[end]: to turn • **мгновение**: moment • **удивляться** АЙ / **удивиться** И[end]: to be surprised • **сейчас**: now, i.e. just now, just a moment ago • **запирать** АЙ / **запереть** /Р: to lock • **тело**, pl. тела: body • **догадываться** АЙ / **догадаться** АЙ: to guess, figure out • **соображать** АЙ / **сообразить** И[end]: to think over, realize • **убийца**: murderer

The gateway of the pawnbroker's apartment, through which Raskolnikov escapes.

Что это, вы больны?

Are You Sick or Something?

In a daze, he passed through the gateway of his building; he had at least made his way onto the stairs when — only then — he remembered about the axe. And meanwhile a highly important task lay ahead: putting it back, and as unnoticeably as possible. Of course, he was no longer able to realize that, perhaps, it would have been much better for him not to put the axe back at all, but to discard it, even if at some later time, somewhere in someone else's courtyard.

Не в полной памяти прошёл он и в ворота своего дома; по крайней мере он уже прошёл на лестницу и тогда только вспомнил о топоре. А между тем предстояла очень важная задача: положить его обратно и как можно незаметнее. Конечно, он уже не в силах был сообразить, что, может быть, гораздо лучше было бы ему совсем не класть топора на прежнее место, а подбросить его, хотя потом, куда-нибудь на чужой двор.

полный: full • **память**, и: memory (here, the meaning is more like "awareness" or "right mind") • **ворота**, ворот (pl.): gate • **по крайней мере**: at least (крайний: extreme, adj. from край: edge) • **лестница**: stairs • **вспоминать** АЙ / **вспомнить** И: to recall • **между тем**: meanwhile • **предстоять** ЖА^end: to "stand ahead," to await, lie ahead • **важный**: important • **задача**: task • **класть** Д^end / **положить** И^shift: to put into a lying position • **обратно**: back • **незаметный**: unnoticeable • **соображать** АЙ / **сообразить** И^end: to think over, consider, realize • **прежний**: former, previous • **подбрасывать** АЙ / **подбросить** И: to throw upward; to throw surreptitiously • **чужой**: someone else's; foreign, alien, unfamiliar • **двор**, а: courtyard

But everything went smoothly. The door to the janitor's lodge was closed, but not locked, which meant, in all likelihood,

Но всё обошлось благополучно. Дверь в дворницкую была притворена, но не на замке, стало

that the janitor was at home. But he had lost his cognitive ability to such an extent that he walked right up to the lodge and opened it. If the janitor had asked him, "What do you need?" — then he might well have handed the axe right over. But again the janitor wasn't there, and he had time to lay the back where it had been before, beneath the bench... Then, he didn't encounter anyone, not a single soul, until he made it to his room; the landlady's door was shut. Having entered his room, he threw himself onto the sofa, just as he was. He didn't sleep, but he was oblivious. If someone had walked into his room at that time, he'd have jumped up and begun screaming that very instant. Scraps and shreds of certain thoughts swarmed in his head; but he was unable to seize upon any one of them; he couldn't dwell upon any one of them, even when he tried...

быть, вероятнее всего было, что дворник дома. Но до того уже он потерял способность сообразить что-нибудь, что прямо подошёл к дворницкой и растворил её. Если бы дворник спросил его: "что надо?" — он, может быть, так прямо и подал бы ему топор. Но дворника опять не было, и он успел уложить топор на прежнее место под скамью... Никого, ни единой души, не встретил он потом до самой своей комнаты; хозяйкина дверь была заперта. Войдя к себе, он бросился на диван, так, как был. Он не спал, но был в забытьи. Если бы кто вошёл тогда в его комнату, он бы тотчас же вскочил и закричал. Клочки и отрывки каких-то мыслей так и кишели в его голове; но он ни одной не мог схватить, ни на одной не мог остановиться, несмотря даже на усилия...

обходиться И^{shift} / **обойтись**: to pass, to "go"; to "get by," "make do" • **благополучный**: successful • **дворницкая**: janitor's lodge • **притворять** АЙ / **притворить** И^{shift}: to "close slightly," to close but leave ajar • **зам(о)к**: lock • **стало быть**: so, therefore • **вероятный**: probable, likely • **дворник**: janitor • **терять** АЙ / **потерять** АЙ: to lose • **способность**, и: ability • **растворять** АЙ / **растворить** И^{shift}: here: to open (wide) • **подавать** АВАЙ / **подать**: to give, serve • **укладывать** АЙ / **уложить** И^{shift}: to lay • **скамья**: bench • **единый**: sole, single • **душа**: soul • **встречать** АЙ / **встретить** И: to meet, encounter • **хозяйкин**: possessive adj. from хозяйка: landlady • **запирать** АЙ / **запереть** /P^{end}: to close, lock • **бросать** АЙ / **бросить** И: to throw • **забытьё**: oblivion, unconsciousness • **вскакивать** АЙ / **вскочить** И: to jump up • **закричать** ЖА^{end}: inceptive perfective — "to begin to shout" from кричать ЖА^{end} / **крикнуть** НУ: to shout • **клоч(о)к**: scrap • **отрыв(о)к**: piece, shred (something torn off); excerpt • **кишеть** Е: to teem, swarm • **хватать** АЙ / **схватить** И^{shift}: to grab • **останавливаться** АЙ / **остановиться** И^{shift}: to stop (intransitive) • **несмотря на** что: despite • **усилие**: effort

He lay there like that for a very long time. It happened, from time to time, that he'd wake up, almost; and in those moments he noticed that night had long since fallen, and it didn't even enter his mind to get up. Finally he noticed that it was bright, as if daylight. He was lying face-up on the sofa, still stupefied following his recent oblivion. Terrible, desperate howls reached his ears, jarringly, from the

Так пролежал он очень долго. Случалось, что он как будто и просыпался, и в эти минуты замечал, что уже давно ночь, а встать ему не приходило в голову. Наконец он заметил, что уже светло по-дневному. Он лежал на диване навзничь, ещё остолбенелый от недавнего забытья. До него резко

Reading Crime and Punishment in Russian / **Преступление и наказание**

street — howls which, it must be said, he would hear every night beneath his window, after two in the morning. And it was these shouts that now awoke him. "Ah! There go the drunks, leaving the taverns," he thought, "It's past two." And suddenly he jumped up, as if someone had pulled him from the sofa. "What? Past two already!" He sat down on the sofa — and now remembered everything! All at once, in a single instant, he remembered everything!

доносились страшные, отчаянные вопли с улицы, которые, впрочем, он каждую ночь выслушивал под своим окном, в третьем часу. Они-то и разбудили его теперь. "А! вот уж и из распивочных пьяные выходят, — подумал он, — третий час, — и вдруг вскочил, точно его сорвал кто с дивана. — Как! Третий уже час!" Он сел на диване, — и тут всё припомнил! Вдруг, в один миг всё припомнил.

случаться АЙ / **случиться** И^end: to happen • **как будто**: as if, seemingly • **просыпаться** АЙ / **проснуться** НУ^end: to wake up • **замечать** АЙ / **заметить** И: to notice • **приходить** И^shift / **прийти** кому **в голову** + inf: to enter someone's mind to • **светлый**: bright • **по-дневному**: "day-like" • **навзничь**: face-up • **остолбенелый**: frozen, stiff (like a столб: post, pillar) • **недавний**: recent • **забытьё**: oblivion • **резкий**: sharp, shrill • **доноситься** И^shift: to drift in, reach (one's ear) • **отчаянный**: desperate • **вопль, я**: howl • **будить** И^shift / **разбудить** И: to wake up (trans.) • **распивочная**: tavern • **пьяный**: drunk (a drunk man) • **вскакивать** АЙ / **вскочить** И^shift: to jump up • **срывать** АЙ / **сорвать** n/sA: to tear off (of) • **припоминать** АЙ / **припомнить** И: to recall • **миг**: moment

In that first moment, he thought he'd lose his mind... He rushed to the window. There was enough light, and he began, as quickly as he could, to look himself over from head to toe, all his clothing — were there stains? But it was impossible to do it like this; trembling with chills, he began taking everything off and examining it again. He turned it every which way, down to the last little thread and scrap; and, not trusting himself, he repeated his inspection a good three times. But there was nothing, it seemed — no traces. Except for one place: where his pants had grown frayed at the bottom, and fringe was hanging; thick stains of dried blood remained on that fringe. He grabbed a large folding knife and trimmed off the fringe. It seemed that nothing else remained.

В первое мгновение он думал, что с ума сойдёт... Он бросился к окошку. Свету было довольно, и он поскорей стал себя оглядывать, всего, с ног до головы, всё своё платье: нет ли следов? Но так нельзя было: дрожа от озноба, стал он снимать с себя всё и опять осматривать кругом. Он перевертел всё, до последней нитки и лоскутка, и, не доверяя себе, повторил осмотр раза три. Но не было ничего, кажется, никаких следов; только на том месте, где панталоны внизу осеклись и висели бахромой, на бахроме этой оставались густые следы запёкшейся крови. Он схватил складной большой ножик и обрезал бахрому. Больше, кажется, ничего не было.

мгновение: moment • **сходить** И^shift / **сойти с ума**: to lose one's mind • **бросать** АЙ / **бросить** И: to throw • **окошко**: dim. of окно: window • **свет**: light; world • **поскорей**: as soon / quickly as possible • **оглядывать** АЙ / **оглядеть** Е^end: to look over, examine • **нога**:

leg / foot • **голова**: head • **платье**: dress; clothes • **след**, а: trace, stain • **дрожать** ЖА^end: to shiver, tremble • **озноб**: chill • **становиться** И / **стать** H^stem + inf: to begin to • **снимать** АЙ / **снять** НИМ^shift: to take off • **осматривать** АЙ / **осмотреть** E^shift: to look over, inspect • **перевёртывать** АЙ / **перевертеть** E: to turn over • **нитка**: dim. of нить, и: string, thread • **лоскут(о)к**: dim. of лоскут: scrap • **доверять** АЙ / **доверить** И кому: to trust • **повторять** АЙ / **повторить** И: to repeat • **осмотр**: inspection, examination • **место**: place, spot • **панталоны** (pl.): pants • **осекаться** АЙ / **осечься** К: to grow frayed • **висеть** E: to be in a hanging position • **бахрома**: fringe • **оставаться** АВАЙ / **остаться** Н: to remain • **густой**: thick • **запекаться** АЙ / **запечься** К: to clot; to be baked • **хватать** АЙ / **схватить** И^shift: to grab • **складной**: folding • **ножик**: dim. of нож, а: knife • **обрезать** АЙ / **обрезать** A: to trim

He suddenly recalled that the money-purse and the items he'd pulled from the old woman's storage chest were still lying in his pockets! This whole time, it hadn't even occurred to him to take them out and hide them!.. In a flash, he rushed to pull them out and throw them onto the table. Having removed everything — even turning his pockets inside-out, just to be sure that nothing remained there — he carried this entire pile of things to the corner. There, right in the corner, at the bottom, the wallpaper, which was peeling back from the wall, was torn: straight away, he began stuffing everything into the hole there, beneath the wallpaper: "It fit! Everything out of sight, the money-purse included!" he thought joyfully, having stood up, and looking obtusely at the corner — at the hole — more conspicuous now than ever. Suddenly, horror shook him from head to toe: "My God," he whispered in despair, "What is wrong with me? You call this hidden? Is this really the way people hide things?"

Вдруг он вспомнил, что кошелёк и вещи, которые он вытащил у старухи из сундука, всё до сих пор у него по карманам лежат! Он и не подумал до сих пор их вынуть и спрятать!.. Мигом бросился он их вынимать и выбрасывать на стол. Выбрав всё, даже выворотив карманы, чтоб удостовериться, не остаётся ли ещё чего, он всю эту кучу перенёс в угол. Там, в самом углу, внизу, в одном месте были раздраны отставшие от стены обои: тотчас же он начал всё запихивать в эту дыру, под бумагу: "вошло! Всё с глаз долой и кошелёк тоже!" — радостно думал он, привстав и тупо смотря в угол, в оттопырившуюся ещё больше дыру. Вдруг он весь вздрогнул от ужаса: "Боже мой, — шептал он в отчаянии, — что со мною? Разве это спрятано? Разве так прячут?"

• **вспоминать** АЙ / **вспомнить** И: to recall • **кошел(ё)к**: wallet, coin-purse • **вещь**, и: thing, item • **вытаскивать** АЙ / **вытащить** И: to pull out • **сундук**, а: chest • (всё) **до сих пор**: still, up to now • **карман**: pocket • **вынимать** АЙ / **вынуть** НУ: to take out • **прятать** А / **спрятать** A: to hide • **осматривать** АЙ / **осмотреть** E^shift: to examine, look over • **мигом**: instantly, in a moment • **выбрасывать** АЙ / **выбросить** И: to throw out • **выбирать** АЙ / **выбрать**: to take out (usually, to select) • **выворачивать** АЙ / **выворотить** И (= **вывернуть** НУ): to turn (inside) out • **удостовериться** И: to make sure • **куча**: pile • **уг(о)л**: corner • **в самом углу**: in the very corner • **раздирать** АЙ / **разодрать** n/sA: to tear apart • **отставать** АВАЙ / **отстать** H^stem: to stand back from (here, to be peeling) • **обои**: wallpaper • **запихивать** АЙ / **запихать** АЙ: to cram, stuff into • **дыра**: hole • **бумага**: (wall)paper • **с глаз долой**: out of sight • **радостный**: joyous • **привставать** АВАЙ / **привстать** H^stem: to rise slightly • **тупо**: dully, bluntly **оттопыриваться** АЙ / **оттопыриться** И: to stick out • **дыра**: hole • **вздрагивать** АЙ / **вздрогнуть** НУ: to shudder • **шептать** A^shift / **шепнуть** НУ:

to whisper • **отчаяние**: despair • **прятать** A / **спрятать** A: to hide • **разве**: really?

Truth be told, he hadn't counted on the items; he thought there'd only be money, and so hadn't prepared a place in advance. "But now — what am I so happy about now?" he thought. "Do people really hide things like this? Truly my reason is abandoning me!" Exhausted, he sat down on the sofa, and was immediately shaken by an unbearable chill. Mechanically, he pulled at his warm, but now almost completely tattered, winter coat, from his student days, which was lying nearby on a chair; he covered himself with it, and was again instantly overcome by sleep, and by delirium. He sank into oblivion.

Правда, он и не рассчи́тывал на ве́щи; он ду́мал, что бу́дут одни́ то́лько де́ньги, а потому́ и не пригото́вил зара́нее ме́ста, — "но тепе́рь-то, тепе́рь чему́ я рад? — ду́мал он. — Ра́зве так пря́чут? Подли́нно ра́зум меня́ оставля́ет!" В изнеможе́нии сел он на дива́н, и то́тчас же нестерпи́мый озно́б сно́ва затря́с его́. Маши на́льно потащи́л он лежа́вшее по́дле, на сту́ле, бы́вшее его́ студе́нческое зи́мнее пальто́, тёплое, но уже́ почти́ в лохмо́тьях, накры́лся им, и сон, и бред опя́ть ра́зом охвати́ли его́. Он забы́лся.

рассчи́тывать АЙ / **рассчита́ть** АЙ на что: to expect, count on • **зара́нее**: beforehand • **подли́нно**: indeed, truly • **ра́зум**: reason • **оставля́ть** АЙ / **оста́вить** И: to leave, abandon • **изнеможе́ние**: exhaustion • **нестерпи́мый**: unbearable • **озно́б**: chill • **трясти́** C^end (трясу́, трясёшь; тряс, трясла́): to shake • **маши на́льно**: mechanically, without thinking • **таска́ть** АЙ - **тащи́ть** И^shift / **потащи́ть** И: to pull • **по́дле**: near(by) • **бы́вший**: former • **лохмо́тья**: rags • **нарыва́ть** АЙ / **накры́ть** ОЙ^storn: to cover • **бред**: delirium, ravings • **охва́тывать** АЙ / **охвати́ть** И^shift: to seize, overtake • **забы́ться**: to "forget oneself," lose consciousness

No more than five minutes or so later, he again leapt up, and right away, in a frenzy, reached again for his clothing. "How could I fall asleep again, when nothing's been taken care of! So it is, so it is: I still haven't removed the loop from under the armhole! I forgot, I forgot a thing like that! What a clue!" He ripped off the loop and hurriedly tore it to pieces, shoving them beneath his pillow, amidst the linens there. "Bits of torn burlap won't arouse suspicion in any case — so it seems, so it seems!" he kept repeating, standing in the middle of the room, and, his attention strained to the point of being painful, he again began to look about him, at the floor, everywhere — had he forgotten anything else? The certainty that everything, even his memory, even the simple ability to reason, was deserting him, began to torment him unbear-

Не бо́лее как мину́т че́рез пять вскочи́л он сно́ва и то́тчас же, в исступле́нии, опя́ть ки́нулся к своему́ пла́тью. "Как э́то мог я опя́ть засну́ть, тогда́ как ничего́ не сде́лано! Так и есть, так и есть: петлю́ под мы́шкой до сих пор не снял! Забы́л, об тако́м де́ле забы́л! Така́я ули́ка!" Он сдёрнул петлю́ и поскоре́й стал разрыва́ть её в куски́, запи́хивая их под поду́шку в белье́. "Куски́ рва́ной холсти́ны ни в како́м слу́чае не возбудя́т подозре́ния; ка́жется так, ка́жется так!" — повторя́л он, сто́я среди́ ко́мнаты, и с напряжённым до бо́ли внима́нием стал опя́ть высма́тривать круго́м, на полу́ и везде́, не забы́л ли ещё чего́-нибудь? Уве́ренность, что всё, да́же па́мять, да́же просто́е соображе́ние оставля́ют его́, начина́ла нестерпи́мо

ably. "What, is it really already starting, is my punishment already near? Yes, yes, so it is!" Indeed, the scraps of fringe he'd cut from his pants were lying there on the floor, in the middle of the room, such that the first person who walked in would see them! "What is going on with me!" he shouted again, like a man deranged.

его мучить. "Что, неужели уж начинается, неужели это уж казнь наступает? Вон, вон, так и есть!" Действительно, обрезки бахромы, которую он срезал с панталон, так и валялись на полу, среди комнаты, чтобы первый увидел! "Да что же это со мною!" — вскричал он опять как потерянный.

вскакивать АЙ / **вскочить** И^{shift}: to jump up • **исступление**: frenzy • **кидать** АЙ / **кинуть** НУ: to toss, throw • **засыпать** АЙ / **заснуть** НУ: to fall asleep • **петля**: loop, noose • **мышка**: underarm (of coat) • **снимать** АЙ / **снять** НИМ^{shift}: to remove • **улика**: clue • **сдёргивать** АЙ / **сдёрнуть** НУ: to jerk, yank off • **поскорей**: as quickly as possible • **разрывать** АЙ / **разорвать** n/sA: to tear up • **кус(о)к**: piece • **запихивать** АЙ / **запихать** АЙ: to stuff, cram • **подушка**: pillow • **бельё**: undergarments, laundry • **рваный**: torn • **холстина**: cloth • **ни в каком** (= **коем**) **случае**: in no case • **возбуждать** АЙ / **возбудить** И^{shift}: to arouse • **подозрение**: suspicion • **повторять** АЙ / **повторить** И: to repeat • **напрягать** АЙ / **напрячь** Г^{end}: to strain, exert • **боль**, и: pain • **внимание**: attention • **высматривать** АЙ: to examine • **кругом**: around • **везде**: everywhere • **уверенность**: certainty • **соображение**: reasoning • **уверенность**: certainty • **оставлять** АЙ / **оставить** И: to leave • **нестерпимый**: unbearable • **мучить** И: to torment • **неужели**: really? • **казнь**, и: punishment • **наступать** АЙ / **наступить** И: to arrive • **вон**: "look (over there)!" • **действительно**: indeed • **обрез(о)к**: shred • **бахрома**: fringe • **срезывать** АЙ / **срезать** А: to cut off • **панталоны**: trousers • **валяться** АЙ - **валиться** И^{shift} / **повалиться** И: to tumble (here, the indeterminate means "to lie about in disorder") • **первый**: i.e. the first person who walks in • **терять** АЙ / **потерять** АЙ: to lose (**потерянный**: one who is lost, hopeless)

He was definitively roused to his senses by a loud knock at the door... He rose a bit, leaned forward, and unfastened the latch.

Окончательно разбудил его сильный стук в двери... Он привстал, нагнулся вперёд и снял крюк.

His entire room was of such a size that one could unfasten the latch without even getting out of bed.

Вся его комната была такого размера, что можно было снять крюк, не вставая с постели.

It was as he'd thought: the janitor and Nastasya were standing there.

Так и есть: стоят дворник и Настасья.

привставать АВАЙ / **привстать** Н^{stem}: to rise slightly • **нагибаться** АЙ / **нагнуться** НУ: to stoop • **крюк**, а: latch; hook • **размер**: size • **не вставая**: "not getting up" (i.e. without getting up) • **постель**, и: bed • **дворник**: janitor, yardkeeper

Nastasya was looking him over in a way that was somehow strange. With a defiant and desparate look, she glanced at the janitor. The latter silently held out to

Настасья как-то странно его оглянула. Он с вызывающим и отчаянным видом взглянул на дворника. Тот молча протянул ему

him a gray piece of paper, folded in half and sealed with bottle-wax.	серую, сложенную вдвое бумажку, запечатанную бутылочным сургучом.
"A summons, from the office," he said as he handed over the paper.	— Повестка, из конторы, — проговорил он, подавая бумагу.
"From what office?.."	— Из какой конторы?..
"The police; they're summoning you to the office. You know what office."	— В полицию, значит, зовут, в контору. Известно, какая контора.
"To the police?.. What for?.."	— В полицию!.. Зачем?..

оглядывать АЙ / **оглянуть** НУ[shift]: to look over • **вызывать** АЙ / **вызвать** n/sA: to challenge, "call out" • **отчаянный**: desperate **вид**: appearance • **взглядывать** АЙ / **взглянуть** НУ[shift]: to glance **молча**: silent • **протягивать** АЙ / **протянуть** НУ[shift]: to reach out, extend • **складывать** АЙ / **сложить** И[shift]: to fold • **вдвое**: in half **бумажка**: бумага: paper • **запечатывать** АЙ / **запечатать** АЙ: to seal (a letter) • **бутылочный**: adj, from бутылка: bottle • **сургуч**: sealing wax • **повестка**: summons, notice • **контора**: (police) office • **подавать** АВАЙ / **подать**: to serve, issue • **полиция**: police • **звать** n/sA: to call, summon

"How should I know. They're summoning you, so go." And he looked at him attentively, glanced about, and turned to leave.	— А мне почём знать. Требуют, и иди. — Он внимательно посмотрел на него, осмотрелся кругом и повернулся уходить.
"Has he really gotten sick for real?" remarked Nastasya, not taking her eyes off him. The janitor also looked back for a moment. "He's had a fever since yesterday," she added.	— Никак совсем разболелся? — заметила Настасья, не спускавшая с него глаз. Дворник тоже на минуту обернул голову. — Со вчерашнего дня в жару, — прибавила она.
He didn't respond, and held the paper in his hand without unsealing it.	Он не отвечал и держал в руках бумагу, не распечатывая.

мне почём знать: how do I know? • **требовать** ОВА / **потребовать** ОВА: to demand • **внимательный**: attentive • **осматриваться** АЙ / **осмотреться** Е[shift]: to look around, about **поворачиваться** АЙ / **повернуться** НУ[end]: to turn • **разболеться** ЕЙ: to get seriously ill • **спускать** АЙ / **спустить** И[shift]: to lower (не спускать глаз с кого: to "not take one's eyes off of") • **оборачивать** АЙ / **обернуть** НУ[end]: to turn (around) **со вчерашнего дня**: since yesterday • **жар**: fever, heat • **прибавлять** АЙ / **прибавить** И: to add • **распечатывать** АЙ / **распечатать** АЙ: to unseal (open a letter)

"Don't get up," continued Nastasya, moved to pity, and seeing that was lowering his legs from the sofa. "If you're sick,	— Да уж не вставай, — продолжала Настасья, разжалобясь и видя, что он спускает с дивана ноги — Болен,

don't even go; the police office won't burn down. What are you holding there?"

He looked: in his right hand were the bits of fringe he'd cut off, a sock, and shreds of a pocket he'd torn out. So, he'd been sleeping with them. Later, thinking this over, he remembered that, each time he'd half-awoken, in his fever, he'd tightly squeezed all this in his hand, and then fallen asleep again.

"Just look at the rags he's gathered — and he sleeps with them like he would with a treasure..." And Nastasya burst out in her morbidly nervous laughter.

так и не ходи: не сгорит. Что у те в руках-то?

Он взгляну́л: в правой руке́ у него отрезанные куски бахромы, носок и лоску́тья вырванного кармана. Так и спал с ними. Потом уже, размышляя об этом, вспоминал он, что, и полупросыпа́ясь в жару, крепко-накрепко сти́скивал всё это в руке и так опять засыпал.

— Ишь лохмо́тьев каких набрал и спит с ними, ровно с кладом...
— И Настасья закатилась своим боле́зненно-нерви́ческим смехом.

продолжа́ть АЙ / **продолжить** И: to continue • **разжа́лобиться** И (perf): to feel pity • **сгора́ть** АЙ / **сгоре́ть** E^end: to burn down (i.e. the police office isn't going anywhere) • **взгля́дывать** АЙ / **взгляну́ть** НУ: to glance • **отре́зывать** АЙ / **отре́зать** А: to cut off • **кусо́к**: piece • **бахрома́**: fringe • **носо́к**: sock • **лоску́т**, pl. **лоску́тья**: scrap • **вырыва́ть** АЙ / **вы́рвать** n/sA: to tear out • **карма́н**: pocket • **размышля́ть** АЙ: to think over • **полупроспа́ться**: to wake up halfway (полу-: half-) • **кре́пко**: tight, strong • **сти́скивать** АЙ / **сти́снуть** НУ: to squeeze • **набира́ть** АЙ / **набра́ть** n/sA чего: to grab a bunch of • **ро́вно**: just like • **клад**: a treasure • **закати́ться сме́хом**: to burst out laughing • **боле́зненный**: sickly • **нерви́ческий**: nervous

Then, with a shudder, he unsealed the summons and began to read; he read it over for a good while, and finally understood. It was an ordinary summons from the district office requiring him to appear today, at nine-thirty, at the district superintendant's office.

Outside, an unbearable heat had again set in — nary a drop of rain for all these days on end. Having reached the turn onto *yesterday's* street, he glanced down it, with agonizing anxiety — toward *that* building... and withdrew his eyes immediately.

"If they ask, I may just tell them," he thought, as he approached the office.

Тогда с тре́петом распеча́тал он пове́стку и стал чита́ть; долго читал он и наконе́ц-то по́нял. Это была́ обыкнове́нная повестка из кварта́ла яви́ться на сего́дняшний день, в полови́не десятого, в конто́ру кварта́льного надзира́теля.

На у́лице опять жара́ стоя́ла невыноси́мая; хоть бы ка́пля дождя́ во все э́ти дни. Дойдя́ до поворо́та во *вчера́шнюю* у́лицу, он с мучи́тельною трево́гой заглянул в неё, на *тот* дом... и то́тчас же отвё́л глаза́.

"Если спро́сят, я, мо́жет быть, и скажу́", — подумал он, подходя́ к конто́ре.

трепет: trembling • **распечатывать** АЙ / **распечатать** АЙ: to unseal • **повестка**: summons • **становиться** И^shift / **стать** Н^stem + inf: to begin to • **понимать** АЙ / **понять** Й/М^end: to understand • **обыкновенный**: ordinary • **квартал**: quarter, district (of a city) • **являться** АЙ / **явиться** И: to appear, report • **сегодняшний**: adj. from сегодня • **половина**: half • **контора**: office • **квартальный**: adj. from квартал • **надзиратель**, я: superintendant, supervisor • **жара**: sweltering heat • **стоять** ЖА^end: to be in a standing position • **невыносимый**: unbearable • **капля**: drop • **дождь**, я: rain • **день**, дня: day • **поворот**: a turn • **вчерашний**: adj. from вчера • **мучительный**: agonizing, tortuous • **тревога**: alarm, anxiety, worry • **заглядывать** АЙ / **заглянуть** НУ^shift: to glance • **отводить** И^shift / **отвести** Д^end: to lead, draw away • **глаз** (pl. глаза): eye • **спрашивать** АЙ / **спросить** И^shift: to ask • **подходить** И^shift / **подойти** к чему: to approach, walk up to

In the second room were some scribes, sitting and writing, dressed little better than he himself — a strange bunch to look at, all of them. He turned to one of them.	Во второй комнате сидели и писали какие-то писцы, одетые разве немного его получше, на вид всё странный какой-то народ. Он обратился к одному из них.
"What do you want?"	— Чего тебе?
He showed the summons from the office.	Он показал повестку из конторы.
"Go there, to the clerk," said the scribe, and poked his finger forward, pointing out the very last room.	— Ступайте туда, к письмоводителю, — сказал писец и ткнул вперёд пальцем, показывая на самую последнюю комнату.

пис(е)ц: scribe, copy clerk • **одевать** АЙ / **одеть** Н^stem: to dress • **вид**: appearance • **обращаться** АЙ / **обратиться** И^end к кому: to turn to • **показывать** АЙ / **показать** А^shift: to show; point out • **ступать** АЙ / **ступить** И^shift: to step; to go • **письмоводитель**, я: clerk • **тыкать** АЙ / **ткнуь** НУ: to poke • **пал(е)ц**: finger • **последний**: last, final

By the way, the clerk interested him greatly: he kept wanting to guess something, to feel him out, by examining his face. He was a very young man, around twenty-two, with a swarthy and animated face of one older than he was, dressed fashionably and even foppishly, his hair parted down the middle, carefully combed and styled with pomade; he wore a number of rings on his white and fastidiously brushed nails, and golden chains on his vest.	Письмоводитель[1] сильно, впрочем, интересовал его: ему всё хотелось что-нибудь угадать по его лицу, раскусить. Это был очень молодой человек, лет двадцати двух, с смуглою и подвижною физиономией, казавшеюся старее своих лет, одетый по моде и фатом, с пробором на затылке, расчёсанный и распомаженный, со множеством перстней и колец на белых отчищенных щётками пальцах и золотыми цепями на жилете.

[1] The clerk's name is Zamyotov; he'll resurface later in the novel.

письмоводитель, я: clerk • **сильный**: strong • **интересовать** ОВА / **заинтересовать** ОВА: to interest • **гадать** АЙ / **угадать** АЙ: to try to guess, to divine / to guess • **раскусывать** АЙ / **раскусить** И[shift]: to "bite into," to get a feel for, "feel out," get to the bottom of something • **смуглый**: swarthy, dark-complexioned • **подвижный**: movable, lively • **физиономия**: physiognomy, facial features • **казаться** А[shift] / **показаться** А: to seem • **одевать** АЙ / **одеть** Н[stem]: to dress • **мода**: fashion • **фат**: fop, dandy • **пробор**: part (in hair) • **затыл(о)к**: back of head • **расчёсывать** АЙ / **расчесать** А[shift]: to comb • **распомаживать** АЙ / **распомадить** И: to style using помада: pomade • **множество**: a multitude, a (large) number • **пертс(е)нь**, перстня: ring • **кольцо**: ring • **отчищать** АЙ / **отчистить** И: to clean • **щётка**: brush • **пал(е)ц**: finger • **цепь**, и: chain • **жилет**: vest

"Luiza Ivanovna, you'd better sit down," he said, in passing, to a fancily dressed woman with a crimson face who kept standing around, as if not daring to sit down of her own accord, although a chair was right next to her.

— Луиза Ивановна, вы бы сели, — сказал он мельком разодетой багрово-красной даме, которая всё стояла, как будто не смея сама сесть, хотя стул был рядом.

A lieutenant... rained down his thunderbolts at this unfortunate "fancy lady," who had kept looking at him, from the moment he'd walked in, with an idiotic smile.

Поручик... набросился всеми перунами на несчастную "пышную даму", смотревшую на него, с тех самых пор как он вошёл, с преглупейшею улыбкой.

садиться И[shift] / **сесть** Д[stem] (сяду, сядешь): to assume a sitting position • **мельком**: in passing • **разодетый**: fancily dressed • **багровый**: crimson • **дама**: lady • **стоять** ЖА[end]: to be in a standing position • **как будто**: as if • **сметь** ЕЙ / **посметь** ЕЙ: to dare • **сам**, сама: oneself; himself, herself, etc. • **стул** (pl. стулья): chair • **рядом**: alongside, nearby • **поручик**: lieutenant — Ilya Petrovich, nicknamed "Powder" • **набрасываться** АЙ / **наброситься** И на кого: to "throw oneself upon," to attack • **перун**: lightning (name of the pagan god of thunder) • **несчастный**: unfortunate • **пышный**: fancy, splendid, sumptuous • **с тех пор**: from that time, since (пора: time) • **преглупейший**: exceedingly глупый: stupid • **улыбка**: smile

"You — you so-and-so and such-and-such," he suddenly shouted at the top of his lungs, "What went on there at your place last night? Huh? Again you're spreading public disgrace and debauchery down your entire street. Again brawling and drunkenness. Is it your dream to land in prison? I've already told you — I've warned you ten times already, that I won't let it pass an eleventh time! And now you've done it again, you so-and-so and such-and-such!"

— А ты, такая-сякая и этакая, — крикнул он вдруг во всё горло, — у тебя там что прошедшую ночь произошло? а? Опять позор, дебош на всю улицу производишь. Опять драка и пьянство. В смирительный мечтаешь! Ведь я уж тебе говорил, ведь я уж предупреждал тебя десять раз, что в одиннадцатый не спущу! А ты опять, опять, такая-сякая ты этакая!

такой, **сякой**: one like that, one like this; such-and-such (shorthand / euphemism for a string

Reading Crime and Punishment in Russian / **Преступление и наказание** 135

of verbal insults) • **этакий** = так**ой** • **кричать** ЖА^end / **крикнуть** НУ: to shout • **горло**: throat • **прошедший**: last, past • **ночь**, и: night • **происходить** И^shift / **произойти**: to happen • **позор**: public spectacle, disgrace • **дебош**: debauchery • **производить** И^shift / **произвести** Д^end: to cause, produce • **драка**: fight, brawl • **пьянство**: drunkenness • **смирительный** (дом): house of correction • **мечтать** АЙ: to (day)dream • **ведь**: after all, I mean • **предупреждать** АЙ / **предупредить** И^end: to warn • **спускать** АЙ / **спустить** И: to forgive

"Ilya Petrovich!" the clerk began to say, concernedly — but he stopped to wait for a bit, because the lieutenant, once he'd come to a boil, could not be restrained otherwise than by literally grabbing his arms — as the clerk knew from personal experience.

Luiza Ivanovna, with an air of rushed courtesy, began to curtsy in all directions and, still curtsying, retreated toward the doors; but, in the doorway, she backed into a certain prominent-looking officer with a fresh, open face and magnificent, exceedingly thick, blonde sideburns. This was Nikodim Fomich himself — the district superintendant. Luiza Ivanovna hurried to curtsy again, almost to the very floor, and, with small, scampering stems, hopping now and again, flew out of the office.

— Илья Петрович! — начал было письмоводитель заботливо, но остановился выждать время, потому что вскипевшего поручика нельзя было удержать иначе, как за руки, что он знал по собственному опыту.

Луиза Ивановна с уторопленною любезностью пустилась приседать на все стороны и, приседая, допятилась до дверей; но в дверях наскочила задом на одного видного офицера, с открытым свежим лицом и с превосходными густейшими белокурыми бакенами. Это был сам Никодим Фомич, квартальный надзиратель. Луиза Ивановна поспешила присесть чуть не до полу и частыми мелкими шагами, подпрыгивая, полетела из конторы.

начинать АЙ / **начать** /H^end: to begin • **заботливый**: concerned, attentive • **останавливаться** АЙ / **остановиться** И: to stop (intransitive) • **выжидать** АЙ / **выждать** n/sA: to wait a bit • **кипеть** Е^end / **вскипеть** Е: to boil / to come to a boil • **поручик**: lieutenant • **удерживать** АЙ / **удержать** ЖА^shift: to restrain, hold back • **иначе**: otherwise, in some other way • **собственный**: own • **опыт**: experience • **уторопленный**: hurried • **любезность**, и: affability, decency • **пускаться** АЙ / **пуститься** И: to "launch onself," to precipitously begin • **приседать** АЙ / **присесть** Д: to curtsy • **сторона**: side, direction • **допятиться** И: to reach by going in reverse (from пятиться И: to retreat, go backward) • **дверь**, и: door • **наскакивать** АЙ / **наскочить** И^shift: to "jump upon," run into • **задом**: in reverse (зад: rear (end)) • **видный**: visible; prominent • **офицер**: officer • **свежий**: fresh • **лицо**: face • **превосходный**: wonderful, superior • **густейший**: exceedingly густой: thick • **белокурый**: blonde • **бакен**: sideburn • **спешить** И^end / **поспешить** И: to hurry • **чуть не**: almost ("barely not") • **пол**: floor • **частый**: frequent • **мелкий**: small, petty • **шаг**: step • **подпрыгивать** АЙ / **подпрыгнуть** НУ: to hop, bounce • **летать** АЙ - **лететь** Е^end / **полететь** Е: to fly, rac • **контора**: office

The clerk began to dictate [to Raskolnikov] the form of the testimonial that

Письмоводитель стал диктовать [Раскольникову] форму обыкновенного

was standard in such cases — that is, I can't pay, I promise to pay at such and such (or at some) point, I won't leave the city, sell or give away any property, etc.

"Why, you're barely able to write, you can barely hold on to the pen," observed the clerk, peering with curiosity at Raskolnikov. "Are you sick?"

"Yes, my head is spinning... Go on!"

"That's it already. Just sign it."

The clerk took the piece of paper, and began dealing with other visitors.

в таком случае отзыва, то есть заплатить не могу, обещаюсь тогда-то (когда-нибудь), из города не выеду, имущество ни продавать, ни дарить не буду и прочее.

— Да вы писать не можете, у вас перо из рук валится, — заметил письмоводитель, с любопытством вглядываясь в Раскольникова. — Вы больны?

— Да... голова кругом... говорите дальше!

— Да всё! подпишитесь.

Письмоводитель отобрал бумагу и занялся с другими.

письмоводитель, я: clerk • **диктовать** ОВА: to dictate • **обыкновенный**: usual • **отзыв**: here, a formal response/statement • **платить** И[shift] / **заплатить** И: to pay • **обещать**(ся) АЙ / **пообещать** АЙ: to promise • **тогда-то**: at such and such a date • **имущество**: property **продавать** АВАЙ / **продать**: to sell • **дарить** И[shift] / **подарить** И: to give • **и прочее**: and so forth • **перо**: pen • **валяться** АЙ - **валиться** И[shift] / **повалиться** И: to tumble • **любопытство**: curiosity • **вглядываться** АЙ в кого: to peer at, look intently • **кругом**: here: "is spinning," going in a circle • **подписывать**(ся) АЙ / **подписать**(ся) А[shift]: to sign • **отбирать** АЙ / **отобрать** n/sA: to take away • **заниматься** АЙ / **заняться** Й/М[end]: to occupy oneself with

Raskolnikov handed over the pen, but instead of getting up and leaving, he placed both elbows on the table and clutched his head in his hands. It was as if a nail were being driven into his skull. A strange thought suddenly occured to him: why not get up right now, approach Nikodim Fomich, and tell him everything that happened yesterday, everything down to the last detail, and then go with him to the apartment and show him the things in the corner, in the hole. This urge was so powerful that he'd already risen to carry it out. "Should I think it over, at least for a moment?" raced through his

Раскольников отдал перо, но вместо того, чтоб встать и уйти, положил оба локтя на стол и стиснул руками голову. Точно гвоздь ему вбивали в темя. Странная мысль пришла ему вдруг: встать сейчас, подойти к Никодиму Фомичу и рассказать ему всё вчерашнее, всё до последней подробности, затем пойти вместе с ними на квартиру и указать им вещи, в углу, в дыре. Позыв был до того силён, что он уже встал с места, для исполнения. "Не обдумать ли хоть минуту?

head. "No, better without even thinking, and be rid of it!" But he suddenly froze, as if riveted to the spot: Nikodim Fomich was speaking ardently with Ilya Petrovich, and the following words reached Raskolnikov's ears:

— пронеслось в его голове. — Нет, лучше и не думая, и с плеч долой!" Но вдруг он остановился как вкопанный: Никодим Фомич говорил с жаром Илье Петровичу, и до него долетели слова:

отдавать АВАЙ / **отдать**: to hand over, give away • **вместо** чего: instead of • **класть** Д^{end} / **положить** И^{shift}: to lay • **стискивать** АЙ / **стиснуть** НУ: to squeeze • **гвоздь**, я: nail • **вбивать** АЙ / **вбить** Ь: to nail, hammer, strike into • **темя**, темени: crown (of head) • **всё вчерашнее**: everything that had happened yesterday • **подробность**: detail • **затем**: next, then • **указывать** АЙ / **указать** А^{shift}: to show • **дыра**: hole • **позыв**: desire, impulse • **сильный**: powerful, strong • **исполнение**: fulfillment (i.e. to act on his impulse) • **обдумывать** АЙ / **обдумать** АЙ: to think over • **хоть**: at least, if only for • **проноситься** И / **пронестись** С: to race through, fly past • **с плеч долой**: lit. "down from off (my) shoulders" (being done with something, having a burden lifted) **останавливаться** АЙ / **остановиться** И^{shift}: to stop • **вкопанный**: lit, "dug into" the ground (i.e. frozen in one's tracks) • **жар**: heat, zeal

"It's impossible, they'll release both of them! First of all, everything contradicts it. Judge for yourself: why summon the janitor if this was their doing? To rat themselves out, or something? Or just to be clever? No, that'd be a bit too clever! And, after all, both janitors and a townswoman saw the student, Pestryakov, right at the archway, at the very moment he entered: he was walking with three buddies, and parted ways with them right at the archway, and even asked the janitors where the woman lived, while his buddies were still there. Now, would someone like that even think of asking directions if he was on his way to do something like that? As for Koch, on the other hand — before stopping by the old woman's, he sat around for half an hour down below, at the silversmith's, and set out from there to the old woman's at precisely a quarter till eight. Now, consider this…"

— Быть не может, обоих освободят! Во-первых, всё противоречит; судите: зачем им дворника звать, если б это их дело? На себя доносить, что ли? Аль для хитрости? Нет, уж было бы слишком хитро! И, наконец, студента Пестрякова видели у самых ворот оба дворника и мещанка в самую ту минуту, как он входил: он шёл с тремя приятелями и расстался с ними у самых ворот и о жительстве у дворников расспрашивал, ещё при приятелях. Ну, станет такой о жительстве расспрашивать, если с таким намерением шёл? А Кох, так тот, прежде чем к старухе заходить, внизу у серебряника полчаса сидел и ровно без четверти восемь от него к старухе наверх пошёл. Теперь сообразите…

обоих: both (that is, Koch and Pestryakov) • **освобождать** АЙ / **освободить** И^{end}: to free, let go • **противоречить** И: to contradict **судить** И: to judge, consider • **дело**: business, deed • **доносить** И^{shift} / **донести** С^{and} на кого: to rat s.o. out, turn in • **хитрость**, и: cleverness, guile • **слишком**: too • **хитрый**: clever, sneaky • **у самых ворот**: right at the gate (into the courtyard) • **мещанка**: bourgeoise • **приятель**, я: friend • **расставаться** АВАЙ / **расстаться** Н^{stem}: to part ways • **жительство**: residence (i.e. where the pawnbroker's apartment is)

расспрашивать: спр**а**шивать: ask, inquire • **при ком**: in s.o.'s presence • **такой**: такой челов**е**к (someone like that) • **намерение**: intention • **серебряник**: silversmith • **ровно**: precisely • **наверх**: up(stairs) • **соображать** АЙ / **сообразить** И^{end}: to think over, consider

"But, if you'll allow me, how did this contradiction arise in their story: they themselves assure us that they knocked, and the door was locked, yet three minutes later, when they arrived with the janitor, it was open?"

"That's the thing: the killer was most certainly sitting there; he'd locked himself in using the latch, and they'd surely have caught him there if Koch hadn't been so stupid, if he hadn't set off himself to find the janitor. And it was precisely in that interval that he managed to get down the stairs and somehow slip past them. Koch keeps crossing himself with both hands, swearing: 'If I'd been there,' he says, 'he'd have jumped out and axed me to death.'" He wants to have a prayer service performed, in gratitude — ha!.."

— Но позв**о**льте, как же у них так**о**е противор**е**чие в**ы**шло: с**а**ми увер**я**ют, что стуч**а**лись и что дверь был**а** заперт**а**, а ч**е**рез три мин**у**ты, когда с дв**о**рником пришл**и**, вых**о**дит, что дверь отперт**а**?

— В том и шт**у**ка: уб**и**йца непрем**е**нно там сид**е**л и зап**ё**рся на зап**о**р; и непрем**е**нно бы ег**о** там накр**ы**ли, **е**сли бы не Кох сдур**и**л, не отпр**а**вился сам за дв**о**рником. А он **и**менно в **э**тот-то промеж**у**ток и усп**е**л спуст**и**ться по л**е**стнице и прошмыгн**у**ть м**и**мо их к**а**к-нибудь. Кох об**е**ими рук**а**ми крест**и**тся: "Если б я там, говор**и**т, ост**а**лся, он бы в**ы**скочил и мен**я** уб**и**л топор**о**м". Р**у**сский мол**е**бен х**о**чет служ**и**ть, хе-хе!..

позволять АЙ / **позволить** И: to permit • **противоречие**: contradiction • **уверять** АЙ / **уверить** И кого: to assure • **стучаться** ЖА^{end} / **постучаться** ЖА: to knock • **дворник**: yardkeeper • **отпирать** АЙ / **отпереть** /Р^{end}: to unlock, open • **штука**: trick, "the rub" • **убийца**: murderer • **непременно**: certainly • **запираться** АЙ / **запереться** /Р^{end}: to lock oneself in • **запор**: latch • **накрывать** АЙ / **накрыть** ОЙ^{stem}: here: to find, catch • **дурить** И^{end} / **сдурить** И: to do something stupid, screw up • **отправляться** АЙ / **отправиться** И: to head off • **именно**: namely • **промежут(о)к**: interim, period of time • **успевать** АЙ / **успеть** ЕЙ: to manage (in time) • **спускаться** АЙ / **спуститься** И^{shift}: to go down(stairs) • **прошмыгнуть** НУ: to slip by • **крестить**(ся) И^{shift} / **перекрестить**(ся) И: to cross (oneself), make sign of cross • **выскакивать** АЙ / **выскочить** И: to jump out • **топор**: axe • **молебен служить** И^{shift}: perform a prayer service

"And no one saw the killer?"

"Where could they have, at a place like that? The building is a veritable Noah's Ark," noted the clerk, who had begun listening in from his desk.

"Clearly, clearly!" repeated Nikodim Fomich vehemently.

— А уб**и**йцу никт**о** и не вид**а**л?

— Да где ж тут ув**и**деть? Дом — Н**о**ев ковч**е**г, — зам**е**тил письмовод**и**тель, прислуш**и**вавшийся с своег**о** м**е**ста.

— Д**е**ло **я**сное, д**е**ло **я**сное! — горяч**о** повтор**и**л Никод**и**м Ф**о**мич.

"No, the case is far from clear," said Ilya Petrovich in conclusion.	— Нет, дело очень неясное, — скрепил Илья Петрович.

Ноев ковчег: Noah's ark, i.e. a madhouse (Ной) • **прислушиваться** АЙ: to listen in • **ясный**: clear • **горячо**: hotly, heatedly • **повторять** АЙ / **повторить** И end: to repeat • **скреплять** АЙ / **скрепить** И end: to affirm

Raskolnikov picked up his hat and set off toward the doors; but he didn't make it that far...	Раскольников поднял свою шляпу и пошёл к дверям, но до дверей он не дошёл...
When he came to his senses, he saw that he was sitting in a chair, that someone was supporting him, on the right, and, to the left, someone else was standing with a yellow glass, filled with yellow water, and that Никодим Фомич was standing before him and looking fixedly at him; he rose from his chair.	Когда он очнулся, то увидал, что сидит на стуле, что его поддерживает справа какой-то человек, что слева стоит другой человек, с жёлтым стаканом, наполненным жёлтою водою, и что Никодим Фомич стоит перед ним и пристально глядит на него; он встал со стула.
"Are you sick or something?" asked Никодим Фомич, rather sharply...	— Что это, вы больны? — довольно резко спросил Никодим Фомич...

очнуться НУ (perf.): to come to one's senses • **увидать** = увидеть • **поддерживать** АЙ / **поддержать** ЖА shift: to support, hold up • **справа** - **слева**: from/on the right - left • **стакан**: cup • **наполнять** АЙ / **наполнить** И·: to fill • **пристально**: fixedly, intently • **глядеть** E end: to look • **резко**: sharply, harshly

Аршин пространства

A Few Square Feet of Space

"Are you taking it, or not?"

In silence, Raskolnikov took the pages of the German article, took the three roubles, and walked out without saying a word. [His friend] Razumikhin watched him go in amazement. But, having walked as far as First Line Street, Raskolnikov suddenly headed back, walked upstairs again to Razumikhin's, and, having placed the German pages and the three roubles on the table, and again without saying a word, walked out.

— Берёшь или нет?

Раскольников молча взял немецкие листки статьи, взял три рубля и, не сказав ни слова, вышел. Разумихин с удивлением поглядел ему вслед. Но дойдя уже до первой линии, Раскольников вдруг воротился, поднялся опять к Разумихину и, положив на стол и немецкие листы, и три рубля, опять-таки ни слова не говоря, пошёл вон.

берёшь: are you taking it (i.e. some translation work)? • **молча**: silently • **лист(о)к**: лист, а: page, sheet of paper • **статья**: article • **удивление**: surprise • **глядеть** E^{end} / **поглядеть** E: to look **вслед** кому: after • **линия**: line (here, one of several streets on Vasilievsky Island referred to as numbered "lines") • **воротился** = вернулся • **подниматься** АЙ / **подняться** НИМ^{shift}: to go up stairs • **лист**: page, sheet of paper • **вон**: away, off

"Have you caught the white fever, or something?" Razumikhin roared, having finally grown enraged.

"I don't need... translations..." muttered

— Да у тебя белая горячка, что ль! — заревел взбесившийся наконец Разумихин.

— Не надо... переводов... —

Raskolnikov, already descending the stairs.	пробормотал Раскольников, уже спускаясь с лестницы.
"Then what the devil *do* you need?" shouted Razumikhin, from above. Raskolnikov continued to descend in silence.	— Так какого же тебе чёрта надо? — закричал сверху Разумихин. Тот молча продолжал спускаться.
"Hey, you! Where do you live these days?"	— Эй, ты! Где ты живёшь?
No answer followed.	Ответа не последовало.
"The d-d-devil be with you, then!"	— Ну так чёр-р-рт с тобой!..

белая горячка: "white fever," delirium, insanity • **что ль/ли**: or what? • **реветь**: to howl • **беситься** И^shift / **взбеситься** И: to become furious • **перевод**: translation • **бормотать** А^shift / **пробормотать** А: to mutter • **спускаться** АЙ / **спуститься** И^shift: to go down(stairs • **какого же чёрта**: what the hell (lit., devil) • **сверху**: from above, from upstairs • **следовать** ОВА / **последовать** ОВА: to follow, ensue • **чёрт**: the devil

But Raskolnikov was already stepping out onto the street. On Nikolaevsky Bridge he was once again compelled to come fully to his senses, as the result of a certain incident that vexed him greatly. A coachman driving a carriage had soundly struck him across the back with a whip, due to the fact that he had barely avoided being run over by the horses, despite the coachman shouting at him three or four times. The blow of the whip so enraged him that he, having jumped aside, toward the railing (for unknown reasons he'd been walking along the middle of the bridge — where people drive, not walk), angrily gnashed his teeth, with a clatter. Laughter rang out all around, of course.	Но Раскольников уже выходил на улицу. На Николаевском мосту ему пришлось ещё раз вполне очнуться вследствие одного весьма неприятного для него случая. Его плотно хлестнул кнутом по спине кучер одной коляски, за то что он чуть-чуть не попал под лошадей, несмотря на то что кучер раза три или четыре ему кричал. Удар кнута так разозлил его, что он, отскочив к перилам (неизвестно почему он шёл по самой середине моста, где ездят, а не ходят), злобно заскрежетал и защёлкал зубами. Кругом, разумеется, раздавался смех.
"Serves him right, too!.."	— И за дело!...

вполне: fully • **очнуться** НУ^end: to come to one's senses • **вследствие**: as the result of • **весьма**: довольно: quite • **случай**: incident • **хлестать** А^shift / **хлестнуть** НУ: to whip • **кнут**: whip **спина**: back • **кучер**: coachman • **коляска**: carriage • **попадать** АЙ / **попасть** Д^end куда: to land, end up • **удар**: blow • **злить** И / **разозлить** И: to anger • **отскакивать** АЙ / **отскочить** И^shift: to jump away, aside • **перила** (pl.): railing • **середина**: middle • **злобно**: spitefully, maliciously • **срежетать** А: to gnash • **щёлкать** АЙ / **щёлкнуть** НУ: to make clicking sound • **зуб**: tooth • **раздаваться** АВАЙ / **раздаться**: to resound • **смех**: laughter

But at that moment — as he stood at the railing and stared, senselessly and spitefully, at the carriage as it drove away, rubbing his back — he suddenly felt that someone was shoving money into his hands. He looked: it was an older merchant's wife, wearing a head kerchief and goatskin shoes — and with her a young girl in a hat and with a green parasol, most likely her daughter. "Accept this, sir, for Christ's sake." He took the money, and they walked past. It was a twenty-kopeck coin. Judging by his clothing and appearance, they might well have taken him for a beggar, for an actual panhandler on the street...

Но в ту минуту, как он стоял у перил и всё ещё бессмысленно и злобно смотрел вслед удалявшейся коляске, потирая спину, вдруг он почувствовал, что кто-то суёт ему в руки деньги. Он посмотрел: пожилая купчиха, в головке и козловых башмаках, и с нею девушка, в шляпке и с зелёным зонтиком, вероятно дочь. "Прими, батюшка, ради Христа". Он взял, и они прошли мимо. Денег двугривенный. По платью и по виду они очень могли принять его за нищего, за настоящего собирателя грошей на улице...

всё ещё: still • **бессмысленный**: senseless • **вслед** чему: after (following someone's trail) • **удалять(ся)** АЙ / **удалить(ся)** И^{shift}: to move away • **потирать** АЙ: to wipe • **совать** ОВА / **сунуть** НУ: to stick, shove • **пожилой**: elderly • **купчиха**: wife of a куп(е)ц: merchant • **головка**: here, a kerchief worn on the head • **козловые башмаки**: goatskin shoes (коз(ё)л: goat) • **шляпка**: dim. of шляпа: hat • **зонтик**: dim. of зонт, а: umbrella, parasol • **принимать** АЙ / **принять** Й/М^{shift}: to take, accept • **ради Христа**: for Christ's sake • **двугривенный**: a twenty-kopeck coin • **по** чему: judging by, based on • **принимать** АЙ / **принять** Й/М^{shift} кого за кого: to take someone for s.t. • **нищий**: a beggar • **настоящий**: a real • **собиратель грошей**: a "collector of pennies," a panhandler

He clenched the coin in his hand, walked ten steps or so further, and turned to face the Neva, in the direction of the Winter Palace... He stood and looked into the distance, prolongedly and fixedly; this place was particularly familiar to him. When he used to go to the university, he'd usually happen — most often when returning home, perhaps a hundred times or so — to stop at this very spot, to gaze intently at this truly magnificent panorama; and each time he'd be surprised by a certain impression he had, vague and irresolvable. He always felt an inexplicable chill wafting upon him from this magnificent panorama; for him, this sumptuous tableau was filled with a mute and desolate spirit...

Он зажал двугривенный в руку, прошёл шагов десять и оборотился лицом к Неве, по направлению дворца... Он стоял и смотрел вдаль долго и пристально; это место было ему особенно знакомо. Когда он ходил в университет, то обыкновенно, — чаще всего, возвращаясь домой, — случалось ему, может быть раз сто, останавливаться именно на этом же самом месте, пристально вглядываться в эту действительно великолепную панораму и каждый раз почти удивляться одному неясному и неразрешимому своему впечатлению. Необъяснимым холодом веяло на него всегда от этой великолепной панорамы; духом немым и глухим полна была для него эта пышная картина...

The Winter Palace. Raskolnikov is looking toward it from a position further to the right as he conjures up his "few square feet of space" image — one highly symbolic of his predicament.

Reading Crime and Punishment in Russian / **Преступление и наказание**

зажима́ть АЙ / **зажа́ть** /М: to squeeze • **шаг**: step • **обора́чиваться** АЙ / **оборо́тится** И[end] (оберну́ться НУ): to turn around • **по направле́нию** чего: in the direction of • **двор(е́)ц**: palace • **вдаль**: into the distance • **при́стально**: fixedly • **осо́бенно**: particularly • **знако́мый**: familiar • **обыкнове́нно**: usually • **ча́ще всего́**: most often • **возвраща́ться** АЙ / **верну́ться** НУ[end]: to return • **случа́ться** АЙ / **случи́ться** И[end]: to happen • **остана́вливать(ся)** АЙ / **останови́ть(ся)** И[shift]: to stop • **вгля́дываться** АЙ / **вгляну́ться** НУ[shift] во что: to look intently • **действи́тельно**: indeed, truly • **великоле́пный**: magnificent • **панора́ма**: panorama • **удивля́ться** АЙ / **удиви́ться** И[end]: to be surprised, amazed • **нея́сный**: vague, unclear • **неразреши́мый**: unresolvable • **впечатле́ние**: impression • **необъясни́мый**: inexplicable • **хо́лод**: cold(ness) • **ве́ять** А (ве́ет): to blow, waft • **немо́й**: mute • **глухо́й**: deaf, impervious, desolate • **по́лный** чем: full of • **пы́шный**: splendid, sumptuous • **карти́на**: picture, scene

Each time he had marveled at this somber and enigmatic impression, and had put off trying to unravel its mystery, not trusting himself with the task. Now, suddenly, he piercingly recalled these former questions, this perplexity of his, and it seemed to him that it was no accident that he'd remembered them now. The mere fact that he had stopped at this very spot struck him as peculiar and odd — as if he truly did imagine that he could think about the same things now as he did before, and be interested in the same topics and images as before... still so recently. It almost struck him as funny, yet at the same time it pressed in on his chest, to the point of being painful. At a kind of remove, far below — somewhere barely visible beneath his feet, this former past of his now appeared — his former thoughts, his former occupations, his former topics, his former impressions — even he himself, and everything, everything... It seemed he was flying off somewhere, ever higher, and everying was vanishing before his eyes... Having made an involuntary movement with his arm, he suddenly felt the coin in his clenched fist. He spread his hand open, loooked intently at the coin, wound up, and hurled it into the water; then, he turned and headed for home. It seemed to him that he had just cut himself off,

Диви́лся он ка́ждый раз своему́ угрю́мому и зага́дочному впечатле́нию и откла́дывал разга́дку его́, не доверя́я себе́, в бу́дущее. Тепе́рь вдруг ре́зко вспо́мнил он про э́ти пре́жние свои́ вопро́сы и недоуме́ния, и показа́лось ему́, что не неча́янно он вспо́мнил тепе́рь про них. Уж одно́ то показа́лось ему́ ди́ко и чу́дно, что он на том же са́мом ме́сте останови́лся, как пре́жде, как бу́дто и действи́тельно вообрази́л, что мо́жет о том же са́мом мы́слить тепе́рь, как и пре́жде, и таки́ми же пре́жними те́мами и карти́нами интересова́ться, каки́ми интересова́лся... ещё так неда́вно. Да́же чуть не смешно́ ему́ ста́ло и в то же вре́мя сдави́ло грудь до бо́ли. В како́й-то глубине́, внизу́, где́-то чуть ви́дно под нога́ми, показа́лось ему́ тепе́рь всё э́то пре́жнее про́шлое, и пре́жние мы́сли, и пре́жние зада́чи, и пре́жние те́мы, и пре́жние впечатле́ния, и вся э́та панора́ма, и он сам, и всё, всё... Каза́лось, он улета́л куда́-то вверх и всё исчеза́ло в глаза́х его́... Сде́лав одно́ нево́льное движе́ние руко́й, он вдруг ощути́л в кулаке́ своём зажа́тый двугри́венный. Он разжа́л ру́ку, при́стально погляде́л на моне́тку, размахну́лся и бро́сил её в во́ду; зате́м поверну́лся и пошёл домо́й. Ему́ показа́лось, что он как бу́дто

at that moment, from everyone and everything, as if with scissors...

ножницами отрезал себя сам от всех и всего в эту минуту...

дивиться И[end] чему: to be amazed, surprised at • **угрюмый**: morose, gloomy • **загадочный**: enigmatic • **откладывать** АЙ / **отложить** И[shift]: to postpone • **разгадка**: solving (a riddle), solution • **доверять** АЙ / **доверить** И кому: to trust • **будущее**: the future • **прежний**: previous • **недоумение**: perplexity • **нечаянно**: accidentally, by chance • **одно то**: the mere fact, the fact alone that... • **дикий**: strange (wild, savage) • **чудный**: wondrous • **останавливать**(ся) АЙ / **остановить**(ся) И[shift]: to stop • **прежде**: before, previously • **воображать** АЙ / **вообразить** И[end]: to imagine • **мыслить** И: to think • **прежний**: previous • **тема**: theme, topic • **интересоваться** ОВА чем: to be interested in • **недавно**: not long ago, recently • **чуть не смешно**: almost funny • **становиться** И / **стать** Н[stem]: to become • **сдавливать** АЙ / **сдавить** И[shift]: to press down, crush • **глубина**: depth • **внизу**: below • **чуть видно**: barely visible • **прошлое**: the past • **мысль**, и: thought • **задача**: task, project • **впечатление**: impression • **улетать** АЙ / **улететь** Е[end]: to fly away • **вверх**: upward • **исчезать** АЙ / **исчезнуть** (НУ): to disappear • **невольный**: involuntary, unwitting • **движение**: movement • **ощущать** АЙ / **ощутить** И[end]: to feel, sense • **кулак**: fist • **зажимать** АЙ / **зажать** /М: to clench, squeeze • **разжимать** АЙ / **разжать** /М (разожму, разожмёшь): to unclench • **монетка**: dim. of монета: coin • **размахиваться** АЙ / **размахнуться** НУ[end]: to "wind up" in preparation to throw something • **затем**: then, next • **поворачиваться** АЙ / **повернуться** НУ: to turn around • **как будто**: as if • **ножницы** (pl.): scissors • **отрезать** АЙ / **отрезать** А[shift]: to cut off • **от всех и всего**: from everyone and everything

"Where was it," thought Raskolnikov, walking further, "Where was it that I read about how a man condemned to death, one hour before dying, said, or thought, that if he were forced to live somewhere at a great height, on a cliff, and on such a narrow little surface that he'd only have room to put his two feet there — and all around would be abysses, an ocean, eternal darkness, eternal solitude and eternal storms — and to remain there, standing on a few square feet of space, all his life, a thousand years, an eternity — then it would be better to live like that, than to die now!

"Где это, — подумал Раскольников, идя далее, — где это я читал, как один приговорённый к смерти, за час до смерти, говорит или думает, что если бы пришлось ему жить где-нибудь на высоте, на скале, и на такой узенькой площадке, чтобы только две ноги можно было поставить, — а кругом будут пропасти, океан, вечный мрак, вечное уединение и вечная буря, — и оставаться так, стоя на аршине пространства, всю жизнь, тысячу лет, вечность, — то лучше так жить, чем сейчас умирать!

далее = дальше • **проговорить к смерти**: to condemn to death • **высота**: height, a high place • **скала**: cliff • **узенький**: узкий: narrow • **площадка**: a small space (here, ledge) • **ставить** И / **поставить** И: to place, set • **кругом**: around • **пропасть**, и: abyss • **вечный**: eternal • **мрак**: darkness • **уединение**: solitude • **буря**: storm • **оставаться** АВАЙ / **остаться** Н[stem]: to remain • **аршин**: about 28 inches • **пространство**: space • **вечность**: eternity

"If only to live, to live, to live! Nevermind how — the point is simply to live!.. What

Только бы жить, жить и жить! Как бы ни жить — только жить!.. Экая

truth! Lord, what truth! Man is a scoundrel! And he who calls him a scoundrel on this account is also a scoundrel," he added a moment later.

правда! Господи, какая правда! Подлец человек! И подлец тот, кто его за это подлецом называет", — прибавил он через минуту.

как бы ни жить: no matter how one lives • **экий** = какой • **подлец**: scoundrel, a base person • **за** что: for • **называть** АЙ/ **назвать** n/sA: кого кем: to call someone s.t. • **прибавлять** АЙ / **прибавить** И: to add

He headed down a different street: "Ha, the 'Crystal Palace!' Razumikhin mentioned the 'Crystal Palace' earlier. But what was it wanted? Ah yes, to read! Zosimov was saying that he'd read it in the newspapers.

Он вышел в другую улицу: "Ба! "Хрустальный дворец"! Давеча Разумихин говорил про "Хрустальный дворец". Только, чего бишь я хотел-то? Да, прочесть!.. Зосимов говорил, что в газетах читал…"

"Got any newspapers?" he asked as he entered a rather spacious and even tidy tavern-like establishment consisting of several rooms — quite empty, by the way. Two or three visitors were drinking tea, and in a distant room a group was sitting, four people or so, drinking champagne. It seemed to Raskolnikov that Zamyotov, [the police clerk], was among them. But then, it was hard to make things out from afar.

— Газеты есть? — спросил он, входя в весьма просторное и даже опрятное трактирное заведение о нескольких комнатах, впрочем довольно пустых. Два-три посетителя пили чай, да в одной дальней комнате сидела группа, человека в четыре, и пили шампанское. Раскольникову показалось, что между ними Замётов. Впрочем, издали нельзя было хорошо рассмотреть.

"Who even cares!" he thought.

"А пусть!" — подумал он.

улица: street • **ба**: expresses surprise • **хрустальный**: crystal • **двор(е)ц**: palace • **давеча**: earlier, before • **про** что = о чём: about • **бишь**: expresses effort to remember • **прочесть** /Т (прочту, прочтёшь; прочёл, прочла) = прочитать АЙ • **газета**: newspaper • **весьма**: quite, rather • **просторный**: spacious • **опрятный**: tidy • **трактирный**: adj. from трактир: tavern • **заведение**: establishment • **несколько**: several • **комната**: room • **впрочем**: by the way, it must be said • **пустой**: empty • **посетитель, я**: visitor • **дальний**: distant, remote • **группа**: group • **шампанское**: champagne • **издали**: from a distance • **рассматривать** АЙ / **рассмотреть** E^shift: to examine; make out • **пусть**: let (it be thus); I don't care

He finally found what he was looking for, and began to read; the lines bounced around in front of his eyes, but somehow he read the entire "story" and greedily began to look for later updates in subsequent editions. His hands were shaking as he flipped the pages, from

Он отыскал наконец то, чего добивался, и стал читать; строки прыгали в его глазах, он, однако ж, дочёл всё "известие" и жадно принялся отыскивать в следующих нумерах позднейшие прибавления. Руки его дрожали, перебирая листы,

convulsive impatience. Suddenly someone sat down beside him, at his table. He looked up — Zamyotov...

"What are you reading there? They're writing a lot about the fires..."

"I'm not reading about the fires." He glanced at Zamyotov enigmatically; a mocking smile twisted his lips.

"No indeed, I'm not reading about the fires at all," he continued, winking at Zamyotov. "Admit it, dear boy, that you'd terribly like to know what I was reading about?"

от судорожного нетерпения. Вдруг кто-то сел подле него, за его столом. Он заглянул — Замётов...

— Что это вы газеты читаете? Много про пожары пишут...

— Нет, я не про пожары. — Тут он загадочно посмотрел на Замётова; насмешливая улыбка искривила его губы.

— Нет, я не про пожары, — продолжал он, подмигивая Замётову. — А сознайтесь, милый юноша, что вам ужасно хочется знать, про что я читал?

отыскивать АЙ / **отыскать** A[shift]: to search out • **добиваться** АЙ / **добиться** Ь чего: to attain, get • **становиться** И[shift] / **стать** H[stem] + inf: to begin to • **строка**: line (of writing, verse, etc.) • **прыгать** АЙ / **прыгнуть** НУ: to jump • **дочесть** /T[end] = дочитать АЙ: to finish reading (perf.) • **известие**: a piece of news • **приниматься** АЙ / **приняться** Й/М[shift] + inf: to go about doing something • **следующий**: following, next • **нумер**: edition • **позднейший**: later • **прибавление**: addition • **дрожать** ЖА[end] / **дрогнуть** Н: to shake • **перебирать** АЙ / **перебрать** n/sA: to handle, turn, flip through • **лист**, а: page, sheet of paper • **судорожный**: adj. from судорога: convulsion • **нетерпение**: impatience • **садиться** И / **сесть** Д: to assume a sitting position • **подле** чего: near, alongside • **заглядывать** АЙ / **заглянуть** НУ[shift]: to glance • **пожар**: (house) fire, conflagration • **загадочный**: adj. from загадка: enigma, mystery • **насмешливый**: mocking, sneering • **улыбка**: smile • **искривлять** АЙ / **искривить** И[end]: to twist, contort • **губа**: lip • **продолжать** АЙ / **продолжить** И + inf: to continue • **подмигивать** АЙ / **подмигнуть** I У кому: to wink at • **сознаваться** АВАЙ / **сознаться** АЙ: to admit, confess • **юноша**: young man

"My, how strange you are!" [said] Zamyotov, very gravely. "It seems to me that you're still delirious."

"Delirious? Nonsense, my little sparrow!.. So, I'm strange? You find me curious, eh? Am I curious?"

"You are indeed curious."

"For example, what was I reading here, what was I looking for? I mean, just look at how many papers I had them drag

— Фу, какой странный! — [сказал] Замётов очень серьёзно. — Мне сдаётся, что вы всё ещё бредите.

— Брежу? Врёшь, воробушек!.. Так я странен? Ну, а любопытен я вам, а? Любопытен?

— Любопытен.

— Так сказать, про что я читал, что разыскивал? Ишь ведь сколько нумеров велел натащить!

over here! Suspicious, eh?"	Подозр<u>и</u>тельно, а?
"Well then, tell me."	— Ну, скаж<u>и</u>те.

мне сдаётся = мне к<u>а</u>жется • **бред<u>и</u>ть** И: to rave, be delirious • **врать** n/sA: to talk nonsense • **воробушек**: вороб<u>е</u>й: sparrow • **любоп<u>ы</u>тный**: curious, interesting • **раз<u>ы</u>скивать** АЙ: to look for • **номер** (газ<u>е</u>ты): edition вел<u>е</u>ть E: to order • **наск<u>а</u>скивать** АЙ / **натащ<u>и</u>ть** И^{shift}: to drag (a lot of) **подозр<u>и</u>тельный**: suspicious

"Look here — it's that same old woman… the same one they started telling about in the police office, and I fainted. Well, now do you understand?"	— Это вот та с<u>а</u>мая стар<u>у</u>ха… та с<u>а</u>мая, про кот<u>о</u>рую, п<u>о</u>мните, когда стали в конт<u>о</u>ре расск<u>а</u>зывать, а я в <u>о</u>бморок-то упал. Что, теп<u>е</u>рь поним<u>а</u>ете?
"What is this? What do you mean, 'understand?'" uttered Zamyotov in alarm.	— Да что т<u>а</u>кое? Что… "поним<u>а</u>ете"? — произнёс Зам<u>ё</u>тов почти в трев<u>о</u>ге.
"What if I was the one who killed the old woman and Lizaveta?" he said suddenly, and then — came to his senses.	— А что, <u>е</u>сли <u>э</u>то я стар<u>у</u>ху и Лизав<u>е</u>ту уб<u>и</u>л? — проговор<u>и</u>л он вдруг и — оп<u>о</u>мнился.
Zamyotov looked at him wildly, and turned as pale as a tablecloth. His face was contorted by a smile.	Зам<u>ё</u>тов д<u>и</u>ко погляд<u>е</u>л на нег<u>о</u> и побледн<u>е</u>л как ск<u>а</u>терть. Лиц<u>о</u> ег<u>о</u> искрив<u>и</u>лось улы<u>б</u>кой.

станов<u>и</u>ться И^{shift} / **стать** Н^{stem}: to begin • **конт<u>о</u>ра**: office • **п<u>а</u>дать** АЙ / **упасть** Д^{end} **в <u>о</u>бморок**: to faint • **производ<u>и</u>ть** И^{shift} / **произнест<u>и</u>** С^{end}: to utter, pronounce • **трев<u>о</u>га**: alarm • **проговор<u>и</u>л** = сказ<u>а</u>л • **оп<u>о</u>мниться** И (perf.): to come to one's senses, think twice • **д<u>и</u>ко**: strangely • **бледн<u>е</u>ть** ЕЙ / **побледн<u>е</u>ть** ЕЙ: to turn pale **ск<u>а</u>терть**: tablecloth • **искривл<u>я</u>ть** АЙ / **искрив<u>и</u>ть** И^{end}: contort

"Can it really be possible?" he said, barely audibly.	— Да р<u>а</u>зве <u>э</u>то возм<u>о</u>жно? — проговор<u>и</u>л он едв<u>а</u> сл<u>ы</u>шно.
Raskolnikov glanced at him malevolently.	Раск<u>о</u>льников зл<u>о</u>бно взгляну<u>л</u> на нег<u>о</u>.
"Admit it — you believed me! Didn't you? You did, right?"	— Призн<u>а</u>йтесь, что вы пов<u>е</u>рили? Да? Ведь да?
"Not at all! I believe it less now than ever!" said Zamyotov hurriedly.	— Совс<u>е</u>м нет! Теп<u>е</u>рь б<u>о</u>льше, чем когда-нибудь, не в<u>е</u>рю! — торопл<u>и</u>во сказ<u>а</u>л Зам<u>ё</u>тов.

"Now I've got you, finally! You've been caught, little sparrow. So, you believed it earlier, if you say that you 'believe it less now than ever?'"

— Попался наконец! Поймали воробушка. Стало быть, верили же прежде, когда теперь "больше, чем когда-нибудь, не верите"?

разве: can it really be? • **едва слышно**: barely audible • **злобно**: maliciously • **взглядывать** АЙ / **взглянуть** НУ: glance • **признаваться** АВАЙ / **признаться** АЙ: to admit • **торопливый**: hurried, hasty • **попадаться** АЙ / **попасться** Д^end: to get caught • **ловить** И^shift / **поймать** АЙ: to catch • **воробуш(е)к**: воробей: sparrow

"It's not that way at all!" exclaimed Zamyotov, visibly embarrassed, "So that's why you were spooking me in the first place, just to lead up to this?"

— Да совсем же нет! — восклицал Замётов, видимо сконфуженный. — Это вы для того-то и пугали меня, чтоб к этому подвести?

"So, you don't believe it? Then what did you all start talking about in my absence, back when I left the office? And why was Lieutenant Gunpowder asking me questions me after I fainted? Hey you," he shouted to the waiter, having grabbed his cap, and rising from the table, "How much do I owe?"

— Так не верите? А об чем вы без меня заговорили, когда я тогда из конторы вышел? А зачем меня поручик Порох допрашивал после обморока? Эй ты, — крикнул он половому, вставая и взяв фуражку, — сколько с меня?

"Thirty kopecks in all, sir," answered the waiter, running up.

— Тридцать копеек всего-с, — отвечал тот, подбегая.

"Here's another twenty kopecks, for a tip. Just look at how much money I have!" he said, holding out his trembling hand, full of banknotes, to Zamyotov. "Red ones, blue ones — twenty-five roubles. Wonder where they came from! And where'd these new clothes come from? You know, after all, that I hadn't a kopeck! I'll bet you've already questioned my landlady... Well, enough of this! *Assez causé!* Until we meet again... Have a pleasant day!"

— Да вот тебе ещё двадцать копеек на водку. Ишь сколько денег! — протянул он Замётову свою дрожащую руку с кредитками, — красненькие, синенькие, двадцать пять рублей. Откудова? А откудова платье новое явилось? Ведь знаете же, что копейки не было! Хозяйку-то, небось, уж опрашивали... Ну, довольно! Assez causé! До свидания... приятнейшего!..

поручик Порох: lieutenant "Powder," the irascible official at the police office • **допрашивать** АЙ кого: to interrogate • **обморок**: fainting spell • **кричать** ЖА^end / **крикнуть** НУ: to shout • **половой** = официант: waiter • **фуражка**: hat • **сколько с меня**: how much do I owe? • **всего**: in total • **подбегать** АЙ / **подбежать**: to run up to • **ишь**: just look! • **протягивать** АЙ / **протянуть** НУ^shift: to reach out • **дрожать** ЖА^end: to tremble • **кредитка**: banknote •

откудова = откуда • **платье**: clothes • **являться** АЙ / **явиться** И: to appear • **небось**: probably, I suppose • **опрашивать** АЙ / **опросить** Иshift: to question • **Assez causé**! enough chit-chat (Fr.) • **приятнейшего** (дня): have a pleasant day!

Ascension Bridge (**Вознесенский мост**) — in the distance, across the canal — where Raskolnikov stops as this chapter opens.

Милостив, да не до нас!

Merciful, but Not to Us!

Raskolnikov set out across -sky Bridge, stopped in its middle, beside the railing, propped his elbows there, and began gazing out along the canal... Bowed over the water, he looked, mechanically, at the final pink shimmer of the sunset, at the row of buildings, darkening in the thickening dusk, and at a certain distant window, somewhere on a top floor, along the embankment on the left; it was shining, as if in flames, from a final ray of sunlight striking it for just a moment; he looked too at the darkening water of the canal, and, it seemed, peered attentively into that water. At last red circles of some sort began spinning before his eyes; the buildings began moving; the passersby, the embankments, the carriages — everything began spinning and dancing all around him.

Раскольников прошёл прямо на —ский мост, стал на средине, у перил, облокотился на них обоими локтями и принялся глядеть вдоль... Склонившись над водою, машинально смотрел он на последний, розовый отблеск заката, на ряд домов, темневших в сгущавшихся сумерках, на одно отдалённое окошко, где-то в мансарде, по левой набережной, блиставшее, точно в пламени, от последнего солнечного луча, ударившего в него на мгновение, на темневшую воду канавы и, казалось, со вниманием всматривался в эту воду. Наконец в глазах его завертелись какие-то красные круги, дома заходили, прохожие, набережные, экипажи — всё это завертелось и заплясало кругом.

—**ский мост** = Вознесенский мост: Ascension Bridge • **становиться** И^{shift} / **стать** Н^{stem}: to assume a standing position • **средина** = середина: middle • **перила** (pl): railing • **облокачиваться** АЙ / **облокотиться** И$^{shift/end}$: to lean one's elbows / hands on • **оба**,

о̲бе: both • ло̲к(о)ть, локтя̲: elbow • принима̲ться АЙ / приня̲ться Й/M^{shift} + inf: to begin, go about • вдоль чего̲: along • скланя̲ться АЙ / склони̲ться И^{shift}: to bend, bow • маши̲нально: mechanically, unfeeling • ро̲зовый: pink • о̲тблеск: glimmer • зака̲т: sunset • ряд: row • темне̲ть ЕЙ / потемне̲ть ЕЙ: to grow dark • сгуща̲ться АЙ / сгусти̲ться И^{end}: to grow thick • су̲мерки (pl) су̲мерек: dusk • отдалённый: distant • око̲шко: dim. of окно̲: window • манса̲рда: mansarde, top floor apartment • ле̲вый: left • на̲бережная: embankment • блиста̲ть АЙ: to shine, flash • пла̲мя, пла̲мени: flame • со̲лнечный: adj. from со̲лнце: sun • луч, а̲: ray • ударя̲ть АЙ / уда̲рить И: to strike • мгнове̲ние: moment • кана̲ва = кана̲л: canal • каза̲ться А / показа̲ться А: to seem • внима̲ние: attention • всма̲триваться АЙ / всмотре̲ться Е^{shift} во что: to look at intently • заверте̲ться Е^{shift}: to begin to верте̲ться Е: spin • круг, а̲: circle • прохо̲жий: passerby • экипа̲ж: carriage • запляса̲ть А^{shift}: to begin to пляса̲ть А: dance

Suddenly he shuddered — perhaps saved, once again, from fainting by a wild, hideous vision. He sensed that someone had stopped nearby, to the right, just alongside him; he glanced up and saw a woman — tall, with a scarf on her head, with a yellow, somewhat drawn-out, emaciated face and reddish, sunken eyes. She looked right at him, but obviously saw nothing, and distinguished no one. Suddenly she placed her right hand on the railing, raised her right leg and swung it over, followed by the left — and plunged into the canal. The dirty water gave way and swallowed its victim, for a moment — but a minute later the drowned woman resurfaced, and began drifting slowly downstream, her head and legs in the water, her back at the surface, with her skirt, bunched together and swollen above the water like a pillow.	Вдруг он вздро̲гнул, мо̲жет быть спасённый вновь от о̲бморока одни̲м ди̲ким и безобра̲зным виде̲нием. Он почу̲вствовал, что кто-то стал по̲дле него̲, спра̲ва, ря̲дом; он взгляну̲л — и уви̲дел же̲нщину, высо̲кую, с платко̲м на голове̲, с жёлтым, продолгова̲тым, испи̲тым лицо̲м и с краснова̲тыми, впа̲вшими глаза̲ми. Она̲ гляде̲ла на него̲ пря̲мо, но, очеви̲дно, ничего̲ не вида̲ла и никого̲ не различа̲ла. Вдруг она̲ облокоти̲лась пра̲вою руко̲й о пери̲ла, подняла̲ пра̲вую но̲гу и замахну̲ла её за решётку, зате̲м ле̲вую, и бро̲силась в кана̲ву. Гря̲зная вода̲ разда̲лась, поглоти̲ла на мгнове̲ние же̲ртву, но че̲рез мину̲ту уто̲пленница всплыла̲, и её ти̲хо понесло̲ вниз по тече̲нию, голово̲й и нога̲ми в воде̲, спино̲й пове̲рх, со сби̲вшеюся и вспу̲хшею над водо̲й, как поду̲шка, ю̲бкой.

вздра̲гивать АЙ / вздрогну̲ть НУ: to shudder • спаса̲ть АЙ / спасти̲ С^{end} (спасу̲, спасёшь; спас, спасла̲): to save • вновь: (once) again • о̲бморок: a fainting spell • ди̲кий: wild, savage • безобра̲зный: hideous • виде̲ние: vision, apparition • чу̲вствовать ОВА / почу̲вствовать ОВА: to feel • по̲дле чего̲: beside, near • взгля̲дывать АЙ / взгляну̲ть НУ-^{shift}: to glance • плат(о̲)к: scarf, kerchief • продолгова̲тый: drawn-out, elongated • испи̲тый: gaunt, emaciated • краснова̲тый: reddish, rather кра̲сный: (suffix -ова̲тый = "-ish") • впада̲ть АЙ / впасть Д^{end}: to fall in • очеви̲дный: obvious • вида̲ть = ви̲деть • различа̲ть АЙ / различи̲ть И^{end}: to distinguish • облока̲чиваться АЙ / облокоти̲ться И^{shift/end}: to lean one's elbows /hands on • поднима̲ть АЙ / подня̲ть НИМ^{shift}: to raise • зама̲хивать АЙ / замахну̲ть НУ: to swing • решётка: screen; here, the wrought-iron fence of the railing) • броса̲ть АЙ / бро̲сить И: to throw • кана̲ва: canal • гря̲зный: dirty • раздава̲ться АВАЙ / разда̲ться: here: to "be given apart," to give way • поглоща̲ть АЙ / поглоти̲ть И^{end}: to swallow • мгнове̲ние: moment • же̲ртва: victim • уто̲пленница: a female victim of drown-

ing (or, here, one who attempts to drown herself) • **всплыв__а__ть** АЙ / **всплы́ть** В: to surface, rise through water • **теч__е__ние**: flow, current (verbal noun from течь Kend: to flow) • **спин__а__**: back • **пов__е__рх**: along the top • **сбив__а__ться** АЙ / **сб__и__ться** Ь: to cluster, be gathered, bunched • **п__у__хнуть** (НУ) / **всп__у__хнуть** (НУ): to swell • **под__у__шка**: pillow • **__ю__бка**: skirt

"She's drowned herself! She's drowned herself!" shouted dozens of voices; people were converging on the scene; both embankments were filling with spectators; people thronged about on the bridge, around Raskolnikov, crowding in and pressing against him from behind.

"Get a boat! A boat!" people shouted in the crowd.

— Утоп__и__лась! Утоп__и__лась! — крич__а__ли дес__я__тки голос__о__в; л__ю__ди сбег__а__лись, __о__бе набер__е__жные ун__и__зывались зр__и__телями, на мост__у__, круг__о__м Раск__о__льникова, столп__и__лся нар__о__д, напир__а__я и придав__и__вая ег__о__ сз__а__ди.

— Л__о__дку! Л__о__дку! — крич__а__ли в толп__е__.

топ__и__ть Иshift / **утоп__и__ть** И: to drown (transitive) • **крич__а__ть** ЖАend / **кр__и__кнуть** НУ: to shout • **дес__я__т(о)к**: a "ten" (used like the English "dozen") • **г__о__лос** (pl. голос__а__): voice • **сбег__а__ться** АЙ / **сбеж__а__ться**: to converge by running • **ун__и__зывать** АЙ / **ун__и__зать** Аshift: to fill (by "stringing") — here, the crowd is "strung" along the embankments) • **зр__и__тель**, я: spectator • **толп__и__ться** Иend / **столп__и__ться** И: to crowd, throng • **напир__а__ть** АЙ / **напер__е__ть** /Рend: to press, push • **придав__и__ливать** АЙ / **придав__и__ть** Иshift: to "crush slightly," press against • **сз__а__ди**: from behind • **л__о__дка**: (small) boat • **толп__а__**: crowd

But there was already no need for a boat: a policeman ran down some stairs leading to the canal, tossed off his overcoat and boots, and threw himself into the water. It wasn't much work: the drowned woman was drifting along in the water just two steps from the landing at the bottom of the stairs; he grabbed her by her clothing, with his right hand, and with his left he took hold of a pole a fellow officer extended toward him — and at once the woman was pulled out. They lay her on the granite flagstones of the landing. She came to her senses quickly, lifted herself, sat up, and began to sneeze and snort, senselessly rubbing her wet dress with her hands. She said nothing.

Но л__о__дки б__ы__ло уж не н__а__до: городов__о__й сбеж__а__л по ступ__е__нькам сх__о__да к кан__а__ве, сбр__о__сил с себ__я__ шин__е__ль, сапог__и__ и к__и__нулся в в__о__ду. Раб__о__ты б__ы__ло немн__о__го: утопл__е__нницу несл__о__ вод__о__й в двух шаг__а__х от сх__о__да, он схват__и__л её за од__е__жду пр__а__вою рук__о__ю, л__е__вою усп__е__л схват__и__ться за шест, кот__о__рый протян__у__л ем__у__ тов__а__рищ, и т__о__тчас же утопл__е__нница был__а__ в__ы__тащена. Её полож__и__ли на гран__и__тные пл__и__ты сх__о__да. Он__а__ очн__у__лась ск__о__ро, приподнял__а__сь, с__е__ла и ст__а__ла чих__а__ть и ф__ы__ркать, бессм__ы__сленно обтир__а__я м__о__крое пл__а__тье рук__а__ми. Он__а__ нич__е__го не говор__и__ла.

городов__о__й: 19th-century policeman • **сбег__а__ть** АЙ / **сбеж__а__ть**: to run down • **ступ__е__нька**: step, stair • **сх__о__д**: stairs going "down" (с-) to the canal • **сбр__а__сывать** АЙ / **сбр__о__сить** И: to throw down, off • **шин__е__ль**, и: overcoat • **сап__о__г**: boot • **кид__а__ть** АЙ / **к__и__нуть** НУ: to throw, toss • **шаг**: step • **хват__а__ть** АЙ / **схват__и__ть** Иshift: to grab • **од__е__жда**: clothing • **успев__а__ть** АЙ / **усп__е__ть** ЕЙ: to manage (in time) • **шест**: pole • **протя́гивать** АЙ / **протян__у__ть** НУshift: to

A "**сход**" — one of many staircases leading down from a canal embankment directly to the water; this is what allows the drowning woman to be saved without a boat.

Reading Crime and Punishment in Russian / **Преступление и наказание**

reach out, extend • **товарищ**: comrade, one's fellow x • **тотчас**: immediately • **вытаскивать** АЙ / **вытащить** И: to pull out • **класть** Д^end / **положить** И^shift: to put into a lying position • **гранитный**: adj. from гран_и_т: granite • **плита**: flagstone • **очнуться** НУ (perf.): to come to one's senses • **приподниматься** АЙ / **приподняться** НИМ^shift: to "lift oneself up slightly" • **садиться** И^end / **сесть** Д: to assume a sitting position • **чихать** АЙ / **чихнуть** НУ: to sneeze • **фыркать** АЙ / **фыркнуть** НУ: to snort • **бессмысленный**: without смысл: sense • **обтирать** АЙ / **обтереть** /Р^end: to wipe, rub • **мокрый**: wet • **платье**: dress

"Well now, there's a way out!" he thought, making his way slowly and sluggishly along the canal embankment. "I'll end it, because that's what I want... But is it a way out, actually? Who even cares! There'll be a few square feet of space — ha! But what an end that is! Is is really the end? Will I tell them or not? Oh... to hell with it! Anyway, I'm tired — if only I could lie or sit down somewhere, as soon as possible! The most shameful thing of all is that it's just so idiotic. But I don't give a damn about that either. Ugh, what stupid thoughts come into one's head..."

"Что ж, это исход! — думал он, тихо и вяло идя по набережной канавы. — Всё-таки кончу, потому что хочу... Исход ли, однако? А всё равно! Аршин пространства будет, — хе! Какой, однако же, конец! Неужели конец? Скажу я им иль не скажу? Э... чёрт! Да и устал я: где-нибудь лечь или сесть бы поскорей! Всего стыднее, что очень уж глупо. Да наплевать и на это. Фу, какие глупости в голову приходят..."

исход: a way out • **тихий**: quiet; slow • **вялый**: sluggish, lifeless • **кончать** АЙ / **кончить** И = заканчивать АЙ / закончить И: to finish, end • **однако**: however • **всё равно**: it's all the same • **кон(е)ц**: end • **неужели**: can it really be...? • **ложиться** И^end / **лечь** Г^stem (лягу, ляжешь; лёг, легла): to assume a lying position • **садиться** И^end / **сесть** Д^stem (сяду, сядешь): to assume a sitting position • **поскорей**: as soon as possible • **стыдный**: shameful • **наплевать** ОВА (perf.): to spit on (кому наплевать на что: somone "could spit on" something, i.e. doesn't care about it) • **глупость**, и: stupidity, something stupid

In the middle of the street stood a carriage, elegant and aristocratic, pulled by a pair of hot-blooded gray horses; there were no passengers, and the coachman himself, having climbed down from his box, was standing alongside; the horses were held by their bridles. A crowd of people crowded around; in front stood some policemen. One of them held a lit lantern in his hands, with which he, crouching, illuminated something on the pavement, right near the wheels. Everyone was talking, shouting, gasping; the coachman seemed bewildered, and kept repeating, from time to time:

Посреди улицы стояла коляска, щегольская и барская, запряжённая парой горячих серых лошадей; седоков не было, и сам кучер, слезши с козел, стоял подле; лошадей держали под уздцы. Кругом теснилось множество народу, впереди всех полицейские. У одного из них был в руках зажжённый фонарик, которым он, нагибаясь, освещал что-то на мостовой, у самых колёс. Все говорили, кричали, ахали; кучер казался в недоумении и изредка повторял:

"What a sin! Lord, what a sin!"

— Экой грех! Господи, грех-то какой!

посреди чего: in the middle • **коляска**: carriage • **щегольской**: rakish, dandyish • **барский**: lordly, aristocratic in appearance (б<u>а</u>рин: lord, master) • **запрягать** АЙ / **запр<u>я</u>чь** Г^{end}: to harness • **пара**: pair • **горячий**: hot-blooded • **серый**: gray • **сед<u>о</u>к**: rider • **куч<u>е</u>р**: coachman • **слезать** АЙ / **слезть** З^{stem}: to climb down • **козлы**: coachman's seat • **подле**: near • **уздцы**: bridle • **тесниться** И: to crowd, squeeze • **множество**: large number • **впереди** чего: ahead, in front • **полицейский**: policeman • **зажигать** АЙ / **заж<u>е</u>чь** Г (зажгу, зажжёшь; зажёг, зажгла): to light • **фонарик**: dim. of фон<u>а</u>рь, я: lamp • **нагибаться** АЙ / **нагн<u>у</u>ться** НУ^{end}: to stoop • **освещ<u>а</u>ть** АЙ / **осветить** И^{end}: to illuminate • **мостовая**: pavement • **колесо**: wheel • **<u>а</u>хать** АЙ / **<u>а</u>хнуть** НУ: to gasp, to say "ax!" • **недоумение**: perplexity • **изредка**: from time to time • **повторять** АЙ / **повтор<u>и</u>ть** И^{end}: to repeat • **грех**: sin

Raskolnikov pushed his way through, as best he could, and finally saw what this commotion and curiosity were all about. On the ground lay a man who had just been run over by the horses — apparently unconscious, and very poorly dressed, although in 'noble' clothing, and covered in blood. Blood was flowing from his face, from his head; his face had been pummeled, scuffed, mangled. It was clear that his injuries were no laughing matter… Suddenly the lantern brightly illuminated the face of the unfortunate man; [Raskolnikov] recognized him.	Раск<u>о</u>льников протесн<u>и</u>лся, по возм<u>о</u>жности, и ув<u>и</u>дал наконец предм<u>е</u>т всей <u>э</u>той сует<u>ы</u> и любоп<u>ы</u>тства. На земл<u>е</u> леж<u>а</u>л т<u>о</u>лько что раздавленный лошадьми челов<u>е</u>к, без чувств по-видимому, <u>о</u>чень х<u>у</u>до од<u>е</u>тый, но в "благор<u>о</u>дном" пл<u>а</u>тье, весь в кров<u>и</u>. С лиц<u>а</u>, с голов<u>ы</u> текл<u>а</u> кровь; лиц<u>о</u> б<u>ы</u>ло всё изб<u>и</u>то, обо<u>д</u>рано, исков<u>е</u>ркано. Видно б<u>ы</u>ло, что раздав<u>и</u>ли не на ш<u>у</u>тку… Вдруг фон<u>а</u>рик <u>я</u>рко осветил лиц<u>о</u> несч<u>а</u>стного; [Раск<u>о</u>льников] узн<u>а</u>л ег<u>о</u>.

протесниться И (perf.): to squeeze one's way through • **по возм<u>о</u>жности**: as much as possible • **увид<u>а</u>л** = увидел • **предм<u>е</u>т**: object • **суета**: fuss, commotion • **любоп<u>ы</u>тство**: curiosity • **раздавливать** АЙ / **раздав<u>и</u>ть** И^{shift}: to crush • **без чувств**: unconscious (чувство: feeling, sense) • **по-видимому**: apparently • **х<u>у</u>до** = пл<u>о</u>хо • **одев<u>а</u>ть** АЙ / **од<u>е</u>ть** Н^{stem}: to dress • **благор<u>о</u>дный**: noble, decent • **весь в кров<u>и</u>**: covered in blood • **течь** К: to flow • **избив<u>а</u>ть** АЙ / **изб<u>и</u>ть** Ь: to beat • **обдир<u>а</u>ть** АЙ / **ободр<u>а</u>ть** n/sA^{end} (обдеру, обдерёшь): to scrape • **ков<u>е</u>ркать** АЙ / **исков<u>е</u>ркать** АЙ: to mangle • **не на ш<u>у</u>тку**: seriously (ш<u>у</u>тка: joke) • **<u>я</u>ркий**: clear, bright • **освещ<u>а</u>ть** АЙ / **осветить** И^{end}: to illuminate • **узнав<u>а</u>ть** АВАЙ / **узн<u>а</u>ть** АЙ: to find out; to recognize

"I know him, I know him!" he began shouting, pushing his way right to the front. "It's a clerk, retired, Titular Councillor, Marmeladov! He lives here, nearby, in Kozel's Building… Fetch a doctor, quick! I'll pay, here!" — He pulled some money from his pocket and showed it to a policeman. He was in an extraordinary state of agitation…	— Я его зн<u>а</u>ю, зн<u>а</u>ю! — закрич<u>а</u>л он, прот<u>и</u>скиваясь совс<u>е</u>м вперёд, — это чин<u>о</u>вник, отставн<u>о</u>й, титул<u>я</u>рный сов<u>е</u>тник, Мармел<u>а</u>дов! Он здесь жив<u>ё</u>т, п<u>о</u>дле, в д<u>о</u>ме К<u>о</u>зеля… Д<u>о</u>ктора поскор<u>е</u>е! Я заплач<u>у</u>, вот! — Он в<u>ы</u>тащил из карм<u>а</u>на д<u>е</u>ньги и пок<u>а</u>зывал полицейскому. Он был в удив<u>и</u>тельном волн<u>е</u>нии…

прот<u>и</u>скиваться АЙ / **прот<u>и</u>снуться** НУ: to squeeze one's way through • **чин<u>о</u>вник**: clerk

- **отставно́й**: retired, resigned • **титуля́рный сове́тник**: Titular Counselor (in Table of Ranks) • **по́дле**: nearby • **до́ктора** (acc.): i.e. fetch a doctor • **поскоре́е**: quick, as quick as possible • **выта́скивать** АЙ / **вы́тащить** И: to pull out • **карма́н**: pocket • **удиви́тельный**: surprising • **волне́ние**: agitation

Kozel's building was just thirty steps away. Raskolnikov walked in the back, supporting [Marmeladov's] head, and pointing out the way.

"This way, this way! We should carry him up the stairs head-first; turn him around... there! I'll pay, you'll have my thanks," he muttered.

Katerina Ivanovna, as she always did whenever she had a free moment, had begun to pace back and forth in her small room, from the window to the stove and back again, having tightly crossed her arms against her chest, talking to herself and coughing.

"What's this? What are they carrying? Lord!"

"He got run over in the street! Drunk!" someone shouted from the entryway...

Дом Ко́зеля был шага́х в тридцати́. Раско́льников шёл сза́ди, осторо́жно подде́рживал го́лову и пока́зывал доро́гу.

— Сюда́, сюда́! На ле́стницу на́до вверх голово́й вноси́ть; обора́чивайте... вот так! Я заплачу́, я поблагодарю́, — бормота́л он.

Катери́на Ива́новна, как и всегда́, чуть то́лько выпада́ла свобо́дная мину́та, то́тчас же принима́лась ходи́ть взад и вперёд по свое́й ма́ленькой ко́мнате, от окна́ до пе́чки и обра́тно, пло́тно скрести́в ру́ки на груди́, говоря́ сама́ с собо́й и ка́шляя.

— Что э́то? Что э́то несу́т? Го́споди!

— Раздави́ли на у́лице! Пья́ного! — кри́кнул кто-то из сене́й...

шаг: step • **сза́ди**: behind, from behind • **осторо́жный**: careful • **подде́рживать** АЙ / **поддержа́ть** ЖА[shift]: to support, hold up • **пока́зывать** АЙ / **показа́ть** А[shift]: to show, point out • **доро́га**: road; the way • **ле́стница**: staircase • **вверх голово́й**: "with head positioned toward the top, upward" • **обора́чивать** АЙ / **оберну́ть** НУ: to turn • **плати́ть** И[shift] / **заплати́ть** И: to pay • **благодари́ть** И[end] / **поблагодари́ть** И: to thank • **бормота́ть** А / **пробормота́ть** А: to mutter • **выпада́ть** АЙ / **вы́пасть** Д: literally, to fall out • **принима́ться** АЙ / **приня́ться** Й/М[shift] + inf.: to go about, to begin • **взад и вперёд**: back and forth, backward and foreward • **пе́чка**: dim. of печь, и: stove, furnace • **пло́тный**: tight, firm, solid • **скре́щивать** АЙ / **скрести́ть** И[end]: to cross • **грудь**, и: chest, breast • **ка́шлять** АЙ / **ка́шляну́ть** НУ: to cough • **дави́ть** И[shift] / **раздави́ть** И: to crush • **крича́ть** ЖА[end] / **кри́кнуть** НУ: to shout • **се́ни** (pl.): entryway

The confession and communion were finished. Katerina Ivanovna again approached her husband's bed. The priest stepped aside, and, departing, went to say a few words of guidance and

И́споведь и причаще́ние ко́нчились. Катери́на Ива́новна сно́ва подошла́ к посте́ли му́жа. Свяще́нник отступи́л и, уходя́, обрати́лся бы́ло сказа́ть два сло́ва в напу́тствие и утеше́ние

consolation to Katerina Ivanovna.

"And what am I supposed to do with them?" she interrupted him, sharply and irritably, pointing at the children.

"God is merciful; place your hope in the aid of the Most High," began the priest.

"A-ah! He's merciful, but not to us!"

Катери́не Ива́новне.

— А куда́ я э́тих-то де́ну? — ре́зко и раздражи́тельно переби́ла она́, ука́зывая на малю́ток.

— Бог ми́лостив; наде́йтесь на по́мощь всевы́шнего, — на́чал бы́ло свяще́нник.

— Э-эх! Ми́лостив, да не до нас!

и́споведь, и: confession • **причаще́ние**: communion • **сно́ва**: once again • **посте́ль**, и: bed • **свяще́нник**: priest • **отступа́ть** АЙ / **отступи́ть** И^shift: to step away • **обраща́ться** АЙ / **обрати́ться** И^end: to turn to, address • **напу́тствие**: guidance • **утеше́ние**: consolation • **дева́ть** АЙ / **деть** H^stem: to put, do with • **ре́зкий**: sharp, caustic • **раздражи́тельный**: irritable • **перебива́ть** АЙ / **переби́ть** Ь: to interrupt • **ука́зывать** АЙ / **указа́ть** А^shift: to point to • **малю́тка**: small child • **ми́лостивый** до кого: merciful to • **наде́яться** А на что: to place one's hope in, hope to • **по́мощь**, и: help • **всевы́шний**: the "all-highest," God

"That's a sin — a sin, madam," remarked the priest, shaking his head.

"And what about this — is this not a sin?" shouted Katerina Ivanovna, pointing at the dying man.

"Perhaps those who were the unwilling cause of this will agree to compensate you for, at the very least, the loss of income…"

— Э́то грех, грех, суда́рыня, — заме́тил свяще́нник, кача́я голово́й.

— А э́то не грех? — кри́кнула Катери́на Ива́новна, пока́зывая на умира́ющего.

— Быть мо́жет, те, кото́рые бы́ли нево́льною причи́ной, соглася́тся вознагради́ть вас, хоть бы в поте́ре дохо́дов…

грех: sin • **суда́рыня**: madam • **замеча́ть** АЙ / **заме́тить** И: to remark • **кача́ть** АЙ **голово́й**: to shake head • **пока́зывать** АЙ / **показа́ть** А^shift: to show, point to • **умира́ть** АЙ / **умере́ть** /P: to die • **нево́льный**: inadvertent • **причи́на**: cause • **соглаша́ться** АЙ / **согласи́ться** И^end: to agree • **вожнагражда́ть** АЙ / **вознагради́ть** И^end: reimburse • **поте́ря**: loss • **дохо́д**: income

"You misunderstand me!" shouted Katerina Ivanovna irritably, having given a dismissive wave of her hand. "And why would they compensate me? After all, he himself found his way beneath the horses, drunk! And what income? There was no income from him, only torment. After all, he — that

— Не понима́ете вы меня́! — раздражи́тельно кри́кнула Катери́на Ива́новна, махну́в руко́й. — Да и за что вознагражда́ть-то? Ведь он сам, пья́ный, под лошаде́й поле́з! Каки́х дохо́дов? От него́ не дохо́ды, а то́лько му́ка была́.

Reading Crime and Punishment in Russian / **Преступление и наказание**

drunkard — drank through everything we had. He'd steal our money and take it to the tavern; he wasted their life away, and mine too, in the tavern! And thank God he's dying! He'll do less damage that way."

"You should forgive him in his dying hour; otherwise, this is a sin, madame — such feelings are a great sin!"

Ведь он, пьяница, всё пропивал. Нас обкрадывал да в кабак носил, ихнюю да мою жизнь в кабаке извёл! И слава Богу, что помирает! Убытку меньше!

— Простить бы надо в предсмертный час, а это грех, сударыня, таковые чувства большой грех!

махать А[shift] / **махнуть** НУ[end] чем: to wave • **пьяный**: drunk • **лазить** И - **лезть** 3[stem] / **полезть** 3: to climb, crawl (often, going somewhere one has no business being) • **мука**: torment • **пьяница**: drunkard • **пропивать** АЙ / **пропить** Ь: to "drink through" money • **обкрадывать** АЙ / **обокрасть** Д[end]: to rob • **кабак**: tavern • **ихний**: their, theirs • **изводить** И / **извести** Д: here, to ruin • **помирает** = умирает • **убыт(о)к**: (financial) loss, expense, damage • **прощать** АЙ / **простить** И[end]: to forgive • **предсмертный час**: the "hour/time before death" • **чувство**: feeling, sentiment

Marmeladov was in his final agony; he didn't take his eyes off Katerina Ivanovna's face as she bent over him again. He kept wanting to tell her something; he was on the verge of beginning, moving his tongue, with effort, and pronouncing the words unclearly — but Katerina Ivanovna, understanding that he wanted to ask her for forgiveness, shouted at him immediately, and imperiously:

Мармеладов был в последней агонии; он не отводил своих глаз от лица Катерины Ивановны, склонившейся снова над ним. Ему всё хотелось что-то ей сказать; он было и начал, с усилием шевеля языком и неясно выговаривая слова, но Катерина Ивановна, понявшая, что он хочет просить у ней прощения, тотчас же повелительно крикнула на него:

— Quiet! There's no need for that!.. I know what you want to say!.. And the injured man fell silent; but at that very moment his wandereing gaze fell on the door, and he caught sight of Sonya...

— Молчи-и-и! Не надо!.. Знаю, что хочешь сказать!.. — И больной умолк; но в ту же минуту блуждающий взгляд его упал на дверь, и он увидал Соню...

He hadn't noticed her until then; she'd been standing in the corner, in the shadow.

До сих пор он не замечал её: она стояла в углу и в тени.

последний: last, final • **агония**: agony • **отводить** И[shift] / **отвести** Д[end]: to lead, draw away • **склоняться** АЙ / **склониться** И[shift]: to bend, bow • **снова**: oncee again • **начинать** АЙ / **начать** /Н: to begin • **усилие**: effort • **шевелить** И[shift/end] / **пошевелить** И чем: to move • **язык**, **а**: tongue • **ясный**: clear • **выговаривать** АЙ / **выговорить** И: to pronounce, "get out" a word • **понимать** АЙ / **понять** Й/М[end]: to understand • **просить** И[shift] / **попросить** И: to request • **прощение**: forgiveness • **повелительный**: imperious, stern • **кричать** ЖА[end] / **крикнуть** НУ: to shout • **молчать** ЖА[end]: to be silent • **умолкать** АЙ / **умолкнуть** (НУ): to

fall silent • **взгляд**: gaze • **падать** АЙ / **упасть** Д^end: to fall • **увидал** = увидел • **до сих пор**: until now • **замечать** АЙ / **заметить** И: to notice • **стоять** ЖА^end: to be in a standing position • **уг(о)л**: corner • **тень**, и: shadow

"Sonya! My daughter! Forgive me!" he shouted, and went to reach out his hand to her, but, having lost support, he fell from the sofa and hit the ground, face-first; they rushed to lift him up, and lay him back into bed, but he was already expiring. Sonya gave a faint scream, ran up and embraced him, and remained motionless in that embrace. He died in her arms.

"He got what was coming to him!" shouted Katerina Ivanovna, looking upon her husband's body. "Well, what now? How will I pay for his burial? And how will I feed *them*, *them*, tomorrow?"

Raskolnikov walked up to Katerina Ivanovna.

— Соня! Дочь! Прости! — крикнул он и хотел было протянуть к ней руку, но, потеряв опору, сорвался и грохнулся с дивана, прямо лицом наземь; бросились поднимать его, положили, но он уже отходил. Соня слабо вскрикнула, подбежала, обняла его и так и замерла в этом объятии. Он умер у неё в руках.

— Добился своего! — крикнула Катерина Ивановна, увидав труп мужа, — ну, что теперь делать! Чем я похороню его! А чем их-то, их-то завтра чем накормлю?

Раскольников подошёл к Катерине Ивановне.

прощать АЙ / **простить** И^end кого: to forgive • **протягивать** АЙ / **протянуть** НУ^shift: to outstretch • **терять** АЙ / **потерять** АЙ: to lose • **опора**: support • **срываться** АЙ / **сорваться**: be torn from; here: fall off • **грохнуться** НУ: to crash • **наземь**: to the ground • **поднимать** АЙ / **поднять** НИМ^shift: to lift • **отходил**: i.e. was dying, умирал • **вскрикивать** АЙ / **вскрикнуть** НУ: to shout • **обнимать** АЙ / **обнять** НИМ^shift: to embrace • **объятие**: embrace • **замирать** АЙ / **замереть** /Р: to freeze, remain motionless • **добиваться** АЙ / **добиться** ь чего: to get, attain (добился своего: he finally got what was coming, got what he wanted) • **увидав** = увидев • **труп**: corpse • **хоронить** И^shift / **похоронить** И: to bury • **кормить** И^shift / **накормить** И: to feed

"Katerina Ivanovna," he began to tell her, "Last week your deceased husband told me all about his life, all the circumstances... You can be certain that he spoke of you with rapturous respect. As of that evening, when I learned how devoted he was to all of you, and how he respected and loved you in particular, Katerina Ivanovna, despite his unfortunate infirmity — as of that evening, he and I became friends... Allow me, now, to... do my part to repay to my deceased friend what he is owed. Here... twenty

— Катерина Ивановна, — начал он ей, — на прошлой неделе ваш покойный муж рассказал мне всю свою жизнь и все обстоятельства... Будьте уверены, что он говорил об вас с восторженным уважением. С этого вечера, когда я узнал, как он всем вам был предан и как особенно вас, Катерина Ивановна, уважал и любил, несмотря на свою несчастную слабость, с этого вечера мы и стали друзьями... Позвольте же мне теперь... способствовать к отданию долга моему покойному другу. Вот тут... двадцать рублей,

roubles, I think — and if it might be of help to you, then... I... well, in a word, I'll stop by — I will stop by most certainly... Perhaps I'll even stop by tomorrow... Farewell!	кажется, — и если это может послужить вам в помощь, то... я... одним словом, я зайду — я непременно зайду... я, может быть, ещё завтра зайду... Прощайте!

покойный: deceased • **обстоятельство**: circumstance • **уверенный**: certain • **восторженный**: enthusiastic, exuberant • **уважение**: respect • **преданный** кому: devoted to • **особенно**: particularly • **уважать** АЙ: to respect • **несмотря на** что: regardless of • **несчастный**: unfortunate • **слабость**, и: weakness (i.e. bad habit) • **становиться** И[shift] / **стать** Н[stem] кем: to become • **позволять** АЙ / **позволить** И: to permit • **способствовать** ОВА (к) чему: to make possible, facilitate • **отдание долга**: repayment of a debt • **служить** И[shift] / **послужить** И: to serve • **непременно**: without fail, certainly • **прощайте**: goodbye

And he quickly left the room, pushing his way through the crowd and onto the stairwell, as quickly as he could... But as he was descending the final steps, he suddenly heard some hurried footsteps behind him. Someone was trying to catch up with him. It was little Polenka; she was running after him, and calling out to him: "Listen! Listen!"	И он быстро вышел из комнаты, поскорей протеснясь через толпу на лестницу... Но уже сходя последние ступени, он услышал вдруг поспешные шаги за собою. Кто-то догонял его. Это была Поленька; она бежала за ним и звала его: "Послушайте! Послушайте!"
He turned to face her. She ran down the final flight of stairs and stopped right in front of him, just one step higher than him.	Он обернулся к ней. Та сбежала последнюю лестницу и остановилась вплоть перед ним, ступенькой выше его.

поскорей: as soon as possible • **протесниться** И[end] (perf.) to squeeze one's way through • **толпа**: crowd • **ступень**, и: step • **поспешный**: hurried • **шаг**: step • **догонять** АЙ / **догнать**: to catch up with someone • **Поленька**: Katerina Ivanovna's young daughter • **оборачиваться** АЙ / **обернуться** НУ: to turn around • **останавливаться** АЙ / **остановиться** И[shift]: to stop • **вплоть**: right (up against, at) • **ступенька**: a step, a stair

"Listen, what's your name?.. And also: where do you live?" she asked, hurriedly, her little voice out of breath.	— Послушайте, как вас зовут?.. а ещё: где вы живёте? — спросила она торопясь, задыхающимся голоском.
He placed both hands on her shoulders and looked at her with a kind of happiness. It felt so nice to look at her; he himself didn't know why.	Он положил ей обе руки на плечи и с каким-то счастьем глядел на неё. Ему так приятно было на неё смотреть, — он сам не знал почему.
"Who sent you?"	— А кто вас прислал?

"My sister Sonya sent me," answered the girl, smiling even more joyfully.

"I just knew it was your sister Sonya who sent you."

— А меня прислала сестрица Соня, — отвечала девочка, ещё веселее улыбаясь.

— Я так и знал, что вас прислала сестрица Соня.

торопиться И^shift / **поторопиться** И: hurry • **задыхаться** АЙ / **задохнуться** НУ^end: be short of breath • **голос(о)к**: dim. of **голос**: voice • **класть** Д^end / **положить** И^shift: to put into a lying position • **плечо**, pl. плечи: shoulder • **счастье**: joy • **глядеть** Е^end / **поглядеть** Е: to look • **приятный**: pleasant • **присылать** АЙ / **прислать** А (пришлю, пришлёшь): to send • **сестрица**: dim. of сестра • **отвечать** АЙ / **ответить** И: to answer • **весёлый**: joyful, joyous • **улыбаться** АЙ / **улыбнуться** НУ: to smile

"Mommy also sent me. When my sister Sonya began sending me, mommy also walked up and said: "Run, Polenka, quick!"

"Do you love your sister Sonya?"

"I love her more than anyone!" declared Polenka, with a kind of peculiar firmness, and her smile suddenly grew more serious.

"Will you love me?"

— Меня и мамаша тоже прислала. Когда сестрица Соня стала посылать, мамаша тоже подошла и сказала: "Поскорей беги, Поленька!"

— Любите вы сестрицу Соню?

— Я её больше всех люблю! — с какою-то особенною твёрдостию проговорила Поленька, и улыбка её стала вдруг серьёзнее.

— А меня любить будете?

мамаша: мама • **особенный**: particular • **твёрдость**: firmness, resoluteness • **улыбка**: smile • **становиться** И^shift / **стать** Н^stem: to become

Instead of an answer, he saw the girl's little face drawing near him, her tiny lips pursed and naively extending to kiss him. Suddenly her arms, as thin as matchsticks, embraced him tightly; her head fell onto his shoulder, and the girl began crying quietly, pressing her face against him ever more firmly.

"I feel sorry for papa!" she said a moment later, lifting her face, red from crying, and wiping away her tears with her hands. "We've had one misfor-

Вместо ответа он увидел приближающееся к нему личико девочки и пухленькие губки, наивно протянувшиеся поцеловать его. Вдруг тоненькие, как спички, руки её обхватили его крепко-крепко, голова склонилась к его плечу, и девочка тихо заплакала, прижимаясь лицом к нему всё крепче и крепче.

— Папочку жалко! — проговорила она через минуту, поднимая своё заплаканное личико и вытирая руками слёзы, — всё такие теперь несчастия

tune after another lately," she added unexpectedly, with that particularly imposing air that children so strenuously assume when they get the urge to speak "like grown-ups"...	пошли, — прибавила она неожиданно, с тем особенно солидным видом, который усиленно принимают дети, когда захотят вдруг говорить как "большие"....

приближа́ться АЙ / **прибли́зиться** И: to draw near • **пу́хленький**: dim. of пухлый: chubby • **гу́бка**: dim. of губа: lip • **наи́вный**: naive • **протя́гиваться** АЙ / **протяну́ться** НУ^{shift}: to reach out **целова́ть** ОВА / **поцелова́ть** ОВА: to kiss • **то́ненький**: dim. of тонкий: thin • **спи́чка**: match • **обхва́тывать** АЙ / **обхвати́ть** И^{shift}: to embrace • **кре́пко**: tightly • **склоня́ться** АЙ / **склони́ться** И^{shift}: to bend • **плечо́**: shoulder • **пла́кать** А: to cry • **прижима́ться** АЙ / **прижа́ться** /М: to press against • **кре́пче**: comparative of крепко • **жа́лко** кого: one feels sorry for someone • **поднима́ть** АЙ / **подня́ть** НИМ^{shift}: to raise • **запла́канный**: red and wet from crying • **вытира́ть** АЙ / **вы́тереть** /Р: to wipe • **слеза́**, pl. слёзы: tear **несча́стье**: misfortune • **пошли́**: i.e. began • **прибавля́ть** АЙ / **приба́вить** И: to add • **неожи́данный**: unexpected • **осо́бенно**: particularly • **соли́дный**: solid, firm, sound • **вид**: form • **уси́ленно**: strenuously • **принима́ть** АЙ / **приня́ть** Й/М^{shift}: take on

"Do you know how to pray?"	— А моли́ться вы уме́ете?
"Oh, of course I know how!"	— О, как же, уме́ем!
"Polechka, my name is Rodion; pray for me too sometime: 'and your servant Rodion' — that's all."	— Поле́чка, меня́ зову́т Родио́н; помоли́тесь когда́-нибудь и обо мне: "и раба́ Родио́на" — бо́льше ничего́.
"I'll pray for you my whole life," the girl said ardently, and suddenly began to laugh again; she threw herself toward him and again hugged him tightly.	— Всю мою́ бу́дущую жизнь бу́ду об вас моли́ться, — горячо́ проговори́ла де́вочка и вдруг опя́ть засмея́лась, бро́силась к нему́ и кре́пко опя́ть обняла́ его́.

моли́ться И^{shift} / **помоли́ться** И: to pray • **уме́ть** ЕЙ + inf: to know how • **как же**: "of course, what do you mean?" • **Родио́н** = имя Раскольникова • **раб**: slave, servant (of God) • **бу́дущий**: future, to come • **горячо́**: ardently • **смея́ться** А^{end} / **засмея́ться** А: to laugh / to begin laughing • **обнима́ть** АЙ / **обня́ть** НИМ^{shift}: to embrace

Raskolnikov told her his name, gave her his address, and promised to stop by tomorrow without fail. The girl walked way, completely enraptured by him. It was past eleven when he stepped outside. Five minutes later he was standing on the bridge, on that very spot from which the woman had jumped earlier.	Раско́льников сказа́л ей своё и́мя, дал а́дрес и обеща́лся за́втра же непреме́нно зайти́. Де́вочка ушла́ в соверше́нном от него́ восто́рге. Был час оди́ннадцатый, когда́ он вы́шел на у́лицу. Че́рез пять мину́т он стоя́л на мосту́, ро́вно на том са́мом ме́сте, с кото́рого дави́ча бро́силась же́нщина.

обещать(ся) АЙ: to promise • **непременно**: without fail • **совершенный**: complete, "perfect" • **восторг**: ecstasy • **мост**: bridge • **давеча**: earlier

"Enough!" he pronounced, decisively and triumphantly. "Begone, mirages; begone, contrived fears; begone, apparitions!.. Life exists! Did I really not live just now? My life didn't die along with the old woman! May she inherit the Kingdom of Heaven, and — enough, old mother, time to rest in peace! Now for the reign of reason and light and... willpower, and strength... we'll see, now! We'll see how we measure up now!" he added haughtily, as if addressing some dark power, and challenging it. "And I'd already agreed to live on a few square feet of space!"

"Довольно! — произнёс он решительно и торжественно, — прочь миражи, прочь напускные страхи, прочь привидения!.. Есть жизнь! Разве я сейчас не жил? Не умерла ещё моя жизнь вместе с старою старухой! Царство ей небесное и — довольно, матушка, пора на покой! Царство рассудка и света теперь и... и воли, и силы... и посмотрим теперь! Померяемся теперь! — прибавил он заносчиво, как бы обращаясь к какой-то тёмной силе и вызывая её. — А ведь я уже соглашался жить на аршине пространства!

царство небесное (кому): (may s.o. inherit) the Kingdom of Heaven • **матушка**: мать • **покой**: peace, repose • **рассудок**: reason • **свет**: light • **воля**: will • **сила**: strength • **померяться** АЙ / **помериться** И: to take measure (of oneself) **прибавлять** АЙ / **прибавить** И: to add • **заносчивый**: haughty, proud • **обращаться** АЙ / **обратиться** И[end] к кому: to address, turn to, speak to • **тёмный**: dark • **вызывать** АЙ / **вызвать** n/sA: to call out, challenge, defy • **соглашаться** АЙ / **согласиться** И[end]: to agree to

Reading Crime and Punishment in Russian / **Преступление и наказание**

Перешагнуть через кровь
To Wade Through Blood

"Here's what I wanted to talk to you about…" said Raskolnikov, leading Razumikhin off toward the window. "You know that guy… What's his name?.. Porfiry Petrovich?"

"Of course! We're related. What about him?" [Razumikhin] added in a kind of burst of curiosity.

"I mean, he's now… that case… concerning that murder… you were saying yesterday… he's now in charge?"

"Yes… So what?" Razhumikhin's eyes suddenly bulged out.

— Вот что, вот какое у меня до тебя дело… — сказал Раскольников, отводя Разумихина к окошку. — Ты ведь знаешь этого… Как его!.. Порфирия Петровича?

— Ещё бы! Родственник. А что такое? — прибавил [Разумихин] с каким-то взрывом любопытства.

— Ведь он теперь это дело… ну, вот, по этому убийству… вот вчера-то вы говорили… ведёт?

— Да… ну? — Разумихин вдруг выпучил глаза.

дело: matter; (criminal, judicial) case • **отводить** И^shift / **отвести** Д^end: to lead (a bit) away • **окошко**: dim. of окно: window • **родственник**: a relative • **прибавлять** АЙ / **прибавить** И: to add • **взрыв**: explosion, outburst • **любопытство**: curiosity • **убийство**: murder • **вести** Д^end: to lead, conduct • **выпучивать** АЙ / **выпучить** И: to cause to bulge

"He's been questioning the pawners, and I've got some pledges there; I

— Он закладчиков спрашивал, а там у меня тоже заклады есть, так,

mean, it's rubbish… But I know I need to file a report with the police. Wouldn't it be better to go straight to Porfiry himself? I'd like to take care of it as quickly as possible.

"By no means will you go to the office, but straight to Porfiry, absolutely!" Razumikhin shouted in some unusual state of excitement. "I'm so happy to hear it! Well, what are we waiting for; let's go right now; it's two steps away, we'll surely catch him!.."

дрянцо… Знаю, что надо бы в часть заявить. А не лучше ли самому Порфирию, а? Как ты думаешь? Дело-то поскорее бы обделать.

— Отнюдь не в часть и непременно к Порфирию! — крикнул в каком-то необыкновенном волнении Разумихин. — Ну, как я рад! Да чего тут, идём сейчас, два шага, наверно застанем!..

закладчик: pawner • **заклад**: pledge, pawned item • **дрянцо**: a little piece of дрянь, и: rubbish • **часть**, и: part; here: police office • **заявлять** АЙ / **заявить** И[shift]: to declare, make a statement • **обделывать** АЙ / **обделать** АЙ: to handle • **отнюдь**: by no means • **непременно**: without fail • **кричать** ЖА[end] / **крикнуть** НУ: to shout • **(не)обыкновенный**: (un)unusual • **волнение**: agitation, excitement • **шаг**: step • **заставать** АВАЙ / **застать** Н[stem] кого где: to "catch" someone somewhere

Raskolnikov was laughing so hard that, it seemed, he was unable to restrain himself — and so it was with laughter that they entered Porfiry Petrovich's apartment. That's what Raskolnikov wanted: from the inner rooms, one could hear how they came in laughing, and were still guffawing in the entryway.

The moment he learned that his guest had a "little matter" for him, Porfiry Petrovich asked him to be seated on a sofa; he himself sat on the opposite end, and fixed his gaze on his guest.

Раскольников до того смеялся, что, казалось, уж и сдержать себя не мог, так со смехом и вступили в квартиру Порфирия Петровича. Того и надо было Раскольникову: из комнат можно было услышать, что они вошли смеясь и всё ещё хохочут в прихожей.

Порфирий Петрович, как только услышал, что гость имеет до него "дельце", тотчас же попросил его сесть на диван, сам уселся на другом конце и уставился в гостя

смеяться А[end] / **засмеяться** А: to laugh / to start laughing • **казаться** А[shift] / **показаться** А: to seem • **сдерживать** АЙ / **сдержать** ЖА[shift]: to restrain, hold back • **смех**: laughter • **вступать** АЙ / **вступить** И[shift]: to step into, enter • **комната**: room • **слышать** ЖА / **услышать** ЖА: to hear • **хохотать** А[shift] / **захохотать** А: to laugh loudly / to begin laughing loudly • **прихожая**: entryway • **дельце**: dim. of дело: a matter • **просить** И[shift] / **попросить** И: to ask to • **садиться** И[end] / **сесть** Д[stem]: to assume a sitting position • **усаживаться** АЙ / **усесться** Д: to be seated • **кон(е)ц**: end • **уставляться** АЙ / **уставиться** И в кого: to fix one's eyes on • **гость**, я: guest

"You should submit a statement to the police," answered Porfiry, with the most business-like air one could imagine,

— Вам следует подать объявление в полицию, — с самым деловым видом отвечал Порфирий, — о

"regarding the fact that, having become aware of such-and-such an event — that is, the murder — you request, in turn, that the investigator assigned to the case be informed that such-and-such items belong to you and that you wish to redeem them… or whatever… Actually, they'll write it for you."	том-с, что, известившись о таком-то происшествии, то есть об этом убийстве, вы просите, в свою очередь, уведомить следователя, которому поручено дело, что такие-то вещи принадлежат вам и что вы желаете их выкупить… или там… да вам, впрочем, напишут.

следует кому + inf: one should… • **подавать** АВАЙ / **подать**: to submit • **объявление**: declaration, statement • **полиция**: police • **деловой**: business-like • **вид**: air, manner, appearance • **отвечать** АЙ / **ответить** И: to answer • **извещать** АЙ / **известить** И^end: to inform • **происшествие**: event • **убийство**: murder • **просить** И^shift / **попросить** И: to ask, request • **в свою очередь**: in one's turn • **уведомлять** АЙ / **уведомить** И: to inform • **следователь, я**: investigator • **поручать** АЙ / **поручить** И^shift кому что: to charge, entrust with • **вещь, и**: thing, item • **принадлежать** ЖА^end кому: to belong to • **желать** АЙ: to wish, want • **выкупать** АЙ / **выкупить** И: to buy back, redeem

Porfiry Petrovich went out to order tea… [He] returned a moment later. His mood had somehow improved suddenly.	Порфирий Петрович вышел приказать чаю… [Он] мигом воротился. Он вдруг как-то повеселел.
"Brother, my head is in such a state after what happened yesterday… I've come completely unscrewed," he began, in a completely different tone, laughing, and addressing Razumikhin.	— У меня, брат, со вчерашнего твоего голова… Да и весь я как-то развинтился, — начал он совсем другим тоном, смеясь, к Разумихину.
"Just imagine, Rodya, what we got into yesterday: does crime exist, or not?.. It all started with the Socialists' view on the matter. Their view is well known: crime is a protest against the unnatural state of our social structure — and only that, nothing more — and no other causes are admitted. And there you have it!.."	— Вообрази, Родя, на что вчера съехали: есть или нет преступление?.. Началось с воззрения социалистов. Известно воззрение: преступление есть протест против ненормальности социального устройства — и только, и ничего больше, и никаких причин больше не допускается, — и ничего!..

приказывать АЙ / **приказать** А^shift: to order, command • **чаю**: partitive gen. of чай: tea • **мигом**: in a moment, in a flash • **воротился** = вернулся • **веселеть** ЕЙ / **повеселеть** ЕЙ: to grow весёлый: merry, jolly • **вчерашний**: adj. from вчера • **развинчивать** АЙ / **развинтить** И^end: to unscrew • **начинать** АЙ / **начать** /Н^end: to begin • **тон**: tone • **воображать** АЙ / **вообразить** И^end: to imagine • **преступление**: crime • **воззрение**: view(point) • **социалист**: Socialist • **ненормальность, и**: abnormality, a flawed or unnatural state • **социальный**: social • **устройство**: arrangement, system • **причина**: reason, cause • **допускать** АЙ / **допустить** И^shift: to permit

"No, brother, you're full of it: the 'environment' can indeed account for a lot when it comes to crime; that I can confirm," [said Porfiry].

"I know myself that it can, but tell me this: say a forty-year-old man abuses a ten-year-old girl. So, did the 'environment' make him do it?"

"Who knows; in a strict sense, I suppose, it did," remarked Porfiry, with a surprising gravity. "The 'environment' may explain crimes against girls, and even to a great degree. But with regard to all these questions, crimes, the environment, little girls, etc., I just now recalled — and, by the way, it always interested me — a certain little article of yours: "Concerning Crime" — or something like that; I forgot the title, I don't remember. Two months ago I had the pleasure of reading it in *Periodical Review*... In a word — if you recall — it includes a certain allusion to the fact that there exist, as it were, certain persons who can... well, not so much 'can,' but rather have the complete right to commit all manner of excess and crime, and that for them, as it were, there is no law."

— Нет, брат, ты врёшь: "среда" многое в преступлении значит; это я тебе подтвержу, — [сказал Порфирий].

— И сам знаю, что много, да ты вот что скажи: сорокалетний бесчестит десятилетнюю девочку, — среда, что ль, его на это понудила?

— А что ж, оно в строгом смысле, пожалуй, что и среда, — с удивительною важностью заметил Порфирий, — преступление над девочкой очень и очень даже можно "средой" объяснить. По поводу всех этих вопросов, преступлений, среды, девочек мне вспомнилась теперь, — а впрочем, и всегда интересовала меня, — одна ваша статейка: "О преступлении".. или как там у вас, забыл название, не помню. Два месяца назад имел удовольствие в "Периодической речи" прочесть... Одним словом, если припомните, проводится некоторый намёк на то, что существуют на свете будто бы некоторые такие лица, которые могут... то есть не то что могут, а полное право имеют совершать всякие бесчинства и преступления, и что для них будто бы и закон не писан.

врать n/sA (вру, врёшь) / **соврать** n/sA: to lie, talk nonsense • **среда**: environment, milieu • **значить** И: to mean, signify • **подтверждать** АЙ / **подтвердить** И^{end}: to confirm • **сорокалетний**: forty-year-old (-летний is added to the genitive form of the number; compare, further, десятилетний: ten-year-old) • **бесчестить** И / **обесчестить** И: to "dishonor," defile, abuse • **девочка**: (little) girl • **понуждать** АЙ / **понудить** И: to impel, compel • **строгий**: stern • **смысл**: meaning, sense • **пожалуй**: it may well be, I suppose • **удивительный**: surprising • **важность**, и: seriousness, gravity • **замечать** АЙ / **заметить** И: to notice, remark • **объяснять** АЙ / **объяснить** И^{end}: to explain • **по поводу** чего: regarding • **вспоминать** АЙ / **вспомнить** И: to recall • **интересовать** ОВА / **заинтересовать** ОВА: to interest / to begin to interest • **статейка**: dim. of статья: article • **забывать** АЙ / **забыть** И: to forget • **название**: name • **помнить** И: to remember • **удовольствие**: pleasure • **речь**, и: speech • **прочесть** /Т = прочитать АЙ • **припоминать** АЙ / **припомнить** И: to recall • **проводить** И / **провести** Д: to conduct, carry out • **некоторый**: a certain • **намёк** на что: allusion to • **существовать** ОВА: to exist • **лицо**: face; person • **полный**: full, complete • **право**: right •

соверш_а_ть АЙ / **соверш_и_ть** Иᵉⁿᵈ: to commit • **вс_я_кий**: any and all, all kinds • **бесч_и_нство**: excess, outrage • **зак_о_н**: law

"My article? In *Periodical Review*?" asked Raskolnikov with surprise. "I did indeed write an article, half a year ago, when I left the university, regarding a certain book... but at the time I submitted it to the *Daily Review*, not to the *Periodical*."

— Мо_я_ стать_я_? В "Перио_ди_ческой р_е_чи"? — с удивл_е_нием спрос_и_л Раск_о_льников, — я действ_и_тельно написа_л_, полг_о_да наз_а_д, когда из университ_е_та в_ы_шел, по п_о_воду одн_о_й кн_и_ги, одн_у_ стать_ю_, но я снёс её тогд_а_ в газ_е_ту "Еженед_е_льная речь", а не в "Перио_ди_ческую".

"Well, it wound up in the *Periodical*."

— А поп_а_ла в "Перио_ди_ческую".

"What? What are you talking about? The right to commit a crime? Certainly not because social circumstances finally 'got to' someone?" inquired Razumikhin — somehow frightened, even.

— Как? Что так_о_е? Пр_а_во на преступл_е_ние? Но ведь не потом_у_, что "за_е_ла сред_а_"? — с как_и_м-то даже исп_у_гом освед_о_мился Разум_и_хин.

"No, no, it's not that at all," answered Porfiry. "The thing is that in his article all people are somehow divided into 'ordinary' and 'extraordinary.' Ordinary people should live in submission, and have no right to transgress the law, because they're — don't you see — ordinary. Meanwhile, the extraordinary ones have the right to commit crimes of all sorts, and transgress the law in all kinds of ways, due to the simple fact that they're extraordinary. That's what you wrote, it seems — unless I'm mistaken, that is?"

— Нет, нет, не совс_е_м потом_у_, — отв_е_тил Порф_и_рий. — Всё д_е_ло в том, что в ихн_е_й стать_е_ все л_ю_ди как-то раздел_я_ются на "обыкнов_е_нных" и "необыкнов_е_нных". Обыкнов_е_нные должн_ы_ жить в послуш_а_нии и не им_е_ют пр_а_ва переступ_а_ть зак_о_на, потом_у_ что они, в_и_дите ли, обыкнов_е_нные. А необыкнов_е_нные им_е_ют пр_а_во д_е_лать вс_я_кие преступл_е_ния и вс_я_чески преступ_а_ть зак_о_н, с_о_бственно потом_у_, что они необыкнов_е_нные. Так у вас, к_а_жется, если т_о_лько не ошиб_а_юсь?...

удивл_е_ние: surprise • **спр_а_шивать** АЙ / **спрос_и_ть** Иˢʰⁱᶠᵗ: to ask • **действ_и_тельно**: indeed, truly • **полг_о_да**: half a year • **попад_а_ть** АЙ / **поп_а_сть** Дᵉⁿᵈ **куд_а_**: to wind up, make it somewhere • **пр_а_во**: right • **преступл_е_ние**: crime • **сред_а_**: environment, milieu • **исп_у_г**: fright, fear • **осведомл_я_ться** АЙ / **осв_е_домиться** И: to inquire • **д_е_ло в том, что**: the thing is, the point is • **_и_хний**: their (here, meaning "his") • **стать_я_**: article • **раздел_я_ть** АЙ / **раздел_и_ть** Иˢʰⁱᶠᵗ: to divide • **(не)обыкнов_е_нный**: (extra)ordinary **послуш_а_ние**: obedience, submission • **им_е_ть** ЕЙ: to have • **п(е)реступ_а_ть** АЙ / **п(е)реступ_и_ть** Иˢʰⁱᶠᵗ: to transgress • **зак_о_н**: law • **вс_я_чески**: in any fashion, in all sorts of ways • **с_о_бственно**: precisely • **ошиб_а_ться** АЙ / **ошиб_и_ться** (ошиб_у_сь, ошиб_ё_шься; ошиб_с_я, ош_и_блась): to be mistaken

"I only believe in my main idea. It con-

— Я т_о_лько в гл_а_вную мысль мою

sists, namely, in the fact that people, in accordance with a law of nature, are generally divided into two categories: a lower one (of ordinary people) — that is, so to speak, material, whose only function is to produce others just like them; and, secondly, into human beings strictly speaking — that is, those who have the gift, or the talent, to utter a new word in their society. Of course, there are an infinite number of sub-catgories here, but the distinguishing features of both categories remain rather clearly defined: the first category — that is, the material — consists generally speaking of people who are conservative by nature; they're sedate; they live submissively, and indeed love to be submissive. In my opinion, they're actually obligated to be submissive, for such is their designated purpose; and there's absolutely nothing humiliating in this for them.

верю. Она именно состоит в том, что люди, по закону природы, разделяются вообще на два разряда: на низший (обыкновенных), то есть, так сказать, на материал, служащий единственно для зарождения себе подобных, и собственно на людей, то есть имеющих дар или талант сказать в среде своей новое слово. Подразделения тут, разумеется, бесконечные, но отличительные черты обоих разрядов довольно резкие: первый разряд, то есть материал, говоря вообще, люди по натуре своей консервативные, чинные, живут в послушании и любят быть послушными. По-моему, они и обязаны быть послушными, потому что это их назначение, и тут решительно нет ничего для них унизительного.

главный: main • **состоять** ЖА{end} в том, что: to consist in, lie in the fact that • **природа**: nature • **разряд**: category • **низший**: lower • **служить** И{shift}: to serve • **единственно**: solely **зарождение себе подобных**: procreation • **подобный**: similar • **собственно**: strictly speaking • **дар**: gift • **среда**: milieu, environment • **сказать новое слово**: to utter a new word • **подразделение**: a sub-category • **разумеется**: of course **бесконечный**: endless • **отличительная черта**: distinguishing trait • **обоих**: gen. of оба: both • **резкий**: sharp, distinct • **по натуре своей**: by their nature • **чинный**: decorous • **послушание**: submission, obedience • **послушный**: submissive • **обязанный** + inf: obligated to • **назначение**: designated purpose • **решительно**: decisively, emphatically • **унизительный**: humiliating

"As for the second category, everyone transgresses the law; they're destroyers, or inclined thereto, depending on their abilities. The crimes of these people are, of course, relative and highly varied; for the most part, they demand — in declarations that come in a variety of forms — the destruction of that which *is,* in the name of something *better.* But if, in support of his idea, such a person must step, say, over a corpse, or wade through blood, then he can, in my opinion — within himself, according to his conscience — permit himself to wade

Второй разряд, все преступают закон, разрушители или склонны к тому, судя по способностям. Преступления этих людей, разумеется, относительны и многоразличны; большею частию они требуют, в весьма разнообразных заявлениях, разрушения настоящего во имя лучшего. Но если ему надо, для своей идеи, перешагнуть хотя бы и через труп, через кровь, то он внутри себя, по совести, может, по-моему, дать себе разрешение

| through blood — depending, it must be said, on his idea, on its dimensions — let that be very clear. It was only in this sense that I speak, in my article, about their right to commit crimes. | перешагнуть через кровь, — смотря, впрочем, по идее и по размерам её, — это заметьте. В этом только смысле я и говорю в моей статье об их праве на преступление. |

преступать АЙ / **преступить** И[shift]: to "step across," transgress • **разрушитель**: destroyer • **склонен** к чему: inclined to (short form of склонный) • **судя по** чему: judging by • **способность**: ability • **относительный**: relative • **многоразличный**: highly varied • **большею частью**: for the most part • **требовать** ОВА / **потребовать** ОВА чего: to require, demand • **разнообразный**: various, varied • **заявление**: claim, announcement • **разрушение**: destruction • **настоящее**: the present, that which presently exists • **во имя** чего: in the name of • **перешагать** АЙ / **перешагнуть** НУ[end]: to step over • **хотя бы и**: even • **труп**: corpse • **кровь**, и: blood **внутри** чего: inside • **по совести**: by conscience (совесть) • **разрешение**: permission • **идея**: idea • **размер**: size, extent • **замечать** АЙ / **заметить** И: to remark, note • **смысл**: sense • **право**: right • **припоминать** АЙ / **припомнить** И: to recall • **начинаться** АЙ / **начаться** /Н[end] с чего: to begin with (note: not с чем!)

| "No cause for alarm, by the way: the masses will almost never acknowledge this right of theirs; they will execute them, hang them (the majority of the time), and thereby — entirely justly — fulfill the conservative role intended for them; meanwhile, however, in the generations that follow, those very same masses will put the men once executed onto a pedestal and bow before them (the majority of the time). | Впрочем, тревожиться много нечего: масса никогда почти не признаёт за ними этого права, казнит их и вешает (более или менее) и тем, совершенно справедливо, исполняет консервативное своё назначение, с тем, однако ж, что в следующих поколениях эта же масса ставит казнённых на пьедестал и им поклоняется (более или менее). |

нечего: "there's no reason to…" • **тревожить** И / **встревожить** И: to upset, worry • **масса**: mass, bulk • **признавать** АВАЙ / **признать** АЙ за кем **право**: to acknowledge someone's right • **казнить** И: to execute • **вешать** АЙ / **повесить** И: to put into a hanging position; to hang a person • **более или менее**: more or less • **справедливый**: just • **исполнять** АЙ / **исполнить** И: to fulfill • **назначение**: designated purpose • **однако**: however • **следующий**: following, subsequent • **поколение**: generation • **казнённый**: an executed man • **пьедестал**: pedestal • **поклоняться** АЙ / **поклониться** И[shift]: to bow before

| The first category is always lord of the present; the second is the lord of the future. The former maintain the world as it is, and increase it numerically; the latter move the world and guide it towards its goal. Both groups have an absolutely equal right to exist. In a word, under my system, everyone has equal rights, and *vive la guerre éternelle* — until the New | Первый разряд всегда — господин настоящего, второй разряд — господин будущего. Первые сохраняют мир и приумножают его численно; вторые двигают мир и ведут его к цели. И те, и другие имеют совершенно одинаковое право существовать. Одним словом, у меня все равносильное право |

Jerusalem, of course!

имеют, и — vive la guerre éternelle, —до Нового Иерусалима, разумеется!

господин: lord, master • **сохранять** АЙ / **сохранить** И^{end}: to maintain, preserve • (при)**умножать** АЙ / (при)**умножить** И: to increase, multiply • **численно**: numerically • **двигать** АЙ / **двинуть** НУ: to move • **цель**, и: aim, goal **одинаковый**: identical, equal • **существовать** ОВА: to exist • **равносильный**: equal in strength • **vive la guerre éternelle**: "(long) live eternal war" • **разумеется**: of course, "it is understood"

"So, you do believe in a New Jerusalem, after all?"

— Так вы всё-таки верите же в Новый Иерусалим?

"I do," answered Raskolnikov firmly; as he said this, and indeed throughout that entire lengthy tirade of his, he looked down at the floor, having picked out a spot on the carpet.

— Верую, — твёрдо отвечал Раскольников; говоря это и в продолжение всей длинной тирады своей, он смотрел в землю, выбрав себе точку на ковре.

"A-a-and do you believe in God? Excuse me for being so curious."

— И-и-и в Бога веруете? Извините, что так любопытствую.

"I do," repeated Raskolnikov, raising his eyes at Porfiry.

— Верую, — повторил Раскольников, поднимая глаза на Порфирия.

"A-and do you believe in the resurrection of Lazarus?"

— И-и в воскресение Лазаря веруете?

"I... yes, I do. What does it matter to you?"

— Ве-верую. Зачем вам всё это?

"You believe in it literally?"

— Буквально веруете?

"Literally."

— Буквально.

всё-таки: still, all the same • **веровать** ОВА = **верить** И, but often in the context of religious faith (e.g. **верующий**: a believer) • **твёрдо**: firmly • **в продолжение** чего: throughout • **тирада**: tirade • **земля**: ground • **выбирать** АЙ / **выбрать**: select **точка**: point, spot • **ковёр**: carpet, rug • **любопытствовать** ОВА: to be curious • **повторять** АЙ / **повторить** И: to repeat • **поднимать** АЙ / **поднять** НИМ^{shift}: to raise • **воскресение**: resurrection (note spelling: воскресенье: Sunday) • **Лазарь**: Lazarus • **буквальный**: literal (буква: letter)

"Well then... I just couldn't help being curious. Excuse me. But, with your permission," he said, returning to the previous topic, "they don't always execute them,

— Вот как-с... так полюбопытствовал. Извините-с. Но позвольте, — обращаюсь к давешнему, — ведь их не всегда же

after all; quite the opposite: some…"	казн<u>я</u>т; ин<u>ы</u>е напр<u>о</u>тив…
"Triumph even during their lifetime? Oh yes, some do reach their aims even in life, and when they do…"	— Торжеств<u>у</u>ют при жизни? О да, ин<u>ы</u>е достиг<u>а</u>ют и при ж<u>и</u>зни, и тогд<u>а</u>…
"They themselves begin executing?"	— С<u>а</u>ми начин<u>а</u>ют казн<u>и</u>ть?
"If necessary — and yes, you know — the majority of them, even. Indeed, your observation is a very clever one."	— <u>Е</u>сли н<u>а</u>до и, зн<u>а</u>ете, д<u>а</u>же б<u>о</u>льшею ч<u>а</u>стию. Вообщ<u>е</u> замеч<u>а</u>ние в<u>а</u>ше остро<u>у</u>мно.

вот как: so, that's how it is (mild suprise, interest) • **обращаться** АЙ / **обратиться** И^{end}: to turn to, address • **давешнее**: the previous matters, that which we discussed earlier **иные**: here: some • **напротив** = наоборот: on the contrary • **торжествовать** ОВА: to triumph • **при жизни**: while alive, in life **достигать** АЙ / **достигнуть** (НУ): to attain • **начинать** АЙ / **начать** /Н^{end} + inf: begin to • **казнить** И^{end}: execute • **большей частью**: the majority (больший: greater, часть: part) • **замечание**: remark • **остроумный**: witty, clever

"Thank you kindly. But now tell me this: by what are we to distinguish these extraordinary men from ordinary ones? Are there signs of some kind at their birth, or something? I mean to say that we need a bit more precision here, so to speak — more outward clarity: excuse me for the natural anxiety of a practical and well-intentioned person, but wouldn't it be possible to introduce special clothing of some kind, for example — might they wear something, or be branded, perhaps?.. Because, as I'm sure you'll agree, if there's a state of confusion, and someone from one category suddenly imagines that he belongs to the other, and begins to 'remove all obstacles,' as you so aptly put it, then, I mean…	— Благодар<u>ю</u>-с. Но вот что скаж<u>и</u>те: чем же бы отлич<u>и</u>ть этих необыкнов<u>е</u>нных-то от обыкнов<u>е</u>нных? При рожд<u>е</u>нии, что ль, знак<u>и</u> так<u>и</u>е есть? Я в том см<u>ы</u>сле, что тут н<u>а</u>до бы поб<u>о</u>лее т<u>о</u>чности, так сказ<u>а</u>ть, б<u>о</u>лее нар<u>у</u>жной определённости: извин<u>и</u>те во мне ест<u>е</u>ственное беспок<u>о</u>йство практ<u>и</u>ческого и благонам<u>е</u>ренного челов<u>е</u>ка, но нельз<u>я</u> ли тут од<u>е</u>жду, наприм<u>е</u>р, ос<u>о</u>бую завест<u>и</u>, нос<u>и</u>ть что-нибудь, клейм<u>ы</u> там, что ли, как<u>и</u>е?.. Потом<u>у</u>, согласи<u>т</u>есь, <u>е</u>сли произойдёт п<u>у</u>таница и один из одног<u>о</u> разр<u>я</u>да вообраз<u>и</u>т, что он принадлеж<u>и</u>т к друг<u>о</u>му разр<u>я</u>ду, и начнёт "устран<u>я</u>ть все преп<u>я</u>тствия", как вы весьм<u>а</u> сч<u>а</u>стливо выраз<u>и</u>лись, так ведь тут…

благодарить И^{end} / **поблагодарить** И: to thank • **отличать** АЙ / **отличить** И^{end} что от чего: to distinguish • **рождение**: birth • **знак**: sign • **смысл**: sense • **точность**, и: accuracy • **наружный**: external • **определённость**: clarity, determination • **естественный**: natural • **беспокойство**: anxiety, worry • **практический**: practical • **благонамеренный**: well-intentioned • **одежда**: clothing • **особый**: particular, special • **заводить** И^{shift} / **завести** Д^{end}: to institute, set up • **носить** И: to wear • **клеймо**: brand, mark • **соглашаться** АЙ / **согласиться** И: to agree • **происходить** И / **произойти**: to happen • **путаница**: a muddle, mess • **воображать** АЙ / **вообразить** И^{end}: to imagine • **принадлежать** ЖА^{end} к чему: to

belong to • **устраня́ть** АЙ / **устрани́ть** И[end]: to remove • **препя́тствие**: barrier, obstacle • **весьма́ сча́стливо**: quite fortuitously • **выража́ть** АЙ / **вы́разить** И: to express

"Oh, that happens quite frequently! And this observation of yours is even more clever than the one before…"

"Thank you kindly… Well, reproach me if you like, get angry if you like, but I just can't help myself," Porfiry Petrovich again concluded, "Permit me one more little question (I really must be such a bother!) — I wanted to get one tiny little idea on the table, simply in order not to forget it…"

"Very well, let's hear this little idea of yours." Raskolnikov stood before him in expectation, serious and pale.

— О, э́то весьма́ ча́сто быва́ет! Э́то замеча́ние ва́ше ещё да́же остроу́мнее да́вешнего..

— Благодарю́-с… Ну-с, брани́те меня́ или нет, серди́тесь иль нет, а я не могу́ утерпе́ть, — заключи́л опя́ть Порфи́рий Петро́вич, — позво́льте ещё вопро́сик оди́н (о́чень уж я вас беспоко́ю-с!), одну́ то́лько ма́ленькую иде́йку хоте́л пропусти́ть, еди́нственно то́лько что́бы не забы́ть-с…

— Хорошо́, скажи́те ва́шу иде́йку, — серьёзный и бле́дный стоя́л пе́ред ним в ожида́нии Раско́льников.

брани́ть И[end] / **вы́бранить** И: to scold, abuse verbally, reproach • **серди́ться** И: to be angry • **утерпе́ть** Е: to resist • **заключа́ть** АЙ / **заключи́ть** И[end]: to conclude • **беспоко́ить** И / **обеспоко́ить** И: to bother, inconvenience • **иде́йка**: иде́я • **пропуска́ть** АЙ / **пропусти́ть** И[shift]: to skip over, let pass • **бле́дный**: pale • **ожида́ние**: expectation

"Here's the thing… In fact, I don't quite know how best to put it… I mean, this little idea is almost too playful… too psychological… Oh well, here it goes: when you were composing your little article — surely you couldn't possibly have — ha ha! — also considered yourself — even the tiniest bit — an 'extraordinary' man, one with a new word to utter — as you understand the term, that is… Surely not, right?"

"That may well have been the case," answered Raskolnikov disdainfully.

Razumikhin made a movement.

— Ведь вот-с… пра́во, не зна́ю, как бы уда́чнее вы́разиться… иде́йка-то уж сли́шком игри́венькая… психологи́ческая-с… Ведь вот-с, когда́ вы ва́шу стате́йку-то сочиня́ли, — ведь уж быть того́ не мо́жет, хе-хе! что́бы вы са́ми себя́ не счита́ли, ну хоть на ка́пельку, — то́же челове́ком "необыкнове́нным" и говоря́щим но́вое сло́во, — в ва́шем то есть смы́сле-с… Ведь так-с?

— О́чень мо́жет быть, — презри́тельно отве́тил Раско́льников.

Разуми́хин сде́лал движе́ние.

пра́во: here: truly, really • **уда́чно**: successfully, aptly • **выража́ть**(ся) АЙ / **вы́разить**(ся) И: to express (o.s.), put it • **игри́венький**: игри́вый: playful • **стате́йка**: dim. of статья́ • **сочиня́ть** АЙ / **сочини́ть** И[end]: to compose • **счита́ть** АЙ кого́ кем: to consider • **на**

капельку: dim. of к<u>а</u>пля: drop (i.e. "just a tiny bit") • **смысл**: sense • **презр<u>и</u>тельно**: spitefully, disdainfully • **движ<u>е</u>ние**: movement

"Well, that being the case, could you possibly be capable of deciding — due, I don't know, to everyday misfortunes and constraints, or in order to contribute somehow to the good of all humanity — to step over an obstacle?... Say, for example, to kill, and steal?..	— А коль так-с, то неуж<u>е</u>ли вы бы с<u>а</u>ми реш<u>и</u>лись — ну там ввид<u>у</u> жит<u>е</u>йских как<u>и</u>х-нибудь неуд<u>а</u>ч и стесн<u>е</u>ний или для споспеш<u>е</u>ствования как<u>-</u>нибудь всем<u>у</u> человечеству — перешагн<u>у</u>ть через препятствие-то?.. Ну, напри<u>ме</u>р, уб<u>и</u>ть и огр<u>а</u>бить?..
And again, suddenly, he somehow winked at him, with his left eye, and began laughing, inaudibly — exactly as he had done earlier.	И он как-то вдруг оп<u>я</u>ть подмигн<u>у</u>л ему л<u>е</u>вым гл<u>а</u>зом и рассме<u>я</u>лся неслы<u>ш</u>но, — точь-в-точь как д<u>а</u>веча.

реш<u>а</u>ться АЙ / **реш<u>и</u>ться** И^{end}: to make up one's mind to • **ввид<u>у</u>** чего: in light of • **жит<u>е</u>йский**: day-to-day, mundane • **неуд<u>а</u>ча**: failure, trial • **стесн<u>е</u>ние**: constraint, hardship • **споспеш<u>е</u>ствование** чему: aid • **челов<u>е</u>чество**: humanity • **преп<u>я</u>тствие**: barrier • **гр<u>а</u>бить** И / **огр<u>а</u>бить** И: to rob • **подмиг<u>а</u>ть** АЙ / **подмигн<u>у</u>ть** НУ^{end}: to wink • **рассме<u>я</u>ться** А: to burst out laughing • **точь-в-точь**: exactly • **д<u>а</u>веча**: earlier, before

"If I had transgressed, then I certainly wouldn't tell you about it," answered Raskolnikov, with a provocative and haughty disdain.	— <u>Е</u>сли б я и перешагн<u>у</u>л, то уж, кон<u>е</u>чно, бы вам не сказ<u>а</u>л, — с вызыв<u>а</u>ющим, надм<u>е</u>нным презр<u>е</u>нием отв<u>е</u>тил Раск<u>о</u>льников.
"Oh, no; I'm just being inquisitive, for the sole purpose of better understanding your article, in a purely literary sense..."	— Нет-с, это ведь я так т<u>о</u>лько интерес<u>у</u>юсь, с<u>о</u>бственно, для уразум<u>е</u>ния в<u>а</u>шей стать<u>и</u>, в литерат<u>у</u>рном т<u>о</u>лько одн<u>о</u>м отнош<u>е</u>нии-с...
"Ugh, how brazen, how insolent!" thought Raskolnikov with revulsion...	"Фу, как <u>э</u>то <u>я</u>вно и н<u>а</u>гло!" — с отвращ<u>е</u>нием под<u>у</u>мал Раск<u>о</u>льников...

вызыв<u>а</u>ть АЙ / **в<u>ы</u>звать** n/sA: to challenge, call out • **надм<u>е</u>нный**: proud, arrogant • **презр<u>е</u>ние**: disdain • **с<u>о</u>бственно**: strictly speaking, in particular, actually • **уразум<u>е</u>ние**: reaching an understanding, coming to comprehend • **отнош<u>е</u>ние**: relation, sense • **<u>я</u>вный**: open, clear, unconcealed • **н<u>а</u>глый**: impudent, brazen • **отвращ<u>е</u>ние**: repulsion, revulsion

"Do you mean to question me officially, with all the formalities?" asked Raskolnikov sharply.	— Вы хот<u>и</u>те меня офици<u>а</u>льно допр<u>а</u>шивать, со всею обстан<u>о</u>вкой? — р<u>е</u>зко спрос<u>и</u>л Раск<u>о</u>льников.

"Why would I do that? For the time being that's not at all necessary. You've misunderstood me. You see, I never let an opportunity slip by, and... and I've already spoken with everyone who pawned something... I took official testimony from some of them... Oh, goodness, that reminds me!" he exclaimed, suddenly gladdened by something, "I just happened to remember; what was I thinking!.." — he turned to Razumikhin — "After all, you talked my ear off that time concerning this Nikolashka fellow... well, I know, I know, of course," — he turned to Raskolnikov — "the guy is clean, but what can you do... but here's the thing, here's the entire crux of the matter: when you were passing on the staircase that time... allow me to ask: after all, you were there sometime after seven, yes?"

— Зачем же-с? Покамест это вовсе не требуется. Вы не так поняли. Я, видите ли, не упускаю случая и... и со всеми закладчиками уже разговаривал... от иных отбирал показания... а вы, как последний... Да вот, кстати же! — вскрикнул он, чему-то внезапно обрадовавшись, — кстати вспомнил, что ж это я!.. — повернулся он к Разумихину, — вот ведь ты об этом Николашке[1] мне тогда уши промозолил... ну, ведь и сам знаю, сам знаю, — повернулся он к Раскольникову, — что парень чист, да ведь что ж делать... вот в чем дело-с, вся-то суть-с: проходя тогда по лестнице... позвольте: ведь вы в восьмом часу были-с?

допрашивать АЙ: to interrogate • **остановка**: surroundings, setting • **резко**: sharply, pointedly • **зачем**: why? whatever for? • **покамест**: for now • **не требуется**: that isn't required • **упускать** АЙ / **упустить** И[shift]: to let slip away, miss • **случай**: case, opportunity • **закладчик**: a pawner • **иных**: i.e. from many a person • **отбирать** АЙ / **отобрать** n/sA: to take away • **показание**: (piece of) testimony • **внезапно**: suddenly • **радоваться** ОВА / **обрадоваться** ОВА чему: to be happy about • **вспоминать** АЙ / **вспомнить** И: to recall • **поворачиваться** АЙ / **повернуться** НУ[end]: to turn • **мне уши промозолил**: lit., calloused my ears ("talked my ear off") • **пар(е)нь**: guy • **чистый**: clean, i.e. innocent • **суть**, и: the essence, crux of the matter

"Yes, after seven," answered Raskolnikov, unpleasantly sensing, that very second, that he might well have declined to say as much.

"So, as you walked past, sometime after seven, on the stairs, did you not see, on the second floor, in that open apartmnt — remember? — two workmen, or at least one of them? They were painting there — did you not notice them? This is very, very important for them!"

— В восьмом, — отвечал Раскольников, неприятно почувствовав в ту же секунду, что мог бы этого и не говорить.

— Так проходя-то в восьмом часу-с, по лестнице-то, не видали ль хоть вы, во втором-то этаже, в квартире-то отворённой — помните? — двух работников или хоть одного из них? Они красили там, не заметили ли? Это очень, очень важно для них!..

---

[1] **Николашка** = Николай = Миколка: one of the painters from the apartment building is under suspicion

чувствовать OBA / **почувствовать** OBA: to feel • **отворять** АЙ / **отворить** И[shift]: to open • **работник**: worker • **красить** И / **покрасить** И: to paint • **замечать** АЙ / **заметить** И: to notice

"Painters? No, I didn't see them…" answered Raskolnikov, slowly, as if digging around in his memories, and, at the very same moment, straining his entire being, and paralyzed by agony, as he attempted to puzzle out, as quickly as possible, where precisely the trap lay, to avoid overlooking something. "No, I didn't see them, and in fact I somehow didn't even notice an open apartment… now, on the fourth floor (he was now fully aware of the trap, and grew triumphant), I remember that a certain government clerk was moving out of an apartment… across from Alyona Ivanovna… Yes, I remember… That I clearly remember… Some soldiers were carrying out some kind of sofa, and pressed me up against the wall… But painters? No, I don't remember any painters there… There wasn't even an open apartment anywhere, it seems. No, there wasn't…"

— Красильщиков? Нет, не видал… — медленно и как бы роясь в воспоминаниях отвечал Раскольников, в тот же миг напрягаясь всем существом своим и замирая от муки поскорей бы отгадать, в чём именно ловушка, и не просмотреть бы чего? — Нет, не видал, да и квартиры такой, отпертой, что-то не заметил… а вот в четвёртом этаже (он уже вполне овладел ловушкой и торжествовал) — так помню, что чиновник один переезжал из квартиры… напротив Алёны Ивановны… помню… это я ясно помню… солдаты диван какой-то выносили и меня к стене прижали… а красильщиков — нет, не помню, чтобы красильщики были… да и квартиры отпертой нигде, кажется, не было. Да; не было…

красильщик: painter • **рыться** ОЙ: to dig around • **воспоминание**: recollection • **миг**: moment • **напрягать** АЙ / **напрячь** Г[end]: to strain • **существо**: being • **замирать** АЙ / **замереть** /P: to freeze, be stockstill • **мука**: torment • **поскорей**: as quickly as possible • **отгадать** АЙ: to guess • **ловушка**: trap • **просмотреть** Е: to overlook, look past • **отпертый**: open • **овладевать** АЙ / **овладеть** Е чем: to gain control, mastery of • **торжествовать** OBA: to triumph • **солдат**: soldier • **стена**: wall • **прижимать** АЙ / **прижать** /M: to press up against

"What are you even talking about?" shouted Razumikhin suddenly, as if having come to his senses and thought things over, "I mean, the painters were painting on the day of the murder, and he was there three days earlier! Why are you asking this?"

"Ugh! I got it all mixed up!" said Porfiry, slapping himself on the forehead. "The devil take it, I'm at my wits' end over this case!" he turned to Raskolnikov, as if ex-

— Да ты что же! — крикнул вдруг Разумихин, как бы опомнившись и сообразив, — да ведь красильщики мазали в самый день убийства, а ведь он за три дня там был? Ты что спрашиваешь-то?

— Фу! перемешал! — хлопнул себя по лбу Порфирий. — Чёрт возьми, у меня с этим делом ум за разум заходит! — обратился он, как бы

cusing himself. "I mean, it's so important for us to find out whether anyone saw them, after seven — in that apartment, I mean — that I went just now and imagined that you too could perhaps tell us... I got it all mixed up!"

"Be a bit more careful, then," Razumikhin remarked sullenly.

These final words were spoken already in the entryway. Porfiry Petrovich accompanied them right to the door, in an extremely affable fashion. Both men stepped out onto the street, somber and dejected, and, for several steps, said not a word. Raskolnikov took a deep breath...

даже извиняясь, к Раскольникову, — нам ведь так бы важно узнать, не видал ли кто их, в восьмом-то часу, в квартире-то, что мне и вообразись сейчас, что вы тоже могли бы сказать... совсем перемешал!

— Так надо быть внимательнее, — угрюмо заметил Разумихин.

Последние слова были сказаны уже в передней. Порфирий Петрович проводил их до самой двери чрезвычайно любезно. Оба вышли мрачные и хмурые на улицу и несколько шагов не говорили ни слова. Раскольников глубоко перевёл дыхание...

опомниться И (perf.): to come to one's senses, realize s.t. • **соображать** АЙ / **сообразить** И[end]: to think over, put two and two together • **мазать** А: to paint ("smear") • **убийство**: murder • **ведь**: after all, of course, as you know • **перемешивать** АЙ / **перемешать** АЙ: to mix up • **хлопать** АЙ / **хлопнуть** НУ: to slap • **л(о)б**: brow, forehead • **ум за разум заходит**: one is at their wits' end, at a loss • **обращаться** АЙ / **обратиться** И[end] к кому: to turn to, address • **извинять** АЙ / **извинить** И[end]: to excuse • **узнавать** АВАЙ / **узнать** АЙ: to find out • **воображать** АЙ / **вообразить** И[end]: to imagine • **внимательный**: attentive, careful • **угрюмый**: somber, sullen • **замечать** АЙ / **заметить** И: to notice; to remark, observe • **передняя**: entryway • **провожать** АЙ / **проводить** И[shift]: to accompany, see off • **чрезвычайно**: extremely • **любезный**: affable, amiable, kindly • **мрачный**: gloomy • **хмурый**: dejected, downcast • **шаг**: step • **слово**: word • **переводить** И[shift] / **перевести** Д[end] **дыхание**: to catch one's breath, take a breath

Одни пауки

Nothing But Spiders

He stood and waited — waited for a long time — and the quieter the moon became, the harder his heart beat, until it even became painful. And the whole time — silence. Suddenly an instantaneous, dry, cracking sound was heard, as if someone had snapped a splinter of wood; then everything fell quiet again. A fly that had stirred to life suddenly collided, in flight, against a pane of glass, and began buzzing plaintively. At that very moment, in the corner, in between a small wardrobe and a window, he was a able to make out what looked like a cloak hanging on the wall. "What's a cloak doing there?" he thought. He walked up quietly and surmised that someone was hiding, it seemed, behind the cloak. He carefully drew the cloak aside with his hand and saw that a chair was standing there, and on the chair, right in the corner, sat the little old woman, all hunched up, with her head bowed, such that he couldn't see make out her face — but it was her. He stood there, over her, for a bit: "She's afraid!" he thought, quietly

Он стоял и ждал, долго ждал, и чем тише был месяц, тем сильнее стукало его сердце, даже больно становилось. И всё тишина. Вдруг послышался мгновенный сухой треск, как будто сломали лучинку, и всё опять замерло. Проснувшаяся муха вдруг с налёта ударилась об стекло и жалобно зажужжала. В самую эту минуту, в углу, между маленьким шкапом и окном, он разглядел как будто висящий на стене салоп. "Зачем тут салоп? — подумал он, — ведь его прежде не было..." Он подошёл потихоньку и догадался, что за салопом как будто кто-то прячется. Осторожно отвёл он рукою салоп и увидал, что тут стоит стул, а на стуле в уголку сидит старушонка, вся скрючившись и наклонив голову, так что он никак не мог разглядеть лица, но это была она. Он постоял над ней: "боится!" — подумал

freed the axe from its loop, and struck the old woman in the head — once, and again. But, how odd: she didn't even budge from the blows, as if made of wood.

он, тих_о_нько в_ы_свободил из петл_и_ топ_о_р и уд_а_рил стар_у_ху по т_е_мени, раз и друг_о_й. Но стр_а_нно: он_а_ д_а_же и не шевельн_у_лась от уд_а_ров, т_о_чно деревянная.

чем + comp... **тем** + comp...: the x-er... the x-er • **стукать** АЙ = **стучать** ЖА^end: to pound • **сердце**: heart • **становиться** И^shift / **стать** H^stem: to become • **тишина**: silence • **мгновенный**: momentary, brief, sudden • **сухой**: dry • **треск**: cracking sound • **ломать** АЙ / **сломать** АЙ: to break • **лучинка**: a candle-lighter • **замирать** АЙ / **замереть** /P: to fall quiet, grow still • **муха**: a fly • **налёт**: flight • **ударяться** АЙ / **удариться** И: to hit against, run into • **стекло**: glass • **жалобно**: plaintively • **жужжать** ЖА^end: to buzz • **уг(о)л**: corner • **шкап** = шкаф • **разглядывать** АЙ / **разглядеть** E^end: to examine, make out • **висеть** E^end: to be hanging • **салоп**: cloak, mantle (a large, old-fashioned garment) • **потихоньку**: quietly, on the sly • **догадываться** АЙ / **догадаться** АЙ: to guess, realize • **как будто**: as if • **прятать**(ся) А / **спрятать**(ся) А: to hide • **отводить** И^shift / **отвести** Д^end: to draw aside • **уголок**: угол • **скрючиваться** АЙ / **скрючиться** И: to hunch up • **наклонять** АЙ / **наклонить** И^shift: to bow, incline • **бояться** ЖА^end: to be afraid • **тихонько**: тихо • **высвобождать** АЙ / **высвободить** И: to free up • **петля**: loop • **топор**, a: axe • **темя**, темени: crown of head • **шевелиться** И^end/shift / **шевельнуться** НУ^end: to move, budge • **удар**: blow • **деревянный**: wooden • **пугаться** АЙ / **испугаться** АЙ: to be frightened

He grew frightened, bent closer, and began to try to see her clearly in the dark; but she too just bent her head further. He then stooped right down to the floor, and glanced up at her face from below — glanced, and froze: the old woman was sitting there laughing — indeed, she was overcome by a quiet, inaudible laughter, straining, with all her might, to keep him from hearing her. It suddenly seemed to him that the door from the bedroom had opened, just barely, and that there too, it seemed, people had begun laughing and whispering. A rage seized him: he began striking the old woman in the head, as hard as he could — but with each blow of the axe, the laughter and whispering from the bedroom rang out all the louder, all the more audibly, while the old woman's entire body was shaking with a roaring laughter. He set off running, trying to escape, but the entire entryway was already full of people; the doors onto the stairwell were wide open, and on the landing, along the stairs, and further down — people were everywhere, head after head, all of them watching —

Он испуг_а_лся, нагн_у_лся бл_и_же и стал её разгл_я_дывать; но и он_а_ ещё н_и_же нагн_у_ла г_о_лову. Он пригн_у_лся тогд_а_ совс_е_м к пол_у_ и заглян_у_л ей сн_и_зу в лиц_о_, заглян_у_л и померт_в_ел: старуш_о_нка сид_е_ла и смеял_а_сь, — так и залив_а_лась т_и_хим, несл_ы_шным см_е_хом, из всех сил креп_я_сь, чтоб он её не усл_ы_шал. Вдруг ем_у_ показ_а_лось, что дверь из сп_а_льни чуть-чуть приотвор_и_лась и что там т_о_же как б_у_дто засмея_л_ись и ш_е_пчутся. Б_е_шенство одол_е_ло ег_о_: изо всей с_и_лы н_а_чал он бить стар_у_ху по голов_е_, но с к_а_ждым уд_а_ром топор_а_ смех и шёпот из сп_а_льни раздав_а_лись всё сильн_е_е и слышн_е_е, а старуш_о_нка так вся и колых_а_лась от х_о_хота. Он бр_о_сился беж_а_ть, но вся прих_о_жая уже полн_а_ люд_е_й, д_в_ери на л_е_стнице отвор_е_ны наст_е_жь, и на площ_а_дке, на л_е_стнице и туда вниз — всё л_ю_ди,

Reading Crime and Punishment in Russian / **Преступление и наказание**

but now they were all keeping quiet, and waiting, in silence... His heart grew tight, his legs wouldn't move, as if grown fast to the floor... He wanted to scream, and — woke up.

голова с головой, все смотрят, — но все притаились и ждут, молчат... Сердце его стеснилось, ноги не движутся, приросли... Он хотел вскрикнуть и — проснулся.

пугаться АЙ / **испугаться** АЙ: to be frightened • **нагибаться** АЙ / **нагнуться** НУ^{end}: to bend, stoop • **пригибаться** АЙ / **пригнуться** НУ^{end}: to stoop slightly • **пол**: floor • **заглядывать** АЙ / **заглянуть** НУ^{shift}: to glance • **снизу**: from below • **мертветь** ЕЙ / **помертветь** ЕЙ: to grow numb • **заливаться** АЙ / **залиться** Ь **смехом**: to burst out in laughter • **крепиться** И^{end}: to strain • **спальня**: bedroom • **приотворить** И^{shift}: to open a bit • **шептать**(ся) А^{shift}: to whisper • **бешенство**: madness • **одолевать** АЙ / **одолеть** ЕЙ: to overcome • **удар**: blow • **смех**: laughter • **шёпот**: whisper • **раздаваться** АВАЙ / **раздаться**: to ring out • **колыхаться** А^{shift}: to shake, heave • **хохот**: loud laughter • **прихожая**: entryway • **настежь**: wide (open) • **площадка**: stair landing • **голова с головой**: crowded together (one head next to another) • **таиться** И^{end} / **притаиться** И: to hide • **молчать** ЖА^{end}: to be silent • **стесняться** АЙ / **стесниться** И^{end}: to tighten, be constricted • **двигаться** А / **двинуться** НУ: to move • **прирастать** АЙ / **прирасти** Т^{end} к чему: to grow (attached to) • **вскрикивать** АЙ / **вскрикнуть** НУ: to shout

He struggled to catch his breath — but, oddly enough, it seemed as if the dream was still ongoing: his door was wide open, and upon its threshold stood someone who was a total stranger to him, looking him over intently.

Raskolnikov hadn't yet managed to fully open his eyes, and he instantly closed them again. He lay there, on his back, and didn't budge. "Is this still a dream, or not?" he thought, and again — just barely, unnoticeably — raised his eyelids: the stranger was standing there, still in the same spot, and continued to peer at him fixedly. Suddenly he stepped cautiously across the threshold, carefully shut the door behind him, walked up to the table, waited a minute or so — this whole time not taking his eyes off of Raskolnikov — and quietly, without a noise, sat down on the chair beside the sofa; he set his hat down alongside, on the floor, and propped both hands up on his cane, having lowered his chin onto his hands. It was clear that he'd readied himself to wait for a long time. As far as it was

Он тяжело перевёл дыхание, — но странно, сон как будто всё ещё продолжался: дверь его была отворена настежь, и на пороге стоял совсем незнакомый ему человек и пристально его разглядывал.

Раскольников не успел ещё совсем раскрыть глаза и мигом закрыл их опять. Он лежал навзничь и не шевельнулся. "Сон это продолжается или нет", — думал он и чуть-чуть, неприметно опять приподнял ресницы поглядеть: незнакомый стоял на том же месте и продолжал в него вглядываться. Вдруг он переступил осторожно через порог, бережно притворил за собой дверь, подошёл к столу, подождал с минуту, — всё это время не спуская с него глаз, — и тихо, без шуму, сел на стул подле дивана; шляпу поставил сбоку, на полу, а обеими руками опёрся на трость, опустив на руки подбородок. Видно было, что он приготовился долго ждать. Сколько можно

| possible to tell through flickering eyelashes, the man was no longer young, yet sturdily built, with a thick, blond, almost white beard... | было разглядеть сквозь мигавшие ресницы, человек этот был уже немолодой, плотный и с густою, светлою, почти белою бородой... |

переводить И[shift] / перевести Д[end] дыхание: to catch breath • продолжать(ся) АЙ / продолжить(ся) И: to continue • порог: threshold • пристально: fixedly, intently • разглядывать АЙ / разглядеть Е[end]: to examine • успевать АЙ / успеть ЕЙ: to manage (in time) • раскрывать АЙ / раскрыть ОЙ[stem]: to open up • навзничь: face-down • шевелиться И[end/shift] / шевельнуться НУ[end]: to move, budge • продолжаться АЙ / продолжиться И: to continue • неприметный: unnoticeable • приподнимать АЙ / приподнять НИМ[shift]: to lift, raise (slightly) • ресница: eyelash • вглядываться АЙ в кого: to look at • переступать АЙ / переступить И: to step across • бережно: carefully • притворять АЙ / притворить И[shift]: to close (slightly) • подождать n/sA: to wait a bit • с минуту: for about a minute • не спускать с кого глаз: not to take one's eyes off • шум: noise • шляпа: hat • сбоку: off to the side • опираться АЙ / опереться /Р: to lean, support oneself • трость, и: cane, walking stick • опускать АЙ / опустить И[shift]: to lower • подбородок: chin • сколько можно было...: as far as one could... • сквозь что: through • мигать АЙ / мигнуть НУ: to blink • ресница: eyelash • плотный: solid, stout • густой: thick • борода: beard

| Ten minutes or so passed. It was still light, but evening was already setting in. Total silence reigned in the room. No sound drifted in, not even from the staircase. The only thing to be heard was some large fly, buzzing and flying against a windowpane. Finally, it all became unbearable: Raskolnikov suddenly raised himself and sat upright on the sofa. | Прошло минут с десять. Было ещё светло, но уже вечерело. В комнате была совершенная тишина. Даже с лестницы не приносилось ни одного звука. Только жужжала и билась какая-то большая муха, ударяясь с налёта об стекло. Наконец это стало невыносимо: Раскольников вдруг приподнялся и сел на диване. |

| "Well, speak up. What do you want?" | — Ну, говорите, чего вам надо? |

| "I knew very well that you weren't sleeping, just pretending," answered the stranger, oddly, having begun to laugh calmly. "Arkady Ivanovich Svidrigailov; allow me to recommend myself..." | — А ведь я так и знал, что вы не спите, а только вид показываете, — странно ответил незнакомый, спокойно рассмеявшись. — Аркадий Иванович Свидригайлов, позвольте отрекомендоваться... |

вечереть ЕЙ: to become evening • совершенный: total, complete • тишина: silence • приноситься И: to float in, reach (of sounds) • звук: sound • жужжать ЖА[end]: to buzz • муха: fly • ударяться АЙ / удариться И: to hit against, run into • невыносимый: unbearable • приподнимать АЙ / приподнять НИМ[shift]: to lift, raise (slightly) • показывать вид = делать вид: to pretend, feign • рассмеяться А: to burst out laughing • рекомендоваться ОВА / отрекомендоваться ОВА: to "recommend oneself"

Reading Crime and Punishment in Russian / **Преступление и наказание**

"Could this really be the continuation of my dream?" Raskolnikov again wondered. He stared at the unexpected guest cautiously and mistrustfully.

"Svidrigailov? You must be kidding! It can't be!" he finally said, aloud, in bewilderment.

His guest seemed not at all surprised by this exclamation.

"Неужели это продолжение сна?" — подумалось ещё раз Раскольникову. Осторожно и недоверчиво всматривался он в неожиданного гостя.

— Свидригайлов? Какой вздор! Быть не может! — проговорил он наконец вслух, в недоумении.

Казалось, гость совсем не удивился этому восклицанию.

продолжение: continuation • **осторожный**: careful • **недоверчивый**: distrustful • **неожиданный**: unexpected • **гость**, я: guest • **вздор**: nonsense • **вслух**: outloud • **недоумение**: perplexity • **удивляться** АЙ / **удивиться** И чему: to be surprised by • **восклицание**: exclamation • **вследствие** чего: as a result of • **причина**: reason

"I've stopped by to see you for two reasons: first, I wanted to make your acquaintance in person, since I've long heard all kinds of curious and complimentary things about you; and, second, my dream is that you won't shy away, perhaps, from helping me in a certain undertaking that directly touches on the interests of your sister, Avdotya Romanovna. Loft to my own devices, without a personal recommendation, she's unlikely to even let me get as close as her courtyard, as a result of her prejudice against me; but with your help, on the contrary, I expect..."

"Revise your expectations," interrupted Raskolnikov.

— Вследствие двух причин к вам зашёл: во-первых, лично познакомиться пожелал, так как давно уж наслышан с весьма любопытной и выгодной для вас точки; а во-вторых, мечтаю, что не уклонитесь, может быть, мне помочь в одном предприятии, прямо касающемся интереса сестрицы вашей, Авдотьи Романовны. Одного-то меня, без рекомендации, она, может, и на двор к себе теперь не пустит, вследствие предубеждения, ну, а с вашей помощью я, напротив, рассчитываю...

— Плохо рассчитываете, — перебил Раскольников.

вследствие чего: as a result of, due to • **причина**: reason, cause • **желать** АЙ / **пожелать** АЙ: to desire • **наслышан**: I've heard a lot about • **любопытный**: curious, interesting • **выгодный**: advantageous • **точка**: point (of view) • **мечтать** АЙ: to dream • **уклоняться** АЙ / **уклониться** И^shift: to evade, balk, avoid • **предприятие**: enterprise, undertaking • **прямой**: straight, direct • **касаться** АЙ / **коснуться** НУ^end чего: to touch (on) • **Авдотья Романовна**: Дуня, Raskolnikov's sister • **пускать** АЙ / **пустить** И^shift: to let (in), admit • **вследствие** чего: as a result of, due to • **предубеждение**: preconception, prejudice • **помощь**, и: help • **рассчитывать** АЙ / **рассчитать** АЙ: to count on • **перебивать** АЙ / **перебить** Ь: to interrupt

"They arrived just yesterday — if I might ask?"

— Они ведь только вчера прибыли, позвольте спросить?

Raskolnikov gave no answer.

Раскольников не ответил.

"Yesterday, I know. After all, I myself arrived just two days ago. Well, here's what I'll say to you on this topic, Rodion Romanovich; I consider it superfluous to attempt to justify myself, but do allow me to declare: what exactly is there really, in this entire affair, that's especially criminal on my part — that is, considering it without prejudice, judging everything reasonably?"

— Вчера, я знаю. Я ведь сам прибыл всего только третьего дня. Ну-с, вот что я скажу вам на этот счёт, Родион Романович; оправдывать себя считаю излишним, но позвольте же и мне заявить: что ж тут, во всём этом, в самом деле, такого особенно преступного с моей стороны, то есть без предрассудков-то, а здраво судя?

позволять АЙ / **позволить** И: to permit • **прибывать** АЙ / **прибыть**: to arrive • **третьего дня**: two days ago, the other day • **на этот счёт**: on this account/score • **оправдывать** АЙ / **оправдать** АЙ: to justify, defend • **считать** АЙ что чем: to consider s.t. s.t. • **излишний**: superfluous • **заявлять** АЙ / **заявить** И[shift]: to declare • **особенный**: particular, special • **преступный**: criminal • **с моей стороны**: on my part, "from my side" • **предрассудок**: prejudice • **здраво судя**: using common sense

Raskolnikov continued looking him over in silence.

Раскольников продолжал молча его рассматривать.

"The fact that I pursued a defenseless young woman, in my own home, and 'offended her with my vile propositions' — is that it? (I'm getting ahead of myself!) And yet consider that I too am a human being, after all, *et nihil humanum*... In a word, that I too am capable of being tempted, and falling in love (which, of course, happens not at our own behest) — and in this light everything is explained in the most natural way. The whole question is this: am I a monster, or am I myself the victim? And in what sense a victim? I mean, in proposing to the object of my desire that she elope with me to America or Switzerland, I, perhaps, cherished the noblest of sentiments — indeed, I thought to arrange for our mutual happi-

— То, что в своём доме преследовал беззащитную девицу и "оскорблял её своими гнусными предложениями", — так ли-с? (Сам вперёд забегаю!) Да ведь предположите только, что и я человек есмь, *et nihil humanum*... одним словом, что и я способен прельститься и полюбить (что уж, конечно, не по нашему велению творится), тогда всё самым естественным образом объясняется. Тут весь вопрос: изверг ли я или сам жертва? Ну а как жертва? Ведь предлагая моему предмету бежать со мною в Америку или в Швейцарию, я, может, самые почтительнейшие чувства при сём питал, да ещё думал обоюдное

Reading Crime and Punishment in Russian / **Преступление и наказание**

ness!.. After all, reason is the slave of the passions; I, perhaps, ruined myself more than anyone else, for pity's sake!.."	счастие устроить!.. Разум-то ведь страсти служит; я, пожалуй, себя ещё больше губил, помилуйте!..

преследовать ОВА: to pursue, persecute • **беззащитный**: defenseless **девица**: young woman • **оскорблять** АЙ / **оскорбить** И^end: to offend • **гнусный**: disgusting • **предложение**: proposition • **забегать** АЙ / **забежать вперёд**: to get ahead of oneself • **предполагать** АЙ / **предположить** И^shift: to suppose • **есмь**: I am (a Church Slavonicism) • **способен**: capable • **прельститься** И: here, to fall for s.o. • **полюбить** И: to fall in love **веление**: order • **твориться** И^end: to happen • **естественный**: natural • **образ**: way, fashion, form • **объяснять** АЙ / **объяснить** И^end: to explain • **изверг**: a monster • **жертва**: victim • **предлагать** АЙ / **предложить** И^shift: to propose, suggest • **предмет**: object (of affections) • **при сём** = при этом: "while doing so" • **почтительный**: respectful • **чувство**: feeling • **питать** АЙ: to nourish • **обоюдный**: mutual • **устраивать** АЙ / **устроить** И: to arrange • **разум**: reason • **страсть, и**: passion • **служить** И чему: to serve • **пожалуй**: I suppose, perhaps **губить** И^shift / **погубить** И: to ruin • **помилуйте**: have mercy

"It seems you miss Marfa Petrovna terribly."	— Вы по Марфе Петровне, кажется, очень скучаете?
"Me? Perhaps. Indeed, that may well be. Speaking of which, do you believe in apparitions?"	— Я? Может быть. Право, может быть. А кстати, верите вы в привидения?
"What kind of apparitions?"	— В какие привидения?
"Ordinary apparitions — what do you think I'm talking about?"	— В обыкновенные привидения, в какие!
"What, you believe in them?"	— А вы верите?
"Well, I suppose not, *pour vous plaire*... That is, it's not so much that I *don't*..."	— Да, пожалуй, и нет, *pour vous plaire*... То есть не то что нет...
"Do they appear to you, or something?"	— Являются, что ли?

Марфа Петровна: Svidrigailov's wife, who recently died • **скучать** АЙ / **соскучиться** И по кому: to miss s.o. • **привидение**: (supernatural) vision, apparition • **обыкновенный**: ordinary • **pour vous plaire** (Fr.): if you prefer ("in order to please you") • **не то что нет**: it's not quite that I don't (believe)... • **являться** АЙ / **явиться** И^shift: to appear (i.e. ghosts)

Svidrigailov looked at him strangely, somehow.	Свидригайлов как-то странно посмотрел на него.
"Marfa Petrovna deigns to pay me visits,"	— Марфа Петровна посещать

he said, having twisted his mouth into a strange kind of smile.

"Consult a doctor."

"I understand, without your input, that I'm unwell, although, in truth, I don't know how exactly; I believe I'm five times healthier than you, certainly. But that's not what I asked you about — whether or not you believe that apparitions appear. I asked whether or not you believe that apparitions exist?"

"No, I'll never believe it, not for anything!" shouted Raskolnikov, even with a kind of malice.

изволит, — проговорил он, скривя рот в какую-то странную улыбку...

— Сходите к доктору.

— Это-то я и без вас понимаю, что нездоров, хотя, право, не знаю чем; по-моему, я, наверно, здоровее вас впятеро. Я вас не про то спросил, — верите вы или нет, что привидения являются? Я вас спросил: верите ли вы, что есть привидения?

— Нет, ни за что не поверю! — с какою-то даже злобой вскричал Раскольников.

посещать АЙ / **посетить** И^end: to visit • **изволить** + inf: to deign to, please to • **кривить** И^end / **скривить** И: to twist, contort • **улыбка**: smile • **впятеро**: five times over • **злоба**: spite, malice • **вскрикивать** АЙ / **вскричать** ЖА^end: to shout

"What do people usually say?" muttered Svidrigailov, as if talking to himself, looking off to one side, having bowed his head a bit. "They say: 'You must be sick; what's appearing to you is nothing but non-existent delirium.' But this isn't strictly logical, after all. I agree that apparitions only appear to sick people; but this only proves that apparitions can't appear otherwise than to sick people — not that they don't themselves exist... I've been considering this question for a long time now. If you believe in a life to come, then you might well lend credence to this consideration as well."

— Ведь обыкновенно как говорят? — бормотал Свидригайлов, как бы про себя, смотря в сторону и наклонив несколько голову. — Они говорят: "Ты болен, стало быть, то, что тебе представляется, есть один только несуществующий бред". А ведь тут нет строгой логики. Я согласен, что привидения являются только больным; но ведь это только доказывает, что привидения могут являться не иначе как больным, а не то, что их нет, самих по себе.... Я об этом давно рассуждал. Если в будущую жизнь верите, то и этому рассуждению можно поверить.

бормотать А^shift / **пробормотать** А: to mutter • **про себя**: to oneself • **в сторону**: off to the side • **наклонять** АЙ / **наклонить** И^shift: to bend, bow • **стало быть**: hence, so • **представлять** АЙ / **представить** И (себе): to imagine • **существовать** ОВА: to exist • **бред**: delirium, ravings • **строгий**: strict • **логика**: logic • **доказывать** АЙ / **доказать** А^shift: to prove • **иначе**: otherwise, in any other way • **сам по себе**: per se, in and of itself • **рассуждать** АЙ: to reason, consider • **будущая жизнь**: a future life (i.e. after death) • **рассуждение**: consideration, reasoning

"I don't believe in a life to come," said Raskolnikov.	— Я не верю в будущую жизнь, — сказал Раскольников.
Svidrigailov sat there, deep in thought.	Свидригайлов сидел в задумчивости.
"And what if there's nothing but spiders there, or something of that sort," he said suddenly.	— А что, если там одни пауки или что-нибудь в этом роде, — сказал он вдруг.
"This man is insane," thought Raskolnikov.	"Это помешанный", — подумал Раскольников.
"We always conceive of eternity as an idea that can't be comprehended, as something huge, huge! But why huge, necessarily? Imagine: what if, instead — against all expectation — there'll be nothing there but a single room, something like a village bathhouse, covered in soot, with spiders in every corner — and there's your eternity. You know, sometimes that's how I imagine it."	— Нам вот всё представляется вечность как идея, которую понять нельзя, что-то огромное, огромное! Да почему же непременно огромное? И вдруг, вместо всего этого, представьте себе, будет там одна комнатка, эдак вроде деревенской бани, закоптелая, а по всем углам пауки, и вот и вся вечность. Мне, знаете, в этом роде иногда мерещится.

помешанный: mad, insane • **вечность**, и: eternity • **понимать** АЙ / **понять** Й/М^{ена}: understand, comprehend • **огромный**: huge • **непременно**: necessarily, for sure • **вместо** чего: instead of • **эдак**: so, thus • **деревенский**: adj. from деревня: village, countryside • **баня**: bathhouse • **закоптелый**: smoky, sooty • **уг(о)л**: corner • **род**: kind, sort, form • **мерещиться** И / **померещиться** кому: to appear to s.o. (as a dream, illusion, fantasy)

"Can you really, really not imagine anything more comforting, more just, than this?" exclaimed Raskolnikov, with a pained feeling.	— И неужели, неужели вам ничего не представляется утешительнее и справедливее этого! — с болезненным чувством вскрикнул Раскольников.
"More just? How can I know — maybe *this* is just — and, you know: I'd most certainly arrange things this like this, deliberately!" answered Svidrigailov, smiling vaguely.	— Справедливее? А почём знать, может быть, это и есть справедливое, и знаете, я бы так непременно нарочно сделал! — ответил Свидригайлов, неопределённо улыбаясь.

утешительный: consolatory • **справедливый**: just • **болезненный**: morbid • **почём** знать:

how can one know • **нарочно**: on purpose, intentionally • **неопределённый**: vague, indistinct, ambiguous • **улыбаться** АЙ / **улыбнуться** НУ^end: to smile

A kind of chill suddenly came over Raskolnikov, upon hearing this hideous response. Svidrigailov raised his head, looked at him intently, and suddenly burst out laughing.

"No, just think about *this*," he began shouting, "Just half an hour ago we'd never laid eyes on each other, we considered each other enemies; an unresolved matter lay between us — but we tossed that matter aside, and just look at the literature we've waded into! Now wasn't I telling the truth when I said that we're two peas in a pod?"

Каким-то холодом охватило вдруг Раскольникова, при этом безобразном ответе. Свидригайлов поднял голову, пристально посмотрел на него и вдруг расхохотался.

— Нет, вы вот что сообразите, — закричал он, — назад тому полчаса мы друг друга ещё и не видывали, считаемся врагами, между нами нерешённое дело есть; мы дело-то бросили и эвона в какую литературу заехали! Ну, не правду я сказал, что мы одного поля ягоды?

холод: cold(ness) • **охватывать** АЙ / **охватить** И^shift: to seize, encompass • **безобразный**: hideous • **ответ**: response • **поднимать** АЙ / **поднять** НИМ: to life, raise • **пристально**: fixedly • **расхохотаться** А^shift: to burst out in loud laughter • **соображать** АЙ / **сообразить** И^end: to think over, imagine • **полчаса тому назад**: half an hour ago • **не видывали** = не видели • **считать** АЙ кого кем: to consider • **враг**: enemy • **решать** АЙ / **решить** И^end: to resolve • **дело**: matter • **бросать** АЙ / **бросить** И: to throw; abandon, discard • **эвона**: just look (expresses surprise) • **заехать в литературу**: to delve, veer off into "literature" • **одного поля ягоды**: two birds of a feather, lit. "berries of the same field" (ягода: berry, поле: field)

Reading Crime and Punishment in Russian / **Преступление и наказание**

Sonya's building (**Дом Со̲ни Мармела̲довой**), where these conversations take place.

Воскрес*е*ние Л*а*заря
The Resurrection of Lazarus

"Did you know Lizaveta, the tradeswoman?"

— Эту Лизав*е*ту торг*о*вку вы зн*а*ли?

"Yes... What, did you know her?" Sonya asked, in her turn, with a certain surprise.

— Да... А вы разве зн*а*ли? — с н*е*которым удивл*е*нием переспрос*и*ла С*о*ня.

"Katerina Ivanovna has consumption, and she's got it bad; she'll die soon," said Raskolnikov, having remained silent for a bit, and not answering the question.

— Катер*и*на Ив*а*новна в чах*о*тке, в злой; она ск*о*ро умрёт, — сказ*а*л Раск*о*льников, помолч*а*в и не отв*е*тив на вопр*о*с.

"Oh, no, no, no!" And Sonya, in an inadvertant gesture, grabbed him by both arms, as if begging him not to let it happen.

— Ох, нет, нет, нет! — И С*о*ня бессозн*а*тельным ж*е*стом схват*и*ла его за *о*бе рук*и*, как бы упр*а*шивая, чтобы нет.

торг*о*вка: tradeswoman • **н*е*который**: a certain • **удивл*е*ние**: surprise • **переспрос*и*ла**: to respond with another question • **чах*о*тка**: consumption • **злой**: evil, bad, serious • **молч*а*ть** ЖА^{end}: to be silent • **бессозн*а*тельный**: unconscious • (созн*а*ние: consiousness) • **жест**: gesture • **схв*а*тывать** АЙ / **схват*и*ть** И^{shift}: to grab **упр*а*шивать** АЙ: to beg, implore

"Why, it's better that she die, after all."

— Да ведь это ж л*у*чше, коль умрёт.

"No, it's not better, it's not better — it's not better at all!" she kept repeating, frightened, and involuntarily.

"And what about the kids? Where will you take them when that happens, if not to live with you?"

"Oh, I just don't know!" shouted Sonya, almost in despair, and clutched her head. It was clear that this thought had already occured to her many, many times, and he had merely scared it up again.

— Нет, не лучше, не лучше, совсем не лучше! — испуганно и безотчётно повторяла она.

— А дети-то? Куда ж вы тогда возьмёте их, коль не к вам?

— Ох, уж не знаю! — вскрикнула Соня почти в отчаянии и схватилась за голову. Видно было, что эта мысль уж много-много раз в ней самой мелькала, и он только вспугнул опять эту мысль.

коль = если • **испуганный**: frightened • **безотчётный**: involuntary, instinctively • **повторять** АЙ / **повторить** И end: to repeat • **отчаяние**: despair • **мысль**, и: thought • **хватать** АЙ / **схватить** И: to grab • **мелькать** АЙ / **мелькнуть** НУ end: to flash, glimmer • **вспугивать** АЙ / **вспугнуть** НУ end: to scare up, stir

"And what if, right now, even while Katerina Ivanovna is still alive, you get sick, and they drag you to a hospital — what'll happen then?" he insisted mercilessly.

"Oh, what are you talking about? That's simply impossible!" — and Sonya's face was contorted by a terrible fear.

"What do you mean, impossible?" continued Raskolnikov with a cruel grin. "Are you somehow insured against it? What will happen with them in that case? They'll end up on the streets, the whole lot of them; she'll be coughing and begging for money, and pounding her head against a wall somewhere, like she did today, and the kids'll be crying... And she'll collapse, and they'll drag her to the police station, to the hospital; she'll die, and the kids..."

— Ну а коль вы, ещё при Катерине Ивановне, теперь, заболеете и вас в больницу свезут, ну что тогда будет? — безжалостно настаивал он.

— Ах, что вы, что вы! Этого-то уж не может быть! — и лицо Сони искривилось страшным испугом.

— Как не может быть? — продолжал Раскольников с жёсткой усмешкой, — не застрахованы же вы? Тогда что с ними станется? На улицу всею гурьбой пойдут, она будет кашлять и просить, и об стену где-нибудь головой стучать, как сегодня, а дети плакать... А там упадёт, в часть свезут, в больницу, умрёт, а дети...

заболевать АЙ / **заболеть** ЕЙ: to get sick • **больница**: hospital • **свозить** И shift / **свезти** З end: to take off (by vehicle) • **безжалостный**: merciless • **настаивать** АЙ / **настоять** ЖА end: to insist • **искривлять** АЙ / **искривить** И end: to twist, contort • **испуг**: fright • **жёсткий**: harsh • **усмешка**: smile • **застраховывать** АЙ / **застраховать** ОВА: to insure • **станется** = станет • **гурьбой**: as a pack, herd • **кашлять** АЙ / **кашлянуть** НУ: to cough

Reading Crime and Punishment in Russian / Преступление и наказание

просить И: to ask (here, beg for money) • **стучать** ЖАend: to knock, beat against • **плакать** А: to weep • **падать** АЙ / **упасть** Дend: to fall • **часть**, и: part; here: police station

"Oh, no!.. God won't allow it!" — at last the cry tore free from Sonya's constricted chest. She stood listening, looking at him pleadingly, folding her arms in mute supplication, just as if everything depended on him.

— Ох, нет!.. Бог этого не попустит! — вырвалось наконец из стеснённой груди у Сони. Она слушала, с мольбой смотря на него и складывая в немой просьбе руки, точно от него всё и зависело.

Raskolnikov stood up and began to pace around the room. A minute or so passed. Sonya stood there, having lowered her arms and head, in terrible anguish.

Раскольников встал и начал ходить по комнате. Прошло с минуту. Соня стояла, опустив руки и голову, в страшной тоске.

"Can't you save up? Put some money aside for a rainy day?" he asked, suddenly stopping in front of her.

— А копить нельзя? На чёрный день откладывать? — спросил он, вдруг останавливаясь перед ней.

попустить Иshift: to allow, let happen • **вырывать** АЙ / **вырвать** n/sA: to tear out • **стеснять** АЙ / **стеснить** Иend: to tighten, constrict • **грудь**, и: chest • **мольба**: plea • **складывать** АЙ / **сложить** Иshift: to fold together, clasp • **немой**: mute • **просьба**: request • **зависеть** Е от кого: to depend on • **опускать** АЙ / **опустить** Иshift: to lower • **тоска**: longing, pain • **копить** Иshift / **накопить** И: to save up • **на чёрный день**: for a rainy ("black") day • **откладывать** АЙ / **отложить** Иshift: to save, set aside • **останавливаться** АЙ / **остановиться** Иshift: to stop

"No," Sonya whispered.

— Нет, — прошептала Соня.

"No, of course! Well, have you tried?" he added, almost in mockery.

— Разумеется, нет! А пробовали? — прибавил он чуть не с насмешкой.

"Yes, I've tried."

— Пробовала.

"And it didn't work out! Why, of course! Why even ask!"

— И сорвалось! Ну, да разумеется! Что и спрашивать!

And again he set off pacing about the room. Another minute or so passed.

И опять он пошёл по комнате. Ещё прошло с минуту.

шептать Аshift / **прошептать** А: to whisper • **пробовать** ОВА / **попробовать** ОВА: to try • **прибавлять** АЙ / **прибавить** И: to add • **насмешка**: a smirk, mockery • **срываться** АЙ / **сорваться** n/sA: to fail, go awry • **разумеется**: of course • **что**: here: why • **с** + acc.: about

"You don't get paid every day, do you?"

— Не каждый день получаете-то?

Sonya grew even more upset than before, and redness again flooded her face.

"No," she whispered, with agonizing effort.

"Most likely, the same thing will happen with little Polechka," he said suddenly.

"No! No! It's not possible, no!" Sonya exclaimed loudly, as if in desperation, as if suddenly wounded by a knife. "God, God will not let such a horror happen to her!"

"He lets it happen to others."

— Соня бо́льше пре́жнего смути́лась, и кра́ска уда́рила ей опя́ть в лицо́.

— Нет, — прошепта́ла она́ с мучи́тельным уси́лием.

— С По́лечкой, наве́рно, то же са́мое бу́дет, — сказа́л он вдруг.

— Нет! нет! Не мо́жет быть, нет! — как отча́янная, гро́мко вскри́кнула Со́ня, как бу́дто её вдруг ножо́м ра́нили. — Бог, Бог тако́го у́жаса не допу́стит!..

— Други́х допуска́ет же.

получа́ть АЙ / **получи́ть** И^{shift}: to receive; to earn • **смуща́ть** АЙ / **смути́ть** И^{end}: to dismay, upset, • **кра́ска**: here: redness, color • **ударя́ть** АЙ / **уда́рить** И: to strike (here, to rush) • **мучи́тельный**: tortuous • **уси́лие**: effort • **то же са́мое**: the very same thing (prostitution, etc.) • **отча́янный**: despairing, desperate • **гро́мкий**: noisy, loud • **нож**, **а́**: knife • **ра́нить** И (imperf. / perf.): to wound • **допуска́ть** АЙ / **допусти́ть** И^{shift}: to allow, let happen

"No, no! God will protect her, God!.." she kept repeating, as if delirious.

"And maybe God doesn't even exist," responded Raskolnikov, somehow gloatingly, even; he began to laugh, and looked at her.

Suddenly, Sonya's face changed terribly: convulsions raced across it. With an inexpressible air of reproach, she glanced at him, was on the verge of saying something, but couldn't get anything out; all she did was to burst abruptly into tears — bitterly, bitterly, having covered her face with her hands...

— Нет, нет! Ее Бог защити́т, Бог!.. — повторя́ла она́, не по́мня себя́.

— Да, мо́жет, и Бог-то совсе́м нет, — с каки́м-то да́же злора́дством отве́тил Раско́льников, засмея́лся и посмотре́л на нее́.

Лицо́ Со́ни вдруг стра́шно измени́лось: по нем пробежа́ли судоро́ги. С невырази́мым уко́ром взгляну́ла она́ на него́, хоте́ла бы́ло что-то сказа́ть, но ничего́ не могла́ вы́говорить и то́лько вдруг го́рько-го́рько зарыда́ла, закры́в рука́ми лицо́...

защища́ть АЙ / **защити́ть** И^{end}: to protect • **повторя́ть** АЙ / **повтори́ть** И^{end}: to repeat • **злора́дство**: gloating, Schadenfreude • **смея́ться** А^{end}: to laugh • **изменя́ть**(ся) АЙ / **измени́ть**(ся) И^{shift}: to change • **су́дорога**: convulsion • **невырази́мый**: inexpressible • **уко́р**: reproach • **го́рький**: bitter • **рыда́ть** АЙ / **зарыда́ть** АЙ: to weep / to begin weeping

Reading Crime and Punishment in Russian / **Преступление и наказание**

"There are three paths open to her," he thought. "She can throw herself into the canal; she can land in the insane asylum; or… or, finally, plunge into a debauchery that stupefies the mind and turns the heart to stone." The latter thought was the one most repulsive to him; but he was already a skeptic; he was young, given to abstraction, and, therefore, cruel; and thus couldn't help believing that this final way out — namely, debauchery — was the most likely one.

"Ей три дор_о_ги, — д_у_мал он: — бр_о_ситься в кан_а_ву, поп_а_сть в сумасш_е_дший дом, или… или, наконец, бр_о_ситься в развр_а_т, одурм_а_нивающий ум и окаменяющий с_е_рдце". Последняя мысль была ему всег_о_ отврат_и_тельнее; но он был уже ск_е_птик, он был м_о_лод, отвлечён и, ст_а_ло быть, жест_о_к, а потому и не мог не в_е_рить, что посл_е_дний в_ы_ход, то есть развр_а_т, был всег_о_ веро_я_тнее.

дор_о_га: way, path • **кан_а_ва** = кан_а_л: canal • **попадать** АЙ / **попасть** Д^end: to wind up in, get into • **сумасш_е_дший дом**: madhouse • **разврат**: debauchery • **одурманивать** АЙ / **одурманить** И: to stupefy, intoxicate • **окаменять** АЙ / **окаменить** И^end: to turn to stone (trans.) **отвратительный**: repulsive • **скептик**: sceptic • **отвлечённый**: abstract • **жест_о_кий**: cruel • **веро_я_тный**: likely, probably

"But can it really be true?" he suddenly cried out to himself, "Could this creature too — who has still maintained her purity of spirit — be consciously drawn, in the end, into this disgusting, stinking cesspool? And could the process of being drawn into it already have begun? Could the only reason she's managed to stomach it thus far be that vice no longer seems so repulsive to her? No, no, it's impossible!" he exclaimed, just as Sonya had earlier. "No, the only thing that's held her back from the canal thus far has been the thought of sin; and of *them*, those kids… If, that is, she hasn't lost her mind already… But who said, by the way, that she hasn't lost her mind? Can she really be in her right mind? Can one really talk the way she does? Can one reason as she does, if one is in one's right mind? Is it really possible to sit there, on the verge of ruin, on the very edge of that stinking cesspool into which you're already being pulled, and wave your arms about, and plug up your ears, when people warn you of the danger? What, could she be waiting for a miracle?

"Но неуж_е_ли ж это пр_а_вда, — воскл_и_кнул он про себ_я_, — неуж_е_ли ж и _э_то создание, ещё сохран_и_вшее чистот_у_ д_у_ха, созн_а_тельно втянется наконец в эту м_е_рзкую, смр_а_дную _я_му? Неужели это втягивание уже начал_о_сь, и неуж_е_ли потом_у_ т_о_лько он_а_ и могла в_ы_терпеть до сих пор, что пор_о_к уже не к_а_жется ей так отврат_и_тельным? Нет, нет, быть тог_о_ не м_о_жет! — восклиц_а_л он, как д_а_веча Соня, — нет, от кан_а_вы удерживала её до сих пор мысль о грех_е_, и они, те… Если же он_а_ до сих пор ещё не сошл_а_ с ум_а_… Но кто же сказ_а_л, что он_а_ не сошл_а_ уже с ума? Разве он_а_ в здр_а_вом рассудке? Разве так м_о_жно говор_и_ть, как он_а_? Разве в здр_а_вом рассудке так м_о_жно рассуждать, как он_а_? Разве так м_о_жно сидеть над пог_и_белью, прямо над смр_а_дною _я_мой, в кот_о_рую уже её втягивает, и мах_а_ть рук_а_ми, и уши затык_а_ть, когда ей говор_я_т об оп_а_сности? Что он_а_, уж не чуда ли

That's it, most certainly. Aren't all of these things signs of insanity?"

ждёт? И наверно так. Разве всё это не признаки помешательства?"

про себя: to himself • **создание**: creature (creation) • **сохранять** АЙ / **сохранить** И^end: to preserve • **чистота**: purity • **дух**: spirit • **сознательно**: consciously • **втягиваться** АЙ / **втянуться** НУ^shift: to be pulled into • **мерзкий**: vile • **смрадный**: stinking • **яма**: cesspool • **вытерпеть** Е: to stand, bear • **до сих пор**: until now • **порок**: vice • **восклицать** АЙ / **воскликнуть** НУ: to exclaim, cry out • **давеча**: earlier, a moment ago • **удерживать** АЙ / **удержать** ЖА: to restrain, hold back • **грех**: sin • **в здравом рассудке**: in sound mind • **рассуждать** АЙ: to think, reason • **погибель**, и: ruin • **смрадный**: stinking • **яма**: cesspool • **махать** А^shift / **махнуть** НУ^end: to wave (руками: to wave hand in a dismissive or indifferent gesture) • **затыкать** АЙ / **заткнуть** НУ: to plug shut • **опасность**, и: danger • **чудо**: miracle • **ждать** n/sA чего: to expect, wait for • **признак**: sign • **помешательство**: madness

He dwelled on this thought obstinately. This way out even pleased him more than any other. He began to peer at Sonya more intensely.

Он с упорством остановился на этой мысли. Этот исход ему даже более нравился, чем всякий другой. Он начал пристальнее всматриваться в неё.

"So, you pray to God a lot, then, Sonya?" he asked her.

— Так ты очень молишься Богу-то, Соня? — спросил он её.

Sonya remained silent; he stood beside her and awaited an answer.

Соня молчала, он стоял подле неё и ждал ответа.

"What would I be without God?" she whispered, quickly and energetically, casting a passing glance at him; her two eyes were suddenly ignited, and she firmly squeezed his hand in hers.

— Что ж бы я без Бога-то была? — быстро, энергически прошептала она, мельком вскинув на него вдруг засверкавшими глазами, и крепко стиснула рукой его руку.

"So, that's it!" he thought.

"Ну, так и есть!" — подумал он.

упорство: stubbornness, persistance • **исход**: a way out • **всякий**: any • **пристально**: fixedly, intently • **молиться** И^shift / **помолиться** И: to pray • **молчать** ЖА^end: to be silent • **ответ**: response • **шептать** А^shift / **прошептать** А: to whisper • **мельком**: in passing, briefly • **вскидывать** АЙ / **вскинуть** НУ: to toss (глазами: to glance) • **засверкать** АЙ **сверкать** АЙ: to flash / to begin to flash • **крепкий**: firm • **стискивать** АЙ / **стиснуть** НУ: to squeeze

"And what does God do for you in return?" he asked, prying further.

— А тебе Бог что за это делает? — спросил он, выпытывая дальше.

Sonya remained silent for a long time, as if unable to answer. Her frail chest was heaving with agitation.

Соня долго молчала, как бы не могла отвечать. Слабенькая грудь её вся колыхалась от волнения.

"Be silent! Don't ask! You're not worthy!.." she shouted suddenly, looking at him sternly and wrathfully.	— Молч<u>и</u>те! Не спр<u>а</u>шивайте! Вы не сто<u>и</u>те!.. — вскр<u>и</u>кнула он<u>а</u> вдруг, стр<u>о</u>го и гн<u>е</u>вно смотр<u>я</u> на нег<u>о</u>.
"That's it! That's it!" he kept repeating insistently to himself.	"Так и есть! так и есть!" — повтор<u>я</u>л он наст<u>о</u>йчиво про себ<u>я</u>.
"He does everything!" she quickly whispered, again with downcast eyes.	— Всё д<u>е</u>лает! — б<u>ы</u>стро прошепт<u>а</u>ла он<u>а</u>, оп<u>я</u>ть потуп<u>и</u>вшись.
"So there's her way out! There's the explanation of her way out!" he concluded, speaking to himself, and examining her with voracious curiosity.	"Вот и исх<u>о</u>д! Вот и объясн<u>е</u>ние исх<u>о</u>да!" — реш<u>и</u>л он про себ<u>я</u>, с ж<u>а</u>дным любоп<u>ы</u>тством рассм<u>а</u>тривая её.

выпытывать АЙ: to ask, question • **слабенький**: dim. of слабый: weak • **колыхаться** А^shift: to throb • **волнение**: agitation • **стоить** И: to be worth (s.t.) • **строгий**: stern, strict • **гневный**: angry • **так и есть**! that's it! • **настойчивый**: insistent • **потупляться** АЙ / **потупиться** И: to cast eyes downward • **объяснение**: explanation • **жадный**: greedy • **любопытство**: curiosity • **рассматривать** АЙ / **рассмотреть** Е^shift: to examine

With a new, strange, almost morbid feeling, he peered into her pale, thin, and irregular, angular little face; into those meek blue eyes, capable of flashing with such fire, with such stern and energetic feeling; into her small body, still trembling with indignation and rage — and all of this kept seeming stranger and stranger to him, almost impossible. "She's a Holy Fool! A Holy Fool!" he kept repeating to himself.	С н<u>о</u>вым, стр<u>а</u>нным, почт<u>и</u> бол<u>е</u>зненным, ч<u>у</u>вством всм<u>а</u>тривался он в <u>э</u>то бл<u>е</u>дное, худ<u>о</u>е и непр<u>а</u>вильное углов<u>а</u>тое лич<u>и</u>ко, в <u>э</u>ти кр<u>о</u>ткие голуб<u>ы</u>е глаз<u>а</u>, мог<u>у</u>щие сверк<u>а</u>ть так<u>и</u>м огнём, так<u>и</u>м с<u>у</u>ровым энерг<u>и</u>ческим ч<u>у</u>вством, в <u>э</u>то м<u>а</u>ленькое т<u>е</u>ло, ещё дрож<u>а</u>вшее от негодов<u>а</u>ния и гн<u>е</u>ва, и всё <u>э</u>то каз<u>а</u>лось ему б<u>о</u>лее и б<u>о</u>лее стр<u>а</u>нным, почт<u>и</u> невозм<u>о</u>жным. "Юр<u>о</u>дивая! юр<u>о</u>дивая!" — тверд<u>и</u>л он про себ<u>я</u>.

болезненный: morbid • **чувство**: feeling • **бледный**: pale • **худой**: thin • **неправильный**: uneven, irregular • **угловатый**: angular • **личико**: лицо • **кроткий**: meek • **сверкать** АЙ: to shine, flash • **огонь**, огня: fire, flame • **суровый**: stern • **дрожать** ЖА^end: to tremble, shake • **тело**: body • **негодование**: dissatisfaction • **гнев**: rage • **юродивый** (-ая): a Holy Fool (f), lit. one who is foolish (for Christ's sake, Христа ради) • **твердить** И: to repeat (over and over)

Some book was lying on the dresser. Each time he'd noticed it, walking back and forth; now he took it and looked at it. It was the New Testament, in Russian translation. It was an old book — used, in a leather binding.	На ком<u>о</u>де леж<u>а</u>ла как<u>а</u>я-то кн<u>и</u>га. Он к<u>а</u>ждый раз, проход<u>я</u> взад и вперёд, замеч<u>а</u>л её; теп<u>е</u>рь же взял и посмотр<u>е</u>л. <u>Э</u>то был Н<u>о</u>вый зав<u>е</u>т в р<u>у</u>сском перев<u>о</u>де. Кн<u>и</u>га был<u>а</u> ст<u>а</u>рая, под<u>е</u>ржанная, в к<u>о</u>жаном переплёте.

Воскреше́ние Ла́заря. A 15th century icon.

Reading Crime and Punishment in Russian / **Преступление и наказание**

"Where's this from?" he shouted at her, across the room. She was still standing in the same place, three steps from the table.	— Это откуда? — крикнул он ей через комнату. Она стояла всё на том же месте, в трёх шагах от стола.
"It was brought to me," she answered, as if uneagerly, and without looking up at him.	— Мне принесли, — ответила она, будто нехотя и не взглядывая на него.
"Who brought it?"	— Кто принёс?
"Lizaveta brought it; I'd asked her to."	— Лизавета принесла, я просила.
"Lizaveta! How strange!" he thought. Everything involving Sonya was striking him as ever stranger and more wondrous, with each passing minute. He carried the book to the candle and began to leaf through it.	"Лизавета! Странно!" — подумал он. Всё у Сони становилось для него как-то страннее и чудеснее, с каждою минутой. Он перенёс книгу к свече и стал перелистывать.

комод: chest of drawers • **взад и вперёд**: back and forth • **замечать** АЙ / **заметить** И: to notice • **Новый завет**: New Testament • **подержанный**: used, previously owned • **кожаный**: leather (made of кожа) • **переплёт**: binding • **шаг**: step • **нехотя**: unwillingly, reluctantly • **чудесный**: miraculous, wondrous • **становиться** И shift / **стать** Н stern + inf.: to begin to • **перелистывать** АЙ / **перелистать** АЙ: to flip through a book

"Where's the part about Lazarus?" he asked suddenly.	— Где тут про Лазаря? — спросил он вдруг
Sonya looked stubbornly at the floor and didn't answer. She was standing with her side turned somewhat to the table.	Соня упорно глядела в землю и не отвечала. Она стояла немного боком к столу.
"Where's the part about the resurrection of Lazarus?.. Find it and read it to me," he said; he sat down, put his elbows on the table, leaned his head again his hand, and looked fixedly off to one side, having readied himself to listen.	— Про воскресение Лазаря где?.. Найди и прочти мне, — сказал он, сел, облокотился на стол, подпёр рукой голову и угрюмо уставился в сторону, приготовившись слушать.

упорно: fixedly • **боком к столу**: with her side facing the table • **воскресение**: resurrection • **прочесть** /Т (прочту, прочтёшь; прочёл, прочла) = **прочитать** • **облокачиваться** АЙ / **облокотиться** И end/shift: to lean on, place elbows on (лок(о)ть, -я: elbow) **подпирать** АЙ / **подпереть** /Р: to support, prop up • **угрюмый**: morose, gloomy • **уставляться** АЙ / **уставиться** И: to look fixedly at • **сторона**: side • **готовиться** И / **приготовиться** И: to get ready, prepare oneself • **слушать** АЙ / **послушать** АЙ: to listen

"Then Jesus, again groaning in Himself, came to the tomb. It was a cave, and a stone lay against it. Jesus said, 'Take away the stone.' Martha, the sister of him who was dead, said to Him, 'Lord, by this time there is a stench, for he has been dead four days.'"

She read the word "four" with particular emphasis.

"Jesus said to her, 'Did I not say to you that if you would believe you would see the glory of God?' Then they took away the stone from the place where the dead man was lying. And Jesus lifted up His eyes and said, 'Father, I thank You that You have heard Me. And I know that You always hear Me, but because of the people who are standing by I said this, that they may believe that You sent Me.' Now when He had said these things, He cried with a loud voice, 'Lazarus, come forth!' And he who had died came out bound hand and foot with graveclothes, and his face was wrapped with a cloth. Jesus said to them, 'Loose him, and let him go.'"

"Иисус же, опять скорбя внутренно, проходит ко гробу. То была пещера, и камень лежал на ней. Иисус говорит: отнимите камень. Сестра умершего Марфа говорит ему: Господи! уже смердит; ибо четыре дни, как он во гробе".

Она энергично ударила на слово: четыре.

"Иисус говорит ей: не сказал ли я тебе, что если будешь веровать, увидишь славу Божию? Итак, отняли камень от пещеры, где лежал умерший. Иисус же возвёл очи к небу и сказал: отче, благодарю тебя, что ты услышал меня. Я и знал, что ты всегда услышишь меня; но сказал сие для народа, здесь стоящего, чтобы поверили, что ты послал меня. Сказав сие, воззвал громким голосом: Лазарь! иди вон. И вышел умерший, (громко и восторженно прочла она, дрожа и холодея, как бы в очию сама видела): обвитый по рукам и ногам погребальными пеленами; и лицо его обвязано было платком. Иисус говорит им: развяжите его; пусть идёт.

скорбеть E^end: to grieve • **внутренно**: internally, inside • **гроб**: grave • **пещера**: cave (here, used as a tomb) • **кам(е)нь**, камня: stone • **лежать** ЖА^end: to be in a lying position • **отнимать** АЙ / **отнять** НИМ^shift: to take away, pull aside • **умерший**: the dead man (Lazarus) • **ибо**: for (because) • **смердеть** E^end: to stink • **ударить** И: here: to emphasize, stress • **слава**: glory • **Божию** = Божью (Божий, Божья, Божье): God's • **возводить** И^shift / **возвести** Д^end: to raise • **отче**: vocative of отец • **благодарить** И^end / **поблагодарить** И: to thank • **сие** = это • **поверить** И: to come to believe • **посылать** АЙ / **послать** А (пошлю, пошлёшь): to send • **взывать** АЙ / **воззвать** n/sA: to call out • **громкий**: loud • **голос**: voice • **иди вон**: come forth! • **восторженный**: ecstatic • **дрожать** ЖА^end: to shake • **холодеть** ЕЙ: to turn cold • **в очию**: with her own eyes • **обвивать** АЙ / **обвить** Ь: to wrap around, enwrap • **погребальная пелена**: cloth used to wrap a body • **обвязывать** АЙ / **обвязать** А^shift: to tie around • **платок**: scarf • **развязывать** АЙ / **развязать** А^shift: to untie

"Then many of the Jews which came to Mary, and had seen the things which Jesus did, believed on him."

Тогда многие из иудеев, пришедших к Марии и видевших, что сотворил Иисус, уверовали в него".

She read no further, and indeed was unable to read; she closed the book and quickly rose from her chair.

"That's all about the resurrection of Lazarus," she whispered, disconnectedly and sternly, and remained standing, motionlessly, having turned off to the side, not daring, and as if ashamed, to raise her eyes to him. Her feverish trembling still continued. The candle stub had long since begun to burn out in its crooked candlestick, dimly illuminating, in this squalid room, the murderer and the harlot who had so strangely come together, reading the eternal book.

Далее она не читала и не могла читать, закрыла книгу и быстро встала со стула.

— Всё об воскресении Лазаря, — отрывисто и сурово прошептала она и стала неподвижно, отвернувшись в сторону, не смея и как бы стыдясь поднять на него глаза. Лихорадочная дрожь её ещё продолжалась. Огарок уже давно погасал в кривом подсвечнике, тускло освещая в этой нищенской комнате убийцу и блудницу, странно сошедшихся за чтением вечной книги.

иудей = еврей: Jew • **творить** И^{end} / **сотворить** И: to do • **уверовать** ОВА: to come to believe • **отрывистый**: disconnected, abrupt • **суровый**: stern • **неподвижный**: motionless • **отворачиваться** АЙ / **отвернуться** НУ^{end}: to turn away • **сметь** ЕЙ + inf: to dare to • **стыдиться** И + inf: to be ashamed to • **лихорадочный**: feverish • **дрожь**, ж: trembling • **продолжать**(ся) АЙ / **продолжить**(ся) И: to continue • **огар(о)к**: stump of candle • **погасать** АЙ / **погаснуть** (НУ): to go, burn out • **кривой**: crooked • **подсвечник**: candlestick/holder • **тусклый**: dim • **освещать** АЙ / **осветить** И^{end}: to illuminate • **нищенский**: poor **убийца**: murderer • **блудница**: an adulteress, prostitute • **сходиться** И / **сойтись**: to come together, converge • **чтение**: reading • **вечный**: eternal

"You're all I have now," he [said]. "Let's set out on our way together… I came to you. The two of us are cursed, together, and together we'll set out on our way!"

"Where to?" she asked, in fear, and inadvertently stepped backward.

"How can I know? I only know that we'll share the same path; I know it for certain, that's all. The same goal!.. You'll understand later. Haven't you done the same thing? You also transgressed… you were capable of transgression. You did violence to yourself, you ruined a life… your own, that is (not that it matters!). You might have lived by the spirit, and by reason, yet you'll end up on Hay Market Square… But you won't be able to to endure it, and if

— У меня теперь одна ты, — [сказал] он. — Пойдём вместе… Я пришёл к тебе. Мы вместе прокляты, вместе и пойдём!

— Куда идти? — в страхе спросила она и невольно отступила назад.

— Почему ж я знаю? Знаю только, что по одной дороге, наверно знаю, — и только. Одна цель!.. Потом поймёшь. Разве ты не то же сделала? Ты тоже переступила… смогла переступить. Ты на себя руки наложила, ты загубила жизнь… свою (это всё равно!). Ты могла бы жить духом и разумом, а кончишь на Сенной… Но ты выдержать не можешь, и если

you're left alone, you'll lose your mind, like me. Even now you're like a madwoman; so, we must set out together, down the same path! Let's go!"	останешься одна, сойдёшь с ума, как и я. Ты уж и теперь как помешанная; стало быть, нам вместе идти, по одной дороге! Пойдём!

вместе: together • **проклинать** АЙ / **проклясть** H^{end}: to curse (PPP: проклятый; проклят, проклята, прокляты) • **страх**: fear • **невольный**: unwilling, involuntary, inadvertent • **отступать** АЙ / **отступить** И: to step away • **наверно**: probably; for certain • **цель**, и: aim, goal • **понимать** АЙ / **понять** Й/М^{end}: to understand • **переступать** АЙ / **переступить** И^{shift}: to step across; transgress • **наложить** И **руки на себя**: to "put hands on oneself," do (suicidal) violence to oneself • **губить** И^{shift} / **загубить** И: to ruin • **жизнь**, и: live • **жить** В чем: to live by • **дух**: spirit • **разум**: reason • **кончить** И = **закончить** И (perf.): to finish, end • **Сенная** (площадь, и): Hay Market Square • **выдерживать** АЙ / **выдержать** ЖА: to endure, bear • **оставаться** АВАЙ / **остаться** H: to remain • **сходить** И / **сойти с ума**: to go mad • **помешанный**: insane • **стало быть**: therefore, so

"Why? Why are you saying all this?" Sonya said, strangely and rebelliously agitated by his words.	— Зачем? Зачем вы это! — проговорила Соня, странно и мятежно взволнованная его словами.
"Why? Because we can't go on like this, that's why! We must break what must be broken, once and for all, and that's it — and take suffering upon ourselves! What, you don't understand? You'll understand later. Freedom and power — and the most important thing is power! Power over every trembling creature, over the whole anthill!.. That's the goal! Remember that! Such are my parting words to you! Perhaps I'm speaking with you for the last time. If I don't come tomorrow, you'll hear about everything yourself — remember, then, the words I'm saying now. And at some point, later, years from now, when you've lived longer, perhaps you'll understand what they meant. But if I do come tomorrow, then I'll tell you who killed Lizaveta. Farewell!"	— Зачем? Потому что так нельзя оставаться — вот зачем!.. Сломать, что надо, раз навсегда, да и только: и страдание взять на себя! Что? Не понимаешь? После поймёшь... Свободу и власть, а главное власть! Над всею дрожащею тварью и над всем муравейником!.. Вот цель! Помни это! Это моё тебе напутствие! Может, я с тобой в последний раз говорю. Если не приду завтра, услышишь про всё сама, и тогда припомни эти теперешние слова. И когда-нибудь, потом, через годы, с жизнию, может, и поймёшь, что они значили. Если же приду завтра, то скажу тебе, кто убил Лизавету. Прощай!

мятежный: rebellious • **волновать** ОВА / **взволновать** ОВА: to agitate, upset • **оставаться** АВАЙ / **остаться** H^{stem}: to remain • **ломать** АЙ / **сломать** АЙ: to break • **раз навсегда**: once and for all • **страдание**: suffering • **брать** n/sA / **взять**: to take • **понимать** АЙ / **понять** Й/М: to understand • **свобода**: freedom • **власть**, и: power • **главный**: main (**главное**: the main thing, that which is most important) • **дрожать** ЖА^{end} / **дрогнуть** НУ: to

shake, tremble • **тварь**, и: creature • **муравейник**: anthill (муравей: ant) • **помнить** И: to remember • **теперешний**: adj. from теперь: now • **слово**: word • **год**: year • **значить** И: to mean • **убивать** АЙ / **убить** Ь: to kill

Угадала?

Have You Guessed?

"Have you guessed?" he finally whispered.

"Lord!" — burst the terrible howl from her chest. She fell, powerless, onto the bed, her face buried in the pillows. But a moment later she quickly lifted herself up again, quickly moved toward him, grabbed him by both hands and, squeezing them tightly with her thin fingers, as if in a vice, began again — fixedly, as if glued fast — to look into his face. With this final, desperate gaze, she wished to detect and seize upon any final hope available to her, whatever it might be. But there was no hope; no doubt whatsoever remained; it was all true!

— Угада́ла? — прошепта́л он наконе́ц.

— Го́споди! — вы́рвался ужа́сный вопль из груди́ её. Бесси́льно упа́ла она́ на посте́ль, лицо́м в поду́шки. Но че́рез мгнове́ние бы́стро приподняла́сь, бы́стро придви́нулась к нему́, схвати́ла его́ за о́бе руки́ и, кре́пко сжима́я их, как в тиска́х, то́нкими свои́ми па́льцами, ста́ла опя́ть неподви́жно, то́чно приклеи́вшись, смотре́ть в его́ лицо́. Э́тим после́дним, отча́янным взгля́дом она́ хоте́ла вы́смотреть и улови́ть хоть каку́ю-нибудь после́днюю себе́ наде́жду. Но наде́жды не́ было; сомне́ния не остава́лось никако́го; всё бы́ло так!

угада́ть АЙ: to guess • **вырыва́ться** АЙ / **вы́рваться** n/sA: "to be torn out," to burst out • **вопль**, я: shriek • **грудь**, и: chest • **бесси́льный**: powerless • **па́дать** АЙ / **упа́сть** Д: to fall • **посте́ль**, и: bed • **поду́шка**: pillow • **мгнове́ние**: moment • **приподнима́ться** АЙ / **приподня́ться** НИМ^shift: to raise o.s. slightly • **придвига́ться** АЙ / **придви́нуться** НУ: to move close to • **схва́тывать** АЙ / **схвати́ть** И^shift: to grab • **сжима́ть** АЙ / **сжать** /М (сожму́): to squeeze • **тиски́**: a vice, clamp • **то́нкий**: thin • **па́л(е)ц**: finger • **неподви́жный**:

motionless • **прикл<u>е</u>ивать** АЙ / **прикл<u>е</u>ить** И: to stick to • **отч<u>а</u>янный**: despairing, desperate • **взгляд**: gaze, glance • **ул<u>а</u>вливать** АЙ / **улов<u>и</u>ть** И[shift]: to try to catch • **над<u>е</u>жда**: hope • **сомн<u>е</u>ние**: doubt • **остав<u>а</u>ться** АВАЙ / **ост<u>а</u>ться** H[stem]: to remain

---

"Enough, Sonya, enough! Don't torment me!" he asked dolefully.

He hadn't thought to reveal it to her like this — not at all — but so it had happened.

As if delirious, she jumped up and, wringing her hands, walked to the middle of the room; but she quickly came back and sat back down, next to him, almost touching him shoulder to shoulder. Suddenly, as if pierced, she shuddered, shouted, and fell — herself not knowing why — to her knees, right there in front of him.

— П<u>о</u>лно, С<u>о</u>ня, дов<u>о</u>льно! Не мучь мен<u>я</u>! — страд<u>а</u>льчески попрос<u>и</u>л он.

Он совс<u>е</u>м, совс<u>е</u>м не так д<u>у</u>мал откр<u>ы</u>ть ей, но в<u>ы</u>шло так.

Как бы себя не п<u>о</u>мня, он<u>а</u> вскоч<u>и</u>ла и, лом<u>а</u>я р<u>у</u>ки, дошл<u>а</u> до сред<u>и</u>ны к<u>о</u>мнаты; но б<u>ы</u>стро ворот<u>и</u>лась и с<u>е</u>ла оп<u>я</u>ть п<u>о</u>дле нег<u>о</u>, почт<u>и</u> прикас<u>а</u>ясь к нем<u>у</u> плеч<u>о</u>м к плеч<u>у</u>. Вдруг, т<u>о</u>чно пронзённая, он<u>а</u> вздр<u>о</u>гнула, вскр<u>и</u>кнула и бр<u>о</u>силась, сам<u>а</u> не зн<u>а</u>я для чег<u>о</u>, п<u>е</u>ред ним на кол<u>е</u>ни.

п<u>о</u>лно: enough! ("full") • **дов<u>о</u>льно**: enough! • **м<u>у</u>чить** И: to torment • **страд<u>а</u>льческий**: anguished • **открыв<u>а</u>ть** АЙ / **откр<u>ы</u>ть** ОЙ[stem]: to open/reveal • **выход<u>и</u>ть** И / **в<u>ы</u>йти**: to happen, "work out" • **вск<u>а</u>кивать** АЙ / **вскоч<u>и</u>ть** И[shift]: to jump up • **лом<u>а</u>ть** АЙ / **слом<u>а</u>ть** АЙ: to break (here, to wring hands in despair) **серед<u>и</u>на**: middle • **ворот<u>и</u>лась** = верн<u>у</u>лась • **п<u>о</u>дле** чего: near • **прикас<u>а</u>ться** АЙ / **прикосн<u>у</u>ться** НУ[end] чего: to touch (slightly) • **плеч<u>о</u>**: shoulder • **пронз<u>а</u>ть** АЙ / **пронз<u>и</u>ть** И[end]: to pierce • **вздр<u>а</u>гивать** АЙ / **вздр<u>о</u>гнуть** НУ: to shudder • **кол<u>е</u>но**, pl. кол<u>е</u>ни: knee

---

"What, what have you done to yourself!" she said despairingly, and, having lept up from her knees, threw herself upon his neck, embraced him, and sqeezed his hands tightly.

Raskolnikov recoiled, and looked at her with a sad smile:

"You're a strange one, Sonya — here you are, hugging and kissing me, after what I've just told you. You're out of your mind."

"There's no one, no one more wretched than you right now, on this entire earth!"

— Что вы, что вы <u>э</u>то над соб<u>о</u>й сд<u>е</u>лали! — отч<u>а</u>янно проговор<u>и</u>ла он<u>а</u> и, вскоч<u>и</u>в с кол<u>е</u>н, бр<u>о</u>силась ем<u>у</u> на ш<u>е</u>ю, обнял<u>а</u> ег<u>о</u> и кр<u>е</u>пко-кр<u>е</u>пко сжал<u>а</u> ег<u>о</u> рук<u>а</u>ми.

Раск<u>о</u>льников отшатн<u>у</u>лся и с гр<u>у</u>стною улы<u>б</u>кой посмотр<u>е</u>л на неё:

— Стр<u>а</u>нная как<u>а</u>я ты, С<u>о</u>ня, — обним<u>а</u>ешь и цел<u>у</u>ешь, когд<u>а</u> я тебе сказ<u>а</u>л про <u>э</u>то. Себ<u>я</u> ты не п<u>о</u>мнишь.

— Нет, нет тебя несч<u>а</u>стнее никог<u>о</u> теп<u>е</u>рь в ц<u>е</u>лом св<u>е</u>те! —

she exclaimed, as if in a frenzy — not having heard his remark — and suddenly began to sob, as if hysterical.	воскликнула она, как в исступлении, не слыхав его замечания, и вдруг заплакала навзрыд, как в истерике.

что вы над собой сделали: what have you done to yourself! • **отчаянный**: despairing, desperate • **вскакивать** АЙ / **вскочить** И^shift: to jump up • **шея**: neck • **обнимать** АЙ / **обнять** НИМ^shift: to embrace **крепко**: tightly • **сжимать** АЙ / **сжать** /М: to squeeze • **отшатываться** АЙ / **отшатнуться** НУ^end: to step, stagger away • **грустный**: sad • **улыбка**: smile • **целовать** ОВА / **поцеловать** ОВА: to kiss • **несчастный**: unhappy, wretched • **целый**: entire • **свет**: world • **исступление**: ecstasy, delirium, rage • **слыхать** = слышать • **замечание**: remark • **плакать** А **навзрыд**: to sob • **истерика**: hysterics

Like a wave, a feeling long unknown to him rushed into his soul, and softened it in an instant. He didn't resist this feeling: two tears rolled from his eyes and hung there upon his eyelashes.	Давно уже незнакомое ему чувство волной хлынуло в его душу и разом размягчило её. Он не сопротивлялся ему: две слезы выкатились из его глаз и повисли на ресницах.
"So, you won't abandon me, Sonya?" he said, looking at her almost with hope.	— Так не оставишь меня, Соня? — говорил он, чуть не с надеждой смотря на неё.
"No, no; never, nowhere!" shouted Sonya, "I'll follow you, wherever you go! O Lord!.. Oh, wretched girl that I am!.. And why, why did I not know before? Why did you not come to me before? O Lord!"	— Нет, нет; никогда и нигде! — вскрикнула Соня, — за тобой пойду, всюду пойду! О Господи!.. Ох, я несчастная!.. И зачем, зачем я тебя прежде не знала! Зачем ты прежде не приходил? О Господи!
"Well, now I have come."	— Вот и пришёл.

волна: wave • **хлынуть** НУ: to pour, gush • **разом**: at once • **размягчать** АЙ / **размягчить** И^end: to soften, mollify (make **мягкий**: soft) • **сопротивляться** АЙ чему: to resist • **слеза**: tear **выкатываться** АЙ / **выкатить** И: to roll out • **виснуть** (НУ) / **повиснуть** (НУ): to assume a hanging position • **ресница**: eyelash • **оставлять** АЙ / **оставить** И: to leave, abandon • **надежда**: hope • **за тобой**: "after you," following you • **всюду**: everywhere

"So, what now? Oh, what are we to do now?.. Together, together!" she kept repeating, as if oblivious, and again embraced him. "I'll go with you to the labor camp, together!" And he felt a sudden convulsion — that odious, almost haughty smile of old now pressed itself upon his lips again.	— Теперь-то! О, что теперь делать!.. Вместе, вместе! — повторяла она как бы в забытьи и вновь обнимала его, — в каторгу с тобой вместе пойду! — Его как бы вдруг передёрнуло, прежняя, ненавистная и почти надменная улыбка выдавилась на губах его.

"But it could be, Sonya, that I don't intend to go to a labor camp," he said.

Sonya glanced at him quickly.

"But what is all this? How could you, you, a person like you... bring yourself to do this?.. What is this?"

"To steal, I suppose. Stop, Sonya!" he answered, somehow wearily, and even with annoyance.

— Я, Соня, ещё в каторгу-то, может, и не хочу идти, — сказал он.

Соня быстро на него посмотрела.

— Да что это! Да как вы, вы, такой... могли на это решиться?.. Да что это!

— Ну да, чтоб ограбить. Перестань, Соня! — как-то устало и даже как бы с досадой ответил он.

повторять АЙ / **повторить** И^{end}: to repeat • **забытьё**: oblivion, forgetfulness • **обнимать** АЙ / **обнять** НИМ^{shift}: to embrace • **каторга**: labor camp (in Siberia) • **его передёрнуло**: i.e. there was a sudden change in him • **прежний**: previous • **ненавистный**: hateful • **надменный**: haughty • **улыбка**: smile • **выдавливать** АЙ / **выдавить** И: to press, force out • **грабить** И / **ограбить** И: to rob • **переставать** АВАЙ / **перестать** Н^{stem}: to stop • **усталый**: tired • **досада**: annoyance

Sonya stood as if dumbfounded, but suddenly exclaimed:

"You were hungry! You... to help your mother? Right?"

"No, Sonya, no," he muttered, having looked away and bowed his head, "I wasn't really so hungry... I truly did want to help my mother, but... well, even that's not entirely true... don't torment me, Sonya!"

Sonya threw up her hands in frustration.

"Could this really, could this really all be true? Lord, what kind of a truth is this? Who could believe such a thing?.. And how, how could it be that you yourself are capable of giving away the last thing you own, and yet killed in order to steal! Ah!" — she suddenly shouted — "that money you gave to Katerina Ivanovna... that money... Lord, was that money really..."

Соня стояла как бы ошеломлённая, но вдруг вскричала:

— Ты был голоден! ты... чтобы матери помочь? Да?

— Нет, Соня, нет, — бормотал он, отвернувшись и свесив голову, — не был я так голоден... я действительно хотел помочь матери, но... и это не совсем верно... не мучь меня, Соня!

Соня всплеснула руками.

— Да неужель, неужель это всё взаправду! Господи, да какая же это правда! Кто же этому может поверить?.. И как же, как же вы сами последнее отдаёте, а убили, чтоб ограбить! А!.. — вскрикнула она вдруг, — те деньги, что Катерине Ивановне отдали... те деньги... Господи, да неужели ж и те деньги...

ошеломлять АЙ / **ошелом_и_ть** И_end_: to stupefy, stun • **вскр_и_кивать** АЙ / **вскрич_а_ть** ЖА_end_ = **вскр_и_кнуть** НУ: to shout • **помог_а_ть** АЙ / **пом_о_чь** Г кому: to help • **бормот_а_ть** А_shift_: to mutter • **отвор_а_чиваться** АЙ / **отверн_у_ться** НУ_end_: to turn away • **св_е_шивать** АЙ / **св_е_сить** И: to hang down, let droop • **в_е_рно**: truly, indeed • **муч_и_ть** И: to torment • **всплесн_у_ть рук_а_ми**: to throw up hands (in despair, frustration) • **взапр_а_вду** = пр_а_вда: true • **посл_е_днее**: the last thing(s) one has, i.e. "one's last penny" • **отдав_а_ть** АВАЙ / **отд_а_ть**: to give away

"No, Sonya," he hurriedly interrupted her, "That wasn't the same money, rest assured! That money was sent to me by my mother, by way of a certain merchant; I received it while I was sick, on the same day I gave it away… Razumikhin saw it… He's the one who accepted it on my behalf… That was my money, my own — truly my own. As for the *other* money… I don't even know, by the way, if there was money there or not," he added quietly, as if in deep reflection. "I took a purse from her neck, back then, made of suede… a purse stuffed full, tight… and I didn't even look inside it; I must not have had time… As for the items — nothing but cufflinks and chains and the like — I buried all these items, and the purse, in someone else's yard, on V. prospekt, underneath a rock, the very next morning. It's all still lying there now."	— Нет, С_о_ня, — тороп_ли_во прерв_а_л он, — эти д_е_ньги б_ы_ли не те, успок_о_йся! Эти д_е_ньги мне мать присл_а_ла, через одног_о_ купц_а_, и получ_и_л я их больн_о_й, в тот же день, как и отд_а_л… Разум_и_хин в_и_дел… он же и получ_а_л за мен_я_… эти д_е_ньги мо_и_, мои с_о_бственные, насто_я_щие мо_и_. А те д_е_ньги… я, впр_о_чем, д_а_же и не зн_а_ю, б_ы_ли ли там и д_е_ньги-то, — прибав_и_л он т_и_хо и как бы в разд_у_мье, — я снял у ней тогд_а_ кошел_ё_к с ш_е_и, з_а_мшевый… п_о_лный, туг_о_й такой кошел_ё_к… да я не посмотр_е_л в нег_о_; не усп_е_л, должн_о_ быть… Ну а в_е_щи, как_и_е-то всё з_а_понки да цеп_о_чки, — я все эти в_е_щи и кошел_ё_к на чуж_о_м одн_о_м дворе, на В — м проспекте под к_а_мень схорон_и_л, на друг_о_е же _у_тро. Всё там и тепе_р_ь леж_и_т.
Sonya did her utmost to listen.	С_о_ня из всех сил сл_у_шала.

прибавл_я_ть АЙ / **приб_а_вить** И: to add • **снимат_ь_** АЙ / **снять** НИМ_shift_: to take off, remove • **кошел_ё_к**: wallet, small money bag • **ш_е_я**: neck • **з_а_мшевый**: suede • **п_о_лный**: full • **туг_о_й**: tight • **успев_а_ть** АЙ / **усп_е_ть** ЕЙ: to manage in time • **вещь**, и: thing • **з_а_понка**: cufflink • **цеп_о_чка**: dim. of цепь, и: chain • **чуж_о_й**: someone's elses • **двор**, а: courtyard • **к_а_м(е)нь**, я: rock • **схорон_и_ть** И: to bury, hide • **друг_о_е же _у_тро**: the very next morning • **с_и_ла**: power

"Well, why then?.. How could you say 'in order to steal,' when you didn't even take anything?" she quickly asked, clutching at straws.	— Ну, так зач_е_м же… как же вы сказ_а_ли: чтоб огр_а_бить, а с_а_ми ничег_о_ не взяли? — б_ы_стро спрос_и_ла он_а_, хват_а_ясь за солом_и_нку.
"I don't know… I haven't decided yet whether to take that money or not," he uttered, again as if in deep reflection — and suddenly, having come to his sens-	— Не зн_а_ю… я ещё не реш_и_л — возьм_у_ или не возьм_у_ эти д_е_ньги, — промо_л_вил он, опять как бы в разд_у_мье, и вдруг, опомн_и_вшись,

es, he quickly and briefly smirked. "Ah, what a stupid thing I've done, eh?"

The thought almost flashed in Sonya's mind: "Has he gone mad?" But she stopped it immediately: no, something else was going on. She didn't understand anything, anything at all!

"You know, Sonya," he said suddenly with a kind of inspiration, "Here's what I'll tell you: if only I'd killed because I was hungry," he continued, placing emphasis on every word, and looking at her enigmatically, yet sincerely: "Then I'd be... happy now! Know that!"

— быстро и коротко усмехнулся. — Эх, какую я глупость сейчас сморозил, а?

У Сони промелькнула было мысль: "Не сумасшедший ли?" Но тотчас же она ее оставила: нет, тут другое. Ничего, ничего она тут не понимала!

— Знаешь, Соня, — сказал он вдруг с каким-то вдохновением, — знаешь, что я тебе скажу: если б только я зарезал из того, что голоден был, — продолжал он, упирая в каждое слово и загадочно, но искренно смотря на нее, — то я бы теперь... счастлив был! Знай ты это!

хвататься АЙ **за соломинку**: to clutch at a straw (in desperation) • **промолвил** = сказал • **в раздумье**: in deep thought, reflection • **опомниться** И: to come to one's senses • **коротко**: briefly • **усмехаться** АЙ / **усмехнуться** НУ^{end}: to smirk • **сморозить глупость**: to do someting stupid • **промелькать** АЙ / **промелькнуть** НУ^{end}: to flash past, glimmer • **оставлять** АЙ / **оставить** И: to leave, abandon • **другое**: something else • **вдохновение**: inspiration • **зарезать** А: to kill • **упирать** АЙ / **упереть** /Р в что: to lean, rest on (emphasize) • **загадочный**: mysterious, enigmatic • **искренно**: sincerely

"And what is it to you, what is it to you," he shouted a moment later, even in a kind of despair, "What is it to you if I've admitted just now that I did something bad? What do you get out of this stupid triumph over me? Ah, Sonya, is this really why I've come to see you now?"

Sonya was again about to say something, but she remained silent.

"That's why I asked you to join me yesterday: you're all I have left."

"Where were you asking me to go?" asked Sonya meekly.

"Not to steal, not to kill — don't worry,

— И что тебе, что тебе в том, — вскричал он через мгновение с каким-то даже отчаянием, — ну что тебе в том, если б я и сознался сейчас, что дурно сделал? Ну что тебе в этом глупом торжестве надо мной? Ах, Соня, для того ли я пришёл к тебе теперь!

Соня опять хотела было что-то сказать, но промолчала.

— Потому я и звал с собою тебя вчера, что одна ты у меня и осталась.

— Куда звал? — робко спросила Соня.

— Не воровать и не убивать,

that's not what I'm after," he smirked caustically. "We're different people... And you know, Sonya, I've only just now understood, only this moment, where I was asking you to go. Yesterday, as I asked, I myself didn't even know. I had only one thing in mind; I came seeking one thing: that you not abandon me. You won't abandon me, will you, Sonya?"

не беспокойся, не за этим, — усмехнулся он едко, — мы люди розные... И знаешь, Соня, я ведь только теперь, только сейчас понял: куда тебя звал вчера? А вчера, когда звал, я и сам не понимал куда. За одним и звал, за одним приходил: не оставить меня. Не оставишь, Соня?

мгновение: moment • **отчаяние**: despair • **сознавать** АВАЙ / **сознаться** АЙ: to admit, recognize • **дурной**: bad • **торжество**: triumph • **промолчать** ЖА[end]: to remain silent • **оставаться** АВАЙ / **остаться** H[stem]: to remain • **робкий**: timid, meek • **воровать** ОВА: to steal • **беспокоиться** И: to be worried • **усмехаться** АЙ / **усмехнуться** НУ[end]: to sneer, smirk • **едко**: caustically • **розный** = **разный**: different • **понимать** АЙ / **понять** Й/М[end]: to understand • **за одним**: for one thing • **оставлять** АЙ / **оставить** И: to leave, abandon

She squeezed his hand.

Она стиснула ему руку.

"And why, why did I tell her this, why did I reveal it to her!" he shouted a moment later, in despair, looking at her with boundless torment. "Here you are, Sonya, waiting for my explanations; you're sitting and waiting, I can see that — but what can I tell you? After all, you won't understand any of it; you'll only wear yourself out with suffering... on my behalf! Look at yourself, crying and embracing me again — why exactly are you embracing me? Because I myself couldn't endure it, and came to dump it in someone else's lap: 'you suffer too, it'll be easier for me!' Can you really love such a scoundrel?"

— И зачем, зачем я ей сказал, зачем я ей открыл! — в отчаянии воскликнул он через минуту, с бесконечным мучением смотря на неё, — вот ты ждёшь от меня объяснений, Соня, сидишь и ждёшь, я это вижу; а что я скажу тебе? Ничего ведь ты не поймёшь в этом, а только исстрадаешься вся... из-за меня! Ну вот, ты плачешь и опять меня обнимаешь, — ну за что ты меня обнимаешь? За то, что я сам не вынес и на другого пришёл свалить: "страдай и ты, мне легче будет!" И можешь ты любить такого подлеца?

"Aren't you suffering as well?" Sonya exclaimed.

— Да разве ты тоже не мучаешься? — вскричала Соня.

Again that same feeling poured into his soul, like a wave, and again softened it for a moment.

Опять то же чувство волной хлынуло в его душу и опять на миг размягчило её.

стискивать АЙ / **стиснуть** НУ: to squeeze • **открывать** АЙ / **открыть** ОЙ[stem]: to open, reveal • **отчаяние**: despair • **восклицать** АЙ / **воскликнуть** НУ: to exclaim • **бесконечный**: endless • **мучение**: torment, torture • **объяснение**: explanation • **ведь**: after all •

исстрада́ться: to waste away with suffering (страда́ть АЙ: to suffer) • **и́з-за** кого/чего: due to, because of **пла́кать** А: to cry • **обнима́ть** АЙ / **обня́ть** НИМ: to embrace **выноси́ть** И[shift] / **вы́нести** С: to bear • **сва́ливать** АЙ / **свали́ть** И что на кого: to "dump onto," foist onto • **подле́ц**: a base person, a scoundrel • **му́читься** АЙ: to suffer, be tormented • **волна́**: wave • **хлы́нуть** НУ: to gush, pour • **на миг**: for a moment • **размягча́ть** АЙ / **размягчи́ть** И[end]: to soften, mollify

"Sonya, my heart is evil: note that well — this can explain many things. That's even why I've come now: I'm evil. There are those who wouldn't have come. But I'm a coward and... a scoundrel! But... who cares!... All of this isn't the point... I need to talk now, but I don't know how to start..."

— Со́ня, у меня́ се́рдце зло́е, ты э́то заме́ть: э́тим мо́жно мно́гое объясни́ть. Я потому́ и пришёл, что зол. Есть таки́е, кото́рые не пришли́ бы. А я трус и... подле́ц! Но... пусть! всё э́то не то... Говори́ть тепе́рь на́до, а я нача́ть не уме́ю...

He stopped, and fell deep into thought.

Он останови́лся и заду́мался.

"Eh, we're different people!" he shouted again. "We're not a match. And why, why did I come here? I'll never forgive myself for it!"

— Э-эх, лю́ди мы ро́зные! — вскрича́л он опя́ть, — не па́ра. И заче́м, заче́м я пришёл! Никогда́ не прощу́ себе́ э́того!

замеча́ть АЙ / **заме́тить** И: to note • **мно́гое**: much, many a thing • **объясня́ть** АЙ / **объясни́ть** И[end]: to explain • **зол**: зло́й: evil • **трус**: coward • **пусть**! so be it! • **начина́ть** АЙ / **нача́ть** /Н[end]: to begin • **остана́вливаться** АЙ / **останови́ться** И[shift]: to stop, pause • **заду́мываться** АЙ / **заду́маться** АЙ: to fall deep into thought • **па́ра**: a pair • **проща́ть** АЙ / **прости́ть** И[end] кому что: to forgive

"No, no, it's good that you've come!" Sonya exclaimed. "It's better that I know! Much better!"

— Нет, нет, э́то хорошо́, что пришёл! — воскли́цала Со́ня, — э́то лу́чше, чтоб я зна́ла! Гора́здо лу́чше!

He looked at her painfully.

Он с бо́лью посмотре́л на неё.

"Well, what was it, then!" he said, as if having reflected. "I mean, that's how it was! Here's the thing: I wanted to make myself into a Napoleon; that's why I killed... Well, now do you understand?"

— А что и в са́мом де́ле! — сказа́л он, как бы наду́мавшись, — ведь э́то ж так и бы́ло! Вот что: я хоте́л Наполео́ном сде́латься, отто́го и уби́л... Ну, поня́тно тепе́рь?

"N-no," whispered Sonya, naively and timidly. "Only... speak, speak! I'll understand, I'll understand everything, in my own way," she implored him.

— Н-нет, — наи́вно и ро́бко прошепта́ла Со́ня, — то́лько... говори́, говори́! Я пойму́, я про себя́ всё пойму́! — упра́шивала она́ его́.

"You'll understand? Alright, then, we'll see!"	— Поймёшь? Ну, хорош<u>о</u>, посм<u>о</u>трим!
He fell silent, and thought things over for a long while.	Он замолч<u>а</u>л и <u>до</u>лго обд<u>у</u>мывал.

боль, и: pain • **над<u>у</u>маться** АЙ: to "think sufficiently," think over • **делаться** АЙ / **сделаться** АЙ кем: to become, turn into, "make oneself" into • **на<u>и</u>вный**: naive • **р<u>о</u>бкий**: meek, timid • **поним<u>а</u>ть** АЙ / **пон<u>я</u>ть** Й/М[end]: to understand, grasp • **упр<u>а</u>шивать** АЙ / **упрос<u>и</u>ть** И[shift] кого: to ask, plead with • **обд<u>у</u>мывать** АЙ / **обд<u>у</u>мать** АЙ: to think over

Скажи всем: "Я убил!"

Tell Everyone: "I Have Killed!"

"Here's the thing: I once asked myself the question: what if, for example, Napoleon happened to be in my shoes, and had nothing with which to begin his career — neither Toulon nor Egypt, nor crossing Mont Blanc; rather, instead of all these beautiful and monumental things, there were, quite simply, some ridiculous little old woman, the widow of a registrar, whom, to top all off, he needed to kill in order to take the money from her chest (for his career, I mean — understand?). Well then, would he have resolved to do this, if there were no other way out? Or would he have hesitated because this was too un-monumental and... and sinful? Well, I'm telling you that I tortured myself with this 'question' for a terribly long time, such that I was terribly ashamed when at last I realized (suddenly, somehow) that not only would he not have hesitated, but the fact that this wasn't monumental wouldn't have even entered his mind... indeed, he wouldn't even have understood what

— Штука в том: я задал себе один раз такой вопрос: что если бы, например, на моём месте случился Наполеон и не было бы у него, чтобы карьеру начать, ни Тулона, ни Египта, ни перехода через Монблан, а была бы вместо всех этих красивых и монументальных вещей просто-запросто одна какая-нибудь смешная старушонка, регистраторша, которую ещё вдобавок надо убить, чтоб из сундука у ней деньги стащить (для карьеры-то, понимаешь?), ну, так решился ли бы он на это, если бы другого выхода не было? Не покоробился ли бы оттого, что это уж слишком не монументально и... и грешно? Ну, так я тебе говорю, что на этом "вопросе" я промучился ужасно долго, так что ужасно стыдно мне стало, когда я наконец догадался (вдруг как-то), что не только его не покоробило бы, но даже и в голову бы ему не пришло, что это не монументально... и даже

cause there was for hesitation. And, provided that no other road were open to him, he'd have strangled her so fast she wouldn't have time to squeak, without any reflection whatsoever!.. And so I... emerged from my reflection... and killed... following the example of authority... And that's exactly how it was! Do you find it ridiculous? Yes, Sonya, the most laughable thing of all here is that this, perhaps, is exactly how it happened..."

не понял бы он совсем: чего тут коробиться? И уж если бы только не было ему другой дороги, то задушил бы так, что и пикнуть бы не дал, без всякой задумчивости!.. Ну и я... вышел из задумчивости... задушил... по примеру авторитета... И это точь-в-точь так и было! Тебе смешно? Да, Соня, тут всего смешнее то, что, может, именно оно так и было...

штука в том: here's the thing • **задавать** АЙ / **задать вопрос**: to pose a question • **место**: place • **случаться** АЙ / **случиться** И[end]: to happen (to be) • **карьера**: career • **Тулон**: (Siege of) Toulon • **Египет**: Egypt • **переход**: here, a crossing • **Монблан**: Mont Blanc • **вместо** чего: instead of • **вещь**, и: thing • **просто-запросто**: simply • **смешной**: funny, silly • **регистраторша**: wife of a регистратор, a registrar (on the Table of Ranks) • **вдобавок**: on top of that • **сундук**, а: chest • **стаскивать** АЙ / **стащить** И[shift]: to steal (lit. drag away) • **решаться** АЙ / **решиться** И[end] на что: to resolve, decide on s.t. • **выход**: way out • **коробиться** И / **покоробиться** И: here: to hesitate • **грешный**: sinful • **мучиться** И: to suffer, torment o.s. • **стыдно** кому: s.o. is ashamed • **догадываться** АЙ / **догадаться** АЙ: to guess, realize • **душить** И[shift] / **задушить** И: to smother, strangle; kill • **пикать** АЙ / **пикнуть** НУ: to squeak • **всякий**: any • **задумчивость**: contemplation, thought, consideration • **авторитет**: authority • **именно**: namely

Sonya didn't find it laughable at all.

Соне вовсе не было смешно.

"You'd better tell me directly, without examples," she asked, still more timidly, and almost inaudibly.

— Вы лучше говорите мне прямо... без примеров, — ещё робче и чуть слышно попросила она.

He turned toward her, looked at her sadly, and took her by the hand.

Он поворотился к ней, грустно посмотрел на неё и взял её за руки.

"You're right yet again, Sonya. This is all nonsense, after all, almost nothing but empty prattle! Look: you know, of course, that my mother has almost nothing. It so happened that my sister received an education, and was doomed to drag herself around as a governess. They placed all their hope in me alone. I was a student, but I was unable to support myself at the university and was forced to leave it for a time. And even if things had continued like that, then in ten years or so, or twelve

— Ты опять права, Соня. Это всё ведь вздор, почти одна болтовня! Видишь: ты ведь знаешь, что у матери моей почти ничего нет. Сестра получила воспитание, случайно, и осуждена таскаться в гувернантках. Все их надежды были на одного меня. Я учился, но содержать себя в университете не мог и на время принуждён был выйти. Если бы даже и так тянулось, то лет через

Reading Crime and Punishment in Russian / **Преступление и наказание**

The Coronation of Napoleon. Jacques-Louis David, 1805-07. Legend has it that Napoleon took the crown from the Bishop and crowned himself emperor, as shown in David's sketch to the right; the pose was changed in the final version of the painting.

The theme of crowning oneself king, in defiance of divine order, is strongly associated with the demonic in the Russian tradition, and this legend surrounding Napoleon is just one reason he was suspected of being the Antichrist in Russia! Russian history had seen a number of so-called "pretenders" (the Russian term, **самозванец**, means one who "calls himself" tsar) who sought the throne by falsely claiming to be the rightful heir. The theme of **самозванство** is a very important one in Dostoevsky's oeuvre — both in *Crime and Punishment*, and, even more explicitly, in *Demons*.

(if circumstances were favorable), then I might have hoped to become a teacher or government clerk of some kind, with a salary of a thousand roubles... (He spoke as if reciting something he'd memorized). And by that point my mother would have shriveled up with worries and woe, and yet I still wouldn't have managed to give her any peace; my sister, meanwhile... well, things could have gone even worse for my sister!.. And anyway, what appeal is there in passing everything by, one's entire life, in shunning everything, in forgetting one's mother, in, for example, dutifully enduring the wrong done to my sister? What's the point? Once *they*'re dead and buried, to bring new lives into the world — to have a wife and kids, and then leave them too without a penny, without a scrap of bread? So then... so, well, I resolved to, having come into possession of the old woman's money, use them for my first few years, to support myself at the university without tormenting my mother, and then to support my initial steps following the university — and to do it all broadly, radically, to start an entirely new career, to set out on a new, independent path... So... well, that's everything... I killed the old woman, of course — that was wrong of me... and enough, then! After all, I only killed a louse, Sonya — a useless, disgusting, pernicious louse."

десять, через двенадцать (если б обернулись хорошо обстоятельства) я всё-таки мог надеяться стать каким-нибудь учителем или чиновником, с тысячью рублями жалованья... (Он говорил как будто заученное). А к тому времени мать высохла бы от забот и от горя, и мне всё-таки не удалось бы успокоить ее, а сестра... ну, с сестрой могло бы ещё и хуже случиться!.. Да и что за охота всю жизнь мимо всего проходить и от всего отвёртываться, про мать забыть, а сестрину обиду, например, почтительно перенесть? Для чего? Для того ль, чтоб, их схоронив, новых нажить — жену да детей, и тоже потом без гроша и без куска оставить? Ну... ну, вот я и решил, завладев старухиными деньгами, употребить их на мои первые годы, не мучая мать, на обеспечение себя в университете, на первые шаги после университета, — и сделать всё это широко, радикально, так чтоб уж совершенно всю новую карьеру устроить и на новую, независимую дорогу стать... Ну... ну, вот и всё... Ну, разумеется, что я убил старуху, — это я худо сделал... ну, и довольно!... Я ведь только вошь убил, Соня, бесполезную, гадкую, зловредную.

прямо: straight, directly • **пример**: example • **робче**: comparative of робкий: meek • **поворачиваться** АЙ / **поворотиться** И = повернуться НУ: to turn • **вздор**: nonsense • **болтовня**: chatter, empty talk • **воспитание**: upbringing, education • **случайно**: accidental • **осуждать** АЙ / **осудить** И[shift]: to condemn • **таскаться** АЙ: to drag oneself around • **гувернантка**: a governess • **содержать** ЖА[shift]: here, to support • **принуждать** АЙ / **принудить** И[shift]: to force, compel • **тянуться** НУ: to go on, drag on • **оборачиваться** АЙ / **обернуться** НУ[end]: here, to take a turn, turn out • **обстоятельство**: circumstance • **всё-таки**: still, nevertheless • **надеяться** А: to hope • **учитель, я**: teacher • **чиновник**: clerk • **жалованье**: salary • **заучивать** АЙ / **заучить** И[shift]: to memorize • **высыхать** АЙ / **высохнуть** (НУ): to dry up • **забота**: care, worry • **горе**: grief • **удаваться** АВАЙ / **удаться** кому: to be successful • **успокаивать** АЙ / **успокоить** И: to calm, pacify • **случаться** АЙ / **случиться** И[end]: to happen • **охота**: desire, urge • **отвёртываться** АЙ: to turn away from • **сестрин**: sister's • **обида**: offense • **почтительно перенесть**: to endure with dignity

- **схорон<u>и</u>ть** И^{shift} = **хорон<u>и</u>ть** И^{shift} / **похорон<u>и</u>ть** И: to bury • **нажив<u>а</u>ть** АЙ / **наж<u>и</u>ть** В чего: to accumulate, gain • **грош**: a "penny" • **кус(<u>о</u>)к**: a bite, piece • **оставл<u>я</u>ть** АЙ / **ост<u>а</u>вить** И: to leave, abandon • **завлад<u>е</u>вать** АЙ / **завлад<u>е</u>ть** ЕЙ: to come to possess • **употребл<u>я</u>ть** АЙ / **употреб<u>и</u>ть** И^{end}: to use • **м<u>у</u>чать** АЙ: to torment • **обесп<u>е</u>чение**: support • **шаг**: step • **шир<u>о</u>кий**: broad, extensive • **радик<u>а</u>льный**: radical • **устр<u>а</u>ивать** АЙ / **устр<u>о</u>ить** И: to arrange • **независ<u>и</u>мый**: independent • **станов<u>и</u>ться** И / **ст<u>а</u>ть** Н^{stem}: to assume a standing position, "set out" on a path • **разум<u>е</u>ется**: of course • **дов<u>о</u>льно**: enough! • **вошь**, вши: a louse • **бесполе<u>з</u>ный**: useless • **г<u>а</u>дкий**: disgusting • **зловр<u>е</u>дный**: harmful

"You call a human being a louse?"

"I know, of course, that she's not a louse," he answered, looked at her strangely. "But then again, I'm talking nonsense, Sonya," he added, "I've been talking nonsense for a long time now... All of this isn't it; you speak justly. Completely, completely, completely different reasons are at work here!.. I haven't spoken with anyone in a long time, Sonya... My head's hurting badly now...

"I realized back then, Sonya," he continued exuberantly, "that power is given only to those who dare to reach down and grab it. Only one thing is required, one thing: to dare, that's all! Back then, a certain thought occurred to me, for the first time in my life — a thought which no one had ever thought before me! No one! I suddenly imagined, as clear as the sun: how can it be that not a single person has yet dared, nor dares today — bypassing all of the absurdity — to simply grab everything by the tail and throw it all to the devil! I... I felt the desire to dare, and I killed... I simply wanted to dare, Sonya — that's the entire reason!"

— Это челов<u>е</u>к-то вошь!

— Да ведь и я зн<u>а</u>ю, что не вошь, — отв<u>е</u>тил он, стр<u>а</u>нно смотр<u>я</u> на неё. — А впр<u>о</u>чем, я вру, С<u>о</u>ня, — приб<u>а</u>вил он, — давн<u>о</u> уж<u>е</u> вру... Это всё не то; ты справедл<u>и</u>во говор<u>и</u>шь. Совс<u>е</u>м, совс<u>е</u>м, совс<u>е</u>м тут друг<u>и</u>е прич<u>и</u>ны!.. Я давн<u>о</u> ни с кем не говор<u>и</u>л, С<u>о</u>ня... Голов<u>а</u> у мен<u>я</u> теп<u>е</u>рь <u>о</u>чень бол<u>и</u>т...

— Я догад<u>а</u>лся тогд<u>а</u>, С<u>о</u>ня, — продолж<u>а</u>л он вост<u>о</u>рженно, — что власть даётся т<u>о</u>лько том<u>у</u>, кто посм<u>е</u>ет наклон<u>и</u>ться и взять её. Тут одн<u>о</u> т<u>о</u>лько, одн<u>о</u>: сто<u>и</u>т т<u>о</u>лько посм<u>е</u>ть! У мен<u>я</u> тогд<u>а</u> одн<u>а</u> мысль в<u>ы</u>думалась, в п<u>е</u>рвый раз в жи<u>з</u>ни, кот<u>о</u>рую никт<u>о</u> и никогд<u>а</u> ещё до мен<u>я</u> не в<u>ы</u>думывал! Никт<u>о</u>! Мне вдруг <u>я</u>сно, как с<u>о</u>лнце, представ<u>и</u>лось, что как же <u>э</u>то ни ед<u>и</u>ный до сих пор не посм<u>е</u>л и не см<u>е</u>ет, проход<u>я</u> м<u>и</u>мо всей <u>э</u>той нел<u>е</u>пости, взять пр<u>о</u>сто-запр<u>о</u>сто всё за хвост и стряхн<u>у</u>ть к чёрту! Я... я захот<u>е</u>л осм<u>е</u>литься и уб<u>и</u>л... я т<u>о</u>лько осм<u>е</u>литься захот<u>е</u>л, С<u>о</u>ня, вот вся прич<u>и</u>на!

впр<u>о</u>чем: by the way • **врать** (вру, врёшь): to lie, talk nonsense • **прибавл<u>я</u>ть** АЙ / **приб<u>а</u>вить** И: to add • **справедл<u>и</u>вый**: just • **прич<u>и</u>на**: reason, cause • **бол<u>е</u>ть** Е: to hurt • **догад<u>ы</u>ваться** АЙ / **догад<u>а</u>ться** АЙ: to guess, realize • **продолж<u>а</u>ть** ЖА / **продо<u>л</u>жить** И: to continue • **вост<u>о</u>рженный**: ecstatic • **власть**, и: power • **тому, кто**: to him who • **сметь** ЕЙ / **посм<u>е</u>ть** ЕЙ + inf: to dare to • **наклон<u>я</u>ться** АЙ / **наклон<u>и</u>ться** И^{shift}: to lean, bend over • **сто<u>и</u>т т<u>о</u>лько**: all one has to do is... • **выдум<u>ы</u>вать** АЙ / **в<u>ы</u>думать** АЙ: to think

up, invent • **ясный**: clear • **представлять** АЙ / **представить** И: to imagine • **единый**: sole, only • **нелепость**: absurdity • **просто-запросто**: simply • **хвост**: tail • **стряхивать** АЙ / **стряхнуть** НУ^{end}: shake off • **осмеливаться** АЙ / **осмелиться** И: to dare, have courage

"Oh, silence, silence!" exclaimed Sonya, throwing up her hands. "You've turned away from God, and God has smitten you, given you over to the devil!.."

"Speaking of which, Sonya — back when I was lying there in the dark and imagining all these things — that was the devil confounding me, wasn't it?"

"Silence! Don't dare, you blasphemer — you understand nothing, nothing! O Lord! He'll never understand anything, anything!"

— О, молчите, молчите! — вскрикнула Соня, всплеснув руками. — От Бога вы отошли, и вас Бог поразил, дьяволу предал!..

— Кстати, Соня, это когда я в темноте-то лежал и мне всё представлялось, это ведь дьявол смущал меня? а?

— Молчите! Не смейтесь, богохульник, ничего, ничего-то вы не понимаете! О Господи! Ничего-то, ничего-то он не поймёт!

вскрикивать АЙ / **вскрикнуть** НУ: to shout • **всплеснуть** НУ рукаму: to throw up hands (in despair, frustration) • **поражать** АЙ / **поразить** И^{end}: to strike, smite, defeat • **дьявол**: devil • **предавать** АВАЙ / **предать**: to betray, give over to • **темнота**: darkness • **смущать** АЙ / **смутить** И^{end}: to upset, bewilder • **богохульник**: blasphemer

"Silence, Sonya! I'm don't mean to make a mockery; I myself know full well that the devil was pulling at me back then. Silence, Sonya, silence!" he repeated, somberly and insistently. "I know everything. I thought it all over, whispered it all over to myself as I lay back then in the dark... I debated it all with myself, down to the tiniest detail — and I know everything, everything! And how all this idle prattle came to annoy me back then — how it annoyed me! I wanted to forget it all and start over, Sonya, and stop prattling! Do you really think that I set out on my path without a second thought? No, I set out like a clever man, and that's what ruined me! And do you really think that I didn't know, for example — at the very least — that if I'd already begun asking myself, interrogating myself as to whether I had the right to hold power, that — for that very reason — I didn't have the right

— Молчи, Соня, я совсем не смеюсь, я ведь и сам знаю, что меня чёрт тащил. Молчи, Соня, молчи! — повторил он мрачно и настойчиво. — Я всё знаю. Всё это я уже передумал и перешептал себе, когда лежал тогда в темноте... Всё это я сам с собой переспорил, до последней малейшей черты, и всё знаю, всё! И так надоела, так надоела мне тогда вся эта болтовня! Я всё хотел забыть и вновь начать, Соня, и перестать болтать! И неужели ты думаешь, что я как дурак пошёл, очертя голову? Я пошёл как умник, и это-то меня и сгубило! И неужель ты думаешь, что я не знал, например, хоть того, что если уж начал я себя спрашивать и допрашивать: имею ль я право власть иметь? — то, стало быть,

to hold power? Or, if I ask the question: is she a louse or human being — then, for that very reason, she isn't a louse to me; she'd be a louse to someone to whom all of this would never even occur, who would proceed straight down his path without asking any questions...

не имею права власть иметь. Или что если задаю вопрос: вошь ли человек? — то, стало быть, уж не вошь человек для меня, а вошь для того, кому этого и в голову не заходит и кто прямо без вопросов идёт...

таскать АЙ - **тащить** И^{shift} / **потащить** И: to pull, drag • **повторять** АЙ / **повторить** И^{end}: to repeat • **мрачный**: gloomy, somber • **настойчивый**: insistent • **передумать** (всё): to think over (exhaustively, in every last aspect) • **спорить** И: to dispute, argue, debate • **черта**: trait, feature • **надоедать** АЙ / **надоесть** кому: to annoy • **болтовня**: idle words, empty chatter • **вновь**: once again • **переставать** АВАЙ / **перестать** Н^{stem} + inf: to cease • **болтать** АЙ: to chatter, babble • **дурак**, а: idiot • **очертя голову**: without a second thought, headlong • **умник**: a smart person • **сгубить** И = **губить** И^{shift} / **погубить** И: to ruin, destroy • **неужель** = неужели: really...? • **хоть**: хотя: at least • **допрашивать** АЙ: to interrogate • **право**: right • **иметь** ЕЙ: to have • **стало быть**: so, hence • **задавать** АВАЙ / **задать вопрос**: to pose a question • **вошь**, вши: a louse • **прямо**: straight, directly

"And, certainly, if I'd spent so many days agonizing over whether or not Napoleon would have set out on such a path, then, of course, I felt very clearly that I was no Napoleon... I endured all the torment of all this empty prattle — all of it, Sonya — and I wanted to shake it all from my shoulders. Sonya, I wanted to kill without casuistry, to kill for my own sake, for myself alone! I didn't want to lie about this matter, not even to myself! And I didn't kill to help my mother — that's nonsense! I didn't kill in order to become humanity's benefactor, having acquired money and power. Nonsense! I simply killed; I killed for myself, for myself alone — and the question of whether or not I might subsequently have become someone's benefactor, or have sat like a spider, my entire life, luring everyone into my web and sucking their vital fluids from them — at that moment, this question must have been completely irrelevant!.. And it wasn't money that I needed, Sonya — that's the main thing; it wasn't so much money that I needed, as something else... Now I know all of this... Understand: it may be that, remaining on that same path, I

Уж если я столько дней промучился: пошёл ли бы Наполеон или нет? — так ведь уж ясно чувствовал, что я не Наполеон... Всю, всю муку всей этой болтовни я выдержал, Соня, и всю её с плеч стряхнуть пожелал: я захотел, Соня, убить без казуистики, убить для себя, для себя одного! Я лгать не хотел в этом даже себе! Не для того, чтобы матери помочь, я убил — вздор! Не для того я убил, чтобы, получив средства и власть, сделаться благодетелем человечества. Вздор! Я просто убил; для себя убил, для себя одного: а там стал ли бы я чьим-нибудь благодетелем или всю жизнь, как паук, ловил бы всех в паутину и из всех живые соки высасывал, мне, в ту минуту, всё равно должно было быть!.. И не деньги, главное, нужны мне были, Соня, когда я убил; не столько деньги нужны были, как другое... Я это всё теперь знаю... Пойми меня: может быть, тою же дорогой идя,

might never have killed again. I needed to learn something else; something else was pushing me along. I needed to find out, back then — and find out as soon as possible — whether I was a louse, like everyone else, or a human being. Did I have the power to transgress, or not? Would I dare to reach down and grab what was there for the taking, or not? Was I a trembling beast, or did I have the right?.."

я уже никогда более не повторил бы убийства. Мне другое надо было узнать, другое толкало меня под руки: мне надо было узнать тогда, и поскорей узнать, вошь ли я, как все или человек? Смогу ли я переступить или не смогу! Осмелюсь ли нагнуться и взять или нет? Тварь ли я дрожащая или право имею?..

мучиться И: to suffer, torment oneself • **чувствовать** ОВА / **почувствовать** ОВА: to feel • **мука**: torture, torment • **выдерживать** АЙ / **выдержать** ЖА: to withstand, bear • **плечо**: shoulder • **стряхивать** АЙ / **стряхнуть** НУ[end]: to shake off • **казуистика**: casuistry, empty and overly subtle reasoning, sophistry • **лгать** (лгу, лжёшь) / **солгать**: to lie • **помогать** АЙ / **помочь** Г кому: to help • **вздор**: nonsense • **средство**: means (money) • **делаться** АЙ / **сделаться** АЙ кем: to become • **благодетель**: benefactor • **человечество**: humanity • **чей-нибудь**: someone's • **паук**: spider • **паутина**: spiderweb • **живые соки**: the vital juices **высавывать** АЙ / **высосать** (сосу, сосёшь): to suck out • **всё равно** (кому): it's all the same to s.o., they don't care • **главное**: the main thing • **не столько... как...**: not so much... as... • **другое**: something else • **повторять** АЙ / **повторить** И[end]: to repeat • **убийство**: murder • **узнавать** АВАЙ / **узнать** АЙ: to find out • **толкать** АЙ / **толкнуть** НУ: to push • **поскорей**: as soon as possible • **мочь** Г / **смочь** Г: to be able to • **переступать** АЙ / **переступить** И[shift]: to step over, cross a line • **осмеливаться** АЙ / **осмелиться** И: to dare to • **нагибаться** АЙ / **нагнуться** НУ[end]: to bend over, stoop • **тварь**, и: a lowly beast • **дрожать** ЖА: to shake, tremble (here, in fear) • **право**: right

"To kill? The right to kill?" Sonya asked, throwing up her hands in despair.

"Oh, Sonya!" he shouted irritably; he wanted to raise some objection, but fell disdainfully silent. "Don't interrupt me, Sonya! I only wanted to prove one thing: that it was the devil who dragged me away back then, and who made clear to me, after the fact, that I had no right to go there, because I'm a louse just like everyone else! He made a mockery of me, and so here I am now, coming to you! Bid me welcome! If I weren't a louse, would I have come to you? Listen: when I went to see the old woman that time, I was only on a trial run... Know that!"

— Убивать? Убивать-то право имеете? — всплеснула руками Соня.

— Э-эх, Соня! — вскрикнул он раздражительно, хотел было что то ей возразить, но презрительно замолчал. — Не прерывай меня, Соня! Я хотел тебе только одно доказать: что чёрт-то меня тогда потащил, а уж после того мне объяснил, что не имел я права туда ходить, потому что я такая же точно вошь, как и все! Насмеялся он надо мной, вот я к тебе и пришёл теперь! Принимай гостя! Если б я не вошь был, то пришёл ли бы я к тебе? Слушай: когда я тогда к старухе ходил, я только попробовать сходил... Так и знай!

Reading Crime and Punishment in Russian / **Преступление и наказание**

раздраж<u>и</u>тельный: irritable • **возраж<u>а</u>ть** АЙ / **возраз<u>и</u>ть** И[end]: to object • **презр<u>и</u>тельный**: disdainful • **прерыв<u>а</u>ть** АЙ / **прерв<u>а</u>ть** n/sA: to interrupt • **док<u>а</u>зывать** АЙ / **доказ<u>а</u>ть** A[shift]: to try to prove / to prove • **таск<u>а</u>ть** АЙ - **тащ<u>и</u>ть** И[shift] / **потащ<u>и</u>ть** И: to drag • **объясн<u>я</u>ть** АЙ / **объясн<u>и</u>ть** И[end]: to explain • **т<u>о</u>чно**: exactly, precisely • **насме<u>я</u>ться** A[end]: to laugh one's fill • **гость**, я: guest • **пр<u>о</u>бовать** ОВА / **попр<u>о</u>бовать** ОВА: to try

"And you killed! You killed!"	— И уб<u>и</u>ли! Уб<u>и</u>ли!
"And yet — *how* did I kill? Is that really how people kill? Do people really go to kill the way I went back then! I'll tell you sometime about how I went about it... Did I really kill that little old woman? I killed *myself*, not the old woman! In truth, I did away with myself, all at once, and forever!.. But it was the devil who killed that woman, not me... Enough, enough, Sonya, enough! Leave me," he shouted suddenly, in convulsive anguish. "Leave me alone!"	— Да ведь как уб<u>и</u>л-то? Р<u>а</u>зве так убив<u>а</u>ют? Р<u>а</u>зве так ид<u>у</u>т убив<u>а</u>ть, как я тогд<u>а</u> шёл! Я тебе когд<u>а</u>-нибудь расскаж<u>у</u>, как я шёл... Р<u>а</u>зве я старуш<u>о</u>нку уб<u>и</u>л? Я себ<u>я</u> уб<u>и</u>л, а не старуш<u>о</u>нку! Тут так-таки р<u>а</u>зом и ухл<u>о</u>пал себ<u>я</u>, нав<u>е</u>ки!.. А старуш<u>о</u>нку эту чёрт уб<u>и</u>л, а не я... Д<u>о</u>вольно, д<u>о</u>вольно, С<u>о</u>ня, д<u>о</u>вольно! Ост<u>а</u>вь мен<u>я</u>, — в<u>с</u>крич<u>а</u>л он вдруг в суд<u>о</u>рожной тоск<u>е</u>, — ост<u>а</u>вь мен<u>я</u>!
He placed his elbows on his knees, and squeezed his head between his palms, as if in a pair of pincers.	Он облокот<u>и</u>лся на кол<u>е</u>на и, как в клещ<u>а</u>х, ст<u>и</u>снул себ<u>е</u> лад<u>о</u>нями г<u>о</u>лову.
"What suffering!" — a tormented shriek burst out of Sonya.	— Экое страд<u>а</u>ние! — в<u>ы</u>рвался муч<u>и</u>тельный вопль у С<u>о</u>ни.

ухл<u>о</u>пывать АЙ / **ухл<u>о</u>пать** АЙ: to kill (like an insect) • **д<u>о</u>вольно**: enough! • **оставл<u>я</u>ть** АЙ / **ост<u>а</u>вить** И: to leave • **суд<u>о</u>рожный**: convulsive • **тоск<u>а</u>**: anguish, longing • **облок<u>а</u>чиваться** АЙ / **облокот<u>и</u>ться** И[end/shift]: to lean one's elbows on • **кол<u>е</u>на** = кол<u>е</u>ни: knees • **клещ<u>и</u>**: pincers, pliers • **ст<u>и</u>скивать** АЙ / **ст<u>и</u>снуть** НУ: to squeeze • **лад<u>о</u>нь**, и: hand, palm • **<u>э</u>кий**: какой • **страд<u>а</u>ние**: suffering • **вырыв<u>а</u>ться** АЙ / **в<u>ы</u>рваться** n/sA: to be torn out, to burst out • **муч<u>и</u>тельный**: tortuous, pained • **вопль**, я: shriek

"Well, what should I do now? Tell me!" he asked, having suddenly raised his head, and looking at her with a face hideously contorted by despair.	— Ну, что теп<u>е</u>рь д<u>е</u>лать, говор<u>и</u>! — спрос<u>и</u>л он, вдруг подн<u>я</u>в г<u>о</u>лову и с безобр<u>а</u>зно d от отч<u>а</u>яния лиц<u>о</u>м смотр<u>я</u> на неё.
"What should you do?" she exclaimed, having suddenly leapt up from her seat; and her eyes, full of tears up to now, suddenly began to shine. "Arise! (She	— Что д<u>е</u>лать! — воскл<u>и</u>кнула он<u>а</u>, вдруг вскоч<u>и</u>в с м<u>е</u>ста, и глаз<u>а</u> её, дос<u>е</u>ле п<u>о</u>лные слёз, вдруг засверк<u>а</u>ли. — Встань! (Он<u>а</u> схват<u>и</u>ла

grabbed him by the shoulder; he rose a bit, looking at her almost in astonishment). Go now, this very minute; stop at a crossroads; bow, and kiss first the earth which you have defiled; and then bow to all the world, in all four directions, and tell everyone, aloud: 'I have killed!' Then God will again send life to you. Will you go? Will you?" she kept asking him, shaking from head to toe, as if in a nervous attack – having grabbed him by both hands, and squeezed them tightly in her own — and looking at him with a fiery gaze.

его за плечо; он приподнялся, смотря на нее почти в изумлении). Поди сейчас, сию же минуту, стань на перекрёстке, поклонись, поцелуй сначала землю, которую ты осквернил, а потом поклонись всему свету, на все четыре стороны, и скажи всем, вслух: "Я убил!" Тогда Бог опять тебе жизни пошлёт. Пойдёшь? Пойдешь? — спрашивала она его, вся дрожа, точно в припадке, схватив его за обе руки, крепко стиснув их в своих руках и смотря на него огневым взглядом.

безобразный: hideous, horrible • **искажать** АЙ / **исказить** И^{end}: to contort, distort, deform • **отчаяние**: despair • **вскакивать** АЙ / **вскочить** И^{shift}: to jump up • **доселе**: up to this point • **слеза**: tear • **сверкать** АЙ: to shine • **вставать** АВАЙ / **встать** Н^{stem}: to rise, get up • **схватывать** АЙ / **схватить** И^{shift}: to grab • **плечо**: shoulder • **приподниматься** АЙ / **приподняться** НИМ^{shift}: to rise slightly • **изумление**: surprise, wonder • **поди**: иди: go! • **сию же минуту**: this very minute • **перекрёст(о)к**: intersection • **кланяться** АЙ / **поклониться** И^{shift}: to bow • **целовать** ОВА / **поцеловать** ОВА: to kiss • **земля**: earth • **осквернять** АЙ / **осквернить** И^{end}: to defile • **все четыре стороны**: in all four directions • **вслух**: aloud • **посылать** АЙ / **послать** А (-шлю, -шлёшь): to send • **дрожать** ЖА^{end}: to tremble, quiver • **припадок**: attack • **оба** / **обе**: both • **стискивать** АЙ / **стиснуть** НУ: to squeeze • **огневой**: fiery • **взгляд**: gaze

Нет, не убежите!

No, You Won't Flee!

[Raskolnikov] remembered that Katerina Ivanovna's funeral had been scheduled for that day, and was glad that he wasn't at it. Nastasya brought him some food; he ate and drank with great appetite, almost with voracity… His door opened, and in came Razumikhin.

"Ah! He's eating, which means he's not sick!" said Razumikhin; he took a chair and sat down at the table opposite Raskolnikov. He was troubled, and made no attempt to hide it. "Listen," he began decisively, "To hell with the whole lot of you, as far as I'm concerned; but from what I can see, I see that I can't understand anything; please don't think I came here to interrogate you. I don't give a damn!"

[Раскольников] вспомнил, что в этот день назначены похороны Катерины Ивановны, и обрадовался, что не присутствовал на них. Настасья принесла ему есть; он ел и пил с большим аппетитом, чуть не с жадностью… Дверь отворилась, и вошёл Разумихин.

— А! ест, стало быть, не болен! — сказал Разумихин, взял стул и сел за стол против Раскольникова. Он был встревожен и не старался этого скрыть. — Слушай, — начал он решительно, — мне там чёрт с вами со всеми, но по тому, что я вижу теперь, вижу ясно, что ничего не могу понять; пожалуйста, не считай, что я пришёл допрашивать. Наплевать!

вспомина́ть АЙ / **вспо́мнить** И: to remember • **назнача́ть** АЙ / **назна́чить** И: to appoint, designate • **по́хороны**, похоро́н (pl.): funeral, burial • **ра́доваться** ОВА / **обра́доваться** ОВА: to be happy about • **аппети́т**: appetite • **жа́дность**, и: greed, avarice, voracity •

отворя́ть АЙ / **отвори́ть** И^end = открыва́ть АЙ / откры́ть ОЙ: to open • **ста́ло быть**: therefore • **больно́й**: sick • **стул** (pl. сту́лья): chair • **трево́жить** И / **встрево́жить** И: to alarm, worry (трево́га: alarm, anxiety) • **стара́ться** АЙ / **постара́ться** АЙ + inf.: to try to • **скрыва́ть** АЙ / **скрыть** ОЙ^stem: to hide, conceal • **начина́ть** АЙ / **нача́ть** /Н^end: to begin • **реши́тельный**: decisive • **чёрт**: devil • **счита́ть** АЙ: to consider, think • **допра́шивать** АЙ (imperf.): to interrogate • **наплева́ть** ОВА (кому на что): to spit on (to not care about)

"I spoke about you — a couple of days back, it seems — with my sister, Razumikhin. I told her you're a very good person, an honest and hard-working person. I didn't tell her you love her, because she knows this herself."

— Я о тебе́, тре́тьего дня ка́жется, с сестро́й говори́л, Разуми́хин. Я сказа́л ей, что ты о́чень хоро́ший, че́стный и трудолюби́вый челове́к. Что ты её лю́бишь, я ей не говори́л, потому́ она́ э́то сама́ зна́ет.

"She knows it herself?"

— Сама́ зна́ет?

"And one more thing: wherever I may go, whatever may happen to me — you should stay with them, and provide for their future. I am, so to speak, entrusting them to you, Razumikhin. I say this because I know perfectly well that you love her, and I'm convinced of the purity of your heart. I also know that she's capable loving you, and even, perhaps, already does. Now, decide for yourself, as you know best, whether or not you should hit the bottle."

— Ну вот ещё! Куда́ бы я ни отпра́вился, что бы со мной ни случи́лось, — ты бы оста́лся у них провиде́нием. Я, так сказа́ть, передаю́ их тебе́, Разуми́хин. Говорю́ э́то, потому́ что соверше́нно зна́ю, как ты её лю́бишь, и убеждён в чистоте́ твоего́ се́рдца. Зна́ю то́же, что и она́ тебя́ мо́жет люби́ть, и да́же, мо́жет быть, уж и лю́бит. Тепе́рь сам реша́й, как зна́ешь лу́чше, — на́до иль не на́до тебе́ запива́ть.

каза́ться А^shift / **показа́ться** Л: to seem • **че́стный**: honest, honorable • **трудолюби́вый**: hardworking (труд: labor) • **отправля́ться** АЙ / **отпра́виться** И: to depart, head off • **случа́ться** АЙ / **случи́ться** И^end: to happen • **остава́ться** АВАЙ / **оста́ться** Н^stem: to remain • **провиде́ние**: providence; here: a guiding, providing presence • **передава́ть** АВАЙ / **переда́ть**: to "give over," entrust • **соверше́нный**: perfect • **убежда́ть** АЙ / **убеди́ть** И^end: to convince • **чистота́**: purity • **се́рдце**: heart • **запива́ть** АЙ / **запи́ть** Ь: to begin to drink

"Farewell, Rodion. Brother, I... There was a time... well, farewell; you see, there was a time... I won't hit the bottle. No need for that anymore... you're full of it!"

— Проща́й, Родио́н. Я, брат... бы́ло одно́ вре́мя... а впро́чем, проща́й, ви́дишь, бы́ло одно́ вре́мя... Пить не бу́ду. Тепе́рь не на́до... врёшь!

He was in a hurry to leave; but, already on his way out, and almost having shut the door behind him, he suddenly opened it again and said, looking somewhere off to the side.

Он торопи́лся; но, уже́ выходя́ и уж почти́ затвори́в за собо́ю дверь, вдруг отвори́л её сно́ва и сказа́л, гля́дя куда́-то в сто́рону:

Reading Crime and Punishment in Russian / **Преступление и наказание**

"By the way! Remember that murder? I mean, with Porfiry — the old woman, I mean? Well, you should know that the murderer has been found; he himself confessed, and provided all the evidence. It's one of those very same workers, the painters, I mean — can you imagine? Remember how I was defending them? Believe it or not, that whole scene, with the roughhousing and the laughter on the staircase, with his buddy, when the other guys were on their way upstairs — the janitor and the two witnesses — he arranged all of that on purpose, to throw people off. What cunning, what presence of spirit, in a young whelp like that! Hard to believe... but he explained it all himself, he admitted everything!"

— Кстати! Помнишь это убийство, ну, вот Порфирий-то: старуху-то? Ну, так знай, что убийца этот отыскался, сознался сам и доказательства все представил. Это один из тех самых работников, красильщики-то, представь себе, помнишь, я их тут ещё защищал? Веришь ли, что всю эту сцену драки и смеху на лестнице, с своим товарищем, когда те-то взбирались, дворник и два свидетеля, он нарочно устроил, именно для отводу. Какова хитрость, каково присутствие духа в этаком щенке! Поверить трудно; да сам разъяснил, сам во всём признался!

впрочем: by the way • **врать** n/sA / **соврать** n/sA: to talk nonsense • **торопиться** И[shift] / **поторопиться** И: to be in a hurry (торопить И / поторопить И кого: to hurry, rush someone) • **снова**: once again • **сторона**: side, direction • **убийство**: murder • **убийца**: murderer • **отыскивать** АЙ / **отыскать** А[shift]: to search out • **сознаваться** АВАЙ / **сознаться** АЙ: to admit • **доказательство**: (piece of) evidence, proof • **представлять** АЙ / **представить** И: to present, introduce • **работник**: worker • **красильщик**: painter • **представлять** АЙ / **представить** И себе: to imagine • **защищать** АЙ / **защитить** И[end]: to defend • **сцена**: stage; scene • **драка**: fight, brawl • **смех**: laughter • **лестница**: staircase • **товарищ**: comrade, fellow x • **взбираться** АЙ / **взобраться** n/sA: to make one's way up • **дворник**: janitor, yardkeeper • **свидетель**, я: witness • **нарочно**: on purpose • **устраивать** АЙ / **устроить** И: to arrange, set up • **для отвода (глаз)**: to distract; for the sake of "leading people's eyes" away from something • **хитрость**, и: guilde, cunning, cleverness • **присутствие**: presence • **дух**: siprit • **щен(о)к**: puppy • **верить** И / **поверить** И: to believe • **разъяснять** АЙ / **разъяснить** И[end]: to explain • **признаваться** АВАЙ / **признаться** АЙ в чём: to admit

"Tell me, please, where did you learn this from, and why does it interest you so much?" asked Raskolnikov, with visible agitation.

— Скажи, пожалуйста, откуда ты это узнал и почему тебя это так интересует? — с видимым волнением спросил Раскольников.

"Well then! Why does it interest me? What a question!.. I found out from Porfiry... He explained it all to me very well. He explained it psychologically, after his own fashion."

— Ну вот ещё! Почему меня интересует! Спросил!.. А узнал я от Порфирия... Он это отлично мне разъяснил. Психологически разъяснил, по-своему.

He walked out.

Он вышел.

So that's how it is! Even Razumikhin had begun to suspect something! And so he chased after Porfiry… But what reason would Porfiry have for duping him like that? What purpose does he have for distracting Razumikhin with Mikolka?	А каково! Даже Разумихин начал было подозревать! Вот он бросился к Порфирию… Но с какой же стати этот-то стал его так надувать? Что у него за цель отводить глаза у Разумихина на Миколку?

узнавать АВАЙ / **узнать** АЙ: to find out • **интересовать** ОВА / **заинтересовать** ОВА: to interest / begin to interest • **видимый**: visible, apparent • **волнение**: worry, agitation • **разъяснять** АЙ / **разъяснить** И^end: to explain • **психологический**: psychological • **по-своему**: in one's own (unique) way • **подозревать** АЙ: to suspect • **бросать** АЙ / **бросить** И: to throw • **с какой стати**: for what reason • **становиться** И^shift / **стать** H^stem + inf: to begin to • **надувать** АЙ / **надуть** Й: to inflate; to trick, dupe • **цель**, и: goal, aim, purpose • **отводить** И / **отвести** Д **глаза**: to distract, "draw someone's eyes away" from what's really happening

Raskolnikov took his cap and, having fallen deep into thought, headed out of the room. But the moment he opened the door leading out into the entryway, he suddenly ran into Porfiry himself. The latter was on his way in to see him.	Раскольников взял фуражку и, задумавшись, пошёл из комнаты… Но только что он отворил дверь в сени, как вдруг столкнулся с самим Порфирием. Тот входил к нему.
"Weren't expecting a guest, Rodion Romanovich?" Porfiry Petrovich shouted, laughing. "I came to explain myself, my little dove, Rodion Romanovich — to explain myself, sir! I thought that it'd be better for us to proceed now in an open fashion… Yes, suspicions and scenes of this sort can't go on for long."	— Не ждали гостя, Родион Романыч, — вскричал, смеясь, Порфирий Петрович. — Объясниться пришёл, голубчик Родион Романыч, объясниться-с! Я рассудил, что нам по откровенности теперь действовать лучше… Да-с, такие подозрения и такие сцены продолжаться долго не могут.

фуражка: peaked cap • **задумываться** АЙ / **задуматься** АЙ: to fall into thought • **отворять** АЙ / **отворить** И^end = открывать АЙ / открыть ОЙ: to open • **сени**, сеней (pl): entryway • **сталкиваться** АЙ / **столкнуться** НУ^end с кем: to collide with, run into • **ждать** n/sA: to wait, expect • **гость**, я: guest • **смеяться** А /: to laugh • **объяснять** АЙ / **объяснить** И^end: to explain • **голубчик**: little dove (term of affection), dim. of голубь, я: dove • **рассуждать** АЙ / **рассудить** И^shift: to reason • **откровенность**, и: openness, state of being откровенный: open, honest • **действовать** ОВА / **подействовать** ОВА: to act • **подозрение**: suspicion • **сцена**: scene; stage • **продолжаться** АЙ / **продолжиться** И: to continue (intransitive), go on

"Why, you… sure, now you say so," Raskolnikov finally muttered, not even having thought the matter over very well. "What is he talking about?"	— Да вы… да что же вы, теперь-то всё так говорите, — пробормотал наконец Раскольников, даже не осмыслив хорошенько вопроса. "Об чём говорит,

he wondered to himself, "Does he really take me for an innocent man?"

"Regarding Mikolka — would you like to know what kind of a story that is, at least in the way I understand it? First off, he's still a child, a juvenile; and it's not so much that he's a coward, but rather something like an artist, of some kind. Really — don't laugh that I'm explaining him in this fashion. He has a childlike innocence, and is extremely impressionable. He has heart, and an inclination to fantasy... Did you know that he was born among the schismatics; well, not the schismatics per se, but the sectarians; there've been some "Runaways" in his family, and he himself was under the spiritual guidance of a certain elder not long ago, for two whole years, back in the village. I learned all this from Mikolka, and from his fellow villagers from Zaraisk. Why, he wanted to run right off into the wilderness! He had zeal, he prayed to God at night, read old, 'true' books, and read himself silly. Petersburg had a powerful impact on him, especially the female sex — and the booze, of course. He's impressionable; he forgot about the elder, about everything... And, well, he lost heart — Why not hang myself! Make my escape! What can we do with this idea the simple folk have of our judicial system? Many a peasant is afraid of being 'railroaded,' as they put it. Who's to blame for that?

— терялся он про себя, — неужели же в самом деле за невинного меня принимает?"

— А насчёт Миколки угодно ли вам знать, что это за сюжет, в том виде, как то есть я его понимаю? Перво-наперво это ещё дитя несовершеннолетнее, и не то чтобы трус, а так, вроде как бы художника какого-нибудь. Право-с, вы не смейтесь, что я так его изъясняю. Невинен и ко всему восприимчив. Сердце имеет; фантаст... А известно ли вам, что он из раскольников, да и не то чтоб из раскольников, а просто сектант; у него в роде бегуны бывали, и сам он ещё недавно, целых два года, в деревне, у некоего старца под духовным началом был. Всё это я от Миколки и от зарайских его узнал. Да куды! просто в пустыню бежать хотел! Рвение имел, по ночам Богу молился, книги старые, "истинные" читал и зачитывался. Петербург на него сильно подействовал, особенно женский пол, ну и вино. Восприимчив-с, и старца, и всё забыл... Ну, обробел — вешаться! Бежать! Что ж делать с понятием, которое прошло в народе о нашей юридистике! Иному ведь страшно слово "засудят". Кто виноват!

угодно ли вам знать: would you like to know • **сюжет**: plot, story • **вид**: form • **перво-наперво**: first and foremost, first of all • **дитя** = ребёнок • **несовершеннолетний**: immature, a minor • **трус**: coward • **художник**: artist • **право**: really • **смеяться** A: to laugh • **изъяснять** АЙ / **изъяснить** И^{end}: to explain • **невинный**: innocent • **восприимчивый** к чему: susceptible to • **фантаст**: a fantast, someone given to fantastical thinking • **раскольник**: a schismatic, member of the Old Believers • **сектант**: a sectarian, member of a sect • **род**: here: in his family, in his line • **бегуны**: "Runaways" (a sectarian group, also known as странники, travellers or wanderers) • **целый**: entire • **стар(е)ц**: an elder, to whom a novice pledges spiritual obedience • **некий**: a certain • **под духовным началом**: under spiritual guidance • **зарайский**: from Zaraisk • **куды** = куда • **пустыня**: desert (i.e. where a hermit

flees) • **рвение**: zeal • **молиться** И^shift: to pray • **истинный**: true, truthful • **зачитываться** АЙ / **зачитаться** А: to read too much of something, read oneself silly • **действовать** ОВА / **подействовать** ОВА на кого: to have an effect on • **женский пол**: the female sex • **вино**: wine (drink) • **восприимчивый**: susceptible • **вешаться** АЙ / **повеситься** И: to hang • **понятие**: understanding, notion • **народ**: (common) people • **юридистика**: judicial system • **иной**: many a person • **засудить** И^shift: to "railroad," condemn unfairly • **виноватый**: guilty

"What about the *new* courts, people say. Oh, godspeed, by all means! Anyway, once in prison, he apparently remembered his honorable elder; the Bible also showed up again. Do you know, Rodion Romanovich, what the idea of 'a bit of suffering' means to some of these people? And I don't mean suffering *for* someone, but rather the simple idea that 'one must suffer a bit'; that is, accept suffering, and if it's from the powers that be, then all the better. In my day I knew one prisoner — calm as could be — who sat an entire year in prison; he'd sit on the furnace at night, constantly reading the Bible, and, well, he read himself silly — and I mean completely — and one day, for no apparent reason, he grabbed a brick and chucked it at the warden, without any offense on the latter's part. And note *how* he threw it: he missed by a yard, on purpose, to avoid causing any harm! Now, everyone knows what end awaits a prisoner who attacks the top brass with a weapon; and thus he did indeed 'accept his suffering.' Anyway, I now suspect that Mikolka, too, wants to 'accept suffering,' or something of the sort. Actually, I know this for certain; it's a matter of fact. It's just that he doesn't know that I know. Now, can't you allow for the possibility of fantastical types emerging from folk like that? Why, they're a dime a dozen! The elder's impact has made itself felt again; that noose in particular managed to jog his memory.

Вот что-то новые суды скажут. Ох, дал бы Бог! Ну-с, в остроге-то и вспомнился, видно, теперь честный старец; Библия тоже явилась опять. Знаете ли, Родион Романыч, что значит у иных из них "пострадать?" Это не то чтобы за кого-нибудь, а так просто "пострадать надо"; страдание, значит, принять, а от властей — так тем паче. Сидел в моё время один смиреннейший арестант целый год в остроге, на печи по ночам всё Библию читал, ну и зачитался, да зачитался, знаете, совсем, да так, что ни с того ни с сего сгрёб кирпич и кинул в начальника, безо всякой обиды с его стороны. Да и как кинул-то: нарочно на аршин мимо взял, чтобы какого вреда не произвести! Ну, известно, какой конец арестанту, который с оружием кидается на начальство: и "принял, значит, страдание". Так вот, я и подозреваю теперь, что Миколка хочет "страдание принять" или вроде того. Это я наверно, даже по фактам, знаю-с. Он только сам не знает, что я знаю. Что, не допускаете, что ли, чтоб из такого народа выходили люди фантастические? Да сплошь! Старец теперь опять начал действовать, особенно после петли-то припомнился.

новые суды: the new courts (Alexander II introduced major judicial reforms in 1864) • **острог**: labor colony • **вспоминать** АЙ / **вспомнить** И: to recall • **честный**: honest, honorable • **являться** АЙ / **явиться** И^shift: to appear, show up • **у иных из них**: some of them, cer

tain among them • **страда́ть** АЙ за кого́ / за что: to suffer for s.o. or s.t. • **не то что́бы... а...**: not so much... but rather... • **страда́ние**: suffering • **принима́ть** АЙ / **приня́ть** Й/М[shift]: to accept, take on • **власть**, *и*: power (the government) • **тем па́че**: all the more so • **смире́нный**: meek, submissive • **ареста́нт**: an arrestee • **печь**, *и*: furnace, stove • **всё = всё вре́мя** • **зачита́ться** АЙ: to read oneself silly, read to excess • **ни с того́ ни с сего́**: for no reason whatsoever • **сгреба́ть** АЙ / **сгрести́** Б[end]: to rake up, grab • **кирпи́ч**: brick • **кида́ть** АЙ / **ки́нуть** НУ: to throw • **нача́льник**: head, director **оби́да**: insult, offense • **с его́ стороны́**: on his part, "from his side" • **наро́чно**: intentionally, deliberately • **на арши́н ми́мо взял**: i.e missed by an "arshin" (28 inches) • **вред**: harm • **производи́ть** И / **произвести́** Д: to cause • **коне́ц**: end, fate • **ору́жие**: weapon **кида́ться** АЙ / **ки́нуться** НУ на кого́: to attack, "throw o.s. upon" • **нача́льство**: directors, people in charge (of prison) • **подозрева́ть** АЙ: to suspect • **вро́де** того́: something like that • **допуска́ть** АЙ / **допусти́ть** И[shift]: to admit, suppose • **фантасти́ческий**: fantastical • **сплошь** (да ря́дом): everywhere, at every step • **де́йствовать** ОВА: to act, have an effect • **пе́тля**: noose • **припомина́ть** АЙ / **припо́мнить** И: to recall

"By the way, he'll tell me everything himself; he'll come to me. Do you think he'll hold out? Just wait, he'll deny everything! I expect him any hour; he'll come and retract his testimony. I've taken a liking to this Mikolka, and am studying him thoroughly. And what do you know! Ha! On certain points he managed to answer quite coherently — clearly, he'd somehow gotten the necessary information, and had cleverly prepared himself; but on other points he was completely off base, he knew nothing whatsoever — he doesn't know, and doesn't even suspect that he doesn't know! No, my dear Rodion Romanovich, this isn't Mikolka's doing! This is a fantastical case, a gloomy, contemporary case — a case of our present age, when the human heart has grown turbid; when one cites the phrase that blood 'refreshes'; when one sits about in comfort preaching about all of life. We're dealing here with daydreams from books; with a theoretically disturbed heart; here we see decisiveness at the first step — but decisiveness of a particular sort: the man in question decided the matter as if he'd plunged from a mountain, or jumped from a belltower, and, indeed, was dragged to the crime, as it were, not by his own legs. He forgot to shut the door behind him, and killed — killed two human beings —	А впро́чем, сам мне всё расска́жет, придёт. Вы ду́маете, вы́держит? Подожди́те, ещё отопрётся! С ча́су на час жду, что придёт от показа́ния отка́зываться. Я э́того Мико́лку полюби́л и его́ доскона́льно иссле́дую. И как бы вы ду́мали! Хе-хе! На ины́е-то пу́нкты весьма́ скла́дно мне отвеча́л, очеви́дно, ну́жные сведе́ния получи́л, ло́вко пригото́вился; ну а по други́м пу́нктам про́сто, как в лу́жу, ничегоше́чко не зна́ет, не ве́дает, да и сам не подозрева́ет, что не ве́дает! Нет, ба́тюшка Родио́н Рома́ныч, тут не Мико́лка! Тут де́ло фантасти́ческое, мра́чное, де́ло совреме́нное, на́шего вре́мени слу́чай-с, когда́ помути́лось се́рдце челове́ческое; когда́ цити́руется фра́за, что кровь "освежа́ет"; когда́ вся жизнь пропове́дуется в комфо́рте. Тут кни́жные мечты́-с, тут теорети́чески раздражённое се́рдце; тут видна́ реши́мость на пе́рвый шаг, но реши́мость осо́бого ро́да, — реши́лся, да как с горы́ упа́л или с колоко́льни слете́л, да и на преступле́ние-то сло́вно не свои́ми нога́ми пришёл. Дверь за собо́й забы́л притвори́ть,

in accordance with a theory. He killed, yet didn't even manage to take the money — and what he did manage to grab, he buried beneath a rock.

а убил, двух убил, по теории. Убил, да и денег взять не сумел, а что успел захватить, то под камень снёс.

выдерживать АЙ / **выдержать** ЖА: to hold out, withstand • **подождать**: to wait a bit • **отпираться** АЙ / **отпереться** /Р: to deny; to come open • **с часу на час**: from one hour to the next, at any moment • **показание**: testimony • **отказываться** АЙ / **отказаться** А^{shift} от чего: to refuse, reject, renounce • **досконально**: thoroughly • **исследовать** ОВА: to investigate • **складно**: soundly, correctly • **очевидный**: obvious • **сведение**: information • **получать** АЙ / **получить** И^{shift}: to receive, obtain • **ловкий**: skillful • **лужа**: puddle (в лужу: he mucked it up) • **ничегошечко** = ничего • **ведать** = знать • **мрачный**: gloomy, somber • **современный**: today's, contemporary • **случай**: case, incident **мутиться** И$^{end/shift}$ / **помутиться** И: to become troubled, murky **цитоваться** = цитироваться: to be cited, quoted • **освежать** АЙ / **освежить** И^{end}: to freshen up • **проповедовать** ОВА: to preach • **мечта**: dream • **раздражать** АЙ / **раздражить** И^{end}: to agitate, irritate • **видный**: visible, apparent • **решимость**: determination, decisiveness • **на первый шаг**: that is, the determination to take the fatal first step • **особого рода**: of a certain kind • **как с горы упал** / **как с колокольни слетел**: refers to a drastic step ("falling off a mountain / flying off the belfry") • **словно**: just as if • **притворять** АЙ / **притворить** И^{shift}: to close • **по теории**: based on a theory • **уметь** ЕЙ / **суметь** ЕЙ: to be able to, know how to • **успевать** АЙ / **успеть** ЕЙ: to manage (in time) • **захватывать** АЙ / **захватить** И^{shift}: to grab, "get one's hands on" • **снести под камень**: to carry off and hide under a rock

"He killed, and yet still considers himself an honest person; he despises people; he walks around like a unblemished angel — no, what Mikolka could be involved in this, my dear Rodion Romanovich — this isn't Mikolka's doing!"

Убил, да за честного человека себя почитает, людей презирает, бледным ангелом ходит, — нет, уж какой тут Миколка, голубчик Родион Романыч, тут не Миколка!

These final words — after all that had been said previously, which so resembled a disavowal — were simply too unexpected. Raskolnikov's whole body trembled, as if pierced.

Эти последние слова, после всего прежде сказанного и так похожего на отречение, были слишком уж неожиданны. Раскольников весь задрожал, как будто пронзённый.

"Then... who was it... who killed?" he asked, no longer able to endure, his voice short of breath. Porfiry Petrovich even recoiled against the back of his chair, as if he too were so unexpectedly dumbfounded by the question.

— Так... кто же... убил?.. — спросил он, не выдержав, задыхающимся голосом. Порфирий Петрович даже отшатнулся на спинку стула, точно уж так неожиданно и он был изумлён вопросом.

"Who killed?" he repeated, as if not believing his own ears, "Why, *you* killed, Rodion Romanovich! *You* killed..." he added, almost in a whisper, with a voice

— Как кто убил?.. — переговорил он, точно не веря ушам своим, — да вы убили, Родион Романыч! Вы и убили-с... — прибавил он почти

expressing complete conviction.	шёпотом, совершенно убеждённым голосом.

честный: honest, honorable • **почитать** АЙ: to consider • **презирать** АЙ: to despise • **бледный**: pale • **голубчик**: голубь: dove (a term of affection) • **похожий** на что: similar to, resembling • **отречение**: renunciation • **ожидать** АЙ: to expect • **дрожать** ЖА: to tremble, shake • **пронзать** АЙ / **пронзить** И^end: to pierce, gore • **выдерживать** АЙ / **выдержать** ЖА: to hold out, withstand **задыхаться** АЙ / **задохнуться** НУ^end: to choke, be short of breath • **отшатываться** АЙ / **отшатнуться** НУ^end: to lean, tilt, jerk back, away • **спинка**: back of chair • **изумлять** АЙ / **изумить** И^end: to surprise, • **переговорить** И: to repeat • **ухо**, pl. **уши**: ear • **прибавлять** АЙ / **прибавить** И: to add • **шёпот**: whisper • **убеждать** АЙ / **убедить** И^end: to convince

Raskolnikov jumped up from the sofa, stood there for a few seconds, then sat down again, without saying a word. Slight convulsions suddenly raced across his entire face...	Раскольников вскочил с дивана, постоял было несколько секунд и сел опять, не говоря ни слова. Мелкие конвульсии вдруг прошли по всему его лицу....
"When do you think to arrest me?"	— Вы когда меня думаете арестовать?
"I can give you another day and a half, or two, to stroll around. Think it all over, my little dove; pray to God. I mean, it's better for you; by God, it's better."	— Да денька полтора али два могу ещё дать вам погулять. Подумайте-ка, голубчик, помолитесь-ка Богу. Да и выгоднее, ей-богу, выгоднее.
"And what if I flee?" asked Raskolnikov strangely, smirking somehow strangely.	— А ну как я убегу? — как-то странно усмехаясь, спросил Раскольников.

вскакивать АЙ / **вскочить** И^shift: to jump up • **постоять** ЖА: to stand for a bit • **секунда**: a second • **мелкий**: small, slight • **конвульсия**: convulsion • **арестовывать** АЙ / **арестовать** ОВА: to arrest • **ден(ё)к**: dim. of день • **полтора**: one and a half • **али** = или • **гулять** АЙ: to stroll around (freely) • **выгодный**: advantageous, beneficial • **ей-богу**: by God • **убегать** АЙ / **убежать**: to flee • **усмехаться** АЙ / **усмехнуться** НУ: to sneer, smirk

"No, you won't flee. A peasant'll flee, a fashionable sectarian'll flee — the lackey of someone else's idea — because all it takes is to show him the end of your finger... and he'll believe whatever you like, his whole life. You, meanwhile, no longer believe in your own theory — so what will you flee with? And why would you want to be on the run? It's wretched on the run, it's difficult, and what you need most of	— Нет, не убежите. Мужик убежит, модный сектант убежит — лакей чужой мысли, — потому ему только кончик пальчика показать... так он на всю жизнь во что хотите поверит. А вы ведь вашей теории уж больше не верите, — с чем же вы убежите? Да и чего вам в бегах? В бегах гадко и трудно, а вам прежде всего надо жизни

all is life — a well-defined situation, and air that suits you. Well, is the air you need to be found there, on the run? Flee, and you'll come back yourself. You won't get by without us. And if I were to throw you in prison — and you spend, say, a month or two, or three, there — then mark my word: you'll come to confess, and in such a way, I daresay, that will be a surprise to you yourself. You yourself won't know an hour beforehand that you're about to show up to confess. I'm even certain that you'll take it into your head to 'accept suffering.' Don't take my word for it now, but rest assured that that's where you'll end up. Because suffering, Rodion Romanovich, is a great thing… there's an *idea* in suffering. Mikolka is right, after all. No, you won't flee, Rodion Romanovich."

и положения определённого, воздуху соответственного; ну, а ваш ли там воздух? Убежите и сами воротитесь. Без нас вам нельзя обойтись. А засади я вас в тюремный-то замок — ну месяц, ну два, ну три посидите, а там вдруг и, помяните моё слово, сами и явитесь, да ещё как, пожалуй, себе самому неожиданно. Сами ещё за час знать не будете, что придёте с повинною. Я даже вот уверен, что вы "страданье надумаетесь принять"; мне-то на слово теперь не верите, а сами на том остановитесь. Потому страданье, Родион Романыч, великая вещь… в страдании есть идея. Миколка-то прав. Нет, не убежите, Родион Романыч.

мужик: peasant • **модный**: fashionable • **сектант**: sectarian • **лакей**: lackey, servant, "slavish imitator" • **чужой**: someone else's • **мысль**: thought, idea • **кончик**: end • **пальчик**: палец: finger • **верить** И / **поверить** И во что / чему: to beleive (in) • **беги** (pl.): here: running (away) , flight • **гадкий**: nasty • **положение**: situation • **определённый**: defined, determined, clear • **воздух**: air • **соответственный**: corresponding, commensurate • **воротитесь** = вернутесь • **обходиться** И / **обойтись** без чего: to get by without, do without • **засаждать** АЙ / **засадить** И[shift]: to jail, put ("sit") s.o. in jail • **тюремный замок**: prison, a prison fortress • **помянуть** НУ: to remember • **являться** АЙ / **явиться** И[shift]: to appear, report • **неожиданный**: unexpected • **прийти с повинною**: show up with a confession • **надуматься** АЙ + inf: to take it into one's head to • **останавливаться** АЙ / **остановиться** И[shift] на чём: to settle on (a given option) • **страдание**: suffering • **вещь**: thing • **смеяться** А[end]: to laugh

Raskolnikov rose from his seat and took his cap.

Раскольников встал с места и взял фуражку.

Porfiry Petrovich also rose.

Порфирий Петрович тоже встал.

"Headed out for a stroll? Should be a nice evening, provided a storm doesn't roll in. Actually, come to think of it, it might be better if things were freshened up a bit…"

— Прогуляться собираетесь? Вечерок-то будет хорош, только грозы бы вот не было. А впрочем, и лучше, кабы освежило…

He grabbed his cap as well.

Он тоже взялся за фуражку.

фуражка: cap • **прогуляться** АЙ: to go for a stroll • **собираться** АЙ / **собраться**: to get

ready to • **вечерок**: в‌е‌черо‌к: evening • **гроза**: storm • **кабы**: if • **освежа‌ть** АЙ / **освежи‌ть** И[end]: to freshen up • **бра‌ться** / **взя‌ться** за что: to grab, pick up

"Porfiry Petrovich, please don't get it into your head," uttered Raskolnikov with stern insistence, "that I've confessed to you today. You're a strange person, and I listened to you out of sheer curiosity. But I didn't confesss anything to you... Remember that."	— Вы, Порфи‌рий Петро‌вич, пожа‌луйста, не забери‌те себе в го‌лову, — с суро‌вою насто‌йчивостью произнёс Раско‌льников, — что я вам сего‌дня созна‌лся. Вы челове‌к стра‌нный, и слу‌шал я вас из одного‌ любопы‌тства. А я вам ни в чём не созна‌лся... Запо‌мните э‌то.

не забери‌те себе в го‌лову: don't take it into your head • **суро‌вый**: stren • **насто‌йчивость**: insistence • **произноси‌ть** И[shift] / **произнести‌** С[end]: to pronounce • **сознава‌ться** АВАЙ / **созна‌ться** АЙ: to admit, confess • **любопы‌тство**: curiosity • **запомина‌ть** АЙ / **запо‌мнить** И: to commit to memory

"I know, I'll remember — Why, just look how he's trembling! Don't worry, little dove; do as you wish. Stroll free for a bit; only, I can't let you stroll around *too* much. Just in case, I do have one little request for you," he added, having lowered his voice, "A ticklish one, but an important one: if — that is, just in case (and, by the way, I don't believe such a thing could happen, and consider you entirely incapable of it)⎯but if it so happened — I mean, just in case — that you got the urge, in this forty- or fifty-hour span, to resolve this matter in some other fashion — that is, by doing harm to yourself (a ridiculous supposition, for which do please forgive me), then leave behind a short but comprehensive note. Two lines or so — just two little lines; and do mention the rock — that would be the nobler thing to do. Well then, until we meet again... I wish you good thoughts, and good undertakings!"	— Ну да уж зна‌ю, запо‌мню, — ишь ведь, да‌же дрожи‌т. Не беспоко‌йтесь, голу‌бчик; ва‌ша во‌ля да бу‌дет. Погуля‌йте немно‌жко; то‌лько сли‌шком-то уж мно‌го нельзя‌ гуля‌ть. На вся‌кий слу‌чай есть у меня‌ и ещё к вам про‌сьбица, — приба‌вил он, пони‌зив го‌лос, — щекотли‌венькая она‌, а ва‌жная: е‌сли, то есть на вся‌кий слу‌чай (чему‌ я, впро‌чем, не ве‌рую и счита‌ю вас вполне‌ неспосо‌бным), е‌сли бы на слу‌чай, — ну так, на вся‌кий слу‌чай, — пришла‌ бы вам охо‌та в э‌ти со‌рок-пятьдеся‌т часо‌в как-нибу‌дь де‌ло поко‌нчить ина‌че, фантасти‌ческим каки‌м о‌бразом — ру‌чки э‌так на себя‌ подня‌ть (предположе‌ние неле‌пое, ну да уж вы мне его‌ прости‌те), то оста‌вьте кра‌ткую, но обстоя‌тельную запи‌сочку. Так, две стро‌чки, две то‌лько стро‌чечки, и об ка‌мне упомяни‌те: благоро‌днее бу‌дет-с. Ну-с, до свида‌ния... До‌брых мы‌слей, благи‌х начина‌ний!

ишь: just look! • **беспоко‌иться** И / **обеспоко‌иться** И: to lean on with one's elbows • **во‌ля**: will • **да бу‌дет**: may... ("thy will be done") • **гуля‌ть** АЙ: to stroll (freely) • **на вся‌кий слу‌чай**: just in case • **про‌сьбица**: про‌сьба: request, favor • **понижа‌ть** АЙ / **пони‌зить** И: to lower • **щекотли‌вый**: sensitive, ticklish • **счита‌ть** АЙ кого кем: to consider • **неспосо‌бный**: incapable • **охо‌та**: desire, urge • **де‌ло поко‌нчить**: to finish the matter (i.e. commit suicide,

покончить с собой, поднять на себя руки) • **иначе**: in some other way, i.e. by suicide • **образ**: form • **ручка**: dim. of рука • **поднимать** АЙ / **поднять** НИМ[shift]: to raise • **предположение**: supposition • **нелепый**: absurd, ridiculous • **прощать** АЙ / **простить** И[end]: to forgive • **оставлять** АЙ / **оставить** И: to leave • **обстоятельный**: thorough, including all the circumstances • **записочка**: dim. of записка: note • **строчечка**: dim. of строчка: dim. of строка: a line of writing • **кам(е)нь**, я: stone (i.e. where Raskolnikov hid the evidence) • **упоминать** АЙ / **упомянуть** НУ[end]: to refer to, mention • **благородный**: noble • **благой**: good • **начинание**: undertakings

Еду в чужие краи

I'm Bound for Foreign Realms

He lit a candle and looked about the room more attentively. It was a tiny little cage — so small that Svidrigailov could barely stand up in it. It had one window; the bed was very dirty, and a simple, painted table and chair took up almost all of the space...

He stood up and sat down again on the edge of the bed, with his back to the window. "Better not to sleep at all," he resolved. By the way, it was cold and damp near the window; without getting up, he pulled the cover over himself and wrapped himself in it. He didn't light a candle. He wasn't thinking about anything; indeed, he didn't want to think; and yet daydreams arose one after another; fragments of thoughts flashed by, without beginning or end, and without any coherence. It was as if he was sinking into a half-slumber. Whether it was the cold, the darkness, the dampness, or the wind howling outside the window and shaking the trees — all

Он зажёг свечу и осмотрел нумер подробнее. Это была клетушка, до того маленькая, что даже почти не под рост Свидригайлову, в одно окно; постель очень грязная, простой крашенный стол и стул занимали почти всё пространство...

Он встал и уселся на краю постели, спиной к окну. "Лучше уж совсем не спать", — решился он. От окна было, впрочем, холодно и сыро; не вставая с места, он натащил на себя одеяло и закутался в него. Свечи он не зажигал. Он ни о чём не думал, да и не хотел думать; но грёзы вставали одна за другою, мелькали отрывки мыслей, без начала и конца и без связи. Как будто он впадал в полудремоту. Холод ли, мрак ли, сырость ли, ветер ли, завывавший под окном и качавший деревья, вызвали в нём какую-то упорную фантастическую

of this triggered in him a kind of stubborn inclination toward the fantastical, a kind of desire — but in any case he began seeing flowers. He imagined a charming landscape; a brilliant, almost hot day, a holiday, Trinity Sunday. He saw a luxurious countryside cottage, wealthy in appearance, in the English style, completely overgrown by fragrant beds of flowers...

наклонность и желание, — но ему всё стали представляться цветы. Ему вообразился прелестный пейзаж; светлый, почти жаркий день, праздничный день, Троицын день. Богатый, роскошный деревенский коттедж, в английском вкусе, весь обросший душистыми клумбами цветов...

зажигать АЙ / **зажечь** Г (зажгу, зажжёшь; зажёг, зажгла): to light • **свеча**: candle • **нумер** = номер: hotel room • **продробный**: in detail, detailed • **клетушка**: dim. of клетка: cage • **до того... что**: so... that • **рост**: height • **в одно окно**: with one window • **постель**, и: bed • **грязный**: dirty • **крашенный**: painted • **пространство**: space • **усесться**: to sit • **край**: edge • **спина**: back • **впрочем**: by the way • **сырой**: damp • **натаскивать** АЙ / **натащить** И^shift: to pull onto • **одеяло**: cover **закутаться** АЙ: to wrap oneself in • **грёзы**: dreams, daydreams • **мелькать** АЙ: to glimmer, flash past • **отрывок**: shreds, bits • **мысль**, и: thought • **связь**, и: connection, bond (coherence) • **впадать** АЙ / **впасть** Д^end: to fall into, sink into • **полудремота**: a half-slumber • **холод**: cold(ness) • **мрак**: darkness • **сырость**, и: dampness • **завывать** АЙ: to howl • **качать** АЙ / **качнуть** НУ^end: to sway • **вызывать** АЙ / **вызвать** n/sA: to evoke, call out • **упорный**: stubborn • **наклонность**, и: inclination • **желание**: desire • **представляться** АЙ: to be imagined, "present" itself • **цвет(о)к** (pl. цветы): flower • **воображать** АЙ / **вообразить** И^end: to imagine **прелестный**: charming • **пейзаж**: landscape • **светлый**: bright • **праздничный**: holiday • **Троицын день**: Trinity Sunday • **роскошный**: luxurious, sumptuous • **деревенский**: adj. from деревня: village • **коттедж**: cottage • **вкус**: taste • **обрастать** АЙ / **обрасти** Т^end: to overgrow • **душистый**: fragrant • **клумба**: flowerbed

He walked up the stairs and entered a large room, with high ceilings; and here too, everywhere — by the windows, around the open doors onto the terrace, on the terrace itself — everywhere, there were flowers. The floors were strewn with freshly cut, fragrant grass; the windows were open; a fresh, light, cool air penetrated the room; birds twittered outside the windows; and in the middle of the room, on some tables covered with white satin sheets, stood a coffin... In it, surrounded by flowers, lay a girl, in a white tulle dress, with her hands folded and pressed against her chest; they looked as if they'd been carved out of marble. But her loose, light blond hair was wet; a garland of roses was wrapped around her head.

Он поднялся по лестнице и вошел в большую, высокую залу, и опять и тут везде, у окон, около растворённых дверей на террасу, на самой террасе, везде были цветы. Полы были усыпаны свежею накошенною душистою травой, окна были отворены, свежий, лёгкий, прохладный воздух проникал в комнату, птички чирикали под окнами, а посреди залы, на покрытых белыми атласными пеленами столах, стоял гроб... Вся в цветах лежала в нём девочка, в белом тюлевом платье, со сложенными и прижатыми на груди, точно выточенными из мрамора, руками. Но распущенные волосы ее, волосы светлой блондинки, были мокры; венок из роз обвивал ее голову.

Reading Crime and Punishment in Russian / **Преступление и наказание**   249

лестница: staircase • **зала**: hall, room • **растворять** АЙ / **раствори́** И^shift: to open • **терраса**: terrace • **пол**: floor • **усыпа́ть** АЙ / **усыпа́ть** А: to sprinkle, strew • **свежий**: fresh • **коси́ть** И: to mow • **душистый**: fragrant • **трава**: grass • **отворя́ть** АЙ / **отвори́ть** И^shift/end: to open • **воздух**: air • **проника́ть** АЙ / **прони́кнуть** (НУ): to penetrate • **пти́чка**: dim. of **птица**: bird • **чири́кать** АЙ: to tweet, twitter • **посреди** чего: in the middle • **покрыва́ть** АЙ / **покры́ть** ОЙ^stem: to cover • **атла́сный**: satin • **пелена**: sheet, shroud • **гроб**: grave • **тюлевый**: tulle (a kind of fabric) • **скла́дывать** АЙ / **сложи́ть** И^shift: to fold • **прижима́ть** АЙ / **прижа́ть** /М: to press against • **выта́чивать** АЙ / **вы́точить** И: carve • **мрамор**: marble • **распуска́ть** АЙ / **распусти́ть** И^shift: to let down • **блондинка**: a blonde • **мокрый**: wet • **вен(о)к**: wreath, garland • **роза**: rose • **обвива́ть** АЙ / **обви́ть** Ь: to wrap around, entwine

The stern and already ossified profile of her face also appeared as if carved from marble, but the smile on her pale lips was full of a kind of un-childlike, unlimited sorrow and great lament. Svidrigailov knew this girl; there was no icon, no lit candles beside the coffin, and no prayers could be heard. This girl was a suicide; she had drowned herself. She was only fourteen years old; but hers was a heart already shattered, and it had destroyed itself, insulted by an offense that had terrified and surprised this young child's consciousness, inundating her angelically pure soul with an undeserved shame, and tearing from her a final scream of despair – unheard, brazenly disregarded — screamed into the dark night, in the obscurity, the cold, the dampness of the springtime thaw, as the wind was howling...	Строгий и уже окостенелый профиль её лица был тоже как бы выточен из мрамора, но улыбка на бледных губах её была полна какой-то недетской, беспредельной скорби и великой жалобы. Свидригайлов знал эту девочку; ни образа, ни зажжённых свечей не было у этого гроба и не слышно было молитв. Эта девочка была самоубийца — утопленница. Ей было только четырнадцать лет, но это было уже разбитое сердце, и оно погубило себя, оскорблённое обидой, ужаснувшею и удивившею это молодое, детское сознание, залившею незаслуженным стыдом её ангельски чистую душу и вырвавшею последний крик отчаяния, не услышанный, а нагло поруганный в тёмную ночь, во мраке, в холоде, в сырую оттепель, когда выл ветер...

строгий: stern • **окостенелый**: stiffened • **улыбка**: smile • **бледный**: pale • **губа**: lip • **полный**: full • **недетский**: un-childish • **беспредельный**: boundless, immeasurable • **скорбь**, и: grief, sadness • **жалоба**: lament, complaint, reproach • **девочка**: a young girl • **образ**: here: icon • **зажига́ть** АЙ / **заже́чь** Г: to light • **свеча**: candle • **молитва**: prayer • **самоубийца**: a suicide (s.o. who commits suicide) • **утопленница**: a woman who drowned herself • **разбива́ть** АЙ / **разби́ть** Ь: to break, shatter • **сердце**: heart • **губи́ть** И / **погуби́ть** И: to ruin, destroy • **оскорбля́ть** АЙ / **оскорби́ть** И^end: to offend, insult • **обида**: offense • **ужаса́ть** АЙ / **ужасну́ть** НУ^end: to horrify • **удивля́ть** АЙ / **удиви́ть** И^end: to surprise, amaze • **сознание**: consciousness • **залива́ть** АЙ / **зали́ть** Ь: to inundate • **заслу́живать** АЙ / **заслужи́ть** И: to deserve • **стыд**: shame • **ангельский**: angelic • **чистый**: clean, pure • **вырыва́ть** АЙ / **вы́рвать** n/sA: to tear out, extract • **крик**: shout • **отчаяние**: despair • **слы́шать** ЖА / **услы́шать** ЖА: to hear • **руга́ть** АЙ / **поруга́ть** АЙ: to abuse verbally, revile, scold • **мрак**: darkness • **холод**: cold • **сырой**: damp • **оттепель**, и: thaw • **выть** ОЙ^stem (вою, воешь): to howl • **вет(е)р**: wind

Svidrigailov came to his senses, got up from the bed, and stepped to the window. He groped for the latch and opened the window. The wind poured furiously into his cramped little room, and seemed to plaster his face and his chest, covered with nothing but a shirt, with an icy hoarfrost... Having bent forward, and leaned his elbows against the windowsill, Svidrigailov looked out into this mist for a full five minutes, unable to tear himself away. Amidst the darkness and the night, a cannon shot ran out — and after it, another.

Свидригайлов очнулся, встал с постели и шагнул к окну. Он ощупью нашёл задвижку и отворил окно. Ветер хлынул неистово в его тесную каморку и как бы морозным инеем облепил ему лицо и прикрытую одною рубашкой грудь... Свидригайлов, нагнувшись и опираясь локтями на подоконник, смотрел уже минут пять, не отрываясь, в эту мглу. Среди мрака и ночи раздался пушечный выстрел, за ним другой.

очнуться НУ^{end}: to come to one's senses • **шагать** АЙ / **шагнуть** НУ^{end}: to step • **ощупью**: gropingly • **задвижка**: bolt • **отворять** АЙ / **отворить** И$^{end/shift}$: to open • **хлынуть** НУ: to pour, gush • **неистовый**: violent, frantic • **тесный**: tight, cramped • **морозный**: frosty, frozen • **иней**: (hoar)frost • **облепить** И^{shift} (perf.): to stick to, cover by sticking • **прикрывать** АЙ / **прикрыть** ОЙ^{stem}: to cover • **рубашка**: shirt • **нагибаться** АЙ / **нагнуться** НУ: to bend, lean (intransitive) • **опирать** АЙ / **опереть** /Р: to prop, support • **лок(о)ть**, локтя: elbow • **подоконник**: windowsill • **отрывать** АЙ / **оторвать** n/sA: to tear away • **мгла**: mist, fog • **среди** чего: amidst • **мрак**: darkness • **ночь**, и: night • **раздаваться** АВАЙ / **раздаться**: to ring ou, resound • **пушечный**: adj. from пушка: cannon • **выстрел**: (gun)shot

"Ah, a signal! The water's rising," he thought. "By morning it'll have poured out wherever the ground is low — flooding the streets, the basements and the cellars; and the cellar rats will surface; and amidst the rain and wind, the people, all wet, and cursing, will begin dragging their rubbish to the upper floors... What time is it, anyway?" And the moment he'd thought this, somewhere nearby — ticking, and as if hastily, with all its might — a clock on the wall struck three. "Ah, an hour from now it'll already begin to get light. Why wait? I'll leave now, and set off straight for Petrovsky Park; I'll find a big bush there somewhere, covered with rain, such that if you graze it even a little with your shoulder a million drops will rain down on your head..." He stepped away from the window, shut it, lit a candle, put on his vest and coat, donned his hat, and

"А, сигнал! Вода прибывает, — подумал он, — к утру хлынет, там, где пониже место, на улицы, зальёт подвалы и погреба, всплывут подвальные крысы, и среди дождя и ветра люди начнут, ругаясь, мокрые, перетаскивать свой сор в верхние этажи... А который-то теперь час?" И только что подумал он это, где-то близко, тикая и как бы торопясь изо всей мочи, стенные часы пробили три. "Эге, да через час уже будет светать. Чего дожидаться? Выйду сейчас, пойду прямо на Петровский: там где-нибудь выберу большой куст, весь облитый дождём, так что чуть-чуть плечом задеть и миллионы брызг обдадут всю голову..." Он отошёл от окна, запер его, зажёг свечу, натянул на себя жилетку, пальто, надел шляпу и вышел со свечой в

ventured out with the candle into the hallway, to look for that ragamuffin who was surely sleeping somewhere in a little room, amidst all kinds of junk and candle stubs — to pay him for the room and leave the hotel. "It's the best time; one couldn't choose a better one!"

коридор, чтоб отыск<u>а</u>ть где-нибудь сп<u>а</u>вшего в кам<u>о</u>рке м<u>е</u>жду вс<u>я</u>ким хл<u>а</u>мом и свечн<u>ы</u>ми ог<u>а</u>рками оборв<u>а</u>нца, расплат<u>и</u>ться с ним за н<u>о</u>мер и в<u>ы</u>йти из гост<u>и</u>ницы. "С<u>а</u>мая л<u>у</u>чшая мин<u>у</u>та, нельз<u>я</u> л<u>у</u>чше и в<u>ы</u>брать!"

прибыв<u>а</u>ть АЙ / **приб<u>ы</u>ть**: to arrive; to increase • **хл<u>ы</u>нуть** НУ (perf.): to pour, gush • **(по)н<u>и</u>же**: comparative of н<u>и</u>зкий: low • **м<u>е</u>сто**: place • **залив<u>а</u>ть** АЙ / **зал<u>и</u>ть** Ь: to flood, inundate • **подв<u>а</u>л**: basement • **п<u>о</u>греб**: cellar • **всплыв<u>а</u>ть** АЙ / **всплыть** B^{end}: to surface, rise through water • **кр<u>ы</u>са**: rat • **дождь**, <u>я</u>: rain • **вет(е)р**: wind • **руг<u>а</u>ться** АЙ / **в<u>ы</u>ругаться** АЙ: to curse • **м<u>о</u>крый**: wet • **перет<u>а</u>скивать** АЙ / **перетащ<u>и</u>ть** И^{shift}: to drag from one place to another • **сор**: trash, junk • **в<u>е</u>рхний**: upper, top • **эт<u>а</u>ж**, <u>а</u>: floor of building • **т<u>и</u>кать** АЙ: to tick • **тороп<u>и</u>ться** И^{shift} / **потороп<u>и</u>ться** И: to be in a hurry • **мочь**, и: might, power • **стенн<u>о</u>й**: adj. from стена: wall • **светать** АЙ (imperf.): to dawn, to become light • **дожид<u>а</u>ться** АЙ / **дожд<u>а</u>ться** чего: to wait for • **выбир<u>а</u>ть** АЙ / **в<u>ы</u>брать** n/sA: to select, choose • **куст**, <u>а</u>: bush • **облив<u>а</u>ть** АЙ / **обл<u>и</u>ть** Ь: to pour over, soak • **плеч<u>о</u>**: shoulder • **задев<u>а</u>ть** АЙ / **зад<u>е</u>ть** H^{stem}: to brush against, run into • **бр<u>ы</u>зги** (pl.): splashes • **обдав<u>а</u>ть** АВАЙ / **обд<u>а</u>ть**: to splash, engulf, envelop • **запир<u>а</u>ть** АЙ / **запер<u>е</u>ть** /Р (запр<u>у</u>, запр<u>ё</u>шь; з<u>а</u>пер, заперл<u>а</u>, з<u>а</u>перли): to lock, shut • **свеч<u>а</u>**: candle • **натя́гивать** АЙ / **натян<u>у</u>ть** НУ: to draw, pull on (tightly) • **жил<u>е</u>тка**: vest, waistcoat • **надев<u>а</u>ть** АЙ / **над<u>е</u>ть** H^{stem}: to put on • **шл<u>я</u>па**: hat • **от<u>ы</u>скивать** АЙ / **отыск<u>а</u>ть** А: to search out, track down • **хлам**: junk • **свечн<u>о</u>й**: adj. from свеча: candle • **ог<u>а</u>р(о)к**: candle stub • **оборв<u>а</u>н(е)ц**: ragamuffin • **распл<u>а</u>чиваться** АЙ / **расплат<u>и</u>ться** И^{shift} с кем: to settle accounts with • **гост<u>и</u>ница**: hotel

For a long time, he paced back and forth in the long and narrow hallway, without finding anyone; and he wanted to shout, loudly, when suddenly, in a dark corner, in between an old wardrobe and a door, he spotted a strange object of some kind, something which seemed alive. He stooped with the candle and saw a child — a girl around five years old, no more, in a little dress that was as wet as a mop; she was shivering and crying. She seemed unfrightened by Svidrigailov, but she kept looking at him with a kind of dull surprise, with her big, dark eyes; and from time to time she'd give a sob, like children who've been crying for a long time, but have already stopped, and even calmed down — yet meanwhile, all of a sudden, they give another sob.

Он д<u>о</u>лго ход<u>и</u>л по всем<u>у</u> дл<u>и</u>нному и <u>у</u>зкому коридору, не наход<u>я</u> никог<u>о</u>, и хот<u>е</u>л уж<u>е</u> гр<u>о</u>мко кл<u>и</u>кнуть, как вдруг в т<u>ё</u>мном угл<u>у</u>, м<u>е</u>жду ст<u>а</u>рым шк<u>а</u>фом и дв<u>е</u>рью, разгляд<u>е</u>л как<u>о</u>й-то стр<u>а</u>нный предм<u>е</u>т, что-то б<u>у</u>дто бы жив<u>о</u>е. Он нагн<u>у</u>лся со свеч<u>о</u>й и ув<u>и</u>дел реб<u>ё</u>нка — д<u>е</u>вочку лет пят<u>и</u>, не б<u>о</u>лее, в измокшем, как полом<u>о</u>йная тр<u>я</u>пка, плать<u>и</u>шке, дрож<u>а</u>вшую и пл<u>а</u>кавшую.
Он<u>а</u> как б<u>у</u>дто и не испуг<u>а</u>лась Свидриг<u>а</u>йлова, но смотр<u>е</u>ла на нег<u>о</u> с т<u>у</u>пым удивл<u>е</u>нием сво<u>и</u>ми больш<u>и</u>ми ч<u>ё</u>рными глаз<u>ё</u>нками и <u>и</u>зредка всхл<u>и</u>пывала, как д<u>е</u>ти, кот<u>о</u>рые д<u>о</u>лго пл<u>а</u>кали, но уж<u>е</u> перест<u>а</u>ли и д<u>а</u>же ут<u>е</u>шились, а м<u>е</u>жду тем, нет-нет, и вдруг оп<u>я</u>ть всхл<u>и</u>пнут.

дл<u>и</u>нный: long • **<u>у</u>зкий**: narrow • **гр<u>о</u>мкий**: loud • **кл<u>и</u>кнуть** НУ: to call out • **уг(о)л**: corner

- **шкаф**: wardrobe • **разглядывать** АЙ / **разглядеть** E^end: to make out, see with difficulty, discern • **предмет**: item, object, thing • **живой**: alive, living • **нагибаться** АЙ / **нагнуться** НУ^end: to stoop • **свеча**: candle • **измокнуть** НУ: to become soaked • **поломойная тряпка**: rag for washing the floors • **платьишко**: dim. of платье: dress • **дрожать** ЖА^end: to tremble • **плакать** А: to cry • **пугать** АЙ / **испугать** АЙ: to frighten • **тупой**: obtuse, blunt, dull • **удивление**: surprise • **глазёнки**: глаза • **изредка**: from time to time • **всхлипывать** АЙ / **всхлипнуть** НУ: to sob • **плакать** А: to cry • **переставать** АВАЙ / **перестать** Н^stem: to stop • **утешать** АЙ / **утешить** И: to console • **между тем**: meanwhile

The girl's tiny face was pale and emaciated; she'd grown stiff from the cold, but—"How had she wound up here? She must have hidden here, and not slept all night." ...He picked her up, set off toward his room, sat her on the bed, and began undressing her. Her little shoes — full of holes, and worn on her bare feet, without socks — were so wet that they might as well have lain all night in a puddle. Having undressed her, he laid her on the bed, put the blanket on her, and wrapped her up head to toe. She fell asleep right away. Having finished with everything, he again sank into thought, somberly...

Личико девочки было бледное и изнурённое; она окостенела от холода, но "как же она попала сюда? Значит, она здесь спряталась и не спала всю ночь" ...Он взял её на руки, пошёл к себе в нумер, посадил на кровать и стал раздевать. Дырявые башмачонки ее, на босу ногу, были так мокры, как будто всю ночь пролежали в луже. Раздев, он положил её на постель, накрыл и закутал совсем с головой в одеяло. Она тотчас заснула. Кончив всё, он опять угрюмо задумался...

личико: лицо: face • **изнурять** АЙ / **изнурить** И^end: to exhaust, emaciate • **костенеть** ЕЙ / **окостенеть** ЕЙ: to become stiff, rigid • **холод**: cold • **попадать** АЙ / **попасть** Д^end: to make it, get somewhere • **прятать** А / **спрятать** А: to hide • **садить** И^shift / **посадить** И: to seat • **раздевать** АЙ / **раздеть** Н^stem: to undress • **дырявый**: full of holes • **башмачонки**: башмаки: shoes • **на босу ногу**: on bare feet • **мокрый**: wet • **лужа**: puddle • **класть** Д^end / **положить** И^shift: to lay • **накрывать** АЙ / **накрыть** ОЙ^stem: to cover • **закутать** АЙ: to wrap in • **одеяло**: cover • **засыпать** АЙ / **заснуть** НУ: to fall asleep • **кончать** АЙ / **кончить** И = заканчивать АЙ / закончить И: to finish • **угрюмый**: somber, morose • **задумываться** АЙ / **задуматься** АЙ: to fall into thought

The girl was sleeping a deep, blessed sleep. She had warmed up beneath the blanket, and redness had already spread across her pale cheeks. But something was off: this redness appeared somehow more bright, more intense, than an ordinary blush of childhood. "The blushing is due to fever," thought Svidrigailov. "It's like a blush from drinking wine, as if someone had given her an entire glass to drink. Her bright red lips are almost burning, blazing — what could this be? It suddenly seemed to him that her long,

Девочка спала крепким и блаженным сном. Она согрелась под одеялом, и краска уже разлилась по её бледным щёчкам. Но странно: эта краска обозначалась как бы ярче и сильнее, чем мог быть обыкновенный детский румянец. "Это лихорадочный румянец", — подумал Свидригайлов, это — точно румянец от вина, точно как будто ей дали выпить целый стакан. Алые губки точно горят, пышут; но что это? Ему вдруг показалось, что длинные чёрные

black eyelashes were shaking, and blinking a bit, as if being raised — and from underneath them a guileful, sharp little eye was peeking, winking in some un-childlike way — as if the girl wasn't really asleep, but pretending to be.	ресницы её как будто вздрагивают и мигают, как бы приподнимаются, и из-под них выглядывает лукавый, острый, какой-то недетски-подмигивающий глазок, точно девочка не спит и притворяется.

крепкий: strong, deep • **блаженный**: blessed, beatific, serene • **согревать** АЙ / **согреть** ЕЙ: to warm • **одеяло**: cover • **краска**: color (here, redness) • **разливать** АЙ / **разлить** Ь: to pour throughout, spread • **щёчка**: dim. of щека: cheek • **обозначаться** АЙ / **обозначиться** И: to become noticeable, appear • **ярче**: comparativee of яркий: bright, clear • **румянец**: blush, redness on cheeks • **лихорадочный**: feverish • **вино**: wine • **стакан**: cup • **алый**: scarlet • **губка**: dim. of губа: lip • **гореть** Е: to grieve • **пыхать** А: to blaze, flare • **ресница**: eyelash • **вздрагивать** АЙ / **вздрогнуть** НУ: to shudder • **мигать** АЙ / **мигнуть** НУ[end]: to blink • **выглядывать** АЙ / **выглянуть** НУ: to peek out • **лукавый**: crafty (a frequent euphemism for the devil) • **острый**: sharp • **подмигивать** АЙ / **подмигнуть** НУ[end]: to wink • **глазок** (pl. глазки) dim. глаз: eye • **притворяться** АЙ / **притвориться** И[end]: to pretend, fake

And so it was: her tiny lips were spreading into a grin; the ends of her lips were trembling, as if still straining to hold back. But soon she'd stopped holding back altogether: this was laughter now, obvious laughter; something brazen, something provocative shone forth from this face, now far from being that of a child; this was debauchery, the face of a French harlot. Now, making no attempt at secrecy, both eyes opened; they looked him over with a fiery and shameless gaze; they were inviting him, they were laughing… There was something boundlessly hideous and insulting in this laughter, in these eyes, in all the filth of this child's face. "How can this be? Just five years old!" Svidrigailov whispered in genuine horror. "This… what is this?" But now she'd turned fully toward him, with her whole burning face, reaching out her arms… "Damned girl!" Svidrigailov shouted in horror, raising his arms to strike her… But at that very moment he woke up.	Да, так и есть: её губки раздвигаются в улыбку; кончики губок вздрагивают, как бы ещё сдерживаясь. Но вот уже она совсем перестала сдерживаться; это уже смех, явный смех; что-то нахальное, вызывающее светится в этом совсем не детском лице; это разврат, это лицо камелии, нахальное лицо продажной камелии из француженок. Вот, уже совсем не таясь, открываются оба глаза: они обводят его огненным и бесстыдным взглядом, они зовут его, смеются… Что-то бесконечно безобразное и оскорбительное было в этом смехе, в этих глазах, во всей этой мерзости в лице ребёнка. "Как! пятилетняя! — прошептал в настоящем ужасе Свидригайлов, — это… что ж это такое?" Но вот она уже совсем поворачивается к нему всем пылающим личиком, простирает руки… "А, проклятая!" — вскричал в ужасе Свидригайлов, занося над ней руку… Но в ту же минуту проснулся.

раздвигаться АЙ / **раздвинуться** НУ: to spread • **улыбка**: smile • **кончик**: end, tip • **вздрагивать** АЙ / **вздрогнуть** НУ: to shudder • **сдерживать** АЙ / **сдержать** ЖА[shift]: to

restrain, hold back • **смех**: laughter • **я́вный**: clear • **наха́льный**: shameless, impudent • **вызыва́ть** АЙ / **вы́звать** n/sA: to challenge, defy • **свети́ться** И: to shine • **развра́т**: debauchery • **каме́лия**: camellia (a flower; 19th-century slang for a prostitute) • **прода́жный**: "for sale" • **францу́женка**: a French woman • **таи́ться** И: to hide, conceal • **обводи́ть** И[shift] / **обести́** Д[end]: to look over, "lead" over, cover • **о́гненный**: fiery • **бессты́дный**: shameless • **взгляд**: gaze • **звать** n/sA (зову́, зовёшь): to call, invite • **смея́ться** А[end]: to laugh • **бесконе́чный**: endless • **безобра́зный**: hideous • **оскорби́тельный**: offensive • **ме́рзость**: filth • **пятиле́тний**: five-year-old • **настоя́щий**: real, genuine • **повора́чиваться** АЙ / **поверну́ться** НУ[end]: to turn • **пыла́ть** АЙ: to blaze • **ли́чико**: лицо́ • **простира́ть** АЙ / **простере́ть** /Р: to extend • **прокля́тый**: cursed, damned • **заноси́ть** И[shift] / **занести́** С[end]: to raise, swing back • **просыпа́ться** АЙ / **просну́ться** НУ[end]: to wake up

He was in the very same bed, wrapped up in the blanket, as before; the candle wasn't lit, and full daylight was already shining in the windows.

"Nightmares, the whole night through!" He sat up angrily, feeling completely crushed; his very bones ached. Outside, an extremely thick fog stood; one couldn't make out anything. It was nearing six o'clock; he'd overslept! He got up and put on his jacket and coat, both of them still damp. Having felt for the revolver in his pocket, he took it out and loaded it; then he sat down, pulled a small notebook from his pocket, and, on the front page, where it'd be most noticeable, he wrote a few lines, in large letters. Having read them over, he sank into thought, with his elbows placed on the table. The revolver and notebook were lying right there, near his elbow. Now awake, some flies clung to the untouched portion of veal, still standing there on the table. He looked at them for a long time, and finally, with his free right hand, he began trying to catch one of thm. He exhausted himself in these prolonged efforts, but couldn't manage to catch it, try as he might. Finally, having caught himself engaged in this interesting activity, he came to his senses, shuddered, stood up, and marched decisively from the room. A minute later he was on the street.

Он на той же посте́ли, так же заку́танный в одея́ло; свеча́ не зажжена́, а уж в о́кнах беле́ет по́лный день.

"Кошема́р во всю ночь!" Он зло́бно приподня́лся, чу́вствуя, что весь разби́т; ко́сти его́ боле́ли. На дворе́ соверше́нно густо́й тума́н и ничего́ разгляде́ть нельзя́. Час пя́тый в исхо́де; проспа́л! Он встал и наде́л свою́ жаке́тку и пальто́, ещё сыры́е. Нащу́пав в карма́не револьве́р, он вы́нул его́ и попра́вил капсю́ль; пото́м сел, вы́нул из карма́на записну́ю кни́жку и на загла́вном, са́мом заме́тном листке́, написа́л кру́пно не́сколько строк. Перечита́в их, он заду́мался, облокотя́сь на стол. Револьве́р и записна́я кни́жка лежа́ли тут же, у ло́ктя. Просну́вшиеся му́хи лепи́лись на нетро́нутую по́рцию теля́тины, стоя́вшую тут же на столе́. Он до́лго смотре́л на них и наконе́ц свобо́дною пра́вою руко́й на́чал лови́ть одну́ му́ху. До́лго истоща́лся он в уси́лиях, но ника́к не мог пойма́ть. Наконе́ц, пойма́в себя́ на э́том интере́сном заня́тии, очну́лся, вздро́гнул, встал и реши́тельно пошёл из ко́мнаты. Че́рез мину́ту он был на у́лице.

заку́танный: wrapped in • **зажига́ть** АЙ / **заже́чь** Г: to light • **беле́ть** ЕЙ: to turn or appear white • **по́лный**: full • **кошема́р** = кошма́р: nightmare, Fr. cauchemar • **зло́бный**: spiteful •

чувствовать OVA: to feel • **разбивать** АЙ / **разбить** Ь: to break • **болеть** Е: to hurt • **совершенно**: completely • **густой**: thick • **туман**: fog • **разглядывать** АЙ / **разглядеть** E[end]: to make out, discern • **час пятый в исходе**: almost 6 • **просыпать** АЙ / **проспать**: to oversleep • **надевать** АЙ / **надеть** H[stem]: to put on • **жакетка**: jacket • **сырой**: damp • **щупать** АЙ / **нащупать** АЙ: to grope for • **револьвер**: revolver • **вынимать** АЙ / **вынуть** НУ: to take out • **поправлять** АЙ / **поправить** И: to adjust, fix • **капсюль**: here, bullet • **записная книжка**: notebook • **заглавный** (лист): the title page, front page • **заметный**: noticeable • **крупно**: with large print • **строка**: line of writing • **перечитывать** АЙ / **перечитать** АЙ: to re-read • **задумываться** АЙ / **задуматься** АЙ: to fall into thought • **облокачиваться** АЙ / **облокотиться** И[end/shift]: to lean on with elbows • **лок(о)ть**, локтя: elbow • **просыпаться** АЙ / **проснуться** НУ[end]: to wake up • **муха**: fly • **лепиться** И[shift]: to stick to • **трогать** АЙ / **тронуть** НУ: to touch • **порция**: portion • **телятина**: veal • **ловить** И / **поймать** АЙ: to try to catch / to catch • **истощаться** АЙ: to become exhausted • **усилие**: effort • **занятие**: occupation • **очнуться** НУ: to come to one's senses • **вздрагивать** АЙ / **вздрогнуть** НУ: to shudder • **решительный**: decisive

A thick, milky fog lay above the city. Svidrigailov set out along the slippery, dirty road, paved with planks, in the direction of the Little Neva river... Nearby stood a large building with a fire-watchman's tower on top. Near the building's large, closed gate, his shoulder leaned against it, stood a smallish man wrapped up in a soldier's coat, and wearing a brass firefighter's helmet, a so-called "Achilles" helmet. With a sleepy gaze, he looked askance at Svidrigailov when the latter approached. In the man's face, one could see that age-old, morose sorrow that has left so sour a mark on the faces of the Jewish people, almost without exception. Both of them, Svidrigailov and '"Achilles," examined each other for a certain time in silence. It suddenly struck Achilles that this was out of line — a man who wasn't drunk, just standing there in front of him, three steps away, looking right at him without saying anything.	Молочный, густой туман лежал над городом. Свидригайлов пошёл по скользкой, грязной деревянной мостовой, по направлению к Малой Неве... Тут-то стоял большой дом с каланчой. У запертых больших ворот дома стоял, прислонясь к ним плечом, небольшой человечек, закутанный в серое солдатское пальто и в медной ахиллесовской каске. Дремлющим взглядом, холодно покосился он на подошедшего Свидригайлова. На лице его виднелась та вековечная брюзгливая скорбь, которая так кисло отпечаталась на всех без исключения лицах еврейского племени. Оба они, Свидригайлов и Ахиллес, несколько времени, молча, рассматривали один другого. Ахиллесу наконец показалось непорядком, что человек не пьян, а стоит перед ним в трёх шагах, глядит в упор и ничего не говорит.

молочный: milky, adj. from молоко • **густой**: thick • **туман**: fog • **скользкий**: slippery • **грязный**: dirty • **деревянный**: wooden • **мостовая**: pavement • **по направлению к** чему: toward • **Малая Нева**: a branch of the Neva flowing around the north side of Vasilievsky Island • **каланча**: a fire-watchman's tower • **запирать** АЙ / **запереть** /Р: to lock • **прислоняться** АЙ / **прислониться** И: to lean against • **плечо**: shoulder • **человеч(е)к**: dim. of человек • **закутанный**: wrapped in • **солдатский**: soldier's • **медный**: bronze • **ахиллесовская каска**: a so-called "Achilles' helmet" worn by firefighters • **дремать** A[shift]: to doze • **коситься** И[end] / **покоситься** И на кого: to look askance at • **виднеться** ЕЙ: to be visible •

вековечный: eternal • **брюзгливый**: sullen, morose • **скорбь**, и: grief • **кислый**: sour • **отпечатываться** АЙ / **отпечататься** АЙ: to become stamped • **исключение**: exception • **еврейский**: Jewish • **племя**, племени: tribe, people • **молча**: silently • **рассматривать** АЙ / **рассмотреть** E[shift]: to examine, look over • **непорядок**: disorder, inappropriateness • **пьяный**: drunk • **в трёх шагах**: three steps away • **в упор**: fixedly, point-blank

"Hey, what do you need here?" he said, still not moving, and without changing his pose.	— А-зе, сто-зе вам и здеся на-а-до? — проговорил он, всё ещё не шевелясь и не изменяя своего положения.
"Oh, nothing, brother. Greetings!" answered Svidrigailov.	— Да ничего, брат, здравствуй! — ответил Свидригайлов.
"This isn't the place for this."	— Здеся не места.
"Brother, I'm headed for foreign realms."	— Я, брат, еду в чужие краи.
"For foreign realms?"	— В чужие краи?
"To America."	— В Америку.
"To America?"	— В Америку?

зе: с • **здеся** = здесь • **шевелиться** И[shift/end] / **шевельнуться** НУ[end]: to move, budge • **изменять** АЙ / **изменить** И[end]: to change • **положение**: position • **чужой**: foreign, alien; someone else's • **край**: land, realm

Svidrigailov took out the revolver and raised the hammer. Achilles raised his eyebrows.	Свидригайлов вынул револьвер и взвёл курок. Ахиллес приподнял брови.
"Hey, what are you doing, this isn't the place for these jokes!"	— А-зе, сто-зе, эти сутки (шутки) здеся не места!
"And why exactly is this not the place?"	— Да почему же бы и не место?
"Because it's not the place."	— А потому-зе, сто не места.
"Brother, it's all the same. It's a good place; and if they start asking you questions, just say that 'he departed, so to	— Ну, брат, это всё равно Место хорошее; коли тебя станут спрашивать, так и отвечай, что

Reading Crime and Punishment in Russian / **Преступление и наказание** 257

speak, for America.'"

He placed the revolver against his right temple.

"This isn't the place, this isn't the place!" Achilles said, stirring to life, his pupils growing wider and wider.

Svidrigailov let the hammer fall.

поехал, дескать, в Америку.

Он приставил револьвер к своему правому виску.

— А-зе здеся нельзя, здеся не места! — встрепенулся Ахиллес, расширяя всё больше и больше зрачки.

Свидригайлов спустил курок.

всё равно: it's all the same • **коли** = если • **становиться** И^shift / **стать** H^stem: to begin • **дескать**: marks reported speech (i.e. what "Achilles" should say when asked about what happened) • **приставлять** АЙ / **приставить** И: to put up against • **правый** / **левый**: right / left **висок**: temple, brow • **встрепенуться** НУ^end: to shudder, start • **расширять** АЙ / **расширить** И: to expand, spread • **зрач(о)к**: pupil • **спускать** АЙ / **спустить** И^shift: to lower, let fall

# "Это я…"

"I'm the One…"

Left alone, Sonya immediately began to be tormented by fear at the thought that perhaps he really would end in suicide. Dunya feared the same thing. But both women had spent all day trying, one after the other, to convince each other to the contrary, adducing every bit of evidence that such a thing was impossible; and they felt more assured while they were together. But now that they'd split up, both began to think of nothing else. Sonya kept recalling how yesterday Svidrigailov had told her that Raskolnikov had two paths open to him: the road to Siberia, or… Moreover, she knew his vanity, his arrogance, his love of self and his lack of faith. "Can it really be that nothing more than sheer cowardice and fear of death could compel him to live?" she thought, finally, in despair.

Оставшись одна, Соня тотчас же стала мучиться от страха при мысли, что, может быть, действительно он покончит самоубийством. Того же боялась и Дуня. Но обе они весь день напорсрыв разубеждали друг друга всеми доводами в том, что этого быть не может, и были спокойнее, пока были вместе. Теперь же, только что разошлись, и та и другая стали об одном этом только и думать. Соня припоминала, как вчера Свидригайлов сказал ей, что у Раскольникова две дороги — Владимирка или… Она знала к тому же его тщеславие, заносчивость, самолюбие и неверие. "Неужели же одно только малодушие и боязнь смерти могут заставить его жить?" — подумала она, наконец, в отчаянии.

оставаться АВАЙ / **остаться** И^stem: to remain • **становиться** И^shift / **стать** H^stem + inf: to begin to • **мучить** И: to torment, torture • **страх**: fear • **мысль**, и: thought • **действительно**: indeed, truly • **покончить** И (perf.): to finish, end • **самоубийство**: suicide • **бояться**

ЖА чего: to fear • **наперерыв**: one after the other • **разубежда́ть** АЙ / **разубеди́ть** И⁽ᵉⁿᵈ⁾ кого в чём: to "un-convince" someone of something • **до́вод**: piece of evidence, argument • **споко́йный**: calm, assured • **пока́**: while • **расходи́ться** И⁽ˢʰⁱᶠᵗ⁾ / **разойти́сь**: to go separate ways, split up • **припомина́ть** АЙ / **припо́мнить** И: to recall • **Влади́мирка**: the infamous route from European Russia to exile and penal labor in Siberia • **тщесла́вие**: vanity • **зано́счивость**, и: arrogance, hauteur • **самолю́бие**: self-love, ambition • **неве́рие**: lack of faith • **малоду́шие**: cowardice, faint-heartedness • **боя́знь**, и: fear • **сме́рть**, и: death • **заставля́ть** АЙ / **заста́вить** И: to force • **отча́яние**: despair

In the meantime, the sun was already beginning to set. She stood sadly at the window and gazed through it; but the only thing to be seen in the window was the unpainted, windowless wall of the neighboring building. Finally, when she was all but certain that the unfortunate man was dead — he walked into the room.	Со́лнце ме́жду тем уже́ зака́тывалось. Она́ гру́стно стоя́ла пред окно́м и при́стально смотре́ла в него́, — но в окно́ это́ была́ видна́ то́лько одна́ капита́льная небелёная стена́ сосе́днего до́ма. Наконе́ц, когда́ уж она́ дошла́ до соверше́нного убежде́ния в сме́рти несча́стного, — он вошёл в её ко́мнату.
A joyous cry burst from her chest. But, having looked closely at his face, she suddenly turned pale.	Ра́достный крик вы́рвался из её гру́ди. Но, взгляну́в при́стально в его́ лицо́, она́ вдруг побледне́ла.

закатываться АЙ / **закати́ться** И⁽ˢʰⁱᶠᵗ⁾: to set, "roll down behind" • **гру́стный**: sad • **при́стально**: fixedly, intently • **капита́льная стена́**: thick load-bearing wall without windows • **(не)белёный**: (not) whitewashed • **сосе́дний**: neighboring • **соверше́нный**: total, complete • **убежде́ние** в чём: conviction that • **несча́стный**: an unfortunate man • **ра́достный**: joyous • **крик**: shout • **вырыва́ться** АЙ / **вы́рваться** n/sA: to be torn out • **грудь**, и: chest • **взгля́дывать** АЙ / **взгляну́ть** НУ⁽ˢʰⁱᶠᵗ⁾: to glance, gaze • **бледне́ть** ЕЙ / **побледне́ть** ЕЙ: to turn pale

"Well then!" Raskolnikov said, smirking. "I've come for your crosses, Sonya. You yourself sent me to the crossroads; what, now that the time has come to act, have you lost heart?"	— Ну да! — сказа́л, усмоха́ясь, Раско́льников, — я за твои́ми креста́ми, Со́ня. Сама́ же ты меня́ на перекрёсток посыла́ла; что ж тепе́рь, как дошло́ до де́ла, и стру́сила?
Sonya looked at him in bewilderment. This tone seemed strange to her; a cold shiver was on the verge of racing through her body, but a moment later she realized that this tone, these words, were all for show. Indeed, as he spoke to her, he was looking somehow off into the corner, as if avoiding looking her directly in the face.	Со́ня в изумле́нии смотре́ла на него́. Стра́нен показа́лся ей э́тот тон; холо́дная дрожь прошла́ бы́ло по её те́лу, но чрез мину́ту она́ догада́лась, что и тон, и слова́ э́ти — всё бы́ло напускно́е. Он и говори́л-то с не́ю, гля́дя ка́к-то в у́гол и то́чно избега́я загляну́ть ей пря́мо в лицо́.

усмех_а_ться АЙ / **усмехн_у_ться** НУ: to grin, sneer • **крест**: cross (Sonya has cross necklaces ready, as worn by Orthodox Christians — symbolic here of "taking up one's cross") • **перекрёст(о)к**: intersection • **посыл_а_ть** АЙ / **посл_а_ть** А (пошл_ю_, пошл_ё_шь): to send • **дошл_о_ до д_е_ла**: i.e. when it's time for action, for doing • **тр_у_сить** И / **стр_у_сить** И: to be cowardly, take fright • **изумл_е_ние**: surprise, amazement • **стр_а_нный**: strange • **тон**: tone • **дрожь**, и: shiver, shudder • **дог_а_дываться** АЙ / **догад_а_ться** АЙ: to guess • **напускн_о_й**: affected, contrived • **гляд_е_ть** Е[end]: to look • **уг(о)л**: corner • **избег_а_ть** АЙ / **избеж_а_ть**: to avoid • **загл_я_дывать** АЙ / **загл_я_нуть** НУ[shift]: to look, glance

"You see, Sonya, I reasoned that things will be better this way. There's this one thing... Well, it'd take a long time to tell about, and there's no reason to. You know the only thing that angers me? I'm annoyed that all these stupid, beastly mugs will throng around me, gawk at me, ask me their stupid questions, and I'll have to answer them — they'll wag their fingers at me... Ugh! You know, I'm not going to Porfiry; I'm sick of him. Better to go to my old buddy "Lieutenant Powder" — oh, what a surprise I'll give him, what an effect, of a sort, I'll pull off! But I should be more cold-blooded; I've become too bilious of late. Can you believe it — I all but shook my first at my sister just now for the simply turning around to look at me one last time. What piggishness — what a condition I'm in! What a state I've reached! Well then, where are the crosses?.."

— Я, видишь, Соня, рассудил, что этак, пожалуй, будет и выгоднее. Тут есть обстоятельство... Ну, да долго рассказывать, да и нечего. Меня только, знаешь, что злит? Мне досадно, что все эти глупые, зверские хари обступят меня сейчас, будут пялить на меня свои буркалы, задавать мне свои глупые вопросы, на которые надобно отвечать, — будут указывать пальцами... Тьфу! Знаешь, я не к Порфирию иду; надоел он мне. Я лучше к моему приятелю Пороху пойду, то-то удивлю, то-то эффекта в своём роде достигну. А надо бы быть хладнокровнее; слишком уж я жёлчен стал в последнее время. Веришь ли: я сейчас погрозил сестре чуть ли не кулаком за то только, что она обернулась в последний раз взглянуть на меня. Свинство — этакое состояние! Эх, до чего я дошёл! Ну, что же, где кресты?...

рассужд_а_ть АЙ / **рассуд_и_ть** И[shift]: to think, reason • **_э_так**: так • **пож_а_луй**: I suppose • **в_ы_годный**: advantageous • **обстоя_тельство**: circumstance • **н_е_чего**: here: there's no point in it • **злить** И / **разозл_и_ть** И: to anger • **дос_а_дно**: annoying, vexing **зв_е_рский**: bestial, beastly • **х_а_ря**: mug, an ugly face • **обступ_а_ть** АЙ / **обступ_и_ть** И[shift]: to surround, step around • **п_я_лить** И: to gawk, bulge (one's eyes out) • **бурк_а_лы**: глаза • **задав_а_ть** АВАЙ / **зад_а_ть** кому вопрос: ask a question • **н_а_добно** = надо • **ук_а_зывать** АЙ / **указ_а_ть** А[shift]: to point • **пал(е)ц**: finger • **тьфу!** sound made in disgust, as when spitting • **надоед_а_ть** АЙ / **надо_е_сть** кому: to annoy • **при_я_тель**, я: friend, buddy • **П_о_рох**: Lieutenant "Gunpowder" — Ilya Petrovich, the irascible official at the police office • **удивл_я_ть** АЙ / **удив_и_ть** И[end]: to surprise • **эфф_е_кт**: dramatic "effect" • **в своём р_о_де**: of a sort • **достиг_а_ть** АЙ / **дост_и_гнуть** (НУ): to attain, achieve • **хладнокр_о_вный**: cold-blooded **жёлчный**: bilious • **в посл_е_днее вр_е_мя**: lately, recently • **гроз_и_ть** И / **погроз_и_ть** И[end] кому: to threaten, menace • **кул_а_к**: fist • **обор_а_чиваться** АЙ / **оберн_у_ться** НУ[end]: to turn around, look back • **св_и_нство**: swinishness • **_э_такий** = такой • **состоя_ние**: condition, state • **крест**, _а_: cross

He walked along the canal embankment; he hadn't far left to go... He stepped out onto Hay Market Square... Suddenly he remembered Sonya's words: "Go to a crossroads, bow to the people there, kiss the earth, for you have sinned against it, and tell the world, aloud: "I am a murderer!" He shuddered from head to toe when he remembered this. And the inescapable anguish and anxiety of this whole period — but especially of the last few hours — had crushed him to such an extent that he eagerly plunged into the possibility of this new sensation, so full and whole. It drew near him now like a kind of nervous attack: it flared up in his soul, like a single spark, then suddenly, like a fire, rushed through him. Everything inside him was softened all at once, and tears gushed forth from his eyes. And as he stood there, he sank to the ground...	Он шёл по набережной канавы, и недалеко уж оставалось ему... Он вошёл на Сенную... Он вдруг вспомнил слова Сони: "Поди на перекрёсток, поклонись народу, поцелуй землю, потому что ты и пред ней согрешил, и скажи всему миру вслух: "Я убийца!" Он весь задрожал, припомнив это. И до того уже задавила его безвыходная тоска и тревога всего этого времени, но особенно последних часов, что он так и ринулся в возможность этого цельного, нового, полного ощущения. Каким-то припадком оно к нему вдруг подступило: загорелось в душе одною искрой и вдруг, как огонь, охватило всего. Всё разом в нём размягчилось, и хлынули слёзы. Как стоял, так и упал он на землю...

набережная: embankment • **канава**: канал: canal • **оставаться** АВАЙ / **остаться** H^{stem}: to remain • **Сенная площадь**: Hay Market Square • **кланяться** АЙ / **поклониться** И^{shift} кому: to bow • **грешить** И^{end} / **согрешить** И перед кем: to sin against • **давить** И^{shift} / **задавить** И: to press, crush • **безвыходный**: exitless • **тоска**: sadness, longing • **тревога**: alarm • **ринуться** НУ: plunge • **цельный**: solid, single, pure, not composite • **полный**: full • **ощущение**: sensation • **припадок**: attack • **подступать** АЙ / **подступить** И^{shift}: to approach, walk up to • **загореться** Е: to catch fire, blaze up • **искра**: spark • **ог(о)нь**, **я**: fire, flame • **охватывать** АЙ / **охватить** И^{shift}: to encompass • **размягчить** И^{end} (perf.): to soften • **хлынуть** НУ: to pour, gush • **падать** АЙ / **упасть** Д^{end}: to fall

He sank to his knees in the middle of the square, bowed his head to the earth and kissed this dirty ground, with delight, with joy. He stood, then knelt and bowed a second time.	Он стал на колени среди площади, поклонился до земли и поцеловал эту грязную землю, с наслаждением и счастием. Он встал и поклонился в другой раз.
"He's completely hammered!" remarked one chap, not far from him.	— Ишь нахлестался! — заметил подле него один парень.
Laughter rang out.	Раздался смех.
"He's heading to Jerusalem, brothers; he's bidding farewell to his children, his native land, bowing to all the world, and	— Это он в Иерусалим идёт, братцы, с детьми, с родиной прощается, всему миру

kissing the capital city of Saint Petersburg and its soil," added some tipsy townsperson.

поклон_я_ется, стол_и_чный г_о_род Санкт-Петерб_у_рг и его грунт лобыз_а_ет, — приб_а_вил какой-то пь_я_ненький из мещ_а_н.

кол_е_но, pl. кол_е_ни: kness • **гр_я_зный**: dirty • **наслажд_е_ние**: delight • **сч_а_стье**: joy • **ишь**: just look! • **нахлест_а_ться** A (perf.) to get hammered • **п_а_р(е)нь**, я: guy, chap • **раздав_а_ться** АВАЙ / **разд_а_ться**: to ring out • **смех**: laughter • **р_о_дина**: homeland • **прощ_а_ться** АЙ / **прост_и_ться** И^end: to say farewell • **ст_о_личный г_о_род** = стол_и_ца: capital • **грунт**: ground • **любыз_а_ть** АЙ: to kiss (arch.) • **прибавл_я_ть** АЙ / **приб_а_вить** И: to add • **пь_я_ненький**: dim. of пь_я_ный: drunken • **мещан_и_н** (pl. мещ_а_не): a bourgeois, burgher

"He's still a young chap," inserted a third.

— Парн_и_шка ещё молод_о_й! — вверн_у_л тр_е_тий.

"From a noble family!" observed someone in a respectable voice.

— Из благор_о_дных! — зам_е_тил кто-то сол_и_дным г_о_лосом.

"Nowadays you can't make out who's noble and who isn't."

— Н_о_не их не разберёшь, кто благор_о_дный, кто нет.

All these reactions and conversations held Raskolnikov back, and the words "I killed" — ready, perhaps, to fly from his tongue — fell silent within him. Yet he calmly endured these shouts and, without looking back, set out straight down a side-street, in the direction of the police office. A certain vision flashed before him on his way, but it didn't surprise him; he'd anticipated that it must be that way. Namely, on Hay Market Square, as he bowed to the ground for the second time, then having turned to the left, he saw, some fifty steps away from him, Sonya. She was hiding from him behind one of the wooden stalls that stood on the square — so, she must have accompanied him the length of this sorrowful procession! At that moment, he understood, once and for all, that Sonya was now with him forever, that she'd follow him to the very ends of the earth, wherever fate led him. His heart was entirely upended... but, behold: he'd reached that fateful spot...

Все эти _о_тклики и разгов_о_ры сдерж_а_ли Раск_о_льникова, и слов_а_ "я уб_и_л", м_о_жет быть, гот_о_вившиеся слет_е_ть у него с язык_а_, з_а_мерли в нём. Он спок_о_йно, одн_а_ко ж, в_ы_нес все эти кр_и_ки и, не озир_а_ясь, пошёл пр_я_мо чрез переулок по направл_е_нию к конт_о_ре. Одно в_и_дение мелькн_у_ло пред ним дор_о_гой, но он не удив_и_лся ему; он уже предч_у_вствовал, что так и должн_о_ было быть. В то вр_е_мя, когда он, на Сенн_о_й, поклон_и_лся до земл_и_ в друг_о_й раз, оборот_и_вшись вл_е_во, шаг_а_х в пятидес_я_ти от себя, он увидел С_о_ню. Она пр_я_талась от него за одн_и_м из деревянных бар_а_ков, сто_я_вших на пл_о_щади, ст_а_ло быть, она сопровожд_а_ла всё его ск_о_рбное ш_е_ствие! Раск_о_льников почувствовал и п_о_нял в эту мин_у_ту, раз навсегд_а_, что С_о_ня тепер_ь_ с ним нав_е_ки и пойдёт за ним хоть на край св_е_та, куд_а_ бы ему ни в_ы_шла судьб_а_. Всё с_е_рдце его переверн_у_лось... но — вот уж он и дошёл до роков_о_го м_е_ста...

парнишка: п_а_рень, я: guy, chap • **ввернуть** НУ^end (perf.): to insert (into a conversation) • **благородный**: noble • **солидный**: solid, staid, respectable • **ноне**: н_ы_не: now, nowadays • **разбирать** ЛЙ / **разобрать** n/sA^end: to sort out, understand • **отклик**: response, reaction • **сдерживать** АЙ / **сдержать** ЖА^shift: restrain • **слетать** АЙ / **слететь** E^end: to fly off of • **замирать** АЙ / **замереть** /P: to fall still, die down • **однако же**: however • **выносить** И^shift / **вынести** С: to bear • **озираться** АЙ: to look around • **переулок**: lane • **по направлению к** чему: in the direciton of • **контора**: (police) office • **видение**: vision • **мелькать** АЙ / **мелькнуть** НУ^end: to glimmer, flash past • **удивляться** АЙ / **удивиться** И^end чему: to be surprised at • **предчувствовать** ОВА: to "fore-feel," anticipate • **оборотиться** И: **обернуться** НУ^end: to turn • **шаг**: step • **прятать** А / **спрятать** А: to hide • **деревянный**: wooden • **барак**: barrack • **стало быть**: so, therefore • **сопровождать** АЙ: to accompany • **скорбный**: sorrowful, mourning • **шествие**: procession, march • **раз навсегда**: once and for all • **навеки**: forever • **хоть на край света**: even to the edge of the world • **судьба**: fate • **переворачиваться** АЙ / **перевернуться** НУ^end: to be turned over • **роковой**: fateful

He entered the courtyard rather buoyantly. He had to take the stairs to the third floor. "For now, I'll just head up the stairs," he thought. Generally speaking, it seemed to him that a long time still remained until that fateful moment — he could still think over many things…	Он довольно бодро вошёл во двор. Надо было подняться в третий этаж. "Покамест ещё подымусь", — подумал он. Вообще ему казалось, что до роковой минуты ещё далеко, ещё много времени остаётся, о многом ещё можно передумать…
Ilya Petrovich was laughing loudly, fully delighted by his own witticisms.	Илья Петрович хохотал, вполне довольный своими остротами.
"Just this morning there was a report about some gentleman who arrived here not long ago. Nil Pavlovich — hey, Nil Pavlovich! What was that guy's name, that gentleman, who was reported earlier to have shot himself over in the Petersburg district?"	— Вот ещё сегодня утром сообщено о каком-то недавно приехавшем господине. Нил Павлыч, а Нил Павлыч! как его, джентльмена-то, о котором сообщили давеча, застрелился-то на Петербургской?
"Svidrigailov," answered someone from the next room, hoarsely and indifferently.	— Свидригайлов, — сипло и безучастно ответил кто-то из другой комнаты.

бодрый: lively, brisk • **подниматься** АЙ / **подняться** НИМ^shift: to go upstairs, "life oneself" • **покамест**: for the time being, for now • **подымусь** = подн_и_мусь • **оставаться** АВАЙ / **остаться** H^stetm: to remain • **передумать** АЙ: to think over (many things) • **хохотать** A^shift: to laugh loudly, guffaw • **острота**: a clever, witty remark • **сообщать** АЙ / **сообщить** И^end: to tell, communicate information • **давеча**: earlier • **застреливать** АЙ / **застрелить** И^end: to shoot **Петербургская** (сторона): the "Petersburg Side," now called the "Petrograd Side" (Петроградская) of the city, on the far (North) side of the Neva from the city center • **сиплый**: hoarse • **безучастно**: indifferently, ambivalently

Raskolnikov shuddered.	Раскольников вздрогнул.

"Svidrigailov! Svidrigailov shot himself?" he shouted.

"What? You know Svidrigailov?"

"Yes, I… know him… He arrived here not long ago…"

"Well, yes, he arrived recently; he'd lost his wife; he behaved rather wildly, and suddenly shot himself — and in so scandalous a fashion that one can barely imagine… He left a few words in his notebook, to the effect that was of sound mind at the time of his death, and asked that no one be blamed for it. The guy had money, they say. How did you happen to know him?"

"I'm… acquainted… My sister lived in his home as a governess…"

— Свидригайлов! Свидригайлов застрелился! — вскричал он.

— Как! Вы зн<u>а</u>ете Свидригайлова?

— Да… знаю… Он нед<u>а</u>вно при<u>е</u>хал…

— Ну да, недавно при<u>е</u>хал, жен<u>ы</u> лиш<u>и</u>лся, челов<u>е</u>к повед<u>е</u>ния забуб<u>ё</u>нного, и вдруг застрел<u>и</u>лся, и так скандально, что предст<u>а</u>вить нельз<u>я</u>… ост<u>а</u>вил в своей записн<u>о</u>й кн<u>и</u>жке н<u>е</u>сколько слов, что он умир<u>а</u>ет в здр<u>а</u>вом рассудке и пр<u>о</u>сит ник<u>о</u>го не вин<u>и</u>ть в его см<u>е</u>рти. Этот д<u>е</u>ньги, говор<u>я</u>т, им<u>е</u>л. Вы как же изв<u>о</u>лите знать?

— Я… знак<u>о</u>м… моя сестр<u>а</u> жил<u>а</u> у них в д<u>о</u>ме гуверн<u>а</u>нткой…

вздр<u>а</u>гивать АЙ / **вздр<u>о</u>гнуть** НУ: to shudder • **лиш<u>а</u>ться** АЙ / **лиш<u>и</u>ться** И^{end} чего: to be deprived of • **повед<u>е</u>ние**: conduct, behavior • **забуб<u>ё</u>нный**: strange • **сканд<u>а</u>льный**: scandalous • **представл<u>я</u>ть** АЙ / **предст<u>а</u>вить** И: to imagine • **здр<u>а</u>вый рассудок**: sound mind, "healthy reason" • **вин<u>и</u>ть** И^{end} кого в чём: to blame s.o. for s.t. • **изв<u>о</u>лить** И: to "deign" (used in polite 19th-century speech) • **гуверн<u>а</u>нтка**: governess

"Well well well… I suppose you'll be able to tell us something about him. You didn't suspect anything?"

"I saw him yesterday… he… was drinking wine… I knew nothing."

Raskolnikov felt as if something had fallen on him and was crushing him.

"You seem to have turned pale again. Our air here is so stuffy…"

"Yes, I should get going," muttered Raskolnikov. "Excuse me for troubling you…"

— Ба, ба, ба… Да вы нам, ст<u>а</u>ло быть, м<u>о</u>жете о нём сообщ<u>и</u>ть. А вы и не подозрев<u>а</u>ли?

— Я вчер<u>а</u> его в<u>и</u>дел… он… пил вин<u>о</u>… я нич<u>о</u>го не знал.

Раск<u>о</u>льников ч<u>у</u>вствовал, что на него как бы что-то уп<u>а</u>ло и его придав<u>и</u>ло.

— Вы оп<u>я</u>ть как б<u>у</u>дто побледн<u>е</u>ли. У нас здесь такой спёртый дух…

— Да, мне пор<u>а</u>-с, — пробормот<u>а</u>л Раск<u>о</u>льников, — извин<u>и</u>те, обеспок<u>о</u>ил…

He walked out; he was staggering. His head was spinning. He couldn't tell whether he was still on his feet. He began to descend the staircase, with his right hand pressed against the wall. It seemed to him that some janitor, with a book in his hand, jostled him as he passed, on his way up to the office; that some little dog began barking furiously somewhere on a lower floor, and a woman threw a rolling pin at it and began shouting. He made it to the bottom and stepped out into the yard. There in the yard, not far from the exit, stood Sonya; pale, mortified, she looked at him wildly. He froze in front of her. Something painful and anguished was expressed in her face — something desperate. A hideous, bewildered smile forced its way onto her lips. He stood for a bit, smiled bitterly, and turned back, upstairs, to the police office.	Он вышел; он качался. Голова его кружилась. Он не чувствовал, стоит ли он на ногах. Он стал сходить с лестницы, упираясь правою рукой об стену. Ему показалось, что какой-то дворник, с книжкой в руке, толкнул его, взбираясь навстречу ему в контору; что какая-то собачонка заливалась-лаяла где-то в нижнем этаже и что какая-то женщина бросила в неё скалкой и закричала. Он сошёл вниз и вышел во двор. Тут на дворе, недалеко от выхода, стояла бледная, вся помертвевшая, Соня и дико, дико на него посмотрела. Он остановился перед нею. Что-то больное и измученное выразилось в лице её, что-то отчаянное. Она всплеснула руками. Безобразная, потерянная улыбка выдавилась на его устах. Он постоял, усмехнулся и поворотил наверх, опять в контору.

сообщать АЙ / **сообщить** И[end]: to tell • **подозревать** АЙ: to suspect • **падать** АЙ / **упасть** Д[end]: to fall • **придавливать** АЙ / **придавить** И[shift]: to press against • **бледнеть** ЕЙ / **побледнеть** ЕЙ: to turn pale • **спёртый дух**: stuff air (in the office) • **бормотать** А[shift] / **пробормотать** А: to mutter • **беспокоить** И / **обеспокоить** И: to trouble, inconvenience • **качаться** АЙ / **качнуться** НУ[end]: to stagger, sway • **кружиться** И[shift]: to be spinning • **сходить** И / **сойти** Д[end]: to go down • **упираться** И / **упереться** /Р: to lean against, prop • **дворник**: janitor • **толкать** АЙ / **толкнуть** НУ[end]: to shove, jolt • **взбираться** АЙ / **взобраться**: to make one's way upwards • **навстречу** кому: toward s.o. • **собачонка**: собачка: собака • **заливаться**: to burst out (in sound) • **лаять** А: to bark • **нижний**: lower • **скалка**: rolling pin • **помертветь** ЕЙ: to go numb • **дико**: strangely, wildly • **останавливаться** АЙ / **остановиться** И[shift]: to stop • **больной**: sick • **измучить** И (perf.) to torment (completely), exasperate • **выражать** АЙ / **выразить** И: to express • **отчаянный**: desperate **всплеснуться руками**: to throw up hands (in despair or frustration) **потерянный**: lost, bewildered (терять АЙ / потерять АЙ: to lose) • **выдавливаться** АЙ / **выдавиться** И: to be expressed, forced out • **уста** (pl.), уст: mouth • **успехаться** АЙ / **усмехнуться** НУ[end]: to smirk • **поворачивать** АЙ / **поворотить** И = повернуть НУ: to turn, return • **наверх**: upstairs

Ilya Petrovich had sat taken his seat, and was digging about in some papers. Before him stood the same peasant who'd just jostled Raskolnikov as he headed up the stairs.	Илья Петрович уселся и рылся в каких-то бумагах. Перед ним стоял тот самый мужик, который только что толкнул Раскольникова, взбираясь по лестнице.

"Ah! You again! Did you leave something?.. Wait, what's the matter?"	— А-а-а? Вы опять! Оставили что-нибудь?.. Но что с вами?
His lips having turned pale, and with an unmoving gaze, Raskolnikov slowly approached him, walked right up to the desk, leaned his arm against it, and wanted to say something, but couldn't; all that was heard were some incoherent sounds.	Раскольников с побледневшими губами, с неподвижным взглядом тихо приблизился к нему, подошёл к самому столу, упёрся в него рукой, хотел что-то сказать, но не мог; слышались лишь какие-то бессвязные звуки.

усесться: to sit down • **рыться** ОЙ: to dig around • **бумага**: papers • **мужик**: peasant, commoner • **толкать** АЙ / **толкнуть** НУ^end: to shove, jolt • **взбираться** АЙ / **взобраться** n/sA^end: to make one's way upwards • **оставлять** АЙ / **оставить** И: to leave behind • **бледнеть** ЕЙ / **побледнеть** ЕЙ: to turn pale • **губа**: lip **неподвижный**: motionless • **взгляд**: gaze • **приближаться** АЙ / **приблизиться** И к чему: to approach • **к самому столу**: right up to the table • **упираться** АЙ / **упереться** /Р: to lean on • **бессвязный**: incoherent • **звук**: noise

"You're sick — let's have a chair! Here, sit on this chair, sit down! Water!"	— С вами дурно, стул! Вот, сядьте на стул, садитесь! Воды!
Raskolnikov sank onto the chair, but didn't take his eyes off of Ilya Petrovich, who was quite unpleasantly surprised. Both looked at each other for a minute or so, and waited. Some water was brought.	Раскольников опустился на стул, но не спускал глаз с лица весьма неприятно удивлённого Ильи Петровича. Оба с минуту смотрели друг на друга и ждали. Принесли воды.
"I was the one…" Raskolnikov began.	— Это я… — начал было Раскольников.
"Drink some water."	— Выпейте воды.
Raskolnikov swept the water aside with one hand, and quietly — with pauses in between words — yet audibly, said:	Раскольников отвёл рукой воду и тихо, с расстановками, но внятно проговорил:
"I was the one who killed the old woman, the clerk's widow, and her sister Lizaveta, with an axe, and robbed them."	—Это я убил тогда старуху-чиновницу и сестру ее Лизавету топором, и ограбил.
Ilya Petrovich's mouth went agape. People converged, running from all directions.	Илья Петрович раскрыл рот. Со всех сторон сбежались.

Raskolnikov repeated his testimony.

Раскольников повтор_и_л своё показ_а_ние.

THE END

КОН_Е_Ц

The "Vladimirka" (**Влади́мирка**) — the long and infamous road to exile and penal labor (**ка́торга**) in Siberia. From a painting by Isaak Levitan (also entitled "**Влади́мирка**").

Эпил_о_г

Epilogue

I

Siberia. On the bank of a wide, desolate river stands a city, an administrative center of Russia; in the city is a fortress, and in the fortress, a prison. In that prison, Rodion Raskolnikov, sentenced to hard labor in exile, has now been imprisoned for nine months. Almost half a year has passed since the day of his crime.

Сибирь. На берег_у_ шир_о_кой, пуст_ы_нной рек_и_ сто_и_т г_о_род, один из администрат_и_вных ц_е_нтров России; в г_о_роде кр_е_пость, в кр_е_пости остр_о_г. В остр_о_ге уж_е_ девять м_е_сяцев заключ_ё_н ссыльнокаторжный втор_о_го разр_я_да, Роди_о_н Раск_о_льников. Со дня преступл_е_ния его прошл_о_ почти полтор_а_ г_о_да.

берег: shore, bank • **пустынный**: wild, desolate, deserted • **река**: river • **крепость**, и: fortress, walled fort • **острог**: prison camp • **заключённый**: imprisoned • **ссыльнокаторжный**: a Siberian force-labor convict • **разряд**: category • **полтора**: one and a half

The judicial proceedings with his case went without major difficulties. The criminal supported his testimony firmly, precisely, and clearly, without muddling the circumstances, without mitigating them to his own advantage,

Судопроизв_о_дство по д_е_лу ег_о_ прошл_о_ без больш_и_х затрудн_е_ний. Преступник тв_ё_рдо, т_о_чно и _я_сно подд_е_рживал сво_ё_ показ_а_ние, не зап_у_тывая обсто_я_тельств, не смягч_а_я их в сво_ю_ п_о_льзу, не искаж_а_я ф_а_ктов,

without distorting the facts or forgetting the tiniest detail. He told them the entire process of the murder, down to the last detail: he revealed the secret of the pledge (the wooden board with the strip of metal) that had been found in the dead woman's hands; he told, in detail, how he's taken the keys from the murdered woman; he described those keys, described the chest and what was in it; even enumerated some of the various items that lay there; he unraveled the mystery of Lizaveta's murder; he told how Koch had come and knocked, and after him the student, and told everything they'd said to each other; told how he, the criminal, then ran down the stairs and heard the shouting of Mikolka and Mitka; how he hid in the empty apartment, and made it home; and, to top it all off, he pointed out the rock in the courtyard off Voznesensky Prospekt, in the gateway, beneath which the items and the purse were found.

не забывая малейшей подробности. Он рассказал до последней черты весь процесс убийства: разъяснил тайну заклада (деревянной дощечки с металлическою полоской), который оказался у убитой старухи в руках; рассказал подробно о том, как взял у убитой ключи, описал эти ключи, описал укладку и чем она была наполнена; даже исчислил некоторые из отдельных предметов, лежавших в ней; разъяснил загадку об убийстве Лизаветы; рассказал о том, как приходил и стучался Кох, а за ним студент, передав всё, что они между собой говорили; как он, преступник, сбежал потом с лестницы и слышал визг Миколки и Митьки; как он спрятался в пустой квартире, пришёл домой, и в заключение указал камень на дворе, на Вознесенском проспекте, под воротами, под которым найдены были вещи и кошелёк.

судопроизводство: judicial proceedings, trial • **дело**: case • **затруднение**: difficulty • **преступник**: criminal • **твёрдый**: hard, firm • **точный**: precise • **ясный**: clear • **поддерживать** АЙ / **поддержать** ЖА^shift: to support • **показание**: testimony • **запутывать** АЙ / **запутать** АЙ: to confuse, entangle • **обстоятельство**: circumstance • **смягчать** АЙ / **смягчить** И: to soften • **польза**: benefit • **искажать** АЙ / **исказить** И^end: to distort • **забывать** АЙ / **забыть**: to forget • **малейший**: slightest • **подробность**, и: detail • **черта**: trait, feature • **разъяснять** АЙ / **разъяснить** И^end: to explain • **тайна**: secret, mystery • **заклад**: pledge, pawned item • **деревянный**: wooden • **дощечка**: dim. of доска: board • **полоска**: dim. of полоса: strip, band • **оказываться** АЙ / **оказаться** А^shift: to turn out to be • **подробный**: detailed • **описывать** АЙ / **описать** А: to describe • **укладка**: chest • **наполнять** АЙ / **наполнить** И: to fill • **исчислять** АЙ / **исчислить** И: to enumerate • **отдельный**: separate, particular • **предмет**: item • **загадка**: mystery, enigma • **стучаться** ЖА / **постучаться** ЖА: to knock • **визг**: shriek • **прятаться** А / **спрятаться** А: to hide (intransitive) • **пустой**: empty • **заключение**: conclusion • **указывать** АЙ / **указать** А: to point out • **кам(е)нь**, камня: stone • **найденный**: found (PPP from находить И / найти: to find) • **вещь**, и: thing • **кошел(ё)к**: money-purse

In a word, it all ended with the criminal being sentenced to hard labor of the second category, for a term of just eight years — taking into consideration the confession and certain other mitigating circumstances.

Одним словом, кончилось тем, что преступник присуждён был к каторжной работе второго разряда, на срок всего только восьми лет, во уважение явки с повинною и некоторых облегчающих вину обстоятельств.

кончаться АЙ / **кончиться** И = заканчиваться АЙ / закончиться И: to end • **присуждать** АЙ / **присудить** И[shift] к чему: to sentence to • **каторжная**: adj. from каторга: penal labor in Siberia • **разряд**: category • **срок**: term, prison sentence • **уважение**: respect, consideration • **явка с повинною**: confession • **облегчать** АЙ / **облегчить** И[end]: to lighten, mitigate • **вина**: guilt, blame • **обстоятельство**: circumstance

II

He'd been sick for a time now; but it wasn't the horrors of life in the labor camp, or the work itself, or the food, or his shaven head, or his tattered clothes that had broken him — Oh, what did he care for these torments and trials! On the opposite, he was even happy to have the work: having worn himself out physically, he could at least win for himself a few hours of sound sleep. And what did the food matter to him — the watery cabbage soup with cockroaches in it? As a student, during his previous life, he often hadn't had even that. His clothing was warm and well adapted to his way of life. He didn't even feel the shackles on his legs. Was he to be ashamed of his shaven head and parti-colored jacket? Ashamed before whom? Sonya? Sonya was afraid of him; was he to be ashamed before her?

Он был болен уже давно; но не ужасы каторжной жизни, не работы, не пища, не бритая голова, не лоскутное платье сломили его: о! что ему было до всех этих мук и истязаний! Напротив, он даже рад был работе: измучившись на работе физически, он по крайней мере добывал себе несколько часов спокойного сна. И что значила для него пища — эти пустые щи с тараканами? Студентом, во время прежней жизни, он часто и того не имел. Платье его было тепло и приспособлено к его образу жизни. Кандалов он даже на себе не чувствовал. Стыдиться ли ему было своей бритой головы и половинчатой куртки? Но пред кем? Пред Соней? Соня боялась его, и пред нею ли было ему стыдиться?

больной: sick • **ужас**: horror • **пища**: food • **бритый**: shaven • **лоскутный**: tattered, adj. from лоскут: shred, tatter • **сломить** И (perf.): to break • **мука**: torment, torture • **истязание**: trial, torment • **рад** чему: glad about • **измучить** И (perf.): to torment / to wear out • **физический**: physical • **по крайней мере**: at least • **добывать** АЙ / **добыть**: to attain • **спокойный**: calm • **с(о)н**: sleep; dream • **значить** И: to mean • **пустой**: empty (here: of little sustenance, watery) • **щи** (pl.): cabbage soup • **таракан**: cockroach • **прежний**: former, previous • **жизнь**, и: life • **платье**: dress; clothing • **тёплый**: warm • **приспособлять** АЙ / **приспособить** И к чему: to adapt to (transitive) • **образ**: image; way • **кандалы** (pl.): shackles • **стыдиться** И[end] чего: to be ashamed of • **половинчатый**: parti-colored; consisting of two colors (here describing the convicts' clothing) • **куртка**: jacket

Well then? He was ashamed even before Sonya, whom he tortured, in exchange, with his disdainful and coarse treatment

А что же? Он стыдился даже и пред Соней, которую мучил за это своим презрительным и грубым

of her. But it wasn't his shaven head or shackles he was ashamed of; his pride had been sorely wounded — and it was from wounded pride that he fell ill. Oh, how happy he would have been if he could blame himself! In that case, he'd have endured everything, even his shame and disgrace. But he judged himself harshly, and his hardened conscience found no particularly terrible guilt in his past — except, perhaps, for a simple blunder that might have happened to anyone. He was ashamed precisely of the fact that he, Raskolnikov, had been brought to ruin so blindly, so hopelessly, so savagely and stupidly, by some sentence handed down by blind fate, and must now make peace with and bow down before the "senselessness" of some sentence if he wished to find any kind of calm.

обращением. Но не бритой головы и кандалов он стыдился: его гордость сильно была уязвлена; он и заболел от уязвлённой гордости. О, как бы счастлив он был, если бы мог сам обвинить себя! Он бы снёс тогда всё, даже стыд и позор. Но он строго судил себя, и ожесточённая совесть его не нашла никакой особенно ужасной вины в его прошедшем, кроме разве простого промаху, который со всяким мог случиться. Он стыдился именно того, что он, Раскольников, погиб так слепо, безнадёжно, глухо и глупо, по какому-то приговору слепой судьбы, и должен смириться и покориться пред "бессмыслицей" какого-то приговора, если хочет сколько-нибудь успокоить себя.

стыдиться И^end чего: to be ashamed of • **мучить** И: to torment • **презрительный**: disdainful • **грубый**: coarse, rude • **обращение**: treatment • **гордость**: pride • **уязвлять** АЙ / **уязвить** И^end: to wound, sting, gall • **обвинять** АЙ / **обвинить** И^end: to accuse • **сносить** И^shift / **снести** С^end: to bear, endure • **стыд**: shame • **позор**: disgrace • **строгий**: stern • **судить** И: to judge • **ожесточить** И^shift: to harden • **совесть**, и: conscience • **вина**: guilt, blame • **прошедшее**: прошлое: the past • **кроме разве**: except perhaps for • **промах**: a "miss," a failure • **всякий**: any(one) • **случаться** АЙ / **случиться** И^end: to happen • **погибать** АЙ / **погибнуть** (НУ): to perish, be lost • **слепой**: blind • **безнадёжный**: hopeless • **глухой**: wild, savage; deaf, oblivious • **глупый**: stupid • **приговор**: sentence, verdict • **судьба**: fate • **смириться** И^end: to make peace with, submit to • **покоряться** АЙ / **покориться** И^end: to submit to • **бессмыслица**: bit of nonsese, trifle **сколько-нибудь**: at all, even a little • **успокаивать** АЙ / **успокоить** И: to calm

In the present: objectless and aimless anxiety; and in the future: nothing but uninterrupted sacrifice, by which nothing was won — this is what awaited him in this world. And what of it, if eight years from now he'd be only thirty-two, and could still begin to live anew? Why should he live? What could occupy his thoughts? Towards what should be strive? To live, in order to exist? But, even before, he'd been ready to trade his entire existence for an idea, for a

Тревога беспредметная и бесцельная в настоящем, а в будущем одна беспрерывная жертва, которою ничего не приобреталось, — вот что предстояло ему на свете. И что в том, что чрез восемь лет ему будет только тридцать два года и можно снова начать ещё жить! Зачем ему жить? Что иметь в виду? К чему стремиться? Жить, чтобы существовать? Но он тысячу раз и прежде готов был отдать своё

hope, even for a fantasy. Existence alone had never been enough for him; he'd always wanted more. Perhaps it was due to nothing more than the sheer power of his desires that he had considered himself, back then, to be a man to whom more was permitted than to other people.

существование за идею, за надежду, даже за фантазию. Одного существования всегда было мало ему; он всегда хотел большего. Может быть, по одной только силе своих желаний он и счёл себя тогда человеком, которому более разрешено, чем другому.

тревога: alarm, worry • **беспредметный**: vague, objectless (предмет: object) • **бесцельный**: aimless (цель: aim) • **настоящее**: the present • **будущее**: the future • **беспрерывный**: constant, uninterrupted **жертва**: sacrifice • **приобретать** АЙ / **приобрести** T^{end}: to acquire • **предстоять** ЖА^{end} кому: to lie ahead, await • **снова**: once again • **иметь в виду**: to keep in mind • **стремиться** И^{end} к чему: to strive toward • **существовать** ОВА: to exist • **отдавать** АВАЙ / **отдать**: to give away • **существование**: existence • **надежда**: hope • **фантазия**: fantasy • **чего кому мало**: something isn't enough for someone • **большее**: something more, greater • **сила**: strength • **желание**: desire • **считать** АЙ / **счесть** /Т: to consider • **разрешать** АЙ / **разрешить** И^{end}: to permit, allow

And if only fate had sent him repentance — a burning repentance that shattered the heart and drove away sleep — the kind of repentance whose terrible torments leads one to imagine hanging or drowning oneself! Oh, he'd have welcomed it! Torments and tears — that too is life, after all. But he did not feel repentance for his crime.

И хотя бы судьба послала ему раскаяние — жгучее раскаяние, разбивающее сердце, отгоняющее сон, такое раскаяние, от ужасных мук которого мерещится петля и омут! О, он бы обрадовался ему! Муки и слёзы — ведь это тоже жизнь. Но он не раскаивался в своём преступлении.

At the very least, he might have been angry at his stupidity, just as he had been earlier at the hideous and stupid actions that led him to the prison. But now that he was already in prison — in freedom, that is — he reassessed and reconsidered all his previous deeds, and didn't find them as stupid or as hideous as they'd seemed to him before, during that fateful time.

По крайней мере, он мог бы злиться на свою глупость, как и злился он прежде на безобразные и глупейшие действия свои, которые довели его до острога. Но теперь, уже в остроге, на свободе, он вновь обсудил и обдумал все прежние свои поступки и совсем не нашёл их так глупыми и безобразными, как казались они ему в то роковое время, прежде.

посылать АЙ / **послать** А (пошлю, пошлёшь): to send • **раскаяние**: repentance, regret **жгучий**: burning • **разбивать** АЙ / **разбить** Ь: to break, shatter • **отгонять** АЙ / **отогнать**: to drive away • **мука**: torment • **мерещиться** И / **померещиться** И: to appear (in an illusion, dream) • **петля**: noose • **омут**: whirlpool (i.e. drowning) • **радоваться** ОВА / **обрадоваться** ОВА чему: to be happy about • **раскаиваться** АЙ / **раскаяться** А в чём: to repent, regret • **по крайней мере**: at least • **злиться** И / **разозлиться** на что: to be angry about • **глупость**: stupidity • **глупейший**: rather stupid • **действие**: action • **острог**: prison camp •

обсужда́ть АЙ / **обсуди́ть** И^{shift}: to think over • **пре́жний**: former • **посту́п(о)к**: action, act • **роково́й**: fateful

"How, how," he thought, "was my idea any more stupid than all the other ideas and theories swarming about and colliding in this world — and thus for as long as the world has existed? One need only look at the matter with a fully independent, broad perspective, free of any everyday influences — and then, of course, my idea proves itself not at all so… strange. Oh, you deniers, you five-kopeck sages — why do you all stop halfway!	"Чем, чем, — ду́мал он, — моя́ мысль была́ глупе́е други́х мы́слей и тео́рий, рои́щихся и ста́лкивающихся одна́ с друго́й на све́те, с тех пор как э́тот свет стои́т? Сто́ит то́лько посмотре́ть на де́ло соверше́нно незави́симым, широ́ким и изба́вленным от обы́денных влия́ний взгля́дом, и тогда́, коне́чно, моя́ мысль ока́жется во́все не так… стра́нною. О отрица́тели и мудрецы́ в пятачо́к серебра́, заче́м вы остана́вливаетесь на полдоро́ге!

рои́ться И^{end}: to swarm • **ста́лкиваться** АЙ / **столкну́ться** НУ^{end}: to encounter, collide • **стоя́ть** ЖА: to stand • **сто́ит то́лько** + inf: all one has to do is • **де́ло**: matter, business • **соверше́нно**: completely, totally • **незави́симый**: independent • **широ́кий**: wide • **избавля́ть** АЙ / **изба́вить** И от чего: to rid of • **обы́денный**: everyday, mundane • **влия́ние**: influence • **взгляд**: glance, perspective • **ока́зываться** АЙ / **оказа́ться** А^{shift}: to turn out to be • **отрица́тель**: denier • **мудре́ц**: wise man • **пятачо́к серебра́**: five-kopeck (silver) coin • **остана́вливаться** АЙ / **останови́ться** И^{shift}: to stop • **полдоро́га**: half-way

"And how does what I did strike them as so terrible?" he'd say to himself. "Because it was an act of evildoing? But what does the word 'evildoing' mean? My conscience is clean. Certainly, a capital crime was committed; certainly, the letter of the law was violated, and blood was spilled; so, fine, have my head, as punishment for my violation of the letter of the law… and enough! Of course, in this case many of humankind's benefactors — those who did not inherit power, but seized it themselves — should have been executed as they took their very first steps. But those people endured the steps they took, and therefore they are right; I, on the other hand, did not endure mine, and, therefore, I had no right to permit myself this step."	Ну чем мой посту́пок ка́жется им так безобра́зен? — говори́л он себе́. — Тем, что он — злодея́ние? Что зна́чит сло́во "злодея́ние"? Со́весть моя́ споко́йна. Коне́чно, сде́лано уголо́вное преступле́ние; коне́чно, нару́шена бу́ква зако́на и проли́та кровь, ну и возьми́те за бу́кву зако́на мою́ го́лову… и дово́льно! Коне́чно, в тако́м слу́чае да́же мно́гие благоде́тели челове́чества, не насле́довавшие вла́сти, а са́ми её захвати́вшие, должны́ бы бы́ли быть казнены́ при са́мых пе́рвых свои́х шага́х. Но те лю́ди вы́несли свои́ шаги́, и потому́ они́ пра́вы, а я не вы́нес и, ста́ло быть, я не име́л пра́ва разреши́ть себе́ э́тот шаг".

посту́пок: act, deed • **злодея́ние**: evil deed, misdeen, crime • **со́весть**: conscience • **споко́йный**: at rest, calm • **уголо́вное преступле́ние**: capital crime • **наруша́ть** АЙ /

нарушить И: to violate • **буква**: letter • **закон**: law • **проливать** АЙ / **пролить** Ь: to pour, spill • **случай**: case • **благодетель**: virtue • **человечество**: humanity • **наследовать** ОВА чему: to inherit • **власть**: power • **захватывать** АЙ / **захватить** И[shift]: to seize, grab • **казнить** И: to execute • **шаг**: step • **выносить** И[shift] / **вынести** С[end]: to bear, withstand • **право**: right • **разрешать** АЙ / **разрешить** И[end] кому что: to allow

This was the only thing that he admitted constituted a crime on his part: the mere fact that he had not endured it, and had instead confessed.	Вот в чём одном признавал он своё преступление: только в том, что не вынес его и сделал явку с повинною.
He also suffered from the thought: why had he not killed himself back then? Why had he stood there above the river — and opted for confession? Can there really be such power in this desire to live — and is it really so hard to overcome it? After all, Svidrigailov — who feared death — overcame it.	Он страдал тоже от мысли: зачем он тогда себя не убил? Зачем он стоял тогда над рекой и предпочёл явку с повинною? Неужели такая сила в этом желании жить и так трудно одолеть его? Одолел же Свидригайлов, боявшийся смерти?

признавать АВАЙ / **признать** АЙ: to recognize • **явка с повинной**: confession • **страдать** АЙ: to suffer • **предпочитать** АЙ / **предпочесть** /Т что чему: to prefer s.t. to s.t. • **неужели**: can it really be that... • **желание жить**: desire (Raskolnikov has long suspected that his thirst for life at all costs, and fear of going through with suicide, is nothing but a base, bestial survival instinct) • **одолевать** АЙ / **одолеть** ЕЙ: to overcome

He'd look at his fellow convicts, and be amazed: how all of them also loved life — how they valued it! Indeed, it seemed to him that it was more loved and valued, more prized, in the prison than in freedom. What terrible torments and trials some of them had endured — the tramps, for example! Could they really find such meaning in a single ray of sunlight, in a slumbering forest, in a cold spring somewhere in the middle of nowhere that they'd taken note of some three years before, then dreamed of seeing again as one might dream of a seeing a lover — they'd see it in their dreams: the green grass around it, a bird singing in a bush.	Он смотрел на каторжных товарищей своих и удивлялся: как тоже все они любили жизнь, как они дорожили ею! Именно ему показалось, что в остроге её ещё более любят и ценят, и более дорожат ею, чем на свободе. Каких страшных мук и истязаний не перенесли иные из них, например бродяги! Неужели уж столько может для них значить один какой-нибудь луч солнца, дремучий лес, где-нибудь в неведомой глуши холодный ключ, отмеченный ещё с третьего года и о свидании с которым бродяга мечтает, как о свидании с любовницей, видит его во сне, зелёную травку кругом его, поющую птичку в кусте?

каторжный: a convict in **каторга**: a forced labor camp • **товарищ**: comrade • **удивляться** АЙ / **удивиться** И[end]: to be surprised • **дорожить** И[end] чем: to value, treasure • **ценить** И[shift]:

to value • **мука**: torment • **истязание**: torment, torture • **переносить** И[shift] / **перенести** С[end]: to bear, endure • **бродяга**: wanderer, tramp • **луч**: ray, beam • **дремучий**: slumbering • **неведомый**: unknown • **глушь**, и: wilderness • **ключ**: here: a spring, source of water • **отмеченный**: noticed, marked • **свидание**: reunion • **любовница**: (fem.) lover • **травка**: травы: grass • **петь** ОЙ[end] / **спеть** ОЙ: to sing • **куст**: bush

In the prison, in his surroundings, he failed, of course, to notice many things — nor did he want to notice them. He lived, as it were, with his eyes lowered: he found it repulsive and unbearable to look. But at last many things began to amaze him, and — somehow against his will — he began to notice that which previously he had not even suspected.	В остроге, в окружающей его среде, он, конечно, многого не замечал, да и не хотел совсем замечать. Он жил, как-то опустив глаза: ему омерзительно и невыносимо было смотреть. Но под конец многое стало удивлять его, и он, как-то поневоле, стал замечать то, чего прежде и не подозревал.
As for he himself, everyone disliked him, and avoided him. In time they even came to hate him — why? He didn't know. Those who had committed much greater crimes than he had despised him — laughed at him, and laughed at his crime.	Его же самого не любили и избегали все. Его даже стали под конец ненавидеть — почему? Он не знал того. Презирали его, смеялись над ним, смеялись над его преступлением те, которые были гораздо его преступнее.
"You're a nobleman!" they'd say to him. "*You* decided to go about things with an axe? That's not a nobleman's business."	— Ты барин! — говорили ему. — Тебе ли было с топором ходить; не барское вовсе дело.

острог: prison • **окружать** АЙ / **окружить** И[end]: to surround • **среда**: environment, milieu • **замечать** АЙ / **заметить** И: to notice • **опускать** АЙ / **опустить** И[shift]: to lower • **омерзительный**: repulsive • **невыносимый**: unbearable • **кон(е)ц**: end • **удивлять** АЙ / **удивить** И[end]: to surprise, amaze • **поневоле**: unwillingly • **подозревать** АЙ: to suspect • **избегать** АЙ / **избежать** кого, чего: to avoid • **ненавидеть** Е: to hate • **презирать** АЙ: to despise • **смеяться** А[end] над кем: to laugh at • **преступление**: crime • **гораздо**: much • **преступный**: criminal • **барин** (pl. баре): lord, nobleman • **барский**: adj. from барин

He was in the hospital throughout the end of Lent and Holy Week. Already beginning to recover, he recalled the dreams he'd had as he lay in fever and delirium. In his illness, he'd dreamed that the entire world had been condemned to be preyed upon by some terrible, unheard-of and unprecedented pestilence that emerged from the depths of Asia and spread to Europe. Everyone was to die, except for the	Он пролежал в больнице весь конец поста и Святую. Уже выздоравливая, он припомнил свои сны, когда ещё лежал в жару и бреду. Ему грезилось в болезни, будто весь мир осуждён в жертву какой-то страшной, неслыханной и невиданной моровой язве, идущей из глубины Азии на Европу. Все должны были погибнуть, кроме некоторых, весьма немногих,

elect, very few in number. Some kind of new flesh-worm had appeared — a microscopic creature that invaded the human body. But these creatures were spirits, endowed with intellect and will. Those who hosted them immediately became possessed, and mad. Yet never, never had people considered themselves as intelligent and as unshakeable in the truth as these infected people believed themselves to be. Never had anyone considered their judgments, their scientific findings, their moral convictions and beliefs more unshakeable. Entire villages, entire cities and nations became infected, and raged with insanity. Everyone was caught up in a great commotion; no one understood one another, and each individual thought that truth resided within himself alone, and was agonized when he looked upon others, weeping and wringing his hands.

избранных. Появились какие-то новые трихины, существа микроскопические, вселявшиеся в тела людей. Но эти существа были духи, одарённые умом и волей. Люди, принявшие их в себя, становились тотчас же бесноватыми и сумасшедшими. Но никогда, никогда люди не считали себя так умными и непоколебимыми в истине, как считали заражённые. Никогда не считали непоколебимее своих приговоров, своих научных выводов, своих нравственных убеждений и верований. Целые селения, целые города и народы заражались и сумасшествовали. Все были в тревоге и не понимали друг друга, всякий думал, что в нём в одном и заключается истина, и мучился, глядя на других, бил себя в грудь, плакал и ломал себе руки.

больница: hospital • **пост**: a fast (here, Great Lent) • **Святая** (неделя): Holy Week (before Easter) • **выздоравливать** АЙ / **выздороветь** ЕЙ: to recover, regain health • **жар**: fever, heat • **бред**: delirium • **грезиться** И кому: to appear (in a dream, illusion) • **болезнь**: illness • **осуждать** АЙ / **осудить** И[shift]: to condemn • **жертва**: victim • **неслыханный**: unheard-of, unprecedented • **невиданный**: unseen, unprecedented • **моровая язва**: plague • **глубина**: depth • **погибать** АЙ / **погибнуть** НУ: to perish • **некоторый**: certain • **весьма**: quite • **избранный**: elect, chosen • **появляться** АЙ / **появиться** И[shift]: to appear • **трихина**: flesh-worm • **существо**: being, creature • **вселяться** АЙ / **вселиться** И[end] куда: to move into, settle in • **тело**, pl. тела: body • **дух**: spirit • **одарённый** чем: endowed with • **ум**: intellect, intelligence • **воля**: will • **принимать** АЙ / **принять** Й/М[shift]: receive, accept • **становиться** И / **стать** Н: to become • **бесноватый**: possessed • **сумасшедший**: insane, mad • **считать** АЙ / **счесть** /Т кого чем: to consider s.o. s.t. • **непоколебимый**: unshakeable • **истина**: truth • **заражать** АЙ / **заразить** И[end]: to infect • **приговор**: verdict, sentence • **научный**: scientific (наука: science) • **вывод**: conclusion • **нравственный**: moral • **убеждение**: conviction • **верование**: belief • **целый**: entire • **селение**: settlement, village • **сумасшествовать** ОВА: to be insane, rave • **тревога**: alarm • **всякий**: each (person) • **заключаться** АЙ / **заключиться** И[end] в чём: to lie in, be contained • **истина**: truth • **мучиться** И: to be tormented • **бить себя в грудь**: to beat one's breast • **плакать** А: to weep • **ломать** АЙ **себе руки**: to wring hands

Raskolnikov was pained by the fact that these senseless ravings resounded so sadly and so agonizingly in his recollections, that the impression of these feverish dreams persisted for so long.

Раскольникова мучило то, что этот бессмысленный бред так грустно и так мучительно отзывается в его воспоминаниях, что так долго не проходит впечатление этих

It was already the second week after Holy Week; the days were warm, bring, Spring days; in the convict ward of the hospital they'd opened the windows (covered with screens, and with a guard pacing outside). Throughout the period of his illness, Sonya had only twice been able to visit him in the ward; she had to win permission each time, and that was difficult. But she'd often come to the hospital yard, beneath the windows — especially as evening fell — and sometimes for no other reason than to stand for a bit in the yard and look, at least from a distance, at the windows of the ward.

горячешных грёз. Шла уже вторая неделя после Святой; стояли тёплые, ясные, весенние дни; в арестантской палате отворили окна (решётчатые, под которыми ходил часовой). Соня, во всё время болезни его, могла только два раза его навестить в палате; каждый раз надо было испрашивать разрешения, а это было трудно. Но она часто приходила на госпитальный двор, под окна, особенно под вечер, а иногда так только, чтобы постоять на дворе минутку и хоть издали посмотреть на окна палаты.

мучить И: to torment, torture • **бессмысленный**: senseless (without смысл: sense, meaning) • **бред**: delirium, ravings • **грустный**: sad • **мучительный**: tortuous, agonizing • **отзываться** АЙ / **отозваться** n/sA: to resonate • **воспоминание**: a memory, recollection • **впечатление**: impression • **горячеший**: adj. from горячка: fever • **грёзы** (pl.): daydreams • **Святая** (неделя): Holy Week • **тёплый**: warm • **ясный**: bright • **весенний**: adj. from весна: spring • **день**, дня: day • **арестантский**: adj. from арестант: prisoner • **палата**: ward, chamber • **отворять** АЙ / **отворить** И end = открывать АЙ открыть ОЙ: to open • **решётчатый**: adj. from решётка: screen, bars • **часовой**: watchman • **болезнь**, и: illness • **навещать** АЙ / **навестить** И кого: to visit • **испрашивать** АЙ / **испросить** И end чего: to ask for, solicit • **разрешение**: permission • **госпитальный**: adj. from госпиталь, я: infirmary, (military) hospital • **постоять** ЖА end: to stand for a bit • **хоть** = хотя бы: at least • **издали**: from a distance

Once, near evening, Raskolnikov — now almost fully rocovered — fell asleep; having awakened, he inadvertently approached the window and suddenly caught sight of Sonya, in the distance, near the hospital gate. She stood there, as if waiting for something. At that moment, something pierced, as it were, his heart; he shuddered and stepped away from the window as quickly as he could. The following day, Sonya didn't come; nor the day after. He noticed that he was awaiting her anxiously. Finally he was discharged from the hospital. Having arrived at the prison, he learned from his fellow prisoners that Sofia Semyonovna had fallen ill; she was lying in bed at home, and not going anywhere.

Однажды, под вечер, уже совсем почти выздоровевший Раскольников заснул; проснувшись, он нечаянно подошёл к окну и вдруг увидел вдали, у госпитальных ворот, Соню. Она стояла и как бы чего-то ждала. Что-то как бы пронзило в ту минуту его сердце; он вздрогнул и поскорее отошёл от окна. В следующий день Соня не приходила, на третий день тоже; он заметил, что ждёт её с беспокойством. Наконец его выписали. Придя в острог, он узнал от арестантов, что Софья Семёновна заболела, лежит дома и никуда не выходит.

одн<u>а</u>жды: once • **выздор<u>а</u>вливать** АЙ / **в<u>ы</u>здороветь** ЕЙ: to recover, get well • **засып<u>а</u>ть** АЙ / **засн<u>у</u>ть** НУ: to fall asleep • **просып<u>а</u>ться** АЙ / **просн<u>у</u>ться** НУ^{end}: to wake up • **неча<u>я</u>нно**: accidentally • **подход<u>и</u>ть** И / **подойт<u>и</u>** к чем: to approach • **вдал<u>и</u>**: in the distance • **вор<u>о</u>та**, вор<u>о</u>т (pl.): gate • **ждать** n/sA чего: to wait for, expect • **пронз<u>а</u>ть** АЙ / **пронз<u>и</u>ть** И^{end}: to gore, pierce • **вздр<u>а</u>гивать** АЙ / **вздр<u>о</u>гнуть** НУ: to shudder • **замеч<u>а</u>ть** АЙ / **зам<u>е</u>тить** И: to notice • **беспок<u>о</u>йство**: worry, disquiet • **вып<u>и</u>сывать** АЙ / **в<u>ы</u>писать** А кого: to "write out," discharge someone (from hospital, etc.) • **остр<u>о</u>г**: prison • **узнав<u>а</u>ть** АВАЙ / **узн<u>а</u>ть** АЙ: to find out • **арест<u>а</u>нт**: prisoner • **заболев<u>а</u>ть** АЙ / **забол<u>е</u>ть** ЕЙ: to get sick • **леж<u>а</u>ть** ЖА^{end}: to be in a lying position (to be in bed)

He was greatly troubled; he kept sending people to inquire about her. He soon learned that her illness was of no danger. Having learned, in her turn, how he missed her, how worried he was about her, Sonya sent him a note, written in pencil, and informed him that she was feeling much better, that she had a light cold, a mere trifle, and that soon, very soon, she'd come to his work site to see him. As he read this note, his heart was pounding, powerfully and painfully.	Он был <u>о</u>чень беспок<u>о</u>ен, посыл<u>а</u>л о ней справл<u>я</u>ться. Ск<u>о</u>ро узн<u>а</u>л он, что бол<u>е</u>знь её не оп<u>а</u>сна. Узн<u>а</u>в в свою <u>о</u>чередь, что он об ней так тоск<u>у</u>ет и заб<u>о</u>тится, С<u>о</u>ня присл<u>а</u>ла ем<u>у</u> зап<u>и</u>ску, нап<u>и</u>санную карандаш<u>о</u>м, и уведомл<u>я</u>ла ег<u>о</u>, что ей гор<u>а</u>здо л<u>е</u>гче, что у ней пуст<u>а</u>я, лёгкая прост<u>у</u>да и что он<u>а</u> ск<u>о</u>ро, <u>о</u>чень ск<u>о</u>ро, придёт повид<u>а</u>ться с ним на раб<u>о</u>ту. Когд<u>а</u> он чит<u>а</u>л <u>э</u>ту зап<u>и</u>ску, с<u>е</u>рдце ег<u>о</u> с<u>и</u>льно и б<u>о</u>льно б<u>и</u>лось.

беспок<u>о</u>йный: troubled, worried • **посыл<u>а</u>ть** АЙ / **посл<u>а</u>ть** n/sA (пошл<u>ю</u>, пошлёшь): to send • **справл<u>я</u>ться** АЙ / **спр<u>а</u>виться** И: to inquire • **бол<u>е</u>знь**, и: illness • **оп<u>а</u>сный**: dangerous • **<u>о</u>чередь**, и: turn; line (for waiting) • **тоскова<u>а</u>ть** ОВА: to miss, to long — to experience тоска • **заб<u>о</u>титься** И / **позаб<u>о</u>титься** И о ком: to be concerned about • **присыл<u>а</u>ть** АЙ / **присл<u>а</u>ть** n/sA (пришл<u>ю</u>, пришлёшь): to send • **зап<u>и</u>ска**: note • **уведомл<u>я</u>ть** АЙ / **ув<u>е</u>домить** И: to inform • **пуст<u>о</u>й**: empty, trifling • **лёгкий**, light, slight • **прост<u>у</u>да**: cold • **повид<u>а</u>ться** АЙ с кем: to see, visit • **б<u>и</u>ться** Ь: to beat (said of the heart)

Again the day was bright and warm. Early in the morning, around six o'clock, he set out for work, to the riverbank, where, in a shack, they'd set up a calcining furnace for alabaster, which they also ground there. Only three workers went there. One of the convicts had taken the guard and set off with him to the fortress to fetch some tool; the other had begun readying the firewood and loading it into the furnace. Raskolnikov emerged from the shack, and walked right up to the riverbank; he sat down on some logs piled near the shack and began to look at the wide, desolate river.	День оп<u>я</u>ть был <u>я</u>сный и тёплый. Р<u>а</u>нним <u>у</u>тром, час<u>о</u>в в шесть, он отпр<u>а</u>вился на раб<u>о</u>ту, на б<u>е</u>рег рек<u>и</u>, где в сара<u>е</u> устр<u>о</u>ена был<u>а</u> обжиг<u>а</u>тельная печь для алеб<u>а</u>стра и где толкл<u>и</u> ег<u>о</u>. Отпр<u>а</u>вилось туд<u>а</u> всег<u>о</u> три раб<u>о</u>тника. Од<u>и</u>н из арест<u>а</u>нтов взял конв<u>о</u>йного и пошёл с ним в кр<u>е</u>пость за как<u>и</u>м-то инструм<u>е</u>нтом; друг<u>о</u>й стал изготовл<u>я</u>ть дров<u>а</u> и накл<u>а</u>дывать в печь. Раск<u>о</u>льников в<u>ы</u>шел из сар<u>а</u>я на с<u>а</u>мый б<u>е</u>рег, сел на скл<u>а</u>денные у сар<u>а</u>я брёвна и стал гляд<u>е</u>ть на шир<u>о</u>кую и п<u>у</u>стынную р<u>е</u>ку.

ясный: bright • **тёплый**: warm • **ранний**: early • **отправляться** АЙ / **отправиться** И: to set off, depart • **берег**: shore, bank • **сарай**: shed, barn • **устраивать** АЙ / **устроить** И: to set up, arrange • (обжигательная) **печь**, и: (calcining) furnace • **алебастр**: alabaster • **толочь** К (толку, толчёшь; толок, толкла): to grind • **работник**: worker • **конвойный**: guard • **крепость**, и: fortress • **за** чем: to fetch, to get • **изготовлять** АЙ / **изготовить** И: to prepare, make • **дрова**, дров (pl.): firewood • **накладывать** АЙ / **наложить** И: to load, lay onto • **складенный**: piled, stacked • **бревно** (pl. брёвна): log • **широкий**: wide, broad • **пустынный**: empty, desolate; adj. from пустыня: an empty, desolate place (compare пустой: empty)

From the high riverbank, one could see far and wide. Singing drifted, barely audibly, from the other bank, far away. There, on the boundless steppe, awash in sunlight, nomadic *yurts* could be seen, as barely noticeable dark points. There was freedom there; completely different people lived there, nothing like the people here; there, it was as if time had stopped, as if the ages of Abraham and his flocks had not yet passed. Raskolnikov sat and gazed fixedly, unable to look away; his thoughts passed over into daydreams, into meditation; he thought of nothing, yet some sort of longing agitated and tormented him.

С высокого берега открывалась широкая окрестность. С дальнего другого берега чуть слышно доносилась песня. Там, в облитой солнцем необозримой степи, чуть приметными точками чернелись кочевые юрты. Там была свобода и жили другие люди, совсем не похожие на здешних, там как бы самое время остановилось, точно не прошли ещё века Авраама и стад его. Раскольников сидел, смотрел неподвижно, не отрываясь; мысль его переходила в грёзы, в созерцание; он ни о чём не думал, но какая-то тоска волновала его и мучила.

высокий: high, tall • **берег**: shore, bank • **открывать** АЙ / **открыть** ОЙ: to open, to reveal • **широкий**: wide, broad • **окрестность**, и: surroundings • **дальний**: distant, remote • **чуть**: barely • **слышно**: audibly, audible • **доноситься** И / **донестись** С: to "be carried to," to reach (said of sounds reaching the ear) • **песня**: song • **обливать** АЙ / **облить** Ь: to inundate • **необозримый**: boundless, unsurveyable (зреть Е = смотреть Е) • **степь**, и: steppe (flatland) • **приметный**: noticeable • **точка**: spot, point • **чернеть(ся)** ЕЙ: to appear black • **кочевой**: nomadic, nomad's • **юрта**: a yurt, a nomadic tent • **похожий** на кого: similar, resembling • **здешний**: adj. from здесь: here • **останавливаться** АЙ / **остановиться** И[shift]: to stop • **точно**: just as if • **век** (pl. века): century, age • **стадо**: cattle, herd • **неподвижный**: motionless • **отрывать** АЙ / **оторвать** n/sA: to tear away • **мысль**, и: thought • **грёзы**, грёз (pl.): daydreams • **созерцание**: meditation, contemplation • **тоска**: (empty, objectless) longing • **волновать** ОВА / **взволновать** ОВА: to trouble, worry, agitate • **мучить** И: to torment

Suddenly, Sonya turned up alongside him. She had approached, barely audibly, and sat down next to him. It was still very early; the morning cold had not yet let up. She was wearing her poor old cloak and a green shawl. Her face still bore signs of illness; it had grown thin and pale; her cheeks had sunk in. She

Вдруг подле него очутилась Соня. Она подошла едва слышно и села с ним рядом. Было ещё очень рано, утренний холодок ещё не смягчился. На ней был её бедный, старый бурнус и зелёный платок. Лицо её ещё носило признаки болезни, похудело, побледнело,

Reading Crime and Punishment in Russian / **Преступление и наказание**

gave a friendly and joyous smile — but, as was her habit, she extended her hand to him timidly.

осунулось. Она приветливо и радостно улыбнулась ему, но, по обыкновению, робко протянула ему свою руку.

очутиться И[shift] (perf.): to appear (unexpectedly) • **едва**: barely • **слышный**: audible • **рядом с кем**: next to • **утренний**: morning • **холодок**: холод: cold • **смягчать** АЙ / **смягчить** И[end]: to soften, mollify • **бурнус**: women's garment with wide sleeves • **плат(о)к**: scarf • **признак**: sign, indication • **болезнь**, и: illness • **худеть** ЕЙ / **похудеть** ЕЙ: to grow thin • **бледнеть** ЕЙ / **побледнеть** ЕЙ: to turn pale • **осунуться** НУ: to grow lean, look spent • **приветливый**: friendly • **радостный**: joyous • **улыбаться** АЙ / **улыбнуться** НУ[end]: to smile • **обыкновение**: habit • **робкий**: meek • **протягивать** АЙ / **протянуть** НУ[end]: to extend

She had always reached out her hand to him timidly, or sometimes had not even offered it at all, as if afraid that he would push it away. He had always taken her hand with revulsion, somehow; he'd always met her as if with annoyance, and sometimes remained stubbornly silent throughout her entire visit. It sometimes happened that she'd trembled before him, and departed in deep sorrow. But now their hands were not unclasped; he glanced at her, cursorily and quickly, said nothing, and lowered his eyes to the ground. They were alone; no one could see them.

Она всегда протягивала ему свою руку робко, иногда даже не подавала совсем, как бы боялась, что он оттолкнёт её. Он всегда как бы с отвращением брал её руку, всегда точно с досадой встречал её, иногда упорно молчал во всё время её посещения. Случалось, что она трепетала его и уходила в глубокой скорби. Но теперь их руки не разнимались; он мельком и быстро взглянул на неё, ничего не выговорил и опустил свои глаза в землю. Они были одни, их никто не видел.

подавать АВАЙ / **подать**: to give, serve • **отталкивать** АЙ / **оттолкнуть** НУ[end]: to push, shove away • **отвращение**: repulsion • **досада**: annoyance • **упорно**: stubbornly • **посещение**: a visit • **трепетать** А[shift] (трепещу, -ещешь): to tremble • **скорбь**, и: grief • **разниматься** АЙ / **разняться** НИМ[shift]: to be taken apart, separated **мельком**: in passing • **взглядывать** АЙ / **взглянуть** НУ[shift]: to glance **опускать** АЙ / **опустить** И[shift]: to lower, let fall • **конвойный**: guard • **пора**: time • **отворотиться** = отвернуться: to turn, look away

How it happened, he himself didn't know — but suddenly, something took hold of him, as it were, and somehow threw him to her feet. He wept, and embraced her knees. In the first momnt, she was terribly frightened, and her whole face grew stiff. She jumped up from her seat and looked at him, having begun to tremble. But right away, at that very moment, she came to understand everything. Boundless joy shone in her eyes; she'd

Как это случилось, он и сам не знал, но вдруг что-то как бы подхватило его и как бы бросило к ее ногам. Он плакал и обнимал ее колени. В первое мгновение она ужасно испугалась, и всё лицо её помертвело. Она вскочила с места и, задрожав, смотрела на него. Но тотчас же, в тот же миг она всё поняла. В глазах её засветилось бесконечное счастье; она поняла,

| understood — and for here there was no longer any doubt — that he loved her, that he loved her endlessly, that this moment had finally arrived... | и для неё уже не было сомнения, что он любит, бесконечно любит её и что настала же наконец эта минута... |

подхватывать АЙ / **подхватить** И^shift: to pick up, lift • **плакать** А: to cry • **обнимать** АЙ / **обнять** НИМ^shift: to embrace • **колено**, pl. колени: knee • **мгновение**: moment • **пугать** АЙ / **испугать** АЙ: to frighten • **мертветь** ЕЙ / **помертветь** ЕЙ: to grow numb • **вскакивать** АЙ / **вскочить** И^shift: to leap up • **миг**: moment • **светиться** И^shift: to shine, glimmer • **бесконечный**: endless • **сомнение**: doubt • **наставать** АВАЙ / **настать** Н: to arrive, come

| They were on the verge of speaking, but were unable to. Tears stood in their eyes. They were both pale and thin; but in their sick, pale faces, the dawn of a renewed future alrady shone — one full of resurrection into a new life. Love had resurrected them; the heart of each contained endless sources of life for the heart of the other... | Они хотели было говорить, но не могли. Слёзы стояли в их глазах. Они оба были бледны и худы; но в этих больных и бледных лицах уже сияла заря обновлённого будущего, полного воскресения в новую жизнь. Их воскресила любовь, сердце одного заключало бесконечные источники жизни для сердца другого. |

слеза, pl. слёзы: tear • **бледный**: pale • **худой**: thin, emaciated • **сиять** АЙ: to shine • **заря**: dawn • **обновлять** АЙ / **обновить** И^end: to renew • **будущее**: the future • **воскрешать** АЙ / **воскресить** И^end: to resurrect (transitive) • **заключать** АЙ: to contain • **источник**: source • **дургой**: the other (person)

| They resolved to wait, to be patient. They still had seven years left; and until that time — how much unendurable torment, how much endless joy! But he had risen from the dead, and he knew it, felt it fully, with all of his renewed being; while she — she, after all, lived by his life alone! | Они положили ждать и терпеть. Им оставалось ещё семь лет; а до тех пор столько нестерпимой муки и столько бесконечного счастия! Но он воскрес, и он знал это, чувствовал вполне всем обновившимся существом своим, а она — она ведь и жила только одною его жизнью! |

полагать АЙ / **положить** И^shift: to suppose, to resolve to • **ждать** n/sA: to wait • **терпеть** Е^shift: to be patient, to endure, to suffer • **оставаться** АВАЙ / **остаться** Н: to remain, be left • **до тех пор**: until that time • **нестерпимый**: unbearable • **мука**: torment • **бесконечный**: endless, infinite • **счастие** = счастье: joy • **воскресать** АЙ / **воскреснуть** (НУ): to be resurrected • **вполне**: fully • **обновлять** АЙ / **обновить** И: to renew • **существо**: being • **жизнь**, и: life

| During the evening of that same day, when they'd already closed the barracks, Raskolnikov lay on his bunk and thought about her. On that day, it even seemed | Вечером того же дня, когда уже заперли казармы, Раскольников лежал на нарах и думал о ней. В этот день ему даже показалось, что |

| to him as if all the convicts — his former enemies — regarded him somehow differently. He himself even struck up conversations with them, and they answered him with kindness. He recalled this now — but, after all, that was how it should be: should everything be different now? | как будто все каторжные, бывшие враги его, уже глядели на него иначе. Он даже сам заговаривал с ними, и ему отвечали ласково. Он припомнил теперь это, но ведь так и должно было быть: разве не должно теперь всё измениться? |

запирать АЙ / **запереть** /P: to close, lock • **казарма**: barrack • **нары**, нар (pl.): bunk • **каторжный**: penal laborer • **бывший**: former • **враг**, a: enemy • **иначе**: otherwise, in a different way • **заговаривать** АЙ / **заговорить** И: to begin to talk • **отвечать** АЙ / **ответить** И: to answer • **ласковый**: tender, affectionate • **припоминать** АЙ / **припомнить** И: to remember, recall • **изменяться** АЙ / **измениться** И: to change (intransitive)

| He thought about her. He remembered how he'd constantly tormented her, torn at her heart; he recalled her pale, thin little face — yet these memories almost didn't pain him now: he knew with what boundless love he would now redeem all of her suffering. | Он думал об ней. Он вспомнил, как он постоянно её мучил и терзал её сердце; вспомнил её бледное, худенькое личико, но его почти и не мучили теперь эти воспоминания: он знал, какою бесконечною любовью искупит он теперь все её страдания. |

вспоминать АЙ / **вспомнить** И: to recall • **постоянно**: constantly • **терзать** АЙ: to torment, to tear up • **бледный**: pale • **худенький**: dim. of худой: thin, gaunt • **личико**: dim. of лицо: face • **воспоминание**: memory, recollection • **бесконечный**: endless, infinite • **любовь**, любви: love • **искупать** АЙ / **искупить** И: to redeem • **страдание**: suffering

| And indeed, what were all, all those torments of the past! Everything, even his crime, even his sentence and exile, seemed to him now, in that first burst of inspiration, to be some external and strange fact that even seemed to have no connection with him. It must be said that on that evening he was unable to think about anything in an extended or concentrated fashion, to focus his thoughts on anything; and he wouldn't have resolved anything consciously at this point anyway; he could only feel. Life had taken the place of the old dialectic, and something entirely new must now take shape in his consciousness. | Да и что такое эти все, все муки прошлого! Всё, даже преступление его, даже приговор и ссылка, казались ему теперь, в первом порыве, каким-то внешним, странным, как бы даже и не с ним случившимся фактом. Он, впрочем, не мог в этот вечер долго и постоянно о чём-нибудь думать, сосредоточиться на чём-нибудь мыслью; да он ничего бы и не разрешил теперь сознательно; он только чувствовал. Вместо диалектики наступила жизнь, и в сознании должно было выработаться что-то совершенно другое. |

мука: torment • **приговор**: sentence • **ссылка**: (Siberian) exile • **порыв**: burst, impulse • **внешний**: external • **случаться** АЙ / **случиться** И[end]: to happen • **постоянно**: constantly

- **сосредото́чиваться** АЙ / **сосредото́читься** И на чём: to focus on • **мысль**: thought, thinking • **разреша́ть** АЙ / **разреши́ть** И[end]: to resolve • **созна́тельно**: consciously • **вме́сто** чего: instead of • **диале́ктика**: dialectic(s) • **наступа́ть** АЙ / **наступи́ть** И[shift]: to come, arrive • **созна́ние**: consciousness • **выраба́тывать** АЙ / **вы́работать** АЙ: to work out, develop, produce

Beneath his pillow lay the Gospel. He took it mechanically. This book belonged to her — it was the same one from which she had read him about the resurrection of Lazarus. When his prison life began, he'd thought that she'd torment him with religion, that she'd constantly be bringing up the Gospel, and foist books upon him. But, to his great surprise, she hadn't mentioned it, not even a single time, and had not suggested that he read the Gospel. He himself had requested it from her not long before his illness began; and she had brought him this book. He hadn't even opened it yet.	Под поду́шкой его́ лежа́ло Ева́нгелие. Он взял его́ машина́льно. Э́та кни́га принадлежа́ла ей, была́ та са́мая, из кото́рой она́ чита́ла ему́ о воскресе́нии Ла́заря. В нача́ле ка́торги он ду́мал, что она́ заму́чит его́ рели́гией, бу́дет загова́ривать о Ева́нгелии и навя́зывать ему́ кни́ги. Но, к велича́йшему его́ удивле́нию, она́ ни ра́зу не загова́ривала об э́том, ни ра́зу да́же не предложи́ла ему́ Ева́нгелия. Он сам попроси́л его́ у ней незадо́лго до свое́й боле́зни, и она́ мо́лча принесла́ ему́ кни́гу. До сих пор он её и не раскрыва́л.

поду́шка: pillow • **Ева́нгелие**: Gospel (from Greek εὐαγγέλιον, "Good News") • **машина́льно**: mechanically, unfeelingly • **принадлежа́ть** ЖА кому: to belong to • **воскресе́ние**: resurrection • **нача́ло**: beginning • **ка́торга**: penal labor • **заму́чивать** АЙ / **заму́чить** И: to torment (completely) • **рели́гия**: religion • **загова́ривать** АЙ / **заговори́ть** И: to begin to speak • **навя́зывать** АЙ / **навяза́ть** А[shift] кому что: to foist upon, to "tie onto" • **велича́йший**: extremely great; superlative of **вели́кий**: great • **удивле́ние**: surprise • **ни ра́зу**: not once • **предлага́ть** АЙ / **предложи́ть** И[shift]: to propose, suggest • **проси́ть** И[shift] / **попроси́ть** И: to ask, request • **незадо́лго** до чего: not long before • **боле́знь**, и: illness • **мо́лча**: silently • **до сих пор**: until now • **раскрыва́ть** АЙ / **раскры́ть** ОЙ[stem]: to spread open

Nor did he open it now; but a certain thought flashed through his mind: "It is possible now that her convictions could not become mine as well? Her feelings, her strivings, at the very least…"	Он не раскры́л её и тепе́рь, но одна́ мысль промелькну́ла в нём: "Ра́зве мо́гут её убежде́ния не быть тепе́рь и мои́ми убежде́ниями? Её чу́вства, её стремле́ния, по кра́йней ме́ре…"
She too was agitated that entire day, and that night she even felt sickly. But she was so happy that she almost took fright at her happiness. Seven years, *only* seven years! At the outset of their happinesss, at certain moments, they were both prepared to look at these seven years as if they were seven days. He didn't even know that a new life would	Она́ то́же весь э́тот день была́ в волне́нии, а в ночь да́же опя́ть захвора́ла. Но она́ была́ до того́ сча́стлива, что почти́ испуга́лась своего́ сча́стья. Семь лет, *то́лько* семь лет! В нача́ле своего́ сча́стия, в ины́е мгнове́ния, они́ о́ба гото́вы бы́ли смотре́ть на э́ти семь лет, как на семь дней. Он да́же и не знал

not be won without effort, that it must be bought at a great price, paid with by some great feat still to come...

того, что новая жизнь не даром же ему достаётся, что её надо ещё дорого купить, заплатить за неё великим, будущим подвигом...

промелькнуть НУ (perf.): to glimmer, flash by • **убеждение**: conviction • **чувство**: feeling • **стремление**: striving • **по крайней мере**: at least • **волнение**: agitation • **хворать** АЙ / **захворать** АЙ: to be sick / become sick • **счастливый**: happy • **пугаться** АЙ / **испугаться** АЙ чего: to be frightened by • **счастье**: joy, happiness • **начало**: beginning • **иной**: another; a certain, many a... • **мгновение**: moment • **доставать** АВАЙ / **достать** H^{stem}: to attain, get • **платить** И^{shift} / **заплатить** И: to pay • **будущий**: future • **подвиг**: a (spiritual) feat

But here a new story begins — the story of the gradual renewal of a human being, the story of his gradual rebirth, his gradual passage from one world into another, his coming to know a new and heretofore completely unknown reality. This could serve as the theme of a new narrative — but our present narrative is now at an end.

Но тут уж начинается новая история, история постепенного обновления человека, история постепенного перерождения его, постепенного перехода из одного мира в другой, знакомства с новою, доселе совершенно неведомою действительностью. Это могло бы составить тему нового рассказа, — но теперешний рассказ наш окончен.

постепенный: gradual • **обновление**: renewal • **перерождение**: rebirth • **переход**: transition • **знакомство**: acquaintance, getting to know • **доселе**: up to that point, previously • **неведомый**: unknown • **действительность**, и: reality • **составлять** АЙ / **составить** И: to comprise, constitute • **теперешний**: present, adj. from теперь • **оканчивать** АЙ / **окончить** И: to end, complete

Guide to Verb Types

* asterisks mark a position where a mutation occurs, whenever possible

type	stem	non-past forms	infinitive	past forms
consonant stems + ё endings (-у/-ю, -ёшь, -ёт, -ём, -ёте, -ут/-ют)				
АЙ	чит-ай-	чита́ю, чита́ешь… чита́ют	чита́ть: read	чита́л, чита́ла, чита́ло, чита́ли
ЕЙ	ум-ей-	уме́ю, уме́ешь… уме́ют	уме́ть: know how	уме́л, уме́ла, уме́ло, уме́ли
	стар-ей-	старе́ю, старе́ешь… старе́ют	старе́ть: grow old	старе́л, старе́ла, старе́ло, старе́ли
АВАЙ (only 3 basic verbs)	дай-	даю́, даёшь… даю́т (авай → а)	дава́ть: give	дава́л, дава́ла, дава́ло, дава́ли
	у-знай-	узнаю́, узнаёшь… узнаю́т (авай → а)	узнава́ть: find out	узнава́л, узнава́ла, узнава́ло, узнава́ли
	в-стай-	встаю́, встаёшь… встаю́т (авай → а)	встава́ть: get up	встава́л, встава́ла, встава́ло, встава́ли
vowel stems + и endings (-у/-ю, -ишь, -ит, -им, -ите, -ат/-ят)				
И (mutation in я form, when possible)	отве́т-и-	отве́чу*, отве́тишь… отве́тят	отве́тить: answer	отве́тил, отве́тила, отве́тило, отве́тили
	реш-и-	решу́, реши́шь… реша́т	реши́ть: solve	реши́л, реши́ла, реши́ло, реши́ли
	люб-и-	люблю́*, лю́бишь… лю́бят	люби́ть: love	люби́л, люби́ла, люби́ло, люби́ли
	говор-и-	говорю́, говори́шь… говоря́т	говори́ть: say, speak	говори́л, говори́ла, говори́ло, звони́ли
Е (like И)	сид-е-	сижу́, сиди́шь… сидя́т	сиде́ть: sit	сиде́л, сиде́ла, сиде́ло, сиде́ли
	смотр-е-	смотрю́, смо́тришь… смо́трят	смотре́ть: watch	смотре́л, смотре́ла, смотре́ло, смотре́ли
ЖА (ЙА)	леж-а-	лежу́, лежи́шь… лежа́т	лежа́ть: see	лежа́л, лежа́ла, лежа́ло, лежа́ли
	стой-а-	стою́, стои́шь… стоя́т	стоя́ть: watch	стоя́л, стоя́ла, стоя́ло, стоя́ли
vowel stems + ё endings (-у/-ю, -ёшь, -ёт, -ём, -ёте, -ут/-ют)				
А	пис-а-	пишу́*, пи́шешь*… пи́шут*	писа́ть: write	писа́л, писа́ла, писа́ло, писа́ли
	смей-а-	смею́сь, смеёшься… смею́тся	смея́ться: laugh	смея́лся, смея́лась, смея́лось, смея́лись

type	stem	non-past forms	infinitive	past forms
n/sA	ж/д-а-	жду, ждёшь… ждут	ждать: wait	ждал, ждала, ждало, ждали
	з/в-а-	зову, зовёшь… зовут (inserted o)	звать: call, summon	звал, звала, звало, звали
	б/р-а-	беру, берёшь… берут (inserted e)	брать: take	брал, брала, брало, брали
ОВА (ЕВА)	рис-ова-	рисую, рисуешь… рисуют (ова → у)	рисовать: draw	рисовал, рисовала, рисовали
	танц-ева-	танцую, танцуешь… танцуют (ева → у)	танцевать: dance	танцевал, танцевала, танцевали
	с-ова-	сую, суёшь… суют (ова → у)	совать: stick, shove	совал, совала, совало, совали
	во-ева-	воюю, воюешь… воюют (ева → ю)	воевать: wage war	воевал, воевала, воевало, воевали
O	бор-о-	борюсь, борешься… борются	бороться: struggle	боролся, боролась, боролось, боролись
НУ	отдох-ну-	отдохну, отдохнёшь… отдохнут	отдохнуть: relax	отдохнул, отдохнула, отдохнули
(НУ)	при-вык-ну-	привыкну, привыкнешь… привыкнут	привыкнуть: get used	привык, привыкла, привыкло, привыкли

non-suffixed stems (ё endings only!)

type	stem	non-past forms	infinitive	past forms

syllabic resonant stems

type	stem	non-past forms	infinitive	past forms
В	жив-	живу, живёшь… живут	жить: live	жил, жила, жило, жили
Н	о-ден-	одену, оденешь… оденут	одеть: dress	одел, одела, одело, одели
Й	дуй-	дую, дуешь… дуют	дуть: blow	дул, дула, дуло, дули
ОЙ	мой-	мою, моешь… моют	мыть: wash	мыл, мыла, мыло, мыли
Ь	пь-	пью, пьёшь… пьют	пить: drink	пил, пила, пило, пили

non-syllabic resonant stems

type	stem	non-past forms	infinitive	past forms
/Р	ум/р-	умру, умрёшь… умрут	умереть: die	умер, умерла, умерло, умерли
/М	ж/м-	жму, жмёшь… жмут	жать: squeeze	жал, жала, жало, жали
/Н	нач/н-	начну, начнёшь… начнут	начать: begin	начал, начала, начало, начали
Й/М	по-й/м-	пойму, поймёшь… поймут	понять: understand	понял, поняла, поняло, поняли
НИМ	с-ним-	сниму, снимешь… снимут	снять: take off	снял, сняла, сняло, сняли

obstruent stems (note past tense forms and infinitives in -сти / -чь)

Д	вед-	веду, ведёшь... ведут	вёл, вела, вело, вели	**вести**: lead
Т	мет-	мету, метёшь... метут	мёл, мела, мело, мели	**мести**: sweep
З	нес-	несу, несёшь... несут	нёс, несла, несло, несли	**нести**: carry
С	вез-	везу, везёшь... везут	вёз, везла, везло, везли	**везти**: convey
Г	мог-	могу, можешь*... могут (note г → ж)	мог, могла, могло, могли	**мочь**: be able
К	пек-	пеку, печёшь*... пекут (note к → ч)	пёк, пекла, пекло, пекли	**печь**: bake
Б	греб-	гребу, гребёшь... гребут	грёб, гребла, гребло, гребли	**грести**: rake, row

* asterisks mark a position where a mutation occurs, whenever possible

Guide to All Verbs of Motion

	unprefixed verbs of motion			base pairs for prefixation	
	two imperfective infinitives!		perfective		
	indeterminate	determinate	setting out /	imperfective	perfective
	around / round trip	underway	assumed arrival		
	⟲	→	↑ ↥		
to go by foot	ходить И	идти (иду, идёшь | шёл, шла, шли)	пойти	-ходить И	-йти
to go by vehicle	ездить И	ехать (еду, едешь, едят)	поехать	-езжать АЙ	-ехать
to go by air, fly	летать АЙ	лететь Е (лечу, летишь)	полететь Е	-лететь Е	-лететь Е
to run	бегать АЙ	бежать (бегу, бежишь, бегут)	побежать	-бегать АЙ	-бежать
to go by water	плавать АЙ	плыть B (плыву, плывёшь)	поплыть B	-плывать АЙ	-плыть B

basic verbs of conveyance:

to carry (on foot)	носить И	нести С (несу, несёшь | нёс, несла)	понести С	-носить И	-нести С
to lead	водить И	вести Д (веду, ведёшь | вёл, вела)	повести Д	-водить И	-вести Д
to take by vehicle	возить И	везти З (везу, везёшь | вёз, везла)	повезти З	-возить И	-везти З

advanced verbs of motion & conveyance:

to pull, drag	таскать АЙ	тащить И[shift]	потащить И	-таскивать АЙ	-тащить И
to drive, chase	гонять АЙ	гнать (гоню, гонишь, гонят)	повести Д	-гонять АЙ	-гнать
to climb	лазить И	лезть З (лезу, лезешь | лез, лезла)	повезти З	-лезать АЙ	-лезть З
to crawl, creep	ползать АЙ	ползти З (ползу, ползёшь | полз, -зла)	поползти З	-ползать АЙ	-ползти З
to make roll	катать АЙ	катить И[shift]	покатить И	-катывать АЙ	-катить И
to be rolling	кататься АЙ	катиться И[shift]	покатиться И	-катываться АЙ	-катиться И
to make tumble	валять АЙ	валить И[shift]	повалить И	-валивать АЙ	-валить И
to be tumbling	валяться АЙ	валиться И[shift]	повалиться И	-валиваться АЙ	-валиться И
to roam, ramble	бродить И[end]	брести Д (бреду, бредёшь | брёл, -ла)	побрести Д	-бредать АЙ	-брести Д

291

Sample sets of deverbals from given aspectual pairs

Forms left blank indicate that the given deverbal is simply not used for the given verb.

	чит<u>а</u>ть AЙ	проч<u>и</u>тать AЙ
adverb: imperfective	чит<u>а</u>я — while reading	
adverb: perfective		прочит<u>а</u>в — having read
adjective: active: present	чит<u>а</u>ющий — who is reading	
adjective: active: past	чит<u>а</u>вший — who was reading	прочит<u>а</u>вший — who (has, had) read
adjective: passive: present	чит<u>а</u>емвый — which is being read	
adjective: passive: past		прочит<u>а</u>нный — read

	стр<u>о</u>ить И	постр<u>о</u>ить И
adverb: imperfective	стр<u>о</u>я — while building	
adverb: perfective		постр<u>о</u>ив — having built
adjective: active: present	стр<u>о</u>ящий — who is building	
adjective: active: past	стр<u>о</u>ивший — who was building	постр<u>о</u>ивший — who (has, had) built
adjective: passive: present	стр<u>о</u>имый — which is being built	
adjective: passive: past		постр<u>о</u>енный — built

	пис<u>а</u>ть A	напис<u>а</u>ть A
adverb: imperfective		

adverb: perfective		написа́в	having written
adjective: active: present	пи́шущий		who is writing
adjective: active: past	писа́вший	написа́вший	who was writing / who (has, had) written
adjective: passive: present			
adjective: passive: past		напи́санный	written

заплани́ровать OBA

adverb: imperfective			while planning
adverb: perfective		заплани́ровав	having planned
adjective: active: present	плани́рующий		who is planning
adjective: active: past	плани́ровавший	заплани́ровавший	who was planning / who (has, had) planned
adjective: passive: present	плани́руемый		which is being planned
adjective: passive: past		заплани́рованный	planned

мыть OЙ / вы́мыть OЙ

adverb: imperfective	мо́я		while washing
adverb: perfective		вы́мыв	having washed
adjective: active: present	мо́ющий		who is washing
adjective: active: past	мы́вший	вы́мывший	who was washing / who (has, had) washed
adjective: passive: present	мо́емый		which is being washed
adjective: passive: past		вы́мытый	washed

293

прода_ва_ть АВАЙ

adverb: imperfective	прода_ва_я	while selling
adverb: perfective		
adjective: active: present	прода_ю_щий	who is selling
adjective: active: past	прода_ва_вший	who was selling
adjective: passive: present	прода_ва_емый	which is being sold
adjective: passive: past		

прода_ть_ АЙ

adverb: imperfective		
adverb: perfective	прода_в_	having sold
adjective: active: present		
adjective: active: past	прода_в_ший	who (has, had) sold
adjective: passive: present		
adjective: passive: past	прода_нн_ый	sold

снима_ть_ АЙ

adverb: imperfective	снима_я_	while taking off
adverb: perfective		
adjective: active: present	снима_ю_щий	who is taking off
adjective: active: past	снима_в_ший	who was taking off
adjective: passive: present	снима_ем_ый	which is being taken off
adjective: passive: past		

снять НИМ

adverb: imperfective		
adverb: perfective	сня_в_	having taken off
adjective: active: present		
adjective: active: past	сня_в_ший	who (has, had) taken off
adjective: passive: present		
adjective: passive: past	сня_т_ый	taken off

возвраща_ть_ся АЙ

adverb: imperfective	возвраща_я_сь	while returning
adverb: perfective		
adjective: active: present	возвраща_ю_щийся	who is returning
adjective: active: past	возвраща_в_шийся	who was returning
adjective: passive: present		
adjective: passive: past		

верну_ть_ся НУ

adverb: imperfective		
adverb: perfective	верну_в_шись	having returned
adjective: active: present		
adjective: active: past	верну_в_шийся	who (has, had) returned
adjective: passive: present		
adjective: passive: past		

входи́ть И / войти́

adverb: imperfective	входя́	while entering	
adverb: perfective			войдя́ — having entered
adjective: active: present	входя́щий	who is entering	
adjective: active: past	входи́вший	who was entering	воше́дший — who (has, had) entered
adjective: passive: present			
adjective: passive: past			

приноси́ть И / принести́ С

adverb: imperfective	принося́	while bringing	
adverb: perfective			принеся́ — having brought
adjective: active: present	принося́щий	who is bringing	
adjective: active: past	принося́вший	who was bringing	принёсший — who (has, had) brought
adjective: passive: present	принося́мый	which is being brought	
adjective: passive: past			принесённый — brought

295

Verbal adverbs

-я

take third plural, remove ending	add -я (-а)	stress?	final form	
чит**а**ть АЙ → они чит**а**-ют	чит**а**-я	я чит**а**ю	чит**а**я	(while) reading
стр**о**ить И → они стр**о**-ят	стр**о**-я	я стр**о**ю	стр**о**я	(while) building
говор**и**ть И → они говор-**я**т	говор-**я**	я говор**ю**	говор**я**	(while) speaking

forms affected by the 8-letter spelling rule (no -я following г, к, х, ж, ч, ш, щ, ц):

иск**а**ть А → они ищ-**у**т	ищ**а**-а	я ищ**у**	ищ**а**	(while) searching

follow the same steps for reflexive verbs; just add -сь afterward!

сме**я**ться А → они сме-**ю**тся	сме-**я**сь	я сме**ю**сь	сме**я**сь	(while) laughing

verbal adverbs from АВАЙ verbs can't be found using this step-by-step method:

продав**а**ть АВАЙ → —	—	—	продав**а**я	(while) selling

-в

take past-tense form, remove -л	add -в		final form	
прочит**а**ть АЙ → он прочит**а**-л	прочит**а**-в		прочит**а**в	having read
постр**о**ить И → он постр**о**и-л	постр**о**и-в		постр**о**ив	having built
сказ**а**ть А → он сказ**а**-л	сказ**а**-в		сказ**а**в	having said

reflexive verbs take the ending -вшись:

встр**е**титься И → он встр**е**ти-лся	встр**е**ти-вшись		встр**е**тившись	having met

-я

take third plural, remove ending	add -я	stress?	final form	
принест**и** С → они принес-**у**т	принес-**я**	я принес**у**	принес**я**	having brought
войт**и** → они войд-**у**т	войд**я**	я войд**у**	войд**я**	having walked out
в**ы**йти → они в**ы**йд-ут	в**ы**йд**я**	я в**ы**йду	в**ы**йдя	having walked out

296

Verbal adjectives: active

-щий

	take third plural, remove the т	add -щий	stress?	final form	
	чит**а**ть **АЙ** → они чит**а**ю-**т**	чита**ю**-**щий**	я чит**а**ю	чит**а**ющий	who is reading
	стро**и**ть **И** → они стро**я**-**т**	стро**я**-**щий**	я стр**о**ю	стро**я**щий	who is building
	говор**и**ть **И** → они говор**я**-**т**	говор**я**-**щий**	я говор**ю**	говор**я**щий	who is talking

reflexive verbs simply add -**ся** (NEVER -**сь**!), and so end in -**щийся**:

	уч**и**ться **И** → они уч**а**-**тся**	уч**а**-**щийся**	я уч**у**сь	уч**а**щийся	who is studying

a few verbs, especially **A** verbs, don't follow the general stress pattern:

	пис**а**ть **A** → они пиш**у**-**т**	пиш**у**-**щий**	я пиш**у**	пиш**у**щий	who is writing

-вший

	take past-tense form, remove -л	add -(в)ший		final form	
	чит**а**ть **АЙ** → он чит**а**-**л**	чит**а**-**вший**		чит**а**вший	who was reading
	прочит**а**ть **АЙ** → он прочит**а**-**л**	прочит**а**-**вший**		прочит**а**вший	who has read

for reflexive verbs, simply add the reflexive particle, producing the ending -**вшийся**:

	стро**и**ться **И** → он стр**о**и-**лся**	стр**о**и-**вший-ся**		стро**и**вшийся	which was being built

if the past form doesn't end in -**л**, acd **ший** (not вший!) directly to the past-tense form:

-ший

				final form	
	нест**и** **С** →	он нёс	нёс-**ший**	нёсший	who was carrying
	принест**и** **С** →	он принёс	принёс-**ший**	принёсший	who has brought
	вест**и** **Д** →	он вёл (вёд)	вёд-**ший** (no ё!)	в**е**дший	who was leading

The motion verb **идти** and related prefixed forms in -**йти** are somewhat irregular:

	идт**и** →	он шёл	but: шед-**ший**	ш**е**дший	who was going
	прийт**и** →	он пришёл	but: пришед-**ший**	прише**д**ший	who has arrived

297

Verbal adjectives: passive

-мый

take мы form*	add -ый	final form	
чит<u>а</u>ть АЙ → мы чит<u>а</u>ем	чит<u>а</u>ем-**ый**	чит<u>а</u>емый	which is being read
стр<u>о</u>ить И → мы стр<u>о</u>им	стр<u>о</u>им-**ый**	стр<u>о</u>имый	which is being built
продав<u>а</u>ть АВАЙ → мы продаё́м	продаё́м-**ый**	продав<u>а</u>емый	which is being sold

obstruents add -**омый** directly to their stem, but these forms are rarely seen:

нест<u>и</u> С → мы нес-ём	нес-**омый**	нес<u>о</u>мый	which is being carried

-анный

infinitive, minus -ть	add -нный; stress jumps back	final form	
прочит<u>а</u>ть АЙ →	прочит<u>а</u>-нный	проч<u>и</u>танный	read
напис<u>а</u>ть И →	напис<u>а</u>-нный	нап<u>и</u>санный	written
арестов<u>а</u>ть ОВА →	арестов<u>а</u>-нный	аресто́ванный	arrested
потер<u>я</u>ть АЙ →	потер<u>я</u>-нный	пот<u>е</u>рянный	lost

-тый

infinitive, minus -ть	add -тый; stress unchanged	final form	
разб<u>и</u>ть Ь →	разб<u>и</u>-тый	разб<u>и</u>тый	broken
пом<u>ы</u>ть ОЙ →	пом<u>ы</u>-тый	пом<u>ы</u>тый	washed
сня́ть НИМ →	сня́-тый	сня́тый	removed
нач<u>а</u>ть Н →	нач<u>а</u>-тый (note stress)	н<u>а</u>чатый	begun
од<u>е</u>ть Н →	од<u>е</u>-тый	од<u>е</u>тый	dressed
согр<u>е</u>ть ЕЙ →	согр<u>е</u>-тый	согр<u>е</u>тый	warmed

The rare verb type /**P** happens to have multi-syllabic infinitives; its PPP's retain the final stem consonant -P:

стер<u>е</u>ть /P →	стё́р-тый	стё́ртый	erased

299

-тый

The types **O** and **НУ** also form PPP's in **-тый**, despite having multi-syllabic infinitives:

расколо-ть O →	расколо́тый	split
переверну-ть НУ → (note stress)	перевё́рнутый (note stress)	overturned

-анный

Some monosyllabic infinitives form PPP's in **-анный**! These include the irregular verbs **дать** and **-брать**:

да-ть →	да́нный	given

n/sA verbs also form PPP's in **-анный**, despite having monosyllabic infinitives:

собра-ть →	со́бранный	gathered
назва-ть →	на́званный	named

-енный

infinitive	mutation: я	stress: ты	final form	
пригото́вить И →	приготовлю́	пригото́вишь	пригото́вленный	prepared
купи́ть И shift →	куплю́	ку́пишь	ку́пленный	bought
реши́ть И end →	решу́	реши́шь	решённый	solved

Obstruent verbs also form their PPP's in **-енный / -ённый**:

-ённый

принести́ С →	принесу́	принесё́шь	принесё́нный	brought
перевести́ Д →	переведу́	переведё́шь	переведё́нный	translated
постри́чь Г →	постригу́	постриже́шь	постри́женный	trimmed
испе́чь К →	испеку́	испечё́шь	испечё́нный	baked

A select number of verbs show Church Slavonic mutations, т → щ and д → жд:

-ённый

преврати́ть И →	превращу́	преврати́шь	превращё́нный	transformed
освободи́ть И →	[освобожду́]*	освободи́шь	освобождё́нный	liberated

Guide to noun declensions

masculine nouns

	hard		soft		special soft	
	singular	plural	singular	plural	singular	plural
nom.	стол	столы	словарь	словари	музей	музеи
gen.	стола	столов	словаря	словарей	музея	музеев
acc.	стол	столы	словарь	словари	музей	музеи
animate:	студента	студентов	писателя	писателей		
dat.	столу	столам	словарю	словарям	музею	музеям
prep.	столе	столах	словаре	словарях	музее	музеях
instr.	столом	столами	словарём	словарями	музеем	музеями

	special soft	
	singular	plural
nom.	критерий	критерии
gen.	критерия	критериев
acc.	критерий	критерии
animate:	гения	гениев
dat.	критерию	критериям
prep.	критерии	критериях
instr.	критерием	критериями

feminine nouns

	hard		soft		special soft		и-nouns	
	singular	plural	singular	plural	singular	plural	singular	plural
nom.	газета	газеты	неделя	недели	лекция	лекции	тетрадь	тетради
gen.	газеты	газет	недели	недель	лекции	лекций	тетради	тетрадей
acc.	газету	газеты	неделю	недели	лекцию	лекции	тетрадь	тетради
dat.	газете	газетам	неделе	неделям	лекции	лекциям	тетради	тетрадям
prep.	газете	газетах	неделе	неделях	лекции	лекциях	тетради	тетрадях
instr.	газетой	газетами	неделей	неделями	лекцией	лекциями	тетрадью	тетрадями

(семьёй / семьями shown under feminine soft instr.)

neuter nouns

	hard		soft		special soft	

	singular	plural
nom.	окн**о**	**о**кна
gen.	окн**а**	**о**кон
acc.	окн**о**	**о**кна
dat.	окн**у**	**о**кнам
prep.	окн**е**	**о**кнах
instr.	окн**ом**	**о**кнами

	singular	plural
nom.	мор**е**	мор**я**
gen.	мор**я**	мор**ей**
acc.	мор**е**	мор**я**
dat.	мор**ю**	мор**ям**
prep.	мор**е**	мор**ях**
instr.	мор**ем**	мор**ями**

	singular	plural
nom.	бель**ё**	—
gen.	бель**я**	—
acc.	бель**ё**	—
dat.	бель**ю**	—
prep.	бель**е**	—
instr.	бель**ём**	—

	singular	plural
nom.	здание	здан**ия**
gen.	здан**ия**	здан**ий**
acc.	здание	здан**ия**
dat.	здан**ию**	здан**иям**
prep.	**здании**	здан**иях**
instr.	здан**ием**	здан**иями**

friend
	singular	plural
nom.	друг	друзь**я**
gen.	друг**а**	друз**ей**
acc.	друг**а**	друз**ей**
dat.	друг**у**	друзь**ям**
prep.	друг**е**	друзь**ях**
instr.	друг**ом**	друзь**ями**

son
	singular	plural
nom.	сын	сыновь**я**
gen.	сын**а**	сынов**ей**
acc.	сын**а**	сынов**ей**
dat.	сын**у**	сыновь**ям**
prep.	сын**е**	сыновь**ях**
instr.	сын**ом**	сыновь**ями**

sister
	singular	plural
nom.	сестр**а**	сёстр**ы**
gen.	сестр**ы**	сест**ёр**
acc.	сестр**у**	сест**ёр**
dat.	сестр**е**	сёстр**ам**
prep.	сестр**е**	сёстр**ах**
instr.	сестр**ой**	сёстр**ами**

daughter
	singular	plural
nom.	дочь	дочер**и**
gen.	дочер**и**	дочер**ей**
acc.	дочь	дочер**ей**
dat.	дочер**и**	дочер**ям**
prep.	дочер**и**	дочер**ях**
instr.	дочер**ью**	дочер**ями**

child
	singular	plural
nom.	ребёнок	дети
gen.	ребёнка	детей
acc.	ребёнка	детей
dat.	ребёнку	детям
prep.	ребёнке	детях
instr.	ребёнком	**детьми**

master, host, landlord
	singular	plural
nom.	хозяин	хозяева
gen.	хозяина	хозяев
acc.	хозяина	хозяев
dat.	хозяину	хозяевам
prep.	хозяине	хозяевах
instr.	хозяином	хозяевами

brother
	singular	plural
nom.	брат	брать**я**
gen.	брат**а**	брать**ев**
acc.	брат**а**	брать**ев**
dat.	брат**у**	брать**ям**
prep.	брат**е**	брать**ях**
instr.	брат**ом**	брать**ями**

neighbor
	singular	plural
nom.	сосед	сосед**и**
gen.	сосед**а**	сосед**ей**
acc.	сосед**а**	сосед**ей**
dat.	сосед**у**	сосед**ям**
prep.	сосед**е**	сосед**ях**
instr.	сосед**ом**	сосед**ями**

mother
	singular	plural
nom.	мать	матер**и**
gen.	матер**и**	матер**ей**
acc.	мать	матер**ей**
dat.	матер**и**	матер**ям**
prep.	матер**и**	матер**ях**
instr.	матер**ью**	матер**ями**

person, human being
	singular	plural
nom.	человек	люди
gen.	человека	людей
acc.	человека	людей
dat.	человеку	людям
prep.	человеке	людях
instr.	человеком	**людьми**

Guide to declension of names

	female names		
	имя	отчество	фамилия
nom.	Марина	Ивановна	Цветаева
gen.	Марины	Ивановны	**Цветаевой**
acc.	Марину	Ивановну	Цветаеву
dat.	Марине	Ивановне	**Цветаевой**
prep.	Марине	Ивановне	Цветаевой
instr.	Мариной	Ивановной	**Цветаевой**

	male names		
	имя	отчество	фамилия
nom.	Михаил	Афанасьевич	Булгаков
gen.	Михаила	Афанасьевича	Булгакова
acc.	Михаила	Афанасьевича	Булгакова
dat.	Михаилу	Афанасьевичу	Булгакову
prep.	Михаиле	Афанасьевиче	Булгакове
instr.	Михаилом	Афанасьевичем	**Булгаковым**

	short forms	
	Михаил	Дарья
nom.	Миша	Даша
gen.	Миши	Даши
acc.	Мишу	Дашу
dat.	Мише	Даше
prep.	Мише	Даше
instr.	Мишей	Дашей

	male	female
nom.	Маяковский	Маяковская
gen.	Маяковского	Маяковской
acc.	Маяковского	Маяковскую
dat.	Маяковскому	Маяковской
prep.	Маяковском	Маяковской
instr.	Маяковским	Маяковской

	male	female
nom.	Бахтин	Бахтина
gen.	Бахтина	**Бахтиной**
acc.	Бахтина	Бахтину
dat.	Бахтину	**Бахтиной**
prep.	Бахтине	Бахтиной
instr.	**Бахтиным**	**Бахтиной**

nom.	Барак Обама
gen.	Барака Обамы
acc.	Барака Обаму
dat.	Бараку Обаме
prep.	Бараке Обаме
instr.	Бараком Обамой

nom.	Пастернак
gen.	Пастернака
acc.	Пастернака
dat.	Пастернаку
prep.	Пастернаке
instr.	Пастернаком

Guide to declension of pronouns

	what?	who?	I	you (s.)	we	you (pl.)	he (masc.)	she (fem.)	it (neut.)	they
nom.	что	кто	я	ты	мы	вы	он	она	оно	они
gen.	чего	кого	меня	тебя	нас	вас	его / него	её / неё	его / него	их / них
acc.	что	кого	меня	тебя	нас	вас	его / него	её / неё	его / него	их / них
dat.	чему	кому	мне	тебе	нам	вам	ему / нему	ей / ней	ему / нему	им / ним
prep.	чём	ком	мне	тебе	нас	вас	нём	ней	нём	них
instr.	чем	кем	мной	тобой	нами	вами	им / ним	ей / ней	им / ним	ими / ними

oneself

nom.	—
gen.	себя
acc.	себя
dat.	себе
prep.	себе
instr.	собой

each other

acc.	друг друга
dat.	друг другу

A preposition typically falls in the middle, and, again, only the second **друг** declines:

acc.	друг на друга	Они смотрели **друг на друга**.	at each other
gen.	друг без друга	Мы не можем жить **друг без друга**.	without each other
dat.	друг к другу	Мы привыкли **друг к другу**.	to each other
prep.	друг о друге	Они часто думают **друг о друге**.	about each other
instr.	друг с другом	Мы ходили в театр **друг с другом**.	with each other

Мы хорошо знаем **друг друга**. — each other
Мы всегда помогаем **друг другу**. — each other

Guide to declension of adjectives

masculine singular

	special modifiers				hard adjectives	soft adjectives
nom.	этот	весь	один	чей	мой	н**о**вый	с**и**ний
gen.	этого	всего	одного	чьего	моего	н**о**вого	с**и**него
acc.	этот	весь	один	чей	мой	н**о**вый	с**и**ний
animate:	этого	всего	одного	чьего	моего	н**о**вого	с**и**него
dat.	этому	всему	одному	чьему	моему	н**о**вому	с**и**нему
prep.	этом	всём	одном	чьём	моём	н**о**вом	с**и**нем
instr.	этим	всем	одним	чьим	моим	н**о**вым	с**и**ним

feminine singular

	special modifiers				hard adjectives	soft adjectives
nom.	эта	вся	одна	чья	моя	н**о**вая	с**и**няя
gen.	этой	всей	одной	чьей	моей	н**о**вой	с**и**ней
acc.	эту	всю	одну	чью	мою	н**о**вую	с**и**нюю
dat.	этой	всей	одной	чьей	моей	н**о**вой	с**и**ней
prep.	этой	всей	одной	чьей	моей	н**о**вой	с**и**ней
instr.	этой	всей	одной	чьей	моей	н**о**вой	с**и**ней

	neuter singular				plural (for all three genders)			
	special modifiers				hard adjectives	soft adjectives
nom.	это	всё	одно	чьё	моё	наше	новое	синее
gen.	этого	всего	одного	чьего	моего	нашего	нового	синего
acc.	это	всё	одно	чьё	моё	наше	новое	синее
dat.	этому	всему	одному	чьему	моему	нашему	новому	синему
prep.	этом	всём	одном	чьём	моём	нашем	новом	синем
instr.	этим	всем	одним	чьим	моим	нашим	новым	синим

	special modifiers				hard adjectives	soft adjectives
nom.	эти	все	одни	чьи	мои	наши	новые	синие
gen.	этих	всех	одних	чьих	моих	наших	новых	синих
acc.	эти	все	одни	чьи	мои	наши	новые	синие
animate:	этих	всех	одних	чьих	моих	наших	новых	синих
dat.	этим	всем	одним	чьим	моим	нашим	новым	синим
prep.	этих	всех	одних	чьих	моих	наших	новых	синих
instr.	этими	всеми	одними	чьими	моими	нашими	новыми	синими

Guide to declension of possessive pronouns

мой / твой / свой

all decline according to this pattern.

	masculine	feminine	neuter
nom.	мой торт	моя бутылка	моё мыло
gen.	моего торта	моей бутылки	моего мыла
acc.	мой торт	мою бутылку	моё мыло
anim.	моего друга		
dat.	моему торту	моей бутылке	моему мылу
prep.	моём торте	моей бутылке	моём мыле
instr.	моим тортом	моей бутылкой	моим мылом

наш / ваш

both decline according to this pattern.

	masculine	feminine	neuter
nom.	наш торт	наша бутылка	наше мыло
gen.	нашего торта	нашей бутылки	нашего мыла
acc.	наш торт	нашу бутылку	наше мыло
anim.	нашего друга		
dat.	нашему торту	нашей бутылке	нашему мылу
prep.	нашем торте	нашей бутылке	нашем мыле
instr.	нашим тортом	нашей бутылкой	нашим мылом

Other special modifiers

	masculine	feminine	neuter
nom.	весь торт	вся бутылка	всё мыло
gen.	всего торта	всей бутылки	всего мыла
acc.	весь торт	всю бутылку	всё мыло
anim.	всего человека		
dat.	всему торту	всей бутылке	всему мылу
prep.	всём торте	всей бутылке	всём мыле
instr.	всем тортом	всей бутылкой	всем мылом

	masc.	fem.	neut.
nom.	один	одна	одно
gen.	одного	одной	одного
acc.	один	одну	одно
anim.	одного		
dat.	одному	одной	одному
prep.	одном	одной	одном
instr.	одним	одной	одним

	masc.	fem.	neut.
nom.	чей	чья	чьё
gen.	чьего	чьей	чьего
acc.	чей	чью	чьё
anim.	чьего		
dat.	чьему	чьей	чьему
prep.	чьём	чьей	чьём
instr.	чьим	чьей	чьим

Numbers (cardinal and ordinal)

singles
*use **две** with fem.*

1	оди́н
2	два (две)
3	три
4	четы́ре
5	пять
6	шесть
7	семь
8	во́семь
9	де́вять
10	де́сять

teens
*note the lost ь's in front of -**надцать***

11	оди́ннадцать
12	двена́дцать
13	трина́дцать
14	четы́рнадцать
15	пятна́дцать
16	шестна́дцать
17	семна́дцать
18	восемна́дцать
19	девятна́дцать

tens
*but, the ь remains in front of -**десят***

10	де́сять
20	два́дцать
30	три́дцать
40	со́рок
50	пятьдеся́т
60	шестьдеся́т
70	се́мьдесят
80	во́семьдесят
90	девяно́сто

compound
just combine tens and singles, with no hypen

21	два́дцать оди́н
22	два́дцать два
23	два́дцать три
24	два́дцать четы́ре
25	два́дцать пять
26	два́дцать шесть
27	два́дцать семь
28	два́дцать во́семь
29	два́дцать де́вять

hundreds
*keep the ь before -**сот***

100	сто
200	две́сти
300	три́ста
400	четы́реста
500	пятьсо́т
600	шестьсо́т
700	семьсо́т
800	восемьсо́т
900	девятьсо́т

thousands
*2, 3, 4 take **ты́сячи**, 5 take **ты́сяч***

1,000	ты́сяча
2,000	две ты́сячи
3,000	три ты́сячи
4,000	четы́ре ты́сячи
5,000	пять ты́сяч
6,000	шесть ты́сяч
7,000	семь ты́сяч
8,000	во́семь ты́сяч
9,000	де́вять ты́сяч
10,000	де́сять ты́сяч

singles

1st	пе́рвый
2nd	второ́й
3rd	тре́тий
4th	четвёртый
5th	пя́тый
6th	шесто́й
7th	седьмо́й
8th	восьмо́й
9th	девя́тый
10th	деся́тый

tens and one hundred

10th	деся́тый
20th	двадца́тый
30th	тридца́тый
40th	сороково́й
50th	пятидеся́тый
60th	шестидеся́тый
70th	семидеся́тый
80th	восьмидеся́тый
90th	девяно́стый
100th	со́тый

ordinary soft adjectives

	masc.	fem.	neut.	plural
nom.	с_и_ний	с_и_няя	с_и_нее	с_и_ние
gen.	с_и_него	с_и_ней	с_и_него	
acc.	с_и_ний	с_и_нюю	с_и_нее	
animate:	с_и_него			
dat.	с_и_нему	с_и_ней	с_и_нему	
prep.	с_и_нем	с_и_ней	с_и_нем	
instr.	с_и_ним	с_и_ней	с_и_ним	

тр_е_тий - third

	masc.	fem.	neut.	plural
nom.	тр_е_тий	тр_е_тья	тр_е_тье	тр_е_тьи
gen.	тр_е_тьего	тр_е_тьей	тр_е_тьего	
acc.	тр_е_тий	тр_е_тью	тр_е_тье	
animate:	тр_е_тьего			
dat.	тр_е_тьему	тр_е_тьей	тр_е_тьему	
prep.	тр_е_тьем	тр_е_тьей	тр_е_тьем	
instr.	тр_е_тьим	тр_е_тьей	тр_е_тьим	

Common neuter singular short-form adjectives / adverbs

	long-form	short-form / adverb
good	хор_о_ший →	хорош_о_
bad	плох_о_й →	пл_о_хо
understood	пон_я_тный →	пон_я_тно
strange	стр_а_нный →	стр_а_нно
clear	_я_сный →	_я_сно
hard	тр_у_дный →	тр_у_дно
heavy	тяж_ё_лый →	тяжел_о_
easy / light	лёгкий →	легк_о_
excellent	отл_и_чный →	отл_и_чно
sweet, nice	м_и_лый →	м_и_ло
stupid	гл_у_пый →	гл_у_по

	long-form	short-form / adverb
sad	гр_у_стный →	гр_у_стно
funny	смешн_о_й →	смешн_о_
awful	уж_а_сный →	уж_а_сно
terrible, scary	стр_а_шный →	стр_а_шно
unbelievable	невероя_т_ный →	невеpо_я_тно
obvious	очев_и_дный →	очев_и_дно
curious, odd	любоп_ы_тный →	любоп_ы_тно
(un)interesting	(не)интер_е_сный →	(не)интер_е_сно
(un)pleasant	(не)пр_и_ятный →	(не)пр_и_ятно
(in)convenient	(не)уд_о_бный →	(не)уд_о_бно
(not) pretty, nice	(не)крас_и_вый →	(не)крас_и_во

Common short-form adjectives

	long-form		short-form (used in the nominative only)		
certain, sure	уве́ренный →	уве́рен	уве́рена	уве́рено	уве́рены
drunk	пья́ный →	пьян	пьяна́	пья́но	пья́ны
sober	тре́звый →	трезв	трезва́	тре́зво	тре́звы
healthy	здоро́вый →	здоро́в	здоро́ва	здоро́во	здоро́вы
ready, finished	гото́вый →	гото́в	гото́ва	гото́во	гото́вы
happy	счастли́вый →	счастли́в	счастли́ва	счастли́во	счастли́вы
busy, occupied	за́нятый* →	занят	занята́	заня́то	заня́ты
sated, full	сы́тый →	сыт	сыта́	сы́то	сы́ты
alive	живо́й →	жив	жива́	жи́во	жи́вы
dead	мёртвый →	мёртв	мертва́	мертво́	мертвы́
satisfied	дово́льный →	дово́лен	дово́льна	дово́льно	дово́льны
free, available	свобо́дный →	свобо́ден	свобо́дна	свобо́дно	свобо́дны
hungry	голо́дный →	го́лоден	голодна́	го́лодно	го́лодны
sick, ill	больно́й →	бо́лен	больна́	больно́	больны́
needed, necessary	ну́жный →	ну́жен	нужна́	ну́жно	нужны́
in agreement (+ **с**)*	согла́сный →	согла́сен	согла́сна	согла́сно	согла́сны

Guide to (irregular) comparatives

irregular comparatives

big	большо́й ⇧	бо́льше bigger, more
small	ма́ленький ⇧	ме́ньше smaller, less
good	хоро́ший ⇧	лу́чше better
bad	плохо́й ⇧	ху́же worse
far, remote	далёкий ⇧	да́льше further
cheap	дешёвый ⇧	деше́вле cheaper
late	по́здний ⇧	по́зже later
early	ра́нний ⇧	ра́ньше earlier
young	молодо́й ⇧	мла́дше younger*
old	ста́рый ⇧	ста́рше older
long (of time)	до́лгий ⇧	до́льше for a longer time

comparatives involving (regular) mutations

з / г / д → ж

expensive	дорого́й ⇧	доро́же more exp.
young	молодо́й ⇧	моло́же younger*
hard, firm	твёрдый ⇧	твёрже harder
near, close	бли́зкий ⇧	бли́же closer
narrow	у́зкий ⇧	у́же narrower
low, short	ни́зкий ⇧	ни́же lower

т / к → ч

rich	бога́тый ⇧	бога́че rich
loud	гро́мкий ⇧	гро́мче louder
hot	жа́ркий ⇧	жа́рче hotter
light, easy	лёгкий ⇧	ле́гче lighter
soft	мя́гкий ⇧	мя́гче softer
short	коро́ткий ⇧	коро́че shorter

с / х → ш

tall, high	высо́кий ⇧	вы́ше higher
quiet	ти́хий ⇧	ти́ше quieter

ст → щ

simple	просто́й ⇧	про́ще simpler
frequent	ча́стый ⇧	ча́ще more often

Printed in Great Britain
by Amazon